Jeffery Deaver

Menti pericolose

Dodici storie per non dormire

Rizzoli

ISBN 978-88-17-09004-9

Titolo originale dell'opera:
Trouble in Mind

La spintarella
traduzione di Giuseppe Settanni
su licenza di Mondadori Libri S.p.A.

Insieme per sempre
traduzione di Andrea Carlo Cappi
© 2007 RCS Libri S.p.A.

In fretta, *Un caso da manuale*, *Paradice*, *Atleti*, *L'analista*,
Riconciliazione, *Il necrologio*
traduzione di Rosa Prencipe

Gioco, *La trama*, *L'arma*
traduzione di Elisa Finocchiaro

Prima edizione: settembre 2016

Realizzazione editoriale: NetPhilo, Milano

Menti pericolose

INTRODUZIONE

Ho cominciato a scrivere fiction alla tenera età di undici anni. A volte dico che quel mio primo sforzo fu un romanzo, dal momento che divisi l'opera in capitoli (due) e inclusi una copertina realizzata da me. Ma c'è un'espressione che ho sentito quaggiù nel North Carolina: non è che i micini siano calzini solo perché la tua gatta li ha partoriti nel cesto della biancheria.

Quello che scrissi all'epoca, cinquant'anni fa, era un racconto breve, comunque lo chiamassi.

Sono sempre stato appassionato di racconti brevi e ho imparato molto dalle storie di Edgar Allan Poe, Conan Doyle e Ray Bradbury, tra tanti altri. Mi diverto anche a scriverne. Ora, ho la profonda convinzione che tutta la narrativa abbia come scopo principale quello di coinvolgere il più possibile emotivamente il lettore. Non voglio ritrovarmi a leggere un libro o a vedere un film e pensare: Be', niente male... Voglio pensare: Oh, mio Dio, ho bisogno di calmarmi, di prendere fiato, di aspettare che mi passi la fitta al fianco per le troppe risate o che le lacrime si fermino... In poche parole, voglio essere sedotto da arte e intrattenimento.

Nei romanzi, questo livello di intensità si raggiunge creando personaggi multidimensionali e scaraventando ciascuno di essi nella propria vertiginosa trama secondaria, zeppa di capovolgimenti e livelli crescenti di conflitti, che alla fine vengono risolti. (*Odio* le conclusioni ambigue!) Nei racconti brevi, l'autore non ha il tempo né lo spazio per seguire questa formula. Ma resta il bisogno di sedurre, affascinare. Come si fa?

Bisogna andare dritti allo stomaco con un colpo di scena sconvolgente, una sorpresa, l'inatteso.

Un esempio: la mia versione del romanzo *Lassie* sarebbe una narrazione multistrato su Timmy, il collie, una precaria vita familiare per il ragazzino e sordide società che scavano pozzi dove non dovrebbero. Sfrecceremmo attraverso queste trame secondarie che si incrociano fino alla conclusione al cardiopalma in cui Timmy, grazie a Dio, viene salvato dal pozzo e Lassie trova le prove per sbattere in prigione gli imprenditori cattivi.

Oh, che giorno lieto!

La mia versione in forma di racconto breve sarebbe questa: il ragazzino è in fondo al pozzo. Inquadratura: Lassie che corre frenetico attraverso i campi. Cambio scena: Timmy sta per affogare. Ma poi una zampa appare in cima al bordo. Il ragazzino la afferra e viene tirato fuori dall'acqua gelida. Nuova inquadratura: Lassie, a un chilometro di distanza, che continua a rincorrere lo scoiattolo a cui sta dando la caccia da dieci minuti. Cambio scena: Timmy, fuori dal pozzo, davanti al grosso lupo che lo ha appena tratto in salvo e che osserva famelico la sua portata principale.

Spiacente, ragazzino.

I racconti di questa antologia sono tipici dell'approccio appena descritto. Quello che vedete non è, spero, quello che credete di vedere.

Sei racconti sono nuovi, uno di Lincoln Rhyme (*A Textbook Case* – Un caso da manuale), uno di Kathryn Dance (*Fast* – In fretta), uno di John Pellam (*Paradice*), e tre sono a sé stanti (*Game* – Gioco, *The Competitors* – Atleti e *Reconciliation* – Riconciliazione), anche se quelli che hanno dimestichezza con le mie opere passate noteranno che *Game* è ispirato a un breve articolo che scrissi per «Esquire», anni fa, sull'omicidio dell'esponente dell'alta società newyorkese Irene Silverman da parte di Kenneth e Sante Kimes. Allo stesso modo, *Paradice* ha le sue radici nel mio racconto *Switchback*, apparso sul meraviglioso «Ellery Queen Mistery Magazine» circa quindici anni fa. Sarei curioso di sapere cosa pensate del colpo di scena che conclude *Paradice*: è uno dei miei preferiti di sempre.

Dovrei anche dire che la cosa che mi piace dei racconti brevi è il fatto che consentono all'autore di uscire dal genere con più facilità rispetto ai romanzi. Credo nella riconoscibilità del marchio, un espediente elegante che le aziende usano per dire che devi fare in modo che il pubblico sappia cosa aspettarsi quando compra i tuoi libri. I miei lettori apprezzano i miei thriller, perciò continuerò a scrivere romanzi polizieschi invece che fantasy o storie di fantascienza.

I racconti, però, prevedono un coinvolgimento più modesto da parte dei lettori. Perciò posso tranquillamente sfuggire alla categoria con un racconto o due, assicurando nel frattempo ai fan che il mio nuovo romanzo sarà pieno degli omicidi e della confusione che ormai si aspettano da me.

Due racconti di questa raccolta, *The Therapist* – L'analista e *Forever* – Insieme per sempre, sono atipici nel genere, rasentando l'occulto. (Oppure sono...?)

Benvenuti nella mia terza raccolta di racconti brevi. Le prime due si intitolavano *Twisted* – Spirali e *More Twisted* – La notte della paura. Nel cercare un titolo per questo volume, ho deciso di scostarmi da quel tema (anche perché, cosa restava: *Excessively Twisted*? *Son of Twisted*?). Ho optato per un'espressione, *Trouble in Mind* – Menti pericolose, simile ma diversa, che ben si adatta a molti dei personaggi che si incontrano in queste pagine e – suggerirebbe qualcuno – anche all'autore.

Lo prendo come un complimento.

J.D.

I

IN FRETTA

Stavano per vedere la piovra quando un SMS la avvertì che duecento persone sarebbero morte di lì a due ore.

Kathryn Dance riceveva di rado SMS enfatizzati da punti esclamativi – la comunità delle forze dell'ordine tendeva a non sottolineare le emozioni –, perciò lo lesse immediatamente. Poi chiamò in ufficio, con il tasto di selezione rapida 3.

«Capo» rispose la voce del giovane all'altro capo dell'iPhone.

«Dettagli, TJ?»

Sopra le loro teste: «*I possessori dei biglietti per l'esibizione unotrenta sono pregati di accomodarsi all'interno*».

«Mamma!» La voce della bambina era incalzante. «Tocca a noi.»

«Un secondo, tesoro.» Poi, al telefono: «Va' avanti».

«Spiacente, capo» disse TJ Scanlon. «Brutta storia. Ce l'hanno comunicata su da nord.»

«Mamma...»

«Lasciami parlare, Mags.»

«In poche parole, Alameda stava monitorando questo gruppo interno di separatisti che progettavano un attacco lassù.»

«Lo so. I Fratelli della Libertà, di base a Oakland, supremazia bianca, antigovernativi. Osmond Carter, il leader, è stato arrestato la settimana scorsa e hanno minacciato ritorsioni se non viene rilasciato.»

«Lo sapevi?»

«Li leggi i bollettini statali, TJ?»

«Volevo farlo.»

«*... l'Acquario di Monterey Bay è lieto di ospitare il più grande esemplare di* Enteroctopus dofleini *in mostra nella California settentrionale, con un peso di cinquantacinque chilogrammi! Siamo certi che apprezzerete la visione del nostro ospite nel suo habitat appositamente ricreato.*»

«Okay. Dimmi tutto.» Dance continuò al telefono mentre insieme alla figlia si avvicinava alla sala dell'esibizione. Avevano atteso per quarantacinque minuti. Chi l'avrebbe detto che queste piovre fossero una simile attrazione?

TJ disse: «Tutti credevano che avrebbero colpito da qualche parte lassù, Alameda, Contra Costa, San Francisco, ma forse c'era troppo fermento. La polizia di Oakland aveva un infiltrato nel gruppo, ha detto che due dei loro sono venuti quaggiù a combinare qualcosa. E...»

Lei lo interruppe. «"Combinare qualcosa." Cosa significa?»

«Un attacco di qualche tipo. Non sa esattamente cosa. Forse un ordigno, forse un attacco chimico. Probabilmente niente di batteriologico, ma potrebbe. Ma il numero delle vittime è certo, quello che ti ho scritto nell'SMS. Duecento, più o meno. Quello è confermato. E di qualunque cosa si tratti, è in atto; i terroristi hanno predisposto tutto e stavano tornando indietro. L'infiltrato ha detto che l'attacco è previsto per le quattro del pomeriggio.»

Due ore e mezza. Poco meno. Signore...

«Nessuna idea delle vittime, del posto?»

«Zero» rispose TJ Scanlon.

«Ma hai detto "stavano tornando indietro".»

«Esatto, abbiamo trovato qualcosa. C'è la possibilità di beccarli. L'informatore ci ha fornito la descrizione dell'auto, una Taurus 2000, celeste. La Stradale ne ha individuata una e l'ha seguita. Il conducente se l'è filata. Probabilmente erano loro. Li hanno persi sulle strade secondarie. Stanno battendo la zona. È in arrivo anche l'FBI. Un momento, capo. Ho qualcosa.»

Dance alzò per caso lo sguardo e si vide riflessa nel pannello di vetro dall'altro lato del quale eleganti e misteriosi cavallucci marini fluttuavano con sublime grazia naturale. Dance vide che il riflesso ricambiava il suo sguardo, un viso stretto alla Cate Blanchett, coda di cavallo fermata da un elastico nero e verde, scelto dalla figlia di dieci anni, al momento scalpitante al suo fianco. Il figlio con la zazzera, Wes, dodici anni, era staccato da madre e sorella. Era meno affascinato dai cefalopodi, per quanto grossi, e più da una sostenuta quattordicenne in fila, una ragazza che avrebbe dovuto essere cheerleader, se non lo era già.

Dance indossava jeans, camicetta blu di seta e smanicato marrone chiaro, bello caldo. Adesso c'era il sole, ma la penisola di Monterey poteva essere parecchio capricciosa in fatto di clima. Nebbia, perlopiù.

«*Mamma*, ci stanno chiamando» disse Maggie con una voce stridula che esprimeva appieno la sua esasperazione.

«Un minuto, è importante.»

«Primo, avevi detto un secondo. Adesso è un minuto. Cavolo. Un millesimo, due millesimi...»

Wes stava sorridendo in direzione della cheerleader, anche se non proprio a lei.

La fila avanzava lentamente, avvicinandoli seducente al Cefalopode del Secolo.

TJ tornò in linea. «Capo, sì, sono loro. La Taurus è intestata ai Fratelli della Libertà. La Stradale è all'inseguimento.»

«Dove?»

«Seaside.»

Dance guardò l'acquario di cemento e vetro attorno a sé. Era un periodo di vacanza, dieci giorni prima di Natale, e il posto era pieno zeppo. E in zona c'erano decine di attrazioni turistiche come quella, per non parlare di cinema, chiese e uffici. Alcune scuole erano chiuse, ma altre no. Il piano prevedeva di lasciare una bomba, diciamo, in un cestino dei rifiuti all'ingresso? Disse al telefono: «Arrivo subito». Girandosi verso i figli, fece una smorfia davanti alle loro espressioni deluse. Aveva una teoria, forse infondata, secondo cui i due ragazzi erano più sensibili alle delusioni rispetto ai loro coetanei perché erano senza padre... e perché Bill era morto all'improvviso. Al mattino c'era e poi non c'era più.

Era così difficile, per lei, dire quello che doveva dire adesso. «Mi dispiace, ragazzi. Un grosso guaio al lavoro.»

«Uffa, mamma!» brontolò Maggie. «Questo è l'ultimo giorno! Domani va a San Diego.» Anche Wes era deluso, anche se più per le cheerleader carine che non per la fauna marina.

«Spiacente, ragazzi. Non posso farci niente. Mi farò perdonare.» Dance riaccostò il telefono all'orecchio e disse con decisione a TJ: «E di' a tutti, niente conflitti a fuoco a meno che non sia assolutamente necessario. Non li voglio morti».

Questo interruppe bruscamente la conversazione attorno a loro. La fissarono tutti.

Rivolgendosi alla bionda dagli occhi sgranati, Wes disse in tono rassicurante: «Nessun problema. Lo dice spesso».

Il luogo della festa era perfetto. Il Monterey Bay Seaside Motel era vicino all'acqua, nel quadrante nord della città. E la cosa particolarmente bella di questo posto era che, a differenza di tante sale ricevimenti, aveva grandi finestre che davano su un tratto di spiaggia.

Proprio adesso, notò Carol Messner, la spiaggia aveva quell'aspetto dicembrino: scolorito, polveroso, anche se la caligine era perlopiù foschia con un po' di nebbia. Non proprio nitida ma, ehi, una vista sulla spiaggia batte una vista sulla Highway 1 in qualsiasi giorno, sempre che il sole regga.

«Hal» disse al suo socio. «Pensi ci servano altri tavoli laggiù? Sembra vuoto.»

Carol, presidente della sede locale della CCCBA, l'Associazione Bancari della costa centrale della California, era sulla sessantina, più volte nonna. Malgrado il suo datore di lavoro fosse una delle più grandi catene bancarie che si era comportata un po' male qualche anno prima, lei non possedeva nessuno dei famigerati titoli garantiti da mutui ipotecari. Era fermamente convinta che le banche facessero del bene. Non avrebbe lavorato in quell'ambiente se non fosse stata di quell'idea. Era la prova vivente della beneficenza del mondo della finanza. Carol e suo marito avevano rassicuranti fondi pensionistici grazie alle banche, sua figlia e suo genero avevano ingrandito la loro agenzia grafica, rendendola un'impresa di successo grazie alle banche. I nipoti sarebbero andati a Stanford e alla UC-Davis l'autunno seguente grazie ai prestiti per studenti.

La terra girava attorno al denaro, ma era una cosa positiva – molto meglio che armi e navi da guerra – e lei era felice e fiera di essere parte del processo. La donna minuta dai capelli bianchi non sarebbe rimasta nell'ambiente per quarantasei anni se l'avesse pensata altrimenti.

Hal Reskin, suo vice alla CCCBA, era un uomo robusto dal viso imperturbabile, avvocato specializzato in titoli di credito e diritto finanziario. Guardò il punto che gli indicava e convenne con lei. «Asimmetrico» disse. «Non va bene.»

Carol si sforzò di non sorridere. Hal prendeva parecchio sul serio tutto ciò che faceva e la batteva in fatto di puntini sulle I. «Asimmetrico» era un peccato, perfino mortale.

Andò dai due dipendenti del motel che stavano allestendo la sala per la festa di Natale, in programma dalle tre alle cinque di quel pomeriggio, e chiese loro di spostare diversi tavoli rotondi per coprire il punto vuoto. Gli uomini sollevarono i tavoli e li sistemarono come richiesto.

Hal approvò.

«De-asimmetricalizzato» disse Carol.

Il suo vice rise. Anche se prendeva sul serio i suoi compiti non significava che gli mancasse il senso dell'umorismo.

Hal osservò la sala. «Mi sembra che vada bene. Ricontrolliamo l'impianto audio. Poi passiamo alle decorazioni.»

«L'amplificatore?» chiese Carol. «L'ho provato ieri. Andava benone.» Ma da quella bancaria puntigliosa che era, Carol andò al palco e accese l'impianto audio.

Niente.

Alzò e abbassò la levetta dell'interruttore più volte.

Come se potesse servire a qualcosa.

«Questo potrebbe essere un problema.»

Carol seguì il cavo che però spariva sotto il palco.

«Forse quegli operai» suggerì Hal, guardando i microfoni.

«Chi?»

«Quei due tizi che erano qui mezz'ora fa. Forse prima che arrivassi tu?»

«No, io non ho visto nessuno. José e Miguel?» chiese, riferendosi ai due membri dello staff del motel, che adesso stavano disponendo le sedie.

«No, altri. Hanno chiesto se il meeting bancario si sarebbe tenuto qui. Ho risposto di sì e loro hanno detto che dovevano fare delle riparazioni sotto il palco. Sono rimasti là sotto per qualche minuto e poi se ne sono andati.»

Carol interpellò i due impiegati nell'angolo: «Sapevate che c'era un problema con l'impianto audio?».

«No, signora. Maria del Servizio Clienti si occupa di tutto quanto, microfoni e cose del genere. Stamattina ha detto che era tutto a posto. Ma adesso non c'è.»

«Dove sono quegli altri dipendenti?» domandò Carol. Agli sguardi interdetti dei due, spiegò quanto le aveva detto Hal.

«Non so chi potrebbero essere, signora. Io e José siamo gli unici ad allestire le sale.»

Avviandosi alla porta d'accesso del palco, Hal disse: «Do un'occhiata».

«Ti intendi di elettronica?»

«Vuoi scherzare? Ho collegato il Kinect di mio nipote con la sua Xbox. Tutto da solo.»

Carol non aveva idea di cosa fosse un Kinect, ma Hal l'aveva detto con tale orgoglio che fu costretta a sorridere. Gli tenne aperta la porta mentre lui scendeva sotto il palco. «Buona fortuna.»

Tre minuti dopo, l'impianto audio si accese con un sonoro schiocco dagli altoparlanti.

Carol applaudì.

Hal ricomparve togliendosi la polvere dalle mani. «Quei tizi, prima, hanno staccato il cavo quando erano là sotto. Dobbiamo stare attenti che non lo rifacciano. Penso che torneranno.»

«Davvero?»

«Forse. Hanno lasciato una cassetta degli attrezzi e alcuni grossi flaconi là sotto. Detergente, immagino.»

«D'accordo. Ci staremo attenti.» Ma gli operai erano spariti dalla mente di Carol. Bisognava disporre le decorazioni, pensare al cibo. Voleva che la sala fosse più accogliente possibile per i duecento membri della CCCBA che aspettavano da mesi con ansia quella festa.

Un colpo di fortuna... e un'efficace sorveglianza.

La Stradale aveva preso i terroristi dei Fratelli della Libertà.

Kathryn Dance, che aveva lasciato i figli contrariati dai suoi genitori a Carmel, si trovava nel parcheggio infestato da erbacce di un piccolo centro commerciale a soli dieci chilometri dalla sede di Monterey del California Bureau of Investigation, dove lavorava.

Michael O'Neil la raggiunse. Sembrava un personaggio di un romanzo di John Steinbeck, forse Doc di *Vicolo Cannery.* Anche se l'uniforme del MCSO, il Monterey County Sheriff's Office, era il tipico kaki da sceriffo della contea, il capo detective O'Neil di solito vestiva in modo informale: quel giorno giaccone sportivo, calzoni marrone chiaro e camicia blu, niente cravatta. Aveva i capelli brizzolati e gli occhi marroni, sotto palpebre piuttosto pesanti, si muovevano adagio mentre raccontava inseguimento e arresto. Il suo era un fisico solido e aveva braccia molto forti, anche se non per via di un allenamento in palestra (cosa che trovava comica) ma per tutti i salmoni e le altre prelibatezze che tirava su di peso nella sua barca a Monterey Bay ogni volta che ne aveva la possibilità.

O'Neil era taciturno di proposito e la sua faccia tradiva ben poche emozioni, ma con Dance di solito si concedeva una battuta ironica o una chiacchierata.

Non adesso. Andò dritto al sodo.

Un collega del CBI, l'enorme Albert Stemple dalla testa rasata, li raggiunse a grandi passi e O'Neil spiegò a lui e a Dance come fossero stati presi i due malviventi.

Il modo più veloce per lasciare la zona era tramite la trafficata Highway 1, direzione nord, fino alla 156 e poi la 101, che avrebbe portato i sospetti terroristi direttamente al loro covo a Oakland. Quello era il percorso su cui si era concentrato il grosso degli inseguitori, senza successo.

Ma un ingegnoso giovane agente della Stradale si era chiesto in che modo *lui* avrebbe lasciato la zona, sapendo che la sua missione era compromessa. Aveva concluso che l'approccio più intelligente sarebbe stato prendere strade rurali e a una sola corsia fino alla Highway 5, a diverse ore di distanza. E perciò si era concentrato su viali come Jacks e Oil Well e – questa era la parte fortunata – aveva individuato i criminali nei pressi del centro commerciale all'aperto, che era vicino alla Highway 68, la Monterey-Salinas.

L'agente aveva chiamato i rinforzi e poi acceso sirena e lampeggianti.

Dopo venti minuti di inseguimento ad alta velocità, i malviventi erano sfrecciati nell'area commerciale, avevano svoltato sul retro ed erano scomparsi. Ma l'agente aveva deciso che si trattava di una finta. Non aveva preso la loro stessa direzione ma si era fermato ad aspettare accanto a un'officina Tires Plus.

Dopo cinque minuti di grande tensione, i Fratelli della Libertà, evidentemente convinti di aver seminato l'inseguitore, erano usciti a tutta velocità dal punto in cui erano entrati, solo per scoprire che erano stati anticipati. L'agente aveva schiacciato l'acceleratore dell'auto di pattuglia, dotata di barre di rinforzo anteriori, e distrutto la Taurus. I criminali si erano dati alla fuga.

L'agente ne aveva bloccato uno. L'altro si era diretto verso un magazzino a tre, quattrocento metri di distanza, proprio quando erano arrivati i rinforzi. C'era stato un breve conflitto a fuoco e anche il secondo uomo, ferito, era stato arrestato. Diversi agenti della Stradale e un collega di Dance al CBI, TJ Scanlon, erano stati presenti sulla scena.

Adesso, nel parcheggio del centro commerciale, il sospetto che era stato fermato, un certo Wayne Keplar, osservava Dance, Stemple, O'Neil e il crescente entourage di forze dell'ordine.

«Bella giornata per un evento» disse Keplar. Era un uomo snello, smilzo addirittura. Parentesi di rughe gli circondavano la bocca e gli occhi scuri e ravvicinati si nascondevano sotto una frangia dritta di capelli neri. Naso a uncino. Braccia lunghe, mani grandi, ma non sembrava particolarmente forte.

Albert Stemple, i cui muscoli sembravano tutti enormi, stava lì vicino e non perdeva d'occhio il criminale, pronto a intervenire per schiacciare il verme in caso di bisogno. O'Neil rispose a una chiamata radio. Si allontanò.

Keplar ripeté: «Evento. Evento... Potrebbe descrivere un incontro sportivo, sapete». Parlava con voce stranamente alta, cosa che Dance trovò irritante. Probabilmente non il tono, quanto il sorrisetto con cui le parole venivano pronunciate. «Oppure potrebbe essere una tragedia. Proprio come definirebbero "evento" un terremoto o un disastro nucleare. La stampa, intendo. Amano espressioni del genere.»

O'Neil chiamò Dance in disparte. «Era il dipartimento di polizia di Oakland. L'informatore riferisce che Keplar è un membro anziano dei Fratelli della Libertà. L'altro tizio, quello ferito...» indicò con la testa verso i magazzini, «Gabe Paulson, è un tecnico. Ha studiato un po' ingegneria, perlomeno. Se si tratta di una bomba, probabilmente è lui che l'ha preparata.»

«Pensano che si tratti di quello?»

«Nessuna informazione circa i mezzi» spiegò O'Neil. «Sul loro sito hanno parlato di fare qualsiasi cosa per esporre la propria posizione. Armi batteriologiche, chimiche, cecchini, perfino aggregarsi a qualche gruppo di estremisti islamici e creare una "joint venture".»

Dance serrò le labbra. «Noi forniamo gli esplosivi, voi fornite l'attentatore suicida?»

«Una descrizione piuttosto calzante.»

Scrutò Keplar, seduto sul cordolo del marciapiede, e notò che era rilassato, addirittura gioviale. Dance, la cui posizione nel CBI superava quella degli altri tutori della legge lì presenti, raggiunse e osservò con calma l'uomo snello. «Abbiamo capito che state progettando un attacco di qualche tipo...»

«Evento» le ricordò lui.

«Evento, dunque, tra due ore e mezza. È vero?»

«Altroché.»

«Be', al momento, gli unici reati che vi verranno contestati sono quelli relativi al codice stradale. Nella peggiore delle ipotesi, potremmo incriminarvi per associazione a delinquere e tentato omicidio, parecchi altri capi d'imputazione. Se tale evento si verifica e c'è gente che perde la vita...»

«Le accuse saranno *molto* più serie» completò l'uomo allegramente. «Lasci che le chieda come si chiama.»

«Agente Dance. CBI.» Gli mostrò le proprie credenziali.

Keplar schioccò le labbra. Irritante quanto la sua voce subdola. «Agente Dance, del CBI, lasci che le chieda questo: non pensa che abbiamo un po' troppe leggi in questo Paese? Santo cielo, Mosè ce ne ha date *dieci.* Le cose sembravano funzionare piuttosto bene all'epoca e adesso abbiamo Washington e Sacramento a dirci cosa fare, cosa non fare. Ogni piccolo dettaglio. Ma insomma! Non hanno fiducia nella nostra intelligenza.»

«Signor Keplar...»

«Mi chiami Wayne, la prego.» Le rivolse un lungo sguardo di valutazione. Quale taglio di carne sembra buono oggi? «Io la chiamerò Kathryn.»

Dance notò che l'uomo aveva memorizzato il suo nome dopo averlo letto sul tesserino. Anche se, essendo attraente, era spesso svestita nelle fantasie dei sospetti che interrogava, lo sguardo di Keplar sembrava di commiserazione, come se fosse affetta da una malattia. Nel suo caso, ipotizzò, si trattava del tumore del governo e della tolleranza razziale. Notò anche il sorriso imperturbato sul suo viso, un'aria di... cosa? Sì, quasi trionfo. Non appariva affatto preoccupato dall'arresto.

Diede un'occhiata all'ora: l'una e trentasette.

Dance si allontanò per rispondere a una chiamata di TJ Scanlon, che la aggiornava sullo stato di Gabe Paulson, l'altro terrorista. Era impegnata nella conversazione quando O'Neil le toccò la spalla. Lei seguì il suo sguardo.

Tre SUV neri, impolverati e ammaccati ma imponenti, entrarono a tutta velocità nel parcheggio e frenarono bruscamente in un lampeggiare di luci rosse e blu. Ne uscirono una mezza dozzina di uomini in completo e due in abbigliamento tattico.

Il più grosso di quelli vestiti Brooks Brothers – centoventi chilogrammi di peso – si ravviò i folti capelli brizzolati e venne avanti a grandi passi.

«Michael, Kathryn.»

«Ciao, Steve.»

Stephen Nichols era a capo della sede locale dell'FBI. Aveva lavorato con il marito di Dance, Bill Swenson, agente del Bureau fino alla sua morte. Dance aveva incontrato Nichols solo un paio di volte. Era un agente competente ma ambizioso in un ambiente in cui essere tali non portava niente di buono. Avrebbe dovuto lavorare a Houston o Atlanta, dove era possibile essere più intraprendenti.

«Mai ricevuto il dossier su questo» disse.

Non li leggi i bollettini?

«Neanche noi» replicò Dance. «Tutti pensavano che i Fratelli avrebbero colpito nei pressi di San Francisco, *quella* baia, non la nostra.»

«Lui chi è?» domandò Nichols.

Keplar ricambiò l'occhiata con divertita ostilità nei confronti di Nichols, che ai suoi occhi doveva rappresentare il più funesto dei nemici, il governo federale.

Dance ne spiegò il ruolo nel gruppo e la loro presunta missione.

«Qualche idea riguardo a cos'hanno esattamente in mente?» chiese un altro agente insieme a Nichols.

«Nessuna. Finora.»

«Erano in due?» volle sapere Nichols.

Rispose Dance. «L'altro è Gabe Paulson.» Indicò con un cenno del capo i magazzini a poca distanza. «È stato ferito ma ho appena parlato con il mio collega. Una ferita superficiale. Può essere interrogato.»

Nichols esitò, guardando la nebbia che stava calando rapidamente. «Sai, devo portarli via, Kathryn.» Sembrava davvero rammaricato di dover far valere il proprio grado. Lanciò un'occhiata anche a O'Neil, malgrado Monterey fosse parecchio in basso nella scala gerarchica delle forze dell'ordine lì rappresentate, e nessuno, neanche lo stesso sceriffo, si aspettasse che la Contea acciuffasse i cattivi.

«Certo.» Dance controllò l'ora. «Ma non abbiamo molto tempo. Quanti addetti agli interrogatori hai?»

L'agente era titubante. «Solo io per adesso. Stiamo aspettando qualcuno da San Francisco. È uno bravo.»

«Bo?»

«Esatto.»

«È bravo. Ma...» Dance diede un colpetto all'orologio. «Dividiamoli, Steve. Danne uno a me. Almeno per il momento.»

Nichols fece spallucce. «Va bene.»

«Keplar sarà il più ostico. È un membro anziano dell'organizzazione e non è affatto turbato dall'arresto.» Indicò il criminale, che stava infliggendo agli agenti vicini un'interminabile predica sulla distruzione dell'Individuo da parte del Governo, entrambi con la maiuscola. «Sarà più difficile farlo cedere. Paulson è stato ferito e questo lo renderà più vulnerabile.» Dance capì che Nichols stava riflettendo sulla cosa. «Penso, in base al nostro diverso stile e formazione, che sarebbe più logico se io prendessi Keplar e tu Paulson.»

Nichols strizzò gli occhi per via di un momentaneo squarcio di luce nella cortina di nebbia. «Chi è esattamente Paulson?»

Fu O'Neil a rispondere. «Pare sia il tecnico. Dovrebbe sapere del dispositivo, se è ciò che hanno piazzato. Anche se non te lo dice direttamente, potrebbe farsi sfuggire qualcosa in grado di aiutarci a capire cosa sta succedendo.» Il detective di Monterey non sapeva bene perché Dance volesse Keplar e non Gabe, ma aveva intuito la sua preferenza e stava agendo di conseguenza.

La cosa non sfuggì all'agente dell'FBI. Nichols doveva valutare diversi aspetti della faccenda. L'idea di Dance di dividere l'interrogatorio era sensata? Lei e lui avevano davvero formazione e stili di interrogatorio diversi? Inoltre, sapeva che O'Neil e Dance erano legati e quindi potevano fare gioco di squadra contro di lui in qualche modo, anche se non capiva a quale scopo. Forse stava pensando che lei stesse bluffando, nella speranza che scegliesse Wayne Keplar perché, per qualche ragione, voleva Gabe per sé. O forse aveva deciso che andava bene così e che era più logico per lui prendere il sospetto ferito.

Qualsiasi schema fosse tracciato nella sua mente, rifletté a lungo e poi acconsentì.

Dance annuì. «Chiamo il mio collega, faccio portare qui Paulson.»

Fece cenno ai due agenti della Stradale che incombevano su Wayne Keplar. L'uomo fu fatto alzare e condotto da Dance, O'Neil e Nichols. Albert Stemple, che pesava il doppio del sospetto, lo prese in custodia stringendogli il braccio ossuto in una vigorosa presa.

Keplar non riusciva a staccare gli occhi dagli agenti dell'FBI. «Conoscete i cinque motivi per cui il governo federale è una farsa?»

Dance desiderò che chiudesse il becco: temeva che Nichols cambiasse idea e trascinasse via con sé il malvivente.

«Primo, dal punto di vista economico. Io...»

«Come ti pare» bofonchiò Nichols e se ne andò ad aspettare il proprio prigioniero.

Dance annuì e Stemple scortò Keplar a una Dodge senza contrassegni, dove lo fece sedere sul sedile posteriore.

Michael O'Neil sarebbe rimasto a gestire la scena del crimine, interrogando testimoni e cercando prove, magari oggetti gettati dall'auto che potevano fornire informazioni circa il sito dell'attacco.

Salendo a bordo della propria auto, un Nissan Pathfinder grigio, Dance si rivolse a Nichols e O'Neil: «E ricordate, abbiamo due ore e mezza. Dobbiamo agire in fretta».

Tirò fuori il telefono, informò TJ Scanlon su Paulson e accese il lampeggiante applicato al parabrezza.

L'1,52.

Uscì sgommando dal parcheggio lasciando residui di gomma sul cemento.

In fretta...

Albert Stemple aveva parcheggiato fuori dal CBI e guardava con un certo disprezzo i furgoni della stampa fermi vicino all'ingresso. Dance fermò l'auto dietro la sua. Raggiunse la Dodge a grandi passi.

Un giornalista, un uomo che ricordava moltissimo Jude Law, si sporse contro le transenne e allungò un microfono nella loro direzione.

«Kathryn! Kathryn Dance! Dan Simmons, The True Story. com.»

Lo conosceva. Un giornalista sensazionalistico che si crogiolava nei dettagli più osceni di una storia come le lumache nello sventurato orto di Dance.

Il cameraman di Simmons, un uomo tarchiato con la faccia da rana e i capelli arruffati e sporchi, puntò una sofisticata videocamera Sony verso di loro come se stesse per lanciare una granata.

«No comment su tutto, Dan.» Lei e Temple tirarono fuori Keplar dall'auto.

Il giornalista la ignorò. «Può dirci il suo nome?» rivolto al sospetto.

Keplar era fin troppo felice di parlare. Urlò a gran voce: «I Fratelli della Libertà» e cominciò un predicozzo su come il quarto potere fosse in pugno agli interessi economici e al governo.

«Non tutti i giornalisti, Wayne» disse Simmons. «Non noi. Noi siamo con te, fratello! Continua a parlare.»

Questo fece colpo su Keplar.

«Zitto» borbottò Dance, conducendolo verso la porta d'ingresso.

«E stiamo per sferrare un colpo per la libertà!»

«Cosa farete, Wayne?» urlò Simmons.

«Non abbiamo niente da dire» replicò Dance.

«Be', *io* sì. Sono stato solo *arrestato*» ribatté energico Keplar con un sorriso, ignorando Dance e atteggiandosi per il giornalista, il cui scarmigliato fotografo filmava senza sosta con la tecnologica videocamera digitale. «Non ho l'obbligo del silenzio. Libertà di parola! Ecco in cosa credevano i fondatori di questo Paese. Anche se la gente al potere adesso non ci crede più.»

«Lo lasci parlare, agente!» gridò il giornalista.

«Non ho niente da dire al momento.»

«Noi non vogliamo sentire *lei*, Kathryn» replicò Simmons. «Vogliamo sentire Wayne.» Poi aggiunse: «Sei stato ferito, Wayne? Zoppichi».

«Mi hanno ferito durante l'arresto. Farò causa anche per questo.»

Prima non zoppicava. Dance cercò di non mostrarsi disgustata.

«Abbiamo saputo che c'erano altri sospetti. Uno è ferito e in custodia dell'FBI. L'altro è latitante.»

Scanner della polizia. Dance fece una smorfia. Era illegale intercettare i cellulari ma chiunque poteva comprare uno scanner e informarsi quanto voleva sulle operazioni di polizia.

«Wayne, cosa sperate di ottenere con ciò che state facendo?»

«Smascherare l'oppressione del governo. La mancanza di rispetto per il popolo di questa grande nazione e...»

Con uno spintone, Dance gli fece varcare la soglia del quartier generale del CBI di Monterey, un edificio anonimo che somigliava a quelli delle compagnie assicurative o degli studi legali in quella zona industriale a est dell'aeroporto, sulla strada per Salinas, poco distante dalla Highway 68.

Simmons chiamò: «Kathryn! Agente Dance...».

La porta d'ingresso del CBI aveva una chiusura idraulica, ma Dance l'avrebbe sbattuta se avesse potuto.

Si rivolse al prigioniero. «Wayne, le ho letto i suoi diritti. Capisce che ha il diritto di avere un avvocato? E che tutto quello che dirà potrà essere usato contro di lei in tribunale?»

«Sì, signora.»

«Desidera rinunciare al diritto di avere un avvocato e di restare in silenzio?»

«Sì.»

«Sappia che potrà interrompere il nostro colloquio in qualsiasi momento.»

«Lo so. Grazie tante. Esauriente.»

«Vuole dirci dov'è previsto questo attacco? Lo faccia e troveremo un accordo.»

«Lascerete libero il nostro fondatore, Osmond Carter? È stato arrestato illegalmente, in contravvenzione ai suoi diritti umani fondamentali.»

«Questo non possiamo farlo.»

«Allora credo di non essere propenso a dirvi cosa abbiamo in mente.» Un ghigno. «Ma sono lieto di parlare. Apprezzo sempre una bella chiacchierata con una donna attraente.»

Dance rivolse un cenno del capo a Stemple, che guidò Keplar attraverso un dedalo di corridoi fino a una stanza per gli interrogatori. Lei li seguì. Controllò la propria arma e prese il dossier sul sospetto che un collega aveva compilato. Nel raccoglitore c'erano tre fogli. Tutto qui? si chiese, aprendo il dossier e leggendo la scarna storia di Wayne Keplar e della patetica organizzazione per la quale lui stava sacrificando la vita.

Si fermò solo una volta. Per guardare l'orologio e apprendere di avere solo due ore e un minuto per fermare l'attacco.

Michael O'Neil si stava occupando del caso sulla scena del crimine come faceva sempre: con meticolosità e pazienza.

Se gli veniva un'idea, se si palesava un indizio, lui seguiva la pista finché non ripagava i suoi sforzi o si rivelava un nulla di fatto.

Terminò di appuntare osservazioni e impressioni, perlopiù inutili, di testimoni del momento in cui l'agente della Stradale aveva speronato l'auto dei sospetti («Ragazzi, ha fatto un botto pazzesco»). Il detective sentì l'umidità depositarsi sul viso; quella dannata nebbia di Monterey: istituzione locale al pari di John Steinbeck, Cannery Row e Langston Hughes. Si asciugò il viso con i palmi aperti. Sull'acqua, quando pescava in barca, non faceva caso all'aria umida. Adesso era irritante.

Raggiunse il capo dell'Unità Servizi forensi, un uomo dalla carnagione scura, di origini ispaniche e scandinave, Abbott Calderman. Il CBI non aveva una Scientifica e quella più vicina dell'FBI era nell'area San Jose-San Francisco. Il MCSO forniva la maggior parte delle consulenze scientifiche per i crimini di quella zona. La squadra di Calderman era radunata attorno alla Taurus ancora fumante, praticamente smantellandola, alla ricerca di indizi che potessero rivelare qualcosa sull'imminente attacco. Tra di loro c'erano anche agenti che esaminavano, passando poi a imbustare ed etichettare, il contenuto delle tasche dei due sospetti, ovvero portafogli, scontrini, banconote da venti dollari (i numeri di serie, grazie ai bancomat, rivelavano più di quanto si potrebbe pensare), occhiali da sole, chiavi e cose del genere. Questi reperti sarebbero stati catalogati e infine spediti alla prigione a cui erano destinati gli uomini – Salinas – ma per adesso la squadra avrebbe esaminato i reperti alla ricerca di informazioni sull'«evento» a cui Wayne Keplar aveva fatto riferimento con tanto orgoglio.

Calderman stava parlando con uno dei suoi agenti, vestito di tutto punto con tuta azzurra della Scientifica, soprascarpe e berrettino da chirurgo.

«Michael» disse, raggiungendo il detective. «I miei uomini stanno passando al setaccio l'auto.» Un'occhiata al veicolo distrutto, gli airbag aperti. «Assolutamente pulita, niente chiavi di motel, lettere o piani.»

Di rado i criminali venivano scoperti in possesso di cartine con una grossa X rossa e la scritta «Attaccare qui!».

«Ne sapremo di più quando analizzeremo le tracce degli pneumatici, il tappetino del lato passeggero e il portabagagli. Ma hanno trovato qualcosa di cui dovresti essere informato. Un thermos di caffè.»

«Ed era ancora caldo?»

«Esatto.» Calderman apprezzò che O'Neil avesse compreso l'importanza della scoperta. «E nessuno scontrino di Starbucks o di un altro posto che vende caffè.»

«Perciò potrebbero aver passato la notte qui da qualche parte e averlo preparato questa mattina.»

«È possibile.» Oakland distava un bel pezzo in auto. Potevano volerci più di tre ore. Il ritrovamento del thermos suggeriva, pur non dimostrandolo, che erano arrivati uno o due giorni prima per preparare l'attacco. Questo significava che probabilmente c'era un motel nelle vicinanze, con ulteriori prove.

Anche se erano troppo furbi per conservare ricevute o tagliandi di prenotazione.

Il capo della Scientifica aggiunse: «Ma, cosa più importante, dentro abbiamo trovato tre tazze. Due nei supporti dei sedili anteriori, una sul tappetino dietro, che era zuppo di caffè rovesciato».

«Quindi c'è un terzo uomo?» domandò O'Neil.

«Così pare, anche se l'agente che li ha bloccati non ha visto nessun altro. Forse si nascondeva dietro.»

O'Neil rifletté sulla cosa e chiamò il Dipartimento di polizia di Oakland. Apprese che l'informatore aveva sentito solo di Paulson e Keplar, ma era senz'altro possibile che avessero chiesto a qualcun altro di unirsi a loro. L'informatore aveva tagliato ogni contatto con i Fratelli della Libertà per il timore di essere scoperto e ucciso per via della soffiata.

O'Neil mandò un SMS a Dance per informarla del terzo uomo, nel caso fosse utile nell'interrogatorio. Informò anche Steve Nichols dell'FBI.

Mise via il telefono e osservò il centinaio di persone che, dietro al nastro giallo, erano intente a fissare le attività della polizia.

Il terzo uomo... Forse era sceso prima dall'auto, dopo aver disposto l'attacco ma prima che l'agente della Stradale trovasse i sospetti.

O forse se l'era filata proprio là fuori, quando la Taurus era momentaneamente nascosta alla vista dietro al grande magazzino.

O'Neil convocò diversi altri agenti del MCSO e qualcuno della Stradale. Si avviarono sul retro dell'edificio, perlustrando le zone di carico, e perfino i cassonetti, alla ricerca di tracce del terzo sospetto.

O'Neil sperava che avessero fortuna. Forse il malvivente aveva tagliato la corda perché sul suo conto c'erano informazioni particolarmente incriminanti o delicate. Oppure era un contatto locale che usava carte di credito e sportelli bancomat, la cui scia cartacea poteva indirizzare la polizia verso il bersaglio.

O forse era il tipo che non era in grado di reggere a un interrogatorio, magari il figlio adolescente di uno dei due terroristi. Fanatici come i Fratelli della Libertà non avevano problemi ad arruolare, e quindi mettere a rischio, i propri figli.

Ma la squadra di ricerca non trovò alcun segno di un'eventuale fuga dall'auto. Il retro del centro commerciale si affacciava su una collina di sabbia, punteggiata di piante grasse. La zona era sormontata da un'alta recinzione metallica, con filo spinato sulla cima. Sarebbe stato possibile, anche se impegnativo, fuggire da quella parte, ma nessuna orma nella sabbia portava alla recinzione. Tutti gli ingressi delle zone di carico erano chiusi a chiave e dotati di allarme; non poteva essere entrato da quella parte.

O'Neil continuò fino all'altro lato dell'edificio e notò un Burger King a una ventina di metri. Entrò nel ristorante, attento a individuare chiunque evitasse il contatto visivo o, ben più utile, chiunque se ne andasse alla svelta.

Nessuno lo fece. Ma questo non significava che il terzo sospetto non fosse lì. Questo accadeva relativamente spesso. Non per via della teoria (sbagliata, peraltro) secondo cui si restava o si tornava sulla scena di un crimine per il desiderio inconscio di essere presi. No, spesso i criminali erano tanto arroganti da restare nei paraggi e ficcare il naso nel corso delle indagini, oltre a scoprire l'identità degli investigatori che stavano dando loro la caccia, e perfino, in alcuni casi, scattare foto digitali per far sapere ad amici e colleghi criminali chi li stava cercando.

Fece domande in inglese e spagnolo ai clienti, chiedendo se avessero visto qualcuno scendere dalla macchina dei malviventi dietro l'outlet. Tipico dei testimoni, le persone avevano visto due macchine, tre macchine, nessuna macchina, Taurus rosse, Camry blu, Chrysler verdi, Buick grigie. Non era stato visto nessun passeggero scendere da nessun veicolo. Alla fine, però, ebbe un po' di fortuna. Una donna rispose annuendo alle sue domande. Si abbassò un vistoso paio di occhiali dalla capigliatura bionda, dov'erano posati come una tiara, e li inforcò, strizzando gli occhi mentre osservava pensierosa la scena. Usando la gigantesca tazza di soda, indicò un punto dietro ai negozi dove aveva notato un uomo fermo *accanto* a un'auto che poteva essere stata blu. Non sapeva se fosse sceso o meno dal veicolo. Spiegò che qualcuno nell'auto gli aveva consegnato uno zaino blu e l'uomo se n'era andato. La sua descrizione degli uomini – uno in tuta mimetica e l'altro in pantaloni cargo neri e giubbotto di pelle nero – non lasciava dubbi sul fatto che quelli in auto fossero Keplar e Paulson.

«Ha visto dov'è andato?»

«Verso il parcheggio, credo. Cioè, non ci ho fatto caso.» Si guardò attorno. Poi si irrigidì. «Oh...»

«Cosa?» domandò O'Neil.

«È lui!» bisbigliò la donna, indicando un uomo dai capelli biondo-rossicci in jeans e camicia da lavoro, con uno zaino sulle spalle. Nonostante la distanza, O'Neil vedeva bene che era nervoso, si dondolava prima su un piede e poi sull'altro mentre studiava la scena del crimine. Era basso, un metro e sessanta circa, cosa che spiegava perché l'agente della Stradale poteva non averlo notato nel retro della Taurus.

O'Neil chiamò via radio una vice del MCSO perché prendesse le generalità della donna. La testimone acconsentì a restare lì finché non avessero arrestato il sospetto, così avrebbe potuto compiere un'identificazione formale. Poi si sfilò dal collo il tesserino e lo mise nella tasca del giubbotto, che si abbottonò per nascondere la Glock.

Si avviò verso l'uscita del Burger King.

«Signor... detective» lo chiamò la donna. «Una cosa... ha presente lo zaino? È meglio che lo sappia: quando il tizio gliel'ha consegnato, l'hanno maneggiato con grande cautela. Ho pensato che dentro ci fosse qualcosa di fragile. Ma adesso sto pensando che potrebbe essere... sa, pericoloso.»

«La ringrazio.»

Fu allora che l'uomo biondo guardò in direzione di O'Neil.

E capì.

Si infilò nella folla. Issatosi lo zaino in spalla, si girò e cominciò a correre, sfrecciando tra gli edifici verso il retro del centro commerciale. Lì esitò solo per un momento, si lanciò su per la collina di sabbia e scavalcò l'alta recinzione che O'Neil aveva esaminato prima, lacerandosi parte del giubbotto mentre saltava agilmente oltre il filo spinato.

Cadde sul terreno incolto dall'altro lato, anch'esso perlopiù sabbioso. Si trattava di un'ex base militare abbandonata, vasta centinaia di acri.

O'Neil e due agenti raggiunsero la recinzione. Il detective la scalò in fretta, strappandosi la camicia e sbucciandosi il dorso di una mano mentre scavalcava il filo spinato. Saltò sulla sabbia dall'altro lato. Rotolò una volta sola, si raddrizzò ed estrasse la pistola in previsione di un attacco.

Ma l'uomo era scomparso.

Uno degli agenti che lo seguivano arrivò quasi in cima alla recinzione, ma perse la presa e cadde. Precipitò, sbilanciato, e O'Neil udì lo schiocco della sua caviglia che si spezzava.

«Oh» gemette il giovane guardandosi la caviglia. Si girò, pallido come la nebbia, e perse i sensi.

L'altro agente chiamò un medico e fece per risalire la recinzione.

«No!» gridò O'Neil. «Resta lì.»

«Ma...»

«Penso io all'inseguimento. Chiama un elicottero.» Voltatosi, si mise a correre sulla sabbia tra piante grasse, querce e pini, aggirando dune e gruppetti di alberi secchi, dietro ai quali un sospetto armato poteva essere appostato.

Non voleva gestire l'inseguimento da solo ma non aveva scelta. Poco dopo essere atterrato sulla sabbia, aveva visto un cartello appoggiato a terra.

PERICOLO

ORDIGNI INESPLOSI

Raffigurava un'esplosione che si levava dal suolo. Rossa anni prima, la vernice adesso era rosa.

Quella zona aveva fatto parte del raggio d'azione dell'artiglieria della base militare e, presumibilmente, migliaia di tonnellate di mine e granate erano sepolte lì, in attesa di essere eliminate non appena il budget del Pentagono l'avesse consentito.

Ma O'Neil pensò alle duecento persone che sarebbero morte entro meno di due ore e si mise a correre lungo la traccia che il sospetto era stato tanto gentile da lasciare sulla sabbia.

Gli sovvenne l'irragionevole idea che se avesse seguito il consiglio di Kathryn Dance – muoversi *in fretta* – avrebbe potuto superare il bossolo di cannone quando detonava.

Non pensava, tuttavia, che un'esplosione del genere fosse qualcosa che si poteva seminare.

L'analisi cinesica funziona grazie a un semplice concetto, a cui Dance pensava come il Principio dei Dieci Comandamenti.

Pur non essendo religiosa, la metafora le piaceva. Riduceva tutto a una serie di divieti.

Quello che veniva dopo la proibizione non importava. Il succo era che le persone conoscevano la differenza tra giusto e sbagliato e si sentivano a disagio nel fare qualcosa che non dovevano.

In parte deriva dal timore di essere colti in flagrante, ma perlopiù siamo programmati a fare la cosa giusta.

Quando le persone ingannano (sia mentendo attivamente sia omettendo parti della storia) provano stress e tale stress si manifesta. Charles Darwin ha detto: «L'emozione repressa viene quasi sempre in superficie sotto forma di movimento corporeo».

Il problema di chi interroga è che lo stress non necessariamente si manifesta perché ci si morde le unghie, si suda o si evita il contatto visivo. Potrebbe assumere la forma di un sorriso gradevole, un allegro cenno del capo, un atteggiamento comprensivo.

Non mi dire...

Be', è terribile...

Quello che un esperto di linguaggio del corpo deve fare è confrontare il comportamento dei soggetti in situazioni non stressanti con il loro comportamento quando è possibile che stiano mentendo. Le differenze suggeriscono, anche se non dimostrano, inganno. Se c'è una certa variazione, allora un analista cinesico continua a sondare l'argomento che sta causando stress finché il soggetto non confessa o lo stress non viene spiegato altrimenti.

Nell'interrogare Wayne Keplar, Dance avrebbe usato il suo normale approccio: fare una serie di domande innocue, delle quali conosceva la risposta, e alle quali il soggetto non aveva motivo di mentire. Avrebbe anche fatto quattro chiacchiere con lui, al solo scopo di capirne il comportamento quando non provava stress. Questo avrebbe stabilito la sua «linea guida» cinesica, un catalogo del suo linguaggio corporeo, tono di voce e scelte espressive quando era a suo agio e sincero.

Solo allora sarebbe passata alle domande sull'imminente attacco, cercando variazioni dalla linea guida al momento delle risposte.

Ma stabilire una linea guida di solito richiede diverse ore, se non giorni, di conversazione informale.

Tempo che Kathryn Dance non aveva.

Adesso erano le 2,08.

Eppure non aveva altra scelta se non fare il meglio che poteva. Aveva saputo che c'era un altro sospetto, in fuga nella vecchia polveriera militare nonché sito di esercitazione, con Michael O'Neil all'inseguimento (Dance conosceva i pericoli della base e non voleva pensare ai rischi che correva). E la squadra della Scientifica di Monterey era ancora al lavoro sulla Taurus e gli oggetti che Keplar e Paulson avevano addosso al momento dell'arresto. Ma questi aspetti dell'indagine non avevano prodotto alcuna pista.

Dance rilesse rapidamente lo scarno fascicolo. Wayne Keplar aveva quarantaquattro anni, era arrivato solo alle superiori, ma con buoni risultati, e adesso era uno dei «filosofi» dei Fratelli della Libertà, autore di diversi trattati e invettive sui blog e i siti del gruppo. Era single, mai sposato. Era nato nell'Haight, aveva vissuto a San Diego e Bakersfield. Adesso era a Oakland. Non aveva passaporto e non era mai uscito dal Paese. Suo padre era morto, ucciso in uno scontro a fuoco in stile Waco/Ruby Ridge con i federali. Sua madre e sua sorella, di qualche anno più grande di lui, erano anch'esse coinvolte nell'organizzazione che, malgrado il nome, vantava membri di entrambi i sessi. Nessuna di loro aveva la fedina penale sporca.

Keplar invece sì, ma per un reato minore e niente di violento. Il suo unico reato federale era stato imbrattare un centro di reclutamento delle forze armate.

Aveva anche un fratello maggiore che viveva sulla East Coast ma, a quanto pareva, l'uomo non aveva contatti con Keplar da anni e niente a che fare con i Fratelli della Libertà.

Una ricerca approfondita non aveva rivelato niente sul viaggio di Keplar e Paulson. Tipico dei miliziani, preoccupati del Grande Fratello. Pagavano in contanti tutto quello che potevano.

Normalmente avrebbe voluto molti più dettagli, ma non c'era altro tempo.

In fretta...

Dance lasciò il fascicolo alla scrivania all'ingresso ed entrò nella stanza degli interrogatori. Keplar la accolse con un sorriso.

«Levagli le manette» disse a Albert Stemple, che non esitò malgrado l'idea non lo facesse impazzire.

Dance sarebbe stata da sola in una stanza con un sospetto non ammanettato, ma aveva bisogno che i movimenti delle braccia dell'uomo non fossero limitati. L'analisi del linguaggio del corpo è già abbastanza difficile con tutti gli arti liberi.

Keplar si stravaccò sulla poltroncina grigia da ufficio, come se fosse in procinto di guardare una partita di football alla quale non era poi così interessato.

Dance rivolse un cenno del capo a Stemple, il quale se ne andò chiudendosi alle spalle la pesante porta, e guardò il grosso orologio in fondo alla stanza.

Le 2,16.

Gli occhi di Keplar seguirono la stessa direzione e poi tornarono su di lei. «Vuole provare a scoprire dove... l'*evento* avrà luogo. Chieda pure. Ma glielo dico subito, sarà una perdita di tempo.»

Dance spostò la sedia in modo da sedersi di fronte a lui, senza che in mezzo a loro ci fosse altro. Qualsiasi barriera tra interrogatore e soggetto, perfino un piccolo tavolo, dà al sospetto un senso di protezione e rende l'analisi cinesica molto più difficile. Dance era a circa un metro da lui, nella sua area prossemica personale: non così vicina da renderlo ostile ma abbastanza da metterlo a disagio.

Solo che lui non era a disagio. Affatto. Keplar non poteva essere più calmo.

La guardava senza battere ciglio, un'espressione che non era sprezzante, né di sfida e neanche seducente. Era quasi come se stesse valutando un cane da comprare al figlio.

«Wayne, lei non ha la patente.»

«Un altro modo che il governo usa per tenerti sotto osservazione.»

«Dove vive?»

«Oakland. Vicino all'acqua. Da sei anni. Ne parlano male ma è un posto tranquillo.»

«Prima dove viveva?»

«San Diego.»

Gli fece altre domande, vita personale e viaggi, fingendo di non conoscerne la risposta. Aveva lasciato fuori il fascicolo.

Le risposte furono sincere. E, mentre Wayne parlava, Dance notò che teneva le spalle in avanti, la mano destra tendeva a posarsi sulla coscia, la guardava dritto negli occhi e spesso le sue labbra si curvavano in un mezzo sorriso. Aveva di tanto in tanto l'abitudine di spingere la lingua contro l'interno della guancia. Poteva trattarsi di un'abitudine o dipendere da un'astinenza, magari dal tabacco da masticare, che Dance sapeva dare dipendenza quanto il fumo.

«Perché ha lasciato San Diego, Wayne? Il clima è migliore che a Oakland.»

«Non proprio. Su questo non sono d'accordo. Non mi piaceva e basta. Sa com'è, percepisci una vibrazione e non la senti giusta.»

«Questo è vero.»

Le sorrise in modo sinistro. «Davvero? Sa una cosa? Lei è un peperino, Kathryn. Sì, lo è.»

Un brivido le corse lungo la schiena quando gli occhi ravvicinati la scrutarono in volto.

Lo ignorò meglio che poteva e domandò: «Che grado gerarchico ha nei Fratelli della Libertà?».

«Abbastanza vicino alla cima. Ne sa qualcosa?»

«No.»

«Mi piacerebbe parlargliene. Lei è in gamba, Miss Peperino. Probabilmente penserebbe che le nostre sono delle gran belle idee.»

«Non ne sono sicura.»

Keplar alzò una spalla, un altro dei suoi gesti standard. «Ma non si sa mai.»

Fu la volta di altre domande sulla sua vita a Oakland, le precedenti condanne, la sua infanzia. Dance conosceva le risposte ma si trattava di cose sulle quali Keplar non avrebbe avuto motivo di mentire e così continuò a raccogliere elementi di linguaggio corporeo standard e qualità verbale (tono e velocità del discorso).

Diede un'occhiata furtiva all'ora.

«Il tempo la preoccupa, vero?»

«Avete intenzione di uccidere un sacco di persone. Sì, la cosa mi impensierisce. Ma non lei, a quanto vedo.»

«Ah, adesso sembra proprio una psicologa. Sono andato in analisi una volta. Non ha funzionato.»

«Parliamo di quello che avete architettato, le duecento persone che avete intenzione di uccidere.»

«Duecento e *rotti*.»

Quindi, altre vittime. Il suo comportamento combaciava con la linea guida. Era un'informazione vera, non stava facendo lo spaccone.

«Quante in più?»

«Duecentoventi, direi.»

Le sovvenne un'idea. «Le ho detto che non rilasceremo Osmond Carter. È fuori discussione.»

«Peggio per lei... be', non per lei. Peggio per duecento e passa persone.»

«E ucciderle non farà altro che trasformarvi in paria, cioè...»

«So cosa significa la parola "paria". Vada avanti.»

«Non pensa che andrebbe a vostro vantaggio, dal punto di vista mediatico, se annullasse l'attacco o se mi dicesse il luogo?»

Lui esitò. «Forse. È possibile, sì.» Poi i suoi occhi si illuminarono. «Ora, non sono propenso ad annullare nulla. Farebbe una pessima impressione. Né a dirle dove accadrà questa cosa. Ma, essendo lei Miss Peperino e tutto quanto, diciamo che le do una possibilità di scoprirlo. Facciamo un gioco.»

«Un gioco?»

«Le Venti Domande. Risponderò sinceramente, lo giuro.»

A volte, quell'ultima frase era un segnalatore di inganno. Dance non pensava che fosse questo il caso.

«E se scopre dove quelle duecentoventi e passa anime incontreranno Gesù... allora buon per lei. Potrò in tutta onestà dire di non essere stato io a rivelarglielo. Ma ha solo venti domande. Se non lo scopre, faccia preparare l'obitorio. Le va di giocare, Kathryn? In caso contrario deciderò che voglio il mio avvocato e spero di essere vicino a una TV tra...» guardò l'ora «un'ora e quarantuno minuti.»

«Va bene, giochiamo» accettò Dance, asciugandosi furtivamente il sudore che le imperlava i palmi. Come diavolo formulare venti domande per individuare il sito dell'attacco? Non le era mai capitato un interrogatorio del genere.

Keplar si spostò in avanti sulla sedia. «Sarà divertente!»

«L'attacco sarà un ordigno esplosivo?»

«Domanda numero uno, tengo io il conto. No.»

«Cosa sarà?»

«Questa è la domanda numero due ma, spiacente, conosce le Venti Domande: solo risposte con sì o no. Ma le do una seconda possibilità.»

«Sarà un'arma chimica o batteriologica?»

«Questo è un po' barare, due al prezzo di uno. Ma dico sì.»

«Sarà in un posto aperto al pubblico?»

«Numero tre. Sì, più o meno pubblico. Diciamo che è accessibile al pubblico.»

Stava dicendo la verità. Tutto il suo comportamento, il tono e il ritmo della voce esprimevano la sua sincerità. Ma cosa intendeva con accessibile al pubblico anche se non proprio pubblico?

«Si tratta di un luogo di intrattenimento?»

«Domanda numero quattro. Be', non proprio, ma ci sarà dell'intrattenimento.»

«Relativo al Natale?»

Keplar fece una risata di scherno. «E sono cinque. Sta ponendo le domande in modo saggio, Miss Peperino? Ne ha già usate un quarto. Avrebbe potuto combinare Natale e intrattenimento. A ogni modo, sì, c'entra il Natale.»

A Dance parve curioso. Apparentemente, i Fratelli della Libertà avevano un lato religioso, pur non essendo fanatici rinati. Pensava che il bersaglio potessero essere islamici o ebrei.

«Le vittime hanno personalmente fatto qualcosa alla sua organizzazione?»

Pensava a polizia, forze dell'ordine o governo.

«Sei. No.»

«Le avete prese di mira per motivi ideologici?»

«Sette. Sì.»

«Sarà nella contea di Monterey?»

«Numero otto. Sì.»

«Nella città di...» No, se continuava su questa linea, avrebbe finito tutte le domande elencando le diverse cittadine e le aree distaccate della contea di Monterey. «Sarà vicino all'acqua?»

«Domanda superficiale. Mi aspetto di meglio da lei, Miss Peperino. Seconda chance. Vicino a *cosa*?»

Stupido da parte sua, si rese conto Dance con il cuore che le batteva forte. C'erano una serie di specchi d'acqua e fiumi nella zona. Per non parlare dell'oceano. Tecnicamente, Monterey non era sul Pacifico. «Sarà nel raggio di un chilometro da Monterey Bay?»

«Ottimo!» rispose lui divertito. «Sì. E sono nove. Quasi a metà strada.»

Dance vedeva che stava dicendo la verità. Ogni risposta veniva data secondo la sua linea guida cinesica.

«Lei e Gabe Paulson avete qualcuno che vi aiuta nell'evento?»

Un sopracciglio alzato. «Sì. Numero dieci. È a metà strada dal salvare tutta quella povera gente, Kathryn.»

«La terza persona è un membro dei Fratelli della Libertà?»

«Sì. Undici.»

Si stava sforzando di pensare, incerta su come trasformare l'esistenza del socio in informazioni utili. Cambiò tattica. «Le vittime hanno bisogno di un biglietto per accedere al luogo?»

«Dodici. Voglio giocare correttamente. In verità non lo so. Ma devono iscriversi e pagare. È più di quanto dovrei darle, ma mi sto divertendo.» E Keplar ne aveva tutta l'aria.

Dance stava cominciando ad avere qualche idea.

«Il luogo è un'attrazione turistica?»

«Tredici. Sì, direi di sì. Perlomeno è nei pressi di attrazioni turistiche.»

Adesso le parve saggio usare una delle domande geografiche. «Si trova nella città di Monterey?»

«No. Quattordici.»

«Carmel?»

«No. Quindici.»

Dance continuò a tenere un'espressione neutrale. Cos'altro avrebbe dovuto chiedere? Se riusciva a restringere il campo ancora un po', e se Michael O'Neil e la sua squadra della Scientifica le avessero dato altri dettagli, potevano mettere insieme un quadro preciso di dove l'attacco avrebbe avuto luogo e poi far evacuare ogni edificio della zona.

«Come va, Kathryn? La sente l'eccitazione di un bel gioco? Io senz'altro.» Guardò l'orologio. Dance fece lo stesso. Diamine, il tempo era volato durante quel botta e risposta. Adesso erano le 2,42.

Non rispose alla domanda ma tentò una tattica diversa. «I suoi amici più stretti sanno cosa state facendo?»

Keplar parve perplesso. «Vuole usare la domanda numero sedici per questo? Be', scelta sua. Sì.»

«Approvano?»

«Sì, tutti quanti. Diciassette. Ha tutto quello che le serve, Kathryn? Mi sembra fuori strada.»

Ma non era così. Dance aveva un'altra strategia. Era a posto con le informazioni in suo possesso – zona turistica, vicino all'acqua, evento a pagamento, relativo al Natale e qualche altro dettaglio – e con quanto aveva scoperto O'Neil sperava che potessero restringere le aree da evacuare. Adesso stava sperando di convincerlo a confessare facendo ricorso all'idea espressa prima. Cioè che, sventando l'attacco, si sarebbe comunque fatto pubblicità ma senza dover andare in galera per sempre o morire con un'iniezione letale. Anche se perdeva il gioco delle Venti Domande, cosa che sembrava probabile, lo stava portando a pensare alle persone a cui era legato, amici e familiari con cui poteva ancora passare del tempo, se avesse fermato l'attacco.

«E la famiglia... i suoi fratelli approvano?»

«Domanda diciotto. Non ne ho. Sono figlio unico. Le restano solo due domande, Kathryn. Le usi saggiamente.»

Dance quasi non udì le ultime frasi. Era sbigottita.

Oh, no...

Il comportamento di Keplar quando aveva affermato di non avere fratelli – una palese bugia – era identico a quello della linea guida.

Durante l'intero gioco aveva mentito.

I loro sguardi si incrociarono. «Ho fatto un passo falso, vero?» Scoppiò a ridere. «Viviamo talmente fuori dal sistema che non pensavo sapesse della mia famiglia. Avrei dovuto fare più attenzione.»

«Tutto quello che mi ha detto erano bugie.»

«Il nulla. Frutto della fantasia. Scelga il suo cliché, Miss Peperino. Dovevo far passare il tempo. Nulla sulla verde terra di Dio salverà quelle persone.»

Dance comprese che spreco di tempo era stato. Wayne Keplar probabilmente non poteva essere sottoposto a un'analisi cinesica. Il Principio dei Dieci Comandamenti non si applicava al suo caso. Keplar non provava stress nel mentire tanto quanto nel dire la verità. Come i serial killer e gli schizofrenici, gli estremisti politici spesso sentono che ciò che stanno facendo è giusto, anche se si tratta di atti criminali o criticabili dagli altri. Sono convinti della propria rettitudine morale.

«La guardi dal mio punto di vista. Certo, avremmo ottenuto un po' di pubblicità se avessi confessato. Ma sa come sono i giornalisti, si sarebbero stufati della storia dopo un paio di giorni. Duecento morti? Diamine, resteremo sulla CNN per settimane. Non si può comprare una pubblicità del genere.»

Dance si alzò e, senza dire una parola, uscì dalla stanza.

Michael O'Neil correva attraverso i fantasmi.

L'area di Monterey è un luogo in cui le apparizioni del passato sono sempre presenti.

I nativi americani Ohlone, gli spagnoli, i baroni della ferrovia, i pescatori... tutto sparito.

E anche i soldati, che avevano abitato Fort Ord e le altre strutture militari che un tempo costellavano la penisola di Monterey e ne definivano economia e cultura.

Trafelato e sudato malgrado il freddo e la foschia, O'Neil correva oltre i resti di baracche, aule e strutture di addestramento, alcune intatte, altre fatiscenti, altre ancora crollate.

Oltre parcheggi, magazzini, poligoni di tiro, piazze d'armi.

Oltre cartelli che raffiguravano teschi sbiaditi e ossa incrociate ed esplosioni rosa.

Ordigni inesplosi...

Il sospetto procedeva a zigzag come un disperato e l'inseguimento era estenuante. Il terreno era stato spianato negli anni Trenta e Quaranta per la costruzione della base ma le dune si erano riprese gran parte del paesaggio: cumuli increspati di sabbia dorata, alcune alte come case di quattro piani.

Il malvivente procedeva tra queste valli correndo in preda al panico, spesso cadendo, come anche O'Neil, per via della scarsa aderenza, dei rapidi dietrofront e degli scatti quando si profilava una potenziale riserva di esplosivi.

O'Neil rifletté se piazzare una pallottola nella gamba dell'uomo, anche se tecnicamente era proibito. E poi non poteva permettersi di sbagliare e ucciderlo.

Il sospetto arrancava, ansimante, paonazzo, con lo zaino letale che gli sobbalzava sulla spalla.

Finalmente, O'Neil sentì il rumore sordo dei rotori.

Pensò che un elicottero fosse l'unico modo intelligente per inseguire qualcuno in un'area del genere, pur non essendo un vero e proprio campo minato. Gli uccelli non innescavano gli esplosivi, finché restavano in volo.

E quante possibilità c'erano che lui stesso innescasse qualche ordigno, maciullandosi le gambe?

E i suoi figli allora?

E la possibile vita con Kathryn Dance?

Decise che erano domande inutili. Si trattava di ordigni militari. Non sarebbe finito amputato, piuttosto una massa di poltiglia rossa.

L'elicottero si avvicinò. Dio, facevano rumore. L'aveva dimenticato.

Il sospetto si fermò, si guardò alle spalle e poi girò a destra, sparendo rapido dietro a una duna.

Era una trappola? O'Neil proseguì adagio. Ma non riusciva a vedere bene. L'elicottero stava sollevando una nuvola torbida di polvere e sabbia. O'Neil agitò una mano. Puntò la pistola davanti a sé e iniziò ad avvicinarsi alla valle lungo la quale il malvivente era scomparso.

L'elicottero era ancora più vicino. Il pilota non doveva aver visto i segnali di O'Neil. La tempesta di sabbia si fece più violenta. Alcune parole del tutto incomprensibili risuonarono da un altoparlante.

«Indietro, indietro!» gridò inutilmente O'Neil.

Poi, davanti a sé, notò quella che sembrava una forma umana, indistinta nella nube di polvere e sabbia. La figura si stava avvicinando.

Sbattendo le palpebre per scacciare la sabbia, puntò la pistola. «Fermo!»

Esercitò una leggera pressione sul grilletto. La pistola era a doppia azione e occorreva una certa forza per esplodere il primo colpo.

Spara, disse a se stesso.

Ma c'era troppa polvere per avere la certezza che si trattasse del terrorista. E se fosse stato un ostaggio o un escursionista che si era perso?

Si accovacciò e procedette in avanti.

Dannato elicottero! Aveva la bocca piena di granelli di sabbia.

Fu allora che una seconda sagoma, più piccola, si staccò dalla prima e parve volare nell'aria verso di lui.

Cosa...?

Lo zainetto blu lo colpì al volto. Cadde all'indietro, ruzzolando a terra, con la sacca accanto alle gambe. Soffocato dalla sabbia, Michael O'Neil rifletté sull'ironia di essere sopravvissuto a un campo minato solo per saltare in aria a causa della bomba che il terrorista aveva portato con sé.

La festa natalizia dell'Associazione Bancari era in pieno svolgimento. Era cominciata, come sempre, un po' in anticipo. Chi aveva voglia di negare prestiti oppure occuparsi del carico di scartoffie di quelli approvati quando il Natale era alle porte?

Carol e Hal accoglievano i membri della CCCBA alla porta, mostrando loro dove lasciare i cappotti, distribuendo sacchetti regalo e assicurandosi che bar e buffet fossero ben forniti.

Nel posto regnava un'atmosfera magica. Carol aveva scelto di chiudere le tende: durante una bella giornata estiva la vista sull'acqua poteva andare bene, ma era calata la nebbia e il panorama era grigio e cupo. All'interno, tuttavia, con le lucine colorate e l'illuminazione attenuata, la sala ricevimenti assumeva un aspetto caldo e confortevole.

Hal se ne andava in giro con il suo completo classico, la camicia bianca e l'enorme cappello da Babbo Natale. La gente sorseggiava vino e punch, scattava foto e si riuniva in gruppetti a parlare di politica, sport, shopping e vacanze imminenti.

Ma anche un sacco di commenti a proposito di tassi di interesse, la Federal Reserve e l'euro.

Con i bancari era impossibile non parlare di lavoro. Automatico.

«Abbiamo sentito che ci sarà una sorpresa, Carol» esclamò uno dei membri.

«Cos'è?» gridò un'altra voce.

«Siate pazienti» rispose lei ridendo. «Se ve lo dicessi non sarebbe una sorpresa, no?»

Quando la festa parve essere ormai decollata, Carol andò al palco a provare di nuovo l'impianto audio. Sì, funzionava bene.

Grazie al cielo.

La sorpresa dipendeva da questo. Aveva chiamato il coro di una delle scuole dei nipoti perché tenesse un concerto, canti tradizionali e moderni di Natale e Hanukkah. Guardò l'ora. I ragazzi sarebbero arrivati alle 3,45 circa. Li aveva già sentiti cantare ed erano molto bravi.

Carol rise tra sé nel ricordare l'intrattenimento della festa dell'anno prima. Herb Ross, vicepresidente presso la First People's Trust, che aveva ingerito quasi un quarto dello speciale «punch», era salito sul tavolo per cantare e, ancora peggio (o meglio, dal punto di vista delle chiacchiere da corridoio), per recitare l'intero *I Dodici Giorni di Natale*, raggiungendo il punto più alto con le strofe sui signori che saltano.

Kathryn Dance impiegò dieci preziosi minuti a mandare SMS e a parlare con una serie di persone sul campo e lì nel quartier generale.

Sembrava che fuori dalla surrealtà della stanza degli interrogatori le indagini non avessero fatto alcun progresso. L'Unità Servizi forensi di Monterey stava ancora analizzando tracce collegate alla Taurus e al contenuto delle tasche dei sospetti, e Abbott Calderman aveva detto che potevano passare altri dieci o quindici minuti prima di avere qualche risposta.

Gesù, pensò Dance.

Michael O'Neil, dall'ultima volta che l'aveva sentito, aveva inseguito il terzo terrorista nella base militare abbandonata. Un elicottero della polizia l'aveva perso di vista in una nuvola di polvere e sabbia. Dance aveva avuto una breve conversazione con l'agente dell'FBI Steve Nichols, che si trovava in un vicino posto di comando mobile. «Questo Paulson non dice niente. Non una parola. Mi fissa e basta. Mi piacerebbe fargli un po' di waterboarding.»

«Non facciamo cose del genere» gli aveva ricordato Dance.

«Sto solo sognando a occhi aperti» aveva borbottato prima di riattaccare.

Adesso, tornando nella stanza degli interrogatori con Wayne Keplar, Dance guardò l'orologio sulla parete.

Le 3,10.

«Ehi» disse l'uomo, facendo altrettanto prima di riportare lo sguardo su Dance. «Non ce l'ha con me, vero?»

Dance si sedette di fronte a lui. Era chiaro che non gli avrebbe estorto una confessione, perciò non si disturbò a seguire la prassi del colloquio cinesico. Disse: «Sono certa che sia sorpreso che, prima, io abbia cercato di analizzare il suo linguaggio del corpo, con la speranza di trovare un modo che la spingesse a dirmi cosa avevate architettato lei, Gabe e l'altro complice.»

«Non sapevo del linguaggio del corpo. Ma mi pare logico.»

«Adesso voglio fare qualcos'altro e le dirò esattamente di cosa si tratta. Niente trucchi.»

«Spari. Ci sto.»

Dance aveva concluso che l'analisi e l'interrogatorio tradizionali non avrebbero funzionato con uno come Wayne Keplar. La sua assenza di emozioni e la fanatica convinzione della legittimità della sua causa rendevano inutile la cinesica. Non andava bene neanche un'analisi basata sui contenuti; si tratta della parente povera del linguaggio del corpo, che cerca di capire se un sospetto sta dicendo la verità analizzando la sensatezza di ciò che dice.

Ma Keplar era troppo controllato per lasciarsi sfuggire qualcosa in cui lei potesse individuare segnali di menzogna o verità.

Perciò avrebbe fatto qualcosa di drastico.

Disse: «Voglio dimostrarle che le sue convinzioni, quello che spinge lei e il suo gruppo a mettere in atto questo attacco, sono sbagliate».

Keplar inarcò un sopracciglio. Incuriosito.

Era un'idea grottesca per un interrogatorio. Non si dovrebbe mai discutere con un sospetto. Se un uomo è accusato di aver ucciso sua moglie, il tuo compito è stabilire i fatti e, se viene fuori che ha realmente commesso l'omicidio, allora ottieni una confessione o, perlomeno, raccogli informazioni sufficienti per aiutare gli investigatori a convalidare l'arresto.

Non ha senso discutere di cosa è giusto e cosa sbagliato in quello che ha fatto, né tantomeno affrontare questioni filosofiche sul togliere la vita in generale o la violenza sulle donne, per esempio.

Ma era esattamente ciò che stava per fare adesso.

Ancora una volta con la lingua contro l'interno della guancia, pensieroso, Keplar replicò: «Ma almeno sa quali sono le nostre convinzioni?».

«Ho letto il sito dei Fratelli della Libertà. Io...»

«Le piace la grafica? Costa un bel po'.»

Un'occhiata alla parete. Le 3,14.

Dance continuò. «Voi invocate un governo più limitato, praticamente zero tasse, sistema bancario decentralizzato, niente grandi società per azioni, tagli all'esercito, religione nelle scuole pubbliche. E affermate di avere il diritto alla disobbedienza civile violenta. Oltre a sostenere alcune teorie razziali ed etniche che sono passate di moda nel 1860.»

«Be', riguardo a quest'ultima cosa, la verità è che ce la buttiamo dentro solo per avere l'appoggio dei bifolchi e dei fanatici del controllo delle frontiere. Parecchi di noi non la pensano così. Ma, Miss Peperino, lei ha fatto i compiti a casa, a quanto pare. Abbiamo un sacco di altre posizioni, ma per cominciare quelle vanno benone... Quindi, parliamone pure. Sarà divertente quanto le

Venti Domande. Ma, ricordi, forse sarò io a convertire lei al mio modo di pensare, a convincerla ad appendere quella sua stella di latta e passare dalla parte dei buoni. Cosa ne dice?»

«Terrò la mente aperta, se lo farà anche lei.»

«Affare fatto.»

Dance ripensò a quanto aveva letto sul sito web del gruppo. «Parlate della legittimità dell'individuo. Sono d'accordo fino a un certo punto, ma non possiamo sopravvivere solo come individui. Abbiamo bisogno del governo. E più persone abbiamo, maggiori sono le attività economiche e sociali, più cresce il bisogno di un forte governo centrale, che ci permetta di vivere la nostra vita senza problemi.»

«Che cosa triste, Kathryn.»

«Triste?»

«Certo. A quanto pare ho più fiducia di lei nel genere umano. Siamo capaci di prenderci cura di noi stessi. Lasci che glielo chieda: lei va dal medico di tanto in tanto, giusto?»

«Sì.»

«Ma non tanto spesso, dico bene? Piuttosto di rado, eh? Più spesso con i figli, scommetto. Io dico che lei ha figli, sicuro.»

Dance lasciò correre senza alcuna reazione.

Le 3,17.

«Ma cosa fa il dottore? A meno che non ci sia un osso rotto da sistemare, il dottore le dice più o meno di fare ciò che le ha suggerito l'istinto. Prendere un'aspirina, mettersi a letto, bere molti liquidi, assumere fibre, dormire. Lasciare che il corpo si prenda cura di se stesso. E il novanta per cento delle volte, quelle idee funzionano.» I suoi occhi si illuminarono. «Ecco cosa dovrebbe fare il governo: lasciarci in pace il novanta per cento delle volte.»

«E cosa mi dice del restante dieci per cento?» volle sapere Dance.

«Ammetto che abbiamo bisogno di... vediamo... autostrade, aeroporti, difesa nazionale... Ah, un momento, ho detto "difesa"? Sa, lo chiamavano "dipartimento della Guerra". Be', all'epoca alcuni tizi delle pubbliche relazioni finirono coinvolti e “Guerra” non andò più bene, così cambiarono nome. Tutto falso. Vede, non si tratta solo di difesa. Andiamo in giro a ficcare il naso in posti che non sono affare nostro.»

«Il governo impone regole a società per azioni che altrimenti sfrutterebbero la gente.»

Keplar rise di scherno. «Il governo le aiuta a farlo. Quanti membri del Congresso vanno a Washington poveri e ritornano a casa ricchi? La maggior parte.»

«Ma siete d’accordo su alcune tasse?»

Lui fece spallucce. «Per pagare strade, controllo del traffico aereo e difesa.»

Le 3,20.

«La Commissione per i Titoli e gli Scambi?»

«Non abbiamo bisogno di titoli. Chieda al cittadino medio cos’è il mercato azionario e le risponderà che è un modo per fare soldi o mettere qualcosa da parte per la pensione. Non si rende conto che *non* serve a quello. Il mercato azionario esiste per permettere alle persone di comprare una società, come se lei andasse da un concessionario dell’usato a comprare un’auto. E perché dovrebbe voler comprare una società? Non ci arrivo. Forse qualcuno comprerebbe azioni perché gli piace cosa fa tale società o vuole sostenere un certo tipo di attività. Non è per questo che la gente le vuole. Eliminiamo del tutto le azioni. Impariamo a vivere dei prodotti della terra.»

«Si sbaglia, Wayne. Pensi a tutte le innovazioni che le grandi società hanno creato: medicinali salvavita, forniture mediche, computer... ecco cos’hanno fatto le società.»

«Come no, e gli iPhone e i Blackberry e i portatili hanno sostituito i genitori, e i ragazzi imparano i valori familiari sui siti porno.»

«E cosa mi dice dell’istruzione scolastica fornita dal governo?»

«Ah! Quello è un altro racket. Professori che guadagnano qualche centinaio di migliaia di dollari l’anno per lavorare otto mesi, e neanche tanto sodo, se è per questo. Insegnanti che sanno a malapena formare una frase da soli. Mi dica, Kathryn, le fa piacere affidare i suoi figli a qualcuno che vede un paio di volte l'anno ai colloqui insegnanti-genitori? Chi lo sa come diavolo stanno avvelenando le loro menti?»

Dance non disse niente ma sperò che la sua espressione non rivelasse che, di tanto in tanto, quei pensieri le passavano per la testa.

Keplar continuò: «No, ecco qual è la soluzione: istruzione scolastica a casa».

«Affermate che la polizia non vi piace. Ma noi siamo qui per proteggere lei e la sua famiglia. Ci assicuriamo addirittura che i Fratelli della Libertà siano liberi di fare le loro cose, non subiscano discriminazioni e non siano vittime di reati d'odio.»

«Polizia statale... Ci pensi, Miss Peperino. Io non so cosa *voi* facciate esattamente in questo bel palazzo, ma mi dica la verità. Mettete a rischio la vostra vita ogni giorno e per cosa? Oh, magari di tanto in tanto fermate qualche folle serial killer o salvate qualcuno da un rapimento. Ma perlopiù gli sbirri indossano le loro belle uniformi da sbirro e vanno a beccare qualche povero ragazzino con la droga, senza arrivare a capire il *perché.* Per quale motivo si stava facendo di erba o coca, in primo luogo? Perché il governo e le istituzioni di questo Paese lo hanno deluso.»

Le 3,26.

«Quindi non le piace il governo federale. Ma tutto è relativo, no? Torniamo al diciottesimo secolo. Non eravamo solo una massa di individui. C'era il governo statale ed era potente. Le persone dovevano pagare le tasse, erano soggette alle leggi, non potevano impadronirsi della proprietà dei vicini, non potevano commettere incesto, non potevano rubare. Tutti accettavano questo. Il governo federale di adesso è solo una versione più grande del governo statale del Settecento.»

«Ah, bene, Kathryn. Questo glielo concedo.» Annuì di buon grado. «Ma noi pensiamo che le leggi statali e perfino quelle *locali* siano eccessive.»

«Quindi vorreste abolire le leggi?»

«Diciamo che ne basterebbero molte, molte meno.»

Dance si protese in avanti con le mani giunte. «Allora parliamo di quell'altra sua convinzione che al momento è cruciale: l'uso della violenza per raggiungere i vostri scopi. Le assicuro che ha il diritto di credere in quello che vuole, e non sarà arrestato per questo. Cosa che, a proposito, non accade in molti Paesi.»

«Siamo i migliori» convenne Keplar. «Ma per noi non è ancora sufficiente.»

«Ma la violenza è ipocrita.»

Lui aggrottò la fronte. «E perché mai?»

«Perché togliete a un individuo il suo diritto più importante – la sua vita – quando lo uccidete in nome delle vostre idee. Come si può essere difensori dell'individuo e, al tempo stesso, disposti a distruggerlo?»

La testa di Keplar si alzò e si abbassò. Di nuovo il movimento della lingua. «Questa è buona, Kathryn. Sì.»

Dance rimase interdetta.

Keplar aggiunse: «E c'è del vero... Solo che le sfugge una cosa. Quelle persone che abbiamo preso di mira... loro non sono individui. Sono parte del sistema, proprio come lei.»

«Quindi sta dicendo che va bene ucciderle perché sono... cosa? Neanche esseri umani?»

«Non avrei saputo dirlo meglio, Miss Peperino.» Il suo sguardo andò alla parete. Le 3,34.

L'elicottero atterrò nel parcheggio di un centro commerciale a Seaside e Michael O'Neil e un sospetto ammanettato – nessun documento addosso – scesero dal velivolo.

O'Neil sanguinava da un taglio superficiale alla testa, che si era procurato correndo in un boschetto di querce per sfuggire allo zaino esplosivo.

Che si era rivelato una semplice distrazione.

Nessun ordigno, niente antrace. Lo zaino era pieno di sabbia.

Il malvivente doveva essersi sbarazzato della sostanza nociva durante l'inseguimento, e la prova o la bomba o qualsiasi altro indizio era ormai perso nella sabbia.

Anche la corrente discendente dell'elicottero era stata d'intralcio.

La cosa più deludente, tuttavia, era che l'uomo si era chiuso a riccio.

O'Neil si stava chiedendo se non fosse in realtà muto. Non aveva detto una parola durante l'inseguimento né dopo che il detective lo aveva bloccato, ammanettato e trascinato all'elicottero. Niente di quello che O'Neil aveva detto, promesse o minacce, l'aveva spinto a parlare.

Il detective lo consegnò ai colleghi del MCSO. Una rapida perquisizione non rivelò alcun documento di identità. Gli presero le impronte, per le quali lo scanner non trovò alcun riscontro, e l'uomo fu schedato come «Sosco A».

La donna bionda con la grossa tazza di soda – adesso quasi vuota – che lo aveva individuato nella folla poté fare un'identificazione formale e se ne andò.

Il capo della Scientifica raggiunse O'Neil. «Non ho molto ma posso dire che la Taurus ha di recente trascorso del tempo sulla spiaggia, o in prossimità, lungo un tratto di otto chilometri a sud di Moss Landing.» Calderman spiegò che per via della caratteristica natura dell'acqua di raffreddamento della centrale elettrica a Moss Landing, delle correnti predominanti e dei fertilizzanti provenienti da alcune fattorie locali, era stato in grado di localizzare quella parte della contea. Se otto chilometri si poteva definire «localizzare».

«Altro?»

«Macché. Questo è tutto. Magari ricaverò dell'altro in laboratorio.» Calderman indicò l'orologio. «Ma non c'è più tempo.»

O'Neil chiamò Kathryn, ma partì subito la segreteria. Le inviò l'informazione tramite SMS. Poi guardò la Taurus fracassata, i mezzi di soccorso, il nastro giallo che spiccava nel grigio pomeriggio nebbioso. Stava pensando: non era inconsueto che le scene del crimine dessero luogo a più interrogativi che risposte.

Ma perché diavolo doveva succedere adesso, che restava così poco tempo per salvare le duecento vittime?

Le mani salde come roccia, Harriet Keplar stava guidando l'auto che aveva rubato dal parcheggio del centro commerciale.

Ma, a differenza delle mani, il cuore era in subbuglio. L'amato fratello, Wayne, e l'amante occasionale Gabe Paulson erano sotto custodia. Dopo l'esplosione della bomba di lì a breve non li avrebbe più rivisti, se non in tribunale. Dato il coraggio di Wayne, aveva il sospetto che si sarebbe dichiarato non colpevole solo per poter salire sul banco degli imputati e infliggere una lavata di capo a giudice, giuria e stampa, piuttosto che trovare un accordo con l'accusa.

Si abbassò gli occhiali sugli occhi e guardò l'ora. Mancava poco ormai. Ci volevano dieci minuti fino al Dunes Inn, che era stato il loro scalo tecnico. E lì avrebbero passato i giorni successivi, aspettando e guardando i notiziari. Ma adesso, purtroppo, era in atto il piano B. Sarebbe tornata a raccogliere tutti i documenti, le cartine, l'attrezzatura extra e i restanti esplosivi per filarsela di nuovo a Oakland. Sospettava che dovesse esserci una dannata talpa tra i Fratelli della Libertà lassù – altrimenti come faceva la polizia a sapere così tanto? – e lei aveva intenzione di scovarla.

Era una fortuna che avessero deciso di separarsi dietro al centro commerciale. Mentre la Taurus, con Harriet sul sedile posteriore, aveva momentaneamente eluso l'agente della Stradale, Wayne aveva fatto una brusca frenata e deciso che qualcuno doveva tornare al motel e sbarazzarsi delle prove, che coinvolgevano alcuni membri molto in alto nell'organizzazione.

Lei era saltata fuori con lo zaino contenente detonatori extra, cavi, attrezzi e documenti falsi che avevano garantito loro l'accesso alla sala ricevimenti dove si sarebbe tenuta la festa della CCCBA. Harriet era andata a rubare un'auto per tornarsene al Dunes Inn ma quello stronzo di agente aveva speronato Gabe e Wayne. Ed era arrivata la polizia.

Si era infilata in un Burger King nell'attesa che si calmassero le acque. Aveva gettato via il contenuto dello zaino ma, con suo grande sgomento, i poliziotti si erano sparpagliati e stavano facendo domande a tutti. Harriet aveva deciso che doveva trovare un capro espiatorio che distogliesse l'attenzione da lei. Aveva individuato un compratore solitario, un uomo alto all'incirca quanto lei e con i capelli chiari, nel caso l'agente della Stradale l'avesse vista sul sedile posteriore. Gli aveva infilato la Glock nelle costole, attirandolo dietro al ristorante, e gli aveva sottratto il portafogli. Aveva trovato la foto di tre bambini incredibilmente scialbi e finto di chiamare al cellulare il suo complice immaginario, dicendogli di andare a casa del povero diavolo e sequestrare i ragazzini.

Se non avesse fatto esattamente come lei diceva, il complice avrebbe sparato a tutti e tre, dal più grande al più piccolo. La moglie sarebbe stata l'ultima a morire.

Gli aveva preso le chiavi dell'auto dicendogli di restare nella folla. Se un poliziotto fosse andato a parlargli, avrebbe dovuto fuggire e se lo avessero preso avrebbe dovuto gettare loro lo zaino e continuare a correre. Se lo avessero fermato, non avrebbe dovuto dire niente. Lei, naturalmente, l'avrebbe segnalato alla polizia e, quando si fossero lanciati al suo inseguimento, ne avrebbe approfittato per prendere l'auto e andarsene. Avrebbe funzionato alla grande, solo che quello stramaledetto detective, O'Neil si chiamava, l'aveva fatta trattenere perché identificasse formalmente il tizio biondo. Oh, quanto voleva filarsela da quel posto. Ma non poteva destare sospetti, perciò si era seduta ad aspettare, bevendo una Diet Coke e sforzandosi di tenere a bada la rabbia e il dolore per suo fratello e Gabe.

Poi O'Neil e il povero bastardo erano tornati. Lei lo aveva identificato, rivolgendogli una feroce occhiata di avvertimento, e aveva fornito loro false informazioni su come contattarla.

E adesso era nella sua auto, diretta al Dunes Inn.

Oh, Wayne, mi mancherai! Anche Gabe.

Finalmente il motel. Entrò nel parcheggio a tutta velocità e frenò bruscamente.

A quel punto si accorse di una strana vibrazione sotto le mani. Il piantone dello sterzo. Cos'era?

Un terremoto?

Un guasto meccanico?

Spense il motore ma la vibrazione si fece più forte.

Le foglie cominciarono a muoversi e la polvere prese a mulinare come un tornado nel parcheggio.

E Harriet capì. «Oh, merda.»

Tirò fuori la Glock dalla borsa e corse verso la porta del motel, sparando alla cieca all'elicottero che atterrava nel parcheggio. Diversi agenti e, dannazione, quel detective, O'Neil, si lanciarono verso di lei. «Arma a terra, arma a terra!»

Lei esitò e posò a terra pistola e portachiavi. Poi si sdraiò faccia a terra accanto a essi.

Harriet fu ammanettata e fatta rialzare.

O'Neil stava arrivando, aveva l'arma spianata e cercava eventuali complici. Un gruppetto di poliziotti vestiti come soldati procedeva lentamente verso la stanza del motel.

«C'è qualcuno lì dentro?» chiese.

«No.»

«Eravate solo voi tre?»

«Sì.»

Il detective esclamò: «Irruzione dinamica in ogni caso».

«Come ha fatto?» sbottò Harriet.

Lui la guardò impassibile. «I pantaloni cargo.»

«Cosa?»

«Ha descritto l'uomo nella macchina e ha detto che uno portava pantaloni cargo. Non poteva vedere i pantaloni di qualcuno dentro un'auto a venti metri di distanza. L'angolazione era sbagliata.»

Diamine, pensò Harriet. Neanche le era passato per la mente.

O'Neil aggiunse che l'uomo che avevano creduto uno dei terroristi sembrava troppo nervoso. «Ho pensato che fosse stato incastrato. Mi ha detto cosa aveva fatto. Abbiamo rintracciato la sua auto con il GPS.» O'Neil le stava perquisendo il portafogli. «È la sorella di Wayne.»

«Non dirò nient'altro.» Harriet sembrava distratta, come intenta a osservare la stanza del motel.

O'Neil se ne accorse. Abbassò lo sguardo sul portachiavi, e vide che conteneva la chiave dell'auto e una seconda chiave elettronica.

Harriet intercettò il suo sguardo e sorrise.

«Ordigno nella stanza!» gridò O'Neil. «Tutti indietro! Ora!»

Non era un ordigno esplosivo, solo una bomba a gas che Gabe aveva predisposto per un'eventualità del genere. Bruciava da circa tre minuti – aveva premuto il telecomando nell'istante in cui aveva visto l'elicottero – ma fumo e fiamme non erano ancora visibili.

Poi una bolla di fuoco esplose da due delle finestre.

Armata di estintori, la squadra tattica si precipitò all'interno per salvare il salvabile e poi si ritirò quando le fiamme si gonfiarono. Un agente gridò: «Michael! Abbiamo visto una scatola di detonatori per esplosivo al plastico e dei timer».

Un altro agente corse da O'Neil e gli mostrò quanto restava di una dozzina di documenti bruciati. Si trattava della piantina del sito dell'attacco alla festa del CCCBA. La studiò. «Una stanza con un palco. Potrebbe essere ovunque. Ente, scuola, hotel, ristorante.» Sospirò.

Harriet, che si era fatta prendere dal panico, si calmò quando notò di sfuggita che il nome del motel era su una parte del foglio ridotta in cenere.

«Dove si trova?» le chiese O'Neil bruscamente.

Harriet guardò la piantina per un momento e poi scosse la testa. «Non l'ho mai vista prima d'ora. L'avete piazzata per incriminarmi. Il governo lo fa di continuo.»

Alla festa dei bancari arrivarono gli studenti, tirati a lucido e su di giri, tutti in uniforme, cosa che Carol apprezzò. Calzoni marrone chiaro e blazer per i ragazzi, gonne a scacchi e camicette bianche per le ragazze.

Stavano dando un'occhiata alle leccornie – e i ragazzi probabilmente si chiedevano se avrebbero rimediato una tazza di punch alcolico – ma si sarebbero astenuti da tutto per i venti minuti del concerto. I ragazzi prendevano sul serio la musica e i dolci tendevano a bloccarsi in gola, le aveva spiegato il nipote.

Carol abbracciò il bel giovane biondo e strinse la mano al direttore del coro.

«Ai vostri posti» esclamò.

E i ragazzi salirono sul palco.

L'orologio nella stanza degli interrogatori segnava le 3,51.

Dance interruppe la discussione per un momento e lesse e inviò diversi SMS, sotto lo sguardo interessato di Wayne Keplar.

Le 3,52.

«La sua espressione mi dice che non si tratta di buone notizie. Nessun progresso su tutto il fronte?»

Kathryn Dance non rispose. Mise via il telefono. «Non ho finito con la nostra discussione, Wayne. Ora, ho osservato che siete ipocriti a uccidere le stesse persone che affermate di difendere.»

«E io ho fatto un buco largo un chilometro nella sua tesi.»

«Uccidere è contrario anche a un altro dei vostri principi.»

«E cioè?» domandò con calma Wayne Keplar.

«Volete l'insegnamento della religione a scuola. Perciò dovete essere devoti. Be', uccidere innocenti è peccato.»

Lui ridacchiò. «Oh, per favore, Miss Peperino. Legga la Bibbia qualche volta: Dio distrugge la gente quasi per niente. Perché qualcuno Lo fa arrabbiare o per attirare la nostra attenzione. O perché è martedì, non lo so. Pensa che tutti quelli annegati nel diluvio di Noè fossero colpevoli di qualcosa?»

«Quindi le tattiche dei terroristi di al-Qaeda vanno bene?»

«Be', al-Qaeda in sé no, perché vogliono il governo più forte di tutti. Si chiama teocrazia. Nessun rispetto per gli individui. Ma le loro tattiche? Diamine, sì. Ammiro i kamikaze. Se dipendesse da me, però, ridurrei tutti i Paesi islamici a crateri nucleari fumanti.»

Kathryn Dance guardò disperatamente l'orologio, che indicava quasi le 3,57.

Si sfregò il viso, sconfortata. I suoi occhi stanchi imploravano. «C'è qualcosa che posso dire per convincerla a fermare tutto?»

Le 3,58.

«No, non può. A volte la verità è più importante degli individui. Ma» aggiunse con un'espressione sincera, «Kathryn, voglio dire che apprezzo una cosa.»

Niente più Miss Peperino.

«Cosa?» chiese lei con un filo di voce e gli occhi sull'orologio.

«Lei mi ha preso sul serio. Quella chiacchierata che abbiamo appena fatto. Non è d'accordo con me ma mi ha trattato con rispetto.»

Le 4,00.

Agente e sospettato rimasero immobili, con lo sguardo fisso sull'orologio.

Un telefono nella stanza squillò. Dance si sporse per premere il tasto del vivavoce. «Sì?»

La voce di un uomo e scariche di elettricità statica. «Kathryn, sono Albert. Spiacente di doverti dire...»

Dance sospirò. «Continua.»

«Era un ordigno, qualcosa al plastico... Non abbiamo ancora la conta. Non è stato brutto come poteva essere. A quanto pare il dispositivo era sotto un palco e questo ha assorbito parte dell'esplosione. Ma parliamo comunque di una quindicina di morti, forse cinquanta feriti... Un momento. Sta chiamando la Stradale. Ti richiamo.»

Dance terminò la chiamata, chiuse per un momento gli occhi e poi guardò torva Keplar. «Come ha potuto?»

Wayne si accigliò; non era particolarmente trionfante. «Mi dispiace, Kathryn. È così che doveva andare. C'è una guerra là fuori. E poi, punto per voi: solo quindici morti. Abbiamo fatto una cazzata.»

Dance tremava di rabbia. Ma ribatté con calma: «Andiamo».

Si alzò e bussò alla porta. Si aprì immediatamente e due massicci agenti del CBI entrarono, anch'essi scuri in volto. Uno ammanettò nuovamente i polsi di Keplar dietro la schiena, sperando, o così sembrava, in una scusa per infliggergli una scarica di taser. Ma l'uomo era la compostezza fatta persona.

Un agente mormorò a Dance: «Appena sentito, la conta dei morti è...».

Lei gli fece cenno di stare zitto, come per negare a Keplar la soddisfazione di conoscere l'entità della sua vittoria.

Uscì con il prigioniero sul retro del CBI, diretta a un furgone che l'avrebbe portato alla prigione di Salinas.

«Dovremo muoverci in fretta» disse agli altri agenti. «Ci saranno un sacco di persone che vorrebbero prendere in mano la situazione.»

La zona era perlopiù deserta. Ma, proprio in quel momento, il blogger Dan Simmons che prima aveva importunato Dance, il sosia di Jude Law, comparve da dietro un angolo, come se si fosse appostato a controllare nel caso fossero usciti da quella parte. Simmons corse verso di loro, insieme al sudicio cameraman.

Dance lo ignorò.

«Agente Dance, può rilasciare un commento sul fallimento delle forze dell'ordine nel fermare in tempo l'attentato?»

Lei non disse niente e continuò a condurre Keplar verso il furgone.

«Pensa che questa sarà la fine della sua carriera?»

Silenzio.

«Wayne, hai qualcosa da dire?» domandò il giornalista.

Fissando l'obiettivo della videocamera, Keplar esclamò: «È ora che il governo cominci a dare ascolto a persone come Osmond Carter. Questo non sarebbe mai successo se non fosse stato arrestato illegalmente!».

«Wayne, cos'hai da dire sulla morte di vittime innocenti?»

«I sacrifici sono necessari» rispose Keplar.

«Ma perché quelle vittime in particolare?» volle sapere Simmons. «Qual è il messaggio che volete inviare?»

«Che forse le banche non dovrebbero dare eleganti feste di Natale con i soldi che hanno rubato ai lavoratori di questo Paese. Sono anni che l'industria finanziaria deruba i cittadini. Affermano...»

«Okay, fermi» sbottò Dance rivolta agli agenti che affiancavano Keplar, i quali lo bloccarono con un deciso strattone.

Dance tirò fuori un walkie-talkie. «Michael, sono Kathryn, mi ricevi?»

«Forte e chiaro. Abbiamo in attesa sei elicotteri e la rete di comunicazioni dell'intera penisola. Sei collegata a tutte le frequenze di emergenza. Cos'hai?»

«L'obiettivo è una festa – natalizia, direi – organizzata da bancari, impiegati di casse di risparmio, regolatori bancari, qualcosa del genere. *È* una bomba ed è sotto il palco della sala di cui mi hai parlato nell'SMS.»

Wayne Keplar la fissò in preda alla confusione.

Una mezza dozzina di voci esplosero dalla radio, variazioni di «*Okay... Ricevuto... Controllare i motel con sale ricevimento nella zona bersaglio, sud di Moss Landing... Contattare tutte le banche nella zona bersaglio.*»

«Che storia è questa?» si infuriò Keplar.

Tutti lo ignorarono.

Passarono diversi lunghi minuti. Dance rimase immobile, testa bassa, in ascolto delle voci che si accavallavano alla radio. E poi: «Parla il maggiore Rodriguez, Stradale. Ce l'abbiamo! CCCBA, festa di Natale annuale, Monterey Bay Seaside Motel. Stanno evacuando adesso».

Wayne Keplar fissò allibito Dance. «Ma la bomba...» Lanciò un'occhiata al polso di Dance e a quello degli altri agenti. Si erano tolti l'orologio tutti quanti, perciò Keplar non poteva capire che ore fossero. Si girò verso un agente e sbottò: «Che diavolo di ore sono?».

«Circa le quattro meno dieci» rispose Dan Simmons, il giornalista.

«L'orologio? Nella stanza degli interrogatori?» chiese Wayne tutto d'un fiato a Dance.

«Oh» fece lei, guidandolo al furgone. «Era un po' avanti.»

Mezz'ora dopo, Michael O'Neil tornò dal motel dove la festa era stata interrotta.

Spiegò che tutti erano illesi ma non c'era stato tempo di disinnescare il dispositivo. L'esplosione era stata alquanto impressionante. Il materiale usato era probabilmente Semtex, aveva ipotizzato Abbott Calderman a giudicare dall'odore. Il capo dei Servizi forensi aveva spiegato a O'Neil che era l'unico esplosivo ad avere una sezione FAQ su Internet, che rispondeva a domande del tipo: Prende il nome da un idillico villaggio pastorale? (sì). Veniva prodotto in massa e spedito in tutto il mondo, come aveva affermato il defunto presidente Václav Havel? (no). E il Semtex era il mezzo con cui il suo inventore si era suicidato? (non esattamente: sì, un dipendente dell'impianto si era fatto saltare in aria di proposito, ma non si trattava di uno degli inventori).

Dance ascoltò sorridendo.

Steve Nichols dell'FBI chiamò e le disse che stavano arrivando al CBI per consegnare l'altro indiziato, Gabe Paulson. Spiegò che, poiché aveva risolto il caso, era più logico che fosse lei a occuparsi di tutti i colpevoli. Ci sarebbero state accuse federali, legate perlopiù agli esplosivi, ma potevano essere gestite in seguito.

Mentre aspettavano nel parcheggio l'arrivo di Nichols, O'Neil le chiese: «Allora, come hai fatto? So solo che mi hai chiamato più o meno alle tre per dirmi di tenere pronti elicotteri e una squadra di comunicazione. Speravi di ottenere dettagli sul luogo dell'attacco entro circa quarantacinque minuti. Ma non mi hai detto cosa stava succedendo».

«Non avevo molto tempo» spiegò Dance. «Ho scoperto, dopo aver sprecato quasi un'ora, che Keplar era refrattario all'analisi cinesica. Perciò ho dovuto ingannarlo. Ho fatto una pausa alle tre e ho parlato con il nostro dipartimento tecnico. A quanto pare gli orologi analogici si possono mandare avanti cambiando il voltaggio e la frequenza della corrente nell'impianto elettrico. Hanno cambiato la corrente in quella parte dell'edificio, così l'orologio ha cominciato a camminare più in fretta.»

O'Neil sorrise. «È stato il motto di questo caso, ricordi. L'hai detto tu stessa.»

E ricordate, abbiamo due ore e mezza. Dobbiamo agire in fretta...

Dance continuò. «Mi sono ricordata che, all'arrivo al CBI, Keplar ha fatto un predicozzo a Dan Simmons a proposito della sua causa.»

«Oh, quell'odioso giornalista e blogger?»

«Esatto. L'ho chiamato e gli ho detto che se chiedeva a Keplar perché aveva scelto proprio quelle vittime, gli avrei rilasciato un'intervista esclusiva. E ho chiamato te per preparare le squadre di ricerca. Poi sono tornata all'interrogatorio. Dovevo fare in modo che Keplar non si accorgesse che le lancette andavano più veloci e così mi sono messa a discutere di filosofia con lui.»

«Filosofia?»

«Be', filosofia da Wikipedia. Non quella vera.»

«Probabilmente abbastanza vera al giorno d'oggi.»

Dance proseguì. «Tu e quelli della Scientifica avete scoperto che probabilmente si trattava di una bomba e che era piazzata in una grande sala con un palco. Quando l'orologio nella stanza degli interrogatori ha segnato le quattro, mi sono fatta chiamare da Albert e ho finto che la bomba fosse scoppiata uccidendo delle persone, ma che il palco avesse assorbito gran parte dell'esplosione. Erano informazioni sufficienti a far credere a Keplar che fosse accaduto davvero. Poi non ho dovuto fare altro che passare davanti a Simmons, che ha chiesto perché quelle vittime in particolare. Keplar non è riuscito a trattenersi dal tenere la sua lezioncina.»

«Certo, c'è mancato poco.»

Vero. Dieci minuti significavano la differenza tra la vita e la morte per duecento persone, anche se talora il destino concedeva margini ancora più ristretti.

Uno dei SUV neri dell'FBI si fermò accanto a Dance e O'Neil.

Ne saltarono fuori Nichols e un altro agente, che aiutarono il loro prigioniero ammanettato a scendere. Una grossa fasciatura gli copriva gran parte della testa e un lato della faccia. O'Neil lo guardò in silenzio.

L'agente dell'FBI disse: «Kathryn, buona fortuna con questo tizio. Ti auguro il meglio, ma è il più tosto che mi sia mai capitato, e mi sono trovato davanti al-Qaeda e alcuni signori della droga del cartello messicano. Sono dei chiacchieroni in confronto a lui. Non una sola parola. Se ne sta lì seduto e ti guarda. È tutto tuo».

«Farò quello che posso, Steve. Ma penso che ci siano abbastanza prove per mettere tutti al fresco per vent'anni.»

Gli agenti si congedarono e i federali risalirono nel SUV e uscirono a tutta velocità dal parcheggio del CBI.

Dance scoppiò a ridere.

E lo stesso fece il prigioniero.

«Allora, cosa sta succedendo?» volle sapere O'Neil.

Dance andò a togliere le manette che bloccavano i polsi del suo collega, TJ Scanlon. L'uomo si tolse la fasciatura, sotto la quale non c'era alcuna ferita.

«Grazie, capo. E, a proposito, queste sono le prime parole che ho detto in tre ore.»

Dance spiegò a O'Neil: «Gabe Paulson è in condizioni molto più serie di quanto ho lasciato intendere. È stato ferito alla testa durante lo scontro a fuoco e probabilmente resterà in stato vegetativo per il resto della vita. Che potrebbe non durare a lungo. Sapevo che Nichols voleva una parte del caso e, per quello che ne sapevamo a quel punto, la giurisdizione primaria era sua. Volevo interrogare l'unico sospetto che avevamo, Keplar, perciò dovevo dare qualcuno a Nichols. TJ si è offerto volontario per impersonare Paulson.»

«Quindi hai appena ingannato l'FBI.»

«Tecnicamente. Conosco Steve. È un agente brillante. Gli affiderei qualsiasi cosa tranne un interrogatorio con una scadenza come questa.»

«Tre ore, capo» disse TJ, sfregandosi i polsi. «Ho già detto che non ho parlato per tre ore? È stata davvero dura per me.»

«Non lo scoprirà vedendo le foto del vero Paulson sui giornali?» domandò O'Neil.

«Era parecchio fasciato. E, come ho detto, la cosa potrebbe ritorcersi contro di me. Ma me ne occuperò allora.»

«Ho pensato che mi avrebbe sottoposto a waterboarding.»

«Gli ho detto di non farlo.»

«Be', non ha condiviso con *me* le tue direttive. Penso che gli sarebbe piaciuto anche usare pungoli per bestiame. Oh, e ti avrei venduta nel giro di cinque secondi, capo. Tanto per la cronaca.»

Dance rise.

O'Neil se ne andò per tornare al suo ufficio a Salinas e Dance e TJ entrarono nell'atrio del CBI proprio mentre il capo dell'ufficio, Charles Overby, andava a raggiungerli. «Eccovi.»

Gli agenti salutarono l'uomo panciuto, che indossava la sua tipica tenuta da lavoro: pantaloni e camicia bianca con le maniche arrotolate che scoprivano braccia abbronzate dal tennis e dal golf.

«Grazie, Kathryn. Apprezzo ciò che hai fatto.»

«Certo.»

«Hai partecipato anche tu?» Overby chiese a TJ.

«Proprio così. Collegamento con l'FBI.»

Overby abbassò la voce e disse compiaciuto: «Pare che non vogliano una parte dell'azione. Buon per noi».

«Ho fatto quello che potevo» replicò TJ. Poi il giovane tornò nel suo ufficio, lasciando soli Dance e il suo capo.

Overby si rivolse a Dance. «Mi serve un'informativa» disse indicando i giornalisti all'ingresso. Una smorfia. «Qualcosa da dare in pasto a *loro*.»

Malgrado l'apparente disprezzo, tuttavia, Overby aspettava con ansia la conferenza stampa. Era sempre così. Amava le luci della ribalta e voleva fare in tempo per il notiziario locale delle sei. Sperava anche di destare interesse nella stampa nazionale.

Dance si rimise al polso l'orologio e guardò l'ora. «Posso darti i fatti nudi e crudi, Charles, ma ho bisogno di vedere qualcuno per un'altra faccenda. Devo farlo entro stasera. Lascia la città domani.»

Ci fu una pausa. «Be', se è importante...»

«Lo è.»

«D'accordo. Dammi un'informativa adesso e un rapporto dettagliato domani.»

«Senz'altro, Charles.»

Overby fece per tornare nel suo ufficio e le chiese: «Questo tizio che devi vedere? Ti servono rinforzi?».

«No, grazie, Charles. È tutto sistemato.»

«Bene. Buonanotte.»

«Buonanotte.»

Dirigendosi al proprio ufficio, Kathryn Dance rifletté sull'imminente missione di quella sera. Se Overby avesse voluto un rapporto sul tentato attacco per il quartier generale del CBI a Sacramento o ulteriori interrogatori, sarebbe stata lieta di accontentarlo ma, poiché a lui interessavano solo i comunicati stampa, decise di attenersi ai piani.

Che prevedevano una telefonata a suo padre, biologo marino in pensione che lavorava part-time all'acquario. Gli avrebbe chiesto di usare la sua influenza per organizzare un ingresso speciale fuori orario per lei e i ragazzi quella sera.

E il «qualcuno» di cui aveva parlato a Overby e che doveva incontrare prima che lasciasse la città l'indomani? Non un signore della droga o un terrorista e neanche un informatore... ma quello che doveva essere il più imponente cefalopode mai arrivato sulla costa centrale della California.

II

GIOCO

Un anno prima

La paura peggiore è quella che ti segue fin dentro casa.

La paura con cui rimani rinchiuso quando di notte spranghi la porta. La paura che ti resta accanto ventiquattro ore al giorno, inesorabile e prepotente, come un cancro.

La donna, minuta, ottantatré anni, con i capelli candidi raccolti in un'elegante coda di cavallo, era seduta alla finestra della sua casa nell'Upper East Side intenta a osservare la strada sottostante, tranquilla come sempre. La donna, al contrario, era agitata e non riusciva a trarre alcun piacere da quella vista che l'aveva allietata per trent'anni.

La notte precedente si era addormentata pensando a quella coppia di Mostri e si era risvegliata con quello stesso pensiero. Aveva pensato a quei due per tutta la mattina e lo stava facendo ancora in quel momento.

Stava sorseggiando il tè, cercando di trovare un po' di serenità nella luce del tramonto estivo che le scaldava le mani e le braccia. Fuori, le foglie di ginkgo biloba scintillavano, prima argento e poi verde, di nuovo argento, di nuovo verde. Era questo tutto ciò che le rimaneva? Minuscole consolazioni come quella? Non era granché confortante.

La paura...

Sarah Lieberman non aveva ancora capito del tutto il loro gioco, ma una cosa le era chiara: puntavano a impadronirsi della sua vita, come fosse una bandiera da ammainare e rimpiazzare.

Aveva incontrato i Westerfield tre mesi prima a una raccolta fondi che si era tenuta al 92nd Street Y. La serata era stata indetta a supporto di un'organizzazione giovanile ebraica, ma né i nomi né l'aspetto dei due ospiti lasciavano intendere che quella fosse la loro religione o la loro tradizione. Nonostante questo, sembravano a loro agio e parlavano di molti rappresentanti del direttivo dell'organizzazione come fossero loro amici da molti anni. Avevano trascorso un'intera ora chiacchierando solo con Sarah, mostrandosi affascinati dalla sua vita nella «Grande Mela» (parole di John) e spiegandole come erano giunti a New York da Kansas City per «finalizzare» (quest'espressione era invece di Miriam) alcune iniziative imprenditoriali che John aveva avviato. «Beni immobili. Questo è il mio gioco. Sono il migliore, e scusate se è poco!»

La sera successiva avevano cenato insieme da Marcel, sulla Madison. John era fisicamente imponente in confronto al metro e cinquanta di Sarah, e Miriam dominava l'anziana signora con la sua parlantina fluente. I due l'avevano scortata a un tavolo sul retro. Sarah avrebbe voluto sedersi al suo solito tavolo, che aveva spazio per tre commensali (nonostante di solito ci fosse solo lei) e dava sulla finestra, ma i Westerfield avevano insistito altrimenti e, in fondo, che male c'era? Lei era loro ospite.

La coppia era molto affascinante, informata come fossero entrambi giornalisti della CNN, e molto interessata alla vita della città e alla sua, in particolare. I due avevano spalancato gli occhi non appena scoperto che nel palazzo di proprietà di Sarah, sulla Settantacinquesima, c'era un appartamento al pianterreno. Miriam aveva chiesto se fosse disponibile. Stavano cercando un posto dove stare e il Mandarin Oriental, secondo loro, era troppo costoso.

L'appartamento con giardino era libero, aveva detto Sarah, ma piuttosto caro. Per tenere alla larga la gentaglia, aveva aggiunto ridendo. Ma ai Westerfield lo avrebbe offerto a prezzo di mercato.

Affare fatto.

A ogni modo, Sarah aveva imparato bene come funzionava quel mondo da suo marito, un imprenditore che, a un certo punto, era riuscito a spuntarla persino contro la multimiliardaria Leona Helmsley. C'erano diverse formalità da sbrigare e la compagnia immobiliare se ne occupò con grande diligenza. Fecero un rapporto dettagliato dello storico finanziario e delle referenze dei Westerfield a Kansas City.

Certo, c'era quel piccolo particolare: era piuttosto strano che una donna sulla cinquantina andasse a vivere insieme al figlio poco meno che trentenne quando nessuno dei due sembrava avere delle disabilità di alcun tipo. Ma le circostanze della vita sono imprevedibili. Sarah riusciva a immaginare delle situazioni in cui si sarebbe ritrovata a vivere insieme a un membro della sua famiglia che non fosse il marito. Forse Miriam era rimasta vedova e questa era soltanto una sistemazione temporanea, finché la tempesta emotiva non si fosse quietata.

Tuttavia Sarah *non* sapeva cosa pensare del fatto che, nonostante l'appartamento al pianterreno avesse tre stanze da letto, quando lei e Carmel erano andate a portare il tè ai nuovi inquilini, *soltanto una* di queste sembrava fosse stata preparata a tale scopo. Le altre due erano state declassate a magazzino.

Strano, senza dubbio.

Ma Sarah vedeva sempre il lato migliore delle persone. I due erano molto gentili con lei e, soprattutto, la trattavano come una persona adulta. Era incredibile quanta gente ritenesse che una volta giunte a settant'anni oppure ottanta le persone mature tornassero neonate. Che non fossero più in grado di fare la propria ordinazione al ristorante o che non sapessero chi è Lady Gaga.

«Oh, mio Dio» stava per rispondere una volta a un cameriere accondiscendente, «ho dimenticato come funziona il coltello! Potrebbe farmi a pezzetti il cibo?»

Durante la prima settimana, i Westerfield erano stati degli inquilini modello. Rispettosi della padrona di casa e dell'immobile, educati e *tranquilli.* Quest'ultima qualità, soprattutto, era importantissima per Sarah, che aveva sempre avuto il sonno leggero. Non li aveva visti quasi mai.

Non all'inizio, perlomeno.

Presto, però, cominciarono a incrociarsi sempre più spesso. Sarah rientrava insieme a Carmel da un giro di compere, da un incontro con il direttivo, da un pranzo nella sede di uno degli enti benefici di cui faceva parte e trovava Miriam e John sui gradini di fronte al palazzo oppure, se la giornata era fredda o piovosa, seduti ai divanetti dell'ingresso, accanto alle cassette della posta.

I due s'illuminavano in volto quando la vedevano arrivare e insistevano perché si fermasse con loro. La stordivano di storie, osservazioni e battute spiritose. Senza contare il fatto che continuavano incessantemente a farle domande. In quali enti benefici era coinvolta? Aveva ancora parenti o cari amici in vita? Nuovi in città, chiedevano consiglio su banche, avvocati, commercialisti, consulenti finanziari, facendo intendere di possedere un patrimonio notevole che volevano investire e far fruttare il prima possibile.

Come un cagnolino ben ammaestrato, John commentava con solennità: «I beni immobili sono l'unica certezza».

E sono anche il modo migliore per ritrovarsi con il culo per terra, figliolo, a meno che tu non sia molto, molto astuto. Sarah non era sempre stata una vedova contegnosa e riservata.

Cominciò a pensare che le volessero rifilare una truffa, ma non si erano ancora esposti così tanto. Forse erano semplicemente quello che sembravano: due tipi strambi venuti dal Midwest, o giù di lì, che sognavano di arricchirsi ed essere ammessi in quell'alta società newyorkese a cui persone come loro non potevano aspirare realmente e di cui non sarebbero mai stati parte, anche nella remota possibilità che fossero riusciti nel loro intento.

Alla fine Sarah decise che era il loro stile a infastidirla. Il fascino del primo mese era svanito.

Miriam, anche lei di bassa statura seppure più alta di Sarah, indossava abiti esagerati e pieni di brillantini, che stridevano con il suo incarnato scuro. Se non si concentrava, aveva la tendenza a parlare a vanvera e a sproposito, rimbalzando su argomenti che non avevano nulla a che fare con quello di cui si stava discutendo. Non ti guardava mai negli occhi ma ti gironzolava sempre intorno. A quanto pareva, dirle «No, grazie» equivaleva a dirle «Certo che sì!».

«Questa grande città, Sarah» diceva Miriam scuotendo gravemente il capo, «non... è sfiancante, eh?»

E quell'attimo di esitazione suggeriva ciò che voleva dire davvero: «Non ti ha distrutto?».

Spesso John sfoggiava uno sciatto sorriso beffardo, come se avesse appena colto in flagrante qualcuno che voleva fregarlo. Si poteva benissimo immaginare la sua fotografia sgranata su un giornale locale a corredo di una storia in cui lo sceriffo del posto parlava di un «raptus di follia».

Se non stava brontolando o facendo battutine, ridacchiava da solo raccontando barzellette che non erano divertenti e di solito sconfinavano nel cattivo gusto.

Evitarli, però, peggiorava la situazione. Quando i due si rendevano conto che lei stava cercando di schivarli, raddoppiavano gli sforzi per intrufolarsi nella sua vita, bussando alla sua porta a qualsiasi ora, facendole regali, dandole consigli e ponendole in continuazione domande sulla sua vita. John aveva cominciato anche a occuparsi di piccoli lavori manuali nell'appartamento di Sarah. Daniel, il marito di Carmel, era il responsabile part-time della manutenzione dell'edificio, ma John era diventato suo amico e si era preso in carico alcuni progetti per lasciare a Daniel qualche ora libera ogni tanto.

Sarah era convinta che i Westerfield aspettassero tutto il giorno di sentirla scendere per le scale, con l'orecchio attaccato alla porta. E Sarah Lieberman, che pesava poco più di quarantadue chili, aveva il passo molto leggero. Nonostante ciò, ogni volta che arrivava nella hall del palazzo saltavano fuori, figlio alto e madre bassa, e si univano a lei come se quello fosse un appuntamento pianificato da settimane.

Se la raggiungevano fuori, per strada, si attaccavano come sanguisughe e non c'era «Adesso devo proprio andare» o «Arrivederci e buona giornata» che potesse levarglieli di dosso. Aveva smesso d'invitarli nel suo appartamento – gli ultimi due piani in cima all'edificio – ma se la intercettavano quando rientrava, semplicemente la seguivano fin dentro casa.

Miriam le prendeva le buste della spesa e le metteva a posto mentre John si sedeva sul divano, con il solito mezzo sorriso, bevendo il bicchiere d'acqua che gli aveva portato la madre. La donna preparava il tè o il caffè per le signore e cominciava a fare domande. Come stai, Sarah? Sei mai andata fuori città, Sarah? Hai mai letto di quel criminale, Bernie Madoff, che anni fa ha messo in atto una gigantesca truffa finanziaria? Fai attenzione a queste cose, Sarah? Ovviamente sì.

Mio Dio, lasciatemi in pace...

Sarah s'informò con l'avvocato e con l'agente immobiliare, ma non c'era nulla che potesse fare per sfrattarli.

Le cose andarono sempre peggio. I due si lasciarono sfuggire particolari della vita di Sarah di cui non potevano essere a conoscenza. I conti bancari in suo possesso, gli incontri a cui era stata, i direttivi di cui faceva parte, gli appuntamenti con facoltosi banchieri. La stavano spiando. Si chiese se avessero frugato nella sua posta, magari proprio nel suo appartamento, quando John se ne stava sul divano a sorvegliarla e Miriam era in cucina a preparare stupidi spuntini per tutti.

O forse avevano rimediato la chiave della sua cassetta delle lettere. Ecco, *quello* sarebbe un reato.

Si chiese anche se alla polizia potesse importare una cosa del genere. E ovviamente la sua risposta fu «no».

Poi, il mese prima, il fastidio si era trasformato in paura.

Di solito s'insinuavano in casa sua seguendola di ritorno dalle compere quando era da sola, nel giorno libero di Carmel Rodriguez. Quella volta Miriam le aveva sottratto le borse di Food Emporium e John, per farle una «cortesia», le aveva preso le chiavi di mano e aveva aperto la porta.

Sarah era troppo frastornata per protestare, anche se ormai sapeva che non sarebbe servito a nulla.

Erano rimasti seduti lì per circa quindici minuti, bevendo acqua o tè, parlando di chi conosceva chi, atteggiandosi come cari amici, poi Miriam aveva preso la sua grossa borsa e si era avviata al bagno, nella camera da letto di Sarah.

La donna si era alzata, dicendo che avrebbe preferito che Miriam usasse il bagno per gli ospiti, ma John l'aveva fulminata con lo sguardo sbraitando: «Sta' seduta. Mamma può andare dove vuole».

E Sarah aveva obbedito, con la sensazione che sarebbe stata picchiata a sangue.

Ma l'uomo ritornò ai toni pacati della conversazione, parlando di un altro affare nel settore immobiliare che aveva intenzione d'intraprendere.

Sarah, scossa, aveva annuito a malapena cercando di sorseggiare il suo tè. Sapeva che la donna stava frugando tra i suoi effetti personali. Forse stava installando una videocamera o una cimice.

O peggio.

Quando Miriam era tornata, quindici minuti più tardi, aveva lanciato uno sguardo al figlio, che si era alzato dal divano. All'unisono e in maniera inquietante, erano usciti dall'appartamento.

Sarah aveva rovistato nella sua camera da letto, ma non era riuscita a trovare alcun dispositivo per le intercettazioni né a capire se qualcosa fosse stato spostato o sottratto. E quella era la cosa peggiore, perché in quella stanza c'era quasi un milione di dollari tra contanti e gioielli.

Ma quei due erano chiaramente pronti a fare di peggio; erano stati scortesi e l'avevano spaventata. Fu in quel preciso momento che cominciò a pensare a loro come «i Mostri».

Gli adulatori si stavano trasformando in tiranni.

Erano diventati subdoli usurpatori, come novelli Rasputin.

I Mostri avevano infettato come un virus il tempo che rimaneva a Sarah da vivere, distruggendolo, quando lei avrebbe soltanto voluto trascorrerlo in semplicità: visitando le persone a lei care, facendo beneficenza e volontariato, ricamando, un'attività che amava molto e per cui aveva ereditato dalla madre una vera passione.

Eppure, adesso, tutti quei piaceri le erano negati.

Sarah Lieberman era una donna di grande temperamento, anche se sembrava molto pacata e nonostante fosse minuta. Era andata via di casa, nel Connecticut, quando aveva diciotto anni e si era pagata da sola gli studi lavorando nelle stalle del nord Virginia; aveva guidato barche a vela in Nuova Zelanda e vissuto a New Orleans ai tempi in cui la città era ancora piuttosto malfamata, poi era piombata a Manhattan e aveva interpretato tutti i ruoli che la grande città poteva offrirle, dalla ballerina alla Radio City Music Hall alla bohémienne del Greenwich Village fino alla filantropa dell'Upper East Side. Al suo ottantesimo compleanno aveva cantato una gran bella versione di quella che, negli anni, era diventata la sua canzone: *I'll Take Manhattan*.

Quello spirito d'acciaio era rimasto intatto, ma il fisico non era più in grado di sostenerlo. Era una donna di ottant'anni e più, piccola e fragile come le foglie di ginkgo biloba che tremolavano fuori della sua finestra. E anche la sua mente non era più forte come una volta. Non era più così svelta e la sua memoria non era più così solida.

Che cosa poteva fare contro i Mostri?

Adesso, seduta in salotto, abbandonò le mani sulle ginocchia. Non le venne in mente nulla. Si sentiva senza speranze.

Poi, una chiave rumoreggiò nella toppa. Sarah trattenne il respiro. Era certa che i Mostri avessero fatto un duplicato della sua chiave, e si aspettava di vederli entrare.

Fece un respiro di sollievo quando vide che si trattava di Carmel che ritornava dal giro di compere.

Stava forse piangendo?

«Che cosa succede?» chiese Sarah.

«Niente» rispose la donna, troppo frettolosamente.

«Sì, sì, sì... Ma *se* è successo qualcosa dammi un indizio, cara.»

La domestica portò la spesa in cucina, stando molto attenta a non incrociare lo sguardo dell'anziana donna.

Sì, stava piangendo.

«Non è niente, signora Sarah. Davvero.» Tornò in salotto e, con un gesto istintivo, riposizionò un centrino in pizzo.

«È stato lui? Che cosa ha fatto?»

John... il Mostro.

Sarah era sicura che lui c'entrasse qualcosa. A Miriam e John non piaceva Carmel – e la maggior parte degli amici di Sarah – ma l'uomo sembrava proprio disprezzarla, perché la domestica aveva iniziato una battaglia personale per proteggere Sarah dalla loro invadenza. Molte volte Carmel gli si era parata davanti per tenerlo lontano dall'appartamento e impedirgli di entrare. Spesso Sarah aveva pensato che quell'uomo fosse sul punto di picchiare la sua povera governante.

«La prego, non è niente.»

Carmel Rodriguez era alta quasi un metro e settanta, e probabilmente pesava ottanta chili. Sarah si mise in piedi e fissò quella donna che conosceva bene ormai da più di dieci anni. «Carmel. Dimmelo.» Il suo tono di voce non lasciava spazio a ulteriori esitazioni.

«Tornavo a casa? Ero al piano di sotto, proprio ora?»

Affermazioni che suonavano come domande: segno chiaro d'insicurezza. «Sono ritornata dal negozio e stavo parlando con lui, poi il signor John...»

«John e basta. John è più che sufficiente.»

«John si è avvicinato e, all'improvviso, mi ha chiesto se avevo sentito della rapina.»

«Dove?»

«Da qualche parte nel quartiere. Gli ho detto che non ne sapevo niente. Lui mi ha detto che qualcuno è entrato in casa di una donna e le ha rubato tutti i documenti. Documenti della banca, il testamento, le azioni, le obbligazioni, tutti i titoli finanziari.»

«La gente non tiene azioni e obbligazioni in casa. Sono custodite dalle agenzie d'intermediazione.»

«Ecco, lui mi ha detto che la donna è stata derubata e che questi ladri le hanno portato via tutto. Ha detto che è preoccupato per lei.»

«Per me?»

«Sì, signora Sarah. Lui non voleva spaventarla, ma dice che è preoccupato per lei e mi ha chiesto se so dove lei tiene queste cose. Sono al sicuro da qualche parte? mi ha domandato. Ha detto che vuole essere sicuro che siano ben protette.» La donna si asciugò il viso con le mani. All'inizio, Sarah aveva pensato che il nome di quella donna fosse Carmen, così come suggerivano la sua provenienza e il suo aspetto, ma non era così. I suoi genitori l'avevano chiamata come la città della California che sognavano di visitare, un giorno. Sarah prese un fazzoletto e lo porse a Carmel. Questa faccenda era decisamente preoccupante. Un nuovo livello di morbosità. Eppure, i fastidiosi interrogatori di John Westerfield erano ormai costanti e abituali, come una febbriciattola continua, e Carmel, con il suo carattere forte, era sempre riuscita a respingerli.

No, era successo qualcos'altro.

«E poi?»

«Basta, davvero. Solo questo.»

Ma anche Sarah sapeva essere insistente. «Avanti, su...»

«Lui... Forse è solo una coincidenza. Non vuol dire niente.»

Niente di quello che facevano i Mostri era casuale. «Dimmelo comunque.»

«Poi ha detto» la donna s'interruppe e trattenne un singulto «che se non gli avessi risposto, lui non avrebbe potuto proteggerla. E che se quelle carte fossero state rubate, lei avrebbe perso tutti i soldi. Io avrei perso il mio lavoro... e poi ha detto che mia figlia avrebbe dovuto lasciare la sua scuola, l'Immaculata.»

«Ha detto così?» sussurrò Sarah.

Carmel stava singhiozzando, adesso. «Come faceva a sapere che lei frequenta questa scuola? Perché si è voluto informare?»

Perché lui e sua madre avevano fatto i compiti. Facevano domande come le galline raccoglievano semi.

Ma minacciare Carmel e la sua famiglia?

«Mi sono arrabbiata e gli ho detto che non vedevo l'ora che l'affitto diventasse così alto da costringerli ad andare via! E lui ha detto che non sarebbero andati proprio da nessuna parte. Che avevano controllato le leggi di New York e finché avessero pagato l'affitto e non avessero fatto danni potevano stare qui per sempre. È vero, signora Sarah?»

«Sì, Carmel, è così.» Andò a sedersi al piano Steinway che possedeva da quasi vent'anni. Era un regalo di nozze del suo secondo marito. Suonò qualche battuta di Chopin, il suo compositore preferito e, a suo parere, il pianista più virtuoso tra i grandi musicisti del passato.

Carmel continuò: «Quando se n'è andato mi ha detto: "Saluta la tua famiglia da parte mia, Carmel. Saluta Daniel. Sai, tuo marito è un bravo carpentiere. E salutami Rosa, è proprio una bella ragazza, proprio come sua madre"». La donna stava tremando, e piangeva senza riuscire a fermarsi.

Sarah abbandonò la tastiera del piano e poggiò la sua mano sulle spalle della domestica. «Va tutto bene, cara. Hai fatto bene a dirmi tutto.»

Le lacrime cominciarono a scendere piano e alla fine si fermarono. Carmel si asciugò il viso con un fazzoletto.

Dopo un lungo momento di riflessione, Sarah disse: «Quando io e Mark siamo andati in Malaysia... ricordi, era a capo di una delegazione commerciale lì».

«Sì, signora Sarah.»

«Quando siamo andati lì, abbiamo fatto un'escursione in una riserva.»

«Una riserva naturale?»

«Esatto. Lì ci mostrarono un tipo di falena chiamata atlante. Ecco, erano davvero molto grandi: la loro apertura alare raggiunge i trenta centimetri.»

«Davvero grandi, *sì*.»

«Ma sono pur sempre falene. La guida ne indicò una e disse: "Come fa a difendersi? Non ha denti. Non ha veleno. Non ha artigli". Poi ci fece notare i segni sulle sue ali. E sembravano teste di serpenti! Erano identici al profilo di un cobra, con gli stessi colori, le stesse linee.»

«Davvero, signora Sarah?»

«Sì. Per questa ragione i predatori non sono mai sicuri che attaccare quella falena non sia fatale, e di solito si spostano su un'altra preda, lasciando in pace quella grossa farfalla.»

Carmel annuì, anche se non capiva bene dove volesse arrivare la signora.

«Farò la stessa cosa con i Westerfield.»

«E come, signora Sarah?»

«Mostrerò loro la testa di serpente. Farò credere a quei Mostri che è troppo pericoloso rimanere qui e loro andranno via.»

«Bene! Come farà?»

«Ti ho fatto vedere il mio regalo di compleanno?»

«I fiori?»

«No, questo.» Sarah sfilò un iPhone dalla sua borsa. Armeggiò con le funzioni sul nuovo telefono, molte delle quali le erano già familiari. «Me lo ha regalato mio nipote, dalla Virginia. Freddy. È un caro ragazzone. Dunque, questo telefono ha dentro un registratore.»

«Li registrerà quando lo faranno di nuovo? Quando la minacceranno?»

«Esatto. E ne invierò una copia al mio avvocato e a qualche altra persona. I Westerfield dovranno lasciarmi in pace.»

«Ma potrebbe essere pericoloso, signora Sarah.»

«Ne sono sicura. Ma non sembra che abbia molta scelta, non credi?»

A quel punto Carmel aggrottò la fronte e distolse lo sguardo dalla signora.

«So a cosa stai pensando» disse l'anziana donna. «Quelle persone orribili troveranno qualcun altro da infastidire, altre persone a cui infliggere questo tormento.»

«Sì, pensavo a questo.»

«Ma nella giungla» disse Sarah in un soffio «non è compito della falena proteggere gli altri, mia cara. Il suo compito è sopravvivere.»

Oggi

«Vuole che trovi qualcuno?» chiese l'uomo alla donna imponente che gli sedeva di fronte. «Una persona scomparsa?»

«Non qualcuno. *Un corpo*» specificò lei con una certa gravità.

«Come, scusi?»

«Un corpo. Voglio sapere dove si trova un corpo. Dov'è seppellito.»

«Ah.» Eddie Caruso aveva ascoltato la donna con grande attenzione, ma adesso che si era reso conto di avere davanti una svitata voleva soltanto tornare al suo iPad, dove stava guardando una partita di football – okay, di *calcio* – che si stava giocando in Nigeria. Eddie amava lo sport. Aveva giocato a softball durante le scuole medie, aveva fatto parte della Little League alle superiori e si era dato anche al football, quello americano; poi, dal momento che era un tipo piuttosto mingherlino, all'università aveva scelto di praticare solo il biliardo (per ampliare i suoi orizzonti, ma soprattutto per evitare infortuni). Adesso il suo sport preferito era il calcio.

Okay, il *football*.

Ma era anche un uomo d'affari e persino i matti potevano rivelarsi buoni clienti. Si concentrò nuovamente sulla donna dall'altra parte del tavolo, diviso a metà da un raggio di sole estivo riflesso da qualche grattacielo in Times Square.

«Okay. Vada avanti, signora Rodriguez.»

«Carmel.»

«Car*mel*?»

«Carmel.»

«Stava parlando di un corpo.»

«Una donna uccisa, un'amica.»

Si sporse verso di lei, improvvisamente interessato. I clienti più strani non solo pagavano bene, ma spesso significavano «gioco»: una parola che piaceva molto allo sportivo ch'era in lui, un concetto difficile da spiegare. In sostanza, significava interessante, bizzarro, affascinante. Il gioco era quell'aspetto sfuggente dell'amore, degli affari, di tutto, non soltanto dello sport, che ti teneva inchiodato, che alimentava la creatività, che ti spiazzava.

La gente aveva gioco o no. E se non l'aveva era meglio rompere.

Il lavoro aveva gioco o no. E se non l'aveva era meglio filarsela.

Un'altra cosa importante era che non potevi fingere di avere gioco.

Eddie Caruso sentiva che quella donna, e quel caso, ce l'avevano.

«Un anno fa, ho perduto una persona alla quale volevo molto bene.»

«Mi dispiace.»

L'iPad andò in standby. L'ultima volta che gli aveva dato un'occhiata, Caruso aveva visto l'ala destra del Senegal farsi spazio nella difesa avversaria, in cerca di un varco per tentare il goal. Lasciò il dispositivo lì dove si trovava. La donna era chiaramente distrutta per la sua perdita. In più, il Senegal non aveva segnato.

«Ecco.» Carmel aprì la borsa e ne estrasse un fascicolo sgualcito e consumato di circa cinquanta fogli. C'erano addirittura dei ritagli di giornale, cose che non si vedevano più nell'epoca dei fogli stampati dal computer. Infatti c'era qualche esemplare anche in quel malloppo. La donna mise tutto sulla scrivania e sistemò per bene le carte. Poi spinse il fascicolo verso l'uomo.

«Che cos'è?»

«Notizie su di lei, Sarah Lieberman. La donna che è stata uccisa.»

Quel nome suonò familiare a Caruso. New York era una città incredibilmente piccola quando si trattava di criminalità. Le notizie di cronaca nera si diffondevano a macchia d'olio e i dettagli più raccapriccianti rimanevano impressi in profondità nella memoria collettiva. L'Assassino degli Yuppie. Il Vendicatore della Metropolitana. Lo Stupratore Selvaggio. Il Figlio di Sam. Lo Sgozzatore Mannaro.

Caruso scorse velocemente il materiale. Sì, ricordava quella storia. Sarah Lieberman era un'anziana donna che era stata assassinata da una strana coppia: due truffatori, madre e figlio, che venivano dal Midwest. Un altro nome ricorreva negli articoli, quello di uno dei testimoni: la donna seduta di fronte a lui. Carmel era stata la governante di Sarah, e suo marito Daniel l'addetto alla manutenzione del condominio.

«Legga tutto» disse la donna annuendo. «Capirà di cosa sto parlando.»

Di solito Caruso non dedicava molto tempo al primo consulto gratuito, ma in quel momento non aveva poi molto altro da fare.

Inoltre, più sfogliava la documentazione più si rendeva conto che quel caso aveva gioco.

Eccolo, Eddie Caruso, quarantadue anni, il viso affusolato segnato da qualche prevedibile ruga, capelli folti e curati di un biondo scuro, fisico asciutto, fatta eccezione per la pancetta che si arrotolava fastidiosa al di sopra della cintura, che sosteneva un paio di pantaloni made in China comprati a una svendita di Macy. Una camicia azzurra, di quella sfumatura chiara che spuntava su tutte le tovaglie dei mercati rionali in cui Caruso aveva lavorato da ragazzo per tirare su qualche soldo per la benzina, per uscire con le ragazze e, alla fine, anche per pagarsi l'università.

Torte al rabarbaro, crostate, sfilate di suini, alette di tacchino, tiro a segno. Quello era il mondo da cui proveniva.

E questo era il mondo in cui viveva adesso: non era l'agente dell'FBI che aveva sognato di diventare né il disilluso avvocato penalista che era stato, bensì un bravo investigatore privato, una professione che soddisfaceva alla perfezione la sua personalità stravagante, sempre a caccia di emozioni.

Sul suo biglietto da visita c'era scritto CONSULENTE PER LA SICUREZZA.

Tutti si preoccupavano della sicurezza, ormai. A nessuno importava più di commissionare delle indagini private. Perché avrebbero dovuto, dopotutto? Bastavano una carta di credito, Internet e tutti potevano diventare Sam Spade.

Nonostante questo, a Eddie Caruso piaceva ritenersi un investigatore privato.

Il suo ufficio era piuttosto malandato, anonimo e banale, e si trovava in un edificio sulla Quarantaseiesima – a cui si potevano attribuire queste stesse desolanti qualità – all'incrocio con l'Ottava Avenue. Caruso l'aveva decorato con una ventina di fotografie, scattate da lui stesso con una Canon ad alta velocità, che ritraevano atleti in azione. Sembrava lo studio di un avvocato specializzato in diritto sportivo. Nel palazzo c'erano ortodontisti, chirurghi plastici, commercialisti, piccoli studi legali e una copisteria. Questo era uno degli aspetti magnifici di New York: persino nel Theater District, nella Mecca del teatro e dell'arte, la gente aveva bisogno di farsi sistemare denti e tette, pagare le tasse e stampare quantità esagerate di curriculum. Alla porta accanto si trovava un ristorante, turistico ma affidabile, che proponeva una non meglio specificata cucina mediorientale mediterranea: i calamari alla griglia erano spettacolari. Caruso, che viveva nel Greenwich Village e spesso percorreva a piedi i quattro chilometri abbondanti che lo separavano dall'ufficio (per combattere la pancetta), amava quel palazzone grigio di cinque piani e anche la sua posizione. Se poi avessero anche smesso di smantellare in continuazione la strada di fronte, sarebbe persino riuscito a scrivere una lettera.

Ma ovviamente non ne avrebbe comunque avuto il tempo.

Eddie Caruso aveva finito di leggere il resoconto del delitto, o meglio, di *scorrere velocemente* il resoconto del delitto, e aveva restituito il fascicolo a Carmel.

Decisamente, c'era gioco...

La storia di Sarah Lieberman aveva realmente conquistato Caruso, così come gli aveva lasciato intendere la signora Rodriguez. Gli anni girovaghi della giovinezza, un po' di ribellione e poi l'ingresso felice nella vita di New York City. Sarah doveva essere una donna irriverente e brillante, insofferente all'affettazione che si nascondeva nell'Upper East Side come i germi nel naso di un bambino di quattro anni. Caruso pensò che quella donna gli sarebbe piaciuta.

E lo faceva incazzare che i Westerfield l'avessero picchiata a morte con un martello, l'avessero avvolta in un sacco della spazzatura e l'avessero scaricata in una fossa in qualche posto sperduto.

Sembrava che madre e figlio l'avessero incontrata a un evento di beneficenza e avessero intravisto la possibilità di mettere in atto una truffa. L'avevano inquadrata subito come benestante ma anziana, vulnerabile e sola. La preda perfetta. Avevano preso in affitto l'appartamento al pianterreno del suo palazzo nell'Upper East Side e avevano cominciato una campagna inesorabile per avvelenarle la vita. Alla fine, la donna non ce l'aveva più fatta e, una mattina di luglio dell'anno precedente, aveva deciso di registrare i due mentre la minacciavano. Purtroppo, la coppia l'aveva colta in flagrante e l'aveva costretta a firmare un contratto in cui vendeva loro l'edificio a un prezzo ridicolo. Dopo, l'avevano stordita con un taser e picchiata a morte.

Quel pomeriggio, Carmel era ritornata dalle compere e non aveva trovato la signora a casa. A conoscenza del fatto che i Westerfield le avevano chiesto dove tenesse i suoi beni personali e che Sarah aveva intenzione di registrare quelle minacce, la governante aveva temuto il peggio. Aveva chiamato la polizia. Le informazioni fornite da Carmel e una ricerca d'ordinanza che aveva rivelato i precedenti crimini della coppia in Missouri e in Kansas avevano messo subito all'opera le forze dell'ordine. Avevano trovato sangue fresco nel garage. E tanto era bastato per far scattare un mandato di perquisizione. Sulla scena del crimine vennero rinvenuti un taser con sopra tracce della pelle di Sarah, un martello con le impronte di John e il sangue e i capelli dell'anziana donna, del nastro adesivo con il DNA della vittima e di Miriam, un rotolo aperto di sacchi della spazzatura.

Il commesso di un vicino negozio specializzato in dispositivi di sicurezza e spionaggio confermò che quel taser era stato acquistato da John Westerfield una settimana prima, in contanti. Gli informatici forensi scoprirono che la coppia aveva tentato, senza riuscirci, di accedere ai conti bancari di Sarah. Gli investigatori, invece, trovarono in casa dei due alcuni documenti assicurativi che coprivano un patrimonio di quasi settecentomila dollari tra contanti e gioielli custoditi negli appartamenti della vittima. Due collane identificate come appartenenti a Sarah vennero ritrovate nel portagioielli di Miriam. Tutti gli oggetti di valore dell'anziana donna erano stati rubati.

La difesa aveva sostenuto che a compiere il furto e a uccidere Sarah fosse stata una banda di drogati. O, in alternativa, che la donna fosse uscita di casa da sola e avesse preso un autobus o un treno in preda alla demenza senile.

La giuria non si era fatta ingannare da queste dichiarazioni insulse e ci aveva messo solo quattro ore per raggiungere un verdetto di colpevolezza. La coppia era stata condannata all'ergastolo. Madre e figlio si erano detti addio nell'aula del tribunale abbracciandosi come due novelli sposi, dando vita a un'immagine nauseante che era stata immortalata in molte fotografie.

«Ho continuato a sperare che la polizia trovasse i suoi resti, mi capisce?» disse Carmel.

L'automobile di John era stata avvistata nel New Jersey qualche giorno prima della sparizione di Sarah, dove si supponeva stesse valutando un terreno per uno di quei famosi affari che, dopo le fantasticherie iniziali, non andarono mai in porto. Erano state fatte supposizioni sul fatto che quello fosse il posto in cui era stato scaricato il cadavere.

«Non so dirle per quanto riguarda la religione di Sarah – era ebrea, ma sono certa che sia molto importante essere sepolti, avere una tomba e delle persone che possono pregare su di essa. Avere qualcuno che viene a visitarti. Non è così, signor Caruso?» continuò Carmel. Personalmente lui non lo riteneva importante, ma annuì comunque.

«Vede, il problema è che si tratta di una morte semplice.»

«Semplice?» La donna si sporse in avanti, aggrottando la fronte.

«Non voglio sminuire la situazione, non mi fraintenda» aggiunse subito Caruso, vedendo lo sconcerto sul volto di Carmel. «È solo che si tratta di un caso chiuso, capisce? Cattivi da manuale, prove schiaccianti. Non ci sono di mezzo teneri bambini, tesori nascosti e mai ritrovati, teorie complottistiche. La condanna è stata immediata. Con i casi di questo tipo, la gente perde interesse. Eventuali piste alternative spariscono subito. Quello che voglio dire è che accettare questo caso sarebbe molto costoso, per me.»

«Posso darle tremila dollari. Non di più.»

«Con quella cifra può comprare venticinque ore del mio tempo.» D'impulso, aveva deciso di tagliare i costi delle spese, che di solito gonfiava per trarne il maggior profitto possibile.

Prima di continuare, però, Caruso chiese: «Ha riflettuto a fondo sulla cosa?».

«Che cosa vuole dire?»

«Ecco, è stato un crimine orrendo, ma è stata fatta giustizia. Se decido di cominciare l'indagine, potrei doverle chiedere delle cose... farle rivivere quel trauma. Qualche volta, quando le persone scavano nel passato, scoprono cose che non avrebbero mai voluto sapere.»

«Di cosa sta parlando?»

«Anche se trovassi il corpo, potrebbe non essere possibile recuperarlo. Forse, diciamo... è stato trattato in maniera irriguardosa prima di essere abbandonato.»

Era sicuro che Carmel *non* avesse preso in considerazione quell'eventualità. Di rado i clienti ci pensavano. «Voglio poter dire una preghiera sulla sua tomba, ovunque sia. Non m'interessa altro» rispose lei.

Caruso annuì e tirò fuori dal cassetto il documento per il conferimento dell'incarico. Entrambi lo firmarono. Inoltre, d'istinto, segnò uno sconto sulla tariffa oraria. Aveva intravisto la foto di tre ragazze nel portafoglio, quando la donna lo aveva aperto per prendere la patente e riportarne il numero sul contratto. Erano adolescenti, e i genitori si stavano di certo trovando ad affrontare spese universitarie spaventose.

Sei proprio una mammoletta, si rimproverò Caruso.

«Va bene» le disse. «Ancora un paio di cose e poi mi metterò subito al lavoro. Mi servono il recapito telefonico di casa sua e il numero del suo cellulare.»

Ci fu un momento di esitazione. «E-mail, per favore. Solo e-mail.» La donna scrisse l'indirizzo di posta elettronica.

«Certo. Niente telefonate?»

«No, per favore, no. Avevo detto a mio marito che stavo pensando di fare questa cosa e lui mi ha risposto che non era una buona idea.»

«Perché?»

Fece un cenno con la testa ai ritagli di giornale. «È lì, da qualche parte. C'è un uomo, la polizia pensa che abbia collaborato con i Westerfield. Daniel è preoccupato che quest'uomo scopra che stiamo cercando il corpo. Dev'essere un tipo pericoloso.»

Grazie per avermi avvertito, pensò Caruso con sarcasmo. «Okay, allora le scriverò» disse, alzandosi.

Carmel Rodriguez avanzò e lo abbracciò stretto, con le lacrime agli occhi.

Caruso, mentalmente, abbassò ancora di venticinque dollari la sua tariffa oraria per permettere a quella donna di ingaggiarlo per più tempo.

Una volta che Carmel uscì, riaccese l'iPad per vedere che cosa si fosse perso. La partita era finita e il Senegal aveva vinto segnando cinque reti.

Cinque?!

Un commentatore della BBC, con la mancanza d'entusiasmo tipica di quel canale, stava dicendo: «Alcuni dei goal più belli che io abbia mai visto in anni...».

Caruso spense lo schermo. Avvicinò il fascio di ritagli per cominciare a prendere appunti, soprattutto sul possibile complice dei Westerfield.

Stava pensando al fatto che in tutta la sua carriera da investigatore privato era stato coinvolto una sola volta in una sfida a spintoni che era durata dieci secondi al massimo. Neanche una vera rissa. Caruso aveva il porto d'armi e possedeva una pistola, che però non toccava da almeno cinque anni. I proiettili dovevano essersi ossidati.

Si chiese se fosse davvero in pericolo.

Poi decise che in fondo non gli importava. Il gioco comportava sempre qualche rischio. Altrimenti non sarebbe stato divertente.

Il tenente Lon Sellitto si lasciò cadere sulla sedia del suo ufficio, nel quartier generale della polizia di New York City. Si lasciò cadere, non si mise seduto. Scompigliato, così come l'abito grigio che aveva addosso, guardò con grande affetto il grosso sacchetto di cibo d'asporto che aveva posato sulla sua scrivania fin troppo ingombra di scartoffie. Poi si rivolse alla persona che aveva di fronte. «Vuoi un taco?»

«No, grazie» rispose Caruso.

«Non ho preso formaggio o fagioli. Così ci sono molte meno calorie» disse il corpulento poliziotto.

Eddie Caruso conosceva Sellitto da molti anni. Il tenente era un tipo a posto, che non rompeva le scatole ai detective privati fintanto che questi non intralciavano il lavoro dei suoi ragazzi in divisa. E Caruso non l'aveva mai fatto. Era rispettoso.

Ma non ossequioso.

«Me lo garantisci?» chiese Caruso.

«Che cosa?»

«Niente fagioli vuol dire che non ti metterai a scoreggiare. Non voglio stare qui se cominci a scoreggiare.»

«Non ho preso i fagioli *rifritti*. Solo quelli normali, fagioli neri o che diavolo ne so. Sono molto meno calorici. Se sei a dieta, soltanto la parola, "fritto", non ti fa bene. "Rifritto"? Pensa a quanto cazzo può essere peggio. Ma i fagioli neri sono okay. Fibre buone, gustose. Però, certo, è vero, quando li mangio scoreggio. Come chiunque. Tutti lo fanno.»

«Possiamo finire il lavoro prima che tu cominci a ingozzarti?»

Sellitto fece un cenno con la testa in direzione di un fascicolo sottile e floscio. «Va bene, ma mi dispiace comunicarti che il suddetto lavoro non ci porterà via molto tempo. Il caso è chiuso e non c'è molto di cui parlare.»

Dalla finestra s'intravedeva uno scorcio di Governors Island e del suo porto. A Caruso piaceva molto il panorama che si godeva in quella zona della città. Ogni tanto aveva anche pensato di traslocare, per poi rendersi conto che l'unico posto che si sarebbe potuto permettere in quel quartiere avrebbe avuto una vista anche peggiore di quella che aveva il suo attuale ufficio a Midtown; qualche albero e molta luce di seconda mano, riflessa dai grattacieli di Times Square.

Il tenente spinse il fascicolo verso Caruso. Era l'indagine sul caso Sarah Lieberman. «Quei due erano proprio fuori di testa, gli assassini, dico.» Sellitto fece una smorfia di disgusto. «Mi fanno venire il voltastomaco. Madre e figlio, con *una sola* camera da letto in tutto l'appartamento. Pensaci.»

Caruso avrebbe preferito non farlo.

Sellitto continuò. «Quindi la tua cliente vuole sapere dove la Famiglia Disfunzionale ha gettato il corpo?»

«Sì, è religiosa. Sai com'è.»

«No, non lo so.»

«Neanch'io. Ma a quanto pare le cose funzionano così da quelle parti.»

«Ho dato una veloce scorsa.» Sellitto fece un cenno al fascicolo. «Ma direi che il posto più plausibile è nel Jersey.»

«L'ho letto nel "Daily News". Ma non c'erano ulteriori dettagli.»

Sellitto brontolò. «È nella documentazione. Da qualche parte vicino alle paludi di Kearny.»

«Non le conosco.»

«Non ce n'è motivo. Fuori dalla Bergen. Il nome dice tutto.»

«Kearny?»

Il volto rotondo di Sellitto si aprì in un sorriso. «Ah, sei simpatico per essere un detective privato del cazzo. Perché non ti arruoli? Abbiamo bisogno di gente come te.»

«Paludi, eh?»

«Esatto. Una palude di merda. Fango e melma ovunque.»

«Perché credevano fosse in quel posto?» chiese Caruso.

«Avevano seguito gli spostamenti di John Westerfield. Aveva superato il casello della superstrada del Jersey, aveva imboccato l'uscita 280 ed era tornato indietro circa mezz'ora dopo. Le videocamere di sorveglianza dell'area avevano mostrato la sua auto parcheggiata in un paio di posti vicino alla palude. Lui aveva sostenuto che si trovava in quel posto per controllare una proprietà che voleva acquistare. Diceva di essere un illuminato nel settore immobiliare. "Illuminato". Ma che razza di parola è?»

«Se fossimo in un film di Quentin Tarantino» disse Caruso, «questo sarebbe il punto in cui farei una lunga digressione sulla parola "illuminato".»

«Bene, non siamo in un film e non so di che cazzo stai parlando.»

Sellitto aveva decisamente gioco.

Caruso sfogliò la cartella più piccola che si trovava all'interno del fascicolo. Sopra, un'etichetta con il nome JOHN WESTERFIELD. Molti documenti erano appunti presi dallo stesso John, quasi tutti riguardavano questioni immobiliari e le complesse pratiche burocratiche da seguire per poter edificare a Manhattan: permessi per gettare le fondamenta, permessi per i macchinari e le gru, permessi per avere accesso alle strade. La cosa interessante – e incriminante – era che tutti i progetti richiedevano investimenti multimilionari che John non si sarebbe potuto permettere senza i soldi di Sarah Lieberman.

«Bel lavoro di sorveglianza. Quando è andato nel Jersey?»

«Non lo so. Un paio di giorni prima che la donna scomparisse.»

«*Prima*? Non c'è una registrazione che lo colloca in quell'area *dopo* la sparizione della vittima?»

«No. È a questo punto che entra in scena l'effetto Collinetta Erbosa.»

«L'effetto...?»

«Dallas. L'assassinio Kennedy. Il secondo tiratore misterioso.»

«Non credo che ce ne fosse un altro. È stato Oswald. Da solo.»

«Non voglio dire questo, voglio dire che molto probabilmente i Westerfield *avevano* un complice. È stato lui a sbarazzarsi del cadavere. Usando la *sua* auto. Per questa ragione non esiste una registrazione di John che ritorna nel Jersey.»

«Sì, la mia cliente mi ha accennato al fatto che potrebbe esserci stata un'altra persona. Comunque sia, perché dovrebbe essere anche quella che si è occupata del corpo?»

Sellitto picchiettò sul fascicolo. «Subito dopo l'omicidio – la Scientifica è risalita all'ora esatta analizzando il sangue – i Westerfield sono stati visti in pubblico e quindi avevano un alibi. È probabile che avessero ingaggiato qualcuno per far sparire il cadavere. Qualche associato.»

«Criminalità organizzata?»

«Che cosa pensi che significhi la parola "associato"?»

«Lo so. Puntualizzavo.»

«Pensiamo fosse qualche delinquente di basso rango. I Westerfield avevano legami con la mafia locale di Kansas City e devono essersi serviti di qualche affiliato qui in città.»

«Gangster freschi, ovunque, grazie a un comodo franchising.»

Sellitto alzò gli occhi al soffitto, pensando probabilmente che Caruso non era poi così intelligente come credeva. «I Westerfield avevano rubato quasi un milione di dollari alla signora Lieberman, tra contanti e gioielli» disse il tenente. «Avrebbero potuto pagare il loro uomo attingendo alla refurtiva.»

A Caruso non sfuggì il fatto che Sellitto chiamò la donna signora Lieberman. Rispetto. Era una bella cosa, faceva parte del gioco. «C'è qualche pista che può condurci a quest'uomo?»

«No, ma questo tipo è uscito fuori dopo che il caso era stato chiuso e nell'ufficio del procuratore distrettuale non importava veramente un cazzo a nessuno. Avevano già i colpevoli. Perché perdere tempo e risorse?»

Alla fine, Sellitto si arrese. Aprì il sacchetto con il pranzo. Aveva un buon profumino.

«La coppia...» cominciò Caruso.

«Sono madre e figlio, non li definirei una coppia.»

«La coppia ha detto qualcosa riguardo a una terza persona coinvolta?»

Sellitto guardò Caruso come se fosse diventato stupido a sua volta. «Sono stati quei due criminali a uccidere la donna, ricordi? A meno che la signora Lieberman non abbia deciso di andare in crociera senza avvertire nessuno. Per la suddetta coppia, non esiste una terza persona.»

«Allora andrò a fare un sopralluogo nel Jersey. Dove si trovano esattamente le paludi di Kearny?»

Sellitto fece cenno al fascicolo.

Caruso prese la cartelletta e si ritirò in un angolo dell'ufficio di Sellitto per studiare le carte.

«Soltanto una cosa» disse il tenente.

Caruso sollevò lo sguardo, in attesa della classica dichiarazione di non responsabilità, formulata in legalese.

Sellitto indicò il piatto di fagioli neri che stava mangiando. «Rimani a tuo rischio e pericolo.»

Era senza speranza.

Eddie Caruso si trovava più o meno nel punto in cui John Westerfield aveva parcheggiato la sua Mercedes verde, per ispezionare l'area e cercare di capire quale fosse il posto migliore per nascondere un cadavere.

Non c'era alcuna probabilità che riuscisse a scoprire dove era stato sepolto il corpo di Sarah Lieberman.

Davanti a lui si stendevano centinaia di acri di palude, acquitrini di melma marrone, verde e grigia, pieni di erba, piante e rovi. Mille miliardi di uccelli. Gabbiani, anatre, corvi, falchi e un'altra strana specie: piccole creature bianche dalle ali blu iridescenti che scattavano nell'aria e vivevano in piccoli nidi sui pali attaccati alla costa.

Ecco la zona residenziale del New Jersey, si disse Eddie Caruso. Ma non riuscì a ridere della propria arguzia perché venne assaltato da una miriade di zanzare kamikaze molto determinate.

Slap.

In lontananza l'abbagliante meraviglia di Manhattan, illuminata dalla luce calda del tardo pomeriggio.

Slap.

L'acqua era scura e sembrava profonda soltanto meno di un metro. Si poteva tranquillamente avvolgere un corpo in una rete metallica, aggiungere dei pesi e scaricarlo ovunque.

Non si sorprese del fatto che gli investigatori non avessero trovato il cadavere della donna.

Inoltre, tutt'intorno c'erano anche terreni sconfinati, in cui sarebbe stato semplice scavare una fossa. La consistenza della fanghiglia era talmente densa che quasi ci rimise le scarpe.

Cercò di ripulirle come meglio poté e cominciò a fare congetture: quanto poteva costare l'affitto di un elicottero attrezzato di un radar high-tech o un dispositivo a raggi infrarossi per individuare il corpo? Parecchio, immaginò. Inoltre il cadavere doveva essere ormai del tutto decomposto. Esisteva qualche strumento capace di rilevare la presenza delle sole ossa in quella palude infinita? Ne dubitò.

Una macchia di colore rosso attirò la sua attenzione.

Due persone su una canoa.

Sulla fiancata si leggeva COMMISSIONE PER LA SALVAGUARDIA DELLE MEADOWLANDS DEL NEW JERSEY.

Il primo pensiero di Eddie Caruso fu, ovviamente: ah, il glorioso stadio Meadowlands, che i New York Giants possano avere una grande stagione, il prossimo anno!

Il secondo fu: merda.

Quel territorio apparteneva al *governo*, realizzò all'improvviso Caruso.

Commissione per la salvaguardia delle Meadowlands...

John Westerfield aveva sostenuto che si trovava in quei luoghi per avviare una trattativa immobiliare. Ma non poteva essere vero. In un'area naturale protetta non era possibile sviluppare progetti edilizi privati. Aveva imboccato la superstrada per farsi rintracciare *intenzionalmente* tramite il pagamento del pedaggio. Per depistare i futuri inquirenti. Non brillando per intelligenza, lui e sua madre probabilmente si erano convinti che non sarebbero stati condannati se il corpo non fosse mai stato ritrovato. Così avevano deciso di creare una falsa pista in quella zona per ostacolare il lavoro della polizia.

Dovevano aver sepolto il corpo di Sarah Lieberman da tutt'altra parte.

Ma dove?

Eddie Caruso ripensò al fascicolo nell'ufficio di Lon Sellitto. E pensò di conoscere la risposta.

Un'ora e mezza più tardi – grazie mille, traffico di New York! – Caruso parcheggiò in sosta vietata la sua auto a noleggio. Era certo che lì si sarebbe beccato una multa, forse persino il carro-attrezzi, perché la zona intorno al municipio era costantemente pattugliata. Ma era troppo impaziente per trovare un posteggio migliore.

Si avviò verso il dipartimento della Programmazione urbanistica.

Un'impiegata con un'impressionante massa di dreadlocks che le ricadeva intorno al volto delicato verificò la sua richiesta e sparì. Per molto, moltissimo tempo. Forse le pause caffè andavano fatte a orari precisi oppure saltavano del tutto. Alla fine, la donna ritornò con tre diverse cartelle.

«Firmi queste.»

Caruso eseguì.

«Posso prendere in prestito questi documenti?»

«No.»

«Ma la questione...»

«Può leggerli, può memorizzarli, può farne una copia. Ma se vuole farne una copia deve pagarla e sulle fotocopiatrici c'è scritto che funzionano con una banconota da un dollaro, ma nessuno è riuscito a farle funzionare con una banconota da un dollaro negli ultimi tre anni. Quindi le servono le monete.»

«Ha per caso...?»

«Non cambiamo banconote.»

Caruso ringraziò ugualmente la donna e tornò nel suo cubicolo a leggere i documenti.

Erano i contratti originali dei permessi rilasciati a tre imprese edili che stavano costruendo dei grattacieli nell'Upper East Side, non lontano dall'appartamento di Sarah Lieberman. L'investigatore privato ne aveva trovato le copie nel fascicolo su John Westerfield che aveva consultato nell'ufficio di Sellitto. Erano state ritrovate sulla scrivania dell'uomo. John aveva sempre affermato di essere coinvolto in qualche affare immobiliare, quindi per quale motivo qualcuno avrebbe dovuto prendersi la briga di controllare quelle tre cartelle? Non lo aveva fatto nessuno.

Tranne Eddie Caruso.

Per quale ragione, infatti, John Westerfield avrebbe dovuto avere le copie di permessi rilasciati per costruire palazzi con cui lui non aveva nulla a che fare?

C'era solo un motivo, che a Caruso divenne molto chiaro quando vide che i tre permessi riguardavano la costruzione delle fondamenta degli edifici.

Quale miglior modo per sbarazzarsi di un cadavere se non gettarlo in un pilone che dopo poco sarebbe stato riempito di cemento?

Ma di quale edificio si trattava? L'impegno che aveva preso con Carmel Rodriguez era quello di scoprire il *luogo esatto* in cui era stata sepolta Sarah Lieberman.

E guardando ancora una volta quei permessi, all'improvviso si rese conto di sapere come fare.

Fece una copia della prima pagina di ogni fascicolo, dopo essersi fatto cambiare in monetine i suoi dollari da un altro visitatore perché, effettivamente, le sue banconote erano state davvero tutte rigettate da una Xerox capricciosa. Poi, tornato al suo cubicolo, rimosse con grande cura – e grande dolore – le graffette di dimensioni industriali che fermavano i fascicoli e sostituì gli originali con le copie.

Di certo aveva appena commesso un reato di qualche tipo, ma cominciava a sentire un profondo affetto per la signora Carmel Rodriguez (per la quale, nel frattempo, aveva ulteriormente abbassato la sua tariffa oraria di altri venticinque dollari). E, a dirla tutta, anche per la defunta signora Sarah Lieberman. Niente gli avrebbe impedito di scoprire dove era stata sepolta la povera donna.

Con suo enorme sollievo, l'impiegata non si accorse del furto, e con un sorriso smagliante Caruso ringraziò e uscì dal municipio.

Sulla sua auto, miracolosamente, non c'era alcuna multa e in meno di mezz'ora il detective parcheggiò fuori dal laboratorio privato di cui si era avvalso talvolta per far analizzare delle prove. Si precipitò dentro e pagò una tariffa extra per avere i risultati che gli servivano in tempi brevi. Dopodiché cominciò a camminare avanti e indietro per la sala d'aspetto dove, con sua somma gioia, trovò una macchinetta del caffè nuova fiammante.

Eddie Caruso non era un grande amante del caffè e non beveva mai tè. Gli piaceva molto la cioccolata calda però. Aveva ottanta ricette diverse per preparare altrettanti tipi di cioccolata e quelle ricette servivano davvero, non si poteva improvvisare (*men che meno* mischiare quella polvere grigiastra in busta con l'acqua calda, soprattutto se conteneva quei piccoli e orridi marshmallow che sembravano forfora).

Ma la Keurig era un'ottima macchinetta, che ti permetteva di riempire la cioccolata fino all'orlo con latte e panna. Cosa che Eddie Caruso fece subito. Si mise seduto appoggiandosi allo schienale, bevendo dal suo bicchiere schiumoso e sfogliando una copia di «Sports Illustrated» in cui la partita Nigeria-Senegal veniva descritta come «l'incontro del secolo».

Dopo soli dieci minuti, un tecnico forense – una giovane donna asiatica in camice bianco, con gli occhialini appesi al collo – lo raggiunse. Era da un po' che desiderava chiederle di uscire con lui. Tre anni e quattro mesi, per l'esattezza. Ma non era mai stato abbastanza coraggioso o motivato per farlo sul serio. E continuava a non esserlo neanche adesso.

«Okay, Eddie» disse lei, «ecco cosa abbiamo trovato. Sui documenti di autorizzazione comunale che mi hai portato abbiamo isolato impronte digitali identificabili di sei persone.»

I tecnici erano sempre molto precisi.

«Due di queste sono risultate negative. Nessun riscontro in alcun database commerciale o delle forze dell'ordine. Un gruppo d'impronte sono le tue.» La donna lo guardò con quella che, almeno tra i tecnici forensi, doveva essere ironia, e continuò: «Posso affermare che neanche tu sei registrato come criminale in alcun database. Tuttavia è probabile che la situazione non rimanga a lungo la medesima, nel caso la polizia scoprisse in che modo sei venuto in possesso di questo documento, che per legge dovrebbe rimanere archiviato nel suo dipartimento di provenienza».

Precisi fino allo sfinimento...

«Oh» disse Eddie con disinvoltura, «li ho trovati per strada. I permessi.»

La donna non si scompose e continuò: «Devo dirti che nessuna di queste impronte appartiene a John Westerfield».

Questa fu al tempo stesso una sorpresa e una delusione.

«Ma sono riuscita a identificare un'altra persona che ha toccato i documenti. Le sue impronte erano nei registri militari.»

«Non criminali?»

«No.»

«Chi è?»

«Il suo nome è Daniel Rodriguez.»

Gli ci vollero cinque secondi per capire.

Il marito di Carmel.

Qualche volta, quando le persone scavano nel passato, scoprono cose che non avrebbero mai voluto sapere...

In qualunque modo si definisse, detective privato o consulente per la sicurezza, il suo dovere era quello di essere professionale al pari di un vero poliziotto.

Eddie Caruso era di nuovo nel suo ufficio e stava elencando tutto quello che aveva scoperto fino a quel momento, senza tralasciare o distorcere nulla.

Era così, dunque? Daniel Rodriguez era davvero il terzo complice, la persona che aveva occultato il cadavere di Sarah Lieberman?

Non c'erano altre conclusioni.

Lavorava come tuttofare nel palazzo di Sarah e doveva conoscere bene John e Miriam Westerfield. I due, per contro, dovevano sapere altrettanto bene che Daniel, con tre figlie in procinto di andare all'università, aveva bisogno di denaro. Così era stato coinvolto nell'affare perché perlustrasse i cantieri. Probabilmente aveva anche degli amici che stavano lavorando alle fondamenta che sarebbero diventate la tomba di Sarah Lieberman.

Infine, Daniel non voleva che la moglie ingaggiasse qualcuno per scoprire dove era stato nascosto il cadavere di Sarah, perché lo riteneva pericoloso. Ma, ripensandoci, Caruso decise che quella era solo un'enorme scemenza. Le possibilità che il terzo complice venisse a conoscenza di una cosa simile erano quasi nulle. No, semplicemente Daniel non voleva che il caso venisse aperto di nuovo.

Che diavolo devo fare adesso? si chiese Caruso.

Non che avesse molta scelta. Tutti i detective privati avevano l'obbligo d'informare la polizia qualora fossero venuti a conoscenza del fatto che c'era un criminale a piede libero. Inoltre, chiunque avesse partecipato, anche indirettamente, a quel terribile omicidio si meritava di andare in galera.

Ma c'era qualcosa che poteva fare per mitigare l'orrore che Carmel e le figlie avrebbero provato quando avesse dato loro la notizia?

Non gli venne in mente nulla. Il giorno dopo avrebbe dato loro una terribile delusione.

Doveva esserne certo. Aveva bisogno di prove che attestassero con sicurezza la colpevolezza dell'uomo. Lo richiedeva il gioco: risolutezza, che la scelta fosse facile o difficile. Il gioco non conosceva ambiguità.

Radunò alcuni strumenti del mestiere, e poi decise che non erano sufficienti. In fondo, un uomo che era stato capace di gettare il corpo di un'anziana donna in un cantiere poteva benissimo uccidere chiunque avesse scoperto il suo crimine. Aprì la scatola dove teneva la sua pistola; niente di affascinante, era un semplice revolver, di quelli che non si vedevano più molto in giro.

Trovò anche i proiettili. Non erano ossidati. Quindi, immaginò Caruso, potevano fare ancora il loro lavoro.

Il giorno successivo, Caruso noleggiò un SUV con i finestrini oscurati e seguì Daniel per ore. Fu molto noioso e per nulla fruttuoso, come il novantanove per cento dei pedinamenti.

In apparenza, Daniel Rodriguez era un uomo allegro, pacioso e inoffensivo, che amava scherzare e andava molto d'accordo con i colleghi dei vari cantieri edili in cui lavorava. Eddie Caruso si aspettava – e quasi sperava – di beccarlo intento a vendere crack ai ragazzini. In quel caso sarebbe stato più semplice denunciarlo alla polizia.

Ma sarebbe stato altrettanto semplice dare la notizia alla moglie e alle figlie? si chiese. La risposta rimaneva sempre «no». Niente avrebbe potuto alleviare quel dolore.

Daniel fece ritorno alla sua casa piccola ma ben tenuta nel Queens. Caruso superò lentamente l'edificio, parcheggiò nell'isolato e scese dall'auto. Poi si avviò verso il parco dall'altra parte della strada, abbigliato in maniera informale come tutti gli altri abitanti del quartiere: pantaloncini, maglietta, occhiali da sole e berretto da baseball. Trovò una panchina e si mise seduto, facendo finta di leggere qualcosa sul suo iPad mentre, in realtà, stava osservando la famiglia attraverso la videocamera del dispositivo. L'Apple aveva davvero rivoluzionato il mondo degli investigatori privati.

Era una bella serata e la famiglia Rodriguez stava cucinando all'aperto; Daniel era lo chef, Carmel e le figlie le sue aiutanti. Diversi vicini di casa si unirono a loro. Daniel sembrava un padre premuroso. Caruso non era in grado di sentire che cosa stesse dicendo, ma le sue parole riuscivano a far ridere tutta la famiglia.

Marito e moglie si scambiarono uno sguardo pieno d'amore e complicità.

Merda, pensò Caruso, quanto odio il mio lavoro in questo momento.

Daniel rimase fuori anche dopo la fine del barbecue, quando la famiglia rientrò in casa.

E fu a quel punto che qualcosa fece scattare il sospetto in Caruso: Daniel Rodriguez stava continuando a sfregare una griglia che non aveva più bisogno di essere sfregata.

Stava prendendo tempo. D'istinto, Caruso si alzò e andò a nascondersi dietro un cespuglio che puzzava di piscio di cane. Si rivelò un'ottima decisione. Daniel si guardò scrupolosamente attorno, accertandosi che nessuno lo stesse osservando. Poi, con noncuranza – troppa – sparì nel garage e ne uscì poco dopo, chiudendo a chiave la porta.

Quella mossa, qualsiasi cosa fosse, puzzava di bruciato. Caruso aspettò un paio d'ore, affinché scendesse la notte e l'intero quartiere si addormentasse. Poi s'infilò un paio di guanti in lattice e forzò la serratura del garage con una serie di strumenti da scasso, intrattenendo – come spesso gli capitava – una conversazione immaginaria con il poliziotto che l'avesse colto in flagrante. No, signore, non sto commettendo un furto, che vuol dire compiere un'effrazione con l'intenzione di perpetrare un reato. Sto commettendo una violazione di domicilio, che vuol dire compiere un'effrazione con l'intento di scoprire la verità.

Non esattamente una buona linea di difesa per il codice penale dello Stato di New York.

Caruso ispezionò il garage. Era stracolmo, e una ricerca più sistematica avrebbe richiesto ore o addirittura giorni. L'uomo era un carpentiere, un tuttofare, quindi in quello spazio erano radunate tonnellate di legno, cartongesso e cavi, dozzine di casse per gli attrezzi. Queste, in particolare, sembravano nascondigli perfetti, ma sarebbero state anche le prime a essere rubate in caso qualcuno avesse fatto irruzione. Caruso, dunque, le ignorò.

Si fermò in un punto e cominciò a girare in cerchio lentamente, come fosse un'antenna radar, osservando con attenzione ogni scaffale, facendo affidamento sulla luce fioca che proveniva dai lampioni per strada. Aveva una torcia con sé, ma era troppo vicino alla casa per poterla usare.

Arrivò a una conclusione: il posto più probabile in cui nascondere qualcosa erano dei barattoli di vernice macchiati da gocce secche di colore, poggiati in un angolo polveroso. Nessuno rubava contenitori di pittura usata.

E aveva ragione.

Nel terzo e nel quarto barattolo trovò rotoli su rotoli di banconote da venti, più due braccialetti di diamanti.

Proveniva tutto, senza ombra di dubbio, dalla cassetta di sicurezza di Sarah. Questo doveva essere il pagamento elargito dai Westerfield per essersi sbarazzato del cadavere. Durante il processo, naturalmente, i due non avevano accennato al complice, perché in possesso di prove che avrebbero potuto aggravare ulteriormente la loro posizione, tanto da rischiare la pena di morte.

Caruso scattò un paio di fotografie al denaro e ai gioielli. La sua perlustrazione, però, non si fermò. Continuò a frugare in tutti gli altri contenitori; nella maggior parte di questi c'era vernice. Ma non in tutti. Uno, poggiato per terra in un angolo, conteneva esattamente ciò che gli serviva per capire dove si trovasse Sarah Lieberman.

«Avanti, avanti» disse Eddie, spegnendo il televisore.

Carmel Rodriguez entrò nell'ufficio e si guardò intorno strizzando gli occhi, come se l'investigatore avesse appena ridecorato le pareti con quelle fotografie che invece erano appese lì da sempre. «Mia figlia, Rosa, gioca a calcio.»

«È anche il mio sport preferito.» Eddie fece cenno alla donna di accomodarsi sulla sedia di fronte alla scrivania. Carmel, adagio, si mise seduta.

«Ha detto che ha trovato qualcosa.»

L'investigatore annuì con aria solenne.

La maggior parte del lavoro di Eddie Caruso consisteva nel ritrovare persone scappate di casa, fare accertamenti pre-impiego e smascherare falsi querelanti per lesioni personali, ma ogni tanto si occupava anche di problemi domestici. Spesso aveva dovuto comunicare l'esistenza di un tradimento, e aveva imparato che la gente, generalmente, reagiva alla notizia in tre modi diversi: rabbia esplosiva, dolore lamentevole o stanca accettazione; quest'ultima di solito veniva accompagnata dal sorriso più angosciante sulla faccia della terra.

Non aveva idea di come avrebbe reagito Carmel alla notizia che stava per darle.

Ma non era più tempo di fare speculazioni. Era ora che sapesse la verità.

«Potrebbe essere spiazzante, Carmel, ma...»

La donna lo interruppe. «Mi ha detto che ha scoperto alcune cose che potrebbero non piacermi.»

L'investigatore annuì, si alzò, si avviò alla porta e l'aprì.

Carmel aggrottò la fronte quando vide suo marito entrare nella stanza. L'uomo le sorrise imbarazzato, poi si mise seduto accanto a lei e fissò gli occhi sul tappeto.

«Daniel! Che cosa ci fai qui?»

Caruso tornò alla sua sedia e si appoggiò allo schienale che, come al solito, stava ricominciando a cigolare nonostante l'uso costante di quantità industriali di lubrificante. «Avanti, Daniel. Diglielo» ricominciò l'investigatore.

L'uomo non parlò e Carmel gli chiese gentilmente: «Riguarda la signora Sarah? Sei qui per quello che le è successo?».

L'uomo annuì. «Okay, tesoro, Carmel...»

«Dimmelo» sbottò bruscamente la donna.

«Non sono stato onesto con te.» Rivolse uno sguardo fulmineo alla moglie e lo distolse altrettanto velocemente. «L'anno scorso mi hai detto che i Westerfield volevano che tu trovassi i documenti della signora Sarah, ti ricordi?»

«Sì. E quando ho risposto che non volevo, loro hanno minacciato nostra figlia.»

«Hanno fatto la stessa cosa con me. Mi hanno detto che non potevano fidarsi di te, che eri troppo buona. Volevano che li aiutassi io.»

«Tu?» sussurrò la donna.

«Sì, tesoro. Io! Soltanto che non volevano semplicemente i documenti. Loro...»

«Cosa? Che cosa volevano?»

«Miriam mi ha detto che a Sarah non rimaneva comunque molto da vivere.»

«“Comunque”? Che cosa significa?»

«Mi ha detto che Sarah aveva il cancro.»

«La signora non era malata! Era molto più in salute di quella stronza!» sbottò Carmel con veemenza.

«Ma loro mi hanno detto così. Mi hanno detto che la signora ci aveva fatto fuori dal suo testamento. Che non avremmo avuto niente. Mi hanno detto che se li avessi aiutati, se la signora fosse morta subito, loro avrebbero fatto in modo di farci avere molti soldi.»

«Se tu li avessi aiutati» ripeté Carmel fissando gelida il marito. «Vuoi dire, se tu li avessi aiutati a ucciderla.»

«Mi hanno detto che era avara. Perché lei aveva così tanto e persone come loro e noi non avevano niente? Era ingiusto.»

«E non me lo hai detto? Non hai detto a nessuno quanto fossero pericolosi quei due?»

«L'ho detto a qualcuno.»

«A chi? Di certo non alla polizia!»

Daniel guardò Eddie Caruso, che afferrò il telecomando e accese il televisore.

Lo schermo, collegato a una webcam, mostrò una schermata di Skype.

Una donna anziana sorrideva rassicurante e divertita verso la coppia seduta e Eddie Caruso. «Ciao, Carmel» disse Sarah Lieberman. «È da tanto che non ci vediamo.»

Nell'ultimo contenitore di vernice nascosto nel garage di Rodriguez, Eddie Caruso aveva trovato una lettera di Sarah indirizzata a Daniel in cui la donna scriveva del luogo in cui avrebbe trascorso il resto della sua vita: una piccola città vicino a Middleburg, Virginia, a casa di suo nipote Frederick, rimasto vedovo. Dava poi informazioni su come contattarla in caso fosse stato necessario, dove desiderava essere sepolta quando fosse giunto il momento, quali gioiellieri contattare per rivendere i braccialetti che gli aveva regalato e forniva qualche consiglio su come investire saggiamente la somma di denaro che gli aveva elargito.

Eddie Caruso aveva affrontato Daniel quella stessa mattina e, anche se la lettera di Sarah sembrava autentica, aveva comunque insistito perché insieme contattassero l'anziana donna. Sarah aveva raccontato loro quel ch'era successo e adesso stava ripetendo la stessa storia alla sua governante.

E non era certo la «morte semplice» con cui Eddie aveva liquidato il caso, la prima volta che aveva incontrato Carmel Rodriguez.

«Perdonami, Carmel... Sono davvero tanto dispiaciuta di non avertelo potuto dire. Ti ricordi quel giorno di luglio, un anno fa? Avevo deciso di usare il cellulare che mi aveva regalato Freddy per registrare quei due.»

«Sì, signora Sarah.»

«Quando sei andata via, stavo per scendere al pianterreno quando ho incontrato Daniel sulle scale.» Lo sguardo della donna si spostò per un attimo sull'uomo. «Mi ha fatto rientrare nell'appartamento e mi ha raccontato tutto quello che era accaduto: i Mostri volevano che lui li aiutasse a uccidermi. Mi ha detto che i due avevano pianificato ogni cosa. E che non c'era nulla che si potesse fare per fermarli.»

«Perché non è andata alla polizia?» chiese Carmel.

«Perché nella migliore delle ipotesi avrebbero scontato solo qualche anno di galera per associazione a delinquere» rispose Sarah. «E poi sarebbero stati di nuovo fuori, liberi di perseguitare qualcun altro. Ho cominciato a pensare a quello che ti avevo detto. La falena, ricordi?»

«La grossa falena che lei e suo marito avevate visto in Malaysia. Con le ali che assomigliano alla testa di un cobra.»

«Esatto. E ho pensato: un modo per proteggersi è nascondersi, proprio come un serpente. L'altro è *diventare* il serpente. Così ho deciso di contrattaccare. Non potevo ucciderli, ma potevo far credere che loro avessero ucciso *me*. Non ho chiesto a Daniel di aiutarmi, è stato lui a volerlo fare.»

«Ero talmente arrabbiato con quei due, e preoccupato per te e Rosa! John mi aveva lasciato intendere che la stava tenendo d'occhio, stava spiando nostra figlia!»

«I Westerfield si sono rivelati molto premurosi» disse Sarah. «John aveva già un taser, il nastro adesivo e i sacchi della spazzatura» continuò con una risata ironica. «Se penso a tutti i soldi che avrei speso con l'agenzia di pompe funebri dei fratelli Beacon... la bara può essere incredibilmente costosa. A quanto pare ci sono modi molto più economici per andarsene.»

«Abbiamo finto di siglare un contratto in cui veniva venduto loro l'edificio e poi abbiamo fatto sparire tutti i soldi e i gioielli che la signora Sarah custodiva nel suo appartamento. Ha tenuto qualcosa per sé e dato a me una parte generosa dei suoi averi» disse Daniel.

«E nel mio testamento ho lasciato tutto a Freddy» Sarah lanciò uno sguardo al lato della veranda in cui era seduta, dove, probabilmente, si trovava suo nipote, il suo secondo complice. «La legittimazione ha richiesto un po' di tempo, ma sei mesi dopo è stato consegnato tutto qui. Ah, ma torniamo alla scena del crimine, che cosa ne dici, Daniel?»

L'uomo si voltò verso Carmel. «Abbiamo aspettato che i Westerfield fossero fuori casa e che tu fossi a fare compere, poi siamo scesi entrambi al pianterreno. Ho infilato un paio di guanti e ho preso un martello di John mentre la signora Sarah si procurava un piccolo taglio. Abbiamo lasciato sull'attrezzo un po' di quel sangue e anche qualche capello della signora. Le ho messo del nastro adesivo sulla bocca per qualche minuto e poi ci ho lasciato sopra dei capelli di Miriam. Ho anche strofinato lo spazzolino da denti di quella donna sul nastro, per lasciare il suo DNA. Infine, Sarah si è punta da sola con il taser. Dopo aver nascosto tutte quelle cose, e alcuni gioielli, in giro nel loro appartamento, ho cercato di entrare nei conti bancari della signora Sarah usando il computer di Miriam.»

«Ho guardato tante puntate di *CSI*» disse Sarah. «So come funzionano queste cose.»

«Ho lasciato i permessi comunali e le mappe nell'ufficio di John.» Daniel cominciò a ridere, ma si fermò subito non appena vide lo sguardo sgomento con cui la moglie lo stava fissando.

«Volevo dire che questa cosa ci è sembrata divertente, perché ci pareva che fosse un indizio ovvio. Invece la polizia non ha capito nulla; si sono convinti che la signora fosse stata sepolta nel New Jersey. Ma si sbagliavano, ovviamente. È stato il signor Caruso a risalire alla questione delle fondamenta.»

«Io, invece, ho preso il treno per venire qui» disse Sarah. «E ho dovuto condurre una vita piuttosto tranquilla. Lontano dalla luce dei riflettori, giusto, Freddy?»

«Giusto, zia Sarah» commentò la voce di un uomo.

«Ma mi piace stare in Virginia. È un posto pacifico. Ho vissuto qui molto tempo fa e ho sempre pensato che sarei ritornata per trascorrervi i miei ultimi anni.»

Daniel si voltò nuovamente verso la moglie. «Mi dispiace tanto, amore. Non potevo dirtelo! Quello che abbiamo fatto, io e la signora Sarah, è un crimine. Mandare quei due in galera. Volevo dirtelo, davvero. Ma non potevo coinvolgerti.»

Carmel stava fissando il marito. «E tutti quei soldi... Dicevi che volevi aprire un conto per mandare le ragazze all'università... e avevi sempre quei biglietti da cinquanta dollari. Mi sono sempre chiesta da dove provenissero.»

«Ha rischiato molto per salvarmi» disse Sarah. «Gli sono stata molto riconoscente.» La voce della donna cominciò ad affievolirsi. «E adesso credo che sia ora del mio riposino. Vi inviterei anche a venire qui da me, ma temo che non sia una buona idea per nessuno di voi fare visita a una defunta.»

«Oh, signora Sarah.»

«Arrivederci, Carmel.»

Entrambe le donne agitarono le mani per salutare, poi Eddie Caruso, con un tempismo eccellente, spense lo schermo.

L'investigatore salutò a sua volta la coppia, con la certezza che moglie e marito, tornando a casa, avrebbero discusso ancora molto di ciò che era accaduto lì dentro. Pensò di abbassare per la terza volta la sua tariffa oraria, ma decise di non farlo. Dopotutto, aveva svolto il suo lavoro e il caso si era risolto più o meno felicemente.

Anche se in maniera del tutto inaspettata.

Ma questo era un altro aspetto del gioco, forse quello che sanciva davvero se una persona o un evento ne facevano parte: non puoi mai sapere in anticipo come andrà a finire.

E a tal proposito...

Eddie Caruso sistemò il suo iPad sulla scrivania e digitò sulla tastiera. In perfetto orario per vedere la Premier League: Tottenham contro Everton. Fantastico.

Non si rimaneva mai delusi dalla massima serie del campionato inglese di football.

Anzi, di *calcio*.

III

LA SPINTARELLA

Con il cappello in mano.

Non c'era altro modo di descrivere la cosa.

A parte la segretaria vistosa, l'uomo di mezza età in jeans e giacca sportiva se ne stava lì da solo, a girare lo sguardo intorno nella sala d'attesa tutta vetrate che dava sulla Century City's Avenue of Stars. No, non quella con le impronte dei divi del cinema nel cemento. (Quella è Sunset Boulevard, distante sette, otto chilometri.) Questa strada era una normale via di uffici, alberghi, palazzi svettanti verso il cielo, con accanto un buon centro commerciale e un'ottima stazione televisiva.

L'uomo era lì che guardava i fiori (freschi), i quadri alle pareti (originali), la segretaria (più apparenza che sostanza, come i nove decimi delle ragazze che fanno quel lavoro a Los Angeles).

In quante sale d'attesa simili era stato, nei suoi trent'anni di carriera in quel settore? si chiese Mike O'Connor.

Troppe.

O'Connor stava adesso esaminando un'orchidea rosso porpora, cercando di allontanare da sé il pensiero frustrante che gli frullava nella testa: Eccomi qui, con il cappello in mano.

Ma non ci riuscì.

Né poté allontanare l'altro pensiero che automaticamente si accompagnava al primo: Questa è la tua ultima, dannata occasione.

Un ronzio sommesso in un punto imprecisato della scrivania della segretaria. Era bionda e O'Connor, che quando giudicava le donne aveva un termine di paragone di altissimo livello (sua moglie), concluse che era abbastanza attraente. Anche se, lì a

Hollywood, essere abbastanza qualcosa non era mai abbastanza. Una così poteva aspirare solo a particine di contorno: questa fu la triste considerazione di O'Connor. Una graziosa figurante, buona per qualche comparsata. Facciamo il mestiere più ferocemente competitivo che ci sia al mondo, bambina mia, pensò guardandola.

Lei mise giù la cornetta del telefono. «È pronto a riceverla, signor O'Connor.» Si alzò e andò verso la porta di comunicazione per aprirgliela.

«Non si disturbi, faccio da solo... Buona fortuna» aggiunse. L'aveva vista leggere un copione.

La ragazza non colse il suo accenno.

O'Connor chiuse la porta dietro di sé e Aaron Felter, un uomo aitante sulla trentina, si alzò per andargli incontro. Era vestito con una camicia grigio scuro aperta sul collo e pantaloni confezionati su misura.

«Mike. Mio Dio, sono due anni.»

«Dal funerale di tuo padre.»

«Giusto.»

«Come sta tua madre?»

«Scandalo. Ha un nuovo fidanzato. Un responsabile di produzione lì alla Universal. Se non altro ha solo cinque anni meno di lei. Ma porta un orecchino.»

«Salutamela.»

«Lo farò.»

Il padre di Felter era stato per un po' direttore della fotografia all'O'Connor Show, alla televisione, negli anni Ottanta. Era un uomo di talento, accorto, razionale... un'eccezione nel mondo frenetico degli show televisivi.

Continuarono per un po' a parlare delle rispettive famiglie, senza che nessuno dei due fosse particolarmente interessato all'argomento, solo perché così vuole la consuetudine negli ambienti di lavoro.

Tuttavia, poiché non si trattava di un normale ambiente di lavoro, ma di Hollywood, le chiacchiere furono presto accantonate e si arrivò al sodo.

Felter batté con la mano sul materiale che O'Connor gli aveva inviato. «L'ho letto, Mike. L'idea è interessante. Illustramela meglio.»

O'Connor conosceva la differenza che passa tra «è interessante» e «sono interessato». Ma prese a descrivere la sua proposta per una nuova serie televisiva, scendendo nei dettagli.

Michael O'Connor aveva conosciuto il grande successo alla fine degli anni Settanta e per buona parte del decennio successivo, come protagonista principale di una serie di telefilm trasmessi in prima serata. Le storie erano ambientate in uno studio legale, poi in un reparto d'ospedale e infine c'era stata la serie di maggiore successo, *Squadra Omicidi*, che era andata avanti per sette stagioni, un risultato notevole, considerando che per un telefilm un anno di vita equivale al doppio del calcolo (uno a sette) che si fa abitualmente per i cani.

Era stato un periodo favoloso. O'Connor, che si era laureato in cinematografia alla UCLA, aveva sempre preso molto sul serio il suo mestiere, e *Squadra Omicidi* aveva uno stile molto incisivo, per essere un telefilm. Era audace nelle inquadrature, essendo girato con telecamere a spalla, e gli sceneggiatori (O'Connor era uno degli autori) non esitavano a far morire occasionalmente uno dei personaggi principali o a lasciare che il cattivo la facesse franca. Un agente della polizia cittadina che era diventato un buon amico di O'Connor gli faceva da consulente, cercando di rendere il più possibile realistico ogni minimo dettaglio. Lo show affrontava argomenti spinosi, come la religione, l'aborto, le discriminazioni razziali, il terrorismo, il sesso, qualsiasi cosa. «Storie incisive, creatività straordinaria» aveva commentato il «New York Times», e quelle poche parole significavano per O'Connor più che la candidatura all'Emmy Award. (Gli era sfuggito per un soffio, era andato a un attore della serie *Law & Order*, un'onorevole sconfitta.)

Però la serie si era conclusa, e ora era tempo di vacche magre.

Non riusciva a trovare un ingaggio, almeno non all'altezza delle sue aspirazioni. Il suo agente gli proponeva copioni assurdi, scopiazzature del suo vecchio show o sit-com leggere per cui non si sentiva minimamente portato. E allora O'Connor aveva raccolto le sue ultime sostanze (la maggior parte veniva assorbita dalla retta delle scuole di prestigio frequentate da sua figlia) e aveva cercato di sopravvivere in una città dove gli era capitato di sentire con le sue orecchie qualcuno dire, riferendosi al *Riccardo III*: «Perché, ne hanno fatto anche uno spettacolo teatrale?».

Ma a O'Connor non interessava solo il mestiere di attore. Aveva una sua visione personale. Circola una battuta, a Hollywood: i produttori, quando cercano un progetto da trasformare in un film o una serie televisiva, vogliono qualcosa che sia assolutamente originale e che al tempo stesso sia stato un grandissimo successo nel passato. Ironia a parte, c'è del vero in questa cosa. E per anni O'Connor aveva avuto in mente di creare qualcosa che fosse nuovo e al tempo stesso profondamente radicato nella storia della televisione: ogni settimana una storia diversa, con nuovi personaggi. Come le serie che spopolavano negli anni Cinquanta e Sessanta: *Alfred Hitchcock presenta*, *Playhouse 90*, *Ai confini della realtà*. Un po' di dramma, un po' di commedia, un po' di fantascienza.

Aveva scritto una proposta e la puntata pilota, dopodiché aveva inviato *Stories* a tutti i produttori di Hollywood, oltre che alla BBC, a Sky e a Channel 4 in Inghilterra... ma il progetto era sempre stato respinto. Il solo produttore importante che non aveva ancora contattato era Aaron Felter, perché suo padre e O'Connor erano stati amici, e non voleva sottoporlo a una specie di ricatto affettivo. Inoltre, nemmeno Felter navigava nell'oro, in quel momento. Alcuni suoi progetti televisivi e cinematografici si erano rivelati fallimentari, e non poteva permettersi di rischiare troppo.

Ma O'Connor era disperato.

Perciò eccolo lì, con il cappello in mano.

Felter annuiva, ascoltando con attenzione mentre O'Connor illustrava la sua idea. L'aveva fatto tante di quelle volte, nel corso dell'ultimo anno, che ormai era diventato bravissimo.

Bussarono alla porta e un uomo dal fisico atletico, vestito in modo molto simile a Felter, entrò nell'ufficio senza farsi annunciare. La sua giovinezza e il suo atteggiamento riverente nei confronti di Felter fecero capire a O'Connor che era un assistente di produzione... la figura più importante dopo il produttore. L'uomo, dai modi effeminati, rivolse all'ospite un sorriso cordiale e uno sguardo prolungato, tanto che O'Connor stava quasi per dire: sono etero, ma grazie per il complimento. L'assistente di produzione annunciò a Felter: «Si è tirato indietro».

«Cosa?»

«Già. Non ci potevo credere.»

«Aveva già dato il suo assenso.»

«E adesso ha detto che non ci sta più.»

Quel criptico scambio di battute (stavano verosimilmente parlando di un attore che aveva accettato di fare qualcosa e che all'ultimo momento se l'era squagliata, allettato da un'offerta migliore) proseguì ancora per qualche istante. Mentre i due affrontavano quell'emergenza, O'Connor staccò la spina e si guardò intorno. Le pareti dell'ufficio di Felter, come quelle di molti produttori, erano tappezzate di locandine. Alcune si riferivano agli spettacoli di Felter. Altre a film recenti, con interpreti del calibro di Mark Wahlberg, Kate Winslet, Ethan Hawke, Tobey Maguire, Keira Knightley. C'erano anche però, stranamente, dei manifesti di grandi classici della sua infanzia, come *I cannoni di Navarone*, *La sporca dozzina*, *I magnifici sette* e *Bullitt*.

L'attore ricordava che lui e il padre di Felter andavano ogni tanto di sera a bere una birra, dopo che avevano finito di girare la puntata settimanale di *Squadra Omicidi*. Ovviamente, parlavano dei mille problemi che avevano incontrato sul set, ma anche della loro passione comune: i grandi film del passato. O'Connor ricordava che spesso il giovane Aaron si univa a loro, e quelle loro conversazioni avevano sicuramente inoculato nel ragazzo il germe della sua futura carriera. Felter e il suo assistente di produzione dal fisico scultoreo conclusero la loro discussione sulla crisi dell'attore. Il produttore scosse la testa e disse: «Okay, trova qualcun altro. Ma subito, entro domani al massimo».

«Ci sto già lavorando.»

Felter fece una smorfia e commentò: «Quando uno prende un impegno, dovrebbe mantenerlo. Una volta era così, no?».

«Una volta?»

«Ai tempi di *Squadra Omicidi.*»

«Non sempre. C'erano persone affidabili e altre inaffidabili.»

«Che il diavolo si porti gli inaffidabili» sentenziò Felter. «Comunque, scusami per l'interruzione».

O'Connor annuì.

Il produttore si allungò sulla sua sontuosa poltrona di pelle. «Devo essere onesto con te, Mike.»

Ah, una delle formule più comuni per introdurre un rifiuto. O'Connor gli riconosceva se non altro il merito di averlo ricevuto di persona per dargli la brutta notizia; Felter aveva uno stuolo di assistenti, come quella specie di Mister America appena uscito, che avrebbero potuto dargli il ferale annuncio per telefono. Sarebbe anche bastato rinviare per posta il materiale. O'Connor aveva accluso sulla busta l'indirizzo del mittente.

«Le serie televisive come questa non funzionano più al giorno d'oggi. Dobbiamo andare dietro ai gusti del pubblico. La gente vuole i reality, le sit-com, i drammi tradizionali. Guarda *Arrested Development.* Brillante. Ma non sono riusciti a tenerlo a galla.» Batté di nuovo con la mano sulla proposta di O'Connor, il fascicolo intitolato *Stories.* «Questa roba ti scuote. Ma per l'industria di oggi, scuotere non basta, serve un terremoto. Una catastrofe naturale. È la formula, la mania del momento. Tutti la vogliono, le associazioni di categoria, le emittenti televisive, anche il pubblico. Vogliono un insieme familiare di personaggi stereotipati coinvolti nei soliti, prevedibili conflitti. È così da decenni.»

«Insomma, stai dicendo che *I Soprano* e *Honeymooners* sono praticamente la stessa cosa, se si tolgono le armi e le parolacce.»

Felter rise. «Questa è buona. Posso riciclarla?»

«Accomodati.»

«Mike, vorrei aiutarti. Mio padre, buonanima, amava lavorare nel tuo show. Diceva che eri un genio. Ma dobbiamo assecondare le tendenze del momento.»

«Le tendenze possono cambiare. Non ti piacerebbe contribuire al cambiamento?»

«Non proprio» rispose Felter con una risata. «E sai perché? Perché sono un vigliacco. Siamo tutti vigliacchi, Mike.»

O'Connor non poté fare a meno di abbozzare anche lui un sorriso. Nel suo telefilm, O'Connor faceva la parte di un poliziotto, una specie di tenente Colombo, uno a cui non sfuggiva mai nulla. Mike Olson, il poliziotto di *Squadra Omicidi*, non era molto diverso dall'uomo che lo interpretava. Studiò con attenzione il volto di Felter. «Altro?»

Felter posò le mani sul piano di spesso cristallo della scrivania. «Che posso dire? Andiamo, Mike. Non sei più un ragazzo.»

«Questo non è un lavoro per vecchi» rispose, parafrasando il celebre verso di William Butler Yeats tratto da *Navigando verso Bisanzio.*

In generale, gli uomini hanno una carriera più lunga rispetto alle donne nell'industria televisiva e cinematografica, ma ci sono dei limiti. Mike O'Connor aveva cinquantotto anni suonati.

«Infatti.»

«Non voglio essere il protagonista. Farò qualche particina qua e là, giusto per sfizio. Avremo un nuovo personaggio principale ogni settimana. Potremmo ingaggiare Damon o DiCaprio, Scarlett Johansson, Cate Blanchett. Gente così.»

«Davvero?» fece eco Felter, accogliendo con divertito scetticismo quell'ambiziosa lista dei desideri.

«O la giovane promessa del mese. La rivelazione del momento.»

«L'idea è bella, Mike. Ma non è vendibile.»

«Be', Aaron, ho già approfittato fin troppo del tuo tempo. Grazie per avermi ricevuto. Sul serio. Un sacco di gente non l'avrebbe fatto.»

Parlarono un altro po' delle loro vicende familiari, di sport, poi O'Connor capì che era ora di andare. Qualcosa nel linguaggio del corpo di Felter gli disse che aveva un altro impegno.

Si strinsero la mano. O'Connor gradì il fatto che Felter terminasse dicendo: «Mangiamo un boccone insieme, qualche volta», anche se sapeva che quel genere di inviti finivano invariabilmente per essere disdetti all'ultimo momento.

O'Connor era già sulla porta quando Felter lo richiamò: «Ehi, Mike. Aspetta un attimo».

L'attore si girò. Il produttore lo stava squadrando con la fronte aggrottata: la folta chioma bionda, striata ormai di grigio, le spalle larghe, i fianchi sottili. Come la maggior parte degli attori professionisti, che lavorino o no, Mike O'Connor si teneva in forma.

«Mi è venuta in mente una cosa. Rimettiti a sedere» disse, indicando la sedia.

O'Connor si accomodò, osservando perplesso il curioso sorriso sul viso di Felter. Notò che gli brillavano gli occhi.

«Ho un'idea.»

«Sarebbe?»

«Potrebbe non andarti a genio, d'acchito. Ma, credimi, c'è un metodo nella mia follia.»

«La sanità di mente non mi è mai servita a molto, Aaron. Darò retta alla tua follia.»

«Sai giocare a poker?»

«Certo che so giocare a poker.»

O'Connor e Diane erano seduti sulla terrazza della loro casa in collina vicino a Beverly Glen, la strada tortuosa che collega West Hollywood e Beverly Hills alla San Fernando Valley. Era una dimora confortevole, ma modesta. Abitavano lì da anni, e lui non riusciva a immaginare di vivere altrove.

Sorseggiò il vino che aveva portato per sé e la moglie dalla cucina.

«Grazie, amore» disse Diane. Piccolina, carattere spigoloso, incline alle battute sarcastiche, faceva l'agente immobiliare; lei e O'Connor stavano insieme ormai da trent'anni, senza mai nemmeno un'ombra fugace tra di loro, a testimonianza del fatto che perfino a Hollywood non tutti i matrimoni sono destinati ad andare in pezzi.

Diane si versò dell'altro vino.

La terrazza era affacciata su una valle verdeggiante, che ora, al tramonto, aveva una sfumatura azzurro-violacea. Giusto lì sotto c'era una villa sontuosa. Di tanto in tanto si vedeva sparire all'interno una troupe cinematografica, poi le tende alle finestre venivano chiuse, e la troupe riemergeva cinque ore più tardi. In quella zona della California erano concentrati i maggiori produttori al mondo di pornografia.

«Dunque, questa è la proposta che mi ha fatto Felter» disse O'Connor. «Una partita a poker tra personaggi famosi.»

«Okay» fece Diane, in tono dubbioso. «Vai avanti» aggiunse, soffocando uno sbadiglio.

«No, no. All'inizio ero scettico anch'io. Ma ascolta. Sembrerebbe proprio una cosa seria. Tanto per cominciare, va in onda durante la settimana di rilevazione degli ascolti.»

La settimana in cui le emittenti televisive presentavano gli show destinati a raggiungere i massimi ascolti, per disputarsi i budget pubblicitari legati all'audience.

«Davvero?»

«Ed è dal vivo.»

«Televisione dal vivo?»

«Sì.» O'Connor andò avanti a spiegare com'era strutturata la trasmissione *Mi gioco tutto.*

«Insomma, è dal vivo. Dove sta la differenza rispetto a uno di quei disgustosi reality?»

«Posso avere un altro po' di vino?» fu la risposta di O'Connor.

«Ah ah.»

O'Connor le spiegò che quello che rendeva lo show diverso da tutte le altre trasmissioni del genere era che in questo caso i partecipanti giocavano con i loro soldi. Soldi veri. Non fondi messi a disposizione dai produttori da devolvere in beneficenza, come accade di solito per i giochi che vedono la partecipazione di celebrità.

«E quindi?»

«L'idea di Aaron è che i normali reality, come *Survivor*, o *Fear Factor*, non sono reali affatto. Nonostante le apparenze, nessuno rischia davvero in quelle prove assurde che i partecipanti devono superare, come arrampicarsi su per i muri, o camminare in equilibrio su un filo, con una selva di telecamere che ti inquadrano da tutte le parti. E mangiare vermi non ha mai ammazzato nessuno.»

La sagace donna d'affari Diane O'Connor disse: «Torna alla parte che riguarda i tuoi soldi».

«La somma che ognuno dei partecipanti deve essere pronto a mettere in gioco è un quarto di milione di dollari.»

«Figuriamoci.»

«No. È tutto vero. E si gioca con i soldi in contanti sul tavolo. Niente fiches. Come i giocatori di una volta, sui battelli a vapore che seguivano il corso del Mississippi.»

«E le emittenti televisive seguiranno l'evento?»

«In modo massiccio. Il budget pubblicitario da solo è di venticinque milioni di dollari. Giornali a diffusione nazionale, TV, radio, spot pubblicitari... tutto. La prima puntata andrà in onda dopo *Central Park West*, e il seguito giovedì, subito dopo *Hostage*.»

Central Park West era la sit-com più seguita dai tempi di *Friends*, e *Hostage* era il poliziesco di maggiore successo della stagione, a livello di *24*.

«Okay, è una cosa grossa. Mettiamo pure che tu abbia qualche probabilità di vincere, ma se invece dovessi perdere? Non possiamo permettercelo, Mike. E anche se vincessi, okay, incassi un milione di dollari. Potremmo metterli insieme ugualmente in un paio d'anni, con qualche speculazione immobiliare. Allora, dove sta la convenienza?»

«Oh, non si tratta dei soldi. Non ha niente a che vedere con quello.»

«Di che si tratta allora?»

«La spintarella.»

«La spintarella? Che cos'è? Gergo hollywoodiano?»

«Certo» fece lui. «Perché usare dieci parole per esprimere un concetto quando ne basta una?»

Riferì a sua moglie, in una versione leggermente edulcorata, quello che Aaron Felter gli aveva detto nel suo ufficio: «Mike, amico mio, una spintarella ci vuole. Serve a essere riconoscibili sui radar dei media. A stare sotto la luce dei riflettori. A diventare una merce appetibile. Una spintarella significa una citazione su "Daily Variety". Sono anni che non ti capita niente del genere. Una spintarella è giusto quello che ti ci vuole».

«E partecipando a questo gioco l'avrei?» aveva chiesto O'Connor a Felter.

«No. Non in modo automatico. Solo se vinci. Basterà per procurarti un buon contratto con uno studio cinematografico? Questo non lo so. Ma ti aprirà delle porte. E ti dico un'altra cosa: se vinci, ti prometto che proporrò in giro il tuo progetto. A gente con cui sono in affari da tempo. Di nuovo, basterà questo a far sì che il tuo progetto si realizzi? Non posso garantirlo. Ma mi consentirà se non altro di presentarlo entrando dalla porta principale.»

O'Connor spiegò a Diane: «Tutti i partecipanti sono nelle mie stesse condizioni. Persone che hanno raggiunto un certo livello, ma non sono dove vorrebbero essere. Uno spaccato dell'industria dello spettacolo, musicisti, attori, caratteristi».

Diane considerò a lungo la cosa, contemplando le colline circostanti soffuse di blu, la villa dove giravano i film porno, le prime pallide stelle che si affacciavano in cielo. «Insomma, è la tua ultima chance di mandare avanti il tuo progetto?»

«Sì, credo proprio che sia l'ultima.»

A questo punto lei scosse la testa, si alzò e andò in cucina, lasciandolo deluso e sconcertato. L'amava. E, cosa ancora più importante, aveva piena fiducia in lei. Mike O'Connor aveva interpretato il personaggio di Mike Olson, un tipo tosto e senza peli sulla lingua; ma dal punto di vista emotivo, lui era l'antitesi del poliziotto. Non avrebbe mai fatto nulla che potesse ferire sua moglie. E di fronte alla reazione di Diane quasi decise di chiamare Felter per annunciargli che non se ne faceva niente.

Lei tornò di lì a un attimo con una nuova bottiglia di Sonoma Chardonnay.

«Non vuoi che lo faccia, è così?» le chiese O'Connor.

«Ti risponderò ponendoti a mia volta una domanda.»

Adesso mi chiederà dove prenderemo i soldi, pensò lui. Come pagheremo la retta della scuola di nostra figlia. Se dovremo intaccare i nostri fondi pensione.

Ma lei se ne uscì con una questione ben diversa: «Il full è superiore alla scala?» chiese.

«Mmh, be'...» fece lui, aggrottando perplesso la fronte.

Diane estrasse dalla tasca qualcosa che doveva aver preso insieme al vino quando era andata in cucina: un mazzo di carte da gioco Rider. «Vedo che hai bisogno di fare un po' di pratica, ragazzo.»

E strappò via l'involucro di plastica dal mazzo.

Il bar era in Melrose Avenue, una di quelle strade di West Hollywood dove si può trovare gente famosa o desiderosa di diventarlo, e che comunque, famosa o no, è uno schianto.

Sammy Ralston stava giusto apprezzando lo spettacolo, le donne soprattutto, mentre cercava di individuare qualche viso conosciuto, qualche stellina che avesse già visto alla televisione. Guardava moltissimo la televisione adesso, nel suo appartamentino a Glendale. E l'aveva guardata un sacco quando era dentro, anche se erano in prevalenza i suoi compagni di cella ispanici a scegliere quello che si doveva vedere: durante il giorno soprattutto soap opera in spagnolo, che non erano così male, perché c'erano un sacco di tette, e di sera robe stranissime in cui lui non si raccapezzava. Comunque tutti guardavano sempre i telefilm della serie *CSI*, per la quale anche lui aveva un debole, dato che era stata proprio l'analisi di un reperto fatta dalla Scientifica (la cicca di una sigaretta) che l'aveva fatto sbattere dentro la prima volta, dopo un furto con scasso al grande magazzino Best Buy.

Alzò gli occhi e vide Jake entrare nel locale, la testa rasata, gli avambracci pieni di tatuaggi artigianali. Stazza da colosso. Portava un giubbotto di pelle nera da motociclista con la scritta OAKLAND sulla schiena. Figurati un po'. Si accostò a Ralston sovrastandolo dall'alto della sua statura. Lo superava di un bel po'. «Perché hai preso un tavolo?»

«Non lo so. L'ho preso e basta.»

«Volevi sbafarti qualche aletta di pollo? O cosa?»

«Non lo so, l'ho preso» ripeté seccato Ralston. Era piccolo, ma non era uno che si faceva mettere sotto.

L'altro scrollò le spalle. Si spostarono al bar, dove Jake ordinò un whisky doppio, il che significava che era pratico del posto e sapeva che ti riempivano il bicchiere con il contagocce.

Scolò d'un fiato metà del suo whisky, si guardò intorno e mormorò: «Normalmente non andrei a infognarmi con un estraneo, ma sono alle strette. Ho un progetto in ballo e il mio uomo, un nero di Bakersfield, ha dovuto tagliare la corda, lasciare lo Stato. La storia è questa. Joey Fadden...».

«Certo, lo conosco.»

«Lo so che lo conosci. È per questo che sono qui. Fammi finire, Cristo. Joey ha detto che eri affidabile. E io ho bisogno di uno affidabile, pratico del mestiere.»

«Le finestre?»

«Cazzo. L'altro tuo mestiere.»

Ralston ne aveva due, in effetti. Uno era lavare le finestre. L'altro era scassinare case o uffici e arraffare tutto quello che era commerciabile. La gente pensa che un ladro punti principalmente alla roba di valore. Non è così. Punta a quello che è commerciabile. C'è una bella differenza. Bisogna avere conoscenze nel giro, come predicava sempre il suo ricettatore di fiducia.

«Chiaramente, se non ci mettiamo d'accordo adesso, e qualcosa va storto in seguito, tu sarai il primo indiziato, e uno dei miei amici verrà a trovarti.»

La minaccia era come una di quelle postille nei contratti di acquisto delle auto. Era previsto che ci fosse, ma nessuno ci faceva molto caso.

«Sì, sì. Va bene. Vai avanti.»

«Allora. Senti qua. Ho saputo da Joey, circa un mese fa, che una troupe televisiva era andata a Lompoc per girare una specie d'inchiesta. Sugli ergastolani, stronzate del genere. E questi della televisione hanno fatto amicizia con dei carcerati.»

«Fa molto macho, certo.» Ralston l'aveva constatato altre volte. La gente di fuori si sentiva stranamente solidale con quelli che stavano dentro.

«Be', è stato così che Joey ha sentito questi che parlavano di uno show che uno stronzo di produttore aveva in mente di fare. Su una partita a carte. Si svolgerà a Las Vegas, ma non in una vera casa da gioco. In un albergo. E non useranno fiches, ma soldi veri. La quota di partecipazione è di duecentocinquanta testoni.»

«Merda. In contanti? A cosa giocano?»

«Che cazzo ne so? Peppatencia. Rubamazzetto. Non m'intendo di carte, non ci tengo a perdere i miei soldi in quel modo. Perciò mi dico, se non è una casa da gioco, la sorveglianza non sarà così stretta. Forse vale la pena di farci un pensierino.» Jake ordinò un altro whisky. «Okay. Allora mi guardo l'inchiesta che hanno fatto in prigione e prendo un po' di nomi di quelli che l'hanno girata. E uno dei gaffer...»

«Sì, che cos'è? L'ho già sentito.»

«Un elettricista. Mi lasci finire? È anche lui uno appassionato di moto, di Culver City. Gli si scioglie la lingua quando ha alzato un po' il gomito, e così riesco ad avere qualche dettaglio. In primo luogo, si tratta di uno show in diretta.»

«Che significa?»

«In diretta? Che non lo registrano prima di mandarlo in onda.»

«Davvero?» Ralston pensava che fosse sempre tutto registrato.

«Perciò fino all'ultimo non si sa chi vince.»

«Non è una cattiva idea per uno show. Voglio dire, io lo guarderei.»

Ralston cominciò a grattare l'etichetta della sua birra. Era un tic nervoso. Jake gli lanciò un'occhiata e lui smise.

«Bene, puoi andare da loro e dirgli che approvi, oppure puoi restare zitto e darmi retta. Quello che sto dicendo è che avranno un milione e mezzo di dollari in banconote di piccolo taglio, lì sul set. E noi sapremo esattamente quando e dove. Ora, Joey mi ha fatto il tuo nome, e io sono venuto a chiederti se sei interessato. Se ci stai, ti becchi il venti per cento.»

«Anche se non è una casa da gioco, ci saranno comunque delle guardie armate.»

«Che io sappia, non ci sono così tanti soldi nemmeno nei registratori di cassa di un 7-Eleven.»

«Se ci sono di mezzo le armi, il trenta per cento mi sembra il minimo.»

«Posso arrivare al massimo al venticinque.»

Sammy Ralston disse che ci avrebbe pensato.

Il che significava una cosa sola: fare un salto giù al carcere di Lompoc. Dopo che lui e Jake ebbero aggiornato la loro riunione, riuscì a ottenere un colloquio con Joey Fadden, che stava scontando una condanna da tre a cinque anni per furto d'auto aggravato, dato che c'era di mezzo l'uso di un'arma. Considerate le circostanze, il loro colloquio risultò alquanto oscuro, ma la frase più importante fu: «Sì, conosco Jake. È a posto».

Ralston non aveva bisogno d'altro.

Dopodiché andarono avanti a parlare di sport, deprecando entrambi il fatto che il nome storico dello stadio della squadra di football dei San Francisco 49ers fosse stato abbandonato a favore di Monster Park.

Il luogo dove si sarebbe svolta la partita era l'Elysium Fields Resort and Spa, alla periferia di Las Vegas.

Il mercoledì mattina, il giorno dello show, i partecipanti si riunirono in uno dei saloni dell'albergo. C'era una curiosa atmosfera: al tipico cameratismo tra gente di spettacolo si sovrapponeva l'ansia che ciascuno di loro provava al pensiero di portare via agli altri un quarto di milione di dollari. Formavano un assortimento molto vario.

Stone T, il cui vero nome era Emmanuel Evan Jackson, come O'Connor aveva appreso dalle biografie che Felter aveva preparato per la stampa, da ragazzo cantava nel coro della Bethany Baptist Church, nella zona di South Central, poi aveva cominciato a fare serate in tutta la California, affermandosi come uno dei più noti cantanti rap, ska e hip-hop di Los Angeles. Stone era vestito come un tipico ragazzo di strada di Compton o Inwood: jeans cascanti JNCO, scarpe da ginnastica Nike, maglietta extralarge e vistosa catena al collo. O'Connor rimase pertanto piuttosto sconcertato quando lo sentì dire cose come: «È un vero piacere conoscerla. Sono da tempo un suo grande ammiratore». E poi: «Mia moglie è la mia musa, la mia Afrodite. È a lei che ho dedicato tutte le mie canzoni».

O'Connor non fu meno sorpreso di vedere tra i partecipanti anche Brad Kresge, un giovane attore di West Hollywood dalla vita burrascosa. Fisico asciutto, sguardo intenso, era validissimo per i ruoli minori (mai fatto parti importanti), ma erano state soprattutto le sue intemperanze a riempire le cronache dei giornali. Si era fatto cacciare da una serie di club per rissa, era stato arrestato varie volte per guida in stato di ebbrezza, e aveva anche scontato un breve periodo in galera per aver distrutto una camera d'albergo e aggredito le guardie che erano intervenute. Ma al momento sembrava abbastanza di buonumore, e pieno di attenzioni per la bionda emaciata che si trovava al suo fianco, nonostante Aaron Felter avesse chiesto ai partecipanti di presentarsi all'incontro preliminare da soli, senza compagne o mogli.

Kresge sembrava un po' imbambolato, e O'Connor si chiese se fosse sotto l'effetto di qualche sostanza. Portava il berretto nero all'indietro e le maniche della camicia tutta spiegazzata arrotolate, cosa che metteva in mostra un tatuaggio con il classico invito che comincia per F... Il resto della parola era coperto dalla manica, ma nessuno dubitava quali fossero le lettere restanti.

Sandra Glickman era la sola giocatrice donna. Specializzata in particine comiche, newyorchese d'origine, ora abitava anche lei in California. Lavorava per Laugh Factory e Caroline's e appariva occasionalmente sul canale televisivo Comedy Central. O'Connor aveva avuto occasione di vederla un paio di volte alla TV. Le sue gag erano sfrontate e divertenti («Ehi, ragazzi, se vi interessa, sono bi-sessuale; datemi dei bi-gliettoni da mille e farò sesso con voi»). O'Connor fu sorpreso di sapere che aveva studiato ad Harvard e aveva conseguito un dottorato di ricerca in matematica pura.

Aveva cominciato a recitare in parti comiche per scherzo, mentre cercava un posto di insegnante. Questo era successo sei anni prima, nel frattempo il talento artistico aveva preso il sopravvento su quello per la matematica.

Charles Bingham era un volto familiare sia alla TV sia al cinema, anche se pochi conoscevano il suo nome. Abbronzatissimo, in gran forma nonostante fosse prossimo alla sessantina, era abbigliato con un blazer blu classico abbinato a pantaloni beige, camicia e cravatta. I capelli biondi tinti erano spartiti con una riga perfetta, molto probabilmente portava un parrucchino per coprire la calvizie. Bingham era un bravo caratterista, che interpretava quasi sempre la stessa parte: l'anziano ex marito della protagonista, il collaboratore o il fratello del protagonista, magari il sottufficiale in un film di guerra... e in genere era uno dei primi a morire in battaglia.

Correva voce che il suo vero nome fosse Charles Brziesneski. E con ciò? All'anagrafe il nome di battesimo di O'Connor era ancora Maurice.

Tuttavia la sorpresa più grossa lì in mezzo fu Dillon McKennah. L'aitante trentenne era un attore del grande schermo. Sarebbe stato lui la vera star, al tavolo da gioco. Era stato candidato all'Oscar per il suo ruolo in un film di Spielberg, e fino all'ultimo tutti si aspettavano che lo ottenesse. L'avevano definito il nuovo James Dean. Ma la sua carriera aveva cominciato a declinare. Aveva fatto alcune scelte sbagliate, negli ultimi tempi: commediole destinate a un pubblico giovane, e un film dell'orrore davvero trucido, in cui si tentava di supplire con gli schizzi di sangue e la cupa colonna sonora a una sceneggiatura priva di vera suspense. O'Connor, se non altro, poteva consolarsi con il pensiero che, anche quando era a terra, non aveva mai accettato un copione che non lo convinceva. McKennah disse che stava lavorando a un nuovo progetto, senza scendere nei dettagli. Ma a Hollywood tutti gli attori stavano lavorando a un nuovo progetto, così come gli scrittori stavano buttando giù una nuova sceneggiatura.

Bevvero del caffè, fecero colazione servendosi da un ricco buffet e chiacchierarono, interpretando ognuno la parte che gli era più congeniale. Stone T faceva il tipo cool. Sandra si produceva in battute di spirito. Bingham sorrideva in modo vacuo, rigido ed educato. Kresge parlava a voce altissima. McKennah faceva la parte di Matt Damon in *Will Hunting*. E O'Connor era come al solito il duro forte e silenzioso.

Man mano che la conversazione procedeva, O'Connor scoprì qualcosa che non aveva ancora sospettato: trovarsi lì rappresentava per lui un vero colpo di fortuna. Erano oltre cinquemila le domande di partecipazione, dirette o recapitate attraverso agenti teatrali, che erano giunte ad Aaron Felter da quando si era sparsa la voce che stava per produrre il suo nuovo show.

La spintarella che una trasmissione come *Mi gioco tutto* poteva dare aveva ingolosito un sacco di gente.

Ed ecco che si aprì una porta in fondo al salone ed entrò Aaron Felter. «Okay, benvenuti a tutti, come va? Ehi, Sandy, ti ho visto in Sunset Boulevard, domenica scorsa.»

La donna gli indirizzò un gesto con i pollici alzati. «Ah, sì? Eri tu quello in sala che disturbava continuamente, per caso?»

«Come se potessi misurarmi con te! Non sono mica pazzo.»

«Ehi, Aaron, possiamo bere?» chiese Kresge. «Sul set, intendo. Gioco meglio se posso bagnarmi l'ugola.»

«Potete fare quello che volete» gli rispose Felter. «Ma se rompi qualche telecamera... o qualche testa... dovrai rifondere i danni.»

«Molto spiritoso.»

Dopo che le tazze di caffè furono riempite di nuovo e il buffet razziato una seconda volta, Felter si sedette sul bordo del tavolo e si rivolse agli astanti. «Allora, gente. Oggi è il gran giorno. Voglio dirvi com'è organizzata la cosa. Prima di tutto parliamo del gioco.» Chiamò vicino a sé un giovanotto smilzo. Era il croupier professionista che aveva fatto venire in volo da Atlantic City. L'uomo si sedette al tavolo e, dopo avere incantato tutti con la sua incredibile destrezza nel manipolare le carte, spiegò il protocollo e le regole del tipo di poker che avrebbero giocato: il Texas Hold 'Em.

Era uno di quelli più semplici (scelto, immaginò O'Connor, non tanto per facilitare i giocatori, quanto piuttosto per permettere al pubblico di seguire il gioco da casa). Niente invito; il giocatore alla sinistra del mazziere metteva sul tavolo il piccolo buio, prima che le carte fossero distribuite (il giocatore successivo metteva un grande buio, pari al doppio), per creare il piatto. Ogni giocatore riceveva allora due carte da tenere nascoste, e faceva la sua puntata, oppure lasciava, in base al gioco che aveva in mano.

Poi veniva la fase del *flop*: il mazziere scopriva tre carte comuni, o *community cards*, posandole a faccia in su al centro del tavolo. I rilanci cominciavano allora, e altre due carte comuni a faccia in su seguivano le prime tre, per un totale di cinque. Per le puntate si applicavano le regole tradizionali del poker: si poteva dire «passo», «vedo», oppure rilanciare, per poi giungere alla fase conclusiva, la *showdown*, in cui tutti i giocatori rimasti mostravano il gioco che avevano in mano.

A questo punto, le due carte nascoste potevano essere combinate con tre delle cinque scoperte al centro del tavolo, per ottenere il punteggio massimo.

«Ora, ecco una cosa che noi non faremo» annunciò Felter. «Niente telecamere nascoste.»

In quasi tutti gli show che avevano per soggetto le partite di poker erano predisposte delle telecamere in miniatura che permettevano agli spettatori e ai commentatori di vedere le carte nascoste di ciascun giocatore. Il sistema era strettamente controllato e le partite erano in genere registrate in anticipo, per evitare il rischio che quelle informazioni potessero essere usate per imbrogliare in tempo reale. Ma Felter aveva eluso il problema alla base. Con il suo innato senso dello spettacolo, voleva comunicare la tensione del dramma in diretta. «Che gusto c'è a sapere quali carte ha ciascuno dei giocatori? Io voglio che la gente a casa bruci dalla curiosità di scoprire come andrà a finire. Devono stare lì seduti sul bordo della sedia. Anzi, devono cadere addirittura dalla sedia! Ricordate che siete in diretta. Non fate gesti sconvenienti, tipo le dita nel naso o la mano sugli attributi.»

«Posso mettere la mano sugli attributi di qualcun altro?» chiese la Glickman.

McKennah e Kresge (nonostante la bionda aggrappata al suo braccio) alzarono la mano.

Tutti risero.

«E...» continuò Felter «sarete collegati a un microfono, perciò se vi scappa un "vaffanculo" sottovoce, lo copriremo con un bip, ma vostra madre saprà che avete detto una parolaccia. Ora, io voglio risate e sospiri, e sfottò reciproci. Avremo tre telecamere per i primi piani e i piani medio-lunghi, e un'altra che inquadra il tavolo da gioco dall'alto. Niente occhiali scuri.» Questa precisazione era diretta a Brad Kresge, che li portava sempre. «Voglio vedere le espressioni. Piangete, imprecate, ridete, incavolatevi. Questa è una partita a poker, ma in primo luogo e soprattutto è uno spettacolo televisivo! Voglio inchiodare gli spettatori allo schermo... Domande?»

Non ce ne furono, e i giocatori si dispersero.

Mentre raggiungeva Diane per una nuotata prima dello show, Mike O'Connor cercò di capire perché il discorso di Felter gli fosse suonato tanto familiare.

Poi ricordò. Quel fervorino gli sembrava tratto di peso da un film sui gladiatori, in cui l'uomo incaricato di incitarli prima dell'ingresso nell'arena ricordava loro che, anche se erano destinati a morire, dovevano sforzarsi di fornire lo spettacolo migliore possibile.

Sammy Ralston e Jake erano in un bar poco distante dall'Elysium Fields Spa.

Dio, che caldo.

«Perché il Nevada?» chiese Ralston. «Perché il deserto? Dovrebbero piazzare le case da gioco in posti dove il tempo è più clemente.» Ralston stava sudando come una fontana. Jake no. Un colosso di quel genere, eppure non sudava. Come mai? «Se il tempo è bello, la gente sta fuori all'aperto e non gioca» rispose Jack. «Se il tempo fa schifo, stanno dentro e giocano. Non serve uno scienziato per capirlo.»

Oh, il ragionamento filava.

Ralston inserì un quarto di dollaro nella mini slot machine in fondo al bancone, e Jake lo guardò con un'espressione che diceva: «Vuoi buttare i soldi nel cesso? Accomodati». Ralston perse. Mise un altro quarto di dollaro e perse di nuovo.

I due uomini avevano trascorso gli ultimi giorni a ispezionare il complesso dell'Elysium Fields. Il posto risaliva agli anni Cinquanta ed era sicuramente grazioso, ma anche un po' fatiscente. A Ralston ricordava l'arredamento della casa di sua nonna a Paramus, nel New Jersey. Un sacco di giallo, un sacco di specchi con le macchie dell'età, un sacco di statuette di un bianco ormai offuscato.

Jake, con i suoi tatuaggi e il fisico da centauro, dava troppo nell'occhio, così si era occupato soprattutto di raccogliere informazioni sui retroscena dell'evento, leggendosi le notizie stampa e facendo qualche discreta telefonata al suo contatto nell'ambiente dei tecnici dello studio televisivo. Aveva saputo che lo show avrebbe avuto luogo nella sala da ballo. All'inizio dello show alcune guardie armate avrebbero consegnato a ciascun giocatore una valigetta contenente la sua quota di partecipazione alla partita, che avrebbe deposto su un tavolino alle sue spalle. Il giocatore avrebbe preso da lì quello di cui aveva bisogno per giocare.

«Dev'essere una valigia bella grande.»

«No. Duecentocinquantamila dollari occupano pochissimo spazio. Sempre che siano banconote da venti o di taglio più grosso.»

«Oh» fece Ralston. Jake sicuramente s'intendeva di queste cose. Invece la somma più consistente che lui avesse mai avuto in contanti era di duemila dollari. Ma era in quarti di dollaro, e si era quasi rotto la schiena per portarla dalla sala giochi dove l'aveva sgraffignata fino alla sua macchina.

Al termine della prima tornata di quella sera, i soldi erano destinati a tornare nelle valigette dei giocatori, salvo il caso che qualcuno avesse perso tutto. Quindi le valigette sarebbero state rimesse nella cassaforte dell'albergo fino all'indomani.

Ralston si era invece occupato della parte che riguardava la sorveglianza dell'albergo. Aveva portato il suo furgone per il lavaggio delle finestre e i suoi attrezzi, perciò era praticamente invisibile, come tutti quelli che facevano il suo stesso mestiere. Aveva saputo che la sala da ballo si trovava in un edificio separato. Le guardie giurate con il denaro avrebbero dovuto percorrere un vialetto lungo una ventina di metri per arrivare alla cassaforte. Aveva poi accertato che il vialetto era fiancheggiato da grossi alberi, un luogo perfetto per sbucare fuori all'improvviso e prendere di sorpresa le guardie. Li avrebbero sopraffatti, ammanettati e impacchettati con il nastro adesivo, poi si sarebbero impadroniti delle valigette e sarebbero scappati verso l'edificio dalla parte opposta.

Lui e Jake avevano messo a punto i dettagli del piano e avevano deciso di agire quella sera stessa, dopo la prima partita; l'indomani, dopo la finale, ci sarebbe stata più gente intorno e non sapevano con certezza se il denaro sarebbe stato riportato in cassaforte.

Jake disse che il piano gli sembrava buono, ma aggiunse: «Penso che ci vorrebbe qualcosa in più, per sorprendere veramente le guardie. Un'azione diversiva. Sono dei professionisti. Guarderanno dappertutto».

Ralston suggerì di provocare un'esplosione lì nei pressi: fare saltare per aria un'auto o attivare un allarme antincendio.

Ma Jake scartò l'idea. «Cazzo, una cosa così farebbe subito scattare l'allarme generale, e le guardie sorveglieranno ancora meglio il denaro.» Poi il centauro sorrise, con un lampo astuto negli occhi. «Ehi, hai notato che c'è un sacco di gente che viene a sposarsi da queste parti?»

«Sì, mi pare.»

«E che hanno tutti la mania di scattarsi un sacco di foto?»

Ralston afferrò il concetto. «Tutti quei flash, sì. Vuoi abbagliarli con un flash?»

Jake annuì. «Ma se ci avviciniamo con una macchina fotografica, le guardie si metteranno sul chi vive.»

«Potremmo procurarci un flash azionabile a distanza, come quelli che si usano ai matrimoni.»

«Giusto. Uno di quei cosi che si montano su un treppiede.»

«Esatto. Lo piazziamo a metà strada lungo il vialetto. Quando loro arrivano a tiro, li abbagliamo. Resteranno accecati per un attimo. E noi allora gli piomberemo addosso, prendendoli alle spalle. Mi piace. Pensi che riusciremo a trovare qualcosa del genere qui intorno?»

«Penso di sì.»

I due uomini pagarono le loro birre e uscirono nell'aria torrida all'esterno del bar.

«Oh, un'altra cosa...»

«Sì?» grugnì Jake.

«E come facciamo per procurarci... quell'altra cosa? Sai di cosa parlo.»

«No, finché non me lo dici, non lo so.»

«Un ferro. Non ho un ferro.»

Jake si mise a ridere. «Sarei proprio curioso di sapere se ne hai mai maneggiato uno.»

«Cazzo, certo» protestò Ralston. Per la verità, non aveva mai sparato un colpo, almeno non nel corso di un lavoro. Ma gli scocciava ammetterlo di fronte a Jake.

Quando furono nel furgone del lavavetri, Jake prese il suo zaino di tela da dietro il sedile. L'aprì per permettere a Ralston di guardare all'interno. C'erano tre pistole.

«Scegli.»

Ralston prese la rivoltella. Aveva meno parti mobili, levette e congegni vari. Con quella non avrebbe avuto bisogno di chiedere a Jake come funzionava.

Il salone dove si doveva tenere *Mi gioco tutto* era smisurato, e ciononostante era pieno zeppo.

Era anche ingombro di apparecchiature televisive, più di quante Mike O'Connor avesse mai visto riunite insieme in un set nel corso della sua lunga carriera: una piccola parte, quella che le telecamere avrebbero inquadrato, era modernamente attrezzata e gradevole alla vista. Il resto era un ammasso caotico di scaffalature, panche sovrapposte a formare delle gradinate, telecamere, cavi, luci. Sembrava il capannone di una fabbrica.

I concorrenti avevano finito di sistemarsi i capelli e il trucco. (Tutti tranne Kresge, che aveva detto: «Mi presento così come sono. Lasciatemi in pace».) Il tecnico del suono li aveva collegati con un microfono sul petto e auricolari in miniatura infilati in un orecchio. Adesso stavano chiacchierando tra loro, riuniti in camerino. O'Connor osservò l'abbigliamento di ciascuno. Sandra Glickman aveva scelto un luccicante vestito da sera, molto scollato. Kresge era ancora con il suo berretto girato all'indietro e la camicia con le maniche arrotolate, a mostrare i tatuaggi sugli avambracci. Stone T aveva scelto uno stile da rapper e aveva avuto da Felter il permesso di mettersi degli occhiali identici a quelli sfoggiati dal comico Sasha Baron Cohen nel suo *Da Ali G Show*: le lenti erano molto più chiare rispetto ai normali occhiali da sole, di modo che si potessero vedere bene gli occhi (per incrementare «l'effetto drammatico», verosimilmente). Charles Bingham, al solito, era in blazer e pantaloni grigi con la piega esageratamente perfetta, tipo lama di rasoio. Dillon McKennah indossava la tenuta di rigore del tipico giovane attore di West Hollywood: camicia a righe bianche e blu portata fuori dai pantaloni, con sotto una maglietta nera, e pantaloni ampi sportivi, di colore beige.

Diane O'Connor aveva invece scelto per il marito uno stile «uomo maturo ma sexy». Giacca sportiva nera, maglietta bianca, jeans e stivali da cowboy. «*Sfida all'O.K. Corral*» gli aveva sussurrato. Poi l'aveva salutato con un bacio e l'aveva incitato: «Fatti valere».

L'assistente di produzione, non il palestrato gay di Los Angeles ma una giovane e nervosa donna bruna, stava sulla soglia del camerino con alcuni fogli in mano e una grossa ricetrasmittente appesa a un fianco. Ascoltava la voce del regista dalla sala di regia e continuava a guardare l'orologio.

Gli spettacoli televisivi erano programmati al decimo di secondo.

Improvvisamente s'irrigidì. «D'accordo, tutti attenti, per favore. Andiamo in onda fra tre minuti.» Li radunò e li guidò verso il punto di raccolta, come fossero una mandria.

O'Connor guardò il monitor, che mostrava quello che gli spettatori in tutto il Paese stavano vedendo in quel momento: la sigla spettacolare del programma, accompagnata da una musica fragorosa. Poi apparve sullo schermo un aitante giovanotto, vestito in modo simile a Dillon McKennah, seduto a una scrivania, come un commentatore sportivo. Dietro di lui c'erano un'afroamericana in tailleur e un bianco dal fisico segaligno, in tenuta da cowboy.

«Buonasera, sono Lyle Westerbrook, il vostro anfitrione a *Mi gioco tutto*. Ci aspettano due eccitanti giornate di partite a poker senza esclusione di colpi. E qui con me c'è Andy Brock, tre volte vincitrice del Campionato mondiale di poker di Atlantic City. Benvenuta, Andy.»

«Lieta di vederti, Lyle.»

«E Pete Bronsky, giocatore professionista di Dallas, nonché autore del libro *Guadagnarsi da vivere con le carte*. Salve, Pete.»

«Di nuovo a te la parola, Lyle.»

«Questo è un reality show dove tutto è veramente reale. State per vedere in diretta sei persone che si sfideranno non solo per una questione di prestigio, che non giocano per devolvere la vincita in beneficenza. Giocano con i loro soldi. Qualcuno di loro ne perderà parecchi, un quarto di milione di dollari. E qualcun altro potrà portarsi a casa... fino a sei volte questa cifra. Un milione e mezzo di dollari saranno in gioco stasera. Potete perciò immaginare quale emozione attanaglia in questo momento i nostri concorrenti.»

«Oh, puoi dirlo forte, Lyle...»

O'Connor piazzò la sua battuta, deciso ad approfittare dell'occasione. Milioni di persone li stavano guardando in quel momento e, cosa ancora più importante, decine di reti televisive e di dirigenti di case cinematografiche avrebbero controllato a posteriori gli indici di gradimento.

La spintarella...

«E adesso, incontriamo i nostri concorrenti...»

Procedettero in ordine alfabetico, con l'annunciatore che faceva una breve presentazione di ciascuno, ripercorrendo in sintesi la sua carriera. O'Connor incrociò lo sguardo di Diane, seduta in prima fila, quando un applauso fragoroso salutò la menzione di *Squadra Omicidi* e del suo personaggio principale, il detective Mike Olson. Tuttavia, quando, come gli altri giocatori, scambiò qualche frase con Lyle e pronunciò la battuta che ripeteva ogni volta a conclusione del telefilm («Risparmia il fiato per quando sarai di fronte al giudice»), non molti risero, e allora capì che l'applauso di prima era stato una reazione a comando, sollecitata dall'apposito cartello con la scritta APPLAUSI mostrato al pubblico presente in sala.

Benvenuti nel mondo della TV.

Poi si ritrovarono tutti seduti intorno al tavolo; le guardie giurate portarono il denaro, che era stato trasferito per mezzo di un bonifico a una banca locale il giorno prima. Il pubblico mormorò quando le guardie, in modo piuttosto melodrammatico, aprirono le valigie e le collocarono alle spalle di ciascun giocatore su un tavolino. (C'era per caso anche un cartello illuminato con la scritta FATE UN OH DI MERAVIGLIA?) Le guardie mossero un passo indietro, armi alla mano, scrutando i presenti da dietro le lenti dei loro occhiali scuri.

O'Connor si sforzò di rimanere serio, anche se avrebbe voluto mettersi a ridere.

Il croupier spiegò le regole a beneficio del pubblico a casa. Poi, sotto l'occhio attento delle telecamere, tutti fecero silenzio, sudando già per l'emozione e per il calore irradiato dai riflettori. Il croupier mescolò le carte e tagliò il mazzo, senza che nessuno sollevasse obiezioni, quindi rivolse un cenno a O'Connor, alla sua sinistra, che spinse verso il centro del tavolo il piccolo buio: mille dollari.

Per il grande buio, Kresge gettò disordinatamente la sua puntata sul tavolo, con la maleducazione che gli era propria. Sorseggiando una birra, sogghignò mentre il mazziere riordinava le banconote. Poi la partita cominciò, con andamento incerto, senza che nessuno vincesse o perdesse molto, e senza grosse sorprese. Kresge all'inizio si accaniva a puntare forte, ma si calmò dopo che rimase scottato un paio di volte. Sandy Glickman, con la sua mente pronta di attrice brillante (e altrettanto brillante matematica), sembrava calcolare le probabilità prima di ogni puntata. Accrebbe gradatamente le sue vincite. Stone T scelse una tattica prudente, compensando qualche perdita con altrettante vincite, e lo stesso fece McKennah. Nessuno dei due sembrava un esperto di poker. O'Connor giocò attenendosi alle regole classiche e ricordando continuamente a se stesso le regole che aveva imparato nel corso degli anni e che Diane l'aveva aiutato a rinfrescare nelle ultime settimane.

Non c'è niente di male a ritirarsi, quando le carte non sono buone. Non sei obbligato a giocare tutte le mani.

Limita al massimo l'uso del bluff, o evitalo del tutto. Va usato in modo appropriato, solo contro certi avversari, e in un numero limitato di circostanze. Molti giocatori professionisti vanno avanti per mesi senza mai ricorrere al bluff. Ritirati in buon ordine se pensi che finirai per perdere, quale che sia la cifra che hai già depositato nel piatto.

Guarda sempre le carte. Il Texas Hold 'Em si gioca con il mazzo da cinquantadue carte e ogni giocatore ne conosce solo sette: le sue due e le cinque in comune. Diversamente da come avviene nel blackjack o nel baccarat, in cui è possibile effettuare dei calcoli più esatti, il giocatore di poker non può desumere granché sulle carte dei suoi avversari dalla conoscenza di sette carte. Può solo calcolare in modo approssimativo le probabilità che un altro abbia un gioco migliore del suo.

La cosa più importante del poker, ovviamente, è osservare le reazioni degli avversari. Alcuni giocatori sono convinti di poter ricavare da certi gesti o espressioni precise indicazioni sulle carte di chi hanno di fronte. O'Connor non credeva che ci fosse un legame così stretto, che per esempio se uno si stropicciava un occhio significava che aveva una coppia di figure. Ma sapeva che la gente risponde in modo significativo agli stimoli; l'aveva imparato, più che dalla sua limitata esperienza come giocatore di carte, attraverso quella di attore. Per esempio, aveva notato che Stone T se ne stava lì con un'espressione irrigidita quando aveva un gioco, se non vincente, quantomeno di buon livello. Prendi nota di questi particolari e sfruttali appena ti si presenta l'occasione.

La partita proseguiva, con la Glickman e McKennah in leggero vantaggio sugli altri. Kresge, Stone e O'Connor erano invece un po' sotto. Quello che aveva perso di più, fino a quel momento, era Bingham. Nel complesso, O'Connor era soddisfatto della propria prestazione. Stava giocando bene.

Fecero una pausa mentre andava in onda un break pubblicitario, e Felter andò da loro, distribuendo acqua ed esprimendo a tutti la propria soddisfazione per come stavano procedendo le cose, stando ai primi riscontri relativi agli ascolti. Poi tornò nella sua postazione di controllo e nella sala risuonò una voce, che parve quella del Padreterno.

«E ora, torniamo alla partita da un milione di dollari» disse il commentatore attraverso l'altoparlante. Seguì una pausa di silenzio. O'Connor e gli altri non poterono sentire nient'altro provenire dalla cabina di regia, mentre gli esperti invitati per l'occasione commentavano le prestazioni di ciascuno dei giocatori. O'Connor sarebbe stato molto curioso di conoscere il loro parere, ma le regole dello show non lo consentivano.

Furono distribuite di nuovo le carte. Effettuate le cosiddette puntate al buio, il croupier offrì le carte, come di consuetudine, nel caso che qualcuno volesse tagliare il mazzo al suo posto. Poi ciascun giocatore ricevette le sue due carte coperte.

Merda!

O'Connor si augurò di avere solo pensato la parolaccia, senza farsela sfuggire di bocca (c'era anche sua madre là a guardarlo, tra gli spettatori che seguivano lo show da casa).

Aveva un *hammer.* La peggiore combinazione di carte possibile, un due e un sette di due semi diversi. Non si possono comporre per formare una scala (servirebbero quattro carte, e invece se ne possono usare solo altre tre), ed era esclusa la speranza di fare colore. C'era solo una remotissima possibilità di imbroccare un full, ma anche se ci fosse riuscito, un full composto da sette e due restava un full di basso livello.

Rimase in gioco per un giro di puntate, ma Bingham e la Glickman cominciarono a rilanciare l'uno contro l'altro. Kresge lasciò, con una volgare imprecazione che sarebbe stata sicuramente oscurata dalla regia con un *bip* (anche gli show in diretta sono sfasati di un paio di secondi per consentire questo genere di interventi).

McKennah lasciò e O'Connor fece altrettanto. Stava contando mentalmente quanti soldi gli erano rimasti (all'incirca duecentoventimila dollari), quando si rese conto che stava succedendo qualcosa al tavolo. Bingham, la Glickman e Stone erano impegnati in un confronto serrato. Intuì che Stone non aveva delle carte eccezionali, ma si era già sbilanciato, mettendo nel piatto centomila dollari. La Glickman era meno ridanciana del solito, segno che aveva un gioco valido, e Bingham cercava di apparire distaccato, lisciandosi il bavero del blazer.

«Signora?» fece il croupier, rivolto alla Glickman.

«Settantacinquemila» rilanciò lei. E aggiunse con un sospiro: «Pensa quanto rimmel potrei comprarmici».

Il pubblico rise. I personaggi che interpretava nelle sue gag si caratterizzavano sempre per il trucco eccessivo.

Stone sospirò a sua volta. E lasciò.

Bingham sbirciò di nuovo le sue carte. Brutto segno. Significava che stava facendo un ennesimo controllo per essere sicuro di avere un gioco consistente, come una scala o un colore. Poi si girò a guardare i suoi soldi. La valigetta era vuota, e aveva solo all'incirca sessantamila dollari sul tavolo.

«Tutto quello che ho» disse. Con le regole standard del poker poteva vedere con una cifra inferiore al rilancio, ma non vincere più di quello che aveva messo nel piatto.

O'Connor vide le mani dell'uomo ormai anziano scendere verso i pantaloni; si stava asciugando il palmo sudato, sicuramente. La sua espressione era irrigidita per la tensione.

Gli occhi di tutti erano fissi sulle carte.

O'Connor si sporse involontariamente avanti sulla sedia. Chi avrebbe vinto? Quali erano le carte in mano ai due giocatori?

E l'annunciatore disse: «Torneremo tra un attimo, gente, per la conclusione di questa eccitante giornata a Las Vegas».

Una lenta agonia. I cinque minuti che seguirono furono una lenta agonia.

Le carte erano ancora a faccia in giù sul tavolo. I concorrenti chiacchierarono, bevvero un po' d'acqua. Kresge raccontò una barzelletta sporca alla Glickman, che per una volta non replicò e si limitò a sorridere con aria distante. Se avesse perso, le sarebbe rimasto ancora qualcosa, ma sarebbe finita molto indietro. Se Bingham avesse perso, invece, avrebbe dovuto tornarsene a casa.

Niente soldi, niente spintarella.

Sia lui che la Glickman continuavano a sorridere in modo spavaldo, ma la loro tensione era visibile. Le due carte coperte di fronte a loro erano sempre lì. Per O'Connor quell'attesa fu una vera tortura... e lui non aveva niente da perdere.

Dopo alcuni interminabili minuti in cui il pubblico a casa veniva sottoposto a un fuoco di fila di spot pubblicitari (birra, auto, servizi di consulenza finanziaria eccetera), la partita riprese.

Il croupier esordì: «Signora, il suo avversario ha detto "vedo". Vuole per favore mostrare le sue carte?».

La Glickman girò le due carte che aveva davanti: un fante e un dieci si unirono al fante e ai due dieci sul tavolo, componendo un full.

Bingham sorrise stoicamente. «Ah» disse, mostrando la sua scala all'asso. Seppure di poco, la Glickman l'aveva battuto.

Si alzò e le diede un bacio. Poi strinse la mano agli altri.

Il protocollo, stando alle istruzioni che Aaron Felter aveva fornito, obbligava chi aveva perso tutto ad alzarsi dal tavolo e lasciare la sala.

Doveva incamminarsi lungo il Viale della Vergogna, come O'Connor l'aveva battezzato dentro di sé.

Andarsene così sembrava alquanto ignominioso, ma quello non era solo poker, ovviamente; era un ibrido tra il poker e la televisione.

Voglio inchiodare gli spettatori allo schermo...

La guardia giurata mostrò la sua valigetta vuota agli altri giocatori al tavolo e alla telecamera (altro espediente spettacolare) e poi la mise in un apposito contenitore per la spazzatura.

Il pubblico applaudì freneticamente mentre Sandy Glickman rastrellava dal tavolo le banconote che aveva vinto.

Dopo un'altra pausa per la pubblicità e l'apertura cerimoniale di un nuovo mazzo di carte, la partita continuò. I giocatori rimasti si erano riscaldati e le puntate divennero più consistenti. Alla sesta mano di questa nuova fase la Glickman, O'Connor e McKennah diedero tutti forfait, lasciando a fronteggiarsi Stone T e Kresge.

A questo punto il rapper fece un grosso sbaglio. Cercò di bluffare. O'Connor sapeva che non si poteva bluffare contro uno come Kresge, nel poker così come nella vita reale. Un tipo così, capace di fare a pezzi le stanze d'albergo e di malmenare le sue donne, non aveva niente da perdere. Continuarono a rilanciare sempre più forte, e O'Connor vide che Stone T stava infrangendo la regola che lui invece aveva scrupolosamente rispettato per tutta la sera: non restare in gioco solo perché ci hai messo già un sacco di soldi.

Stone spinse verso il centro del tavolo tutto il denaro che gli restava, all'incirca ottantamila dollari, con un sorriso tirato sulle labbra e gli occhi pieni di terrore, dietro gli occhiali in stile *Da Ali G.*

Kresge prese tempo, finendo la sua birra a bassa gradazione alcolica, e poi, piegando le labbra in un perfido sorriso, annunciò che vedeva.

La doppia coppia di Stone fu annientata da un full all'asso.

Un concorrente in meno.

C'era ancora tempo per un'altra partita, quella sera, e fu nel corso di quest'ultima che la punizione divina, nelle vesti di Mike O'Connor, si abbatté su Brad Kresge.

Non posso crederci, pensò O'Connor, quando ebbe in sorte le carte migliori che avesse mai avuto in una partita a poker: colore, all'asso di picche. Mentre si susseguivano le puntate, fino al momento in cui la Glickman e McKennah decisero di lasciare, adottò una tattica astuta: imitare il comportamento che aveva osservato poco prima da parte di Stone T quando il rapper stava bluffando.

Sei un attore, si disse, non devi fare altro che immedesimarti nella parte.

Kresge era su di giri, forse anche per via della birra, e continuava a rilanciare, sicuro di poter avere facilmente la meglio sul suo anziano avversario. Le probabilità che avesse un gioco migliore del suo erano minime, in realtà, e O'Connor quasi si rammaricò di vincere così facilmente. Ma aveva sempre considerato il mestiere di attore come una professione seria, mentre Kresge, con la sua infantile arroganza, stava per certi versi squalificando la categoria. Gli aveva dato fastidio soprattutto il ghigno malevolo con cui aveva messo fuori gioco Stone T. Toccava a lui punire quello sbruffone.

Fu ciò che accadde puntualmente dieci secondi più tardi.

Kresge puntò tutto quello che aveva e O'Connor allora girò le sue carte nascoste, fissando il suo avversario negli occhi con uno sguardo che diceva: non sai con chi hai a che fare, bamboccio.

Il pubblicò applaudì entusiasta, come se il pistolero buono avesse appena fatto secco quello cattivo.

Kresge abbozzò un sorriso, finì la sua birra e strinse la mano dell'avversario, cercando vanamente di stritolargliela, visto che O'Connor, a dispetto dell'età, aveva sempre curato la forma fisica. Poi il giovanotto uscì di scena, imboccando con finta baldanza il Viale della Vergogna, come se perdere un quarto di milione di dollari non fosse una mazzata.

A questo punto, con una musica trionfale di accompagnamento, il presentatore riassunse l'esito di quella serata: McKennah aveva quattrocentonovantamila dollari, la Glickman cinquecentocinquemila, Mike O'Connor, con cinquecentoquindicimila, era quello che aveva vinto di più. La parola passò poi agli esperti di poker nella sala di controllo, che discussero l'andamento della partita. I tre concorrenti rimasti chiacchierarono tra loro e con Lyle per qualche minuto.

E finalmente, dopo un altro stacco musicale, le spie rosse delle telecamere si spensero.

Lo show era terminato, per quella sera.

Esausto e sudato, O'Connor diede la buonanotte agli altri giocatori, al presentatore, agli esperti. Aaron Felter scese dalla cabina di regia. Era eccitato per l'ottimo riscontro a livello di ascolti, superiore perfino alle sue più rosee aspettative. Diane si riunì al marito. Avevano in programma di andare tutti a cena insieme nella sala da pranzo dell'albergo. O'Connor suggerì di far intervenire anche gli sconfitti, ma Felter disse che un assistente aveva già provveduto a scortarli nel migliore ristorante della città, a titolo di premio di consolazione.

O'Connor comprese il senso di quella mossa. Era importante tenere alto l'interesse intorno alla contesa. La presenza dei perdenti sarebbe stata controproducente, da questo punto di vista.

Diane disse al marito che l'avrebbe raggiunto al bar nel giro di una ventina di minuti; voleva chiamare le ragazze. Mentre lei usciva dalla sala, Felter andò a parlare con un responsabile della parte tecnica, lasciando O'Connor e McKennah a firmare autografi.

«Ehi, ti posso offrire una birra?» chiese McKennah, appena furono liberi.

«Certo» rispose O'Connor, e si avviarono lungo il salone, tra i tecnici impegnati con le loro attrezzature. Nelle riprese televisive, come in quelle cinematografiche, le luci, l'elettronica e i computer non hanno meno importanza degli attori e della qualità della loro recitazione. Due guardie giurate stavano raccogliendo le valigette con il denaro.

Non aveva ancora avuto la spintarella che cercava, rifletté O'Connor.

Ma in compenso era più ricco di duecentocinquantamila dollari.

Mica male.

«Dov'è il bar?»

McKennah si guardò intorno. «Nell'edificio principale. Credo che ci sia una scorciatoia. Un vialetto qui fuori.»

«Andiamo, allora. Ho la gola secca. Oh, sì, ho proprio bisogno di bere qualcosa.»

Sammy Ralston tastò la pistola, calda e pesante, che portava nella cintura dietro la schiena, mentre si aggirava tra i cespugli con un sacco della spazzatura in una mano e nell'altra un bastone appuntito, con il quale infilzava le porcherie da mettere nel sacco.

Dall'altra parte del vialetto, dietro i cespugli, era appostato Big Jake. Il piano prevedeva che quando le guardie incaricate di riportare i soldi in cassaforte si fossero avvicinate, Ralston le avrebbe abbagliate azionando l'interruttore collegato al flash piazzato lì vicino. Avevano già fatto una prova. Il flash era così potente che Ralston era rimasto accecato per dieci, venti secondi, nonostante si trovassero in una stanza d'albergo bene illuminata.

Dopo avere abbagliato le guardie, Ralston e Jake le avrebbero assalite da dietro, ammanettandole e tappando loro la bocca con del nastro adesivo. Quindi si sarebbero impadroniti delle valigie e sarebbero saltati a bordo del furgone rubato, parcheggiato una decina di metri più in là, dietro l'angolo della sala banchetti. Percorsi pochi chilometri, avrebbero effettuato il trasbordo sul furgone da lavavetri di Ralston e sarebbero tornati con quello in California.

Ralston consultò il suo orologio. Lo show era finito. Le guardie dovevano essersi già messe in strada con le valigette piene di soldi.

Ma dov'erano? Ci stavano mettendo un sacco di tempo. Avevano per caso cambiato percorso all'ultimo momento?

Guardò ansiosamente la porta da cui dovevano uscire, e finalmente la vide aprirsi.

Ma non erano le guardie giurate. Solo due tizi, uno giovane con una camicia a righe e un altro più vecchio in maglietta, jeans e giacca sportiva. Stavano camminando lentamente lungo il vialetto, parlando e ridendo tra loro.

Che cavolo ci facevano lì?

Oh, no... Dietro i due uomini la porta si aprì di nuovo, ed ecco apparire le guardie. Una coppia di omaccioni ben armati, ovviamente, che spingevano lungo il viale un carrello con le valigette piene di soldi.

Merda! I due lì davanti stavano mandando tutto a puttane. Come doveva comportarsi?
Si accovacciò dietro i cespugli, mettendo mano alla pistola.

«Dico davvero. Andavo matto per il tuo telefilm.»
«*Squadra Omicidi*? Grazie.»
«Un classico della TV. Magnifico.»
«Ci siamo divertiti parecchio a farlo. Questo è l'importante. Ti interessa la televisione?»
«Al punto in cui sono, sì.»
O'Connor tradusse, dentro di sé, il senso di quella frase: dopo una carriera di successo nel cinema, poteva «abbassarsi» a lavorare per il piccolo schermo. Be', l'avevano fatto in molti. Altri invece, come O'Connor, pensavano che la TV fosse un mezzo totalmente diverso dal cinema, ma altrettanto valido.
«Ho visto *Town House*» disse O'Connor.
«Quella stronzata?»
O'Connor si strinse nelle spalle e osservò con sincerità: «Tu però te la sei cavata benissimo. Non era un ruolo facile. Era la sceneggiatura a essere un po' debole».
McKennah rise. «Il copione era congegnato per la maggior parte così: "Primo piano: gemiti come se l'intera casa stesse invocando aiuto". "Primissimo piano: sangue che cola giù per le scale, rendendole scivolose. Stacey cade e sparisce di scena." Pensavo che fosse un genere di horror più tradizionale. *L'Esorcista. Il presagio. Don't Look Now.* O *La Cosa* di Howard Hawks. Risale al lontano 1951, e me la faccio ancora addosso quando lo guardo. Un vero capolavoro!»
Convennero poi che *28 giorni dopo*, una produzione inglese sugli zombie, era uno dei film più raccapriccianti che fossero mai stati girati.
«Hai accennato prima a un nuovo progetto. Di che si tratta?» chiese O'Connor.
«Una commedia. Una via di mezzo tra *The Italian Job* e *Ocean's Eleven*. Alla maniera di Wahlberg. Sto mettendo insieme i soldi. Sai come sono queste cose... E tu?»

«Televisione, probabilmente. Una nuova serie.»

Se riesco ad avere la famosa spintarella, pensò O'Connor.

McKennah annuì. «Davvero bizzarra, questa faccenda del celebrity poker.»

«Sembra che gli ascolti abbiano battuto *Survivor.* Per principio, io non mi getto da piattaforme mobili, e mi rifiuto di mangiare insetti.»

«Quella Sandy è davvero simpatica. Sono contento che sia ancora con noi.»

McKennah non portava la fede nuziale, e nemmeno Sandra Glickman. O'Connor si augurò che potesse sbocciare tra loro qualcosa di solido, anche se sapeva che una relazione tra due attori di Hollywood era come un *hammer* a Texas Hold 'Em: vincere con una simile combinazione non era impossibile, in teoria, ma ci voleva una gran fortuna, e bisognava calcolare molto bene ogni mossa.

«Ehi, attento» esclamò McKennah, indicando un grosso cavo posto di traverso lungo il vialetto. Era arrotolato e mancò poco che O'Connor ci inciampasse. Il giovane attore si soffermò a guardarlo, perplesso.

O'Connor si girò verso di lui, chiedendosi il motivo di tanto interesse.

McKennah spiegò che era preoccupato per i paparazzi, che a volte arrivano al punto di tenderti delle trappole, per sorprenderti in situazioni imbarazzanti.

O'Connor rise. «Ormai è da un po' che non ho più di questi problemi.»

«Cavolo, guarda!» disse McKennah, scuotendo la testa e andando a ispezionare l'oggetto cui il filo era collegato: un flash da fotografo, sistemato su un basso treppiede, a metà del vialetto. Staccò la spina e si guardò intorno con un'espressione infastidita. «Dev'esserci un dannato fotografo, appostato qui da qualche parte.»

«Forse fa parte dello show.»

«Non credo. Aaron ce l'avrebbe detto.»

«Hai ragione.»

«Oh, ecco le guardie.» McKennah indicò con un cenno del capo le due guardie giurate con i soldi, dietro di loro. «Vado ad avvertirle. A volte divento un po' paranoico, devo ammetterlo. Ma il mondo è pieno di pazzi, lo sai.»

«Puoi dirlo forte.»

Ralston doveva fare qualcosa al più presto.

I due uomini avevano individuato il flash e, a quanto pare, avevano staccato la spina.

E le guardie erano solo una decina di metri più indietro.

Come diavolo faceva a rimediare?

Senza il flash, non c'era modo di sorprendere le guardie.

Cercò con lo sguardo Jake, ma il centauro, nascosto dietro un grosso cespuglio, era invisibile, e i due uomini stavano giusto accanto alle luci: chiacchieravano tra loro e... accidenti... stavano aspettando le guardie. Stronzi!

Stava per andare tutto a monte. Restavano solo pochi secondi. Ralston ebbe allora un'idea.

Avrebbe preso in ostaggio uno di quei due, minacciandolo con la pistola e attirando l'attenzione delle guardie, mentre Jake sbucava dal suo nascondiglio.

No, meglio ancora, avrebbe preso uno dei due e ferito l'altro, a una gamba o a una spalla. Per dimostrare che faceva sul serio. Le guardie giurate si sarebbero lasciate disarmare. Jake poteva ammanettarle e imbavagliarle, e poi avrebbero tagliato la corda. Tutti sarebbero stati occupati a soccorrere il ferito, e lui e Jake avrebbero avuto il tempo di saltare a bordo del loro furgone prima che quelli capissero dov'erano spariti.

Si calò sul viso il passamontagna, fece un profondo respiro e uscì di corsa da dietro i cespugli, spianando la pistola verso il più anziano dei due, quello in maglietta e giacca sportiva, che lo guardò attonito. Mirò al ginocchio, pronto a premere il grilletto.

O'Connor rimase senza fiato quando vide l'ometto sbucare dai cespugli e puntargli contro la pistola.

Non gli era mai successo nella realtà di vedersi puntare contro un'arma (solo quelle finte sul set dei suoi show televisivi) e la sua reazione istintiva fu di chinarsi leggermente e alzare una mano davanti a sé, per proteggersi.

Come se potesse servire davvero a qualcosa.

«No, aspetta!» gridò senza volerlo.

Ma prima che l'uomo potesse sparare, O'Connor vide con la coda dell'occhio il proprio compagno scattare in avanti con un grugnito minaccioso.

Dillon McKennah, muovendo in modo fulmineo la mano sinistra, strappò la pistola all'aggressore, torcendogli il polso. Contemporaneamente gli sferrò un tremendo cazzotto con la destra. L'aggressore barcollò all'indietro, tenendosi il polso dolorante. McKennah allora gli saltò addosso, lo gettò a terra bocconi, gli si mise sopra a cavalcioni e chiamò le guardie. Tutta la scena sembrava una perfetta sequenza di karate tratta da un film d'azione.

O'Connor, ancora troppo sorpreso per essere impaurito, lanciò un'occhiata dietro di sé, udendo i passi di qualcuno che correva nel piazzale del parcheggio. «Ce n'è un altro! Da quella parte!»

Ma le guardie giurate erano ancora lì sul vialetto, con le armi spianate. Una rimase accanto ai soldi, guardandosi intorno. L'altra scattò in avanti, parlando nel microfono del walkie-talkie. In meno di dieci secondi, il viale era pieno di guardie e agenti della polizia di Las Vegas, che dovevano essere stati piazzati nel motel per garantire la sicurezza dello show.

Due agenti corsero verso il punto in cui O'Connor aveva sentito i passi di qualcuno che fuggiva.

Rimosso il passamontagna, apparve il volto emaciato dell'aggressore, un ometto sulla quarantina, con gli occhi sbarrati per la paura e lo sconforto.

O'Connor vide un drappello di guardie circondare il carrello con il denaro per lo show e trasferirlo di corsa all'interno del motel. Giunsero intanto altri poliziotti.

Gli agenti che erano corsi nel piazzale del parcheggio tornarono indietro da McKennah e O'Connor, dicendo che non avevano trovato nessuno. Una coppia aveva raccontato loro di avere visto un uomo grande e grosso saltare su un furgone e partire a tutta velocità, ma a causa del buio non avevano potuto vederlo in volto. «Voi state bene?» si informarono gli agenti.

O'Connor annuì. McKennah era scuro in volto. «Bene, sì. Ma, oh... non riesco ancora a crederci. Ho reagito istintivamente.»

«Con una mossa da manuale» si complimentò O'Connor.

«Tae kwon do. Lo pratico abitualmente, per fare un po' di attività fisica. Non avrei mai pensato che un giorno avrei dovuto usarlo davvero.»

«Meno male che sei intervenuto. Ho visto gli occhi di quel tizio, e sono convinto che stesse per sparare.»

Diane giunse di corsa (la voce si era subito sparsa), abbracciò il marito e gli chiese come stava.

«Bene. Sto bene. Solo... Non sono nemmeno scosso. Non ancora. È successo tutto così in fretta.»

Un capitano di polizia procedette all'arresto del malvivente. Quando seppe com'erano andate le cose scosse la testa. «Questo dà un senso nuovo al termine "reality", eh?» commentò. «Adesso mi servono le vostre deposizioni.»

Scosso, Aaron Felter entrò nel bar e trovò O'Connor insieme a Diane, McKennah e Sandra Glickman. Ordinò un gin e soda.

«Santo cielo! Come state?»

Nonostante lo scampato pericolo, O'Connor non ebbe difficoltà a dire che stava benissimo.

«Ho avuto io l'idea di usare soldi veri. Pensavo che avrebbe funzionato meglio. Mi dispiace, è colpa mia.»

«Non hai nessuna colpa per quel pazzo, Aaron. Chi era?»

«Un poveraccio di Los Angeles, a quanto pare. Con dei precedenti per una serie di furtarelli, stando a quello che mi ha detto il capitano. Aveva un complice, ma è riuscito a svignarsela.»

Parlarono un po' dell'incidente e O'Connor descrisse la maestria di McKennah nelle arti marziali. Il giovane attore parve imbarazzato. Ripeté: «Ho reagito d'istinto».

Felter allora intervenne. «Non posso fare a meno di parlarvene. Sono sicuro che questo casino... chiedo scusa alle signore presenti... vi avrà un po' scombussolato.»

Sandra Glickman si finse offesa: «Come ti permetti, brutto stronzo figlio di puttana?».

Tutti risero.

Felter riprese il filo del discorso. «Ve la sentite di andare avanti con lo show?»

McKennah e la Glickman risposero di sì. O'Connor disse: «Certo» ma poi colse qualcosa nello sguardo del produttore. «Non è esattamente questo che stai chiedendo, vero, Aaron?»

Una risata. «Okay. Quello che voglio sapere è: se andiamo avanti con lo show, domani, come reagirà la gente? Voglio un vostro parere sincero. Sarebbe meglio forse lasciare passare un po' di tempo, aspettare che si calmino le acque? Che si disperda il polverone?»

«Quale gente?» chiese McKennah. «Il pubblico?»

«Esattamente. La troveranno una cosa di cattivo gusto? Voglio dire, qualcuno potrebbe prenderla molto male.»

O'Connor rise. «Scusami, Aaron, ma hai mai visto chiudere uno show televisivo perché è di cattivo gusto?»

Aaron Felter puntò un dito verso di lui.

«Uno a zero per il vecchio saggio.»

Giovedì la finale di *Mi gioco tutto* cominciò con la descrizione di ciò che era accaduto la sera prima. Ma dato che ne avevano già parlato ampiamente tutti i notiziari da un capo all'altro del Paese, non valeva la pena di soffermarcisi troppo.

Oltretutto, c'era da portare a termine la partita a poker.

Con la stessa fanfara del giorno prima (e ben cinque guardie giurate a tenere d'occhio la sala da dietro le lenti scure dei loro occhiali) la sfida fra gli ultimi tre concorrenti cominciò.

Giocarono per un po' senza che le loro rispettive posizioni cambiassero in modo significativo. Poi O'Connor ebbe le prime carte veramente buone della serata. Un asso e un fante, tutti e due di picche.

Partirono le puntate. O'Connor, per nascondere il proprio gioco, adottò una tattica prudente, limitandosi inizialmente a coprire il buio, lasciando che fossero gli altri a parlare per primi, e facendo dei rilanci contenuti.

Le carte che il croupier mise scoperte sul tavolo furono un altro asso, un fante e un due, tutti di semi diversi.

Le puntate continuarono, e stavolta Sandy Glickman e McKennah rilanciarono in modo consistente. Ostentando un sorriso e dissimulando la tensione, O'Connor accettò la puntata di centomila dollari di McKennah, spingendo verso il piatto la somma in contanti.

Con un'agile mossa, il croupier lasciò cadere sul tavolo la quarta carta scoperta. Un altro due.

Sandy Glickman guardò le pile di banconote davanti ai due avversari, poi decise di prendere tempo, passando la mano. Poteva significare che non aveva un gioco all'altezza, o viceversa che si sentiva molto forte e stava mettendo in atto un trucco per prenderli in trappola.

Quando la parola passò a McKennah, puntò cinquantamila dollari. O'Connor rilanciò di altri cinquantamila. Sandy Glickman esitò, poi mise in tavola i suoi centomila con una risata di sfida.

Fu scoperta l'ultima carta, la quinta. Era un otto. A O'Connor non serviva. Il suo gioco era già deciso. Doppia coppia di assi e fanti. Una buona combinazione, per quel tipo di poker, anche se non garantiva la vittoria.

Ma i suoi avversari potevano presumere che avesse un full, di assi e di due, o magari addirittura un poker di due.

Ovviamente, loro potevano avere in mano carte altrettanto valide.

Poi la Glickman fece la sua mossa. Spinse tutto il denaro che le era rimasto al centro del tavolo.

Dopo una pausa di riflessione, McKennah disse che lasciava.

O'Connor guardò negli occhi l'attrice, dall'altra parte del tavolo, fece un profondo respiro e disse invece che vedeva, contando i soldi necessari per accettare la sfida.

Se avesse perso gli sarebbero rimasti solo cinquantamila dollari a disposizione, e avrebbe dovuto dire addio a *Mi gioco tutto.*

Sandy Glickman sorrise e fece un lieve cenno con il capo. Infilò le sue carte a faccia in giù nel mucchio di quelle scartate e rivolse a O'Connor, attraverso il microfono che portava appuntato addosso, un pubblico riconoscimento: «Ha gli occhi buoni. Non sono molti quelli che capiscono quando sto bluffando». Poi, quando gli andò vicino per congedarsi con un abbraccio, soggiunse sottovoce: «Mi hai fottuto e non mi hai nemmeno pagato la cena».

Ma gli diede un bacio affettuoso e una strizzata d'occhio, prima di avviarsi lungo il Viale della Vergogna.

Restavano circa venti minuti per il confronto tra gli ultimi due giocatori. O'Connor con seicentoventitremila dollari, McKennah con ottocentosettantasettemila.

Il giovane attore, alla sinistra del croupier, mise il piccolo buio, diecimila dollari, e a O'Connor toccò versare il grande buio, ventimila.

Mentre il croupier mescolava con destrezza le carte, i due uomini si fissarono negli occhi. Lo sguardo di O'Connor trasmise un messaggio: sei un bravo ragazzo, e mi hai salvato la pelle, ieri, ma questa è una partita a poker e non sarei onesto con me stesso, con te, con il gioco, se mi tirassi indietro.

Un lampo negli occhi di McKennah disse che aveva ricevuto il messaggio. E che era pronto anche lui a fare altrettanto.

Ultima tornata. Forza con la spintarella.

La partita andò avanti per un po' in modo equilibrato, senza grosse vincite o perdite da entrambe le parti. McKennah provò a bluffare e perse. O'Connor cercò di mettere a frutto un tris ma fu malamente battuto da un colore, e la cosa gli bruciò, perché avrebbe dovuto usare maggiore cautela.

Un break pubblicitario e poi, quando ormai restava tempo solo per un'ultima partita, la sfida si riaccese. Il croupier prese un nuovo mazzo di carte e lo porse ai concorrenti, nel caso uno dei due avesse voluto tagliarlo. McKennah mise venticinquemila dollari di piccolo buio e O'Connor dovette coprire con cinquantamila il grande buio.

Poi il croupier distribuì le carte coperte.

O'Connor, attonito, vide che gli era capitata una coppia d'assi. La migliore base di partenza che ci si potesse augurare.

McKennah guardò le sue carte con espressione distaccata. E fece una puntata relativamente modesta, date le circostanze: cinquantamila dollari.

Attento a non lasciar trapelare il suo compiacimento per il gioco che aveva in mano, O'Connor spinse verso il centro del tavolo la stessa cifra. Fu tentato di rilanciare, ma decise di astenersene. Aveva buone probabilità di vincere, però era ancora presto e non voleva precipitare le cose.

Il mazziere bruciò la prima carta del mazzo, mettendola da parte, secondo la regola, e scoprì la prima serie di carte, il cosiddetto *flop*. Un due di cuori, poi un quattro di cuori e infine un asso di picche.

A questo punto O'Connor aveva un tris, e poteva sperare che nei prossimi due giri gli capitasse qualche altra buona combinazione.

McKennah puntò cinquantamila dollari. Poiché l'iniziativa di alzare per primo la posta non era stata sua, O'Connor decise di rilanciare con altri cinquantamila, ritenendo che non ci fosse più il pericolo che il suo avversario si spaventasse e decidesse di lasciare.

Un brusio si levò tra i presenti.

McKennah esitò, ma poi coprì il rilancio.

La quarta carta (quella detta *turn*) era un sei di cuori, e non modificò la situazione di O'Connor. Gli parve che non fosse di alcun giovamento nemmeno per McKennah, che disse: «Passo».

O'Connor notò la sua esitazione e ne dedusse che doveva avere un gioco decente, ma non spettacolare. Temendo di spingerlo a lasciare, si limitò a puntare altri cinquantamila dollari, che McKennah coprì.

I loro sguardi s'incrociarono sopra la montagnola di banconote mentre il mazziere scopriva la quinta e ultima carta (detta *river*).

Un asso.

O'Connor aveva ora un poker d'assi. Un colpo di fortuna incredibile. Si rammaricò solo che non gli fosse capitato prima, quando c'era più gente in gioco. Era ovvio che McKennah non era in grado di contrastarlo, e che rilanciando troppo rischiava di spingerlo a lasciare. Nel qual caso, il suo giovane avversario sarebbe risultato ugualmente vincitore, avendo accumulato un gruzzolo maggiore del suo.

«Sta a lei parlare, signore.»

Avrebbe dovuto usare molta cautela. Se la puntata fosse stata troppo ardita, il suo avversario avrebbe lasciato, e lui avrebbe perso.

Troppo poco e si sarebbe limitato a «vedere», e O'Connor sarebbe arrivato lo stesso secondo.

Prese tempo. «Passo.» Batté con le nocche sul tavolo.

Un fremito percorse la sala. Perché si comportava così? Sembrava tanto fiducioso poco prima.

McKennah lo scrutò attentamente. Poi disse: «Cinquecentomila».

E spinse il denaro verso il centro del tavolo.

I presenti trattennero il respiro.

È un bluff, pensò all'istante O'Connor. La sola combinazione con cui McKennah avrebbe potuto batterlo era cinque carte dello stesso seme. Colore. Ma, come Diane gli aveva insegnato nelle settimane di continue esercitazioni in vista della sfida, in una situazione di quel genere le probabilità a suo favore erano dell'ottanta per cento, contro il venti per cento dell'avversario.

E tuttavia non poté fare a meno di pensare, con una stretta al cuore, che se lasciava adesso si sarebbe pur sempre portato a casa una vincita di un quarto di milione di dollari. Avrebbe dovuto rinunciare alla spintarella, ma forse poteva usare quel denaro per creare una propria società di produzione e realizzare il suo progetto in modo indipendente. O'Connor staccò gli occhi dai soldi e guardò in faccia McKennah.

«Tutto» disse, spingendo quello che aveva, un milione di dollari, verso il centro del tavolo.

«Prego, signori, mostrate le vostre carte.»

O'Connor girò i suoi due assi. Il pubblico proruppe in un frenetico applauso.

Ma tutti si azzittirono di colpo quando McKennah girò a sua volta un semplice tre di cuori, seguito da un cinque ugualmente di cuori. Scala colore.

O'Connor fece un lento sospiro, chiuse un attimo gli occhi e sorrise. Si alzò e, prima di avviarsi lungo il Viale della Vergogna, strinse la mano dell'uomo che aveva appena conquistato al suo posto una spintarella di tutto rispetto, incassando per di più ben oltre un milione di dollari.

Le settimane che seguirono *Mi gioco tutto* non furono delle migliori per Mike O'Connor.

La perdita di un quarto di milione di dollari gli bruciava più di quanto fosse disposto ad ammettere.

Peggio ancora, sperava se non altro di essere ricompensato da un maggiore interesse da parte dei media. Ma fu invece scarsissimo. Oh, certo, si fece vivo qualcuno. Però solo per intervistarlo in qualità di testimone della tentata rapina e del coraggioso intervento con cui Dillon McKennah era riuscito a sventarla. Alla fine smise di rispondere alle telefonate dei giornalisti.

Il suo progetto si era totalmente arenato, e le sole proposte di lavoro che ricevette riguardavano la pubblicità di prodotti come il Viagra o il Cialis.

«Non posso farlo, amore» disse a Diane.

E lei rise. «Trattandosi di te, sarebbe comunque una pubblicità ingannevole. Tu non hai bisogno di quella roba.»

E così si dedicò alla casa: ritinteggiò la stanza degli ospiti e fece qualche partita a golf.

Considerò anche l'ipotesi di aiutare sua moglie a vendere immobili. Passava il tempo in poltrona davanti alla TV, a guardare film in DVD a nolo o servizi video on-demand.

Finché un giorno, diverse settimane dopo la fatale partita a poker, mentre era steso sul divano davanti al televisore, gli capitò di vedere un vecchio film degli anni Sessanta, ambientato all'epoca della Seconda guerra mondiale. Mike O'Connor l'aveva visto a suo tempo al cinema, quando era ancora un ragazzo. Gli era piaciuto moltissimo, e non aveva mai smesso di affascinarlo tutte le volte che l'aveva rivisto, nel corso degli anni successivi.

Ma stavolta colse qualcosa in quel film che gli era sempre sfuggito. Si drizzò a sedere e rimase inchiodato davanti allo schermo fino alla fine.

Incredibile.

Restò lì sul divano per un pezzo anche dopo la conclusione del film, a riflettere. Si rese conto che poteva identificarsi con i personaggi di quella storia. Erano, come lui, disperati, ridotti allo stremo.

Ricordò una battuta che aveva recitato in *Squadra Omicidi* e che gli era rimasta sempre impressa in modo vivido nella mente. In un episodio della serie il personaggio che interpretava, il rude e disincantato detective Olson, rivolto al suo sergente, ammoniva: «Quell'uomo è disperato. E tu sai a che cosa porta la disperazione. Può trasformarti in un eroe o in un criminale. Non dimenticarlo mai».

Mike O'Connor si alzò di scatto dal divano, dirigendosi verso lo spogliatoio.

«Ehi, Mike. Come va? Mi dispiace che non abbia funzionato. Quell'ultima mano, accidenti. Chi avrebbe mai potuto aspettarselo?»

«Ho visto i dati sugli ascolti» rispose O'Connor ad Aaron Felter. «Non erano male.»

Non male? No, pensò O'Connor, erano semplicemente stupefacenti. Quasi come quando O.J. Simpson si era confessato nel talk show di Oprah Winfrey, con il dottor Phil che si esibiva in acrobazie psicanalitiche per cercare di giustificarlo.

Dopo un istante di silenzio vagamente imbarazzato, Felter chiese: «Che stai facendo, adesso?».

Il produttore si era mostrato contento di vederlo, ma il suo atteggiamento diceva che gli affari sono affari. Una regola aurea che valeva lì a Hollywood come a Wall Street. O'Connor aveva corso volontariamente un rischio e aveva perso, e ora non poteva più chiedere nulla.

«Mi sono preso una pausa di riflessione. Sto riscrivendo il testo di *Stories*.»

«Ah. Bene. Prima o poi, lo sai, chi la dura la vince.»

O'Connor non era sicuro che fosse così, qualunque cosa Felter avesse inteso dire. Ma sorrise e annuì.

Seguì un momento di silenzio, mentre, com'era evidente, il produttore si chiedeva quale fosse il vero motivo di quella visita.

E allora l'attore andò al nocciolo della questione.

«Permettimi di farti una domanda, Aaron. I vecchi film piacciono anche a te, vero? Come quelli di cui io e tuo padre parlavamo sempre.»

Un'altra pausa. Felter lanciò un'occhiata alle locandine che aveva incorniciato e appeso intorno alle pareti. «Certo. A chi non piacciono?»

A un sacco di persone non piacevano, obiettò O'Connor dentro di sé, senza esprimerlo ad alta voce. Tanti apprezzavano solo i film recenti. Oh, non c'era niente di male in questo. Di lì a cinquant'anni la gente avrebbe custodito gelosamente nel proprio cuore le pellicole di oggi, allo stesso modo in cui lui ricordava *Bonnie and Clyde*, *M*A*S*H* o *Il cavaliere della valle solitaria*.

Ogni generazione ha i suoi film preferiti.

«Sai, stavo ripensando a *Mi gioco tutto*. E indovina cosa mi ha richiamato alla mente?»

«Proprio non saprei.»

«Un film che ho appena rivisto alla televisione.»

«Davvero? Un vecchio western con la partita a poker, il solito baro, la sparatoria?»

«No. *I cannoni di Navarone*» rispose O'Connor, indicando con un cenno del capo il manifesto alla sua destra.

«*Mi gioco tutto* ti ha ricordato quel film?»

«Non solo. Mi ha ricordato anche *I magnifici sette*, *Il mucchio selvaggio*, *Quella sporca dozzina*, *Salvate il soldato Ryan*, *Alien*... Un sacco di film, in effetti. Film d'azione.»

«Non ti seguo, Mike.»

«Be', pensaci... Qual era la parola che hai usato quando ti ho parlato di *Stories*? "Formula." Si prende un gruppo di personaggi pronti a tutto e li si manda in missione. A uno a uno vengono tutti eliminati, fino alla scena madre dell'ultimo atto. Come nei *Cannoni di Navarone.* Che è davvero un gran film, a proposito.»

«Uno dei migliori» convenne Felter, un po' incerto.

«Un commando di intrepidi. Eliminati uno a uno... Ma in un certo ordine, ovviamente: in una sorta di ordine inverso alla loro giovinezza e al loro sex appeal. Il bianco troppo rigido è spesso il primo ad andarsene... come Anthony Quaile in *Navarone.* O Robert Vaughn nei *Magnifici sette.* Poi vengono gli esponenti delle minoranze. Yaphet Kotto in *Alien.* Poi tocca alla giovane testa calda. James Darren. Poteva cercare almeno di ripararsi, quando si è messo a sparare con la mitragliatrice sui nazisti. Io l'avrei fatto. Ma no, lui va avanti spavaldo, finché lo tirano giù.

«E qui arriviamo alle donne. Se non sono le protagoniste, faranno meglio a stare attente. Tyne Daly in uno dei film della serie *Ispettore Callaghan.* E anche se la scampano, di solito è perché possano abbracciare quello che ha la meglio nel confronto finale. E tra chi si svolge quest'ultimo? Chi sono quelli che si affrontano? Il vecchio bianco contro il giovane entusiasta. Tom Cruise contro Nicholson. Denzel contro Gene Hackman. Clint Eastwood contro Lee Van Cleef. DiCaprio contro tutti i passeggeri di prima classe del *Titanic.*

«Ho apprezzato il modo in cui erano assortiti i concorrenti nel tuo show. Il bianco ordinario, l'esponente di una minoranza, il giovane testa calda, la donna... Bingham, Stone, Kresge, Sandy. E dopo che se ne sono andati, chi è rimasto? Quello anziano, cioè io, contro il giovane Dillon McKennah.»

«Mi sembra di capire che sei imbufalito per qualcosa, Mike. Perché non parli chiaro?»

«La partita era truccata, Aaron. Lo so. Tu hai pianificato il tuo, aperte le virgolette, reality, chiuse le virgolette. Hai praticamente scritto la sceneggiatura di un classico western o di un film di guerra. Sapevi fin dall'inizio come sarebbe andata a finire. Hai interpretato alla perfezione la "formula".»

«E perché cavolo l'avrei fatto?»

«Perché io penso che tu stia cercando di ottenere i finanziamenti necessari per mettere in cantiere un filmone con Dillon McKennah. Quella specie di commedia di cui lui mi ha parlato. Si era azzoppato da solo con *Town House* e quell'altra schifezza di film a cui ha partecipato. Gli serviva una spintarella... e serviva anche a te.»

Felter rimase per un attimo senza parole. Poi abbassò gli occhi. «Io e Dillon abbiamo parlato di un po' di cose, tutto qui. Diavolo, un po' come io e te abbiamo parlato di *Stories*. È il mio lavoro. Andiamo, Mike. Non ti affannare a cercare quello che non c'è. Era uno stronzissimo reality show. Non c'era alcuna garanzia che avresti ottenuto la spintarella che volevi.»

«Ma Dillon l'ha avuta. E grossa. E sai perché? Per via di quella rapina. Più ci penso, più mi rendo conto che è stato un classico stratagemma teatrale, fatto apposta per sorprendere lo spettatore. Sai come funziona. Quando siamo a tre quarti della storia ecco che salta fuori la sorpresa, quel che nessuno poteva immaginare. *I cannoni di Navarone*? La giovane greca, Gia Scala, la presunta patriota, si rivela una traditrice. Distrugge i detonatori. Come faranno adesso i commando a far saltare le potentissime batterie costiere dei tedeschi? Ecco cosa si chiedono ansiosamente gli spettatori, a questo punto.»

«Che c'entra adesso tutto ciò?»

«La rapina, Aaron. La "tentata" rapina. Era programmata anche quella. Hai organizzato tutto nei minimi particolari. Ecco perché ha avuto molto più successo di un normale reality show. Mio Dio, hai aggiunto anche un tocco di *COPS*. Hai fatto in modo che la mossa di karate di Dillon, in stile Steven Seagal, fosse registrata dalle telecamere a circuito chiuso del sistema di sorveglianza, di modo che quelle immagini la sera stessa fossero già su YouTube e su tutti i canali TV del Paese. Il non plus ultra dello spettacolo televisivo. Hai pensato che a questo punto nessuno avrebbe potuto fare a meno di vedere la seconda puntata di *Mi gioco tutto* e il modo clamoroso in cui Dillon mi sbaragliava.»

«Non so di cosa...»

O'Connor lo zittì levando una mano. «Adesso non peggiorare la situazione. Sul set di *Squadra Omicidi* avevamo un consulente, un vero agente della polizia di Los Angeles. Ora è in pensione, ma siamo rimasti buoni amici. L'ho chiamato e gli ho detto che avevo un problema. Avevo bisogno di accertare certi dettagli. Lui allora ha fatto qualche telefonata. In primo luogo, che genere di pistola aveva Sammy Ralston? Una pistola finta. Veniva dal deposito di uno studio televisivo ed era del tipo che si usa per girare i telefilm, come quella che io stesso ho adoperato per sette anni. In secondo luogo salta fuori, controllando i tabulati delle compagnie telefoniche, che Ralston aveva chiamato un detenuto. Lo stesso detenuto che voi avevate intervistato quando avete fatto quell'inchiesta sulla situazione delle prigioni californiane, l'anno scorso. Sono convinto che tu abbia pagato Joey per farti indicare il nome di questo Ralston... Ah, ah, ah, lasciami finire. Il resto è ancora meglio. Terza cosa, Ralston continua a parlare di questo misterioso motociclista di nome Jake, che avrebbe organizzato tutto e di cui nessuno sa niente.»

«Jake.»

«Ho ripescato il mio falso distintivo di quando facevo il poliziotto in TV e sono andato nel bar di Melrose Avanue, quello dove Ralston dice di avere incontrato Jake. Avevo con me una fotografia.»

«Una...»

«L'avevo presa da "Variety". Una foto tua e del tuo assistente. Quello grande e grosso. Il barista l'ha riconosciuto. Gli hai fatto recitare la parte di Jake, con tanto di giubbotto di pelle, tatuaggi finti e tutto il resto... A proposito, sono appena passato davanti al suo ufficio. Ha anche lui dei manifesti appesi al muro. Uno è quello dei *Segreti di Brokeback Mountain*. Attore protagonista Jake Gyllenhaal. Jake. Pensaci.»

Felter non disse nulla, ma la sua espressione parlava chiaro. Gli si poteva leggere in faccia che dentro di sé stava imprecando.

«Dillon sapeva dell'imbroglio. Sapeva della pistola finta. Ecco perché è riuscito a disarmarlo così facilmente. Non correva alcun pericolo. Era tutto preparato. Tutto preparato per la spintarella» scosse la testa. «Avrei dovuto capirlo prima. Voglio dire, quella mano finale, Aaron? Tu sai come finisce la maggior parte delle partite a carte: due tizi in stato semicomatoso per la mancanza di sonno, e uno batte l'altro con tre sei contro una coppia di tre. Poker contro colore? Succede solo nei film. Non nella vita reale.»

«Come avrei fatto a truccare la partita?»

«Hai ingaggiato come croupier un vero prestigiatore. Hai visto i giochi che faceva con le carte quando si è presentato? Ho svolto una piccola indagine sul suo conto. E ho guardato la registrazione dello show. Le sue mani non sono mai inquadrate in primo piano. Ho il suo nome e l'indirizzo. Oh, e ho anche il numero di telefono della commissione dello Stato del Nevada preposta a vigilare sul gioco d'azzardo.»

Felter chiuse gli occhi. Forse stava pensando a come poteva scusarsi e spiegare il proprio comportamento.

O'Connor sperò quasi che dicesse qualcosa, per avere la possibilità di rispondere con la famosa battuta dalla sua vecchia serie di telefilm polizieschi: «Risparmia il fiato per quando sarai di fronte al giudice».

Ma Felter non cercò di scusarsi. Lo guardò dall'altra parte della scrivania, come se fosse a un tavolo da poker, e disse: «E allora adesso che si fa?».

«Sarò schietto, come usa nell'ambiente della televisione, Aaron» rispose Mike O'Connor, tirando fuori dalla valigetta che aveva con sé una serie di buste voluminose. «C'è sempre un modo per mettersi d'accordo.»

IV

UN CASO DA MANUALE

Le prove fisiche non possono sbagliarsi; non possono commettere spergiuro; non possono essere del tutto assenti... Solo il fallimento umano nel trovarle, studiarle e comprenderle può diminuirne il valore.

Paul L. Kirk, *Crime Investigation: Physical Evidence and the Police Laboratory*

1

«La peggiore che abbia mai visto» mormorò.

Lei ascoltò le parole del giovane e decise che era un po' ironico, dal momento che non poteva avere più di venticinque anni. Quante scene del crimine poteva aver analizzato?

Ma vide anche autentica preoccupazione sul suo volto, tondo e attraente, sormontato da un cortissimo taglio di capelli. Aveva un'aria marziale e non sembrava tipo da farsi prendere dall'ansia.

C'era qualcosa di particolarmente inquietante laggiù – nel box del garage sotterraneo di fronte al quale si trovavano, delimitato da nastro giallo svolazzante, il box in cui la donna era stata assassinata quella mattina presto.

Amelia Sachs si stava preparando allo scalo tecnico fuori dall'anonimo condominio in quel quartiere di Manhattan altrettanto «diversamente elegante», Ventiseiesima Strada Est. Qui si trovavano bassi edifici residenziali degli anni Cinquanta e Sessanta, alcuni palazzi di arenaria, ristoranti nati come italiani vent'anni prima e poi convertiti al Medio Oriente. Come verde pubblico, alberi anemici, erba stentata, piccoli cespugli in enormi fioriere di cemento.

Sachs lacerò il sacchetto di plastica contenente la tenuta usa e getta: tuta bianca in Tyvek, soprascarpe, cuffietta, guanti di nitrile con gli elastici ai polsi.

«Le servirà anche l'N95» le disse il giovane agente. Si chiamava Marko, forse di nome, probabilmente di cognome. Sachs non si era presa il disturbo di scoprirlo.

«Problema chimico? Biologico?» chiese riferendosi al box.

L'N95 era un particolare respiratore che filtrava molte delle porcherie che si trovano su alcune scene del crimine. Quelle pericolose.

«Diciamo che ne avrà bisogno.»

Non le piacevano i respiratori e di solito metteva una semplice mascherina chirurgica. Ma se Marko le diceva che dentro c'era un problema, l'avrebbe usato.

La peggiore che abbia mai visto...

Sachs continuò a indossare l'equipaggiamento protettivo. Soffriva di claustrofobia e non le piacevano tutti quegli strati che bisognava mettere per analizzare la scena di un crimine. Ma erano necessari per proteggersi da sostanze pericolose presenti sulla scena. Cosa più importante, la tenuta proteggeva la *scena* dai contaminanti che la polizia poteva lasciare, come capelli, fibre, frammenti di pelle e altre tracce assortite. (Un uomo era stato quasi arrestato per via di un seme di pomodoro che lo aveva collegato a un omicidio, finché si era scoperto che il seme proveniva dalla suola di un agente della Scientifica che aveva trascurato di indossare i soprascarpe... e che subito dopo, grazie a Lincoln Rhyme, era diventato un *ex* agente della Scientifica.)

Arrivarono diverse altre auto, compresa quella del tenente della Major Cases, Lon Sellitto, una Crown Victoria senza contrassegni. L'auto era immacolata e ancora gocciolante dall'autolavaggio. Sellitto, invece, era trasandato come al solito. Aveva una camicia bianca non stirata, la cravatta storta e un completo spiegazzato, anche se, fortunatamente, di un blu navy che nascondeva le grinze (a Sachs venne in mente che aveva indossato un crespo di cotone a strisce una sola volta: perfino lui aveva pensato che assomigliava a un lenzuolo sgualcito). Sachs aveva rinunciato a cercare di indovinare l'età di Sellitto. Era su quell'indefinita cinquantina in cui sembravano compresi tutti i detective di alto grado del NYPD.

Essendo anche un'istituzione, Sellitto si attirò qualche sguardo ammirato dalle uniformi mentre si faceva largo tra la folla di astanti e, con qualche difficoltà, data la mole, passava sotto il nastro giallo.

Raggiunse Sachs e Marko, che non era particolarmente ammirato ma senz'altro rispettoso.

«Detective.»

Sellitto non aveva idea di chi fosse ma ricambiò con un cenno del capo. «Lui come sta?» domandò a Sachs.

Che significava un solo «lui».

«Bene. È tornato da due giorni. Anzi, voleva venire sulla scena.»

Lincoln Rhyme, ex capo della Scientifica del NYPD e ora consulente forense, era stato sottoposto a una serie di procedure mediche per migliorare la sua condizione: era tetraplegico, quasi del tutto paralizzato dal collo in giù a causa di un incidente mentre analizzava una scena anni prima.

«Ma dai? Voleva venire. Dio lo benedica» disse sincero Sellitto.

Sachs gli rivolse un'occhiata ironica. Era parecchio più giovane e inferiore di grado. Ma consentiva ben poche libertà, a chiunque. Sellitto colse la sua espressione. «Suonava paternalistico?»

Lei inarcò un sopracciglio. «Già. E se Rhyme ti avesse sentito, la risposta non sarebbe stata carina.»

«Be', cazzo. Buon per lui, a ogni modo.» Sellitto si concentrò sul palazzo bianco sporco, le macchie d'acqua sui muri, le finestre spaiate, i condizionatori ammaccati poco più sotto, l'erba triste, malata o in fin di vita più a causa dei cani che per l'aria fredda.

Eppure perfino un monolocale con pozzo luce costava più di duemila dollari. Quando Sachs non stava da Rhyme, abitava a casa sua a Brooklyn. Grande. E con giardino. Era settembre e aveva appena raccolto gli ultimi ortaggi, battendo per un pelo la gelata.

Si infilò i folti capelli rossi sotto la cuffietta di Tyvek e con il velcro chiuse la tuta attorno ai jeans e al maglione di lana. La tenuta le aderiva al corpo. Marko la osservò, anche se in modo discreto. Sachs era stata una modella prima di entrare in polizia. Aveva sempre molti occhi addosso.

«Possibilità che la scena sia calda?» domandò a Marko.

Era raro che i malviventi restassero nei paraggi della scena di un crimine e prendessero di mira gli investigatori, ma era capitato.

«Ne dubito» rispose il giovane agente. «Ma...»

Era logico non sbilanciarsi nel caso di una scena apparentemente così raccapricciante.

Prima di mettere la tuta, Sachs aveva tirato fuori la Glock. Adesso la sfregò con un dischetto imbevuto d'alcol per rimuovere eventuali tracce e la infilò nella tasca della tuta. In caso di bisogno, poteva usarla subito, perfino fare fuoco attraverso il tessuto. Questo era il bello delle Glock. Nessuna sicura esterna, doppia azione. Miravi e premevi il grilletto.

Possibilità che sia calda?...

E cosa diavolo c'era di così brutto in quella scena? Com'era morta la povera donna? E cosa le era successo prima... o dopo?

Ipotizzò che si trattasse di un omicidio a sfondo sado-sessuale.

Sellitto si rivolse a Marko. «Allora, agente?»

Il giovane alternò lo sguardo tra l'agente anziano e Sachs mentre riferiva i fatti. «Sono assegnato alla Scientifica del Queens, quartier generale, signore. Questa mattina avevo un corso d'aggiornamento all'Accademia, quindi ero diretto là quando ho sentito la chiamata.»

L'Accademia del NYPD sulla Ventesima Strada all'altezza della Seconda Avenue.

«Il comunicato era diretto a chiunque fosse disponibile. Ero a due isolati di distanza, così ho risposto. Avevo l'attrezzatura con me e mi sono vestito prima di entrare.» Anche Marko indossava una tuta in Tyvek della Scientifica, a parte la cuffietta.

«Ottima pensata.»

«Non avrei aspettato ma il comunicato parlava di un corpo, non una vittima ferita.»

Le scene del crimine erano sempre un compromesso. La contaminazione con tracce esterne e la cancellazione di prove importanti potevano intralciare o perfino far naufragare un'indagine, ma la priorità del pronto intervento è salvare vite o arrestare malviventi ancora sulla scena. Marko aveva agito correttamente.

«Ho dato una rapida occhiata alla scena e poi ho chiamato la Centrale.»

Gli altri due tecnici della Scientifica della sede del Queens erano appena arrivati a bordo dell'RRV – il veicolo di risposta rapida – contenente l'attrezzatura per la raccolta prove. Scesero dal mezzo un uomo e una donna, lei asiatica, lui ispanico. Aprirono il portellone sul retro e presero il proprio equipaggiamento.

«Ehi, Marko» chiamò l'uomo. «Come hai fatto a batterci? Sei venuto in elicottero?»

Il giovane agente rispose con un leggero sorriso. Ma si vedeva che era ancora turbato, probabilmente da quanto aveva visto lì dentro.

«Sai già chi è coinvolto?» gli chiese Sellitto.

«È stato il fidanzato a chiamare. È tutto quello che so.»

«Vado a parlargli e organizzo una squadra per fare domande in giro. Tu occupati della scena, Amelia. Ci rivediamo da Lincoln.»

«Va bene.»

«Il detective Rhyme parteciperà al caso?» domandò Marko.

Rhyme era in congedo – era stato capitano – ma nella polizia, come nell'esercito, i titoli restavano appiccicati.

«Già» bofonchiò Sellitto. «Lo gestiremo dall'esterno.» Il palazzo di Rhyme era spesso l'informale posto di comando per i casi che capitavano a Sellitto, o che il detective sceglieva.

«Ho già perso la lezione. All'Accademia. Non potrei restare a dare una mano?» chiese Marko.

A quanto pareva, non si sarebbe fatto scoraggiare dall'orrore della scena.

«Il capo qui è la detective Sachs. Sta a lei decidere.»

Uno dei più grandi problemi nelle forze dell'ordine era avere abbastanza personale impiegato in un'indagine. E i tecnici della Scientifica non erano *mai* abbastanza. «Come no, lo apprezzo» rispose Sachs. Indicò l'ingresso del parcheggio sottostante l'edificio. «Io prendo la rampa e la scena in sé. Tu e gli altri della squadra vi occupate delle...»

Marko la interruppe. «Scene secondaria e terziaria. Punti di ingresso e uscita. Ho seguito il corso del detective Rhyme.»

Lo disse con orgoglio.

«Bene. Adesso dimmi esattamente dov'è la vittima.»

«Scenda lungo la rampa per due livelli. Lei è nell'ultimo in fondo. L'unica auto presente.» Fece una pausa. «Non può non vederla.»

La peggiore...

«Va bene. Adesso al lavoro.»

«Sì, signora, detective. Cominciamo con la griglia.»

Sachs quasi sorrise. Il giovane aveva buttato lì quella parola come un saluto tra iniziati di un club segreto. Percorrere la griglia... era l'espressione coniata da Rhyme per indicare l'analisi di una scena nel modo più esaustivo possibile, coprendo ogni centimetro quadrato due volte.

Marko raggiunse i suoi colleghi.

«Ehi, sei una signora adesso, Amelia.»

«Era solo un modo di dire. Non farmi più vecchia di quanto non mi senta.»

«Potresti essere la sua... sorella maggiore.»

«Molto divertente.» Poi Sachs aggiunse: «Procurami le generalità della vittima, Lon. Più complete che puoi».

Ormai erano alcuni anni che lavorava con Lincoln Rhyme, e sotto la sua guida era diventata davvero abile a perlustrare le scene e un'affidabile analista forense. Ma la sua dote primaria nell'attività di polizia, nonché la sua passione, era concentrarsi sulla gente:

un lascito di suo padre, che era stato un agente di pattuglia del NYPD per tutta la vita. Sachs amava la psicologia del crimine, che Lincoln Rhyme tendeva a screditare come il lato «soft» dell'attività di polizia. Ma Sachs credeva che talvolta le prove fisiche non portassero dritte al colpevole. A volte dovevi considerare con attenzione le persone coinvolte, le loro passioni, i loro timori, le loro motivazioni. Tutti i dettagli delle loro vite.

Nell'andarsene, Sellitto fece segno agli agenti di pattuglia di raggiungerlo e insieme stabilirono squadre per fare domande in giro.

Sachs aprì un sacchetto di vinile da cui estrasse un modulo con videocamera ad alta definizione. Come aveva fatto con la pistola, pulì anche questa attrezzatura con dischetti imbevuti di alcol. Si sistemò il leggero modulo sulla cuffietta che le copriva la testa. La piccola videocamera era proprio sull'orecchio e un microfono a stelo quasi invisibile puntava verso la bocca. Sachs accese gli interruttori audio e video, facendo una smorfia quando una forte scarica di elettricità statica le colpì il timpano. Regolò il volume.

«Rhyme, ci sei?»

Uno sferragliare in sottofondo. «Sì, sì, sei lì, sulla scena? Sei sulla griglia, Sachs? Il tempo vola.»

«Sono appena arrivata. Pronta per partire. Come ti senti?»

«Bene, perché non dovrei?»

Un intervento di tre ore di microchirurgia un paio di giorni prima?

Sachs non rispose.

«Cos'è quella luce? Gesù, è forte.»

Lei aveva alzato la testa al cielo e un lampo di sole mattutino doveva aver colpito la videocamera, finendo sul monitor ad alta definizione che Rhyme aveva davanti. «Scusa.»

Con una mano guantata, Sachs prese il contenitore per la raccolta prove – una piccola valigia – e una torcia e si avviò giù per la rampa che portava nel garage.

Si stava guardando i piedi. Strano.

Anche Rhyme lo notò. «Cosa sto guardando, Sachs?»

«Rifiuti.» La rampa era sudicia. Un cassonetto lì vicino era rovesciato su un lato e i sacchetti della spazzatura erano caduti fuori, aprendosi. L'immondizia copriva il suolo.

Era un pasticcio.

«È difficile sentirti, Sachs.»

«Ho addosso un N95.»

«Sostanze chimiche, gas?»

«Il primo arrivato sul posto mi ha detto che sarebbe stata una buona idea.»

«È davvero buio» borbottò il criminologo.

La videocamera passò automaticamente in modalità luce scarsa – quella sfumatura verdastra dei film di spionaggio e reality show – ma c'era un limite alla potenza di bit e byte.

Anche degli occhi, se per questo. *Era* buio. Sachs notò che mancavano le lampadine.

«Cosa c'è?» le chiese Rhyme.

«Le lampadine, Rhyme. Qualcuno le ha svitate e le ha rotte. Sono in frantumi.»

«Se dietro c'è il nostro colpevole, significa che probabilmente non vive in questo palazzo. Non sa dov'è l'interruttore e non voleva perdere tempo a cercarlo.»

Tipico di Rhyme giungere a conclusioni così... dal semplice frammento di un'osservazione.

«Ma perché romperle?»

«Magari solo per cautela. Difficile ricavare impronte o altre tracce da una lampadina in frantumi. Mmh, potrebbe trattarsi di un tipo in gamba.»

Rhyme, fu felice di notare Sachs, era di buonumore. I trattamenti medici – complicati, costosi e alquanto rischiosi – procedevano bene. Aveva riottenuto una significativa motilità sia di braccia sia di mani. Non sensazioni; niente poteva restituirgliele, perlomeno non la scienza medica odierna, ma adesso era molto meno dipendente di una volta e questo significava moltissimo per un uomo come Lincoln Rhyme.

Alla fine Sachs fu costretta a fare ricorso alla torcia. Accese la lunga Maglite e proseguì oltre una dozzina di auto parcheggiate;

alcuni dei proprietari erano furiosi dal momento che era stato loro interdetto l'uso dei veicoli, per via della piccola seccatura di un omicidio vicino a dove avevano parcheggiato. Ma, d'altro canto, ce n'erano anche un sacco che avrebbero fatto il possibile per aiutare a inchiodare il sospetto.

Niente ti rivela la natura umana quanto fare il poliziotto.

Sachs avvertì una fitta dell'artrite che le affliggeva le ginocchia e rallentò. Poi si fermò del tutto, non per le giunture doloranti, ma per via dei rumori. Scricchiolii e colpetti. Una porta si chiuse: una porta da interni, non uno sportello d'auto. Sembrava parecchio in lontananza, ma non poteva dirlo con certezza. Le pareti attutivano e confondevano i suoni.

Rumore di passi?

Si voltò all'improvviso, pronta a scambiare la torcia con la Glock.

No, solo acqua che gocciolava da un tubo. L'acqua colava sulla rampa in pendenza, mescolandosi alle cartacce e agli altri rifiuti a terra; lì c'era ancora più spazzatura.

«Okay, Rhyme» disse. «Sono quasi all'ultimo livello. Lei e l'auto sono dietro quell'angolo.»

«Va' avanti, Sachs.»

Si rese conto di essersi fermata. Era a disagio. «Proprio non capisco perché tutti questi rifiuti.»

Riprese a camminare, procedendo adagio verso l'angolo, si fermò, posò a terra la valigia ed estrasse la pistola. Nel fascio di luce della torcia c'era una leggera foschia. Si tirò su la maschera, inspirò e tossì. C'era un odore acre nell'aria. Vernice, forse, o sostanze chimiche. E fumo. Trovò l'origine. Sì, alcuni giornali stavano bruciando senza fiamma in un angolo.

Ecco a cosa si riferiva Marko.

«Okay, sto entrando nella scena, Rhyme.»

Pensò alle parole di Marko.

La peggiore...

Con l'arma spianata, girò l'angolo e puntò il potente e ampio raggio della torcia su vittima e veicolo.

Sachs emise un verso strozzato. «Oh, Gesù, Rhyme. Oh, no...»

2

Alle quattro del pomeriggio, Amelia Sachs entrò in casa di Lincoln Rhyme a Central Park West.

Rhyme lanciò un'occhiata torva nella sua direzione, in parte per via dell'intensa luce autunnale che si riversò dalla porta aperta dietro di lei, in parte per l'impazienza.

L'analisi della scena del crimine era durata un'eternità, sei ore e mezzo per essere precisi, la più lunga per una singola scena che ricordasse.

Sachs gli aveva detto che il giovane agente arrivato per primo sul posto l'aveva descritta come la peggiore che gli fosse mai capitata. Significava che la vittima aveva subito una morte raccapricciante, sadica. Ma si riferiva anche alla totale contaminazione della scena.

«Non ho mai visto niente del genere» aveva detto Sachs a Rhyme attraverso il microfono. E, guardando lo schermo ad alta definizione, aveva dovuto ammettere che era lo stesso per lui. Ogni centimetro quadrato della zona – dalla rampa al pavimento del garage, all'auto della vittima e all'area circostante – era nascosto, coperto di immondizia. E pitturato, impolverato, ricoperto di liquidi, sudiciume e polveri.

Era difficile individuare la vittima in mezzo a tutto quel caos.

Rhyme pilotò la Storm Arrow rossa verso la porta d'ingresso, che Sachs stava varcando con un grosso cartone pieno di sacchetti per la raccolta prove. Gli spiegò che lei e il primo a intervenire, un agente della Scientifica di nome Marko, si erano precipitati lì ciascuno con la propria auto. Marko aveva un SUV. Rhyme vide che il veicolo traboccava di scatole di prove. Il giovane, che stava sollevando un cartone enorme, aveva un'aria militaresca. Ebbe una reazione a scoppio ritardato quando vide Rhyme. Gli rivolse un cenno del capo.

Rhyme lo ignorò, concentrato sull'incredibile quantità di reperti. Anche la vecchia Ford di Sachs era piena. Non capiva come fosse riuscita a guidare.

«Cristo» borbottò.

Lincoln Rhyme aveva un bel viso, capelli un po' lunghi per il regolamento del NYPD, ma non importava affatto visto che non ne faceva più parte. Naso prominente, labbra piene, anche se diventavano subito sottili, come iridi che si dilatano alla luce, quando era contrariato, cosa che accadeva con una certa frequenza, data la sua impazienza e gli altissimi standard del lavoro della Scientifica. Una cicatrice rosa era visibile alla base della gola; ricordava una ferita da proiettile ma in realtà era dovuta al respiratore che lo aveva tenuto in vita dopo l'incidente.

Una folata di vento autunnale entrò dalla porta aperta e una virgola di capelli neri gli solleticò la fronte. Sollevò goffamente la mano destra per scostarli, un gesto che sarebbe stato impossibile anni prima, quando era completamente paralizzato dal collo in giù. Quelle piccole cose – l'incapacità di grattare un prurito, l'impossibilità di mangiare da solo, l'incessante *tormento* della condizione – erano ciò che ti logorava, più delle generali conseguenze del catastrofico danno. Al momento, il braccio sinistro era fasciato contro il corpo; aveva subito un ulteriore intervento per dare a quell'arto la stessa sgraziata, ma miracolosa capacità del destro.

Strizzando gli occhi marroni in direzione del marciapiede, Rhyme perse il conto degli scatoloni che Marko stava scaricando. Girò la carrozzella e tornò infastidito verso il salotto. «Thom! Thom!»

L'uomo a cui era indirizzato l'urlo era a pochissima distanza, tre metri, anche se non proprio visibile. «Sono qui, non c'è bisogno di...»

«Dobbiamo *fare* qualcosa per questo» disse Rhyme quando il suo assistente apparve. Il giovane indossava la sua consueta tenuta da lavoro: pantaloni eleganti, quel giorno marrone chiaro, camicia blu scuro e cravatta floreale.

«Ciao, Amelia.»

Sachs stava entrando in casa.

«Thom.» Lui le prese la scatola dalle mani e Sachs uscì a prenderne un'altra.

Rhyme guardò prima la scatola e poi la faccia di Thom. «Guarda qui! E guarda fuori. Dobbiamo trovare posto per organizzare la roba. Tutto quanto nello studio... deve sparire!»

«Farò un po' di spazio.»

«Non possiamo fare spazio. Dobbiamo svuotarlo. Voglio che non ci sia niente.»

«Va bene.» L'assistente si sfilò i guanti gialli da cucina e si mise a spingere mobili fuori dalla stanza.

Il soggiorno fungeva da studio; l'altra stanza che in epoca vittoriana era stata adibita ai rapporti sociali, il salotto, era stata trasformata da Rhyme in un laboratorio forense, attrezzato quanto quello di molte città di media grandezza. Rhyme non era affatto ricco ma aveva ricevuto un consistente indennizzo quando era rimasto ferito e si faceva pagare parecchio come consulente forense. Gran parte degli introiti finiva dritta nella sua attività e aveva acquistato quanti più «giocattoli» forensi poteva permettersi (era così che Amelia Sachs li aveva definiti, dopo aver visto i suoi occhi illuminarsi quando era arrivato un nuovo macchinario; per Rhyme erano semplicemente strumenti).

«Mel!» Rhyme stava urlando di nuovo.

Stavolta si stava rivolgendo al suo collega, che si trovava a una postazione per l'esame delle prove in salotto. Il detective del NYPD Mel Cooper, biondo ma stempiato e dall'aria nerd, era il tecnico di laboratorio numero uno di Rhyme.

Cooper era arrivato tre ore prima dal Queens, dove lavorava, nel quartier generale della Scientifica, e viveva. Avrebbe gestito gran parte del lavoro di laboratorio in quello che era stato definito il caso di omicidio di Sosco 26, così chiamato perché l'assassino, un soggetto sconosciuto, aveva ucciso la vittima nella Ventiseiesima Strada Est. Cooper aveva preparato fogli di carta sterile da esame per coprire le superfici, strumenti per rilevare impronte latenti, microscopi, bilance, unità per il gradiente di densità e la decina di altri attrezzi del mestiere necessari all'analisi forense.

Anche lui stava guardando il crescente mucchio di sacchetti, scatole e contenitori che Sachs, Marko e adesso anche Thom portavano dentro, cercando di trovare un posto dove collocarli.

«Tutto questo da *una* sola scena?»

«A quanto pare» rispose Rhyme.

«E non è stato un disastro di massa?» Quella era la quantità di reperti risultante da disastri aerei ed esplosioni di bombe.

«Un Sosco, una vittima.»

Cooper si guardò attorno sgomento. «Ricordi quella battuta de *Lo Squalo*? Quando vanno alla ricerca dello squalo.»

«Squalo» ripeté distratto Rhyme.

«Il grosso squalo. Lo vedono di sfuggita per la prima volta, è davvero grosso, e uno di loro dice: "Penso che ci servirà una barca più grande". Ecco, quelli siamo noi.»

«Barca?»

«*Lo Squalo.* Il film.»

«Mai visto» bofonchiò Rhyme.

L'arma del delitto fu più o meno l'unica parte semplice dell'analisi: si trattava dell'auto della vittima.

L'assassino si era appostato dietro la donna e l'aveva colpita, probabilmente con un sasso o un mattone, abbastanza forte da stordirla ma non ucciderla. Poi le aveva bloccato occhi, bocca, piedi e braccia con il nastro adesivo e l'aveva trascinata dietro l'auto. Sosco 26 aveva quindi messo in moto la Prius, andando a marcia indietro sul suo addome e fermandosi lì. La Toyota è pesante nella parte anteriore, e ha un peso posteriore di circa 530 chilogrammi, aveva appreso Rhyme. Solo una ruota era sulla vittima, cosa che avrebbe dovuto alleviare un po' della pressione, ma il coroner aveva detto che i danni interni erano devastanti. Tuttavia aveva impiegato quasi un'ora a morire, perlopiù per lo choc e l'emorragia.

Ma, a parte stabilire la causa della morte, Rhyme e la sua squadra non avevano fatto altre scoperte probatorie. Anzi, erano riusciti solo a catalogare i reperti, dando tutti il proprio contributo: Sachs, Cooper e Marko. Perfino Thom aveva dato una mano.

Arrivò Lon Sellitto.

Oh, Signore, no...

Rhyme non poté fare a meno di ridere, anche se amaramente, quando vide che il grosso detective portava l'ennesimo scatolone di sacchetti.

«Sono finiti?» domandò sgomento Mel Cooper; di solito era la personificazione della calma distaccata.

«Hanno trovato un'altra via d'uscita.» Il detective consegnò lo scatolone a Marko. «Ma questo dovrebbe essere l'ultimo.» Poi si accigliò nell'osservare le centinaia di sacchetti di raccolta e campioni disposti lungo le pareti in tutto il primo piano della casa. «Non ho proprio idea di che cazzo stia succedendo qui.»

Lincoln Rhyme invece sì.

«Oh, quello che sta succedendo, Lon, è che il nostro Sosco è in gamba. È *geniale*.» Rhyme si guardò attorno. «Parlo al maschile ma, ricordate, teniamo la mente aperta. Potrebbe anche essere una donna. Mai fare congetture.»

«Lui, lei o la cosa» borbottò Sellitto. «Continuo a non capire.»

Il criminologo continuò. «Conosci il Principio di Locard?»

«Più o meno.»

«E tu, Marko?»

Il giovane agente, dapprima interdetto, rispose, come se recitasse. Un centinaio di anni prima, disse, il famoso criminologo francese Edmond Locard aveva elaborato una teoria: in ogni crimine c'è uno scambio di tracce tra il colpevole e la vittima o la scena. Gli elementi scambiati potranno anche essere minuscoli ma comunque esistono e, in molti casi, possono condurre al colpevole se l'investigatore ha l'intelligenza e le risorse per individuarli.

«Giusto. Be', sulla scena» la mano di Rhyme si alzò malferma per indicare le foto che Sachs aveva scattato al corpo della vittima e che Cooper aveva stampato «sappiamo che il Sosco ha lasciato qualcosa di se stesso. *Deve* averlo fatto. Il Principio di Locard non sbaglia mai. Ma, vedete, il Sosco *sapeva* che avrebbe lasciato qualcosa.»

Sachs intervenne. «E piuttosto che cercare di ripulire tutte le tracce, ha fatto il contrario. Ha coperto quanti più indizi possibile sulla sua identità, movente e intenzioni future.»

Geniale...

Troppe prove anziché poche.

Rhyme doveva ammettere di nutrire una riluttante ammirazione per il Sosco. L'anno prima, Rhyme era apparso in un documentario sulla rete A&E, a proposito di una donna condannata per omicidio in Florida. Aveva avuto l'ergastolo sulla base di prove che erano poi risultate contaminate: l'agente della Scientifica aveva prima analizzato il luogo dell'omicidio e poi la casa dell'indiziata, depositando accidentalmente un minuscolo frammento di vernice dalla scena del delitto sugli indumenti della donna, mentre li raccoglieva nella sua abitazione. Il frammento la collocava sulla scena e la giuria l'aveva condannata. Un riesame delle procedure di raccolta prove aveva rivelato che all'agente era stato detto di usare gli stessi guanti nella perquisizione di entrambe le scene, per fare economia. In un secondo processo, la donna era stata giudicata non colpevole.

Rhyme era apparso nel programma per discutere i vantaggi e i rischi delle prove in un'indagine. Aveva detto che bastavano una traccia infinitesimale o oggetti estranei per sviare del tutto un caso.

In *questa* situazione, Sosco 26 era riuscito a contaminare la scena con migliaia di cortine di fumo.

Rhyme lanciò un'occhiata a Cooper. «Quando possiamo iniziare?»

«Ancora un'ora o due per classificare tutto quanto.»

«Ah.» Non era contento.

Sachs chiese a Sellitto: «Cosa avete scoperto sulla vittima?».

«Allora» esordì il detective, tirando fuori il taccuino, «si chiamava Jane Levine, trentuno anni. Assistente direttore del marketing per un'agenzia di intermediazione in centro. Fedina pulita. Usciva con il suo ragazzo da sette, otto mesi. Lui è il tizio che ne ha denunciato la scomparsa e poi ha trovato il corpo. Gli ho parlato per un po' ma poi ha dato di matto. Cioè, totalmente.»

Rhyme vide le labbra generose di Sachs assottigliarsi a quella notizia e pensò che la sua reazione riguardasse il modo in cui non solo la perdita, ma anche l'orrendo spettacolo avrebbero influito sull'uomo per il resto della sua vita: quell'ultima sciocante immagine della fidanzata che moriva in circostanze così inimmaginabili. Rhyme sapeva che Sachs lottava con il lato umano del crimine: non respingendolo, come sarebbe stato logico pensare, ma abbracciando l'orrore e cercando di mantenerlo vivo. Credeva che ciò la rendesse un poliziotto più empatico e, pertanto, migliore.

Anche se lui utilizzava l'approccio contrario – restando distaccato – questa era una delle cose per cui la amava.

Riportò l'attenzione su Sellitto, che stava continuando a parlare. «Ora, ho controllato. Ha un alibi, il fidanzato.» Familiari e conoscenze sono i sospetti numero uno – e i colpevoli numero uno – nei casi di omicidio. «Era nel Connecticut con i genitori ieri sera. È tornato in città verso le otto del mattino ed è andato all'appartamento della ragazza. Abbiamo raccolto dati su di lui. Testimoni, biglietti e telecamere di sicurezza confermano che era laggiù quando è morta. Anche il GPS. È pulito.»

Il giovane della Scientifica domandò: «Stupro, detective?».

«Niente di sessuale, no. Nessuna rapina. Aveva ancora con sé chiavi, portafogli, borsa, gioielli.»

«Precedenti fidanzati, eventuali stalker?» chiese Sachs.

«Secondo il fidanzato e la sorella, negli ultimi due anni è uscita con un collega, uno della palestra, un altro della chiesa. Storie molto informali. La sorella ha detto che erano finite tutte e che non c'erano rancori. Tuttavia, l'ultima rottura risale a circa dieci mesi fa, poco prima di conoscere l'attuale fidanzato.»

Il detective proseguì. «Nessun legame con il crimine organizzato, ovviamente, e non era una talpa né una testimone. Non riesco a trovare alcun movente.»

A Rhyme non importava granché dei moventi. Secondo lui, il motivo per cui la gente uccideva era perlopiù irrilevante. Uno schizofrenico paranoide poteva uccidere qualcuno perché pensava che questa persona facesse parte dell'avanguardia di un pianeta dell'Alfa Centauri intenzionato a conquistare il mondo. A farlo condannare erano le sue impronte sul coltello, non le sue folli convinzioni.

«Be', questo ci dice *qualcosa*, giusto?» domandò Rhyme con una smorfia. «Se non è stato il fidanzato, uno stupratore o un rapinatore, io penso che si tratti di uno psicopatico.» Guardò per caso il giovane agente della Scientifica. «Oh, lo so che non usano più quel termine. Ma è molto più azzeccato di "individuo che mostra tratti di disturbo della personalità antisociale".»

Marko annuì, lasciando trasparire la perplessità riguardo a quell'affermazione.

Fu Lon Sellitto a spiegare. «Quello che Linc sta dicendo è che potrebbe essere un assassino seriale. E cioè che colpirà di nuovo.»

«Lei lo pensa, signore?» domandò il giovane.

«Se è così, significa anche che sceglie le vittime a caso. E da qualche parte in quella giungla» continuò riferendosi alla montagna di reperti «c'è la risposta su chi sarà il prossimo.»

3

Mel Cooper si sbagliava.

Ci vollero quasi altre sette ore solo per finire di classificare i reperti. Alle tre e quindici del mattino, decisero di staccare. Sachs rimase con Rhyme, come faceva tre o quattro volte la settimana. Cooper dormì nella camera degli ospiti. Sellitto se ne tornò a casa, dove lo aspettava Rachel, la compagna, che lui descriveva come la sua «Parte Migliore». Marko andò a casa sua, ovunque fosse.

Alle nove del mattino seguente la squadra, meno il giovane agente, era di nuovo al completo.

Come in ogni caso a cui lavoravano, Rhyme chiese una lavagna bianca per elencare le prove. L'onore toccò a Sachs. I suoi movimenti erano rigidi. Rhyme notò la difficoltà alla gamba; soffriva di artrite e la prolungata ricerca nell'umido garage sotterraneo aveva avuto i suoi effetti. Un paio di volte, allungandosi in alto per cominciare una nuova voce, Sachs fece una smorfia di dolore.

Finalmente concluse: furono necessarie tre intere lavagne nel salotto di Rhyme. E questo era solo per elencare quanto avevano trovato le squadre. Non c'erano analisi né tantomeno si potevano trarre perspicaci conclusioni riguardo le fonti né deduzioni circa le potenziali vittime.

Tutti nella stanza rimasero in silenzio a guardare le lavagne.

Omicidio Sosco 26

- Luogo: 832, Ventiseiesima Strada Est
- Vittima: Jane Levine, anni 31

– Causa della morte: lesioni interne da peso del veicolo
– Ora della morte: 4 del mattino circa

– Note generali:
  – nessuna rapina
  – nessuna aggressione sessuale
  – la vittima non era una testimone, non sembra che ci siano «messaggi» dietro l'omicidio
  – nessun legame con la droga né con il crimine organizzato
  – nessun nemico noto
  – l'attuale fidanzato ha un alibi
  – uscite informali con uomini conosciuti sul lavoro, in palestra, in chiesa
  – nessuna rottura problematica né stalker
  – sembra un delitto casuale, probabilmente un assassino seriale

– Prove:
  – All'incirca trentasette chilogrammi di spazzatura, sulla rampa fino al pavimento del garage, probabilmente da un cassonetto del condominio
  – Nastro adesivo
    – Usato per bloccare la vittima
    – Trovati quattro rotoli quasi terminati, probabilmente presi dall'immondizia
      – Da stabilire se uno sia la fonte di quello usato sulla vittima
  – Capelli, alcuni caduti naturalmente dal follicolo, alcuni tagliati
    – Circa 930 campioni distinti
    – Umani, peli animali? Da stabilire
  – Mattone in pezzi
    – Un pezzo usato per colpire la vittima da dietro
    – Tutti i pezzi coperti di vernice spray, cancellando eventuali prove (vedere vernice sotto)
  – Giornali, riviste, pubblicità, apparentemente da cestini dei rifiuti e per il riciclo; usati, molti manipolati, perciò contenenti impronte di scanalature di frizione

– Posate di plastica, contenitori di cibo e bevande, confezioni di caffè, tutto usato
  - 185 campioni
  - DNA, da stabilire
- Tamponi per materiale organico umano/animale rivelati da fonte luminosa alternativa
  - Saliva, liquido seminale, plasma, sudore, fluidi vaginali?
  - Possibilmente portati sulla scena trascinando spazzatura e rifiuti medici
  - 742 tamponi ricavati da diversi punti
  - DNA, da stabilire
- Fibre, tessuto
  - 439 campioni
- Fibre, nylon
  - 230 campioni
- Fibre, metallo
  - 25 campioni
- Vernice
  - Usata in tutto il sito, presumibilmente per nascondere prove
  - Spray a olio
  - Individuate bombolette, quasi vuote, a indicare che sono state trovate nella spazzatura, invece che acquistate
  - Da otto a dieci scanalature di frizione su ciascuna bomboletta
- Guanti di lattice, usati
  - 48 distinti destro/sinistro
  - DNA, da stabilire
  - Impronte di scanalature di frizione, da stabilire
- Terra, polvere
  - All'incirca un chilogrammo in totale
  - Indeterminato numero di fonti
  - Almeno 12 diverse composizioni
- Resti di cibo
  - 34 campioni
- Foglie
  - 249 raccolte

    - Da circa 27 alberi/cespugli noti
    - 73 non identificate
- Erba, prato
    - 376 campioni
- Erba, ornamentale
    - 64 campioni
- Escrementi
    - Umani/animali, da stabilire
    - DNA, da stabilire
- Lampadine
    - Dal garage
    - Svitate e poi frantumate
- Sostanze in polvere
    - 214 campioni
    - Non stupefacenti
    - Probabilmente farmaci senza prescrizione, polverizzati
    - Detersivo per lavatrice
        - Otto diverse marche
- Sostanze liquide, ancora liquide o residuo secco
    - Candeggina
    - Ammoniaca
    - Detersivo per piatti
    - Alcol
    - Acqua
    - Bibite
    - Caffè
    - Carburante
    - Latte
- Tessuto organico
    - 346 campioni
    - Umano/animale, da stabilire
    - DNA, da stabilire
    - Potrebbe essere cibo
- Unghie tagliate
- Ossa

– 42 campioni
– Umane/animali, da stabilire (apparentemente animali)
– DNA, da stabilire
– Potrebbe essere cibo
– Alcune decisamente lische di pesce, ossa di pollo o altra selvaggina
– Impronte di scarpe
– 23, maschili e femminili, 18 numeri diversi, cinque collegate alle scarpe della vittima
– Impronte di piedi sulla scena, soprascarpe chirurgici
– Esalazioni sulla scena del crimine
– Piccolo rogo appiccato in un angolo, giornali, forse per nascondere l'odore del dopobarba del Sosco o altri odori
– Fumi di vernice spray
– Accendini usa e getta
– Rinvenuti 18 accendini diversi
– Probabilmente presi dalla spazzatura, molti senza butano
– 64 scanalature di frizione

Rhyme sbraitò: «La tabella sembra il sommario del mio dannato libro».

Diversi anni prima, Rhyme aveva scritto un manuale, *Guida completa alla raccolta e all'analisi delle prove*, un best seller, perlomeno nella comunità delle forze dell'ordine, se non per il «Times».

«Non so da dove iniziare, Rhyme» disse Sachs.

Be', sai cosa? pensò Rhyme. Neanch'io. Stava ricordando un altro passaggio del libro.

Mentre ogni scena conterrà almeno *alcune* tracce trasferite dal colpevole, queste potrebbero non essere mai scoperte, da un punto di vista pratico, per via di risorse o tempi limitati. Analogamente, possono esserci troppe tracce che nascondono gli indizi rilevanti che, allo stesso modo, rendono impossibile l'analisi effettiva.

«È ancora più geniale di quanto pensassi» rifletté il criminologo. «Ricavare dalla spazzatura gran parte di ciò che ha usato nel delitto, coperto dalle impronte di altre persone. E contaminare la scena con, letteralmente, chili di tracce e altri rifiuti. Per le cose che non poteva nascondere – impossibile portare con sé una dozzina di scarpe o le dita di qualcun altro – ha indossato guanti e soprascarpe.»

«Ma quelli non possono essere i suoi guanti, quelli di lattice. Non li avrebbe lasciati lì» osservò Sachs.

«Probabilmente no. Ma non possiamo permetterci di *non* analizzarli, dico bene? E lui lo sa.»

«Immagino di no» convenne Mel Cooper, scoraggiato quanto gli altri. Rhyme credeva che il tecnico avesse avuto un appuntamento di ballo con la sua fidanzata storica la sera prima. Erano ballerini agonistici e, a quanto pareva, piuttosto bravi. Lincoln Rhyme non seguiva il ballo.

«E lui...» Una moltitudine di pensieri affievolì la voce di Lincoln.

«Linc...»

Rhyme alzò il braccio e fece segno a Sellitto di tacere mentre lui continuava a fissare la lavagna.

Finalmente, il criminologo disse infervorato: «Pensateci. Questa persona conosce le prove. E questo significa che, con buona probabilità, ha addosso tracce o indizi che potrebbero portarci alla sua identità o a quella della prossima vittima che ha in mente».

«Giusto» disse Sellitto. «E...?»

Rhyme stava scrutando la lista di reperti. «Quindi, cosa ha usato maggiormente per contaminare la scena?»

Rispose Sachs. «Immondizia...»

«No, quella era una generica cortina di fumo. Si trovava lì solo per caso. Qualcosa di specifico, ecco cosa sto cercando.»

Cooper si spinse sul naso gli occhiali da Harry Potter mentre leggeva i reperti. Propose: «Fibre, capelli, tracce generiche...».

«Sì, ma quelli sono presenti su ogni scena del crimine. Voglio sapere cosa c'è di *speciale*.»

«La cosa più unica, intendi?» chiese Sellitto.

«No, non intendo quello, Lon» disse acido Rhyme. «Perché una cosa è unica oppure non lo è. Non esistono gradi diversi di unicità.»

«Era parecchio che non mi facevi una lezione di grammatica, Lincoln. Mi chiedevo se avessi mollato l'unione delle maestrine.»

Il commento strappò un sorriso a Thom, che stava distribuendo caffè e pasticcini.

Sachs stava studiando la lavagna. «Terra e... vegetazione» disse.

Rhyme strizzò gli occhi. «Sì, ottimo. Potrebbe essere quello. Sapeva di aver raccolto tracce dove vive o lavora, o dove si era recato a tenere d'occhio un'altra vittima, e doveva nasconderle.»

«Il che significa» disse Sachs «un giardino, un parco, un cortile?»

«Direi di sì. Il terreno e il verde. Quello potrebbe contenere l'indizio. Restringe un pochino il campo della ricerca... Dovremmo cominciare da lì. C'è dell'altro?» Rhyme riprese a scrutare la lavagna. «Il detersivo e i detergenti... perché ne avrebbe spruzzati o versati così tanti sulla scena? Può essere un altro punto di partenza.» Si guardò attorno. «Quel ragazzo, Marko? Perché non è qui?»

«Ha chiamato» rispose Sachs. «Aveva qualcosa da fare nel Queens, quartier generale. Ma gli piacerebbe continuare ad aiutarci se necessario. Vuoi che lo richiami?»

«Sì, Sachs. Svelta!»

Una giornata estenuante.

Un viaggio d'affari con il suo capo in California e ritorno in meno di ventiquattro ore.

Produttivo, necessario ma stressante.

Adesso erano in taxi, diretti in città dal JFK, dove il loro volo era atterrato alle sei del pomeriggio. Era sfinita, un po' stordita dai due bicchieri di vino e risentiva leggermente delle tre ore che si perdevano volando a est.

Il suo capo, prossimo alla cinquantina, abbronzato e in forma, mise via l'iPhone – aveva preso un appuntamento per l'indomani – e si girò verso di lei ridendo. «Li hai sentiti? Hanno usato davvero la parola "spacchettare"?»

Come in «spacchettarla per noi», ovvero spiegare al network la storia che erano venuti a proporre.

«Da quand'è che non si usa più la parola "spiegare"?»

Simone sorrise. «E il direttore di rete? Ha detto che il concetto era decisamente "sismico". Lo sai, c'è bisogno di un traduttore a Hollywood.»

Il suo capo rise e Simone lo guardò in tralice. Tipo fantastico. Divertente, intelligente, in gran forma grazie al regime di allenamenti che rasentava lo zelo religioso. Aveva anche un estremo talento, il che significava estremo successo.

Oh, ed era anche single.

Di sicuro era una bella tentazione, altroché, ma Simone, malgrado fosse sui trentacinque e libera al momento, riusciva a tenere sotto controllo gli ormoni della maternità e della solitudine. Era in grado di guardare al suo capo con obiettività. L'ossessione dell'uomo per i dettagli e la perfezione, la sua intensità l'avrebbero fatta ammattire se fossero stati amanti. Il lavoro era tutto. Lui viveva la sua vita come se pianificasse una produzione. In pratica, la vita come una sceneggiatura, pre-produzione, produzione e post-produzione. Quello era senza dubbio un motivo per cui il suo matrimonio non aveva funzionato e perché tendeva a uscire con una donna solo per un mese o due, al massimo.

Buona fortuna, James, pensò Simone. Ti auguro il meglio.

Non che le avrebbe mai chiesto di uscire, pensò poi sarcastica.

Il taxi arrivò in prossimità del suo quartiere, Greenwich Village. Per Simone non c'era altro posto in cui vivere a New York. Era davvero un villaggio. Un quartiere.

Il taxi la lasciò sulla Decima Strada. «Mmh» fece il suo capo, guardando fuori del finestrino due uomini, con il fisico da body builder, che si baciavano appassionatamente sui gradini del palazzo accanto a quello di Simone.

Disse: «Non che ci sia niente di male». La famosa battuta di *Seinfeld*.

Simone sorrise e poi guardò il baciatore dominante. Che spreco.

Poi diede la buonanotte al suo capo e, uscita dall'auto, prese la valigia dal portabagagli. Si fermò per lasciar passare una robusta donna senzatetto con il carrello della spesa pieno zeppo di tutto, ovviamente, fuorché generi alimentari. Simone pensò di darle qualche spicciolo. Ma poi, rifletté, perché penso che sia una senzatetto? Magari è un'eccentrica milionaria.

Salì le scale del suo appartamento sentendo quello strano aroma del palazzo che sfuggiva a ogni descrizione, come tanti altri edifici della zona. Che diavolo era?

Eau di Vecchio Palazzo di New York.

Insetticida, takeaway cinese, vecchio legno, disinfettante, mattoni umidi, cipolle cotte.

Il suo gatto la perdonò, più o meno, anche se non aveva molto di cui lamentarsi. La ciotola di croccantini, di cui si era occupata la vicina, era piena di ogni bendidio. Anche quella dell'acqua era colma e la radio era sintonizzata su NPR, la stazione preferita di Ruffles. Sembrava che le raccolte fondi gli piacessero quanto *This American Life.*

Simone controllò la segreteria: niente di urgente, anche se notò che non c'erano chiamate da numeri bloccati. Ne aveva ricevute parecchie nell'ultimo periodo. Venditori telefonici, naturalmente.

Disfece i bagagli e mise insieme un mucchio di indumenti da lavare. Non era mai tornata da un viaggio senza fare il bucato la sera stessa in cui rientrava.

Cimici dei vestiti, diceva.

Grazie, mamma.

Si infilò la tuta, raccolse i vestiti e un allegro flacone arancione di Tide. Prese le scale sul retro, che portavano alla lavanderia nel seminterrato e ai magazzini. Scese dal secondo al primo piano e poi si avviò per le scale che l'avrebbero portata al seminterrato. Questa scalinata era buia, anche se c'era un po' di luce proveniente dal basso, la lavanderia probabilmente, o forse il magazzino. Accese più volte l'interruttore. Poi, strizzando gli occhi, si accorse che la lampadina mancava e non solo: era caduta sui gradini andando in pezzi.

Fu a questo punto che Simone iniziò a sentirsi a disagio.

Ma continuò, procedendo con cautela per evitare quante più schegge poteva con le sue Crocs. Nel seminterrato anche un'altra lampadina era rotta.

Facendomi accapponare la pelle, pensò.

Okay, basta così. Al diavolo i disturbi ossessivo-compulsivi. Farò il bucato domani.

Poi vide, con un certo sollievo, che avrebbe dovuto aspettare comunque. C'era un cartello sulla porta della lavanderia. FUORI SERVIZIO. Il cartello era malconcio e strappato. Non l'aveva mai visto prima. Quando le lavatrici o le asciugatrici non funzionavano, Henry si limitava a mettere un foglio scritto a mano, che informava gli inquilini su quando le macchine avrebbero ripreso a funzionare.

Simone si girò e, ansiosa di tornare da Ruffles e al suo appartamento, fece un passo verso le scale.

Sentì due cose una dopo l'altra. Primo, un leggero brivido quando la porta che dava sul magazzino, e poi sul vicolo, si aprì.

E poi una violenta esplosione di dolore quando il sasso, la bottiglia, il peso del mondo si abbatté sulla sua nuca.

4

Con una brusca frenata Amelia Sachs fermò la Ford Torino Cobra del 1970, rosso granata, erede della Fairlane, accanto al marciapiede di quell'idilliaca zona del Greenwich Village.

C'erano sei auto, perlopiù del vicino Sesto Distretto, e una quindicina di poliziotti in giro a fare domande porta a porta.

All'improbabile ricerca della prossima vittima di Sosco 26.

Balzò fuori dall'auto, facendo una piccola smorfia alla fitta dell'artrite. «Ciao, come procede?» chiese a uno dei detective che conosceva, un afroamericano alto di nome Ronald Simpson, che aveva appena chiuso una comunicazione radio.

«Amelia. Ci stiamo dividendo. Abbiamo individuato quarantotto punti nel perimetro che ci avete dato tu e Rhyme. Se non troviamo niente, lo espanderemo.»

«Sachs!» La voce di Rhyme esplose dalle cuffie. Niente videocamera, solo un Motorola di ordinanza con auricolare e microfono a stelo. Si attivava con la voce. Sachs aveva bisogno delle mani libere per guidare. Aveva toccato quasi i centotrenta durante il tragitto da casa di Rhyme. La Torino sfoggiava 405 CV e un impressionante valore di coppia di 62 chilogrammi metro. E Amelia Sachs sfruttava appieno tutte quelle specifiche.

«Sono qui, Rhyme. Con Ron Simpson del Sesto.» Gli riferì le informazioni che le aveva dato l'uomo.

«Quarantotto? Diavolo.»

Avevano sperato che l'area di due isolati comprendesse un numero decisamente inferiore di condomini da perquisire. Ma, perlomeno, era qualcosa. E sarebbe potuta andare molto peggio.

Alla ricerca di un modo per velocizzare la caccia a Sosco 26 o alla sua prossima vittima, Rhyme aveva escogitato un'interessante strategia.

Ipotizzando che le prove comprendenti terra/vegetazione e detergenti fossero piste valide, si poneva il problema di come analizzarle in fretta, dato il numero dei campioni.

Ecco il motivo della telefonata a Marko.

Il quale aveva agganci al dipartimento di Scienze forensi dell'Accademia di Polizia. Rhyme aveva chiesto al giovane di procurarsi il consenso dei suoi professori a concedere l'aiuto delle reclute, sotto la supervisione di Marko. Malgrado ci fossero centinaia di campioni, poiché gli studenti a dare una mano erano tanti, ciascuno di essi non ne aveva più di cinque o dieci. Dovevano cercare i campioni più piccoli, presumendo che le quantità più grandi fossero materiali con i quali il Sosco aveva intenzionalmente sommerso la scena.

Per ore non c'erano state scoperte. Ma, un'ora prima, Marko aveva chiamato.

«Detective Rhyme, signore?»

Rhyme non si era disturbato a correggere l'appellativo. «Dimmi tutto.»

«Forse abbiamo trovato qualcosa. Abbiamo fatto come ci ha detto e stabilito le priorità in base alla quantità. Poi ci siamo concentrati sulle tracce più piccole. Le meno comuni appartenevano a vegetazione contenente tracce di urusciolo.»

«La tossina dell'edera velenosa o del sommacco» aveva detto Rhyme tutto d'un fiato.

Come fa a saperlo? si era chiesta Sachs, che non smetteva mai di stupirsi.

«Sissignore. E si trova anche nella quercia velenosa.»

«No, lascia perdere quella. Non se ne vede molta a Manhattan. Atteniamoci all'edera e al sommacco.»

Marko aveva aggiunto che la vegetazione era attaccata a frammenti di petali di fiori. Avevano assorbito piccole quantità di glifosato...

«Un erbicida usato per *uccidere* l'edera velenosa e il sommacco.»

«Sissignore» ripeté Marko. «Quindi l'assassino può aver trascorso del tempo in un giardino che è stato trattato di recente contro le piante velenose.»

Aggiunse un'altra scoperta. «Hanno trovato anche tracce di farina d'osso bovina nella terra attaccata alla vegetazione.»

«West Village» si era pronunciato Rhyme. «Fuoriuscite, pioggia, topi... trasportano ogni sorta di merce dal Meatpacking District, compresa la farina d'osso bovina.»

Aveva incaricato Sellitto di fare una ricerca dei parchi cittadini nella zona ovest del Greenwich Village, tutti quelli con un giardino floreale. «Ma solo quelli trattati di recente per le piante velenose.»

E i risultati della ricerca avevano portato qui, dove Sachs si trovava adesso, la Decima Strada Ovest. Il piccolo parco era circondato da case a schiera e palazzi di arenaria di tre, quattro e cinque piani, quasi tutti appartamenti.

Rhyme aveva spiegato la loro scoperta a Sellitto, che aveva ordinato la perlustrazione dell'area, dicendo agli agenti di pattuglia di fare attenzione a lavanderie, cucine e magazzini, dal momento che l'altra categoria di tracce in gioco erano i detergenti per la pulizia domestica.

«Improbabile» aveva borbottato il detective.

«È l'unica possibilità che abbiamo.»

Adesso erano le dieci e trenta di sera e gli agenti erano in giro a fare domande da mezz'ora.

Molti cittadini erano restii ad aprire la porta, perfino alla polizia o a qualcuno che *affermava* di essere la polizia. La lingua costituiva sempre un ostacolo e, anche una volta ammessi in casa, spesso gli agenti dovevano cercare di ispezionare le unità private, dal momento che alcuni edifici non avevano lavanderie comuni.

Sachs osservò una squadra fare irruzione in un palazzo di arenaria. Rimase a guardare: era quello il sito?

Ne uscirono pochi minuti dopo, contrariati.

«Niente?» le chiese con urgenza Rhyme.

«Niente.»

Le dita di Sachs scomparvero nella sua massa di capelli e affondarono ossessive nel cuoio capelluto. Smettila, disse a se stessa. Gestisci la tensione.

Affondò ancora un po'.

La pista sarebbe stata utile solo se avesse condotto a un altro crimine in corso di svolgimento. Se la traccia portava all'appartamento di Sosco 26 e la polizia bussava alla porta, il criminale poteva aprire, sorridere e dire: «No, signore, mai sentito di una Jane Levine. Le auguro la buonanotte».

Sachs guardò oltre le luci lampeggianti e vide Marko, in jeans, camicia e scarpe da corsa. Lui intercettò il suo sguardo, le rivolse un breve cenno di saluto e si girò di nuovo verso la scena, come per studiarla attentamente a futura memoria. Reggeva una sacca con la tuta da lavoro. Speriamo abbia la possibilità di usarla, pensò Sachs.

Poi la sua radio crepitò, la voce di una donna. «Portatile sette-sei-sei-tre. Ho qualcosa.»

«Va' avanti» rispose Sachs, identificandosi come detective.

L'agente di pattuglia spiegò che si trovava a un indirizzo a un isolato di distanza, sulla Decima Ovest. «Abbiamo un ordigno incendiario e una vittima vicino, immobilizzata. Abbiamo bisogno degli artificieri.»

«Sto arrivando» le disse Sachs mettendosi a correre. Poi, al microfono: «Centro, Rhyme» gli disse e, sforzandosi di ignorare il dolore alle ginocchia, corse più veloce. Marko la seguì, insieme a diversi altri agenti.

«Spiegati» disse Rhyme.

«Lo saprò presto» ansimò lei, con i piedi che battevano forte sul cemento.

Due minuti dopo arrivò al palazzo. Sellitto la raggiunse. Incontrarono l'agente di pattuglia che aveva chiamato, una paffuta ispanica, sulle scale all'ingresso. La donna era visibilmente scossa.

«La vittima è giù nel locale lavanderia. Ci sono esalazioni di gas dappertutto. Volevo andare da lei ma temevo di innescare l'ordigno.»

«Che tipo di gas?» domandò Rhyme, avendola sentita attraverso il microfono di Sachs.

Sachs ripeté la domanda all'agente.

«Carburante. Lui...»

«Vado dentro» disse Sachs.

«Sachs, aspetta...»

«Potrebbe esplodere da un momento all'altro» disse l'agente. «Io aspetterei gli artificieri.»

Intervenne Sellitto. «Li ho chiamati. Saranno qui tra cinque minuti.» La Squadra Artificieri era di base al Sesto Distretto.

Ma cinque minuti erano troppi. «Mi sto togliendo le cuffie, Rhyme. Potrebbero innescare scintille, non lo so, ma non voglio correre il rischio.»

«Sachs, aspetta...»

«Torno da te il prima possibile.»

«Amelia» cominciò Sellitto.

Sachs ignorò anche lui. Era combattuta sulla tuta di Tyvek. Al momento doveva presumere che la vittima fosse ancora in vita e che potesse bruciare viva da un momento all'altro. Lascia perdere la tuta. Non c'era tempo da perdere. Disse a Sellitto: «Se succede qualcosa» lanciò un'occhiata in direzione di Marko, che stava correndo verso il palazzo di arenaria, «fa' gestire a lui la scena. È bravo».

«Amelia» sbraitò Sellitto. «Lascia che se ne occupino gli artificieri.»

«Non posso, Lon. Non c'è tempo.»

Sachs si guardò i vestiti. Giaccone di lana. Creava più scintille di elettricità statica di altri tessuti? O meno? Non lo sapeva, ma se lo sfilò lo stesso. «Dov'è la vittima?» domandò all'agente ispanica.

«Sul retro ci sono delle scale. La lavanderia è nel seminterrato vicino al corridoio sulla destra. Ma...»

Sachs entrò di corsa nel palazzo, esclamando: «Tutti quanti, indietro di quindici metri».

Poi fu nei recessi in penombra del vecchio edificio e iniziò a scendere le scale che, a differenza di quelle dell'altra scena, erano relativamente pulite, anche se le lampadine in alto erano rotte.

La mano sulla Glock, esaminò lo stretto corridoio, sul quale si aprivano due porte: una, il locale lavanderia in cui si trovava la vittima, e l'altra più avanti, che conduceva a un magazzino o al vicolo dietro al palazzo, pensò Sachs.

Normalmente avrebbe prima perlustrato l'intero seminterrato, ma l'odore di carburante era fortissimo e il rischio di incendio imminente. Doveva agire in fretta.

Fece irruzione nella lavanderia, muovendo la pistola da una parte e dall'altra.

In fondo, legata con il nastro adesivo a una conduttura dell'acqua, c'era una donna sui trent'anni; indossava una tuta e aveva le spalle coperte di sangue, proveniente da una ferita alla testa. Ciocche di capelli biondo scuro erano impiastricciate di grumi cremisi. Aveva la faccia rossa di pianto e gli occhi sgranati per il terrore.

Sosco 26 aveva architettato un'altra morte prolungata. In questo caso, prima il terrore e poi il dolore... di morire arsa viva.

Su un alto scaffale contro la parete, sopra di lei, c'era un secchio di plastica. In un lato era stato praticato un foro dal quale colava il carburante, scorrendo lungo il muro e raccogliendosi in una pozza sul pavimento. La pozza andava verso la porta. E stava per raggiungere la caldaia. Sachs notò che si trattava di un modello a gas, quindi aveva una fiamma pilota. Da un momento all'altro, il gas sarebbe arrivato sotto di essa e i fumi avrebbero preso fuoco. La risultante palla di fuoco avrebbe incendiato ogni cosa e fuso il secchio di plastica; i quattro o cinque galloni di carburante infiammato avrebbero invaso tutta la stanza.

Venne avanti adagio. Strisciare i piedi o no? Avrebbe creato una scintilla di elettricità statica? Non poteva preoccuparsi di questo. Corse alla caldaia. Tenendo d'occhio il sistema, alzò una mano con grande cautela. La donna immobilizzata scosse la testa e lanciò un urlo sovrumano. Ma Sachs la ignorò e abbassò la levetta del gas.

Ci furono un sibilo e un leggero *plop*.

La fiamma pilota si spense.

Sachs pensò di spostare il secchio, ma era grosso e pesante. Avrebbe senz'altro versato del liquido, che poteva finire su una parte della caldaia ancora abbastanza bollente da incendiarlo.

La minaccia immediata non c'era più.

Tuttavia, la vittima stava scuotendo la testa come impazzita. Aveva gli occhi dilatati e dalla sua gola uscivano versi striduli, metà urla e metà parole.

Con il coltello a serramanico, Sachs tagliò con cautela il nastro che legava la donna alla conduttura. Esaminò la brutta ferita che aveva alla testa, guardandosi intorno per cercare qualcosa che fermasse l'emorragia.

Un altro verso di disperazione dalla gola della vittima. La sua testa si mosse ancora più frenetica.

Ah, forse stava soffocando.

Sachs le staccò il nastro dalla bocca e lo posò da un lato. L'avrebbe raccolto più tardi come prova. La vittima risucchiò aria disperatamente e cominciò a tossire. Alla fine riuscì a dire: «Dobbiamo andarcene! Fuoco!».

«È tutto a posto, la fiamma pilota...»

«Non quella. Lì!» Puntò un dito.

Lo sguardo di Sachs seguì rapidamente la direzione indicata.

Cos'era quello?

Un guizzo di ombra tremolante.

Si calò sulle ginocchia. Dietro la lavatrice c'era una bottiglia di Frappuccino di Starbucks con uno straccio infilato nel collo. Anch'essa era piena di benzina e l'improvvisato stoppino stava bruciando. La benzina che stava colando lungo la parete cominciava a raccogliersi attorno alla bottiglia.

Una molotov.

Oh, per l'inferno, il detonatore non era la fiamma pilota. Era la bottiglia.

Sachs afferrò la donna per le spalle. Si precipitarono alla porta.

E poi, l'esplosione.

5

«Sachs!» stava urlando Lincoln Rhyme al microfono. Era nel laboratorio-salotto, circondato da un numero esorbitante di contenitori di reperti. Non si era mosso molto; era difficile spostarsi.

Lanciò un'occhiata a Thom, anch'egli al telefono nel tentativo di raggiungere qualcuno al posto di comando per avere aggiornamenti. Non rispondevano né Sellitto né Ron Simpson.

Il rapporto dalla scena riferiva che c'era stata un'enorme esplosione nel seminterrato della casa a schiera che Sachs stava perlustrando. Gli inquilini e i loro animali erano stati messi in salvo, così come il grosso dell'edificio; l'incendio era quasi estinto. Ma Sachs e la vittima, entrambe nel locale lavanderia, dov'era piazzato il dispositivo, erano irreperibili.

Rhyme era furioso con lei per non aver aspettato gli artificieri.

«È il loro fottuto lavoro» borbottò, attirandosi un'occhiata perplessa dal suo assistente che, naturalmente, non sapeva con chi ce l'avesse.

Chiamò Lon Sellitto ma il detective non rispose.

«Maledizione!»

I rapporti di polizia e vigili del fuoco si rincorrevano.

Oh, Gesù Cristo...

E poi, finalmente, «Rhyme...».

«Sachs! Dove sei? Cos'è successo?»

«Aspetta un...»

«Non aspetto proprio niente. Che diavolo è successo?» Rivolse un cenno del capo a Thom, che aveva riattaccato alla sua chiamata in attesa.

«Stiamo bene. La vittima e io siamo uscite dal retro. Abbiamo raggiunto il corridoio poco prima che esplodesse.»

Continuò descrivendo cosa aveva architettato il Sosco.

«Volevo raccogliere alcune prove, Rhyme. Qualsiasi cosa. Stavolta non c'era contaminazione. Ma non ne ho avuto la possibilità.»

«Stai bene?»

«Sì, stordita per le esalazioni, il fumo.»

«La vittima?»

«Lo stesso. Le stanno dando l'ossigeno. Ha respirato quella roba più a lungo di me.»

«Ha visto qualcosa?»

Sachs spiegò che, come nell'omicidio sulla Ventiseiesima Strada, l'assassino l'aveva colpita da dietro e immobilizzata con il nastro adesivo, poi aveva assemblato la bomba.

«Stessa cosa, Rhyme. Era lenta. Come se volesse che lei pensasse alla morte che avrebbe fatto. Lon la sta interrogando.»

«Torna subito qui, Sachs. Abbiamo appena inflitto al nostro Sosco la sua prima sconfitta e probabilmente la cosa non gli fa molto piacere. E quel giovane, Marko? È lì?»

«È arrivato sul posto dall'Accademia. Percorreremo insieme la griglia. Non che ci sia granché da raccogliere.»

«Be', digli che ha fatto un buon lavoro» disse Rhyme concludendo la chiamata. Malgrado sembrasse un elogio alquanto fiacco, detto da Rhyme era un complimento notevole.

A mezzanotte Sachs, Sellitto e Cooper erano nel salotto.

Al contrario della scena precedente, il luogo del tentato omicidio sulla Decima Strada aveva prodotto ben poche prove; Sachs aveva potuto portarle tutte quante da sé in un solo cartone.

Sellitto aveva interrogato a lungo la vittima, Simone Randall. Come Jane Levine della prima scena del crimine, la donna non aveva nemici, di sicuro nessuno che avrebbe fatto una cosa del genere. Lavorava come assistente nel campo dello spettacolo. Lei e il suo capo erano appena tornati da una riunione sulla West Coast. Simone non aveva idea del perché qualcuno le avesse fatto questo e al suo arrivo non aveva visto alcunché di minaccioso. Aveva detto a Sachs delle altre persone in strada quando era scesa dal taxi: due tizi che limonavano e una barbona. Gli agenti di pattuglia erano andati a fare domande in giro ma senza risultati. Sachs aveva anche contattato il capo di Simone, che l'aveva lasciata davanti all'appartamento, ma neanche lui aveva visto niente, a parte le tre persone nominate dalla donna.

La vittima aveva aggiunto che pensava di aver visto qualcuno osservare il palazzo con il binocolo di tanto in tanto nel corso dell'ultimo mese, dal giardino nel parco dall'altro lato della strada, ma forse era solo uno che faceva bird watching.

«Dove il nostro Sosco ha raccolto le prove vegetali e il terreno» osservò Rhyme.

Ma Simone non aveva visto chiaramente quella persona.

«Questo è quanto. Zero. Niente» disse Sellitto.

«Diavolo» borbottò Rhyme, facendo marcia indietro e arenandosi contro un mucchio di sacchetti per le prove contenenti posate di plastica. Con i resti di cibo e bevande che iniziavano a decomporsi, un odore malsano cominciava a invadere il salotto.

Non ricordava un caso che l'avesse scoraggiato tanto.

Thom osservò il suo capo e disse: «Vorrei che tu dormissi un po'».

«Bene» sbottò Rhyme, «"vorrei" significa che non lo vuoi ancora.»

«Lincoln.» Thom era pacato ma fermo, nella sua modalità assistente/mamma chioccia. Il criminologo non aveva voglia di discutere. Inoltre Thom di solito aveva ragione sullo stato fisico di Rhyme, anche se questi non voleva ammetterlo. L'aspettativa di vita per le persone con un simile grado di tetraplegia può essere inferiore a quella della popolazione generale, e Rhyme doveva ringraziare Thom se era ancora vivo... e in relativa salute.

Ed *era* esausto.

«Venti minuti, per favore.»

«"Per favore"» ripeté Thom fingendo choc. «Non sembrava sincero.»

Non lo era.

Ma, per come stavano le cose, perfino venti minuti erano troppi.

In pratica non c'erano prove, niente da analizzare, nessuna conclusione da trarre.

Il Sosco era stato in gamba quanto sulla scena precedente.

L'incendio faceva sì che non ci fosse niente per risalire a casa sua, al luogo di lavoro o a future aggressioni. Le fiamme avevano trasformato quasi ogni cosa in cenere e l'acqua dei vigili del fuoco aveva mescolato indizi e materiali estranei, producendo un'inutile poltiglia nera. Rhyme era sicuro che i pochi resti riconoscibili – la bottiglia di Frappuccino, il nastro adesivo, i fiammiferi – provenissero dalla spazzatura.

Perfino un'analisi della benzina aveva rivelato un carburante generico senza marca, che poteva essere stato acquistato in una delle cinquecento pompe della zona.

Ah, fuoco, rifletté cinico Rhyme.

Come aveva scritto nel suo manuale:

> Il fuoco è uno dei modi migliori per distruggere tracce, impronte di scanalature di frizione e di scarpe e stivali. Per ricavare indizi, gli investigatori devono basarsi sui reperti provenienti da vie di entrata e uscita e sull'analisi chimica dell'accelerante e del detonatore.

E per quanto riguardava le cose che potevano essere d'aiuto: impronte di scarpe lungo le vie d'entrata e d'uscita dell'assassino? E segni di attrezzi dove aveva scassinato le serrature? Certo, aveva indossato guanti e soprascarpe e aveva previsto che ogni indizio rivelatore sarebbe stato distrutto dai pompieri che irrompevano nell'edificio, brandendo asce e abbattendo porte.

Esattamente quello che era successo.

«Lincoln» disse Thom.

Il momento di grazia era terminato. Tempo di andare a letto.

Forse al mattino gli sarebbe venuto in mente qualcosa.

6

Ma l'alba giunse senza brillanti intuizioni riguardanti Sosco 26.

E nessuna a mezzogiorno... né nel tardo pomeriggio.

Non potevano più impiegare i potenti mezzi dell'Accademia di Polizia per analizzare le enormi quantità di reperti dalla scena sulla Ventiseiesima Strada, anche se il capo della Scientifica aveva acconsentito a concedere dei tecnici in più. Marko aveva preso il grosso dei materiali raccolti dal laboratorio di Rhyme per portarli a quelli del Queens.

Ma le ore passavano e tutti gli aggiornamenti erano variazioni sullo stesso tema: ci sono troppe prove.

Gli indizi non avevano mai messo in difficoltà Rhyme tanto quanto in questo caso. Aveva costruito l'intera vita professionale sulla ricerca della verità tramite le prove fisiche. Anzi, disprezzava altre forme di indagine. I testimoni mentivano, i moventi erano poco chiari, i ricordi vividi completamente sbagliati.

Il Principio di Locard...

Alle sei del pomeriggio, Mel Cooper, Sachs e Rhyme erano ancora impegnati in laboratorio, facendo quello che potevano con le diverse centinaia di campioni che restavano ma senza registrare alcun progresso.

Ce ne sono troppi...

Rhyme fece per prendere uno dei sacchetti con i campioni piliferi. «Continuiamo con i follicoli e il CODIS.» Il consolidato database che conteneva campioni di DNA di decine di migliaia di criminali.

Ma lo rimise giù e si allontanò dalla postazione di lavoro. La sua espressione doveva essere parecchio inquieta. Anche Sachs interruppe l'analisi di un foglio di carta, andò dietro di lui e gli massaggiò le spalle, rigide come pietra.

Era una bella sensazione...

Ma non portava via la frustrazione.

Rhyme osservò i reperti perlopiù inutili, sforzandosi di pensare a un diverso approccio. Era chiaro che le classiche procedure da manuale per gestire un caso dal punto di vista forense non avrebbero funzionato.

Cos'altro poteva...?

Il manuale.

«Sachs!»

«Cosa c'è?» Sachs smise di massaggiarlo e andò a mettersi di fronte a lui.

«Il manuale. Pensa a quello che ho detto negli ultimi due giorni. Il mio manuale.»

La tabella delle prove sembra il sommario del mio dannato libro...

Sachs annuì. «È come se sapesse tutto di prove e scene del crimine, l'ha imparato dal tuo libro.»

Rhyme indicò la tabella. «C'è un capitolo per ciascuna di quelle categorie di raccolta e analisi delle prove. E ho scritto sezioni riguardanti contaminazione, eccesso di prove e incendio come mezzo per distruggerle. Qualcuno che ha comprato o preso in prestito il manuale è il nostro uomo.»

«Quante copie hai venduto?» domandò Cooper. Conosceva bene il libro; era uno di quelli a cui era dedicato.

«Circa ventimila.»

«Ben poco utile, allora.»

Rhyme rifletté. «Non ne sono tanto sicuro. Le persone non vanno a raggomitolarsi sotto le coperte con il mio libro nelle fredde notti d'inverno come farebbero con *Harry Potter* o uno di quei libri sui vampiri, no? Il grosso delle vendite sarà presso le forze dell'ordine. Ma mettiamole da parte per il momento, è troppo ovvio, troppo rintracciabile. Quelli con una specializzazione forense dovrebbero essere le prime persone da controllare.»

«Molliamo tutto e contattiamo editori e rivenditori.»

«Come escludiamo le vendite alle forze dell'ordine?» domandò Cooper.

«Chiunque lavora per il governo ottiene uno sconto, perciò procuriamoci un elenco di tutti gli acquirenti che hanno pagato il prezzo pieno.»

Sachs osservò: «Ma, come hai appena detto tu, potrebbe essere stato preso in prestito. Potrebbe essere stato comprato in contanti in un negozio o rubato».

«Forse, ma erano poche le librerie che lo avevano. È stato venduto soprattutto online. E per quanto riguarda il prestito, solo perché qualcosa è improbabile non è una ragione sufficiente per non approfondire. Non credo abbiamo molta scelta, a ogni modo.»

«Intervallo temporale per le vendite?» chiese Cooper.

«Andrei indietro di un anno. Le vendite si sono impennate dopo quel documentario per la A&E; un sacco di persone l'hanno visto, mi hanno cercato su Google e hanno comprato il libro.» Rhyme teneva la testa protesa in avanti, si sentiva euforico. Era a caccia e sapeva che il suo cuore stava battendo forte: ne avvertiva la sensazione nel collo e nella testa, non nel torace insensibile.

«Inoltre, ritengo che uno non compri un libro che lo aiuti a progettare un omicidio e poi aspetti due anni. Quest'uomo si muove in fretta.»

«Sembri alquanto psicologico, Rhyme» commentò Sachs ridendo. «Quasi come se stessi tracciando il suo profilo.»

Una pseudoscienza, a parere di Rhyme. Ma replicò con aria di sufficienza: «Chi l'ha detto che gli scienziati forensi non possono tenere conto della natura umana? Tutto qui. Mettiamoci al lavoro. Chi ha sborsato centoventi dollari per le mie sagge parole, più spedizione e trasporto?».

Nel giro di tre ore si procurarono un elenco approssimativo da case editrici, rivenditori online e librerie professionali. Sessantaquattro persone nell'area di New York avevano comprato il manuale nell'ultimo anno, pagando il prezzo pieno.

«Ahi» borbottò Cooper. «Sessantaquattro? È un vicolo cieco.»

«Niente affatto» mormorò Rhyme, studiando la lista. «Io direi che è solo un ostacolo temporaneo.»

Okay, era un buon partito.

Vicki Sellick probabilmente non avrebbe pensato a lui in quei termini. Ma Joan e Alaki del lavoro li avevano raggiunti per un drink quella sera ed entrambe le avevano rivolto discreti sguardi di approvazione. Joanie aveva bisbigliato: «Vai, ragazza! Ne hai acchiappato uno buono».

Oh, basta...

Ma sì, pensò adesso Vicky, avevano ragione.

L'uomo che frequentava era gentile, attraente, aveva un lavoro fantastico e le due volte che aveva passato la notte da lei avevano trascorso momenti... be', magnifici. Erano una coppia concreta, in sintonia dal punto di vista politico (democratici moderati), atletici e amanti della vita all'aria aperta. Entrambi avevano alle spalle un divorzio difficile. Certo, lui lavorava fino a tardi, ma anche lei, avvocato di Wall Street. E lui era più vecchio, sui cinquantacinque, ma sembrava parecchio più giovane. Inoltre Vicki, trentasette anni, aveva smesso ormai da qualche tempo di usare l'età come discriminante per potenziali partner; una delle sue decisioni migliori nel folle mondo delle relazioni.

In quel momento lui accostò la Jaguar al marciapiede davanti all'appartamento di lei e, senza esitazioni, la prese tra le braccia, baciandola con decisione.

Vicki si era chiesta se quella sarebbe stata la terza notte che avrebbero passato insieme, e probabilmente sarebbe andata così, ma lui aveva un aereo alle sei del mattino seguente, un viaggio d'affari. La sua assistente non era disponibile per un motivo o per l'altro, perciò doveva prepararsi per il meeting da solo.

Ma non c'era niente di male nel prendere le cose con calma.

Lei ricambiò con un bacio ancora più appassionato.

«Sarò di ritorno tra due giorni» mormorò lui. «Ci vediamo allora?»

«Ci sto.» Un altro bacio suggellò il patto.

«Ti accompagno di sopra» le disse, indicando con la testa il suo palazzo.

Ma Vicki doveva prendere il latte e altre cose all'alimentari in fondo alla strada, perciò si baciarono ancora per un po'.

«Notte, James. Chiamami se puoi» sussurrò.

«Oh, avrai mie notizie» disse lui, strofinando il naso contro il suo orecchio. Vicki scese dall'auto sportiva e l'uomo ripartì a gran velocità.

Dieci minuti dopo, sacchetti della spesa in mano, Vicki tornò a casa sua, una vera occasione in cui abitava da qualche anno. Aveva avuto la fortuna di trovare una bifamiliare agli ultimi due dei quattro piani dell'edificio e raggranellato abbastanza denaro per comprarla subito. La casa era un rifugio dal caos e dalle pressioni della legge di Wall Street.

Su per le scale del secondo piano, poi il terzo.

Mmh, la luce del corridoio era spenta qui. Strano, visto che la manutenzione nell'edificio era impeccabile. Sembrava che la lampadina fosse caduta, finendo in pezzi. Proseguendo per il quarto piano, dov'era l'ingresso della sua unità abitativa, cercò in tasca il telefono, pensando di chiamarlo.

No, avrebbe aspettato. Entra, fa' una doccia, un ultimo bicchiere di vino. Lasciò il telefono dov'era e prese le chiavi. Forse...

Poi il mondo divenne nero e un'esplosione di dolore le trafisse la testa; mentre piombava in avanti, sentì che le chiavi le venivano sfilate dalle dita.

7

«Penso di averlo trovato» disse Rhyme, osservando la lista delle vendite del libro.

Lon Sellitto li aveva raggiunti e aveva una squadra mobile pronta a partire, se la teoria del manuale di Rhyme avesse dato risultati.

Il criminologo continuò: «Una settimana dopo che lo speciale è andato in onda, un certo James Ferguson, 734 Sessantottesima Strada Est, ha comprato una copia del mio libro. Non fa parte delle forze dell'ordine. Ha barrato la casella relativa alla ricerca professionale».

«Ferguson» disse Sachs. «Suona familiare.»

«Sì, sì, sì!» intervenne Sellitto. «L'ho interrogato io. È il capo di Simone Randall, la seconda vittima. L'ha accompagnata in taxi circa mezz'ora prima che fosse aggredita.»

«Passalo al setaccio, Mel. Voglio sapere se frequenta un centro sportivo. E, Sachs, scopri quale palestra frequentava la prima vittima.»

Sellitto annuì. «Giusto, ottima idea. Il ragazzo della vittima ha detto che aveva frequentato qualcuno della palestra, credo.»

Nel giro di cinque minuti ebbero la risposta. Sia Ferguson sia Jane Levine frequentavano il Lower Manhattan Health and Tennis Club.

«Allora è lui il nostro uomo. Classico seriale. Troviamolo e prendiamolo» disse Sellitto, mettendo mano al telefono.

«Un momento, Lon» lo fermò Rhyme. «Non è così semplice.»

E Rhyme fece qualcosa che mai avrebbe pensato di fare: cominciò a leggere le dichiarazioni dei testimoni, ignorando del tutto la tabella delle prove.

Sto morendo, pensò Vicki.

Perché... perché?

Ma non aveva idea di chi ci fosse dietro e quindi non *conosceva* il perché.

Sapeva solo che lo stronzo che l'aveva colpita alla testa e legata lassù stava andando in giro in casa sua. Sentiva cassetti che si aprivano, porte che si chiudevano.

Una rapina?

In casa non aveva niente di vero valore...

Trattenne le lacrime. Il nastro adesivo era ben stretto sulla bocca e, se avesse pianto ancora, il naso le si sarebbe tappato, soffocandola. Era distesa nella grande vasca da bagno vittoriana, le mani legate dietro la schiena e i piedi, anch'essi bloccati con il nastro, che penzolavano oltre il bordo. Le luci erano spente e le imposte chiuse. Era praticamente buio.

Vicki urlò attraverso il nastro. Un suono patetico che nessuno avrebbe potuto sentire. Era all'ultimo piano di casa sua. L'aveva preso tutto per sé e l'inquilina più vicina, ammesso che fosse in casa, era due piani più in basso.

Poi, silenzio per un momento. Infine un suono leggero.

Cos'era? Era...?

Emise un verso strozzato quando la porta si aprì e avvertì una presenza. L'intruso, un'ombra, entrò, si fermò... e aprì l'acqua.

No! Vicki si dimenò per uscire dalla vasca ma la posizione e il nastro adesivo che la bloccava glielo impedivano. L'aggressore se ne andò, chiudendo la porta.

L'acqua gelida continuava a salire.

Stavolta Amelia fu la prima sulla scena.

Ed era momentaneamente sola. I rinforzi sarebbero arrivati presto ma Rhyme aveva deciso che non c'era tempo da perdere:

il criminale – non più un Sosco a questo punto – aveva superato una linea di confine e stava agendo più in fretta. Dovevano presumere che un'altra vittima fosse sul punto di morire.

Si fermò sbandando nella strada in cui abitava Vicki Sellick e si precipitò alla porta d'ingresso del palazzo, senza neanche sentire le fitte dell'artrite. Mandati o preavvisi erano fuori questione. Il tempo era troppo cruciale. Con il calcio della Glock ruppe il vetro della porta, la aprì e fece irruzione.

Con l'arma spianata, corse all'appartamento all'ultimo piano e aprì la porta a calci, mettendosi a cercare in tutta fretta. Trovò la vittima nella vasca da bagno: come la Prius, un oggetto innocente reso mortale.

Guardò in basso. L'acqua aveva quasi raggiunto la faccia di Vicki e il suo frenetico dimenarsi peggiorava la situazione, dato che gli schizzi le finivano nel naso. Stava soffocando e tossiva, paonazza in volto.

Sachs la afferrò per la camicetta e la tirò di peso fuori dall'acqua, poi le staccò il nastro dalla bocca.

«Grazie, grazie!» farfugliò Vicki. «Ma stia attenta! Lui potrebbe essere qui...»

Il coltello a serramanico riapparve e, dopo qualche istante di cauta chirurgia, mani e piedi della donna furono liberi. Sachs le avvolse un asciugamano attorno alle spalle.

«Dove?»

«L'ho sentito due minuti fa, al piano di sotto! Non sono riuscita a vederlo. Mi ha colpita da dietro.»

Poi uno schianto di vetri dal corridoio, vicino al retro dell'edificio, una finestra che si rompeva. «Cosa c'è là dietro?»

«L'uscita antincendio che dà sul vicolo.»

Sachs corse alla finestra e vide l'ombra di una figura che, incerta, si guardava a destra e a sinistra. Disse a Vicki di chiudersi a chiave nel bagno, i rinforzi sarebbero arrivati da un momento all'altro: sentiva le sirene in lontananza. Poi si precipitò giù per le scale fino al secondo piano. Attraversò anche lei la finestra rotta, dopo aver escluso in fretta la presenza di minacce.

L'ombra era sparita.

Scese in fretta le scale. Poi si fermò. Un breve sospiro. Come spesso accadeva in città, la rampa antincendio non arrivava fino a terra, così dovette lasciarsi cadere per più di un metro sull'acciottolato del vicolo, facendo una smorfia di dolore quando atterrò.

Ma rimase in piedi e si girò verso la parte più buia del vicolo.

Percorse tre metri prima che l'ombra ricomparisse dietro di lei.

Rimase pietrificata.

Il giovane agente della Scientifica, Marko, guardava nella sua direzione. Era armato.

Sollevò la pistola verso Sachs, scuotendo la testa quasi rasata. Sul volto aveva un sorriso leggero ma deciso. Freddo, tuttavia. Di vittoria. Probabilmente l'espressione di un cecchino prima di fare fuoco per uccidere un generale nemico.

8

Sorprendentemente silenzioso per un uomo così robusto, Marko si avvicinò e si indicò le labbra scuotendo la testa, per indicarle di fare silenzio.

Sachs non mosse un muscolo.

Poi Marko indicò dietro di lei. E, all'improvviso, urlò: «Tu! Sotto le coperte. Ci sono due agenti di polizia qui. Siamo armati. Fammi vedere le mani».

Sachs guardò alla sua sinistra. Notò il covo di un senzatetto: coperte, mucchi di vestiti, cartoni di cibo, carrello della spesa, bottiglie vuote, libri e riviste. All'inizio non vide nessuno. Ma poi scorse una forma umana raggomitolata in una lurida trapunta. Una donna. Sachs lanciò un'occhiata a Marko, il quale annuì, e anche lei puntò la pistola sulla donna, anche se non aveva idea di cosa stesse accadendo.

«Fammi vedere le mani!» gridò Marko.

E, lentamente, la figura di mezz'età si alzò, con un'espressione di rabbia e odio sul volto. Sachs venne avanti e ammanettò l'indiziata, che sbraitò: «Voi non capite. Voi non avete idea di cosa mi ha fatto. Mi ha rovinato la vita!».

«Sì, signora» disse Marko e lanciò un'occhiata a Sachs, che lesse alla donna i suoi diritti. La donna si mise a sedere continuando le sue farneticazioni mentre i due agenti perquisivano il rifugio.

«Come l'hai individuata?» volle sapere Sachs. «Il profilo che Rhyme aveva tracciato indicava qualcuno del ceto medio, che viveva in un bel posto nell'Upper East Side.»

Marko annuì. «Indumenti da barbona, ma non le scarpe.» Sachs la osservò. Vero, un vestito sporco e strappato. Ma belle Joan & David ai piedi. Inoltre aveva il viso pulito e truccato.

«Bel colpo.»

«Grazie, signora.»

«"Amelia" va bene.»

«Certo.»

Recuperarono la borsa della donna e qualche altro oggetto. In particolare, una pistola, con la quale probabilmente avrebbe sparato alla schiena di Sachs, se Marko non fosse arrivato sulla scena tanto presto.

Bel colpo...

Trovarono anche un libro consumato per l'uso, pieno di Post-it.

Guida completa alla raccolta e all'analisi delle prove.

Il manuale di Rhyme.

L'autore dei crimini era l'ex moglie di James Ferguson.

In questo caso, ammise Lincoln Rhyme, quest'*unico* caso, il movente era un ottimo indizio e li aveva condotti al colpevole. Si trattava di vendetta. Ferguson, insieme a Sachs, Sellitto e Marko, era a casa di Rhyme per fornire i dettagli di quanto il criminologo aveva dedotto un'ora prima. Spiegò che aveva divorziato dalla prima moglie, Linda, circa un anno prima. Lei era diventata sempre più aggressiva e instabile, paranoica. La donna sapeva che la carriera era importante per lui sin da prima di sposarlo, tuttavia non gli perdonava le lunghe giornate lavorative e l'ossessione per i suoi progetti di produzioni televisive. Era anche convinta che avesse relazioni con le assistenti.

Ferguson rise amareggiato. «Giornate di dodici ore non lasciano molto tempo o energia per quel genere di cose.»

Dopo il divorzio, le condizioni mentali ed emotive di Linda si erano aggravate, aggiunse Ferguson, anche se non gli era mai passato per la mente che potesse diventare violenta.

Ma lo era diventata. Architettando un bizzarro piano per pareggiare i conti con Ferguson, perseguitando e uccidendo alcune delle donne che lui frequentava o conosceva. Si vestiva come una senzatetto per non farsi notare, accampandosi nei pressi degli appartamenti delle vittime prefissate per ricavare dettagli sulle loro vite. Poi aveva tentato di ucciderle usando come schema il manuale di Rhyme, sia per coprire tracce personali sia per spostare l'attenzione su Ferguson, dal momento che il suo acquisto di una copia del manuale era documentato.

L'ultimo passo, quella sera, sarebbe stato piazzare prove che implicavano l'ex marito nell'appartamento di Vicki Sellick. Un intero capitolo del libro di Rhyme riguardava le prove lasciate intenzionalmente su una scena per determinare la colpevolezza di qualcuno.

Rhyme guardò il manuale, chiuso in un sacchetto per le prove. «Perché l'ha comprato?»

Ferguson spiegò che, essendo produttore di documentari TV, guardava quanti più programmi della concorrenza potesse. «Ho visto l'episodio su A&E a proposito di quell'omicidio in Florida, dove lei parlava delle prove. Ho pensato che fosse geniale e che la mia società forse poteva fare qualcosa su quella falsariga. Così ho ordinato il suo libro. Ma non sono mai riuscito a mettere su il programma. Sono passato ad altre cose.»

«E sua moglie sapeva del libro?» domandò Sellitto.

«Immagino di averle detto del progetto e che lo stavo leggendo. È stata di tanto in tanto nel mio appartamento nell'ultimo anno. Deve averlo rubato una volta che è passata.» Si rivolse a Rhyme. «Ma perché *non* ha pensato che fossi io, come aveva progettato lei?»

«All'inizio sì» rispose Rhyme. «Ma poi ho concluso che usare come modello per un omicidio un libro che poteva far risalire alla propria identità non era una mossa intelligente. Ma sarebbe stata *molto* intelligente se a usarlo fosse stato qualcun altro. E chi ha architettato questo è stato geniale.»

«Ha tracciato il suo profilo» disse Sachs con un sorriso.

Rhyme fece una smorfia.

Sellitto aveva parlato con Ferguson e appreso del brutto divorzio, cosa che aveva fatto intuire loro che dietro a tutto poteva esserci la sua ex moglie. Avevano anche saputo che l'uomo aveva appena accompagnato a casa Vicki Sellick, la donna che frequentava.

Avevano cercato di chiamare la donna ma, quando non aveva risposto al telefono, Sachs e la squadra si erano precipitati sul posto per verificare se fosse stata vittima di un'aggressione.

«Era fuori di testa» mormorò Ferguson. «Folle.»

«Ah, follia e genialità non si escludono a vicenda» replicò Rhyme. «Penso che possiamo essere d'accordo su questo.»

Poi Marko si sfregò la testa e rise. «Mi sorprende che non abbia sospettato di me. Voglio dire, ci pensi. Sono stato il primo sulla scena dell'omicidio sulla Ventiseiesima, conosco le scienze forensi, ho seguito il suo corso e si capiva che avevo letto il suo libro.»

Rhyme grugnì. «Be', spiacente, ragazzo, ma tu *eri* un sospetto. Il primo.»

«Io?»

«Certo. Per i motivi che hai appena elencato.»

Sellitto intervenne. «Ma Linc mi ha chiesto di fare un controllo su di te. Eri nel laboratorio del Queens, a lavorare fino a tardi, quando la prima vittima è stata uccisa.»

«Dovevamo controllare. Senza offesa» disse Rhyme.

«Nessun problema, signore... Lincoln.»

«D'accordo» borbottò Sellitto. «Ho delle scartoffie da sbrigare.» Se ne andò con Ferguson, che si sarebbe recato alla Centrale per rilasciare la sua deposizione. Anche Marko se ne andò per la notte.

«È il nome o il cognome?» domandò Rhyme.

«Non lo so» rispose Sachs.

Un'ora dopo, Sachs aveva finito di impacchettare gli ultimi sacchetti, contenitori e scatole perché fossero trasportati al deposito delle prove del Queens.

«Dobbiamo assolutamente far arieggiare questo posto» borbottò Rhyme. «Puzza come un vicolo qui dentro.»

Sachs era d'accordo. Spalancò le finestre e versò a entrambi un Glenmorangie. Si lasciò cadere sulla poltroncina di rattan accanto alla Storm Arrow di Rhyme. Lo scotch di lui era in un bicchiere alto con la cannuccia. Glielo sistemò in un supporto per bevande vicino alla bocca. Rhyme aveva una buona mobilità di braccio e mano destra, grazie alla chirurgia, ma stava ancora lavorando sul controllo dei piccoli movimenti e non voleva rischiare di versare un prezioso single malt.

«Allora» disse Sachs, osservandolo con un luccichio negli occhi.

«Hai l'aria civettuola, Sachs.»

«Be', stavo solo pensando. Ammetterai finalmente che l'attività di polizia non è fatta solo di prove fisiche?»

Rhyme rifletté per un momento. «No, non credo.»

Lei rise. «Rhyme, abbiamo chiuso questo caso grazie a deduzioni basate su dichiarazioni di testimoni e osservazioni... e un po' di profiling. Le prove non hanno avuto alcun ruolo.»

«Ah» replicò Rhyme, «ma c'è una falla nel tuo ragionamento, Sachs.»

«E cioè?»

«Quelle deduzioni e osservazioni sono derivate tutte dal fatto che qualcuno ha comprato un mio manuale, giusto?»

«Vero.»

«E di cosa parlava il libro?»

Lei fece spallucce. «Prove.»

«Ergo, le prove fisiche sono state la base per chiudere il caso.»

«Non hai proprio intenzione di cedere, eh, Rhyme?»

«Lo faccio mai?» chiese lui e, posando la mano su quella di Sachs, si godette un lungo sorso del torbido liquore.

V

PARADICE

Da un lato c'era la roccia, scura come un vecchio osso. Dall'altro un salto di trenta metri.

E davanti, un pickup Ford, uno di quei modelli costosi, di un piacevole blu navy. Scendeva lungo il ripido pendio, procedendo adagio. Autista e passeggero si godevano il paesaggio del Colorado.

Aveva tre opzioni: roccia, aria, pickup.

Che non era granché, come modo di morire.

John Pellam spinse di nuovo il piede sinistro sul freno di emergenza. Si abbassò di un'altra tacca. Le pastiglie grattarono violentemente, rallentando ben poco il grosso camper. Andava quasi a cento all'ora.

Scalò le marce. Il cambio stridette e la scatola minacciò di spaccarsi. Non perdere i pezzi, disse a se stesso. Riportò la leva sulla D.

Cento chilometri all'ora... centoquindici...

Aria. Roccia.

Centoventi.

Pickup.

Sceglìne uno, pensò Pellam. Gli venne un crampo al piede quando, d'istinto, schiacciò al massimo l'inutile pedale del freno. Cinque minuti prima, al volante dello scoppiettante camper aveva risalito Clement Pass, nei pressi di Walsenburg, tre ore a sud di Denver, ammirando il severo, maestoso paesaggio di quella fresca mattina primaverile. C'era stato un sommesso sibilo, il piede era andato a vuoto e il Winnebago aveva cominciato la sua corsa folle.

Dal piccolo stereo sul sedile passeggero, Kathy Mattea cantava *Who Turned Out the Light?*

Pellam strizzò gli occhi mentre precipitava verso il pickup, suonando il clacson, accendendo i fari perché il guidatore si accorgesse di lui e si spostasse. Colse uno scorcio di occhiali da sole nello specchietto retrovisore del Ford. Il conducente, con un cappello da cowboy marrone, si girò di scatto per vedere quanto realmente vicino fosse il camper. Poi si girò di nuovo in avanti, stringendo con forza il volante.

Aria, pickup...

Pellam scelse la montagna. Si spostò sulla destra, pensando che forse poteva strisciare contro la roccia, la macchia e i pini e rallentare quel tanto che bastava per non morire in uno scontro frontale con un albero. Forse.

Ma proprio mentre sterzava, il conducente del pickup fece d'istinto la stessa manovra, virando sulla destra, per fuggire sul ciglio della strada. Pellam lanciò un'imprecazione e girò il volante a sinistra.

Il conducente del Ford fece altrettanto. Come una di quelle piccole danze che fa la gente cercando di dare la precedenza all'altro sul marciapiede. Entrambi i veicoli virarono a destra e poi di nuovo a sinistra mentre il camper sfrecciava verso il pickup blu. Pellam scelse di restare sulla corsia di sinistra, sul ciglio della scarpata. L'altro sterzò a destra. Ma era troppo tardi; il camper lo colpì nella parte posteriore – schegge di plastica rossa e trasparente si sparpagliarono sull'asfalto – incastrandosi nel gancio da rimorchio del pickup.

L'impatto portò la velocità a centotrenta.

Pellam guardò oltre il tettuccio del Ford e vide il punto in cui la strada spariva in una curva poco meno di un chilometro più avanti. Se non fossero riusciti a rallentare, i due veicoli sarebbero finiti nel vuoto come nella migliore tradizione delle più banali scene di inseguimenti d'auto.

Maledizione. Non era tutto: un nuovo rischio, un ciclista. Una donna, sembrava, su una mountain bike. Aveva uno di quei caschi a forma di conchiglia, color pistacchio, vestita di nero, un pesante zaino sulle spalle.

Non aveva idea della minaccia che incombeva su di lei.

Per un momento il pickup ondeggiò fuori controllo, ma poi raddrizzò la rotta. Il conducente sembrava guardare più Pellam che la strada davanti a sé. Non aveva visto la bici.

Centoquindici chilometri all'ora. Seicento metri alla curva.

E una trentina di metri dalla ciclista.

«Attento!» urlò Pellam. Inutilmente.

Il conducente del pickup iniziò a frenare. Il Ford prese a vibrare violentemente. Rallentarono di qualche chilometro orario.

Forse la curva non era così stretta. Si sforzò di leggere un cartello giallo di pericolo.

Il disegno mostrava un tracciato a tornanti di 180 gradi. Un cartello più piccolo imponeva di prendere le curve a quindici chilometri orari.

Ma sarebbero piombati sulla ciclista nel giro di pochi istanti. Senza rendersi conto dei veicoli che sfrecciavano verso di lei, procedeva a zigzag lungo la corsia di destra, evitando i sassi. E in procinto di finire schiacciata a morte. Alcuni ciclisti avevano minuscoli specchietti retrovisori attaccati al casco. Lei no.

«Guarda!» urlò di nuovo Pellam, gesticolando.

Se il conducente vide o meno il gesto, Pellam non sapeva dirlo. Ma il passeggero lo vide e indicò.

Il pickup scartò a sinistra. Altro stridore di freni. Il camper si sollevò sul gancio di traino. Era come preso all'amo. Mentre la superavano a gran velocità, la ciclista, a bocca aperta per lo choc, si spostò sull'estrema destra e, slittando, riuscì a frenare.

Una tragedia scampata. Ma l'altra incombeva ancora.

Erano a circa trecento metri dai tornanti.

Pellam sentì di nuovo le vibrazioni dei freni all'opera. Scesero a centocinque, poi cento. Marcia inferiore.

Centocinquanta metri.

Scesero a ottanta.

Curva a gomito pericolosa.

Settanta rilassati chilometri orari.

I tornanti erano vicini. Più avanti, oltre la curva, Pellam non vedeva niente. Né alberi. Né montagne. Solo un immenso spazio vuoto. L'indicazione turistica a Clement Pass diceva che l'area vantava alcuni dei più spettacolari dislivelli del Colorado.

Sessantacinque chilometri orari. Sessantatré.

Forse ce l'avrebbero fatta.

Ma poi la pendenza aumentò, un angolo acuto, e i veicoli incastrati iniziarono ad accelerare. Ottanta, ottantacinque.

Pellam si sfilò i Ray-Ban. Spazzò via dal cruscotto penne e bottiglie di birra. Buttò a terra lo stereo. Kathy continuò a cantare. Presto sarebbe stata la volta del brano *Grand Canyon.*

Una trentina di metri dai tornanti.

Con un lacerante stridio, il muso del pickup si abbassò. Il conducente aveva bloccato i freni nel disperato tentativo di fermarsi. Si levò del fumo azzurro quando il veicolo sbandò di coda e il retro del camper oscillò a sinistra. Ma l'uomo era un bravo guidatore. Si rigirò nella sbandata abbastanza per dominarla ma non così tanto da perdere il controllo. Si raddrizzarono e continuarono a rallentare.

Erano a quindici metri. La velocità era scesa a ottanta.

Settantacinque...

Ma non bastava.

Pellam si gettò le braccia sul volto e sprofondò sul sedile.

Il pickup tagliò l'inutile guardrail di legno e volò oltre il bordo della strada, con il camper al seguito.

Ci fu un forte tonfo quando il telaio del Ford sradicò un alberello, e poi un piccolo scossone. Pellam aprì gli occhi e scoprì che i veicoli stavano scendendo lungo un leggero pendio, liscio come un vialetto d'ingresso, che conduceva nel parcheggio dell'Overlook Diner, situato in mezzo a un ampio sperone di roccia sovrastante il fondovalle.

Con un sonoro schiocco, il paraurti anteriore del camper si spezzò e finì sotto le ruote, tagliandole e sgonfiandole. Il violento scossone scagliò lo stereo e forse un paio di bottiglie contro l'orecchio e la tempia di Pellam.

Fece una smorfia di dolore. Il pickup attraversò adagio il parcheggio e, con una sterzata, si allontanò dal Winnebago, che proseguì, rallentando, verso il retro della tavola calda.

La risata di Pellam per la placida conclusione della quasi-tragedia si spense quando il muso del camper andò dritto verso un grosso serbatoio di propano.

Merda...

Non poté fare a meno di pigiare di nuovo l'inutile pedale del freno. Ma le gomme a terra rallentarono in modo significativo il camper e il risultato della collisione fu un sommesso *tump*, non la palla di fuoco classico epilogo degli inseguimenti di auto nei film ai quali Pellam preferiva non lavorare.

Abbassò la testa e inspirò a fondo per un momento. Nessuna preghiera. Abbassò la testa e basta. Scese dal camper e si stiracchiò. John Pellam era magro di viso e corporatura, alto e con capelli scuri non proprio corti. In giubbotto di jeans, stivali Noconas, jeans vissuti e camicia nera spiegazzata, sembrava un cowboy o, perlomeno, veniva scambiato per tale in posti del genere, anche se non nel quartiere di Beverly Hills a basso costo – sì, esistono – che era il suo domicilio. Tendeva a perpetuare quell'aura da cowboy per motivi sentimentali; si diceva che fosse davvero imparentato con un personaggio del vecchio West, Wild Bill Hickok.

Irrigidito, Pellam andò verso il pickup, notando che i danni non erano gravi. Vernice scrostata e gancio, luci di stop e posteriori rotte.

Il conducente spense il motore e aprì lo sportello.

Pellam lo apostrofò. «Ascolti, signore, mi dispiace molto. I freni...»

Lo Stetson cadde rivelando una cascata di lunghi capelli castani. La donna era sui trentacinque, minuta, uno e sessanta circa. Con un viso a forma di cuore, labbra rosse, sopracciglia folte e scure, cosa che, per qualche ragione, le rendeva tremendamente sensuali.

Il lato passeggero si aprì e un giovane – muscoloso e snello, con un pizzetto anemico e corti capelli rossicci – scese dall'auto. Un sorriso cauto sul viso. Aveva come l'aria di volersi scusare per l'incidente, anche se i passeggeri non erano probabilmente i primi sospettati dalla Stradale.

Pellam si diresse verso il conducente.

La donna si sfilò i Ray-Ban.

Pellam stava pensando che i suoi occhi fossero del grigio più chiaro e penetrante che avesse mai visto, quando lei tirò indietro il pugno e lo mandò al tappeto con un solido destro alla mascella.

Si era alzato un freddo vento del deserto ed erano tutti dentro alla tavola calda; il cast adesso comprendeva lo sceriffo del paese, sui cinquanta e due volte il peso di Pellam. Il suo nome parziale era H. Werther, secondo la targhetta sul petto. Stava vicino al bancone e parlava con la cowgirl.

Pellam era seduto a un tavolo mentre un medico che sapeva di tabacco da masticare era all'opera sulla sua mascella. Era furioso con se stesso. Si era trovato in più risse di quante potesse, o gli importasse, contarne. Aveva visto lo sguardo negli occhi di lei mentre si avvicinava e aveva avuto il sentore che fosse un'occhiata minacciosa. E per tutto il tempo Pellam aveva continuato a ghignare come una matricola al primo appuntamento e a pensare: Accidenti, che occhi straordinari.

Santo cielo, potevi almeno abbassarti.

Il pugno era rimbalzato sull'osso senza causare gravi danni, a parte un dente allentato e un piccolo taglio.

Altri sei clienti – due coppie mature e due operai – osservavano la scena con impassibile divertimento.

«L'ha conciata per le feste» disse il medico, a bassa voce per non farsi sentire dallo sceriffo.

«È stato l'incidente, roba che volava dappertutto.» Guardò fuori della finestra il Winnebago danneggiato. Il medico fece altrettanto. E, d'accordo, non sembrava *così* danneggiato. «Le cose volavano ovunque.»

«Uhm» grugnì l'altro.

«Uno stereo.» Decise di omettere le bottiglie di birra.

«Siamo addestrati a cercare certe contusioni e abrasioni. Come nelle liti domestiche.»

Mi ha dato appena un colpetto, pensò Pellam e fece dondolare di nuovo il dente.

La donna teneva le braccia incrociate. Il cappello era tornato sulla testa. Il marrone era messo in risalto da una piccola piuma verde. Parlava guardando lo sceriffo negli occhi; l'uomo in uniforme beige troneggiava su di lei e il suo peso, affatto insignificante, aveva un'alta percentuale di muscoli. Probabilmente l'unico giudice di pace in quel paese, qualunque fosse. Pellam aveva superato un cartello di benvenuto proprio quando la pastiglia del freno di emergenza si era fusa e non era stato così propenso a controllare nome e popolazione del luogo in cui stava per morire. Pensò che dovessero essere un migliaio di anime.

Mentre lo sceriffo prendeva appunti su un piccolo taccuino, Pellam studiò la donna. Era calma adesso e pensò di nuovo a quanto fosse bella.

Occhi chiari, sopracciglia scure.

Due nocche rosse della mano destra.

Lei e lo sceriffo stavano accanto al registratore di cassa, un antiquato modello a manovella. Anche il ristorante stesso era una vera reliquia. Finiture di alluminio, ripiani di formica, diamanti bianchi e neri di linoleum sul pavimento. Rosso vivo per i rivestimenti in vinile: separé e sgabelli.

L'uomo che era seduto dal lato passeggero del Ford uscì dalla toilette. Aveva ancora quel sorriso cauto. Indossava abiti scuri e larghi, il tipo che si vede a TriBeCa o a Melrose a West Hollywood. Pellam, per il quale la linea tra film e realtà era sempre un po' confusa, pensò subito che sembrava uscito da una pellicola di Quentin Tarantino o Robert Rodriguez. Portava pratici scarponcini da escursionista. Tenendo lo zaino ben stretto, sorrise di nuovo con aria nervosa. Rivolse a Pellam un'occhiata mesta, come quelle che potrebbero scambiarsi due soldati scampati al loro primo scontro a fuoco. Aveva i capelli schiacciati in cima, corti ai lati, il tipo di taglio che Pellam associava ai personaggi dei fumetti della sua infanzia; tra sé soprannominò l'uomo Butch.

Lei era sua moglie? Fidanzata, sorella? La donna portava la fede ma sembrava almeno dieci anni più grande di lui. Non che al giorno d'oggi avesse qualche significato, ammesso che lo avesse mai avuto. Pellam aveva esperienza, anche se non particolare successo, delle dinamiche occulte del romanticismo. Il suo lavoro non gli lasciava abbastanza spazio per le relazioni.

O, perlomeno, era quanto diceva a se stesso.

Il medico gli applicò una garza sulla guancia. «Può andare. Non abbassi la guardia.»

«Non è stato un...»

«Allora attento ai dispositivi di intrattenimento pericolosi.» L'uomo rivolse un cenno di commiato allo sceriffo, si ficcò in bocca una gomma da masticare e se ne andò con la borsa del pronto soccorso.

Pellam si alzò sulle gambe malferme e andò verso la donna e lo sceriffo, che disse: «Tutti quanti, tirate fuori qualche documento per me, se non vi dispiace».

Butch disse con calma: «Sissignore. Ecco a lei». Un momento di pausa mentre rovistava nel portafogli, gonfio di foglietti. Pellam notò che la sua era una patente dell'Illinois. Il suo vero nome era Taylor. Fu in un certo senso una delusione per Pellam.

«Non le assomiglia molto» osservò lo sceriffo, esaminando la patente.

«Non avevo la barba allora.» Indicò la foto. «Né i capelli corti.»

«Questo lo vedo. Non sono cieco. Ma non le somiglia lo stesso.»

«Be'...» fece Taylor, senza un motivo particolare.

«Questo è il suo attuale domicilio? Chicago?»

«Per il momento. Dove mi arriva la posta.»

Lo sceriffo prese anche la patente di Pellam che, come l'altra, conteneva una foto che non gli somigliava. Lo sceriffo aggrottò la fronte, forse per via della parola California. Si vedevano un sacco di californiani a Telluride, Vail e Aspen. Probabilmente non così tanti da quelle parti.

La porta si aprì ed entrò una donna. Si guardò intorno. «Ehi, sceriffo. Stanno tutti bene?»

Pellam la guardò. Era la ciclista che per poco non avevano travolto. Crespi capelli biondi, grossi riccioli. Il casco non c'era più. Era bassa e robusta. I pantaloncini rivelavano cosce possenti. Si era tolta gli occhiali da sole e li stava scrutando tutti con i suoi occhi verdi, Pellam in particolare, probabilmente per via della medicazione. Una spruzzata di lentiggini le costellava il viso.

Qualcuno era venuto a prenderla. La bici era issata sul tettuccio di una vecchia auto malconcia; c'era un uomo al posto di guida. Capelli corti, colore piuttosto chiaro. Ma Pellam non riuscì a distinguere altri particolari. Era preso da qualcos'altro: il camper, apparentemente.

«Lis» la salutò lo sceriffo, guardando verso di loro. «Bene. Più o meno. Quel Chris è con te?» Un cenno in direzione dell'auto.

«Proprio così.»

La donna spiegò di essere una testimone, omettendo il rischio a cui era scampata. «Lieta di rilasciare una deposizione, se vuoi.»

«Bello da parte tua farti avanti» disse Werther. «Molti non l'avrebbero fatto.»

«Ho pensato che prima o poi mi avresti rintracciata. Non volevo lasciare la scena di un incidente.»

«Va' avanti. Dimmi cosa hai visto.»

La donna fornì una descrizione piuttosto accurata. Werther prese qualche appunto, ogni cinque o sei parole, sembrava. Quella doveva essere l'indagine dell'anno.

«Sei stata d'aiuto, Lis. E perché non dai loro uno dei nostri biglietti? Per le loro assicurazioni.»

Una piccola esitazione, come se non avesse previsto un tale livello di attenzione. Da un borsellino enorme pescò alcuni biglietti e li distribuì. Lis e Chris erano co-direttori del Southeastern Colorado Ecological Center. Sembrava un po' strano che un gruppo del genere avesse sede lì, dal momento che la vegetazione era scarsa e l'impatto umano ridotto al minimo.

«Me la sono fatta addosso per la paura.»

«Lo credo bene» disse Pellam. «Mi dispiace.»
L'altra donna rimase in silenzio. Sembrava non le importasse. Tirò fuori un cellulare dalla tasca posteriore e guardò il display con aria neutra. Un istante dopo mise via il telefono.
«All'inizio ho pensato che fosse una specie di gara, ma poi ho visto cosa è successo. I freni sono andati?»
«I miei, sì» rispose Pellam.
«Fortuna che non c'era nessuno nella corsia opposta.»
Altroché se era vero. Anche se non c'era stato molto traffico in nessuna delle due direzioni sull'arida Statale 14. Non lì, a centocinquanta chilometri da qualsiasi centro abitato.
Lis era carina e materna. Pellam pensò che il primo motivo a spingerla lì fosse vedere se qualcuno si fosse fatto male, piuttosto che salvarsi le chiappe dall'accusa di aver abbandonato la scena dell'incidente.
«Grazie a te. E a Chris» disse lo sceriffo, guardando fuori della porta la vecchia auto, una Toyota. Doveva avere vent'anni. La vernice aveva perso del tutto lo smalto.
Pellam ipotizzò uno scenario in cui il gruppo era stato minacciato perché protestava contro l'uso del territorio o perché erano hippie e lo sceriffo Werther aveva preso le loro parti.
Sarebbe stata la pessima scena di un film e sicuramente non era vero. Ma era così che funzionava la mente di Pellam. Ricavava storie dalla nuda roccia.
Madre Terra se ne andò, montò in auto e lei e Chris partirono a tutta velocità.
Senza una parola, lo sceriffo uscì per prendere i numeri di targa e trasmettere via radio i dettagli per verificare i dati di tutti.
La donna prese un caffè, senza chiedere agli altri se ne volevano uno. Pagò con mano ferma. «Ascolti» disse piano. «Mi dispiace di averla colpita. Non ci stavo con la testa... Il pickup era un regalo di compleanno. Appena la settimana scorsa. Aveva milletrecento chilometri.»
Pellam pensò di fare una battuta sul fatto che là fuori equivalevano a due viaggi al supermercato e uno da Blockbuster.

Ma si trattenne, soprattutto perché non gli sembrava particolarmente dispiaciuta di averlo pestato.

«Tutto a posto» disse, stuzzicandosi automaticamente con la lingua il dente allentato. «Non ho avuto l'impressione che fosse assetata di sangue.» Anche se, si dava il caso, in quel momento ne sentiva il sapore in bocca.

«È stato uno stereo portatile a colpirmi» aggiunse. «Ecco cosa è successo.» Indicò lo sceriffo con la testa.

«Grazie. A volte mi faccio trasportare.»

Adesso cominciava a sentire dolore. Probabilmente più del dolore da stereo. Poi la questione dell'aggressione fu accantonata e la donna guardò con impazienza l'ora.

Sembrava il momento giusto per le presentazioni. Venne fuori che lei si chiamava Hannah Billings. «Con l'H.»

Un'h finale. «Io sono John Pellam. Non è una battuta, ma devo ammettere di non aver mai conosciuto un'Hannah. Bel nome.»

Gli faceva venire in mente l'eroina di un film sulla Seconda guerra mondiale, una combattente della resistenza, con una blusa stretta, qualunque cosa fosse una blusa.

Taylor si ravviò i capelli da Butch e disse: «È un palindromo. Il suo nome».

«Un...?»

«Una parola che ha lo stesso significato leggendola in entrambi i sensi. "I topi non avevano nipoti"» disse. «Ho scritto un'intera poesia in palindromi una volta.»

Poesia...

Hannah intervenne. «E questo è Taylor...»

«Duke» completò il poeta.

Ulteriore mistero nella relazione.

«Come *il* Duca. Stare qui ti fa pensare ai vecchi western, vero?»

Hannah non aveva idea di cosa stesse dicendo.

Come si poteva non conoscere John Wayne?

«Allora, stiamo tutti bene?» domandò Taylor. «È stato assurdo, voglio dire. Vedere la strada che faceva quella curva, com'è che si chiama? Un...»

«Tornante» gli venne in soccorso Hannah, zuccherando il caffè. «Già. Sto benone. Ne ho passate di peggiori.» Come se Pellam le fosse venuto in mente solo dopo, «E lei?».

«Facevo lo stuntman. Ho visto di peggio.»

«Stuntman.» Era incuriosita.

Anche Taylor. «Accidenti. Hollywood?»

«Già.»

«Affascinante.» Pescò dall'enorme zaino un taccuino e appuntò qualcosa sulle pagine flosce e macchiate.

Hannah gli disse sottovoce: «Non è andata proprio come speravi, a quanto pare».

Lui fece spallucce. «Non è colpa tua.» Taylor era massiccio ma sembrava un tipo dal cuore tenero.

C'era un certo distacco tra i due. Pellam non riusciva a indovinare il loro rapporto. Lei aveva una patente del Colorado. Taylor dell'Illinois. Era un parente lontano?

Taylor si guardò attorno, scoppiando in una fiacca risata. «Che posto. Una vera tavola calda. Dovrebbe essere in bianco e nero. Come un vecchio telefilm.»

Pellam fece una citazione. «"State entrando in una terra fatta d'ombra e sostanza, di cose e idee... State per avventurarvi... ai confini della realtà".»

«"Controllo il verticale e l'orizzontale"» replicò Taylor. Pellam credeva si trattasse di un'altra serie. Ma annuì comunque.

La donna li ignorò nel modo più assoluto. Portò fuori il caffè per fare un'altra telefonata.

Anche Taylor, il poeta amante di film e TV, andò a prendersi un caffè, sedendosi al bancone. Sorrise, più cordiale che seducente, a una delle cameriere: la più giovane delle due, una donna magra in uniforme bianca, con appena qualche macchia di marmellata. Rita, se Pellam leggeva bene i caratteri svolazzanti sul suo seno destro. Taylor ordinò, aggiungendo: «E questo posto? Non è assolutamente autentico?» e «Ragazzi, un vero pezzo d'America». Lei lo guardò come se avesse detto di aver appena visto Elvis Presley in mountain bike tra i pini e, in silenzio, andò a versargli il caffè. Arrivò in una tazza bianca scheggiata che doveva pesare mezzo chilo.

Pellam guardò Hannah fumare in fretta mezza sigaretta. La donna tornò dentro, agitando una mano attorno a sé per allontanare il fumo, come per cercare di sbarazzarsi delle prove. Pellam intuì che suo marito o qualche altro membro della famiglia voleva che rinunciasse a quel vizio e, pur fumando con discrezione, lei non aveva intenzione di smettere.

Hannah parve ancora più impaziente, lo sguardo fisso sullo sceriffo che, chino sulla sua volante, notificava l'incidente a interlocutori ignoti. Alla fine raggiunse Pellam.

«Ho cercato di evitarla» disse.

«Lo so, ho visto.» La donna riprese a studiare lo sceriffo.

Occhi chiari ma abbronzatura fantastica, rifletté Pellam. Scura e intensa, senza neanche una zampa di gallina. Anche Taylor era abbronzato, ma solo mani, faccia e parte del collo. Il resto era bianco come carta. Rivelava a Pellam che passava parecchio tempo all'aperto ma con i vestiti addosso.

Ah, dedusse: autostoppista. Avevano senso, quell'abbronzatura e lo zaino. E quegli scarponcini. Calzature davvero serie.

Ma una donna sola avrebbe dato un passaggio a un uomo che la superava di almeno una trentina di chili?

Una donna con un gancio destro come quello era chiaramente in grado di badare a se stessa.

E per quanto riguardava la sua abbronzatura, sembrava integrale. Cosa che, per John Pellam, costituiva materiale interessante per fantasiose ipotesi.

Lo sceriffo tornò e osservò il terzetto senza sospetti né disprezzo. Tuttavia, era un professionista e c'erano domande da fare. «Ha bevuto, signore?» chiese a Pellam.

Ah, benvenuti a Gurney.

Finalmente, Pellam sapeva il nome della cittadina: era scritto sulla spalla dello sceriffo.

«I freni sono andati.»

«Così dice lei. Non ha risposto alla mia domanda.»

«Allora la risposta è no. L'ultima cosa che ho bevuto è stata una birra...»

«Sicuro che non fossero due?» chiese sarcastico il rappresentante della legge.

«Perché mai?»

«È quello che bevono tutti. Due birre. Un tizio fa fuori una bottiglia di Old Crown e quando lo tiriamo fuori dai rottami dice che ha bevuto solo due birre. È quello che dicono sempre. Ora, lei quante ne ha bevute veramente?»

Davvero spassoso, pensò Pellam. Da spettatore di *COPS*, poteva confermarlo.

«Una birra, ed è stato ieri.»

«Sissignore. La faremo respirare nella nostra scatolina magica. Fa obiezione?»

«Affatto.»

«Non ha bevuto» intervenne Taylor. «Si capisce.»

Era uno zaino Lands' End quello che aveva. Lo manipolava con le dita lunghe a cui avrebbe fatto bene una bella strigliata. Il dorso delle mani era abbronzato, i palmi rosei.

«Le sue impressioni non contano, signore. Lasceremo che sia la scienza a inchiodarlo. Oppure no. A seconda dei casi.»

«Allora facciamolo» disse Pellam di buon grado.

Alla fine lo sceriffo optò per una piccola camminata in linea retta sulla scacchiera del pavimento della tavola calda e fu soddisfatto del risultato. «È solo che non voglio vedere vuoti nella parte anteriore di un veicolo, capisce? Io...»

«Sono...»

«Anche se sono state sbalzate in avanti dalla forza dell'impatto.»

A Pellam piaceva questo sceriffo e, essendo stato un forestiero in un sacco di posti, si era trovato sotto esame più volte.

«E la mascella? Com'è successo?»

Pellam lo guardò negli occhi. «Lo stereo portatile.»

«Rap?»

«Cosa?»

«Stava ascoltando rap dallo stereo ed è caduto?»

«Si può ascoltare di tutto con lo stereo. Io stavo ascoltando musica country.»

«E...?» Indicò la medicazione.

«Mi ha colpito in faccia quando siamo finiti fuori strada.»

«Okay.» Detto nel modo in cui i poliziotti dicono sempre «okay». Come se non ti credessero e, infatti, non ti credono. Poi osservò la donna. «Lei viene da Hamlin. E Billings? È la moglie di Ed Billings?»

«Proprio così. Conosce Ed?»

«Non personalmente. Conosco qualcuno che è andato a vivere in una delle sue zone residenziali. Paso Verde.»

«È bella grande, sì.» Hannah guardò l'orologio. «Popolare.»

«E lei cosa mi dice, signore?»

«Sono diretto a Berkeley» rispose Taylor.

«Colorado?»

«California. Seguo un corso di poesia lì.»

«Okay.»

«Sto facendo l'autostop da Denver a Hamlin.»

Parlò Hannah. «Stavo tornando da alcuni meeting a Colorado Springs. Avevo una gomma a terra e lui l'ha sostituita.»

«Come mai Hamlin?» domandò lo sceriffo.

«Prenderò l'Amtrak da lì. Fino a Oakland.»

«Invece che da Denver?»

«Già.»

«Ha il denaro per il treno, perché fa l'autostop?» volle sapere lo sceriffo.

Pellam pensò che quelle domande, sebbene poste con garbo, fossero un po' invadenti, rivolte com'erano a un uomo che, in quella particolare situazione, era un innocente spettatore. Ma Taylor era lieto di parlare. «Per l'esperienza in sé.» Rifece la risatina entusiasta. «Farei l'autostop fino a destinazione se ne avessi il tempo. Voglio dire, lo scopo della vita è l'esperienza. Giusto?»

«Non fa l'autostop sull'interstatale, vero?»

«Solo sulle rampe d'accesso» rispose automaticamente Taylor. Con un ghigno. C'era già passato.

Lo sceriffo guardò Hannah, che non conosceva la prassi ma capì al volo. Disse in tono acido: «Ero sulla Statale 14 quando ho bucato».

La Statale 14, l'autostrada dove era avvenuto lo scontro tra pickup e camper.

«Va bene. Non ho intenzione di multare nessuno.»

«Grazie, agente» disse Taylor. Anche se, ancora una volta, Pellam non capiva per cosa potesse mai essere multato. Si comportava in modo assolutamente disinvolto, segno che nel suo zaino non doveva esserci droga.

Hannah *non* disse grazie; il suo viso bello ma severo esprimeva il messaggio: sono stata tamponata nel mio regalo di compleanno. Perché diavolo stiamo parlando di contravvenzioni?

Patenti e libretti furono riconsegnati. Tranne quelli di Pellam. Che lo sceriffo sfogliò adagio. «Adesso tocca a lei, signore.»

«I freni si sono rotti.»

«Ho detto che non farò verbali a nessuno. Ma sappia che ha l'obbligo di far controllare il suo mezzo.»

Pellam non pensava di aver mai guardato un circuito dei freni. Dubitava di riuscire a riconoscerne uno.

«Quello che mi incuriosisce è: sta girando un film qui?»

Quando lo sceriffo aveva controllato il numero identificativo del veicolo sul cruscotto del Winnebago, doveva aver visto l'autorizzazione alle riprese della Colorado Film Commission.

«Esatto. Sono alla ricerca di una location per uno studio cinematografico che ha sede a Los Angeles.»

«Davvero?» domandò Hannah, che per la prima volta si mostrò incuriosita e tenne a bada l'atteggiamento acido. Per Pellam era una costante. Si chiese se gli avrebbe chiesto una comparsata. Aveva una divertente immagine di lei come femme fatale: Hannah possedeva aspetto e spirito giusto per essere una bad girl davvero credibile. Anche sexy, altro requisito. In effetti, Pellam era in ricognizione per un noir al momento, una produzione indipendente intitolata *Paradice.*

«E vuole ambientarlo qui?» chiese ancora la donna.

«Be', avevo intenzione di raccomandarlo. Mi sono imbattuto in quel posto a una ventina di chilometri a est di qui. Com'è che si chiama? Devil's...?»

«Playground» disse Hannah scuotendo la testa. «Bell'ambientazione per un film di Stephen King, questo è più o meno tutto.»

Taylor chiese: «È vicino a dove mi hai preso su, giusto? Inquietante».

Lo era. Il posto si annidava alle pendici di due montagne, un'enorme piana rocciosa di buche e torrenti.

«Ma questa mattina ho chiamato il supervisore della contea. Non rilascerà i permessi per le riprese.»

«Derek Westerholm?»

«Proprio lui.»

«Ehi, Hube, tu hai da poco comprato un po' di terra da quelle parti, dico bene?» intervenne Rita, la giovane cameriera. «Vicino a quel lago?»

Hube, pensò Pellam. Hubert. Non c'era da sorprendersi che preferisse la sola iniziale H.

Lo sceriffo non rispose.

«Facciamogli fare il film nella tua proprietà» continuò Rita. «E, signore, io sono disponibile se le serve una protagonista femminile.»

«Ti metterò in una poesia» disse entusiasta Taylor.

Di nuovo lo sguardo «avvistato Elvis». La faccia segnata dalla vita all'aria aperta di Taylor arrossì.

«D'accordo, non mi serve altro» disse Werther. «Solo, consegnate quei veicoli alla legge.»

«Cosa intende?» volle sapere Hannah.

«Niente luci di stop, niente frecce. Niente ruota di scorta. Non può guidare senza.»

«Vuole scherzare. È ancora giorno.»

«È lo stesso.»

«Dove?» chiese Hannah, rivolgendo lo sguardo su Pellam, chissà per quale ragione.

«Da Rudy. Circa quattro isolati in quella direzione. Il miglior meccanico della città» rispose lo sceriffo.

«Cioè l'*unico* in città?» Pellam si ritrovò a chiedere.

«Proprio così.» Lo sceriffo diede loro il numero di telefono, che conosceva a memoria.

«Per caso è suo parente?» domandò Pellam.

«Ah ah, molto divertente.» Il sorriso dello sceriffo poteva non essere sincero e Pellam ricordò a se stesso di essere prudente. Non poteva permettersi di passare la notte in prigione per il sospetto di aver fraternizzato con bottiglie vuote di birra sul sedile anteriore di un veicolo.

Dieci minuti dopo, Pellam e Hannah entrarono nell'officina con la vista più bella del mondo.

Le finestre davano sulle montagne a ovest e a nord e su piane rocciose – sabbia o sale – a est. Adesso, primo pomeriggio, le cime erano vivide di luce che incendiava l'ultima neve della tarda primavera. In lontananza notò una montagna particolarmente imponente, elegante. Era Pikes Peak? Probabilmente no.

Hannah aveva portato entrambi lì con il pickup tamponato, con l'assenso dello sceriffo Werther. Il Winnebago fu cautamente trainato davanti alla stazione di servizio e calato sulle danneggiate ruote anteriori.

Il garage era sudicio e caotico. Il proprietario, Rudy, uscì sorridente. Rivolse loro un cenno del capo ma, per abitudine, non diede la mano. Aveva le dita nere. Indossava un giubbotto Carhartt marrone, irrimediabilmente macchiato. Sorrise loro in un modo che ricordava un po' un gatto che studia un topo grassoccio e iniziò a parlare come se fossero vecchi amici. Stava parlando senza sosta della vita lì a Gurney, la sua famiglia (un ragazzo nell'esercito, una ragazza che studiava da infermiera) e parenti vari. «Hube è un brav'uomo. Sapete, ha un nipote con problemi di autismo. È parecchio grave, ha un gran bisogno di aiuto speciale. Hube fa due lavori. Sceriffo e sicurezza al Preston Assembly Plant. Sua moglie, mia sorella...»

Pellam era lieto di lasciarlo continuare perché, immaginava, più la cosa sembrava amichevole e familiare, meno possibilità c'erano di essere spennati. Ma Hannah non era in vena. Lo interruppe bruscamente. «Le dispiace farci quei preventivi? Prima il pickup.»

«Va bene, andiamo» acconsentì con un'espressione malandrina che significava che avrebbe aggiunto solo un centone o due al conto.

Si avviò fuori dal garage. Hannah fece altrettanto, sistemandosi bene lo Stetson sulla testa per via delle folate di vento. Tirò fuori le sigarette dalla tasca ma poi lanciò un'occhiata a diversi contenitori di liquidi aperti che potevano essere infiammabili. Con una smorfia mise via le Marlboro. Fece qualche telefonata.

Anche Pellam si mise a telefonare. Disse al regista che aveva avuto un incidente, al che l'uomo reagì con preoccupazione più o meno sincera. Quando seppe che la contea non avrebbe in nessun caso rilasciato i permessi, la sua reazione fu più intensa.

«Stronzi. Perché?»

«Ecosistema fragile.»

«Fragile? Mi hai detto che erano rocce e sabbia.»

«Joe, è quello che hanno detto. Quello che intendono è che non vogliono attori arrapati e attrici zoccole che fanno baldoria nella loro contea.»

«Siamo in ritardo sui tempi, John.»

«Faccio sistemare il camper e parto per il Sud domani.»

Un sospiro. «Va bene. Grazie.» La voce si fece seria. «Sicuro che stai bene?»

Preoccupazione nel tono, non nell'animo.

«Benone, Joe.»

Chiuse la chiamata e si ritrovò a guardare una cartina della zona. Devil's Playground sembrava il luogo migliore per Paradice, la cittadina fittizia in cui era ambientata la vicenda, nonché titolo del film.

E Pellam rise tra sé nel rendersi conto che, dannazione, la storia parlava di un forestiero che arrivava in un paesino nel deserto, come Gurney, e si cacciava in un sacco di guai. Non c'era tutta questa trama ma a volte, soprattutto nei noir, bastava una parola ambigua nel titolo, un protagonista aitante, una pupa sexy e un tradimento. Oh, e un bel po' di sparatorie. Mai dimenticare le sparatorie.

Hannah finì la telefonata, si allontanò dai rischi di esplosione e fumò una porzione di sigaretta. Poi tornò nella sala d'attesa a guardare fuori della finestra. Si accasciò su una sedia malconcia di vetroresina. «L'ho detto a Ed. Non era contento.»

Pellam ebbe l'impressione che non le importasse granché.

«Suo marito, l'immobiliarista.»

Lei lo guardò come per dire: L'hai sentito prima. Perché chiedere?

«Dov'è Butch?» domandò Pellam.

«Chi?»

Oh, giusto. «Taylor.»

«Se n'è andato in questo piccolo parco al centro del paese. Voleva scrivere una poesia.»

«Una poesia? Fa sul serio quindi?»

Hannah continuò. «Ha detto che si sentiva ispirato dall'esperienza di trovarsi qua fuori. In un paesino del West.» Scosse la testa come per dire: Non ci arrivo. «Non c'è nessuna esperienza. Non qui. Polvere, magari, bifolchi, sfigati, coyote. A Hamlin c'è un centro commerciale.»

Pellam si chiese se il commento sul centro commerciale fosse ironico. Pareva di no.

Qualche minuto dopo, il grosso meccanico barbuto entrò nell'ufficio, pulendosi il grasso dalle dita con un cencio lurido.

«Un dannato peccato per quel pickup. Aver bisogno di riparazioni quando si sente ancora l'odore della pelle nuova. È sempre così, non è vero? Ora, signora, ha due opzioni. La prima la farà tornare a casa in fretta: posso rimuovere le lampadine vecchie e rotte, avvitare quelle nuove e montare le lenti. Fanno quattrocentottanta dollari. Numero due, che consiglio, comprende tutto questo più la riparazione della carrozzeria e la sostituzione del gancio di traino. Non potrà trainare niente con il gancio in quelle condizioni. Comprende anche la verniciatura.»

«E quanto viene?»

«Duemilaottocentocinquanta.»

Hannah strabuzzò gli occhi. «Sul serio? Posso farlo fare al mio carrozziere a Hamlin per mille dollari. Il gancio è a posto, cancellerò i graffi da me. E perché mai ne stiamo parlando? Suo cognato non le ha detto che vado di fretta?»

«Io...»

«Perciò resta l'opzione numero uno. E parliamone.»

«Cosa?»

Lei continuò paziente. «Da NAPA si trovano lampadine a sei dollari ciascuna, ancora meno da Walmart. Me ne servono quattro. Le lenti? Siamo generosi. Cinquanta dollari ciascuna. Me ne servono solo due. In totale fanno centoventiquattro dollari di pezzi di ricambio. La manodopera? Ora, le lampadine *non* si avvitano, come ha detto lei. Hanno l'attacco a baionetta.»

La faccia di Rudy era diventata rossa sotto gli sbaffi di grasso. «Be', dicevo avvitare, sa, in senso generale.»

«Ne sono certa» borbottò Hannah. «Lei mette un guanto. Giusto? Infila un dito nella base rotta, spinge e ruota. Può farle tutte e quattro in un paio di minuti. Ci vogliono altri cinque minuti per montare quelle nuove. Quindi in pratica vuole farmi pagare quattrocento dollari per venti minuti di lavoro. Fanno mille dollari l'ora. Il mio avvocato non chiede tanto. E il suo?» Un'occhiata a Pellam.

«Non ce l'ho un avvocato.» Non era vero ma non voleva farsi coinvolgere. Si stava divertendo troppo.

Silenzio per un momento.

«Ci sono spese accessorie» fu l'unica difesa che Rudy poté addurre.

Da sotto le scure sopracciglia setose, Hannah lo guardò imperturbabile negli occhi sfuggenti.

«Duecentocinquanta» bofonchiò Rudy.

«Centocinquanta.»

«Duecentocinquanta.»

«Centocinquanta» ripeté con fermezza Hannah.

«Contanti?» fu la replica imbarazzata.

«Contanti.»

«Okay. Gesù.» Il meccanico tornò accigliato nell'officina per prendere gli attrezzi.

Pellam lanciò un'occhiata al Winnebago. Non aveva alcun talento in fatto di veicoli a motore, a parte l'inspiegabile capacità di attrarre agenti della Stradale quando correva. Rudy l'avrebbe stracciato. Forse avrebbe dovuto farsi aiutare da Hannah con il preventivo.

Andò al distributore automatico e comprò un Moon Pie. Notò il caffè «omaggio» e pensò di dire che sarebbe stato meglio se la bevanda l'avesse «omaggiato» con parole carine visto l'aspetto repellente. Ma Hannah non sembrava il tipo con cui fare battute argute. Prese anche il caffè alla macchinetta. Che non era terribile, con il doppio latte in polvere.

«Ha davvero dato uno strappo a quel tipo?» le chiese Pellam dopo un po'. «Macino centomila chilometri all'anno ma non carico mai gli autostoppisti.»

«Neanche le ragazze carine?»

«Specialmente loro. Anche se sono stato tentato.» Uno sguardo nei suoi occhi chiari. Poi si spostò sull'abbronzatura.

Lei scelse di non flirtare. «Normalmente non l'avrei fatto, ma mi ha aiutata. E poi, voglio dire, un poeta o un universitario? Più innocuo di così non si può.»

«Eppure possono essere parecchio pericolosi» disse serio Pellam.

Lei lo guardò con interesse.

«E se si fosse messo a recitarle una poesia?»

Un battito di ciglia. «In realtà l'ha fatto. E faceva schifo.»

«Mai stata a Berkeley?»

«No. Non viaggio molto. Non fuori dallo Stato.»

Pellam c'era stato per dei sopralluoghi per un film. La trama girava intorno ad alcuni dirigenti di una scuola immaginaria che, guarda caso, somigliava un sacco alla UC-B, alle proteste studentesche degli anni Sessanta e all'ascesa della controcultura. Tutto molto politicamente corretto. Ai critici era piaciuto. Purtroppo, alla maggior parte delle persone che erano andate a vederlo, piuttosto poche, no. Pellam pensava che il concetto avesse del potenziale ma il regista aveva ignorato i suoi suggerimenti, perché lui era solo quello dei sopralluoghi. E, pur essendo stato lui stesso un regista di successo anni prima, chiunque fosse Solo-il-Location-Scout, o Solo-l'Operatore-di-Macchina o perfino Solo-lo-Sceneggiatore era destinato a essere ignorato da Dio.

«Sembra vecchio per essere uno studente.»

Un'alzata di spalle, un'occhiata verso Pellam, come se lo notasse per la prima volta. «Forse uno di quegli eterni universitari. Non vogliono entrare nel mondo reale. Hanno paura di fare soldi.»

Il Moon Pie era davvero buono. Pensò di offrirgliene un pezzetto.

Ma preferiva il dolce a lei, malgrado quegli occhi freddi e grigi.

Pellam adocchiò una Gremlin del '74, di un verde iridescente che non esisteva in natura. Ora, quella sì che era un'auto dotata di personalità, malgrado tutto quello che si poteva dire sul suo conto. Dal motore minuscolo al bizzarro logo con, ebbene sì, un gremlin. Vi infilò dentro la testa. Aveva lo stesso odore che doveva avere il 1974.

Rudy finì il lavoro in un baleno e le lavò perfino il parabrezza, anche se l'acqua nel secchio non lo lasciò più pulito di prima.

Hannah lo pagò e il grosso meccanico andò a dare un'occhiata al Winnebago di Pellam. Due gomme a terra, paraurti a pezzi, probabilmente la parte anteriore. Forse la ventola. Anche i freni, naturalmente. Quelli che lo avevano fatto finire lì. Se un po' di smalto e qualche ammaccatura erano costati a Miss Ostilità quasi due testoni, quanto diavolo sarebbe stato il suo preventivo? Almeno aveva la carta di credito della società di produzione, anche se avrebbe comportato una complicata e accurata spiegazione a quelli della contabilità. E nel campo del cinema, quelli della contabilità erano una potenza formidabile.

Rudy se ne andò a fare i suoi calcoli. Pellam si aspettava che leccasse la punta della matita prima di scrivere, ma non lo fece.

«Dove diavolo è Taylor?» Hannah si guardò intorno con una certa irritazione. «Gli avevo detto di incontrarci qui.»

Pellam pensò che vista la sua impazienza, l'irritabilità e il gusto per i gioielli autentici, in quantità, un poeta non aveva chance di fare colpo.

Buona fortuna a te, Ed.

«Ha il numero di Taylor?» le chiese Pellam.

«Niente telefono. Non crede nei telefoni. Uno di quelli.»

Non sapeva esattamente di che categoria si trattasse, ma poteva immaginarlo. «Quanto sarà grande Gurney?» domandò.

«Troppo» rispose lei.

Era tosta, ma Pellam doveva riconoscerle il merito di alcune battute davvero buone.

Rudy tornò e forse fu la presenza di Hannah, ma il preventivo era sotto i trecento. Non terribile. Accettò. Rudy spiegò che avrebbe telefonato per farsi mandare i pezzi. Sarebbero arrivati il mattino seguente. «Dovrà trovarsi un posto per la notte.»

«Ce l'ho.»

«Sì?»

«Il camper.»

«Oh, giusto.» Il meccanico tornò nell'officina.

Pellam mangiò ancora un po' di Moon Pie e sorseggiò il caffè.

Hannah si guardò attorno e non vide niente su cui sedersi. Fece per chiedere a Pellam: «Lei...». Ma fu interrotta quando due veicoli della polizia, giurisdizioni diverse a giudicare dal colore, entrarono nel parcheggio davanti alla stazione di servizio. Si fermarono. Werther uscì dal primo e fu raggiunto dall'occupante della seconda auto, un giovane agente statale del Colorado, in camicia blu scuro, giubbotto di pelle e berretto Smokey the Bear.

Pellam e Hannah lasciarono l'officina, uscendo nel pomeriggio ventoso, e li raggiunsero.

«Signora Billings, signor Pellam, questo è il sergente Lambert, Colorado State Patrol. Vorrebbe parlare un minuto con voi.»

Cenni di assenso. Niente strette di mano.

A vedere da vicino la sua faccia segnata, Lambert non era giovane come sembrava. Pellam, tuttavia, lo superava di una decina d'anni. I suoi occhi scuri erano saldi e circospetti.

«Eravate entrambi nei pressi di Devil's Playground intorno alle dieci e trenta di questa mattina, giusto?»

«Io sì» rispose Pellam. «Più o meno allora.»

«Probabile, sì» disse Hannah.

«E lo sceriffo dice che lei non era da sola.»

«No, c'era un uomo con me. Taylor... Duke era con me.»

«Capisco. Be', pare che un uomo sia stato ucciso intorno a quell'ora nei pressi di Playground. Su un terreno privato vicino al lago Lobos.»

«Davvero?» disse Hannah senza mostrare alcun particolare interesse.

«Si chiamava Jonas Barnes. Un imprenditore edile di Quincy.»

Pellam gettò via quanto restava del Moon Pie. Per qualche motivo gli sembrava una cattiva idea mangiare merendine mentre si veniva interrogati a proposito di un omicidio. Il caffè subì la stessa sorte.

L'agente continuò. «È stato accoltellato. Pensiamo che l'assassino sia stato colto di sorpresa. Ha iniziato a trascinarlo in una delle caverne vicine ma è arrivato qualcuno ed è fuggito. Questo ci dice che esiste un testimone. Uno dei due ha per caso visto qualcuno lì attorno? Veicoli parcheggiati? Escursionisti, pescatori? Qualcosa di insolito?»

Hannah fece di no con la testa.

Pellam rifletté. «È stato nel Devil's Playground?»

«A sud di lì. La vittima stava esaminando un terreno che pensava di comprare.»

«È dove passerà quel tratto dell'interstatale?» si intromise Rudy, che si era avvicinato al gruppetto, distribuendosi altro grasso sulle mani. Rivolse un cenno di saluto al cognato.

«Il posto è quello, sì» rispose l'agente. Werther disse che non lo sapeva.

Ah, la famigerata Statale 14. Pellam guardò di nuovo Hannah Billings. Gli occhi freddi e la bocca seria non la rendevano meno attraente. Non l'avrebbe mai più rivista dopo quel giorno, certo, ma si chiese quanto fosse saldo il suo matrimonio. Con donne come lei era una domanda spontanea. Si poneva da sé.

«Io non ero nel parco» disse Hannah. «Ho bucato circa un chilometro più a sud. È stato vicino a una caffetteria.»

«Il locale di Duncan Schaeffer?»

Lei guardò il meccanico con un'espressione che diceva: E perché diavolo dovrei sapere a chi appartiene?

«E il tipo che l'ha aiutata con la gomma?» chiese l'agente. «L'autostoppista? Potrebbe aver visto di più, visto che era a piedi.»

«Possibile» replicò lei.

«Dov'è adesso?»

«Era in centro. Doveva raggiungermi. Ormai avrebbe dovuto essere qui, direi.»

L'agente prese le loro generalità e disse che si sarebbe fatto mandare aggiornamenti mentre aspettava il ritorno di Taylor Duke. Con la schiena dritta come un fuso tornò all'auto, si mise seduto e iniziò a digitare sul suo computer. Lo sceriffo Werther finì una conversazione con Rudy, che se ne tornò in officina. Lo sceriffo mise in moto la volante e ripartì.

Pellam scorse un alimentari a una cinquantina di metri lungo la strada polverosa. Poteva prendere una cena surgelata da scaldare al microonde e raggomitolarsi con un whisky e una cartina del Colorado sudorientale per trovare un posto per le riprese di *Paradice.*

Avrebbe trovato qualcosa, ma si era incavolato quando gli avevano negato Devil's Playground. Era un posto perfetto.

Allontanatasi, Hannah si accese un'altra sigaretta lottando con le folate di vento. Pellam ebbe un fugace scorcio dei suoi occhi chiari, le sopracciglia scure, i jeans aderenti come una seconda pelle, mentre la fiamma divampava. La donna chiuse l'accendino: d'argento, non usa e getta.

I topi non avevano nipoti...

Lei gli andò incontro, mentre una violenta raffica di vento la spostava di qualche centimetro. Avvicinandosi, concluse la telefonata che stava facendo. «Non si sposi» borbottò. «Mai.»

Quest'informazione su Ed era interessante. Come quello che disse dopo. «Entriamo?» riferendosi al camper.

Ma quando Pellam rispose: «Può scommetterci» non stava flirtando. Il dannato vento gli aveva gelato le ossa.

Una volta all'interno dello spazio angusto, Pellam notò all'istante che entrambi puzzavano di stazione di servizio: un odore dolciastro e decisamente sgradevole, omaggio di Rudy e della Gurney Auto Service, *RIPARIAMO TUTTE LE MARCHE E I MODELLI, ANCHE STRANIERI!! SMALTITE QUI IL VOSTRO OLIO.*

Se ne accorse anche Hannah, che si annusò la manica di pelle. «Gesù.» Si mise a sedere sulla panca dietro al minuscolo tavolo da pranzo. «Accogliente.»

«A me piace.»

Guardandole il bellissimo viso per capire se il suo racconto la annoiasse, le parlò della vita sempre in viaggio, di cosa gli piaceva. Lei, che sembrava più o meno interessata, si alzò e andò alla credenza. «Vodka?»

«Whisky.»

«Mal di testa.» Parve imbronciarsi.

Pellam era divertito. Precipitarsi fuori nel pomeriggio ventoso per comprarle la vodka era proprio il genere di cosa che il bravo ragazzo, l'innocente, il bersaglio avrebbe fatto per una femme fatale in un noir come *Paradice.* E in genere era una pessima decisione su tutti i fronti.

Hannah lo osservò guardinga ancora una volta e poi si mise a sedere sul letto, non più sulla panca. La testa abbassata ma gli occhi fissi in quelli di lui.

«Grey Goose o Belvedere?» le chiese Pellam.

Dieci minuti dopo, aveva sborsato un bel po' di verdoni per quella migliore e aveva comprato per sé una bottiglia extra di

Knob Creek, così per sicurezza. Anche due confezioni di lasagne surgelate. Erano entrambe per lui. Non credeva che Hannah sarebbe rimasta a cena.

Non si sposi. Mai.

All'inizio aveva pensato che fosse un avvertimento, non un invito. Ma, vedendola sul letto, non era più così sicuro.

Il vento non accennava a calare e Pellam camminava con la testa bassa, gli occhi ridotti a due fessure. Aveva passato un sacco di tempo nei deserti e gli sembrava che la sabbia del Colorado, Gurney in particolare, fosse la più tagliente e abrasiva. Solo immaginazione, probabilmente.

Alzò la testa per orientarsi e regolò la rotta. Superò un edificio abbandonato a un piano, un tempo una videoteca. Ormai non se ne vedevano quasi più. Lavorando nel campo, non gli erano mai piaciuti molto videocassette e DVD. Né gli piaceva guardare i film in streaming sul computer o in TV, per quanto colossali fossero i nuovi Samsung o Sony. C'era un che di intimo nell'andare al cinema a guardare un film. Le luci che si spegnevano, il silenzio che calava e poi l'esperienza delle immagini grandi, rumorose e impregnate delle reazioni di tutti gli altri. Era così che dovevano essere i film...

Qualsiasi cosa lo avesse colpito doveva pesare una trentina di chili. Mandò in frantumi whisky e vodka e fece finire Pellam a terra.

Ma l'istinto da stuntman non muore mai. Rotolò, evitando l'impatto diretto e disperdendo l'energia. E, con un movimento fluido, balzò in piedi, flettendo la mano destra per controllare se fosse rotta. Non lo era. Due pugni ed era pronto a battersi.

L'aggressore, tuttavia, non lo era. Stava già correndo via attraverso la macchia. Pellam non riuscì a vederlo bene ma sembrava che l'uomo avesse uno zaino in spalla.

Interessante...

Stava per inseguirlo ma lanciò un'occhiata in direzione del camper, distante una trentina di metri, e vide il corpo riverso a terra.

In abiti scuri.

Diamine, era Hannah?

Lo raggiunse di corsa e si fermò bruscamente.

No, era l'agente di polizia. Era disteso sulla schiena, una gamba dritta e l'altra alzata, con il ginocchio storto. Aveva un profondo taglio alla gola. Un lago di sangue gli circondava testa e collo. La fondina era vuota. Impronte di scarpe andavano dal corpo verso la boscaglia dietro alla stazione di servizio.

Poi la voce di un uomo lì vicino. «Aiuto!»

Pellam si girò di scatto. Rudy uscì barcollante dall'officina. Era stato accoltellato o colpito alla testa e il sangue gli scendeva copioso sulle spalle. Si guardava la mano, coperta dal liquido rosso. «Che roba è? Che roba è?» Era isterico.

Pellam corse dal meccanico. La ferita non era profonda: un colpo dietro la testa, sembrava. Fece distendere l'uomo a terra e trovò uno straccio, lurido ma presumibilmente così saturo di sostanze petrolchimiche da renderlo più o meno asettico. Lo premette contro la ferita.

Hannah?

Pellam corse al camper e spalancò la porta.

«Qualche traccia di...?» La domanda di Hannah si interruppe bruscamente quando lo vide fradicio di whisky e vodka, che gli incollavano polvere e terra al corpo.

«Gesù! Che succede?»

Pellam aprì il minuscolo compartimento accanto alla porta. Ne tirò fuori l'antiquata Colt .45 Peacemaker, una pistola da cowboy, e la caricò. Se la infilò nella cintola dietro la schiena.

«Il poliziotto è morto, Rudy è ferito. Qualcuno mi ha steso. Penso fosse il suo autostoppista. Non l'ho visto bene ma credo di sì.»

«Il poeta?»

«Già.»

«Ha una pistola? Dove si è procurato una pistola?»

«Aspetti qui.»

Tenendo a mente che Taylor doveva avere l'arma del poliziotto, aprì adagio la porta del camper e uscì nel vento.

Nessuno sparo. E nessun segno dell'uomo. Dov'era fuggito?

Tirò fuori il cellulare e chiamò il 911.

Rispose l'operatore ma, cinque secondi dopo, gli passarono lo sceriffo in persona.

Pellam era sicuro che cose così non succedevano nella grande città.

Dieci minuti dopo, Hannah lo raggiunse all'esterno proprio mentre arrivava Werther.

Hannah Billings non era il tipo di persona che restava dentro quando non voleva restare dentro, qualunque fosse il pericolo in agguato.

Lo sceriffo balzò fuori dall'auto e corse prima dal poliziotto, poi vide che per l'uomo non c'era niente da fare. Andò dal cognato, seduto su una panchina davanti alla stazione di servizio. Dopo un breve scambio di parole, tornò da Hannah e Pellam. Chiese un'ambulanza via radio e chiamò diverse altre auto della polizia.

Poi estrasse l'arma e la puntò verso Pellam. Lo arrestò per omicidio.

Pellam rimase interdetto. «È fuori di testa.»

Werther non perse la sua flemma, la ragionevolezza fatta persona. «Questo pomeriggio mi ha detto che non si trovava dove Jonas Barnes è stato ucciso.»

«Be', io non *sapevo* dove è stato ucciso. Le ho detto tutto quello che sapevo.»

«Testimoni l'hanno vista in piedi davanti al corpo.»

Pellam chiuse gli occhi e scosse la testa. «No. Io non ho *visto* un corpo.»

«E sembrava che avesse in mano un coltello. Ed è così che Barnes è morto. Ha iniziato a trascinarlo verso una caverna e poi si è reso conto che c'era qualcuno. È corso via.»

«Chi è questo testimone?»

«Anonimo. Ma l'ha descritta a pennello.»

«È stato Taylor. Deve essere lui» intervenne Hannah.

Pellam indicò a terra. «Quelle impronte! Sono i suoi scarponcini. E mi ha aggredito.»

«Lo dice lei. Io non l'ho visto.» Guardò Hannah. «Lei l'ha visto?»
La donna esitò. «Non può averlo fatto.»
«Era insieme a lei?»
Prima che potesse rispondere, Pellam disse: «No, stavo tornando dall'alimentari lassù e sono stato aggredito. Poi li ho trovati. Perché avrei chiamato il 911 se fossi io il colpevole?»
«Per non apparire colpevole, naturalmente.»
«Gesù Cristo. Taylor sta fuggendo.»
«Si volti e metta le mani dietro la schiena.»
Pellam si girò e diede a Werther dieci secondi per rinfoderare l'arma e tirare fuori le manette. Estrasse rapidamente la Colt dalla cintola e ne accostò la bocca alla pancia dello sceriffo; poi gli sfilò la Glock e la lanciò nei cespugli dall'altro lato della strada.
L'uomo emise un verso strozzato. «Oh, Signore. La prego, ho famiglia...»
«E se ci tiene a rivederla, darà le manette a suo cognato.»
«Io...»
Pellam indietreggiò e puntò l'arma su Rudy. «Spiacente, ma lo faccia.»
L'omone esitò, guardò la pistola e poi la pozza di sangue attorno al poliziotto. Prese le manette. «Lo ammanetti.» Poi Pellam sbraitò: «Subito! Non ho tempo da perdere!».
«Non so come si fa» disse l'omone.
«Signore, questo le porterà solo guai per molto, molto tempo.»
Pellam ignorò il tutore della legge e spiegò a Rudy il funzionamento delle manette. Tutti, compresa Hannah, probabilmente si chiesero il perché di quell'arcana conoscenza.
Facendo segno a Rudy di indietreggiare, Pellam perquisì Werther e trovò delle manette di plastica. Legò a Rudy i polsi dietro la schiena. Poi, puntando la Colt verso Hannah, disse: «Prendo la sua auto. Si metta al volante».
«Ascolti...»
«No, sono stufo di ascoltare» sbottò Pellam. «Si muova!»
«Pellam!» gridò Werther. «Non farà neanche un chilometro. Ci sono già i posti di blocco della polizia.»

Ma Pellam stava facendo segno a Hannah di entrare in auto. Il grosso motore si accese e lei si immise sulla strada slittando, con le luci delle cinture che lampeggiavano senza però il segnale sonoro. Hannah sembrava il tipo di donna che non si preoccupava di cose come le cinture di sicurezza.

Pellam mise via la pistola. «Mi dispiace, non avevo scelta.»

«No» disse lei. Poteva sembrare una domanda.

«Non ho ucciso Barnes» disse Pellam. «Né altri.»

«Non l'ho pensato. Perché mi ha rapita?»

«Non è un rapimento. È un prestito. Mi serve la sua auto... e, d'accordo, mi serviva un ostaggio.»

Lei fece una risatina amara.

Pellam continuò. «L'unico modo per dimostrare che sono innocente è trovare il suo stramaledetto poeta. Neanche lui andrà via di qui. Si nasconderà da qualche parte. La polizia controllerà tutti i motel. Si accamperà in qualche posto. Caverne o posti del genere, immagino. Ha qualche idea?»

«Io?» scattò lei indignata. «Io non sono di qui. Stavo solo attraversando questo fottuto posto quando lei mi ha tamponato. Il massimo che avevo fatto a Gurney prima di oggi è stato comprare gasolio troppo costoso.»

Prese una curva a quasi ottanta all'ora, provocando una leggera sbandata, che controllò con fare esperto. Il ginocchio di Pellam urtò il cruscotto. Ecco come arrivava ai pedali, aveva spostato tutti i sedili in avanti.

Si tenne lontana dalle strade principali.

Pellam rifletté per qualche momento. «Ho un'idea.» Pescò dalla tasca un biglietto da visita.

La sede del Southeastern Colorado Ecological Center era fuori Gurney in quella che aveva più l'aspetto di una zona sciistica che non un deserto: pini, macchia, erba e querce, o alberi bassi che somigliavano a querce anche se non lo erano. L'edificio sembrava comprendere uffici, un piccolo museo e perfino una piccola sala conferenze. Un cartello annunciava che era possibile informarsi sulla relazione tra anidride carbonica e le «nostre amiche piante» il giovedì seguente alle sei e trenta del pomeriggio. Pellam pensò che i partecipanti sarebbero stati gente del posto. Non immaginava che qualcuno potesse mettersi in auto da Mosby, la cittadina appena più a nord, figuriamoci da Denver, per un evento del genere.

«Niente poliziotti. Questa è la buona notizia.» Pellam si riferiva alle tre auto parcheggiate nei posti riservati ai dipendenti. Nessuna di esse era ibrida: una delle ironie a proposito del movimento ecologista. Perfino molte persone di quell'ambiente non potevano permettersi quello che predicavano. Contò quattro biciclette, tuttavia.

Dentro, alla reception, trovò la donna che percorreva in bici la Statale 14 quando era andato a cozzare contro il retro del pickup di Hannah. Lis, di Lis e Chris.

Lei alzò lo sguardo con il sorriso ufficiale destinato ai visitatori. Poi rimase interdetta quando lo riconobbe. «Oggi... L'incidente... Ehi.»

E nessun'altra reazione. Pellam guardò Hannah come a dire: Quindi Werther non l'ha contattata per denunciare un rapitore e un ostaggio.

«Mi dispiace, ho dimenticato i vostri nomi.»

«John e Hannah» le venne in soccorso Pellam.

«Certo. Cosa posso fare per voi? Si tratta dell'assicurazione?»

«In realtà no» rispose Hannah, propinandole la storia che avevano concordato in auto. «Stiamo cercando di trovare quel mio amico. Quello che era con me nella tavola calda.»

«Con i capelli corti?»

«Esatto. Parlava di accamparsi all'aperto, magari in qualche caverna dei dintorni. Ma mi hanno sistemato il pickup prima del previsto. Torno subito a Hamlin. Lui vorrà venire con me.»

«Accamparsi, mmh? Spero abbia portato i mutandoni. Fa freddo lì.»

«Ha in mente un posto preciso in cui potrebbe essere?»

Lis prese una cartina dall'espositore sulla scrivania. La consultò e indicò: «Ecco, ci scommetto. Appena oltre la vecchia miniera».

Era a circa cinque chilometri da dove si trovavano.

«Le sono riconoscente. Grazie.»

Pellam prese la cartina. Vide che costava due dollari. Le diede una banconota da dieci. «Consideri il resto una donazione.»

«Ehi, grazie.» Gli diede una spilletta con la scritta *Amante della Terra.*

Stavolta fu Pellam a guidare, veloce e un po' più spericolato. A Hannah non dispiacque neanche un po'. Semmai, sembrava annoiata. Rovistò sotto il sedile e trovò una bottiglietta di vino con il tappo a vite, del tipo che danno sugli aerei. Svitò il tappo con uno schiocco e ne bevve metà. «Ne vuole un po'?»

A Pellam non sarebbe dispiaciuto un goccio di whisky, ma il suo Knob Creek ormai era andato e non c'era niente di peggio del vino degli aerei. «Passo.»

Lei vuotò la bottiglia.

Dopo dieci minuti erano alla miniera. Una recinzione metallica tentava di isolarla ma perfino un lottatore di sumo avrebbe potuto infilarsi negli spazi vuoti. Pellam guardò l'ora. Erano quasi le sei e trenta. Controllò di nuovo la pistola. Pensò che avrebbe dovuto comprare più munizioni. Ma ormai era troppo tardi.

«Torni indietro. Dica che è riuscita a fuggire.»

«Come farà a cavarsela?»

«Dovrò chiamare il nostro amico Werther, qualunque cosa accada. Sia che trovi Taylor o meno, finirò in manette. L'unica differenza sarà il tempo per recitare le accuse contro di me.»

Spettrale come l'inferno.

Devil's Playground era stato parecchio inquietante, ma la miniera di Gurney al tramonto in un giorno ventoso si piazzava di diritto al secondo posto.

Certo, in parte era dovuto alla possibilità che ci fosse un killer nei paraggi. Ce n'era stato uno anche al Playground, a quanto pareva, ma allora Pellam non lo sapeva. Questo faceva una grossa differenza. Nella luce morente, riusciva appena a distinguere l'austera bellezza del posto, i dirupi calcarei bianchi come ossa, l'acqua turchese alla base della miniera che virava dall'azzurro al grigio, le sensuali curve delle ombre nere delle colline.

Presto, con il buio, sarebbe diventato un dedalo di nascondigli e trappole. Il vento ululava malinconico sul paesaggio.

Pensò a Taylor. Allo sceriffo Werther. A Hannah. Pensò un po' anche a Ed. Procedeva lentamente, tastando nervoso il cane della Colt. Non sentiva rumore di passi sulla roccia, segno che non c'era un killer appostato dietro di lui.

Una civetta piombò in picchiata e afferrò qualcosa, un topo o un tamia, e si librò di nuovo nel cielo. Lo stridio era stato sonoro e breve.

Per mezz'ora perlustrò il terreno alla ricerca di nascondigli. La pistola da cowboy e l'atmosfera del posto gli fecero venire in mente il suo antenato. Wild Bill Hickok – James Butler; non c'era alcun «William» nel nome. Lo sceriffo-pistolero era stato assassinato con una pallottola alla nuca da un uomo che aveva battuto a poker il giorno prima. Ma quello a cui Pellam stava pensando nello specifico era che a Hickok era dispiaciuto per Jack McCall, l'assassino, e gli aveva restituito una parte di quanto aveva perduto.

Ma McCall lo aveva ritenuto un gesto altezzoso e quello era stato il motivo dell'omicidio, non una partita truccata né l'arroganza.

Una buona azione.

Pellam rabbrividì nel vento. Adesso si muoveva più adagio, il buio era fitto e mancava ancora un'ora al sorgere della luna. Ma non vide anima viva.

Poco dopo, tuttavia, un centinaio di metri più in là, il tremolio di una luce. Da una delle grandi caverne vicino al limitare della cava. Pellam si mosse in fretta verso la caverna in questione, scansando sassi, querce e ispide matasse di arbusti. La caverna era in un *cul-de-sac*. Da un lato, alta una quindicina di metri, si ergeva una parete sfregiata e intagliata dai tagliapietre. Dall'altro lato, la miniera sprofondava nel buio.

Sei metri dall'ingresso della caverna. La luce sembrava più fioca adesso.

Si avvicinò, in ascolto. Riprese a muoversi. Diavolo, faceva un rumore quel vento insistente. Come l'aria attraverso il finestrino del Winnebago quel pomeriggio.

Montagna, pickup o aria...

Non vide altro che la luce tremolante. Era un falò? O una lanterna?

E poi: Che diavolo ci faccio qui?

Domanda che non ebbe mai risposta perché in quel momento un uomo uscì dall'ombra accanto a lui e gli puntò la pistola alla testa.

«Mollala.»

«Posso posarla a terra?»

«No.»

Pellam lasciò cadere la pistola.

Non era Taylor. L'uomo era brizzolato, sulla cinquantina, calcolò Pellam, e portava indumenti kaki da escursionista. Fece segno a Pellam di indietreggiare e recuperò la Peacemaker. «È qui» disse al cellulare.

«Lui dov'è?»

Riferendosi all'escursionista-poeta.

Ma Pellam conosceva la risposta alla domanda: il chiacchierone doveva essere morto o legato da qualche parte lì vicino.

Questo tizio davanti a lui, con la pistola, era Chris? Il marito o il compagno di Lis l'ecologista, che aveva ucciso Jonas Barnes nei pressi di Devil's Playground presumibilmente perché Barnes avrebbe violentato la terra piazzando un centro commerciale lungo il tratto che portava all'interstatale?

In tal caso, Pellam pensò che fosse alquanto ironico averla quasi travolta mentre tornava dalla sua missione omicida.

E infatti udì la voce di una donna. «Eccomi, sono io.»

Giratosi verso il suono, Pellam capì che la sua teoria sul decesso di Barnes, anche se logica, era in realtà sbagliata.

L'assassina non era l'amante della Terra Lis.

Era Hannah Billings.

Pellam si voltò versò l'uomo con la pistola e disse: «Quindi tu devi essere Ed».

«Quell'affare funziona?» domandò a suo marito.

L'uomo stava osservando la Peacemaker di Pellam con una certa ammirazione. «Bella. Ne ho una collezione.»

A Pellam sovvenne il bizzarro pensiero che Ed Billings stesse per dare inizio a una cordiale conversazione sulle armi da fuoco antiche.

Con un'occhiata neutra in direzione di Pellam, Ed entrò nella caverna e sollevò di peso Taylor. Era legato, ma non con il nastro adesivo, che poteva lasciare un residuo individuabile dai tizi della Scientifica. Erano bravi. Pellam lo sapeva grazie ai diversi film in cui aveva lavorato. L'aveva imparato anche da un incidente del passato, un'accusa di omicidio che aveva fatto naufragare la sua carriera di regista ed era responsabile dell'attuale mestiere di addetto ai sopralluoghi. La polizia aveva fatto confusione con le prove. L'avvocato difensore estremamente costoso di Pellam non si era affannato a dare il colpo di grazia a quella testimonianza.

«Che diavolo sta succedendo?» chiese. «Voi chi siete?»

Pellam non aveva difficoltà a immaginare cosa avevano architettato quei due: Oh, dannazione, ci siamo sbagliati, avrebbe dichiarato lo sceriffo. Quel Pellam non era colpevole, dopotutto. È stato quello strambo poeta a uccidere Jonas Barnes. Un autostoppista, cosa vi aspettavate? Pellam l'ha rintracciato – per dimostrare di essere innocente – e l'uomo l'ha aggredito. Hanno lottato, lui è morto.

Che peccato.

Il povero autostoppista era tanto sconcertato quanto terrorizzato.

Pellam annuì. «È stato per la proprietà immobiliare?»

Hannah lo stava ignorando. Osservava il paesaggio, gli accessi, gli sfondi. Diamine, sembrava un direttore della fotografia che sceglieva le inquadrature.

Ma Ed era lieto di parlare. «Barnes aveva un'opzione d'acquisto per i cinque acri accanto al Devil's Playground.»

«Del valore di milioni per il proprietario del terreno» disse Pellam. «Una volta finito il raccordo.»

Ed Billings annuì. «Fast food, distributori di benzina e bagni. Più o meno la descrizione del nostro Paese, giusto?»

Pellam era distratto, dal momento che la pistola dell'uomo, un'efficiente Glock, si spostò verso il suo addome, scendendo sull'inguine. La Glock non aveva una sicura tradizionale. Puntavi e sparavi. E il grilletto era parecchio leggero. Pellam sentì contrarsi certe parti basse.

«Ma la sua società potrebbe far valere l'opzione.»

«No, conosciamo la moglie. Non le interessano le proprietà immobiliari.»

Pellam si rivolse a Hannah. «Hai ucciso Barnes ma ti serviva un capro espiatorio, così hai caricato l'autostoppista, che si sarebbe preso la colpa. Sarebbe stato facile. Uccidi il tizio della società immobiliare, piazzi addosso a Taylor alcune delle sue cose, un po' di DNA... Probabilmente avrebbe funzionato. Ma poi – ah, adesso ci arrivo – poi arriva l'imprevisto. Io.»

Hannah disse: «Dopo che Barnes è morto, ti ho visto con quella tua bella videocamera. Temevo che mi avessi ripresa».

«E hai manomesso i miei freni.» Una fiacca risata. «Sicuro, conosci le auto... il modo in cui hai steso Rudy con la storia delle luci di stop. Avresti rovistato tra i rottami e trovato videocamera e nastri.»

«Solo che sei arrivato ai tornanti prima del previsto e mi hai speronata.»

Pellam comprese. «Hai dovuto cambiare il tuo piano, certo. Hai deciso di bere qualcosa nel mio camper. Hai preso i nastri quando sono andato all'alimentari?»

«Sì.» Annuì, presumibilmente rivolta al pickup, parcheggiato lì vicino.

«Ma vi serviva ancora un capro espiatorio.» Pellam guardò Ed Billings. «E sei venuto a rapire Taylor, ti sei messo i suoi vestiti e hai ucciso il poliziotto.»

«Esatto.»

«E adesso io uccido Taylor e lui uccide me. Fine della storia.»

Hannah aveva perso interesse per la conversazione. «Già» disse. «Sparagli. Sono stufa di queste stronzate. Voglio andare a casa.»

A Hamlin c'è un centro commerciale...

Proprio come la fine di un film di Quentin Tarantino. Il regista tendeva a ricadere sul buon vecchio stallo messicano, con tutti che si puntavano una pistola l'un l'altro.

«Solo una cosa» disse Pellam per guadagnare tempo.

«Cioè?» domandò Ed.

«A che punto lei spara a *te*?»

«A me?»

«È quello lo scenario in situazioni del genere. La ragazza architetta tutto quanto e poi dà la colpa al marito. Lui confessa e lei si allontana nel tramonto con i soldi.»

Una breve pausa. Ed disse: «Sai qual è il difetto? Puoi farlo solo una volta. E finora serviamo l'uno all'altra più vivi che morti».

Sollevò la Glock.

Fu allora che una serie di luci si accesero e alcune voci iniziarono a urlare: «Polizia, polizia! A terra, giù le armi!» e simili espressioni assortite da sbirro, tutte pronunciate con fervore.

Pellam immaginò che lo sceriffo Werther e gli altri stessero venendo alla carica con i loro fucili da assalto, effettuando brillanti procedure d'arresto.

Non poté dirlo con certezza. Al primo lampo di luce, si calò pancia a terra e abbassò la testa. Un altro aspetto delle storie noir è che tutti hanno una pistola e sono sempre ansiosi di usarla.

Quindici minuti dopo, Pellam era appoggiato alla fiancata dell'auto dello sceriffo Werther. Gli restituì il dispositivo di tracciamento – sembrava un telecomando per garage – che l'uomo gli aveva fatto scivolare in tasca durante il finto arresto due ore prima, davanti al Winnebago.

«Ha funzionato alla grande» osservò Pellam.

Werther, tuttavia, fece una smorfia nel guardarlo. «A dire la verità, pare che fossero rimasti solo cinque minuti di batteria.»

Cioè, pensò Pellam, se non l'avessero rintracciato in tempo alla miniera, a quell'ora sarebbe morto.

«Ah.»

Ma considerando che il piano dello sceriffo era stato elaborato alla svelta, era prevedibile che ci sarebbero state un paio di falle.

Quando Pellam era stato messo in contatto con Werther dopo aver trovato il poliziotto morto e Rudy ferito, lo sceriffo aveva spiegato che secondo il coroner Barnes era stato accoltellato da una persona bassa, uno e sessantacinque o meno, data l'angolazione delle ferite da coltello. «E ricorda che qualcuno ha cercato di trascinare il corpo in una caverna? Il poliziotto pensava che avesse desistito perché era stato visto. Fatto sta che ho concluso che questo qualcuno non aveva la forza necessaria.»

Questi elementi suggerivano che l'assassino potesse essere una donna, spiegò.

Be', c'erano due donne che avevano qualcosa a che fare con la vicenda, aveva detto Werther: Hannah e Lis. E ciascuna aveva un partner maschile che poteva essere un complice. Perciò lo sceriffo aveva deciso di mettere in atto una trappola per scoprire se una delle due fosse l'assassina. Ma gli serviva l'aiuto di Pellam. Il location scout doveva far sapere sia a Hannah sia a Lis che stava cercando Taylor.

Trasformando se stesso in un capro espiatorio.

Chiunque si fosse presentato alla miniera per ucciderlo sarebbe stato il colpevole.

Taylor era in osservazione all'ospedale di Redding. Ed Billings ci era andato giù pesante. Quando mezz'ora prima aveva salutato Pellam, gli aveva rivolto un sorriso mesto dicendo: «Ehi, che esperienza, eh?».

«Buona fortuna con le poesie» gli aveva augurato Pellam mentre raggiungeva l'ambulanza.

«Mi dica» domandò Werther, «ha ripreso qualcuno al Devil's Playground?»

Pellam proruppe in una risata amara. «Neanche un'anima.»
«Mmh, peccato. Anche se immagino che non ci serva come prova.»
«Anche lei possiede un terreno nei dintorni, vero, sceriffo?» chiese sarcastico Pellam.
«Oh, quello che ha detto Rita? Sì, è vero. Una casa per le vacanze che do in affitto. Aiuta con certe spese che deve sostenere mio figlio.»
Per il nipote autistico, ricordò Pellam.
«Sospetta di me?» domandò Werther.
«No, signore, non mi è mai passato per la mente.»
Invece sì.
«Okay... Ora, per quella piccola faccenda dello scambio di favori, è tutto a posto» disse lo sceriffo.
«Grazie.»
«Se l'è meritato.»
Pellam gli chiese poi il numero di suo cognato.
«Rudy? Non riuscirà a sistemare il suo camper prima di domani.»
«Si tratta di un'altra cosa.»
Scorse un movimento con la coda dell'occhio. Hannah Billings veniva condotta attraverso il parcheggio davanti alla miniera verso un'autopattuglia. Lei guardò nella sua direzione.
Un'espressione balenò nella mente di Pellam:
Se gli sguardi potessero uccidere...

Ecco Rita alla tavola calda, il nome ricamato con orgoglio sul notevole seno.
Sta facendo quello che sa fare meglio con diligenza e cortesia, e senza tollerare sciocchezze da parte di ex registi diventati location scout, poeti seduttori, killer dall'animo nero, santi. Da nessuno. Prende sul serio il mestiere di cameriera.
Pellam non era in vena di cibi surgelati e così aveva concordato un noleggio privato con Rudy (sì, la Gremlin verde bile, che considerava un veicolo parecchio sottovalutato: poteva battere la

Pinto e il maggiolone della VW a mani basse, perlomeno con l'optional di un BorgWarner a quattro velocità).

Pellam ha finito il polpettone e ordina una crostata al formaggio. Non gli piaceva questo abbinamento ma, davvero, a chi può piacere? Non ti danno nient'altro che mele dolci e Kraft salato. Vorrebbe un whisky, ma all'Overlook è fuori questione, perciò caffè sia. Un caffè eccellente.

Riceve una telefonata sul cellulare. Il regista di *Paradice* è in estasi perché alla fine Pellam si è aggiudicato un permesso per le riprese al Devil's Playground.

«Come ci sei riuscito?»

Ho messo la mia vita a repentaglio per incastrare una femme fatale, pensa, guadagnandomi l'amicizia dello sceriffo Werther e la sua assistenza in tutte le faccende governative del posto.

«Ho solo mosso qualche filo.»

«Ah, amo quelli che muovono i fili» sospira il regista.

Pellam pensa di suggerire un nuovo nome per il film: *Devil's Playground*. Ma dentro di sé sa che il regista non accetterà mai: *ama* il suo titolo sbagliato.

Bene. È il suo film, non il mio.

Mentre conclude la chiamata, Pellam si sente osservato. Alza lo sguardo e pensa che Rita voglia provarci con lui, il che non è affatto una brutta cosa.

Poi le rivolge un sorriso e vede che il suo sguardo non è per lui. È per un giovane seduto accanto a un espositore girevole di dessert, che mostra torte alte un metro. Lui ricambia lo sguardo. Il ragazzo nervoso è attraente, anche se brufoloso. È seduto in fondo al bancone, isolato, in modo che può chiacchierare un po' in privato con lei. Pellam sa anche che le lascerà cinque dollari di mancia, sebbene non possa permetterselo, su un conto di dieci, cosa che la imbarazzerà e conquisterà al tempo stesso.

L'amore non è meraviglioso?

La crostata atterra davanti a lui e Pellam la gusta. È buona, senza alcun dubbio.

I suoi pensieri vagano. Sta riflettendo sul suo periodo a Paradice, un momento, no, a *Gurney*, e conclude che, proprio come la Statale 14, la vita a volte è una serie di tornanti. Non sai mai cosa succederà dietro la prossima curva, né chi ti troverai di fronte.

Ma altre volte la strada non curva affatto. È dritta come un fuso per chilometri e chilometri. Ciò che vedi davanti a te è esattamente ciò che avrai, nessun trucco, nessuna sorpresa. E le persone che incontri sono proprio quello che sembrano. L'ambientalista è semplicemente dedita a salvare la Terra. Il poeta autostoppista non è altro, più o meno, che una sedicente anima gemella di Jack Kerouac, che gira in cerca di chissà cosa. Lo sceriffo è un professionista che lavora sodo, con una coscienza e un nipote che ha bisogno di cure particolari.

E la sexy cowgirl con le unghie rosse e una piuma nello Stetson è esattamente la stronza che dentro di te sapevi si sarebbe rivelata.

VI

ATLETI

Gli stadi olimpici sono diversi da ogni altra struttura sulla terra.

Dal complesso sportivo di Berlino 1936 alla svettante costruzione di Montréal 1976, più alta del Washington Monument... tutti questi stadi emanano una reale magnificenza, ognuno testimonia un momento cruciale della storia umana.

La potenza, tuttavia, ha meno a che fare con l'architettura e più con lo spirito delle competizioni passate e future, un'energia che riempie lo spazio come le esclamazioni degli spettatori. Uno stadio olimpico è il luogo in cui ti metti alla prova contro altri uomini come te. Per quello che definisce la natura umana.

Questo pensiero filosofico stava attraversando per la mente di Yuri Umarov mentre guardava il più recente stadio olimpico del mondo, ingegnosamente concepito per assomigliare a un nido d'uccello. L'immagine era increspata dalle ondate di calore.

Yuri, madido di sudore, sedeva accanto alla pista di una scuola superiore di Pechino, dove, insieme a decine di altre persone – del luogo e straniere – si era allenato per tutta la mattina.

Competere. Vincere. Portare gloria ai tuoi connazionali.

Percepiva adesso questo spirito, questa energia.

Ma si sentiva anche esausto. E la gloria che cercava sembrava estremamente sfuggente. Le gambe e il fianco gli dolevano dopo il centesimo giro di pista dalle cinque di quel mattino. I polmoni gli bruciavano per via dell'aria densa. Apparentemente il governo locale stava lavorando per ripulire l'atmosfera, ma per Yuri, ragazzo di montagna, era come allenarsi in una stanza piena di fumo.

Alzò lo sguardo e vide avvicinarsi il suo mentore.

Gregor Dallayev, capelli bianchi, il doppio della sua età, camminava svelto. Ancora atletico, l'uomo, che sfoggiava grandi baffi, indossava calzoni bianchi e maglietta scura con il colletto. Macchie di sudore si allargavano sotto le ascelle ma, a parte questo, sembrava indifferente all'aggressivo caldo estivo.

Era anche indifferente alla performance di Yuri.

«Sei seduto» disse spazientito Gregor in russo.

Yuri si alzò all'istante. Prese l'acqua che l'uomo gli porgeva e ne bevve metà; si versò il resto su testa e spalle. Respirava più a fatica del dovuto, nel tentativo di convincere l'altro di essere davvero sfinito. L'occhio esperto di Gregor studiò l'atleta con un'espressione che diceva: Non cercare di ingannarmi. L'ho già visto prima.

«L'ultima corsa non era accettabile.» Sollevò un cronometro. «Guarda il tempo.»

Il sudore annebbiava gli occhi di Yuri, che quasi non vedeva l'orologio, figuriamoci le cifre digitali.

«Ero...» Yuri stava per addurre una scusa, un crampo, un tratto di pista sdrucciolevole. Ma Gregor non accettava scuse da nessuno. E, in effetti, avevano un brutto sapore anche in bocca a Yuri. Tali erano state la sua educazione e formazione, durante i diciannove anni della sua vita. «Mi dispiace.»

Gregor, tuttavia, cedette e sorrise. «Sole bestiale. Non è come a casa.»

«No, signore. Non è affatto come a casa.»

Poi, mentre si dirigevano alla linea di partenza, Gregor tornò a essere il supervisore. «Sai qual è il tuo problema?»

Ce n'erano indubbiamente parecchi. Yuri trovò più facile rispondere: «No, signore».

Il mentore disse piano: «Non guardi il secondo nastro».

«Il secondo nastro?»

Gregor annuì. «Lì dentro» disse, indicando con la testa lo stadio illuminato dal sole caliginoso, «lì dentro, gli atleti migliori non corrono per rompere con il petto il nastro sulla linea d'arrivo.»

«No?»

«No!» lo schernì il mentore. «Non lo vedono, il nastro. Non vedono neanche la linea d'arrivo. Si concentrano sul secondo nastro.»

«Dov'è il secondo nastro, signore?»

«È *oltre* la linea d'arrivo. Forse tre metri, forse venti. Forse uno.»

«Non credo di averlo mai visto.»

«Non si vede, non con gli occhi. Lo vedi qui dentro.» Si toccò il petto. «Nel cuore.»

Yuri attese che l'uomo più grande concludesse, come sapeva avrebbe fatto.

«Quello è il nastro che devi raggiungere. È il traguardo dopo il traguardo. Vedi, gli atleti più scarsi rallentano quando sono in vista del traguardo. Ma tu non lo farai. Tu continuerai a correre sempre più veloce, anche se ti sembrerà impossibile. Devi superare la linea d'arrivo come se non esistesse e volare dritto verso il secondo nastro.»

«Credo di aver capito, signore.»

Gregor lo guardò. «Sì, credo di sì. Domani qualunque tempo sopra i trenta secondi sarà una sconfitta. Tutto il tuo viaggio qui sarà stato uno spreco. Non vuoi disonorare te stesso e il tuo Paese, vero?»

«Certo che no, signore.»

«Bene, riproviamo. La tua ultima corsa era trentuno punto due secondi. Non è sufficiente. Adesso, al tuo posto. E stavolta corri per il secondo nastro.»

Billy Savitch era il più giovane della squadra americana.

Nella sottile tuta di nylon, decorata dalla bandiera stelle e strisce, vagava per il comprensorio americano, distribuendo cenni di saluto agli atleti che conosceva, fermandosi a chiacchierare con lo staff. E ignorando le ragazze che flirtavano. Billy non era interessato a loro, ma il motivo di tutti quei sorrisi era comprensibile. Era vigoroso, attraente e affascinante. Con i capelli a spazzola, lo sguardo penetrante e il volto squadrato sembrava un cowboy: genere che, nel suo Stato natale, il Texas, continuava ad abbondare.

Questa era la seconda volta che usciva dal Paese, e la prima Olimpiade, anche se guardava i Giochi in TV ogni quattro anni (in passato sul grande schermo a casa dei suoi e l'ultima volta sul piccolissimo televisore della casa in cui viveva con la moglie e la loro bambina).

E, mio Dio, pensa un po'. Eccolo in Cina, partecipante al più famoso evento sportivo del mondo. Era la cosa migliore che gli fosse mai accaduta, a parte essere marito e padre.

Anche se non era tutto rose e fiori.

Per via del suo status di junior. Era solo una riserva. E in quanto stella della sua squadra in patria, era difficile per lui essere relegato a ultima ruota del carro. Non che i colleghi lo trattassero male. Solo che di rado si accorgevano di lui.

L'indomani era l'inizio dei Giochi e sapeva che sarebbe stato praticamente ignorato.

Non avrebbe dovuto lamentarsi. Ma era ambizioso e aveva una vena di irrequietezza, esattamente quello che lo aveva portato fino a lì. Fare ciò che credeva fosse destinato a fare.

Si portò alle labbra la bottiglia d'acqua e ne bevve un grande sorso. Guardò l'orologio. Tra mezz'ora sarebbe potuto andare in palestra ad allenarsi. Era impaziente. Il giorno prima si era allenato per due ore e anche quel giorno avrebbe fatto altrettanto. Le sue braccia erano solide come l'acciaio, e anche le gambe.

«Savitch!»

Si voltò all'istante nell'udire la voce dell'uomo responsabile della sua presenza lì.

Muscoloso e con un viso stretto e scavato, Frederick Alston avanzava a grandi passi sull'erba. Quella era una sua caratteristica. Non ti faceva mai andare da lui. Aveva quel tipo di sicurezza. Poteva venire dritto da te e farti comunque sentire come se fossi stato convocato. Malgrado il caldo, portava un completo con la cravatta, come sempre. Con qualunque tempo, in qualunque occasione.

Alston si fermò e lo squadrò. Il giovane non si aspettava una lunga conversazione; non era lo stile di Alston. Mentre alcuni dirigenti controllavano con pignoleria e stavano troppo addosso alle loro squadre, Alston non lo faceva. Se non eri in grado di fare la tua parte, eri fuori. Così, punto.

E infatti l'incontro fu breve.

A stupire, anzi, scioccare Billy fu il contenuto del breve scambio.

«Penso che tu sia pronto per scendere in pista. È così?»

«Pronto per cosa?»

«Sei pronto per scendere in pista?» ripeté Alston spazientito.

«Sissignore.»

«Bene. Domani. Nove del mattino.»

«L'inaugurazione?» disse Billy tutto d'un fiato.

Alston serrò le labbra. «Quand'è l'inaugurazione?»

«Domani.»

«Allora immagino sia quello che intendo.» Fece per andarsene. Poi si fermò. «Una cosa, Savitch.»

«Sì, signore?»

«Non mandare tutto a puttane.»

«No, signore.»

E con quest'unico consiglio, Alston si voltò e si allontanò svelto, lasciando il giovane accanto a un percorso di allenamento, sudato sotto un sole forte e caldo quanto quello del Texas.

Ch'ao Yuan era sulla quarantina, solido, dai capelli corti e impomatati. Indossava completo scuro e camicia bianca. Era un burocrate del governo, ex funzionario del Partito Comunista, e attualmente capo della sicurezza dello stadio. Erano una mezza dozzina i funzionari come lui – come per tutte le Olimpiadi, c'erano decine di sedi in tutta la città – ma sapeva che il suo era l'incarico più prestigioso. E il più stressante. Il grosso nido di uccello sarebbe stato *il* bersaglio per i nemici, che il suo Paese aveva in quantità.

Per non parlare di israeliani, americani e iraniani.

E gli iracheni... Oh, per favore.

Adesso, tardo pomeriggio prima dell'inaugurazione dei Giochi, si trovava in una modesta stanza in uno dei tanti palazzi di uffici temporanei costruiti per le Olimpiadi. (I Giochi, aveva appreso Ch'ao, erano in parte atletica ma perlopiù affari, il che significava scartoffie.)

Sedeva proteso verso il computer, sul cui schermo compariva una e-mail decrittata, che un contatto dei servizi segreti interni gli aveva inviato. L'aveva già letta una volta. E adesso la stava rileggendo. Cercando di capire in che punto della scala dei pericoli ricadesse. Naturalmente la sicurezza per l'evento era estrema.

Erano in atto una serie di sistemi di sicurezza. Una recinzione perimetrale attorno allo stadio. Pass dotati di chip. Rilevatori di impronte digitali, scanner per il riconoscimento dell'iride. Metal detector, ovviamente, oltre a rilevatori di bombe – sia cani sia macchine – a ogni ingresso. Allarmi su tutte le porte di servizio. Generatori di emergenza automatici che entravano in funzione in soli trenta secondi, in grado di sostenere l'intero fabbisogno energetico dello stadio. E dotati a loro volta di generatori di scorta.

Ch'ao aveva a disposizione cinquecento addetti alla sicurezza.

Aveva fiducia nelle misure adottate.

Eppure, quell'informazione in particolare lo turbava più delle altre.

Fece una smorfia quando la sua segretaria annunciò l'arrivo dei visitatori e spense il computer.

Qualche minuto dopo, due uomini entrarono nel suo ufficio: Frederick Alston, la cui squadra americana risiedeva nei paraggi, e la sua controparte russa, Vladimir Rudenko, la cui squadra si trovava a qualche chilometro nella direzione opposta.

Li aveva incontrati qualche settimana prima ed erano diventati amici, malgrado storia e cultura diverse. «Strani compagni di letto» era l'espressione che aveva usato Alston (che, all'inizio, Ch'ao pensava di aver tradotto male).

Li salutò in quella che virtualmente, se non ufficialmente, era la lingua delle Olimpiadi, l'inglese, ma sia Alston sia Rudenko risposero in un mandarino passabile.

«Devo dirvi qualcosa» esordì Ch'ao. «Ho ricevuto una comunicazione relativa a una minaccia alla sicurezza di una delle vostre squadre, o entrambe.»

«Solo quella russa e quella americana?» chiese Rudenko.

«Proprio così.»

«Da parte degli arabi?» domandò Alston. Aveva corti capelli grigi e una pelle liscia che il butterato Ch'ao gli invidiava.

«Nessuna informazione riguardo l'origine della minaccia.»

Rudenko, un uomo grosso ma affatto tonico, che spiccava in contrasto con gli atleti snelli e muscolosi con cui era venuto in Cina, si lasciò sfuggire una debole risata. «Neanche mi prendo il disturbo di chiederlo; la madrepatria ha fin troppi nemici.»

«Di che minaccia si tratta?» chiese Alston.

«Non è una cosa specifica. Più una stoppata.»

«Soffiata» lo corresse Alston.

«Sì» aggiunse Rudenko. «La stoppata è quella del basket, uno dei nostri sport preferiti.» L'occhiata beffarda a Alston poteva significare una cosa sola, il ricordo della famosa partita del 1972 e la controversa vittoria della Russia. Alston ignorò la frecciata.

Ch'ao continuò, spiegando che un informatore diceva di aver visto il giorno prima qualcuno a bordo di una Chevy verde prendere un carico di esplosivo al plastico. «E un *altro* informatore, indipendente dal primo, diceva che ci sarebbe stato un attentato ai danni di alcuni dei vostri atleti. Non so se le cose sono collegate, ma parrebbe di sì.»

«Una verde *cosa*?» domandò Rudenko.

Ch'ao gli spiegò dell'auto economica che spopolava nel Paese.

«E non sapete niente di più?» si informò Alston.

«No, stiamo verificando al momento.»

Il russo ridacchiò. «E c'è uno sguardo nei tuoi occhi, consentimi, *compagno* Ch'ao, che mi preoccupa.»

Ch'ao sospirò e annuì. «Vi sto chiedendo di ritirare le vostre squadre dalla gara di domani finché non sapremo cosa sta succedendo.»

Rudenko lo guardò allibito. Alston scoppiò a ridere. «Non dirai sul serio.»

«Temo di sì.»

«È la giornata inaugurale dei Giochi. *Dobbiamo* gareggiare. Farebbe una pessima impressione se non ci fossimo.»

«Sì, e alcuni di questi atleti sono qui solo per uno o due eventi. Se non gareggiano domani, potrebbero perdere l'unica chance della vita di partecipare alle Olimpiadi.»

«I nostri giovani si allenano da anni per questo.»

«Comprendo il dilemma ma sono preoccupato per l'incolumità dei vostri atleti.»

Il russo e l'americano si guardarono. Alston disse: «Parlerò alla squadra. Sarà una loro decisione. Ma posso dirti fin d'ora come voteranno».

«Quante minacce del genere avete ricevuto?» domandò Rudenko.

«Ce ne sono arrivate a decine. Niente di così specifico, però.»

«Ma» osservò il russo «non si può dire che sia specifica.»

«Tuttavia, devo raccomandarvi caldamente di prendere in considerazione il ritiro della squadra.»

Gli uomini si congedarono e lasciarono l'ufficio.

Un'ora dopo, il telefono di Ch'ao squillò. Sollevò il ricevitore. Era Alston: aveva parlato con la squadra e la decisione era stata unanime. Non si sarebbero ritirati. «Siamo qui per gareggiare. Non per nasconderci.»

Aveva appena riattaccato quando ricevette una telefonata dal russo, che gli disse che anche la sua squadra sarebbe stata presente all'inaugurazione.

Con un sospiro, Ch'ao riappese. Non mi meraviglia che la Guerra Fredda sia durata tanto a lungo, pensò, se il Cremlino e la Casa Bianca dell'epoca erano come questi due, cocciuti e sciocchi come muli.

Intorno alle nove del primo giorno dei Giochi, un uomo raggiunse in bicicletta un basso edificio sbiadito nei pressi di

Chaoyang Park che, per caso, era sede di uno degli eventi: l'incontro di pallavolo. L'uomo si fermò, smontò dalla bici e la appoggiò contro il muro. Osservò la strada, piena di biciclette simili, e il parco, pattugliato da addetti alla sicurezza.

Mantenne un'espressione neutra ma, in realtà, era furioso che i cinesi si fossero aggiudicati le Olimpiadi quell'anno. Furente. L'uomo era un uiguro, popolo di lingua turca dell'entroterra cinese, che a lungo aveva combattuto per la propria indipendenza: perlopiù politicamente ma, di tanto in tanto, anche con atti terroristici.

Prese un pacchetto di sigarette dalla tasca della camicia e vi infilò dentro le dita tozze. Trovò la chiave che vi era stata nascosta quando gli avevano passato il pacchetto e, guardandosi intorno, la infilò nel lucchetto di una grossa porta. La aprì ed entrò.

Lì trovò l'auto verde, una delle nuove piccole utilitarie che avevano invaso la Cina. Detestava l'auto tanto quanto le Olimpiadi perché rappresentava più denaro e scambi commerciali per il Paese che opprimeva la sua gente.

Aprì il cofano. Vi trovò diverse centinaia di poster che invocavano l'indipendenza per il popolo uiguro. Erano rozzi ma centravano il punto. Poi aprì un'altra scatola e ne esaminò il contenuto, che lo entusiasmò molto più della retorica in stile maoista: trenta chilogrammi di una sostanza gialla, simile all'argilla, che emanava un aroma pungente. Rimase a fissare l'esplosivo al plastico per un lungo momento, poi rimise il coperchio su entrambe le scatole.

Consultò la cartina e prese nota del punto d'incontro con l'uomo che gli avrebbe fornito i detonatori. Mise in moto e uscì con cautela dal magazzino, senza preoccuparsi di richiudere la porta. Lasciò lì anche la bicicletta. Era un po' triste per quello, ce l'aveva da un anno, ma, considerando la direzione che stava per prendere la sua vita, di sicuro non ne avrebbe più avuto bisogno.

«Ma guardati» disse Gregor, osservando il giovane pupillo in tuta, con la bandiera russa ben evidente sulla spalla. Sin da piccolo, a Yuri era stato insegnato a non prestare troppa attenzione al proprio aspetto, ma quel giorno aveva impiegato parecchio tempo – dopo il riscaldamento, ovviamente – a radersi e a pettinarsi.

L'adolescente sorrise timido al complimento di Gregor.

Erano all'esterno dello stadio, nei pressi di una recinzione di sicurezza, e guardavano le migliaia di teste degli spettatori in file sinuose verso lo stadio. Vicino ai due uomini, gli autobus continuavano a scaricare atleti che, con i borsoni in spalla, accedevano dagli ingressi loro riservati. Alcuni erano nervosi, altri gioviali. Tutti erano impazienti.

Gregor guardò l'ora. La squadra russa doveva posare per le foto con i capi del Comitato olimpico di lì a mezz'ora, poco prima dell'inizio dei Giochi. Yuri, naturalmente, sarebbe stato in prima fila. «Devi andare. Ma prima... ho qualcosa per te.»

«Davvero, signore?»

«Sì.»

Gregor tirò fuori dalla tasca un sacchetto. Ne estrasse una striscia di satin color oro.

«Ecco, questo è per te.»

«È il secondo nastro!» esclamò Yuri.

Gregor non era tipo da espressioni dolci ma si concesse un leggero sorriso. «Proprio così.» Lo prese dalle mani del ragazzo, vi fece un nodo e glielo infilò al collo.

«Adesso va', rendi orgogliosi i tuoi connazionali.»

«Lo farò, signore.»

Gregor si voltò e si allontanò a grandi passi con quel suo fare distratto, come se il ragazzo gli fosse passato di mente nell'istante in cui si era girato. Ma Yuri sapeva che non era mai così.

L'uiguro trovò l'incrocio che cercava e parcheggiò la Chevy verde. Davanti a lui, a un chilometro e mezzo di distanza, vedeva parte dello stadio olimpico. Assomigliava davvero a un nido.

Per avvoltoi, pensò. Si compiacque della propria arguzia.

Dieci minuti all'incontro con l'uomo. Era un cinese e avrebbe indossato calzoni neri e giacca maoista gialla. L'uiguro scrutò le persone che camminavano per la strada. Odiava Pechino. Prima...

I suoi pensieri si dissolsero quando vide un movimento nello specchietto retrovisore.

La polizia stava correndo verso di lui, indicandolo.

Quelli non erano i tipici poliziotti di Pechino né la vigilanza olimpica con le sue tute celesti. Era sicurezza militare, in assetto da battaglia, e puntavano mitra nella sua direzione. Urlando e sgomberando la strada.

No! Sono stato tradito! pensò.

Fece per mettere in moto.

Fu allora che lui e la sua auto svanirono in una frazione di secondo, diventando ciò in cui ti trasforma un cofano pieno di esplosivo al plastico.

Yuri Umarov trasalì, come tutti quelli attorno a lui, quando, da qualche parte a sud dello stadio, giunse il boato.

Le luci decorative attorno alla struttura si spensero.

Scattarono gli allarmi di alcune auto.

E Yuri cominciò a correre.

Saltò la recinzione ma le guardie, come tutti gli altri, erano girate verso l'esplosione, chiedendosi se da quella direzione sarebbe seguita una minaccia.

Poi oltrepassò la zona di sicurezza e si mise a correre verso lo stadio con tutta la velocità di cui era capace, colpendo con forza il cemento e poi l'erba.

Trenta secondi.

Quello era il tempo che, gli aveva detto il suo mentore Gregor, aveva a disposizione per correre alla porta di servizio sul retro dello stadio e aprirla prima che i generatori di emergenza entrassero in azione e i sistemi d'allarme riprendessero a funzionare.

Respiro affannoso, un mitra che sparava, rocce che precipitavano giù da una montagna.

I polmoni gli bruciavano.

Contava i secondi: ventidue, ventuno.

Senza guardare l'orologio, senza guardare le guardie, gli spettatori.

Guardando una cosa sola, qualcosa che non poteva nemmeno vedere: il secondo nastro.

Diciotto secondi, diciassette.

Più veloce, più veloce.

Il secondo nastro...

Undici, dieci, nove...

Poi, risucchiando l'aria calda e umida, il sudore che colava, arrivò alla porta di servizio. Estrasse un piccolo grimaldello dalla tasca, scassinò la serratura e balzò nel freddo deposito in penombra, nel ventre dello stadio.

Sei, cinque, quattro...

Sbatté la porta e si accertò che i sensori degli allarmi fossero allineati.

Clic.

Le luci si riaccesero. Il sistema d'allarme mandava bagliori rossi.

Recitò una breve preghiera di ringraziamento.

Yuri si accovacciò, stiracchiando le gambe doloranti, lottando per respirare nell'aria viziata che lo avvolgeva.

Dopo cinque minuti si alzò e andò a una delle porte interne, che non erano dotate di allarme. Entrò nel corridoio illuminato. Superò stand e negozi. Finalmente uscì nello stadio vero e proprio, che si apriva sotto di lui.

Era maestoso. Rimase pietrificato a quella vista.

La gente aveva ripreso a entrare in massa, apparentemente rassicurata dall'annuncio secondo cui la breve interruzione di corrente era dovuta a un piccolo inconveniente tecnico.

Ridendo tra sé a quelle parole, Yuri si orientò. Trovò il punto dello stadio, sotto le tribune dei dignitari, dove la squadra russa gironzolava in attesa della sessione fotografica con le autorità.

Meraviglioso, rifletté. E c'era anche una videocamera. Con il volere di Dio, sarebbe stata trasmessa in diretta e avrebbe diffuso in tutto il mondo il suo grido: «Morte agli oppressori russi! Lunga vita alla Repubblica Cecena!».

L'aveva provato tante volte quante la volata di trenta secondi.

Competere. Vincere. Portare gloria ai tuoi connazionali...

Yuri si inginocchiò e aprì il borsone. Cominciò a infilare gli inneschi nell'esplosivo all'interno e a collegarli al detonatore a pulsante. Sfrecciare dalla recinzione di sicurezza allo stadio con la bomba innescata, aveva osservato Gregor, non era una buona idea.

«Cos'è stato?» pretese di sapere Ch'ao Yuan, parlando al cellulare protetto.

«Non ne siamo sicuri, signore.»

«Be', qualcuno lo è» scattò Ch'ao.

Perché quel qualcuno, dell'ufficio relazioni con il pubblico, aveva diffuso un comunicato per informare le ottantacinquemila persone presenti nello stadio che non c'era alcun rischio. Si era trattato di un problema tecnico ed era stato risolto.

Tuttavia nessuno aveva chiamato Ch'ao per dirgli alcunché.

Uno dei suoi subordinati, un uomo che parlava mandarino come se fosse cresciuto a Canton, continuò: «Abbiamo verificato con la compagnia elettrica. Non possiamo dirlo con certezza, signore. L'infrastruttura... sa. È già successo prima. Sovraccarico di tensione».

«Quindi non sapete se è stata una bomba o il mezzo milione in più di persone in città che hanno acceso il condizionatore?»

«Stiamo controllando adesso. C'è una squadra sul posto, sta esaminando i residui. Lo sapranno presto.»

«Quanto presto?»

«Molto presto.»

Ch'ao sbatté il ricevitore.

Molto presto...

Stava per fare un'altra telefonata quando un uomo entrò nel suo ufficio. Ch'ao si alzò in piedi. Disse con rispetto: «Mr Liu».

L'uomo, un alto funzionario della sicurezza interna di Pechino, ricambiò con un cenno. «Sto andando allo stadio, Yuan.»

Ch'ao notò lo sprezzante uso del nome.

«Hai notizie?»

«Ancora niente, signore.»

Liu, faccia lunga e capelli ispidi, sembrava perplesso. «Cosa vuoi dire?»

«Riguardo all'esplosione, presumo. Niente. Gli uomini stanno ancora analizzando la stazione di ricambio. Sarà...»

«No, no, no.» L'espressione dell'uomo era collerica. Fece ampi gesti con le mani. «Abbiamo la risposta.»

«Risposta.»

«Sì. I miei uomini sono sul posto. E hanno trovato manifesti indipendentisti degli uiguri. Il terrorista era diretto allo stadio quando l'abbiamo trovato grazie a una soffiata. La bomba è esplosa prima del previsto mentre stavano per arrestarlo.»

«Uiguri?» Aveva senso. Tuttavia, Ch'ao aggiunse: «Non sono stato informato».

«Be', non abbiamo ancora reso nota l'informazione. Pensiamo che volesse infilarsi con l'auto nella folla all'ingresso. Ma ha visto la polizia e ha innescato la bomba. Oppure il sistema ha funzionato male.»

«O forse c'è stato un conflitto a fuoco.» Ch'ao stava sempre attento a essere rispettoso. Ma era furioso per quella perentoria cessione del caso. Furioso anche perché, qualunque fosse la causa dell'esplosione, non c'erano testimoni da interrogare. E tutti sapevano che le forze di sicurezza militare avevano il grilletto facile.

Ma Liu replicò in tono calmo: «Non ci sono stati spari». Abbassò la voce. «Se il meccanismo è stato costruito qui, un malfunzionamento è la spiegazione più probabile.» Sorrise, addirittura. «Perciò la faccenda è chiusa.»

«Chiusa?»

«È chiaro ciò che è successo.»

«Ma potrebbe essere parte di una cospirazione più vasta.»

«Da quando in qua gli uiguri hanno cospirazioni vaste? Sono sempre un solo uomo, una bomba, un autobus. Nessuna cospirazione, Yuan.»

«Dobbiamo indagare. Scoprire la provenienza dell'esplosivo. Dell'auto. L'informatore ha detto che gli obiettivi erano i russi o gli americani. Non ha parlato di uiguri.»

«Allora l'informatore si sbagliava. Evidentemente.»

Ch'ao disse d'impulso: «Dobbiamo posticipare i Giochi».

«Di cosa stai parlando?»

«Finché non ne sapremo di più.»

«Posticipare i Giochi? Sei impazzito, Yuan? Ci siamo trovati davanti una minaccia. Abbiamo affrontato quella minaccia. Non è più una minaccia.» Liu spesso parlava come se leggesse vecchio materiale di propaganda.

«È certo che non ci sia alcun rischio, signore?»

«I generatori di supporto sono in funzione, no?»

«Sissignore.»

«Tutta la sicurezza è in posizione e nessuno è stato fatto passare attraverso i metal detector fino al ripristino della corrente elettrica, giusto?»

«Giusto. Ma i sistemi sono rimasti fuori uso per trenta secondi buoni.»

«Trenta secondi» rifletté Liu. «Cosa può succedere in trenta secondi?»

Di questi tempi, 85.000 persone possono morire, pensò Ch'ao. Ma capiva che Liu non era contento del suo atteggiamento. Rimase in silenzio.

«Bene, questo è quanto. Se viene fuori qualcos'altro, dovremo prenderlo in considerazione. Per adesso l'esplosione è strutturale. Questa sera annunceremo che l'attentato è stato opera del movimento uiguro. Diremo che non c'era l'intento di fare del male a nessuno; l'esplosione doveva essere solo un'azione di disturbo...» Gli occhi di Liu si fecero concentrati e scuri. «E tu non dirai niente per il momento, a parte la storia dell'infrastruttura. Un sistema elettrico sovraccarico. Dopotutto, ci resta ancora qualcosa per cui incolpare il Presidente.»

Ci fu uno sviluppo fortuito, notò Yuri, la sacca in spalla mentre scendeva gli interminabili scalini fino al campo.

Osservò che un certo numero di atleti americani chiacchieravano e ridevano con i russi.

Era perfetto. Gli americani avevano fornito adesione solo a parole alla causa cecena, essendo molto più interessati agli scambi commerciali con la Russia. Anzi, a Grozny, pianificando l'attacco, Gregor gli aveva detto che pensavano di prendere di mira anche gli americani. Ma un duplice attacco era considerato troppo difficile.

Ma adesso, Yuri vide elettrizzato che avrebbe portato nella tomba con sé un certo numero di cittadini di entrambi i Paesi.

Rivolse un cenno del capo a una guardia, che rispose con un'occhiata frettolosa al suo passaggio e gli fece segno di proseguire.

Yuri mise piede sul campo olimpico e si avviò verso le due squadre.

Nella sua mente aveva l'immagine del secondo nastro.

In piedi sull'erba del campo olimpico, Billy Savitch si guardava attorno. Ne era rimasto colpito quando l'aveva visto la prima volta al suo arrivo. Adesso il campo era ancora più notevole.

Era vicino a un gruppo di atleti americani. Rivolse cenni di saluto. Loro ricambiarono con i pollici alzati, dandogli il cinque.

Sono davvero in pista, rifletté. Il primo giorno dei Giochi.

E poi ricordò, Non mandare tutto a puttane.

Ci proverò.

No, *provarci* è quello che fanno i perdenti.

Non manderò tutto a puttane.

Gli americani erano vicini a un grosso gruppo di russi. Gran parte della squadra, sembrava. Stavano aspettando che il fotografo cinese scattasse loro le foto. C'erano anche una troupe video e un interprete; stavano facendo interviste ad alcuni atleti.

Billy rimase vicino agli americani, molti dei quali stavano andando incontro agli avversari russi e stringevano loro la mano. Auguravano buona fortuna.

Ma senza mai perdere quella spietatezza nello sguardo.

Si chiese se sembrasse spietato anche lui.

Sentì l'annunciatore ripetere che l'interruzione di corrente era stata causata da un problema tecnico. Il linguaggio evasivo di tutti i governi. Si scusavano per l'inconveniente.

Un russo lo salutò e chiese a un atleta statunitense lì vicino: «Qual è la tua specialità, amico?».

«Sono un velocista» rispose l'americano. «La mia gara principale sono i cento metri.»

«Un velocista?» Il russo gli rivolse un'occhiata malinconica. «Ti invidio. Tu sei un falco che vola. Io uno struzzo che zampetta! Corro le lunghe distanze. Quando gareggi?»

«Tra un'ora.»

«Sarai impaziente.»

«Sì, un po'. Ma non è per me. È per la squadra.»

Il russo rise. «Parli come un bravo comunista.»

I due uomini risero entrambi.

Billy li raggiunse mentre osservava un altro atleta russo, magro, i capelli scuri lisciati all'indietro, che veniva verso di loro dalle tribune, il borsone in spalla. Scrutava il campo attorno a sé con un sorriso piacevole sul volto. Andò dritto verso i russi alla postazione foto.

«Da dove vieni?» domandò a Billy il primo russo.

«Texas.»

«Ah. Le stelle di notte.» L'uomo batté le mani quattro volte.

Guadagnandosi un'altra risata da parte di Billy.

Uno dei coach russi annunciò qualcosa, probabilmente era il momento delle foto perché uomini e donne si stavano radunando attorno al fotografo. Il fondista disse: «Vieni con me, amico cowboy. Tu e il tuo collega. Vi voglio tutti e due nella foto».

«Noi?» chiese Billy.

Gli occhi dell'uomo scintillarono. «Sì, così avrete qualcosa per ricordare la nostra vittoria su di voi.»

Yuri era a sei metri dalla tribuna delle autorità, ammantata di rosso in onore del Paese ospitante e di blu e bianco in onore del luogo natale dei Giochi. Notò che il fotografo era pronto. Anche la videocamera. E una serie di americani si stavano mescolando ai russi. Giovani uomini e donne, felici di essere lì, emozionati.

Se solo avessero saputo cosa avrebbero portato i prossimi minuti. Un'esplosione devastante, cuscinetti a sfera e chiodi che avrebbero lacerato la pelle, trafiggendo i loro corpi allenati.

Si guardò attorno. C'erano guardie sulle gradinate e qualcuna vicino alle porte, ma nessuna lì.

Via libera, come dicevano gli americani.

A tre metri di distanza, avrebbe azionato il dispositivo, decise. Sarebbe stato parecchio vicino.

Fece dondolare il borsone sotto il braccio e iniziò ad aprirlo per tirare fuori il detonatore.

Nel frattempo, lanciò un'occhiata a qualcuno lì vicino che lo stava guardando, un atleta della squadra americana con indosso un completo da corsa. Era giovane, biondo. Si sfregava i capelli a spazzola.

Ma non solo, si rese conto scioccato Yuri. Stava parlando a un microfono che aveva al polso.

I suoi occhi incrociarono quelli dell'americano biondo.

Yuri rimase pietrificato. Poi, freneticamente, iniziò a infilare la mano nel borsone alla ricerca del pulsante detonatore.

Fu allora che il giovane americano estrasse una pistola dalla giacca e la puntò alla testa di Yuri. La gente urlò e si gettò a terra.

Yuri fece per premere il pulsante.

Vide un lampo, ma non era l'esplosivo. Partiva dalla mano del giovane americano.

E poi non vide nulla.

Frederick Alston e Billy Savitch erano nell'ufficio del capo della sicurezza Ch'ao.

Billy pensava che somigliasse un po' a Jackie Chan, ma non ritenne che dirlo fosse una buona idea. Bisognava stare attenti alle offese involontarie laggiù, gli avevano detto.

«Sono così riconoscente a entrambi» disse Ch'ao, alzandosi per stringere loro la mano.

Billy annuì, con l'aria dell'impacciato ragazzo del Sud che era. Dentro di sé, anche lui era riconoscente. Come membro junior della Squadra di sicurezza del dipartimento di Stato USA, diretto da Alston, non aveva mai pensato di trovarsi in prima linea in un'operazione. Si aspettava di continuare a fare ciò che aveva fatto sin dal suo arrivo: controllare i documenti di identità, stare sui tetti imbracciando un mitra, controllare auto, perquisire camere da letto.

Ma Alston aveva avuto abbastanza fiducia in Billy da metterlo al lavoro nello stadio.

Penso che tu sia pronto per scendere in pista...

«Come faceva a sapere che quell'uomo era un terrorista?» gli chiese Ch'ao.

«Non lo sapevo, non all'inizio. Ma ho studiato tutti gli ingressi e le uscite dello stadio e gli atleti non erano mai nelle parti delle gradinate da dove è arrivato lui. Non ci si può arrivare dall'ingresso degli atleti. Perché sarebbe venuto da quella direzione? E aveva in spalla il borsone. Nessuno degli altri sportivi sul campo aveva il borsone; erano tutti negli armadietti.» Billy fece spallucce. «Poi l'ho guardato negli occhi. E ho capito.»

«Chi era?» domandò Alston.

«Yuri Umarov. Viveva nei pressi di Grozny. È venuto a Pechino con Gregor Dallayev la settimana scorsa. Si sono preparati sin da allora, costruendo la bomba, studiando il terreno e la sicurezza.»

«Dallayev, certo» annuì Alston. «Il guerrigliero separatista. Pensiamo fosse coinvolto nell'attentato alla metropolitana di Mosca dell'anno scorso.»

«Potremo accertarlo con sicurezza» disse il cinese con un sorriso. «È in custodia.»

«Qual era esattamente il loro piano?» chiese Billy.

Ch'ao spiegò: «Hanno preso contatti con una cellula di terroristi uiguri e promesso loro trenta chili di esplosivo al plastico da usare come volevano, purché interrompesse i Giochi. Un uiguro ha prelevato l'esplosivo in un luogo prestabilito nei pressi di Chaoyang Park questa mattina. Era la Chevy verde di cui parlavo. Si è recato in un punto di incontro non lontano dallo stadio. Pensiamo avesse intenzione di incontrare un intermediario per la consegna dei detonatori. Ma avevano già programmato un'esplosione a distanza. Avevamo avuto quella soffiata a proposito di una Chevy carica di plastico...».

«Opera di Gregor?» domandò Alston.

«Sì, ne sono convinto. Così, non appena l'uiguro ha parcheggiato vicino alla stazione elettrica di ricambio, Gregor ha fatto un'altra telefonata anonima per denunciare l'auto verde. Quando la polizia è arrivata, Gregor ha fatto esplodere l'auto con un telecomando... E ha messo fuori uso la centralina elettrica accanto a essa.»

«Quindi era quello il motivo dell'incontro lì» comprese Alston. «Una copertura per far saltare l'elettricità.»

«Proprio così. Ha disattivato temporaneamente il sistema d'allarme, dando a Yuri la possibilità di entrare nello stadio.»

Alston aggiunse: «Abbiamo saputo da Washington che il vostro governo voleva chiudere la faccenda, con la morte dell'uiguro. Ma tu ci hai chiamati per dire che c'era più di una minaccia. Come facevi a saperlo?».

«Proprio come lui» un cenno a Billy Savitch, «non lo sapevo. Ma lo sospettavo. Gioco a go. Lo conoscete?»

«Mai sentito» rispose Billy. Anche Alston scosse la testa.

«È la nostra versione degli scacchi. Solo migliore, naturalmente.» Non aveva l'aria di una battuta. «Guardo lontano quando gioco. Bisogna sempre guardare lontano per battere l'avversario a go. Bisogna guardare oltre la scacchiera. Be', oggi ho guardato lontano. Sì, l'esplosione poteva essere stata accidentale. Ma, guardando lontano, ho pensato che potesse essere un eccellente diversivo.»

Il suo telefono vibrò. Ci fu una raffica di parole cinesi. Ch'ao fece una smorfia. Rispose qualcosa. Riattaccò.

Accidenti, parlavano veloci in questo Paese, pensò Billy.

«Problemi?» domandò Alston.

«Vorrei chiedere un favore.»

«Certo.»

«Arriverà un uomo tra qualche minuto. Si chiama Liu. È... be', diciamo, *non* è uno che pensa in prospettiva. Gli ho promesso che *non* avrei allertato la sicurezza riguardo alla possibile presenza di un'altra minaccia...»

«Politica, eh?» fece Alston.

«Esattamente.»

«Per noi va bene.» Guardò Billy. «Savitch ha agito di sua iniziativa.»

«Sissignore.»

«Grazie.»

Poi, in lontananza, un fragoroso scroscio di applausi e acclamazioni si levò dal nido di uccello.

Ch'ao guardò l'ora e poi consultò una tabella. «Ah, le prime gare sono terminate. Stanno consegnando le medaglie. Fatemi controllare i risultati.» Fece una telefonata e parlò in quel suo modo esplosivo. Annuì, poi riattaccò.

«Chi ha vinto l'oro?» chiese Billy.

Ch'ao si limitò a sorridere.

VII

LA TRAMA

Quando il famosissimo scrittore di romanzi gialli J.B. Prescott morì, milioni di lettori in tutto il mondo rimasero sconvolti e ne furono addolorati.

Ma solo uno di questi pensò che dietro la sua morte ci fosse molto più di quello che era stato rivelato dalla stampa.

Arruffato, appesantito e non più giovanissimo, Jimmy Malloy era un sergente della polizia di New York. Aveva tre passioni, oltre al lavoro: la sua famiglia, la sua barca e la lettura. Malloy leggeva di tutto, ma preferiva i romanzi polizieschi. Gli piacevano le storie con trame ingegnose e ritmo serrato. Così dovevano essere i libri, almeno secondo lui. Una volta era stato a una festa dove alcune persone avevano discusso su quanto tempo bisognerebbe concedere a un libro prima di abbandonarlo. Qualcuno aveva detto cinquanta pagine, altri cento.

Malloy si era messo a ridere. «No, no, no. Non stiamo parlando di un intervento ai denti, quando aspetti che l'anestesia faccia effetto. Un libro deve conquistarti dalla prima pagina.»

E i romanzi di Prescott erano così. Ti appassionavano subito, sin dall'inizio. Ti distoglievano dal lavoro, dai problemi con tua moglie o con tua figlia, dal mutuo.

Ti facevano dimenticare ogni cosa. E nella sua vita, pensava Malloy, c'era molto da dimenticare.

«Che cos'è quella faccia avvilita?» chiese il suo collega Ralph DeLeon, rientrando nello squallido ufficio che condividevano al distretto di Midtown South dopo una giornata libera. «Sono l'unico qui ad avere un motivo valido per essere scocciato. Grazie ai

Mets di ieri. Ah, già. Tu non sai neanche chi siano i Mets, non è vero, figliolo?»

«Certo, adoro il basket» scherzò distrattamente Malloy.

«Dunque?» chiese DeLeon. Era alto, asciutto, muscoloso e nero: in tutto e per tutto l'opposto di Malloy.

«Ho uno di quei presentimenti.»

«Merda. L'ultima volta che hai avuto uno di questi *presentimenti* ci siamo dovuti sedere al tavolo con quelli degli Affari Interni.»

Vetrate e Corvette sono estremamente care. Soprattutto quando appartengono a gente con ottimi avvocati.

Tuttavia, Malloy non stava prestando attenzione ai loro ultimi casi. O a DeLeon. Stava leggendo ancora una volta il necrologio apparso sul «Times» un mese prima.

J.B. Prescott, 68 anni, autore di trentadue romanzi di enorme successo, è morto ieri durante un'escursione in un'area remota del Vermont, dove sorgeva la sua residenza estiva.

Lo scrittore è deceduto a causa di un attacco cardiaco.

«Siamo terribilmente amareggiati per la morte di quello che è stato uno dei nostri autori più prolifici e importanti» ha commentato Dolores Kemper, amministratore delegato della Hutton-Fielding, da molti anni la casa editrice che pubblicava le opere di Prescott. «Persino in un periodo in cui si vendono pochi libri ed è sempre meno la gente che legge, i romanzi di J.B. continuavano ad andare a ruba. È un'enorme perdita per tutti quanti.»

Il personaggio più noto di Prescott è Jacob Sharpe, uno spregiudicato agente di controspionaggio che gira il mondo combattendo terroristi e criminali. Sharpe è stato spesso paragonato a James Bond e Jason Bourne.

Prescott non era molto amato dalla critica. Spesso i suoi libri sono stati definiti «passatempi da aeroporto», «letture da spiaggia» e «cibo spazzatura per la mente; di un certo livello, ma senza alcuna qualità nutritiva.»

Nonostante questo, i suoi lettori lo adoravano. Ciascuno dei suoi libri ha venduto milioni di copie.

Il grande successo gli è valso notorietà e fortuna, eppure Prescott ha sempre preferito non partecipare a eventi pubblici, di rado è andato in giro per promuovere i suoi libri o ha rilasciato interviste. Sebbene fosse multimilionario, non ha mai subito il fascino di uno stile di vita mondano o eccentrico. Prescott e la seconda moglie, Jane Spenser, 38 anni, possiedono un appartamento a Manhattan, dove lei lavora come photo editor part-time per la famosa rivista di moda «Styles». Prescott, invece, preferiva trascorrere la maggior parte del suo tempo in Vermont o nella campagna spagnola, dove scriveva con grande serenità.
Nato in Kansas, John Balin Prescott studia Letteratura inglese all'Università dell'Iowa. Per qualche anno fa il copywriter in un'agenzia pubblicitaria e l'insegnante, mentre cerca di pubblicare i suoi primi romanzi e le sue poesie. Riscuote pochissimo successo e decide alla fine di cimentarsi nel genere giallo. Il suo primo libro, *La sporca Trinità*, diventa un caso letterario nel 1991. Rimane per cento settimane nella classifica del «New York Times» dei libri più venduti.
I suoi libri sono talmente richiesti e attesi che, dieci anni fa, Prescott decide di assumere un coautore, Aaron Reilly, 39 anni, con il quale scriverà sedici romanzi di grande successo. Grazie a questa scelta, riuscirà a pubblicare due o anche più libri all'anno.
«Siamo distrutti» è stato il commento di Reilly, che si definisce un amico oltre che collega. «Negli ultimi tempi, John non si sentiva bene. Tuttavia non siamo riusciti a farlo rientrare in città per andare dal medico perché determinato a ultimare la stesura del nostro nuovo romanzo. Era fatto così. Risoluto fino all'eccesso.»
La scorsa settimana, Prescott si è recato da solo nel Vermont per lavorare al suo nuovo libro. Durante una pausa dalla scrittura, come era sua abitudine è andato a fare una passeggiata in una zona poco battuta nei pressi delle Green Mountains. Lì è stato colto dal malore.
«Il medico personale di John ha definito "fulminante" l'infarto che lo ha stroncato» ha aggiunto Reilly. «Anche se non fosse stato da solo, le probabilità di salvarlo sarebbero state nulle.»
Prescott lascia la moglie e due figli avuti dal precedente matrimonio.

«Allora, di cosa si tratta?» chiese DeLeon, leggendo il giornale oltre la spalla del partner.

«Non ne sono sicuro. Qualcosa.»

«Ecco, sono indizi come *questo* che ti fanno correre al laboratorio della Scientifica. "Qualcosa". Avanti, abbiamo dei casi *veri* di cui occuparci. Basta con quel muso lungo! Dobbiamo incontrare il nostro informatore.»

«Muso lungo? Hai detto sul serio "muso lungo"?»

Mezz'ora dopo, Malloy e DeLeon erano seduti in uno squallido bar vicino alle banchine dell'Hudson a parlare con un uomo piccolo e magro, dall'aria losca e dall'età e razza indefinibili.

Lucius stava mangiando svogliato del chili. «Quindi, in pratica il problema è stato Bark, ricordo che vi ho già detto di Bark.»

«Chi è Bark?» chiese Malloy.

«Ve l'ho *già* detto.»

«Ce l'ha già detto» ripeté DeLeon.

«Bark doveva segnare il carico, giusto? Soltanto che è un idiota e si è scordato quale. Ho risolto la faccenda e l'ho segnato io. Tutto a posto. È marchiato, sul furgone. Non mi ha visto nessuno. Altrimenti mi avrebbero già accoppato.» Si ficcò in bocca una grossa cucchiaiata di chili. Poi fece un gran sorriso. «E basta.»

«Bel lavoro» disse DeLeon. E sotto il tavolo diede un calcio a Malloy. Traduzione: Digli che ha fatto un ottimo lavoro perché se non lo fai il nostro amico qui potrebbe restarci male e, sì, è uno stupido stronzetto del cazzo e tutto quello che vuoi, ma abbiamo bisogno di lui.

Invece Malloy si ricordò qualcosa e si alzò all'improvviso. «Devo andare.»

«Non ho fatto un bel lavoro?» gli gridò dietro Lucius, offeso.

Ma Jimmy Malloy gli stava già dando le spalle.

Jane Prescott aprì la porta del suo appartamento nel Greenwich Village. Alta quasi un metro e ottanta, poteva guardare Malloy dritto negli occhi.

La vedova indossava un abito nero, molto aderente, e i suoi occhi erano rossi come se avesse appena pianto. I capelli erano raccolti all'indietro e svelavano le radici leggermente ingrigite. Malloy si ricordò che la donna aveva poco meno di quarant'anni e, ricordò ancora, era trent'anni più giovane del defunto marito.

«Sergente.» Guardò titubante, com'era ovvio che fosse, il suo distintivo. Un poliziotto. Una cosa strana, pensò. Non al punto da scatenare il panico, ma senza dubbio strana.

«L'ho riconosciuta» disse Malloy.

La donna sembrò stranita. «Ci siamo già incontrati?»

«In *Precipizio*. Era Monica.»

Lei fece una risatina di cortesia. «La gente continua a dirlo perché in quel libro un uomo anziano s'innamora di una donna più giovane. Ma io non sono una spia e non so calarmi giù dalle pareti a strapiombo.»

In ogni caso, erano entrambe bellissime, se Malloy ricordava bene il romanzo di Prescott. Ma a proposito di questo non disse nulla, dopotutto quella donna era vedova da poco. Invece disse: «Le mie più sentite condoglianze».

«Grazie. Oh, ma entri pure, la prego.»

L'appartamento era piccolo, come tutti quelli nel Village, ma di lusso come un gioiello preziosissimo. Pregiati pezzi d'antiquariato, opere d'arte originali, persino statue. Malloy non conosceva nessuno che possedesse delle statue. Una rapida occhiata in cucina rivelò la presenza di minacciosi elettrodomestici in metallo satinato dai nomi impronunciabili.

Si accomodarono, e lei lo guardò con i suoi occhi arrossati. Dopo un momento di disagio, Malloy disse: «Si starà chiedendo che cosa ci fa un poliziotto in casa sua».

«Sì.»

«Oltre a essere un lettore affezionato che desiderava porgere le proprie condoglianze.»

«Avrebbe potuto mandare un biglietto.»

«Il fatto è che si tratta di una questione personale. Non sono voluto venire prima per non mancarle di rispetto, ma c'è qualcosa che vorrei chiederle. Alcuni di noi, al dipartimento, stavano pensando di organizzare una serata in memoria di suo marito. Ha ambientato molte storie a New York e non ci ha mai descritto come degli inutili leccapiedi. Anzi, in un romanzo di cui mi sfugge il titolo, ambientato qui in città, una giovane recluta del dipartimento di polizia aiutava Jacob Sharpe. Parlava di alcuni terroristi che assalivano le stazioni dei treni.»

«*Terra benedetta.*»

«Sì, quello. Era proprio un buon libro.»

Seguì un altro silenzio carico di imbarazzo.

Malloy gettò un'occhiata a una fotografia incorniciata sopra la scrivania. Si vedeva una mezza dozzina di persone in abiti scuri, radunati in un cimitero. Jane era in primo piano.

La donna notò la sua curiosità. «Il funerale» disse.

«Chi sono le altre persone nel ritratto?»

«Le figlie nate dal primo matrimonio. Quello è Aaron, il suo coautore» aggiunse, indicando l'uomo che stava al suo fianco nella foto. Poi, sullo sfondo, un altro uomo, più anziano, con un completo dal taglio informe. «Frank Lester, l'ex agente di John.»

La donna non disse altro. A quel punto fu Malloy che proseguì: «Ecco, alcuni colleghi del dipartimento sapevano che sono un grandissimo fan dei romanzi di Prescott, così mi hanno incaricato di venire qui e chiederle il favore di partecipare all'evento in onore di suo marito. Una serata all'insegna della riconoscenza. Magari potrebbe dire qualche parola. Un momento. "Incaricato" è una parola che dà l'impressione che io non volessi venire. Ma le assicuro che lo desideravo. Ho amato davvero i suoi libri».

«Ne sono sicura» disse lei, fissandolo con i suoi intensi occhi grigi.

«Quindi?»

«Apprezzo la proposta. Devo pensarci.»

«Certo. Faccia pure con calma.»

«Lo hai fatto stare male. Ci ha quasi rimesso la pelle in quell'incarico» disse DeLeon.

«Gli manderò tanti palloncini, con un biglietto: "Scusa se sono stato maleducato con il mio informatore del cuore". Adesso però sto seguendo una pista.»

«Voglio i dettagli.»

«Okay. Be', lei è sexy, la moglie di Prescott.»

«Non è un'informazione di così grande aiuto.»

«Invece penso di sì. Sexy... e trent'anni più giovane del marito.»

«Quindi si è tolta il reggiseno e gli ha provocato un infarto? L'omicidio popposo non è contemplato dal codice penale.»

«Hai capito quello che voglio dire.»

«Vuoi dire che voleva stare con una più giovane. Così come me. Così come tutti quanti. Oh, aspetta, tranne te, perché nessuna ragazza più giovane ti si avvicinerebbe neanche per sbaglio.»

«E poi ho avuto una strana sensazione in quella casa. Quella donna non mi sembrava a lutto. Sì, certo, indossava un abito nero, ma era più aderente di qualsiasi cosa lascerei indossare a mia figlia... e gli occhi arrossati? Sembrava più che altro che se li fosse sfregati. Non ci credo alla storia della vedova addolorata.»

«Non sei in una puntata di *Boston Legal*, figliolo.»

«C'è di più.» Malloy tirò fuori da una tasca il foglio sgualcito del necrologio di Prescott e ne indicò un passaggio. «Ho capito da dove arriva questa strana sensazione. Vedi, la parte che parla del medico personale?»

«Sì. Allora?»

«Tu leggi, DeLeon?»

«Certo, so leggere. So allacciarmi le scarpe. So smontare una Glock in un minuto e sedici secondi. Ah, so anche riassemblarla, senza perdermi neanche un pezzo. Dove vuoi arrivare?»

«Hai presente quando leggi un libro, un buon libro, e ti piace? E in qualche modo qualcosa di quella storia rimane con te? Ecco, un paio di anni fa ho letto un romanzo dove un tipo doveva uccidere un terrorista. Ma se il terrorista fosse stato ucciso, la cosa avrebbe scatenato un incidente internazionale di proporzioni immani, quindi la sua morte doveva sembrare dovuta a cause naturali.»

«E come l'hanno risolta?»

«In maniera molto astuta. Gli hanno sparato in testa tre volte con un fucile d'assalto.»

«Mi sembra tutto tranne che una morte naturale.»

«Invece lo è stata, perché il "medico personale" della vittima» e qui Malloy tracciò le virgolette con le dita «firmò un certificato di morte in cui attestava che la causa del decesso era stata l'emorragia cerebrale che aveva seguito un infarto. Se il tuo dottore sottoscrive una cosa del genere, il cadavere non deve passare per gli esami del medico legale. La polizia non è stata coinvolta. Il corpo è stato cremato. E l'intera faccenda è stata chiusa.»

«Ah, niente male. Bastano una pistola, un botto di soldi e un medico disonesto. Questi dettagli stanno cominciando a piacermi.»

«E la cosa più interessante è che quel libro di Prescott era scritto in collaborazione con Aaron Reilly. *E* che la moglie lo ricordava. *Questo* è il motivo per cui sono andato a trovarla.»

«Bisogna trovare il medico.»

«Ci ho provato. È spagnolo.»

«Come metà della città, se non te ne fossi accorto. Abbiamo gli interpreti, *hijo*.»

«Non latinoamericano. *Spagnolo.* Dalla Spagna. È rientrato in patria e non riesco a rintracciarlo.»

La segretaria del dipartimento fece capolino nella stanza. «Jimmy, hai ricevuto una telefonata da parte di Frank Lester.»

«Che sarebbe...?»

«Un agente letterario. Lavorava insieme a quel Prescott di cui parli sempre.»

L'ex agente, se ne ricordò. «Come ha avuto il mio numero?»

«Non lo so. Ha detto di aver sentito che stavi organizzando una specie di serata commemorativa e voleva incontrarti per parlarne.»

DeLeon aggrottò le sopracciglia. «Che cos'è questa storia?»

«Ho dovuto inventarmi qualcosa per poter vedere la moglie.» Malloy appuntò il numero, un cellulare con il prefisso di Manhattan. Chiamò, ma venne indirizzato alla segreteria telefonica. Non lasciò un messaggio.

Si voltò verso il collega. «E c'è di più. Un'ora fa ho parlato con alcuni colleghi del Vermont. Mi hanno detto che il cadavere è stato portato via da un'ambulanza privata. Non da un mezzo del posto. Lo sceriffo ha creduto alla storia dell'infarto, ma ha mandato comunque alcuni dei suoi uomini nel luogo in cui Prescott stava facendo l'escursione per poter rilasciare in seguito qualche dichiarazione. Quando l'ambulanza si è allontanata, il vicesceriffo ha visto qualcuno che si allontanava dal luogo del ritrovamento del corpo. È quasi sicuro che fosse un uomo. Ma non è riuscito a fornire ulteriori descrizioni, a parte che l'uomo portava con sé qualcosa di simile a una ventiquattrore.»

«Un fucile smontabile?»

«Era quello che pensavo. E quando questo tizio ha visto la pattuglia della polizia, si è volatilizzato.»

«Un professionista?»

«Probabile. Forse il coautore Aaron Reilly si è imbattuto in qualche "associato" della mafia durante le sue ricerche sul campo. O forse ci ha pensato da sé.»

«Hai qualche idea su come fare a scoprirlo?»

«A dire la verità, sì.»

Nel corridoio in vetro satinato di un elegantissimo condominio a SoHo, Jimmy Malloy si assicurò che la sua pistola fosse ben in vista e suonò il campanello.

La porta si aprì.

«Aaron Reilly?» chiese, anche se aveva riconosciuto l'uomo dalla foto scattata al funerale di Prescott.

«Sì, sono io.» L'uomo sorrise con una certa diffidenza.

E continuò a farlo finché il sorriso non si trasformò in un'espressione di sorpresa quando il poliziotto tirò fuori il distintivo. Malloy cercò di capire se l'uomo lo stesse aspettando – magari avvertito da Jane Prescott – ma non ci riuscì.

«Si accomodi, sergente.»

Reilly, anche lui poco meno che quarantenne, ricordò Malloy, si presentava in maniera completamente opposta a Jane Prescott.

Indossava jeans slavati e una maglietta informale con le maniche arrotolate. Al polso un orologio non svizzero bensì giapponese, e nessun gingillo d'oro. Le scarpe erano graffiate. Era un bell'uomo, con capelli folti piuttosto lunghi e senza fede all'anulare.

L'appartamento, in pieno stile SoHo chic, aveva tutti i requisiti per essere sontuoso ma, nonostante fosse anche molto spazioso, era in realtà molto semplice e vissuto.

Nessuna opera d'arte originale alle pareti. Neanche l'ombra di una scultura. Inoltre, a differenza della casa di Jane Prescott, quella di Reilly era piena zeppa di libri.

Lo scrittore fece cenno al poliziotto di accomodarsi. Malloy prese una poltroncina in pelle che si sgonfiò rumorosamente di almeno quindici centimetri non appena vi si mise seduto. Sulla parete più vicina si trovava una mensola stipata di libri. Malloy si soffermò su uno di questi, intitolato *L'inganno di Parigi*. Sulla costa si leggeva J.B. PRESCOTT CON AARON REILLY.

Malloy rimase colpito dalla parola «con», e si chiese se Reilly non si sentisse frustrato all'idea che il suo contributo al panorama letterario fosse racchiuso tutto in quella semplice preposizione.

E se così fosse stato, lo era al punto tale da sbarazzarsi dell'uomo che per primo gli aveva affibbiato quel ruolo, relegandolo al rango di scrittore di seconda classe?

«Quello è uno dei miei preferiti.»

«Quindi lei è anche un fan.»

«Sì. Per questo mi sono offerto volontario per venire a parlare con lei. Come prima cosa, desideravo dirle che ammiro molto il suo lavoro.»

«Grazie.»

Malloy continuò a passare in rassegna le librerie finché non trovò ciò che stava cercando: due scaffali dedicati per intero a libri sulle pistole e sulle armi da fuoco in generale. In uno di quelli doveva esserci qualcosa su come usare un fucile smontabile e riporlo in una ventiquattrore. Non doveva essere difficile procurarsene uno, pensò.

«Che cosa posso fare per lei, sergente?»

Malloy tornò con lo sguardo allo scrittore. «È soltanto una formalità. John Prescott era, tecnicamente, residente in città, per cui la sua morte rientra in parte nella nostra giurisdizione.»

«Immagino di sì.» Reilly continuava a sembrare perplesso.

«Quando c'è di mezzo una cospicua eredità ci viene chiesto, talvolta, d'indagare sulle cause della morte, anche se queste vengono riconosciute come accidentali o naturali.»

«E perché?» chiese Reilly, aggrottando la fronte.

«Principalmente per accertare la situazione fiscale del defunto.»

«Sul serio? Molto strano. Ero convinto che soltanto i funzionari governativi avessero l'autorità per avanzare richieste di questo tipo. Ho fatto delle ricerche proprio su questo argomento per uno dei nostri libri. Jacob Sharpe aveva bisogno di seguire i movimenti finanziari del nemico di turno per poterlo incastrare, ha presente? Ma il dipartimento di polizia non poteva aiutarlo, così si è dovuto rivolgere al Fisco.»

Seguì un momento di profondo imbarazzo durante il quale Malloy si rese conto che doveva aspettarsi una reazione simile. Era ovvio che lo scrittore sapesse tutto sulle forze dell'ordine e l'applicazione delle leggi.

«A meno che non voglia insinuare che lei o qualcun altro ritiene non accidentale la morte di John, bensì intenzionale... Ma *in che modo* potrebbe essere possibile?»

Malloy non voleva rivelare la sua teoria sul medico corrotto, per cui rispose: «Mettiamo il caso che io sappia che lei è diabetico e senza la sua insulina potrebbe morire. Se io le impedissi di fare l'iniezione, ci sarebbero motivazioni valide perché io venga accusato di omicidio».

«Lei pensa che ci fosse qualcuno insieme a John nel momento in cui ha avuto l'infarto e che questa persona non abbia chiesto aiuto?»

«Faccio solo delle supposizioni. Immagino sia così che scrivete i vostri libri.»

«Siamo più organizzati, in realtà. Creiamo una trama dettagliata, che comprenda ogni singolo colpo di scena o sviluppo dell'intreccio. Poi scriviamo la storia sapendo esattamente come andrà a finire.»

«Quindi è così che funziona.»

«Sì.»

«Me l'ero sempre chiesto.»

«Vede, il vero problema dello scenario che sta suggerendo è che questo *qualcuno* che voleva John morto si sarebbe trovato insieme a lui, in Vermont e nel momento esatto dell'infarto, soltanto per una pura coincidenza... Non ci avrebbero mai approvato una cosa del genere.»

Malloy sembrò interdetto. «Mi perdoni, ma cosa...?»

«Voglio dire» rispose Reilly sollevando un sopracciglio «che se avessimo messo una scena del genere in uno dei nostri libri, il nostro editor non l'avrebbe mai approvata.»

«A ogni modo. Aveva dei nemici?»

«Non che io sappia, no. Era un bravo capo e una persona gentile. Non riesco a immaginare qualcuno che lo volesse morto.»

«Bene, credo che possa bastare» disse Malloy. «La ringrazio per il suo tempo.»

Reilly si alzò dalla sedia e accompagnò il poliziotto alla porta. «Non si è dimenticato di farmi la domanda più importante di tutte?»

«Sarebbe?»

«La classica domanda che il nostro editor ci farebbe aggiungere alla fine di un interrogatorio, in uno qualsiasi dei nostri libri: Dove mi trovavo *io* al momento della morte di John?»

«Non la sto accusando.»

«Non ho detto questo. Semplicemente, un poliziotto in un romanzo di Jacob Sharpe con molte probabilità lo avrebbe chiesto.»

«Okay. Dove si trovava?»

«Qui, a New York. Può farmi anche la prossima domanda.»

Allora Malloy chiese: «Ha dei testimoni che possano confermarlo?».

«No. Sono stato tutto il giorno da solo. A scrivere. Mi dispiace, ma la realtà è molto più dura della finzione. Non trova, sergente?»

«Senti qua» disse l'uomo piccolo e magro. «Questo è interessante.»

«Ti ascolto.» Malloy era seduto di fronte a Lucius. Poco prima d'incontrare l'informatore, Ralph DeLeon gli aveva ricordato di come gli avesse mancato di rispetto la volta precedente. Per questa ragione si stava sforzando di essere gentile.

«Ho seguito Reilly in uno Starbucks. E lei era lì, la moglie di Prescott.»

«Ben fatto» disse DeLeon.

Malloy annuì compiaciuto. Il vero motivo per cui era andato a parlare con lo scrittore era quello di spingerlo ad agire, non quello di ottenere informazioni. Quando le persone si vedono costrette a fare qualcosa, spesso diventano imprudenti. E mentre Malloy si trovava nell'appartamento di Reilly, DeLeon era riuscito a ottenere da un giudice l'autorizzazione a consultare i tabulati telefonici dello scrittore.

Non sarebbe certo servita a ricostruire le conversazioni, ma quella lista elencava tutte le chiamate partite e ricevute dal telefono di Reilly.

Nel momento esatto in cui Malloy aveva lasciato l'appartamento, Reilly aveva composto un numero. Quello di Jane Prescott.

E dieci minuti più tardi, Reilly era sgusciato fuori dal portone principale a testa bassa e si era allontanato a passo svelto. Pedinato da Lucius, che aveva accompagnato Malloy ed era rimasto in attesa fuori dal condominio.

E adesso l'informatore stava facendo loro rapporto.

«Quella signora Prescott è veramente una...»

Malloy lo interruppe. «Gnocca, sì, lo so. Continua.»

«Quello che *stavo dicendo*» ribatté Lucius infastidito «prima di essere interrotto è che la signora è veramente una tipa tosta. Fa quasi paura, parola mia.»

«È vero» concordò Malloy.

«Reilly ha cominciato dicendo che tu eri stato da lui.» Lucius indicò Malloy con un dito ossuto che aveva tutta l'aria di essere inquisitorio ma il poliziotto, seguendo le indicazioni del sopracciglio sollevato di DeLeon, lasciò cadere la provocazione. «E che sospettavi qualcosa. E che avevi sparato delle cazzate su delle faccende di eredità e tasse, robe così. Lui pensava che fosse una cosa molto stupida.»

Lucius sembrò parecchio divertito da quest'ultimo commento. E anche DeLeon.

«E poi la moglie ha detto che, sì, ti eri inventato una scemenza anche quando eri andato da lei. Su una serata commemorativa o qualcosa del genere. E lei non ci aveva creduto per niente. Poi ha detto... apri bene le orecchie, sei pronto?»

Malloy si trattenne dal lanciare un'occhiataccia a Lucius che, a quanto pareva, aveva i nervi fragili come porcellana. Sorrise. «Sono pronto.»

«Ha detto che tutto questo casino era soltanto colpa di Reilly perché aveva seguito la stessa idea che avevano usato in un libro: pagare un medico per falsificare un certificato di morte.»

I due poliziotti si scambiarono uno sguardo eloquente. Lucius continuò. «Poi lei ha detto: "Adesso siamo nella merda. Che cosa hai intenzione di fare?". Reilly, non *tu*.» Ancora un dito puntato su Malloy, poi si allungò sullo schienale con aria compiaciuta.

«C'è altro?»

«No, è tutto.»

«Bel lavoro» disse Malloy con una nota di sarcasmo che solo DeLeon notò. Fece scivolare una busta tra le mani dell'informatore.

Appena Lucius, finalmente felice, andò via Malloy commentò: «Abbiamo il caso».

«Non ancora» rispose il collega. «C'è da chiarire il movente. Okay, *lei* vuole uccidere il marito per ottenere l'assicurazione o l'eredità, e un uomo più giovane. Ma qual è il movente di Reilly? Sbarazzarsi di Prescott vuol dire anche tirare il collo alla sua gallina dalle uova d'oro.»

«Ah, l'ho trovato.» Malloy tirò fuori lo smartphone e fece scorrere il dito sul piccolo schermo finché non ritrovò un articolo che aveva letto poco prima.

Lo mostrò a DeLeon.

L'esecutore testamentario del defunto J.B. Prescott ha reso noto oggi che sarà Aaron Reilly a raccogliere l'eredità del celebre scrittore per proseguire la popolare serie di romanzi che vedono come protagonista l'agente Jacob Sharpe. La vedova Prescott è in trattativa con la casa editrice storica dello scrittore scomparso, la Hutton-Fielding, per un contratto da cinque libri. Nessuna delle due parti coinvolte ha fatto trapelare una cifra, ma gli addetti ai lavori ritengono plausibile un anticipo a otto cifre.

«A quanto pare abbiamo tra le mani una coppia pericolosa» disse DeLeon.

Ma non del tutto.

Alle undici di sera, Jimmy Malloy stava percorrendo la strada che separava la fermata della metropolitana nel Queens da casa sua, a sei isolati di distanza. Stava pensando a come tirare le fila del caso. C'erano ancora degli aspetti poco chiari, e quello che lo preoccupava di più era la questione della cremazione. Il fuoco è il nemico peggiore, aveva detto una volta il suo istruttore all'Accademia di Polizia. Distrugge tutti gli indizi più importanti. Come il foro di una pallottola piantata nel cranio, per esempio.

Doveva procurarsi intercettazioni, raccogliere testimoni, rintracciare chi aveva guidato l'ambulanza, il medico in Spagna.

Era scoraggiante, ma anche parte del suo lavoro. Sorrise tra sé. Si sentiva come Jacob Sharpe alle prese con quello che lui chiamava il suo «mestiere». Farsi il culo per compiere il proprio dovere. Fu in quel momento che avvertì un movimento a circa trenta metri dal punto in cui si trovava; davanti a lui c'era una persona. E qualcosa nei suoi gesti fece scattare in Malloy uno stato d'allerta.

Lo sconosciuto era sbucato da dietro un'auto e aveva cominciato a camminare lungo la stessa strada che stava percorrendo Malloy ma, non appena aveva intravisto il poliziotto dando una rapida occhiata alle sue spalle, si era irrigidito e aveva cambiato velocemente direzione. Malloy ripensò all'uomo nel Vermont che si era dileguato subito dopo l'arrivo del vicesceriffo.

Con chi aveva a che fare adesso? Un sicario? Aaron Reilly?

Aveva con sé il fucile incriminato o qualche altra arma? Malloy lo diede per scontato.

Il poliziotto attraversò la strada e cercò d'individuare l'uomo. Doveva trovarsi da qualche parte davanti a lui, ma dove? A quel punto sentì abbaiare un cane e subito dopo un altro e capì che lo sconosciuto stava tagliando attraverso i giardini del vicinato, sul lato opposto della via.

Avanzò, esaminando con attenzione la zona, in cerca del luogo più logico in cui l'uomo poteva essersi nascosto. Giunse alla conclusione che doveva trattarsi di un vicoletto che svoltava a destra tra due edifici non residenziali, entrambi vuoti e completamente bui, data l'ora tarda.

Arrivato al vicolo, Malloy si accostò al muro, ma non svoltò subito l'angolo. Rischiava di muoversi troppo velocemente e in maniera imprudente, persino di inciampare, e il suo respiro affannato avrebbe potuto tradirlo. Il sicario lo avrebbe di certo sentito arrivare.

Gioca d'astuzia, si disse.

Non fare l'eroe.

Prese il telefono e cominciò a digitare il 911.

In quell'istante sentì uno scricchiolio alle sue spalle. Un piede su un piccolo ramo o su qualche foglia secca.

E poi la canna di una pistola si piantò sulla sua schiena mentre una mano protetta da un guanto s'impossessava del suo telefono.

Siamo più organizzati, in realtà. Creiamo una trama dettagliata, che comprenda ogni singolo colpo di scena o sviluppo dell'intreccio. Poi scriviamo la storia sapendo esattamente come andrà a finire.

Ecco la verità, la moglie di Prescott e il suo coautore avevano creato la trama perfetta. Forse l'uomo che aveva visto in strada poco prima era Reilly, l'esca. E alle sue spalle adesso c'era un killer.

Magari si trattava della stessa Jane Prescott.

È veramente una tipa tosta...

A Malloy venne in mente a quel punto che poteva anche non essere nessuno dei suoi sospettati. Forse l'ex agente Frank Lester era pieno di rabbia per essere stato licenziato da Prescott e lo aveva ucciso per vendicarsi. Non aveva mai considerato quella pista.

Sarebbe morto per una stupida distrazione...

Poi la mano del killer esercitò una leggera pressione sulla spalla del poliziotto, a indicargli di voltarsi. Malloy eseguì, molto lentamente. Rimase incredulo non appena guardò l'uomo negli occhi. Non si erano mai incontrati, ma il poliziotto sapeva benissimo che aspetto avesse J.B. Prescott. Quel volto era sulla quarta di copertina di almeno una dozzina di libri nel salotto di casa sua.

«Mi dispiace di averla spaventata» disse lo scrittore, mettendo via la penna che aveva usato per simulare la canna della pistola. Un tocco d'ironia, si disse Malloy, mentre il cuore continuava a palpitargli in petto all'impazzata.

«Volevo intercettarla prima che tornasse a casa» proseguì Prescott. «Ma non immaginavo che sarebbe arrivato così presto a questo punto. Ho dovuto aggirarla e farle credere che ero armato per evitare che lei chiamasse la polizia. Sarebbe stato un disastro.»

«Intercettarmi?» disse Malloy. «Perché?»

Si erano seduti sui gradini davanti a un vecchio magazzino.

«Avevo bisogno di parlare con lei.» L'uomo aveva una folta capigliatura grigia e baffi dello stesso colore, che sembravano dividere in due il suo viso allungato. Aveva proprio l'aspetto che avrebbe dovuto avere un vero scrittore.

«Poteva telefonare» ribatté Malloy.

«No, non potevo. Se qualcuno ci avesse sentiti o se lei avesse detto a una persona qualunque che ero vivo, il mio intero piano sarebbe stato rovinato.»

«Okay, che cavolo sta succedendo?»

Prescott abbassò la testa, fissandosi le mani, e per un lungo istante rimase in silenzio. Poi disse: «In questi ultimi diciotto mesi ho pianificato la mia morte. Questo è stato il tempo che mi ci è voluto per trovare un medico, dei paramedici e un impresario di pompe funebri da corrompere. E per trovare un luogo sperduto della Spagna dove poter comprare una casa in cui nessuno avrebbe mai potuto disturbarmi».

«Quindi era lei la persona che è fuggita alla vista del vicesceriffo nel luogo in cui si supponeva avesse avuto un infarto?»

Prescott annuì.

«Che cosa trasportava nella valigetta?»

«Ah, il mio computer portatile. Non me ne separo mai. Scrivo sempre, ovunque.»

«Ma allora chi c'era nell'ambulanza al suo posto?»

«Nessuno. Era solo una messinscena.»

«E al cimitero avete seppellito un'urna vuota.»

«Esatto.»

«Ma perché diavolo l'ha fatto? Debiti? La mafia vuole forse ucciderla?»

Lo scrittore si mise a ridere. «Valgo cinquanta milioni di dollari. E anche se ho scritto numerose storie su mafiosi, spie e agenti segreti, devo confessarle che non ne ho mai incontrato uno... No, l'ho fatto perché ho deciso che non voglio più scrivere romanzi di Jacob Sharpe.»

«Perché?»

«Perché è arrivato il momento di provare a fare qualcosa di diverso, e pubblicare quello che amavo scrivere quando ho cominciato: poesie e romanzi svincolati dal genere giallo.»

Malloy si ricordò di aver letto quest'informazione sul suo necrologio.

«Non mi fraintenda, la prego» aggiunse subito Prescott. «Non credo che la letteratura sia meglio della narrativa di genere, per niente. Chi sostiene una cosa simile è solo uno stupido. Ma quando da giovane mi sono cimentato nella stesura di romanzi, non avevo alcuna padronanza della scrittura. Ero autoindulgente, prolisso... insomma, noioso. Adesso so come si scrive. Me lo hanno insegnato i libri di Jacob Sharpe. Ho imparato in che modo tenere presenti i desideri dei lettori, come costruire una storia e come comunicarla in maniera efficace.»

«Mestiere» disse Malloy.

Lo scrittore rise ancora una volta. «Sì, mestiere. Non sono più un ragazzo. Ho deciso che non avevo più molto tempo per capire se sarei mai riuscito a essere uno scrittore di successo anche senza il mio personaggio più famoso.»

«Chiaro, ma perché simulare la sua morte? Perché non scrivere quello che voleva e basta?»

«Per una ragione molto semplice: le mie poesie sarebbero state pubblicate *perché* sono J.B. Prescott. I miei editori, in tutto il mondo, mi avrebbero dato un buffetto sulla testa dicendomi: "Come desideri tu, J.B.". Ma io non voglio un trattamento di favore, voglio che il mio lavoro venga apprezzato o respinto per il suo valore. Ma il motivo ancora più importante è che se avessi semplicemente smesso di scrivere i romanzi di Jacob Sharpe, i miei lettori non mi avrebbero mai perdonato. Pensi a quello che è successo con Sherlock Holmes.»

Malloy sembrava non conoscere la storia.

«Conan Doyle fece morire Holmes. Ma i suoi lettori s'infuriarono a tal punto da perseguitarlo affinché riportasse in vita il loro amato personaggio. Anche io mi ritroverei in questa situazione, e i miei editori mi assillerebbero fino a sfinirmi.» Scosse la testa. «Ero certo che le reazioni alla sparizione sarebbero state molte e diverse, ma non avrei mai immaginato che qualcuno potesse mettere in dubbio l'autenticità della mia morte.»

«C'era qualcosa che non quadrava.»

Prescott sorrise amaramente. «Forse sono più bravo a inventare trame per un mondo del tutto inventato che per la vita reale.» Il suo volto si rabbuiò, lasciando trasparire una profonda disperazione. «So che ciò che ho fatto è sbagliato, sergente, ma la prego, potrebbe lasciar perdere?»

«È stato commesso un crimine.»

«Soltanto la falsificazione del certificato di morte. E Luis, il dottore, non rientra nella sua giurisdizione. Non può far estradare qualcuno per una cosa simile. Io, Jane e Aaron non abbiamo firmato nulla. Non abbiamo commesso una frode assicurativa perché lo scorso anno ho richiesto la liquidazione anticipata della polizza al suo valore di riscatto. E Jane pagherà ogni singolo centesimo dovuto per la tassa di successione... Senta, non l'ho fatto per danneggiare o imbrogliare qualcuno.»

«Ma i suoi lettori...»

«Voglio loro un gran bene, e non smetterò mai di farlo. Sono grato per ogni minuto che i miei lettori hanno deciso di trascorrere in compagnia dei miei libri, ma è arrivato il momento di passare il testimone. Aaron continuerà a renderli felici. È un bravo scrittore... Sergente, le sto chiedendo di aiutarmi. In questo momento lei ha il potere di salvarmi o distruggermi.»

«Non ho mai abbandonato un caso in tutta la mia vita.» Malloy distolse gli occhi da quelli dello scrittore e fissò un punto indefinito davanti a lui, nell'asfalto spaccato del vicolo buio.

Prescott gli mise una mano sul braccio. «La prego.»

Quasi un anno dopo, il sergente Jimmy Malloy ricevette un pacchetto dall'Inghilterra. Era stato spedito presso il dipartimento di polizia di New York, ma era indirizzato a lui.

Non aveva mai ricevuto posta dall'Europa e fu subito incuriosito dai francobolli sull'involucro. Soltanto quando si stufò di guardare quell'insolito ritratto in miniatura della regina Elisabetta decise di aprire il pacchetto e tirarne fuori il contenuto: un piccolo libro di poesie scritto da qualcuno che non aveva mai sentito nominare.

Non che conoscesse poi così tanti poeti. Robert Frost, Carl Sandburg, Dr. Seuss.

Sulla copertina erano riportati brevi estratti di recensioni che elogiavano la scrittura dell'autore in questione. A quanto pareva aveva vinto diversi premi in Inghilterra, Italia e Spagna.

Malloy aprì il libro e si mise a leggere il primo componimento, dedicato alla moglie del poeta.

Camminando nell'aria

Raggi di sole di un rosso perfetto segnavano il tuo viso
quel pomeriggio d'inverno di un anno fa.

La partenza era vicina, ti ho stretto la mano
e ti ho condotta in mezzo ai boschi
e ancora più lontano in un campo di neve pura:
fiocchi di cielo caduti da giorni sulla terra.
Siamo saliti sulla crosta più dura, che ha sostenuto
la nostra fatica, e sospesi sul ciglio del mondo
i nostri passi cadevano dritti, asciutti come la luce,
insieme per un'ora ancora,
camminando nell'aria.

Malloy sorrise, piuttosto sorpreso. Non leggeva una poesia dai tempi della scuola, ma quella gli sembrava bella. L'idea gli piaceva: camminare in mezzo alla neve, caduta dal cielo, passeggiare nell'aria insieme con la persona amata. Immaginò John Prescott, triste per l'imminente partenza della moglie alla volta di New York, trascorrere ancora un po' di tempo insieme a lei camminando in mezzo alla neve del Vermont, prima di accompagnarla alla stazione.

Ralph DeLeon entrò in ufficio in quel preciso istante e, prima che Malloy riuscisse a nascondere il libro, lo afferrò. «Poesia» disse, con un tono di voce che sottolineò l'ennesima delusione inflittagli da Malloy. Ciononostante sfogliò la raccolta e lesse qualche poesia. «Non fa schifo» commentò. Poi tornò alla prima pagina e scoppiò in una grassa risata.

«Che cos'hai?» chiese Malloy.

«Strano! Il libro è dedicato a qualcuno che ha le tue stesse iniziali.»

«No.»

DeLeon mostrò la pagina al collega.

Con eterna gratitudine a J.M.

«Ma *è ovvio* che non sei tu. Nessuno ti è grato per un cazzo, figliolo. E semmai lo fosse, di sicuro non lo sarebbe in eterno.»

Lasciò cadere il libro sulla scrivania di Malloy, andò a sedersi, tirò fuori il telefono e chiamò uno dei suoi informatori.

Malloy lesse ancora qualche poesia e poi lanciò il libro sullo scaffale impolverato dietro la sua scrivania.

Poi anche lui prese il telefono e chiamò il laboratorio della Scientifica per chiedere di alcuni referti. Mentre aspettava di avere le informazioni che gli servivano, pensò che le poesie di Prescott, in fondo, non erano niente male. Quell'uomo aveva un certo talento.

Ma Jimmy Malloy doveva anche ammettere che, se mai avesse potuto scegliere, avrebbe sempre preferito leggere una storia di Jacob Sharpe.

VIII

L'ANALISTA

Uno

La conobbi per caso, in uno Starbucks nei pressi del centro medico in cui ho l'ufficio, e capii all'istante che era nei guai.

Riconoscere le persone in difficoltà era, dopotutto, la mia professione.

Stavo rileggendo le note dei pazienti, che trascrivo immediatamente dopo le sedute di cinquanta minuti (spesso, come adesso, munito del mio amato latte macchiato). Ho buona memoria, ma nell'ambito del counseling e della psicoterapia occorre essere «assolutamente accurati e assidui», espressione polisillabica che è il motto di uno dei miei professori preferiti.

Il posto in questione si trova alla periferia di Raleigh, in un affollato centro commerciale all'aperto e, essendo le dieci e trenta del mattino di una bella giornata di inizio maggio, era pieno di persone che si procuravano la loro dose di caffeina.

C'era solo un tavolo vuoto vicino a me, ma senza sedia, e la bruna slanciata, dall'abito blu scuro di taglio classico, si avvicinò e mi chiese se poteva prendere quella in più al mio tavolo. Diedi un'occhiata al suo viso tondo, grazioso, da ragazza della porta accanto più che da copertina di «Vogue», e sorrisi. «Prego.»

Non mi sorprese quando non disse niente né ricambiò il sorriso. Prese la sedia, la girò rumorosamente e si mise seduta. Non era un'avance quella che stava rifiutando: il mio sorriso non era stato altro che una blanda forma di cortesia. Avevo il doppio della sua età e somigliavo – udite udite – a uno psicologo stempiato tutto scrivania e biblioteca. Niente affatto il suo tipo.

No, la sua reazione gelida derivava dai guai in cui si trovava. Cosa che, a sua volta, turbava *me*.

Sono un terapeuta accreditato, una professione la cui deontologia mi vieta di procurarmi clienti come potrebbe fare un graphic designer o un personal trainer. Perciò non dissi niente e tornai ai miei appunti, mentre lei tirava fuori un fascio di carte da un borsone sportivo e si accingeva a leggerle, bevendo con urgenza ma senza piacere la sua bevanda bollente. Non mi sorprendeva. Tenevo la testa rivolta verso il mio tavolo ma, con gli occhi che mi dolevano per lo sforzo di sbirciare di traverso, riuscii a vedere che era un programma di lezioni quello a cui stava lavorando. Mi parve che fosse un programma di seconda media.

Un'insegnante... La mia preoccupazione crebbe. Sono particolarmente sensibile ai problemi emotivi e psicologici di chi esercita influenza sui giovani. Non ho bambini tra i miei pazienti, è una specializzazione che non ho mai approfondito. Ma nessuno psicologo può praticare senza una rudimentale comprensione della psiche infantile, contenente i semi dei problemi successivi che i miei colleghi e io trattiamo negli adulti. I bambini, soprattutto intorno ai dieci o undici anni, vivono stadi evolutivi particolarmente suscettibili e possono subire danni permanenti da parte di una donna come l'insegnante seduta accanto a me.

Certo, malgrado tutta la mia esperienza in questo campo, è possibile fare diagnosi infondate. Ma i miei timori ebbero conferma poco dopo, quando rispose a una telefonata. All'inizio parlava con voce sommessa, anche se con una punta di irritazione. Dal tono e dal linguaggio si capiva che l'interlocutore era un familiare, probabilmente un bambino. Mi avvilii al pensiero che poteva avere figli suoi. Non mi sorprese quando, dopo soli pochi minuti, il tono di voce si alzò rabbioso. Come previsto, stava perdendo il controllo. «Hai fatto cosa?... Ti avevo detto di no, in nessun caso... Non mi stavi ascoltando? O stavi facendo di nuovo lo stupido?... Va bene, sarò a casa dopo la conferenza... Ne parliamo allora.»

Se avesse potuto sbattere giù il ricevitore invece di premere il tasto per chiudere la chiamata, sono certo che l'avrebbe fatto.

Un sospiro. Un sorso di caffè. E poi di nuovo a scrivere rabbiose note ai margini del programma.

Abbassai la testa, fissando i miei appunti. Ormai mi era passata la voglia di latte macchiato. Cercai di riflettere su come procedere. Sono bravo ad aiutare le persone e mi piace farlo (c'è un motivo per questo, naturalmente, e risale alla mia infanzia, niente di misterioso). Sapevo di poterla aiutare. Ma non era così facile. Spesso le persone non sanno di aver bisogno di aiuto e, anche in caso contrario, si rifiutano di cercarlo. Normalmente non mi preoccuperei troppo di un incontro fugace come quello; lascerei a una persona il tempo per capire da sola di aver bisogno di un po' di psicoterapia.

Ma questo era un caso serio. Più osservavo, più erano chiari i sintomi. La postura rigida, la totale mancanza di allegria o soddisfazione per quello che stava facendo con il programma delle lezioni, la mancanza di piacere per la bevanda, la rabbia, il modo ossessivo e irrequieto con cui scriveva.

E gli occhi. Ecco cos'è che parla di più, a me perlomeno.

Gli occhi...

Così decisi di fare un tentativo. Mi alzai per un bis di latte macchiato e, tornando al tavolo, feci cadere un tovagliolino sul suo. Mi scusai e lo raccolsi. Poi risi, guardando il suo lavoro.

«La mia fidanzata è un'insegnante» dissi. «Odia i programmi delle lezioni nel modo più assoluto. Non sa mai bene cosa farne.»

Non gradiva essere infastidita, ma perfino le persone nel suo stato cedono alle convenzioni sociali. Alzò gli occhi, occhi angosciati di un profondo marrone. «Possono essere una rogna. Il nostro consiglio d'istituto insiste.»

Una replica impacciata, ma almeno ruppe il ghiaccio e facemmo due chiacchiere.

«Mi chiamo Martin Kobel.»

«Annabelle Young.»

«Dove insegna?»

Era a Wetherby, una cittadina di discrete dimensioni nel North Carolina centrale, a circa un'ora da Raleigh. Si trovava qui per una conferenza sull'insegnamento.

«Pam, la mia fidanzata, insegna alle elementari. Lei?»
«Scuole medie.»
Gli anni più esplosivi, riflettei.
«È la fascia di età a cui sta pensando di passare. È stanca dei bambini di sei anni... Ci mette impegno in quello» dissi, indicando il programma.
«Ci provo.»
Esitai un momento. «Ascolti, è stata una fortuna essermi imbattuto in lei. Se le dessi il nostro numero e avesse qualche minuto – voglio dire, senza impegno –, non è che farebbe una telefonata a Pam? Le sarebbe davvero utile qualche consiglio. Cinque minuti. Qualche opinione sulla scuola media.»
«Oh, non lo so. Insegno da soli tre anni.»
«Ci pensi. Sembra che sappia il fatto suo.» Tirai fuori un biglietto da visita.

Martin J. Kobel, dottore in Scienze e Servizi sociali
Terapia comportamentale
Specializzazioni: Gestione della rabbia e Dipendenze

Scrissi Pam Robbins in cima, insieme al numero di telefono di casa.
«Vedrò cosa posso fare.» Si infilò il biglietto in tasca e tornò al suo caffè e al programma delle lezioni.
Sapevo che non potevo spingermi oltre. Una parola in più sarebbe parsa inappropriata e l'avrebbe allontanata.
Dopo quindici minuti, guardò l'ora. Probabilmente la conferenza stava per riprendere. Mi rivolse un sorriso gelido. «È stato un piacere.»
«Altrettanto» risposi.
Annabelle raccolse i suoi fogli e li infilò nel borsone. Mentre si alzava, un ragazzo le passò accanto e, inavvertitamente, la urtò con l'ingombrante zaino. Vidi i suoi occhi traboccare di quello sguardo che conosco così bene. «Gesù» gli sibilò. «Impara un po' di buone maniere.»

«Ehi, signora, mi dispiace...»

Lei agitò una mano sprezzante all'indirizzo del povero ragazzo. Andò al bancone per aggiungere altro latte al suo caffè. Si asciugò le labbra e gettò via il tovagliolino. Senza guardare nessuno, puntò il viso freddo verso la porta e uscì.

Aspettai trenta secondi e poi feci sosta anch'io alla postazione del latte. Diedi un'occhiata al cestino dei rifiuti e scorsi, come mi aspettavo, il mio biglietto accanto al suo tovagliolino accartocciato. Dovevo ricorrere a un approccio diverso. Non avevo certo intenzione di dargliela vinta. La posta in gioco per il suo benessere e quello di chi le stava vicino era troppo alta.

Ma era necessario giocare d'astuzia. Ho scoperto che non puoi dire senza giri di parole a potenziali pazienti che i loro problemi non sono il risultato di un'infanzia problematica o una relazione infelice. La causa è un'entità invisibile che si è impossessata della loro psiche come un virus e sta esercitando la sua influenza.

In un'epoca diversa, o in un ambiente diverso, qualcuno avrebbe potuto dire che l'insegnante era posseduta da uno spirito demoniaco o qualcosa del genere. Ora siamo molto più scientifici a riguardo, ma è sempre saggio affrontare con calma l'argomento.

Annabelle Young era caduta sotto l'influenza di un neme.

Il termine è stato coniato da un dottore di Washington D.C., James Pheder, noto biologo e ricercatore. Lo ha inventato unendo «negativo» e «meme», parola che descrive un fenomeno culturale che si propaga e si riproduce nelle società. Penso che il riferimento al meme sia un po' fuorviante, dal momento che suggerisce qualcosa di parecchio più astratto di quanto il neme non sia in realtà. Nel mio corposo libro sull'argomento, pubblicato qualche anno fa, definisco il neme come «un corpo separato di energia immateriale che suscita negli uomini reazioni emotive estreme, sfociando in un comportamento deleterio per l'ospite o la società in cui vive».

Ma «neme» è una comoda abbreviazione e ogni analista o ricercatore che abbia familiarità con il concetto lo utilizza.

Il termine è anche utile per il fatto che descrive in modo neutro un costrutto scientifico dimostrato ed evita le espressioni che hanno intorbidato la verità per migliaia di anni. Parole come fantasmi, spiriti, le presenze numinose di Rudolf Otto, i redivivi, gli spiriti affamati del Buddhismo, le dame bianche delle zone rurali, gli *yurei* giapponesi, i demoni. Dozzine di altri termini.

Queste leggende e superstizioni sono state perlopiù il risultato dell'incapacità di spiegare scientificamente i neme nel passato. Come spesso accade, finché un fenomeno non viene razionalmente spiegato e quantificato, il folclore tappa i buchi. La vecchia teoria, per esempio, della generazione spontanea, secondo cui la vita poteva scaturire da oggetti inanimati, fu accettata per migliaia di anni, supportata da apparenti osservazioni scientifiche, come il fatto che vermi e altri parassiti apparivano nel cibo decomposto o nell'acqua stagnante. Solo quando Louis Pasteur dimostrò tramite esperimenti controllati e ripetibili che, perché si generassero forme di vita, *doveva* essere presente materiale vivo, come uova o batteri, la vecchia teoria fu messa da parte.

Stesso discorso per i neme. Inquadrare il concetto in termini di fantasmi e possessioni era un'invenzione comoda e semplice. Adesso ne sappiamo di più.

Crescendo, non avevo mai sentito parlare di quei fenomeni che in seguito sarebbero stati etichettati come neme. Fu solo dopo un particolare incidente che ne presi coscienza: la morte dei miei genitori e di mio fratello.

Si potrebbe dire che la mia famiglia è stata sterminata.

Quando avevo sedici anni, andammo a una delle partite di basket di Alex nella nostra scuola. A un certo punto mio padre e io facemmo una puntata al chiosco degli hot dog. Il padre di un giocatore della squadra avversaria era lì vicino, beveva una Coca e guardava la partita. D'un tratto – lo ricordo perfettamente – l'uomo subì una trasformazione, da rilassato e affabile che era divenne teso, preoccupato, in guardia. E gli occhi... non c'era dubbio che fossero cambiati. Il colore stesso sembrava alterato: si fecero scuri, ostili. Capii che era successo qualcosa, qualcosa lo aveva posseduto, pensai in quel momento. Mi sentii raggelare e mi allontanai da lui.

Poi l'uomo divenne furioso all'improvviso. Furibondo. Qualcosa in campo lo fece scattare. Un fallo, forse, un passaggio sbagliato. Si mise a urlare contro la squadra di Alex, il nostro coach, l'arbitro. Preso dall'ira, andò a sbattere contro mio padre e versò la sua bibita, rovesciandosela sulle scarpe. Era colpa sua ma sembrava avercela con mio padre per l'incidente. I due si misero a discutere, anche se mio padre si rese presto conto che l'uomo era fuori controllo, divorato da questa strana rabbia, e mi riportò sugli spalti.

Dopo la partita ero ancora turbato ma pensavo che la faccenda fosse chiusa. Non era così. L'uomo ci seguì nel parcheggio e, urlando, sfidò mio padre a battersi con lui. La moglie piangeva, lo tirava indietro e si scusava. «Non si è mai comportato così, davvero!»

«Chiudi il becco, puttana!» inveì lui e la schiaffeggiò.

Scossi, salimmo in auto e ce ne andammo. Dieci minuti dopo, sulla I-40, eravamo immersi in un silenzio turbato quando un'auto scavalcò tre corsie. Il tizio della partita sterzò dritto verso di noi, mandandoci fuori strada.

Ricordo il suo volto, distorto dalla rabbia, al di sopra del volante.

In tribunale spiegò in lacrime che non sapeva cosa fosse successo. Era come se fosse posseduto. La difesa poté fare ben poco per lui. Lo giudicarono colpevole di tre omicidi colposi di primo grado.

Dimesso dall'ospedale dopo l'incidente, non riuscivo a togliermi dalla mente il ricordo di ciò che era successo a quell'uomo. Di quanto mi fosse chiaro che era cambiato, in un lampo. Era stato come accendere un interruttore della luce.

Iniziai a informarmi sui repentini cambiamenti della personalità, sulla rabbia e gli impulsi. La ricerca mi condusse infine agli scritti del dottor Pheder e di altri ricercatori e terapeuti. Mi affascinò il concetto di neme, considerato una teoria da alcuni, una realtà da altri.

Riguardo all'origine, ci sono diverse teorie. Io sottoscrivo quella che ritengo più logica. I neme sono vestigia dell'istinto umano. Erano parte integrante del corredo psicologico delle creature della catena che condusse all'*Homo Sapiens* ed erano necessari alla sopravvivenza. Ai primordi della storia dell'umanità, era di tanto in tanto necessario comportarsi in modi che oggi considereremmo cattivi o criminali. Commettere atti di violenza, essere aggressivi, impulsivi, sadici, avidi. Ma con la formazione e lo sviluppo delle società, il bisogno di questi impulsi più oscuri si affievolì. Gli organismi di governo, gli eserciti, i tutori della legge si assunsero il compito di garantire la nostra sopravvivenza.

Violenza, rabbia e gli altri impulsi oscuri divennero non solo superflui ma contrari agli interessi della società.

In qualche modo – ci sono diverse teorie a riguardo – i potenti impulsi neurali che determinavano quei comportamenti negativi si separarono dagli umani e cominciarono a esistere come entità separate, sacche di energia, si potrebbe dire.

Nel corso della mia ricerca ho trovato un precedente di questa migrazione: la stessa cosa è accaduta con la telepatia. Tante generazioni fa, la comunicazione psichica era comune. L'avvento delle moderne tecniche di comunicazione eliminò il bisogno di quella che potremmo definire percezione extrasensoriale, anche se molti bambini piccoli possiedono ancora doti telepatiche documentate. (Tuttavia è interessante il fatto che, con l'aumentato uso di cellulari e computer da parte dei giovani, i casi di telepatia tra di loro abbiano subito un drammatico calo.)

Ma qualunque sia la loro origine, i neme esistono e ce ne sono milioni. Fluttuano come virus dell'influenza finché non trovano una persona vulnerabile e a quel punto si inseriscono nella psiche dell'ospite (è usato «inserirsi» piuttosto che un termine critico come «infestare» o «infettare» e mai «possedere», dalla valenza teologica). Se qualcuno è impulsivo, arrabbiato, depresso, confuso, spaventato – perfino fisicamente malato –, i neme lo percepiscono e vanno dritti alla corteccia cerebrale, quell'area del cervello che controlla le emozioni. Di solito evitano le persone emotivamente stabili, dalla forte volontà e che hanno alti livelli di autocontrollo. Ma non sempre.

I neme sono invisibili, come le onde elettromagnetiche e la luce all'estremità dello spettro, anche se talora è possibile percepirne la presenza sentendo distorsioni al telefono, alla TV o alla radio. Di solito l'ospite non si accorge dell'inserimento, vive semplicemente un improvviso cambiamento d'umore. Alcune persone tuttavia li percepiscono subito. Io sono una di esse, anche se non c'è niente di «speciale» in me. È come avere un udito o una vista acuti.

I neme pensano?

Sì, in un certo senso. Anche se «pensare» è forse il termine sbagliato. Più probabilmente operano come insetti, perlopiù tramite consapevolezza e istinto. Possiedono anche un forte istinto di sopravvivenza. Non c'è niente di immortale in essi. Quando il loro ospite viene a mancare, sembrano dissolversi anch'essi. Io non credo che comunichino tra loro, perlomeno non con le modalità tradizionali, le *nostre* modalità, dal momento che non ho mai trovato prove che lo facciano.

Non è per sminuire i danni che possono arrecare, naturalmente. Sono significativi. La rabbia e il comportamento impulsivo che scaturiscono dall'inserimento conducono a stupro, omicidio, maltrattamenti fisici e sessuali, e danni più sottili come abuso di sostanze e violenza verbale. Influiscono anche sulla fisiologia e la morfologia del corpo dell'ospite, come ha dimostrato diversi anni fa una serie di autopsie.

Dopo il mio devastante incontro personale con i neme, decisi di voler lavorare in un campo che poteva minimizzare i danni che erano in grado di provocare.

Così divenni uno psicoterapeuta.

L'orientamento del mio approccio è comportamentale. Una volta che sei sotto l'influenza di un neme, non lo «scacci», per usare l'infelice espressione di un professionista (ormai ex) durante una conferenza di psicoterapia a Chicago qualche anno fa.

Si trattano i sintomi. Io mi impegno a lavorare con i miei pazienti perché acquisiscano autocontrollo, usando svariate tecniche per evitare o minimizzare comportamenti distruttivi per sé o per gli altri. In molti casi, non ha neanche importanza che il paziente sappia di ospitare un neme (alcuni pazienti preferiscono conoscere la realtà, altri no). In ogni caso, i metodi che uso sono affidabili e consolidati, utilizzati da tutti i terapeuti comportamentali e, in generale, vincenti.

Ci sono state sconfitte occasionali, naturalmente. È la natura della professione. Due dei miei pazienti, nei quali si erano inseriti neme molto potenti, si sono uccisi nell'impossibilità di risolvere il conflitto tra i loro obiettivi e il comportamento indotto dal neme.

C'è anche un aspetto che da anni occupa un angolino della mia mente: il rischio per me stesso. Dedico la vita a minimizzare la loro efficacia e diffusione e perciò a volte mi chiedo se i neme mi percepiscano come una minaccia. Probabilmente così si dà loro troppa importanza; bisogna stare attenti a non umanizzarli. Ma non posso fare a meno di ripensare a un episodio risalente a diversi anni fa. Partecipavo a una conferenza di psicologia a New York e per poco non fui aggredito. Curioso, dal momento che il giovane aggressore era uno studente modello presso una bella scuola superiore vicina al mio albergo. Non si era mai messo nei guai con la polizia. Ed era armato di un lungo coltello. Un poliziotto fuori servizio si trovò a passare da lì e riuscì ad arrestarlo proprio quando aveva iniziato a inseguirmi con l'arma.

Era tarda notte e non vedevo bene ma credetti, a giudicare dagli occhi del ragazzo, che fosse sotto l'influsso di un neme, spinto a uccidermi dal suo istinto di sopravvivenza.

Probabilmente no. Ma anche se c'era qualcosa di vero, non mi sarei fatto distogliere dalla mia missione di salvare le persone a rischio.

Persone come Annabelle Young.

Il giorno dopo essermi imbattuto in lei da Starbucks, andai alla biblioteca della North Carolina State University e feci qualche ricerca. I database delle agenzie autorizzate e il sempre utile Google rivelarono che la donna aveva trent'anni e lavorava alla Chantelle West Middle School della contea di Wetherby. Cosa interessante, era vedova – suo marito era morto tre anni prima – e, sì, aveva un figlio di nove anni, probabilmente il bersaglio della sua ira al telefono. Secondo le informazioni sulla scuola in cui insegnava, Annabelle in genere aveva classi numerose, con una media di trentacinque studenti all'anno.

Questo significava che poteva avere un impatto drammatico e devastante sulla vita di tanti giovani.

Poi c'era anche la questione del benessere della stessa Annabelle. Ero convinto che fosse finita sotto l'influsso di un neme all'incirca nel periodo della morte del marito: un'improvvisa perdita personale come quella ti rende emotivamente vulnerabile e più suscettibile che non altrimenti. (Notai anche che era tornata al lavoro più o meno in quel periodo e mi chiesi se il suo neme avesse percepito la possibilità di inserirsi in qualcuno in grado di influenzare un gran numero di individui altrettanto vulnerabili, i ragazzini delle sue classi.)

Annabelle era chiaramente una donna intelligente e, a un certo punto, avrebbe potuto fare ricorso alla psicoterapia. Ma arriva un momento in cui il neme è così radicato che le persone ci fanno l'abitudine o diventano dipendenti dai comportamenti inadeguati che i neme causano. Non vogliono cambiare. In base alla mia valutazione, aveva superato questa soglia. E così, visto che non si sarebbe fatta viva, feci l'unica cosa in mio potere. Andai a Wetherby.

Ci arrivai presto un mercoledì. Il tragitto in auto fu piacevole, lungo una di quelle statali combinate che attraversano il North Carolina centrale. Si divideva da qualche parte fuori Raleigh e proseguii sul tratto sempre più rurale, che mi portò attraverso il vecchio North Carolina. Depositi di tabacco e piccoli impianti di componenti industriali – in gran parte chiusi anni prima ma ancora in piedi e circondati da erbacce. Campeggi di roulotte, più aperti che mai. Bungalow e prove in quantità di una passione per la Nascar e le parole d'ordine repubblicane.

Wetherby ha un centro cittadino riqualificato, ma è solo apparenza. Notai subito, mentre procedevo lungo il tratto di due isolati, che nessuno comprava niente nelle gallerie d'arte e nei negozi di antiquariato e avevo il sospetto che i ristoranti quasi vuoti cambiassero l'insegna con il nome circa ogni otto mesi. Il lavoro vero in posti come Wetherby si svolge nei centri commerciali, nei complessi di uffici e nelle zone residenziali costruite attorno ai nuovi campi da golf.

Presi una stanza in un motel, feci una doccia e iniziai la ricognizione, dando un'occhiata alla Chantelle Middle School. Parcheggiai intorno all'ora d'uscita delle classi ma non vidi traccia di Annabelle Young.

Più tardi quella sera, verso le sette e mezza, trovai la sua casa, a circa sei chilometri di distanza, una modesta villetta coloniale vecchia di vent'anni, bisognosa di una mano di pittura, in un vicolo cieco. Non c'erano auto nel vialetto. Parcheggiai sotto alcuni alberi e aspettai.

Quindici minuti dopo, un'auto entrò nel vialetto. Non capivo se il figlio fosse o meno all'interno. La Toyota parcheggiò nel garage e la porta si chiuse. Dopo qualche minuto scesi dall'auto, mi infilai in un boschetto dietro alla casa e diedi un'occhiata alla cucina. La vidi portarvi dentro dei piatti. Piatti sporchi dal pranzo o dalla sera prima, conclusi. Li posò nel lavello e la vidi fermarsi, con lo sguardo basso. Aveva il viso girato ma il linguaggio del corpo, perfino a quella distanza, mi diceva che era arrabbiata.

Apparve il figlio, un bambino magro dai capelli castani piuttosto lunghi. Il *suo* linguaggio del corpo trasmetteva cautela. Disse qualcosa a sua madre. La testa di lei scattò verso il bambino, che si affrettò ad annuire. Poi si ritirò. Lei rimase dov'era, fissando i piatti per un momento. Senza neanche sciacquarli, uscì dalla stanza e passò con decisione la mano lungo la parete, spegnendo l'interruttore con uno schiaffo. Potei quasi udire il gesto rabbioso da dove mi trovavo.

Non volevo parlarle in presenza del figlio e così me ne tornai al motel.

Il giorno seguente mi alzai presto e raggiunsi la scuola prima degli insegnanti. Alle sette e quindici vidi arrivare la sua auto e la guardai scendere e avviarsi accigliata verso la scuola. Troppe persone in giro e lei era troppo tormentata per avere una conversazione in quel momento.

Tornai alle tre del pomeriggio e, quando Annabelle uscì dall'edificio, la seguii a un vicino centro commerciale, collegato a un supermercato Harris Teeter. Lei fece la spesa e uscì una mezz'ora dopo. Mollò le buste di plastica nel portabagagli. Stavo per avvicinarla, anche se un incontro nel parcheggio non era il modo più adatto per esporre il mio caso, quando la vidi chiudere a chiave l'auto e avviarsi verso un bar ristorante vicino.

Alle tre e mezza non avrebbe pranzato né cenato e sapevo cosa aveva in mente. Le persone sotto l'influsso di neme spesso bevono più di quanto dovrebbero, per sedare l'inquietudine e la rabbia che derivano dall'inserimento.

Anche se alla fine mi sarei impegnato a farle ridurre il consumo di alcol, il suo leggero stato di ebbrezza, e il conseguente rilassamento, potevano essere un grande aiuto in quel momento. Aspettai cinque minuti e la seguii. Nell'interno buio del bar, che odorava di Lysol e cipolle, la scorsi al bancone. Stava bevendo un cocktail. Vodka o gin, sembrava, con qualche succo. Aveva finito il primo e stava ordinando il secondo.

Mi sedetti due sgabelli più in là e ordinai una Diet Coke. Sentii la sua testa girarsi di scatto verso di me, inclinarsi leggermente come per cercare di capire se mi avesse già visto, e tornare al suo drink. Poi i pezzi andarono insieme e si voltò nuovamente a guardarmi.

Senza alzare lo sguardo, dissi: «Sono uno psicoterapeuta, signora Young. Sono qui solo in questa veste. Per aiutare. Mi piacerebbe parlare con lei».

«Lei... lei mi ha seguita qui? Da Raleigh?»

Posai i soldi sul bancone, per indicare che non mi sarei trattenuto più del necessario, cercando di metterla a suo agio.

«L'ho fatto, sì. Ma, la prego, non deve aver paura.»

Finalmente alzai lo sguardo su di lei. Gli occhi erano proprio come li immaginavo, due fessure, freddi, quelli di una persona diversa. Il neme era ancora più forte di quanto pensassi.

«Tra cinque secondi chiamo la polizia.»

«Capisco. La prego, ascolti. Voglio dirle qualcosa. E se vuole che me ne vada, tornerò a Raleigh in questo preciso momento. Può scegliere quello che vuole.»

«Lo dica e se ne vada.» Prese un altro drink.

«Sono specializzato nella cura di persone che non sono felici nella vita. Sono bravo in questo. Quando l'ho vista l'altro giorno da Starbucks, ho capito che era il tipo di paziente che poteva trarre beneficio dalle mie competenze. Mi piacerebbe molto aiutarla.»

Nessun accenno ai neme, naturalmente.

«Non mi serve uno strizzacervelli.»

«In realtà non sono uno psichiatra. Sono uno psicologo, non un dottore.»

«Non mi interessa chi è lei. Non può... non può essere denunciato per questo, andare in giro a procurarsi clienti?»

«Sì, ed è libera di farlo. Ma ho pensato che valesse la pena offrirle i miei servizi. Non mi interessa il denaro. Può pagarmi la cifra che può permettersi. Mi interessa aiutarla. Posso fornirle le mie credenziali e lei potrà verificare presso l'albo statale.»

«Ha davvero una fidanzata che fa l'insegnante?»

«No, ho mentito. Cosa che non farò mai più... Era importante per cercare di spiegarle in che modo posso aiutarla.»

E poi vidi il suo viso addolcirsi. Stava annuendo.

Il cuore mi batteva forte. Avevo corso un rischio con questo tentativo ma lei stava per convincersi. La terapia sarebbe stata faticosa. Per entrambi. Ma la posta in gioco era troppo alta per lasciare che continuasse su quella strada. Sapevo che potevamo fare progressi significativi.

Mi voltai per prendere un biglietto da visita dal portafogli. «Lasci che le dica...»

Quando tornai a guardarla, mi presi in faccia tutto il contenuto del suo secondo bicchiere. Con gli occhi in fiamme per il liquore e il succo pungente, emisi un verso strozzato e afferrai i tovagliolini sul bancone.

«Annie, che ti prende?» scattò il barista e, con gli occhi annebbiati, lo vidi che la afferrava per un braccio impedendole di lanciarmi addosso il bicchiere. Alzai un braccio per proteggermi.

«Cos'ha fatto?»

«Fottiti, lasciami andare!» gli urlò lei.

«Ehi, ehi, datti una calmata, Annie. Cosa...?»

Poi il barista si abbassò quando Annabelle scagliò il bicchiere addosso a *lui*. Colpì una fila di altri bicchieri, mandandone in frantumi la metà. Era fuori controllo. Un classico.

«Vaffanculo tutti e due!» urlò. Tirò fuori una banconota dalla borsa e la lanciò sul bancone.

«La prego, signora Young» dissi. «Posso aiutarla.»

«Se la rivedo, chiamo la polizia.» Uscì come una furia.

«Ascolti, signore, cosa diavolo le ha fatto?»

Non gli risposi. Presi altri tovagliolini e, asciugandomi la faccia, andai alla finestra. La vidi raggiungere a grandi passi il figlio, che stava lì vicino con uno zaino scolastico. Quindi era quello il punto d'incontro. Mi chiesi quanto spesso aveva dovuto aspettare fuori mamma, mentre lei stava lì dentro a ubriacarsi. Immaginai freddi pomeriggi di gennaio, il ragazzino curvo che si soffiava sulle mani per scaldarle.

Lei gli fece segno di seguirlo. A quanto pare c'era qualcos'altro in programma dopo la scuola e, deluso, il bambino aveva alzato le braccia e lanciato un'occhiata in direzione del vicino negozio sportivo. Ma non avrebbero fatto alcun acquisto quel giorno. Lei gli si avvicinò come una furia e lo afferrò per un braccio. Il bambino cercò di liberarsi. Lei tirò indietro il braccio per schiaffeggiarlo ma il figlio si diresse obbediente all'auto. Lo vidi agganciarsi la cintura e asciugarsi le lacrime.

Senza girarmi a guardare il barista, me ne andai anch'io.

Andai all'auto per tornare al motel a cambiarmi. Ciò che era successo era scoraggiante, ma mi ero occupato di persone più difficili di Annabelle Young. C'erano altri approcci da adottare.

Nel corso degli anni ho imparato cosa funziona e cosa no; fa tutto parte dell'essere uno psicologo.

Alle sei del mattino seguente parcheggiai dietro Etta's Diner, in un settore deserto del parcheggio. Il ristorante era proprio dietro la casa di Annabelle. Risalii la collina lungo un sentiero che conduceva al marciapiede del suo quartiere. Mi chiesi quanto fosse stata diversa la vita di Annabelle prima che suo marito morisse. Quanto presto il neme si fosse inserito in lei. Avevo idea che fosse stata una moglie e madre vivace e affettuosa, del tutto diversa dalla furibonda donna priva di controllo che stava diventando.

Proseguii fino al limitare del bosco e aspettai dietro un cespuglio di camelie traboccante di boccioli rossi. Verso le sei e mezza il figlio uscì dalla porta principale con un pesante zaino in spalla e andò all'imbocco del vicolo, probabilmente per prendere l'autobus.

Quando se ne fu andato, raggiunsi il portico e salii i gradini.

Ero pronto? chiesi a me stesso.

Sempre quei momenti di insicurezza, malgrado fossi uno psicologo professionista da anni.

Sempre i dubbi.

Ma poi mi rilassai. La mia missione nella vita era salvare la gente. Ero bravo in questo. Sapevo il fatto mio.

Sì, ero pronto.

Suonai il campanello e mi allontanai dallo spioncino. Sentii i passi avvicinarsi. Lei spalancò la porta ed ebbe solo un momento per emettere un verso strozzato alla vista della calza nera che indossavo sulla faccia e del lungo coltello nella mano guantata.

La agguantai per i capelli e le affondai la lama nel petto tre volte, poi le tagliai la gola. Da entrambi i lati e a fondo, così la fine sarebbe stata rapida.

Dio solo sa che non volevo farla soffrire.

Due

L'incarico di assicurarsi che Martin Kobel fosse condannato a morte o all'ergastolo per l'omicidio di Annabelle Young fu assegnato a Glenn Hollow, il pubblico ministero della contea di Wetherby.

E fu un incarico che accettò con entusiasmo dall'istante in cui ricevette la chiamata dalla centrale di polizia. Quarantadue anni, Hollow era il procuratore più affermato nello Stato del North Carolina, secondo il numero di condanne ottenute e secondo i media, per via della preferenza a perseguire i crimini violenti. Indice del suo successo era il fatto che questo sarebbe stato l'ultimo anno a Wetherby. Correva per il ruolo di procuratore generale a novembre e c'erano pochi dubbi sulla sua vittoria.

Ma i piani futuri non l'avrebbero distolto dall'entusiastica azione legale per l'omicidio di Annabelle Young. Nelle grandi città i casi finivano sulla scrivania dei procuratori insieme ai rapporti di polizia. Con Glenn Hollow era diverso. Aveva un lampeggiante onorario attaccato al cruscotto e, dieci minuti dopo aver ricevuto la chiamata dell'omicidio, era a casa della signora Young mentre la squadra della Scientifica stava ancora asciugando il sangue e scattando fotografie.

Adesso stava entrando nel tribunale della contea di Wetherby. Il posto non aveva niente del Vecchio Sud. Era il tipo di ufficio che si può trovare a Duluth, Toledo o Schenectady. Un piano, anonima pietra bianca, aria condizionata sovraccarica, pavimenti di linoleum rigati e luci fluorescenti verdastre che potevano suscitare domande come: Ehi, ti senti bene?

Hollow era un uomo snello, con le guance incavate e folti capelli neri aderenti al cranio simile a un teschio. Gli imputati dicevano che aveva l'aspetto di un ghul, l'essere demoniaco della cultura araba; voci più gentili dicevano che assomigliava a Gregory Peck in *Moby Dick*, ma senza la barba. Era serio e riservato e teneva separate vita personale e professione.

Salutò la segretaria nell'anticamera del giudice Brigham Rollins.

«Entra pure, Glenn.»

All'interno c'erano due omoni. Rollins era sui cinquantacinque e aveva un volto butterato e gli irti capelli grigi di un taglio a spazzola con una settimana di troppo. Era in maniche di camicia ma con la cravatta, naturalmente. Portava coraggiose bretelle gialle che reggevano i notevoli calzoni marrone chiaro come una benna sotto una gru. Macchie grigie si allargavano sotto le sue braccia. Come al solito, il giudice aveva esagerato con l'Old Spice.

Seduto di fronte a lui c'era Ed Ringling: nonostante tutti gli anni trascorsi come avvocato della difesa in una cittadina di media grandezza, le battute sull'omonimia con i fondatori del circo Barnum circolavano ancora; tuttavia non c'era alcuna parentela. Robusto, ordinati capelli castano chiaro, ricordava un quarantacinquenne maggiore dell'esercito in congedo: non male, dal momento che Fayetteville e la sua installazione militare non erano eccessivamente lontane ma, come per la storia dei fratelli del circo, inesatta.

Hollow aveva una disposizione d'animo neutra nei confronti di Ringling. L'avvocato era corretto, per quanto irritante, e faceva sudare a Hollow ogni vittoria. Il procuratore riteneva che fosse giusto così. Dio creava gli avvocati difensori, diceva, per fare in modo che il sistema fosse equo e l'accusa non barasse né oziasse. Dopotutto, *c'era* quell'unica possibilità su cento che il gangster nero alto uno e settantatré di Central High al momento in custodia non fosse lo stesso gangster nero alto uno e settantatré di Central High che aveva premuto il grilletto.

Il giudice Rollins chiuse un fascicolo che stava esaminando. Grugnì. «Ditemi a che punto siamo, signori.»

«Sissignore» cominciò Hollow. «Lo Stato chiede omicidio con circostanze aggravanti.»

«Si tratta dell'insegnante con la gola tagliata, giusto?»

«Sissignore. In casa sua. In pieno giorno.»

Una smorfia di disgusto. Non di choc. Rollins faceva il giudice da anni.

Il tribunale era all'incrocio tra la Route 85 e Henderson Road. Da una finestra si vedevano pascolare le vacche Belted Galloway. Erano bianche e nere, a strisce verticali, precise, come se Dio avesse usato un righello. Guardando alle spalle del giudice, Hollow poteva vederne otto, intente a ruminare. Fuori dell'altra finestra c'erano un T.J. Maxx, un Barnes & Noble e un multisala in costruzione. Erano due vedute che definivano bene Wetherby.

«Che storia c'è dietro?»

«Questo Kobel è uno psicologo. La perseguitava. Si sono conosciuti in uno Starbucks quando lei era andata a Raleigh per una conferenza sull'insegnamento. Testimoni dicono che le ha dato il suo biglietto da visita ma lei l'ha gettato via. Poi lui l'ha rintracciata e si è presentato a Wetherby. Hanno avuto un alterco al Red Robin, vicino all'Harris Teeter. Lei gli ha gettato un drink in faccia. Un testimone l'ha visto parcheggiare da Etta, la tavola calda, la mattina in cui è stata uccisa...»

«Stasera manzo sotto sale» disse il giudice.

«Lo fanno davvero buono» aggiunse Ringling.

Vero. Hollow continuò. «E si è appostato tra quegli alberi dietro casa sua. Quando ha aperto la porta, l'ha uccisa. Ha aspettato che il bambino se ne andasse.»

«E fin qui ci siamo, perlomeno» brontolò Rollins. «Come sono arrivati a lui i ragazzi in blu?»

«È stato sfortunato. Un garzone di Etta in pausa sigaretta l'ha visto uscire dal bosco portando alcune cose. Il ragazzo ha trovato del sangue vicino a dove aveva parcheggiato. Ha chiamato la polizia fornendo marca e modello. Kobel ha gettato via coltello, calza e guanti, ma li hanno trovati. Fibre, DNA, impronte all'*in-*

terno dei guanti. La gente se ne dimentica sempre. Guardano troppo CSI... Oh, e poi ha confessato.»

«*Cosa?*» abbaiò il giudice.

«Già. Gli hanno letto i diritti, due volte. Ha cantato come un uccellino.»

«Allora che diavolo ci fate qui? Patteggiate e sbrighiamo un po' di lavoro vero.»

Il giudice lanciò un'occhiata a Ringling, ma l'avvocato difensore, a sua volta, rivolse lo sguardo su Hollow.

Rollins strinse nella mano la tazza di ceramica e bevve il caffè bollente. «Chi non sta dicendo cosa? Niente giochetti. Non c'è una giuria su cui fare colpo.»

«È completamente folle» disse Ringling. «Svitato.»

Una ruga scettica sulla fronte del giudice. «Ma dite che indossava una calza e dei guanti?»

Alla maggior parte dei criminali malati di mente non importava di venire identificati né di passarla liscia. Non indossavano tenute da ninja o da sicario. Erano quelli che restavano nei paraggi e dipingevano con le dita usando il sangue delle loro vittime.

Ringling fece spallucce.

«È in grado di affrontare un processo?» chiese il giudice.

«Sissignore. Dicevamo che era folle nel momento in cui ha commesso il fatto. Nessun senso di ciò che è giusto e ciò che è sbagliato. Nessun senso della realtà.»

Il giudice grugnì.

La difesa per infermità mentale si basa su un concetto prevalente nella giurisprudenza: la responsabilità. A che punto siamo responsabili degli atti che commettiamo? Se causiamo un incidente e veniamo citati per danni in un tribunale civile, la legge chiede: una persona ragionevolmente prudente avrebbe, diciamo, guidato su una strada sdrucciolevole a sessanta all'ora? Se la giuria dice di sì, allora non siamo responsabili di quell'incidente.

Se ci arrestano per un crimine, la legge chiede: abbiamo agito consapevolmente e intenzionalmente per infrangere una legge? Se non l'abbiamo fatto, allora non siamo colpevoli.

Ci sono, di fatto, due modi in cui la questione della sanità mentale dell'accusato emerge in un tribunale penale. Uno è quando l'imputato è così fuori di testa da non poter prendere parte al proprio processo. Quella cosa della Costituzione degli Stati Uniti: il diritto di confrontarsi con i propri accusatori.

Ma questo non è ciò che pensa della difesa per infermità mentale la maggior parte degli spettatori di *Boston Legal* o *Perry Mason* e, come aveva confermato Ed Ringling, non era il caso di *Lo Stato contro Kobel.*

Più comune è la seconda accezione di sanità mentale, quando gli avvocati difensori invocano svariate derivazioni della Regola M'Naghten, in base alla quale se all'imputato è mancata la capacità di sapere che stava facendo qualcosa di sbagliato quando ha commesso il crimine, non può essere giudicato colpevole. Questo non significa che la farà franca; verrà rinchiuso in un istituto psichiatrico finché non si stabilirà che non è più pericoloso.

Questo era ciò che sosteneva Ed Ringling riguardo a Martin Kobel. Ma Glenn Hollow proruppe in una risata perplessa. «Non era pazzo. Era uno psicologo praticante ossessionato da una donna carina che lo ignorava. Circostanze aggravanti. Voglio la colpevolezza, voglio l'ago. Questo è quanto.»

Ringling si rivolse a Rollins. «Infermità. Lo condanni all'incarcerazione indefinita a Butler, giudice. Non faremo obiezione. Niente processo. Tutti vincono.»

Hollow disse: «A parte le altre persone che ucciderà quando lo faranno uscire tra cinque anni».

«Ah, tu vuoi solo un trofeo per quando correrai per il posto di procuratore generale. È un cattivo perfetto per i media.»

«Voglio giustizia» replicò Hollow, immaginando di sembrare pretenzioso. E infischiandosene altamente. E non ammettendo che sì, lo voleva quel trofeo.

«Cosa mi dice di Picchiatello? Che prove abbiamo?» domandò il giudice. Teneva un contegno molto diverso quando si trovava nel suo ufficio rispetto a quando era in aula, e presumibilmente un altro ancora quando era da Etta's, a mangiare manzo sotto sale.

«È assolutamente convinto di non aver fatto niente di male. Stava salvando gli alunni di Annabelle. Ne ho parlato con lui una dozzina di volte. Ci crede davvero.»

«Crede a cosa, esattamente?»

«Che lei fosse posseduta. Da qualcosa come un fantasma. Mi sono informato. Una specie di culto su Internet. Uno spirito o qualcosa del genere che ti fa perdere il controllo, ti fa perdere le staffe e picchiare a morte tua moglie o i tuoi figli. Ti fa perfino uccidere la gente. Si chiama "neme".» Lo sillabò.

«Neme.»

Intervenne Hollow. «Mi sono informato anch'io, giudice. Può informarsi anche lei. Possono farlo tutti. Ed è quello che ha fatto Kobel. Gettare le basi per rivendicare l'infermità mentale. Ha ucciso una donna giovane e bella che l'ha respinto. E adesso finge di credere nei neme per sembrare fuori di testa.»

«Se questo è il caso» disse Ringling in tono solenne, «allora stava progettando di uccidere una donna conosciuta due settimane prima sin da quando era un adolescente.»

«Che storia è questa?»

«I suoi genitori sono morti in un incidente automobilistico quando andava alle superiori. Ha avuto un distacco dalla realtà, l'hanno definito i medici. Diagnosticato come personalità borderline.»

«Come mia cugina» disse il giudice. «È imbarazzante. Mia moglie e io non la invitiamo mai, se possiamo evitarlo.»

«Kobel ha subito un trattamento sanitario obbligatorio per otto mesi all'epoca; parlava di queste creature che possedevano il conducente che aveva ucciso la sua famiglia. Lo stesso accade ora.»

«Ma ha frequentato l'università» osservò il giudice. «È laureato. Non è pazzo, a casa mia.»

Hollow colse la palla al balzo. «Proprio così. Ha un master in psicologia. Uno in servizi sociali. Buoni voti. Ha i suoi pazienti. E ha scritto libri, santo cielo.»

«Uno dei quali, si dà il caso, ce l'ho con me e lo includerò tra le prove. Grazie, Glenn, per aver sollevato l'argomento.» L'avvocato della difesa aprì la valigetta e depositò sulla scrivania cinque chili di fogli formato A4. «*Auto*pubblicato, a proposito. E scritto a mano.»

Hollow vi diede un'occhiata. Aveva una buona vista ma era impossibile leggere il testo, a parte il titolo, perché era scritto in caratteri minuscoli. Dovevano essere un migliaio di parole per pagina, e la grafia era elegante, maniacale.

Prove Bibliche di
ENERGIA emotiva maligna
inserita nella Psiche.

di Martin Kobel

© Tutti i diritti riservati

«Diritti riservati?» sbuffò Hollow. «Chi plagerebbe queste stronzate? E quell'uso delle maiuscole?»

«Glenn, questo è uno di circa trenta volumi. Scrive questa roba da vent'anni. E questo è il più piccolo.»

Il procuratore ripeté: «Sta fingendo».

Ma il giudice era scettico. «Da tutti quegli anni?»

«D'accordo, è bizzarro. Ma quest'uomo è pericoloso. Due dei suoi pazienti si sono uccisi in circostanze che fanno pensare che sia stato lui a suggerirlo. Un altro sta scontando cinque anni perché ha aggredito Kobel nel suo ufficio. Ha affermato che il dottore l'ha provocato. E sei anni fa Kobel si è introdotto in un'agenzia di pompe funebri ed è stato beccato a cazzeggiare con i cadaveri.»

«*Cosa?*»

«Non in quel senso. Li stava dissezionando. Cercava prove per questi affari, questi neme.»

Ringling disse soddisfatto: «C'è un altro libro, sulle autopsie. Milleottocento pagine. Illustrate».

«Non erano autopsie, Ed. Si è introdotto nelle pompe funebri e ha messo mano ai cadaveri.» Hollow si stava arrabbiando. Ma forse è solo un neme, pensò cinico. «Va alle conferenze.»

«Conferenze sul paranormale» aggiunse Ringling. «Conferenze di fuori di testa. Piene di mattoidi come lui.»

«Gesù Cristo, Ed. Le persone che invocano l'infermità mentale sono schizoidi paranoidi. Non si lavano, prendono l'Haldol e il litio, sono deliranti. Non vanno al fottuto Starbucks a chiedere una dose extra di sciroppo.»

Hollow aveva usato il turpiloquio più volte quel giorno che nell'ultimo anno.

«Uccidono le persone perché sono possedute da fantasmi. Non sono sane di mente. Fine della storia.»

Il giudice alzò la mano. «Voi signori sapete che quando la terra era giovane, l'Africa e il Sud America erano una accanto all'altro. Voglio dire, quindici metri di distanza. Pensateci. Ed ecco voi, stessa cosa. Siete molto vicini, lo vedo bene. Potete risolvere la cosa. Venirvi incontro. C'è anche una canzone a tale proposito. È nel vostro interesse. Se andiamo al processo, sarete voi due a fare tutto il lavoro. Io mi limiterò a dire "ammesso" e "respinto".»

«Ed, ha ucciso quella ragazza, un'insegnante. A sangue freddo. Lo voglio via per sempre. È un pericolo ed è malato... Ciò che posso fare, ma solo questo, è chiedere l'ergastolo. Lascio cadere le aggravanti. Ma niente libertà condizionale.»

Il giudice rivolse uno sguardo speranzoso a Ed Ringling. «È già qualcosa.»

«Sapevo che sarebbe saltata fuori» disse Ringling. «Ne ho parlato con il mio cliente. Dice che non ha fatto niente di male e che ha fiducia nel sistema. È convinto che ci siano questi affari, che fluttuano in giro, ti si attaccano addosso e ti fanno fare cose cattive. No, chiediamo l'infermità mentale.»

Hollow fece una smorfia. «Se vuoi giocare così, porta il tuo esperto e io porterò il mio.»

Il giudice brontolò. «Scegliete una data, signori. Andremo al processo. E, per l'amor del cielo, qualcuno mi dica cosa diavolo è un neme.»

Il *Popolo dello Stato del North Carolina contro Kobel* ebbe inizio un mercoledì di giugno.

Glenn Hollow partì con una sfilza di testimoni e rapporti della polizia riguardanti le prove forensi, che erano inconfutabili. Ed Ringling ne lasciò passare la maggior parte, limitandosi a farne escludere solo qualcuna più labile, di cui a Hollow in fondo non importava.

Uno dei testimoni di Hollow era un dipendente dello Starbucks di Raleigh, che attestò lo scambio del biglietto da visita. (Hollow notò l'aria turbata di diversi giurati e persone nell'aula, che probabilmente si interrogavano su quanto fosse saggio intrattenere relazioni clandestine e altri comportamenti indiscreti in presenza di baristi dotati di spirito di osservazione.)

Altri testimoni parlarono di comportamento attinente allo stalking, compresi diversi che avevano visto Kobel a Wetherby nei giorni precedenti l'omicidio. Più di uno aveva visto la sua auto parcheggiata fuori dalla scuola in cui Annabelle Young insegnava. Se c'è un modo per mettere a verbale la propria presenza è essere un uomo di mezz'età parcheggiato fuori da una scuola media. Otto cittadini preoccupati avevano dato alla polizia il suo numero di targa.

Il garzone dell'Etta's Diner rilasciò un'utile testimonianza con l'aiuto di un interprete spagnolo.

Per quanto riguardava lo stesso Kobel, seduto al tavolo della difesa, aveva i capelli di traverso e il completo gli cadeva male. Riempiva frenetico un taccuino dopo l'altro con una scrittura simile a un tracciato sismico.

Figlio di puttana, pensava Hollow. Era tutta scena, architettata da Edward Ringling, naturalmente, con Martin Kobel nel ruolo dello schizofrenico. Hollow aveva visto il video dell'interrogatorio della polizia. Sullo schermo, l'imputato era apparso tirato a lucido, forbito e non più irrequieto del vecchio labrador di Hollow, noto per fare sonnellini nel bel mezzo di un tornado.

In qualsiasi altro caso, il processo si sarebbe concluso il secondo giorno, con un verdetto a favore del Popolo, seguito da un lungo appello e alcuni spiacevoli minuti in cui il boia decideva quale fosse la vena migliore, braccio destro o sinistro.

Ma c'era di più, naturalmente. Dove la vera battaglia si sarebbe combattuta.

Il perito psichiatra di Ringling dichiarò che l'imputato era, secondo la sua opinione, legalmente malato di mente e incapace di distinguere tra giusto e sbagliato. Kobel credeva davvero che Annabelle Young fosse una minaccia per gli studenti e suo figlio poiché era infestata da un neme, uno spirito o una forza della cui esistenza era fermamente convinto.

«È paranoico, psicotico. La sua realtà è molto, molto diversa dalla nostra» fu la conclusione del perito.

Le credenziali dello psichiatra erano buone e poiché quello era più o meno l'unico terreno su cui attaccarlo, Hollow lo lasciò andare.

«Vostro Onore» disse poi Ringling, «passo a introdurre i reperti della difesa dal numero uno al ventotto.»

E portò davanti al giudice, servendosi di carrelli, i taccuini e i trattati autopubblicati di Kobel sui neme, più di quanti potessero mai interessare a qualcuno.

Un secondo esperto della difesa depose a proposito di quegli scritti. «Sono tipici di una mente psicotica.» Tutto ciò che Kobel aveva scritto era caratteristico degli individui paranoici e psicotici che avevano perso il contatto con la realtà. Affermò che non c'erano basi scientifiche per il concetto di neme. «È come il voodoo, i vampiri, i lupi mannari.»

Ringling cercò di sancire la cosa facendo leggere all'esperto un brano di uno di quei «trattati scientifici», una pagina di sciocchezze assolutamente incomprensibili. Il giudice Rollins, sul punto di addormentarsi, lo interruppe. «Abbiamo capito, avvocato. Basta così.»

Durante il controinterrogatorio, Hollow poté fare ben poco per smontare questa deposizione. Il meglio che gli riuscì fu: «Dottore, lei ha letto Harry Potter?».

«Be', in realtà sì, l'ho fatto.»

«Il quarto è il mio preferito. E il suo?»

«Uhm, non saprei proprio.»

«È possibile» domandò il procuratore al teste «che quegli scritti del signor Kobel siano semplici tentativi di scrivere un romanzo? Un enorme libro fantasy.»

«Io... io non vedo come.»

«Ma è possibile, vero?»

«Direi di sì. Ma glielo dico, non venderà mai i diritti per il film.»

Il giudice congedò il teste in mezzo alle risate.

Fu la volta della testimonianza sulla bizzarra autopsia, che Hollow non si prese il disturbo di confutare.

Ed Ringling presentò anche due pazienti di Kobel, i quali dichiararono di essere stati così turbati dai suoi ossessivi discorsi a proposito di questi fantasmi o spiriti che abitavano i loro corpi, che avevano smesso di vederlo.

E poi Ringling chiamò a deporre lo stesso Kobel, calato nel ruolo del matto con i vestiti appositamente sgualciti e sporchi, mordicchiandosi il labbro e apparendo irrequieto ed eccentrico.

Questa idea, davvero folle, era un rischio enorme perché durante il controinterrogatorio Hollow gli avrebbe chiesto a bruciapelo se avesse ucciso Annabelle Young. Poiché aveva già confessato una volta, avrebbe dovuto confessare di nuovo, altrimenti Hollow avrebbe letto la frase dalla sua dichiarazione. In entrambi i casi, la giuria avrebbe sentito l'uomo ammettere il crimine.

Ma Ringling prese il toro per le corna. La sua prima domanda fu: «Signor Kobel, ha ucciso Annabelle Young?».

«Oh, sì, certo che l'ho fatto.» Sembrava sorpreso.

L'aula ebbe un sussulto.

«E perché l'ha fatto, signor Kobel?»

«Per il bene dei bambini.»

«Cosa intende?»

«Era un'insegnante, sa. Oh, Dio! Ogni anno, trenta o quaranta studenti, giovani suggestionabili, finivano sotto la sua influenza. Lei avrebbe avvelenato le loro menti. Avrebbe potuto perfino fare loro del male, abusare di loro, diffondere odio.» Chiuse gli occhi e rabbrividì.

E l'Oscar come miglior attore per il ruolo del folle sospettato di omicidio va a...

«Adesso mi dica, signor Kobel, perché ha pensato che avrebbe fatto del male ai bambini?»

«Oh, era sotto l'influsso di un neme.»

«È ciò di cui abbiamo sentito parlare prima, giusto? Nei suoi scritti?»

«Sì, nei miei scritti.»

«Potrebbe dirci, in breve, cos'è un neme?»

«Si potrebbe definirlo un'energia. Un'energia maligna. Fa presa sulla mente e non va via. È terribile. Spinge a commettere crimini, a maltrattare la gente, ad accessi di rabbia. Un sacco di scatti d'ira e rabbia al volante sono causati da neme. Sono dappertutto. A milioni.»

«Ed era convinto che lei ne fosse posseduta?»

«Non si tratta di possessione» replicò Kobel con fermezza. «Quello è un concetto teologico. I neme sono puramente scientifici. Come i virus.»

«Pensa che siano reali come i virus?»

«Lo sono! Dovete credermi! Lo sono!»

«E la signora Young subiva l'influsso di neme.»

«Uno, solo uno.»

«E avrebbe fatto del male ai suoi studenti.»

«E a suo figlio. Oh, sì, lo vedevo bene. Ho la capacità di vedere i neme. Dovevo salvare il bambino.»

«Non la stava perseguitando perché era attratto da lei?»

La voce di Kobel si incrinò. «No, no. Niente del genere. Volevo che entrasse in analisi. Avrei potuto salvarla. Ma era andata troppo oltre. L'ultima cosa che volevo era ucciderla. Ma è stata una benedizione. Lo è stata davvero. Ho dovuto.» Gli occhi si riempirono di lacrime.

Oh, ragazzi...

«Il teste all'accusa.»

Hollow fece il meglio che poté. Decise di non chiedere di Annabelle Young. La sua uccisione da parte di Kobel non era più il punto centrale del caso. Adesso la questione era lo stato mentale di Kobel. Hollow fece ammettere all'imputato di essere stato ricoverato in un ospedale psichiatrico, durante l'adolescenza, e che non vedeva uno psichiatra sin da allora. Non prendeva farmaci antipsicotici. «Mi tolgono lucidità. È necessaria quando si combattono i neme.»

«Si limiti a rispondere alla domanda, prego.»

Hollow esibì poi le dichiarazioni dei redditi di Kobel relative agli ultimi tre anni.

Quando Ringling fece obiezione, Hollow disse al giudice Rollins: «Vostro Onore, un uomo che compila una dichiarazione dei redditi è sano di mente».

«Questo è opinabile» replicò il giudice ultraconservatore, attirandosi le risate dell'aula.

Oh, stare in cattedra, pensò Glenn Hollow. E magari, dopo qualche anno come procuratore generale, ci arriverò.

«Sono ammesse» disse Rollins.

«Queste sono le sue dichiarazioni dei redditi, vero, signore?»

«Direi di sì. Sì.»

«Indicano che ha guadagnato una discreta somma con la sua professione. Circa quarantamila dollari l'anno.»

«Forse. Immagino di sì.»

«Perciò, malgrado quei due pazienti che hanno deposto prima, deve esserci un numero maggiore di pazienti che lei ha in cura regolarmente e che sono soddisfatti dei suoi servizi.»

Kobel lo guardò negli occhi. «Ci sono un sacco di neme là fuori. Qualcuno deve combatterli.»

Hollow sospirò. «Non ho altre domande, Vostro Onore.»

Il pubblico ministero chiamò poi il proprio esperto, uno psichiatra che aveva esaminato Kobel. In base alla sua deposizione, l'uomo, per quanto eccentrico, non era legalmente malato di mente. Era ben consapevole di ciò che stava facendo, ovvero che stava commettendo un crimine quando aveva ucciso la vittima.

Ringling pose qualche domanda, ma non si accanì nel controinterrogatorio.

Verso la fine della giornata, durante una breve pausa, Glenn Hollow lanciò un'occhiata furtiva al banco della giuria. Era procuratore nonché avvocato di tribunale da molto tempo ed era esperto non solo di legge ma anche di giurie.

E, maledizione, stavano reagendo proprio come Ed Ringling voleva che facessero. Hollow vedeva bene che odiavano e temevano Martin Kobel ma, poiché era un tale mostro e le cose che diceva erano così bizzarre, non poteva soddisfare gli standard etici e comportamentali della giuria. Oh, Ringling era stato in gamba. Non stava presentando il suo cliente come una vittima; non lo stava proponendo come qualcuno che aveva subito abusi o aveva avuto un'infanzia traumatica (non aveva quasi accennato alla morte dei genitori e del fratello di Kobel). No, stava dimostrando che questo *essere* al tavolo della difesa non era neanche umano.

Come aveva detto il suo esperto, «La realtà del signor Kobel non è la *nostra* realtà».

Hollow allungò le gambe magre davanti a sé e guardò le nappe dei mocassini pendere da un lato. Perderò questo caso, pensò. Lo perderò. E quel figlio di puttana sarà fuori tra cinque o sei anni e cercherà altre donne da perseguitare.

Era disperato.

Neme... merda.

Poi il giudice smise di parlare con il suo cancelliere e disse: «Signor Hollow? Continuiamo con la sua confutazione della difesa per cause esimenti del signor Ringling?».

Fu allora che al procuratore venne un'idea. La prese in considerazione per un momento e poi trasalì pensando alla direzione che poteva prendere.

«Signor Hollow?»

«Vostro Onore, se possibile, potremmo ritirarci fino a domani? L'accusa apprezzerebbe la sospensione.»

Il giudice Rollins rifletté. Guardò l'ora. «D'accordo. La corte si aggiorna alle nove di domani mattina.»

Glenn Hollow ringraziò il giudice e disse ai giovani colleghi di raccogliere le carte e riportarle in ufficio. Il procuratore si alzò e si avviò alla porta. Ma cominciò a correre solo quando fu uscito dal tribunale; secondo lui i giurati dovevano vedere gli avvocati solo in versione contegnosa.

Poco dopo le nove del mattino seguente, Glenn Hollow si alzò in piedi. «Vorrei chiamare a deporre il dottor James Pheder.»

«Obiezione, Vostro Onore.» Ed Ringling era in piedi.

«Motivo?»

«Abbiamo ricevuto notizia di questo teste ieri sera alle otto. È mancato il tempo adeguato per prepararci.»

«Dov'era alle otto?»

Ringling rimase interdetto. «Be', Vostro Onore, io... mia moglie e io eravamo fuori a cena.»

«Alle otto, *io* stavo leggendo i documenti di questo caso, signor Ringling. E il signor Hollow le stava mandando notifiche relative a un nuovo teste. Nessuno di noi si stava godendo il buffet della Casa delle Costolette.»

«Ma...»

«Improvvisi, avvocato. È per questo che viene pagato profumatamente. Obiezione respinta. Proceda, signor Hollow.»

Pheder, un uomo dalla carnagione scura con una zazzera di ricci capelli neri e il viso magro, prestò giuramento e si sedette.

«Ora, signor Pheder, potrebbe dirci quali sono le sue credenziali?»

«Sissignore. Mi sono laureato in psicologia e biologia all'Università della Virginia Orientale, all'Università di Albany e all'Università dell'Arizona Settentrionale.»

«Tutti istituti quadriennali accreditati, dico bene?»

«Sì.»

«E cosa fa per vivere?»

«Scrivo e tengo conferenze.»

«Pubblica anche?»

«Sissignore. Ho pubblicato dozzine di libri.»

«Si tratta di autopubblicazioni?»
«Nossignore. Collaboro con affermate case editrici.»
«E dove tiene queste conferenze?»
«In tutto il Paese. Scuole, biblioteche, librerie, case private.»
«Quante persone intervengono a queste conferenze?» domandò Hollow.
«Direi da quattro a seicento.»
«E quante conferenze tiene all'anno?»
«Un centinaio.»
Hollow fece una pausa e poi chiese: «Ha familiarità con il concetto di neme?».
«Sissignore.»
«È vero che è stato lei a coniare il termine?»
«Sissignore.»
«A cosa si riferisce?»
«Ho unito le parole "negativo" e "meme". "Negativo" è esattamente quello che sembra. "Meme" è un fenomeno comune nella società, come una canzone o un tormentone, che cattura l'immaginario popolare. Si diffonde.»
«Ci parli in breve del concetto di neme, cioè *n*-e-m-e, se non le dispiace.»
«In due parole?»
«Oh, sissignore. Prendevo sei in scienze. La faccia semplice e breve.»
Bel colpo, pensò Hollow della propria battuta. Scienze.
Pheder continuò. «È come una nube di energia che influenza le emozioni della gente in modo distruttivo. Ha presente quando cammina per strada e all'improvviso si sente diverso? Senza alcun motivo. Il suo umore cambia. Potrebbe dipendere da una serie di cose. Ma potrebbe anche essere un neme che si inserisce nel suo telencefalo.»
«E ha parlato di "negativo". Quindi i neme sono cattivi?»
«Be', cattivo è un giudizio umano. Sono neutri, ma tendono a farci comportare in modi che la società descrive come cattivi. Prenda il caso di una nuotata nell'oceano. Squali e meduse non

sono cattivi; fanno semplicemente ciò per cui sono programmati dalla natura, esistono. Ma quando ci assalgono o pungono, noi diciamo che sono cattivi. Per i neme è lo stesso. Ci fanno fare cose che per loro sono naturali ma che noi definiamo cattive.»

«Ed è convinto che questi neme siano reali?»

«Oh, sissignore. Nel modo più assoluto.»

«Secondo lei, altra gente crede nella loro esistenza?»

«Sì, molte, molte persone.»

«Si tratta di scienziati?»

«Alcuni, sì. Psicologi, chimici, biologi, terapisti.»

«Non ho altre domande, vostro onore.»

«Il teste è suo, signor Ringling.»

L'avvocato della difesa si rivelò incapace di improvvisare. Si aspettava che Hollow chiamasse a deporre esperti che confutassero l'infermità mentale del suo cliente.

Non si aspettava che Hollow cercasse di dimostrare che i neme erano reali. Ringling pose qualche domanda insignificante e si fermò lì.

Hollow era sollevato che non avesse esplorato la storia e le credenziali di Pheder in altri ambiti, comprese la parapsicologia e le pseudoscienze. E che non avesse trovato il blog in cui Pheder affermava che gli allunaggi erano stati inscenati in uno studio cinematografico a Houston, o in cui sosteneva la teoria che vedeva gli israeliani e il presidente Bush dietro all'attacco dell'11 settembre.

Hollow aveva temuto in particolare che potesse emergere il saggio di Pheder sull'apocalisse del 2012.

Pericolo scampato, pensò.

Ringling congedò l'uomo, apparentemente convinto che la testimonianza avesse in qualche modo servito gli interessi della difesa.

Questo concludeva le presentazioni formali del caso e ormai era tempo di arringhe finali.

Hollow aveva scritto mentalmente la propria già mentre si precipitava fuori dal tribunale il giorno prima, alla ricerca del numero di Pheder.

L'uomo, magro e austero, si portò davanti al banco dei giurati e, in segno di cameratismo nei loro confronti, si slacciò il bottone centrale della giacca, che di solito teneva chiusa fino in cima.

«Signore e signori della giuria. Voglio essere breve, per rispetto nei vostri confronti e per rispetto nei confronti della povera vittima e della sua famiglia. Essi, e lo spirito di Annabelle Young, vogliono e meritano giustizia, e prima concederete quella giustizia, meglio sarà per tutti.

«Gli scrupolosi tutori della legge coinvolti in questo caso hanno stabilito oltre ogni ragionevole dubbio che Martin Kobel è stato l'individuo che violentemente e senza rimorso ha pugnalato a morte una giovane e appassionata insegnante, vedova e madre single, dopo averla perseguitata per una settimana, seguendola fin da Raleigh, spiandola e spingendola a fuggire da un ristorante mentre aspettava di incontrare suo figlio dopo la scuola. Questi fatti non sono in discussione. Non ci sono dubbi circa la validità della confessione del signor Kobel, che egli ha reso in piena libertà e dopo essere stato informato dei suoi diritti. E che ha ripetuto qui davanti a voi.

«L'unica questione in questo caso è se l'imputato fosse o non fosse folle al momento di questo scellerato crimine. Adesso, perché l'imputato venga giudicato non colpevole per infermità mentale, deve – ripeto, *deve* – essere dimostrato che non comprendeva la differenza tra giusto e sbagliato nel momento in cui ha ucciso Annabelle. Deve essere dimostrato che non comprendeva la realtà come voi e io la conosciamo.

«Avete sentito l'imputato affermare che ha ucciso Annabelle Young perché infettata da forze chiamate neme. Pensiamo a questo per un momento. Se il signor Kobel avesse creduto che Annabelle fosse posseduta dagli alieni o dagli zombie o dai vampiri, forse questa tesi avrebbe avuto una certa validità. Ma non è ciò che afferma. Sta praticamente dicendo che la Young era infestata da ciò che egli stesso ha descritto come un virus... non quelli che provocano la febbre e il raffreddore, ma un virus che ti spinge a fare cose cattive.»

Un sorriso. «Devo ammettere che la prima volta che ho sentito questa teoria ho pensato: accidenti, che follia. Ma più ci pensavo, più mi chiedevo se non ci fosse dell'altro. E nel corso di questo processo, ascoltando il signor Kobel e il dottor Pheder e dopo aver passato la notte scorsa a leggere i lunghi scritti del signor Kobel, ho cambiato idea... Adesso anch'io credo nei neme.»

In tutta l'aula si propagò un sonoro brusio di sorpresa.

«Sono convinto che Martin Kobel abbia ragione. I neme esistono. Pensateci, signore e signori: cos'altro può spiegare gli atti casuali di violenza e sopruso e rabbia che riscontriamo in persone insospettabili?»

Sì... alcuni giurati stavano annuendo. Erano con lui!

Hollow alzò la voce. «Pensateci! Energie incorporee che ci influenzano. *Noi* non possiamo vederle, ma la gravitazione lunare non ha effetto su di noi? Le radiazioni non hanno effetto su di noi? Non possiamo vedere neanche quelle cose. Questi neme sono la spiegazione perfetta per comportamenti che altrimenti troveremmo impossibili.

«C'è stato un tempo in cui il concetto di volo assistito sarebbe stato considerato stregoneria. Lo stesso vale per il GPS. Lo stesso per le moderne cure mediche. Lo stesso per le lampadine, i computer, migliaia di prodotti che adesso sappiamo avere radici scientifiche ma che quando furono concepiti sembravano magia nera.»

Hollow si avvicinò ai rapiti membri della giuria. «Ma... ma... in tal caso, se i neme esistono come il signor Kobel e io crediamo, allora significa che fanno parte del mondo *reale*. Fanno parte della *nostra* società, del nostro legame reciproco, nel bene e nel male. Allora dire che Annabelle Young era infettata da un neme equivale a dire che aveva l'influenza e poteva contagiare altre persone. Alcune delle persone contagiate, i più anziani o i più giovani, potevano morire. Il che sarebbe un peccato, una tragedia... Ma questo significa che sarebbe giusto ucciderla preventivamente per salvare quelle persone? Assolutamente no! Non è così che funziona il mondo, signore e signori. Se, come adesso credo, Annabelle era affetta da questi neme, allora, come professionista qualificato, era responsabilità di Martin Kobel convincerla a farsi curare e aiutarla. Aiutarla, signore e signori. Non assassinarla.

«Vi prego, onorate la memoria di Annabelle Young. Onorate l'istituzione della legge. Onorate la responsabilità personale. Giudicate sano di mente l'imputato di questo caso. E giudicatelo colpevole di omicidio di primo grado per aver tolto la vita a una giovane donna la cui unica colpa era essere malata e la cui unica possibilità di guarire e condurre una vita felice e produttiva le è stata sottratta da un violento assassino. Grazie.»

Con il cuore che martellava, Glenn Hollow raggiunse a grandi passi il tavolo dell'accusa nel completo silenzio dell'aula, consapevole di avere gli sguardi di tutti su di sé.

Si mise a sedere. Ancora nessuna voce né fruscii di carte. Niente. Si sarebbe sentito cadere uno spillo.

Dopo quella che parve un'ora, anche se probabilmente furono solo trenta secondi, Ed Ringling si alzò, si schiarì la voce e tenne la sua arringa di chiusura. Hollow non gli prestò molta attenzione. E, a quanto pareva, nessun altro lo fece. Tutti i presenti in aula stavano guardando Glenn Hollow, convinto che stessero ripetendo nella mente quella che era l'arringa finale più articolata e drammatica che avesse mai fatto. Ribaltando l'intero caso all'ultimo minuto.

Se, come adesso credo, Annabelle era affetta da questi neme, allora, come professionista qualificato, la responsabilità di Martin Kobel era di convincerla a farsi curare e aiutarla. Aiutarla, signore e signori. Non assassinarla.

Glenn Hollow era per natura un uomo modesto ma non poteva fare a meno di credere che quello fosse il colpo magistrale della sua carriera.

E perciò fu una sorpresa, per usare un eufemismo, quando i rispettabili giurati respinsero completamente la sua tesi e tornarono con un verdetto che vedeva Martin Kobel non colpevole per infermità mentale dopo una delle più brevi deliberazioni nella storia della contea di Wetherby.

Tre

Evitavo la veranda il più possibile.

Soprattutto perché era piena di pazzi. Gente che si mordeva le labbra, buttava giù pillole, delirava. Puzzavano, si ingozzavano come maiali, urlavano, portavano caschi da football perché non si provocassero altri danni alla testa. Come se fosse possibile. Durante il processo temevo di aver calcato un po' la mano con la parte dello schizoide. Non avrei dovuto preoccuparmi. La mia performance in tribunale non era stata affatto eccessiva.

Il Butler State Hospital non comprende nel nome le parole «pazzi criminali» perché non ne ha bisogno. Chiunque veda il posto si fa in fretta un'idea.

La veranda era un posto da evitare. Ma avevo finito per apprezzare la piccola biblioteca ed era lì che avevo passato gran parte degli ultimi due mesi, da quando ero stato internato.

Quel giorno ero seduto nell'unica poltrona della biblioteca, vicino all'unica finestra. Di solito me la contendo con un paziente smilzo, Jack. L'uomo era lì perché sospettava che la moglie vendesse i suoi segreti all'Esercito dell'Unione; la cosa sarebbe stata divertente se, come punizione per il suo crimine, non l'avesse torturata per sei ore prima di ucciderla e smembrarla.

Jack era un uomo curioso. Brillante per alcuni versi e un vero esperto di storia della Guerra Civile. Ma non capiva le regole del gioco: chi entra per primo in biblioteca si prende la poltrona.

Non vedevo l'ora di sedermi lì e riprendere la mia lettura.

Ma poi accadde qualcosa che mandò all'aria quei piani. Aprii il giornale di quella mattina e notai un riferimento al procuratore del caso contro di me, Glenn Hollow, il cui nome, avevo scherzato con il mio avvocato, Ed Ringling, sembrava quello di un progetto edilizio. Allarmando Ringling, con quest'uscita, dal momento che non mi qualificava così pazzo quanto gli sarebbe piaciuto; perché, ovviamente, non lo sono.

L'articolo diceva che Hollow aveva perso il supporto dei pezzi grossi nella corsa a procuratore generale. Era fuori dai giochi. Continuai a leggere, apprendendo che la sua vita era caduta a pezzi dopo che non era riuscito a farmi condannare per omicidio di primo grado. Aveva dovuto dimettersi da procuratore della contea e nessuno studio legale dello Stato voleva assumerlo. Anzi, non riusciva a trovare lavoro da nessuna parte.

Il problema non era aver perso la causa, ma aver presentato prove circa l'esistenza di spiriti che possedevano le persone e le spingevano a commettere crimini. Non aveva aiutato neppure aver affermato pubblicamente che i neme erano reali. E il suo perito era una specie di squinternato. Anche se continuo a sostenere che Pheder sia un genio. Dopotutto, per ogni invenzione riuscita, Leonardo da Vinci ha partorito un centinaio di flop.

In realtà, la strategia di Hollow *era* geniale e mi aveva procurato attimi di panico in aula. Anche a Ed Ringling. Una parte di me era sorpresa che la giuria non avesse accettato il suo ragionamento e non mi avesse spedito nel braccio della morte.

Queste notizie erano preoccupanti e mi dispiacque per Hollow – non ho mai avuto niente di personale contro di lui, ma fu quando lessi l'ultimo paragrafo che recepii la scioccante implicazione di quanto era successo.

> Prima del processo Kobel, Hollow era stato a un passo dal diventare procuratore generale dello Stato. Aveva ottenuto il maggior numero di condanne fra tutti i procuratori del North Carolina, in particolare per crimini violenti, quali stupro e maltrattamenti domestici. Qualche anno fa, fu il primo procuratore a ottenere da una giuria una condanna per omicidio premeditato per un incidente causato da comportamento rabbioso alla guida.

Leggere quelle parole fu come ricevere un pugno allo stomaco. Mio Dio... Mio Dio... Ero letteralmente senza fiato.

Mi avevano incastrato.

D'un tratto fu chiaro. Dal momento in cui Annabelle Young si era seduta accanto a me da Starbucks, ero stato risucchiato nel loro piano. I neme... sapevano che ero in missione per cercare di diventare il suo terapeuta. E sapevano che avevo visto che il neme dentro di lei era così potente e rappresentava un tale pericolo per quelli vicini a lei che avrei dovuto ucciderla. (L'avevo già fatto in precedenza, naturalmente; Annabelle non era affatto la prima. Abbinare la giusta metodologia a ciascun paziente è una delle competenze di un terapeuta qualificato.)

E dove i neme avevano scelto l'organismo ospite? Proprio nella contea il cui procuratore rappresentava forse la maggiore minaccia nei loro confronti. Un uomo che stava ottenendo una condanna dopo l'altra in casi di violenza impulsiva, mettendo sotto chiave alcune delle loro più riuscite incarnazioni nella contea: violenti, stupratori, assassini...

Be', questa era la risposta alla domanda a cui nessuno aveva ancora trovato soluzione: sì, i neme comunicano.

Sì, tramano e sono capaci di strategie. Era chiaro che avevano discusso dell'argomento. Il prezzo per eliminare Glenn Hollow era farmi ottenere l'infermità mentale, il che significava che sarei stato fuori entro pochi anni e di nuovo all'attacco, scrivendo su di loro, assistendo le persone affinché stessero in guardia contro di loro.

Perfino uccidendole, se necessario.

Perciò avevano deciso che Glenn Hollow era una minaccia da eliminare.

Ma non io. Io ero riuscito a fuggire. Sospirai, chiudendo gli occhi, e mormorai: «Ma non io».

Vidi un'ombra cadere sul quotidiano che avevo sulle gambe. Alzai lo sguardo e trovai Jack che mi fissava.

«Spiacente, oggi la poltrona è mia» gli dissi, ancora distratto dalla sconcertante verità. «Domani...»

Ma mi mancò la voce quando lo guardai in volto.

Gli occhi... gli occhi.

No!

Emisi un verso strozzato e cercai di alzarmi, urlando per chiamare aiuto, ma, prima che potessi mettermi in piedi, Jack mi era addosso. «La mia poltrona, ti sei preso la mia poltrona, te la sei presa, te la sei presa...»

Ma poi, quando l'estremità affilata del cucchiaio che stringeva affondò nel mio petto, ancora e ancora, mi sembrò che il folle iniziasse a bisbigliare qualcos'altro. Con la vista annebbiata, l'udito che mi abbandonava, pensai che forse le parole che gli uscivano dalle labbra secche erano: «Anche tu, anche tu, anche tu...».

IX

L'ARMA

Lunedì

«Una nuova arma.»

L'uomo, dal fisico molto asciutto, indossava un completo dal taglio classico. Si avvicinò, abbassando la voce. «Qualcosa di terribile. E le nostre fonti sono certe che verrà utilizzata sabato mattina. Ne sono assolutamente certe.»

«Tra quattro giorni» disse James J. Peterson, colonnello in pensione, con voce grave. Erano le cinque del pomeriggio di lunedì.

I due uomini erano seduti nell'anonimo ufficio di Peterson, che si trovava in un edificio altrettanto anonimo nella cittadina di Reston, in Virginia, a circa quaranta chilometri da Washington D.C. Un equivoco piuttosto diffuso voleva che le operazioni di sicurezza nazionali si svolgessero tutte in bunker high-tech costruiti in cemento ed elegante acciaio spazzolato, pieno di schermi giganti e attraenti ragazzi e ragazze vestiti Armani. Quel posto, invece, sembrava un'agenzia assicurativa.

L'uomo smilzo, che lavorava per il governo, continuò: «Non sappiamo se si tratta di un'arma convenzionale, nucleare o del tutto nuova. Quello che sappiamo è che è di un'arma di distruzione di massa. E, cito, può arrecare un danno "significativo"».

«Chi c'è dietro? Al-Qaeda? I coreani? Gli iraniani?»

«Uno dei nostri nemici. Questo è tutto ciò che sappiamo al momento... Quindi, abbiamo bisogno che lei scopra di chi si tratta. I soldi non sono un problema, ovviamente.»

«Abbiamo qualche pista?»

«Sì, una: un algerino che conosce il gruppo che ha ideato l'arma. Li ha incontrati la scorsa settimana a Tunisi. È un professore, e un giornalista.»

«Terrorista?»

«Non sembra. Le cose che scrive suggeriscono un orientamento moderato. Non è apertamente militante. Ma i nostri informatori locali sono convinti che quest'uomo abbia avuto contatti con chi ha creato l'arma con l'intenzione di usarla.»

«Ha una sua fotografia?»

Come per magia, l'uomo smilzo tirò fuori dalla sua valigetta una foto che fece strisciare sulla scrivania come fosse un serpente.

Il colonnello Peterson si sporse in avanti.

Martedì

Da un vicino bar proveniva della musica chaabi che si perdeva a tratti in mezzo al rumore dei camion e dei motorini che impazzavano senza sosta lungo le vie principali di Algeri.

L'autista del furgone bianco, un uomo del posto dalla carnagione scura, cercò di reprimere un'espressione infastidita quando la musica cambiò in favore di un pezzo pop americano. Non che preferisse i tradizionali pezzi melodrammatici chaabi o che li ritenesse politicamente o religiosamente migliori della produzione musicale occidentale. Non gli piaceva Britney Spears, tutto qui.

Poi, l'uomo più grosso s'irrigidì e batté sulla spalla di quello che gli stava seduto a fianco, un americano. La loro attenzione si concentrò immediatamente su un uomo di circa trent'anni, dai capelli ricci e l'abito chiaro, che stava uscendo dall'Istituto superiore di Studi culturali Al-Jazier.

L'americano annuì. L'autista, prima in inglese poi in berbero, si dichiarò pronto. I due uomini seduti dietro risposero in maniera affermativa.

Il furgone, un Ford malconcio che sulla fiancata vantava in caratteri arabi di trasportare i migliori idraulici della città, partì seguendo l'uomo dal completo chiaro. L'autista non ebbe alcun problema ad avanzare lentamente senza farsi notare, tanto era trafficata quella vecchia zona della città vicina al porto.

In prossimità di un incrocio caotico, l'americano tirò fuori un cellulare. «Ora» ordinò.

L'autista era ormai prossimo all'uomo che stava seguendo quando un secondo furgone blu scuro, che procedeva sulla corsia opposta, scavalcò all'improvviso il cordolo e si schiantò contro la vetrina di un negozio vuoto, mandandola in mille pezzi e ricoprendo di schegge il marciapiede, nello stupore generale dei passanti che si precipitarono sul luogo dell'incidente.

Mentre la folla di Rue Ahmed Bourzina stava ancora aiutando l'autista a liberare il suo veicolo dalla vetrata in frantumi, il furgone bianco si dileguò.

E così l'uomo in abito chiaro.

Mercoledì

Dopo il lungo volo notturno che lo aveva portato da Washington a Roma, il colonnello James Peterson era stanco, ma l'adrenalina gli impediva di sentire davvero la fatica.

Mentre l'autista lo conduceva dall'aeroporto Leonardo da Vinci alla sede della sua azienda, a sud della città, studiò l'approfondito dossier sull'uomo di cui aveva organizzato il rapimento. Jacques Bennabi, giornalista e professore, era davvero entrato in contatto con il gruppo tunisino che aveva progettato l'arma, anche se a Washington non erano ancora riusciti a capire la natura stessa di quel gruppo.

Peterson guardò il suo orologio con impazienza. Si rammaricò per l'intera giornata che era stata necessaria a spostare Bennabi da Algeri a Gaeta, a sud di Roma, dov'era stato in seguito caricato su un'ambulanza. Ma gli aerei erano troppo controllati, e Peterson *aveva dovuto* ordinare ai suoi uomini di mantenere un profilo basso. La sua attività a sud di Roma era apparentemente una struttura specializzata nella riabilitazione di persone che avevano subito incidenti sul lavoro. Il governo italiano non aveva idea che si trattasse di una copertura, di proprietà ultima della principale azienda di Peterson in Virginia: l'Intelligence Analysis Systems.

La IAS era simile alle centinaia di altre piccole aziende nella città di Washington che rifornivano l'imponente macchina del governo degli Stati Uniti di tutto ciò che poteva servire, dai toner per le stampanti ai software per i computer.

La IAS, però, non vendeva articoli da ufficio.

Il suo unico prodotto erano le informazioni, e riusciva a procurarne tra le migliori al mondo. Non le otteneva attraverso un tipo di sorveglianza altamente tecnologizzata ma, come Peterson amava dire, alla vecchia maniera: un sospettato, un interrogatore, una stanza chiusa a chiave.

Un metodo molto efficace.

E del tutto illegale.

La IAS gestiva alcuni «siti neri».

Le operazioni che si svolgevano in questi luoghi erano tutto sommato semplici. Un individuo in possesso di informazioni che il governo desiderava ottenere veniva rapito e portato in una struttura segreta e sicura fuori dalla giurisdizione degli Stati Uniti. La fase del rapimento era nota per essere sempre molto spettacolare. Una volta trasportato al sito nero, il soggetto veniva interrogato finché non forniva l'informazione richiesta. Dopodiché, nella maggior parte dei casi, tornava a casa.

La IAS era un'azienda privata, senza alcuna affiliazione al governo, anche se il governo era naturalmente il suo cliente principale. Gestiva tre siti: uno a Bogotá, in Colombia, uno in Thailandia e uno lì dove l'auto di Peterson era appena arrivata; il sito più grande gestito dalla IAS, una struttura grigia e anonima sul cui ingresso campeggiava la scritta:

FUNZIONE MEDICA DI RIABILITAZIONE*

Il cancello si chiuse e il colonnello si affrettò a entrare per ridurre al minimo la possibilità che qualcuno lo vedesse. Peterson si recava molto di rado ai siti neri. Incontrava con regolarità funzionari del governo e sarebbe stato disastroso se qualcuno fosse riuscito a collegarlo a operazioni illegali come quella in corso. La minaccia incombente della nuova arma, tuttavia, imponeva che supervisionasse personalmente l'interrogatorio di Jacques Bennabi.

* In italiano nel testo. (*N.d.T.*)

Nonostante la stanchezza, andò subito a incontrare l'uomo che lo stava aspettando nell'ufficio principale della struttura privo di finestre. Si trattava di un interrogatore di cui la IAS si avvaleva spesso, uno dei migliori al mondo, per essere precisi. Piuttosto muscoloso e con un sorriso deciso in volto.

«Andrew» lo salutò Peterson con un cenno del capo, usando lo pseudonimo con cui l'uomo era conosciuto nell'ambiente (nei siti neri nessuno usava il proprio vero nome). Andrew era un soldato in congedo temporaneo dall'Afghanistan.

Peterson spiegò che Bennabi era già stato perquisito con estrema attenzione. Non avevano trovato alcun dispositivo GPS o strumento di registrazione né materiale esplosivo. Il colonnello aggiunse anche che i suoi uomini in Nord Africa stavano tentando di capire con chi l'uomo si fosse incontrato a Tunisi, senza esserci ancora riusciti.

«Non importa» disse Andrew con un sorriso. «Le farò sapere tutto quello che le serve molto presto.»

Jacques Bennabi guardò in alto verso Andrew.

Il soldato gli restituì lo sguardo senza alcuna emozione, valutando il soggetto e il suo livello di paura. Una discreta quantità, a quanto pareva. E la cosa gli piacque. Non perché Andrew fosse sadico – non lo era – ma perché il grado di paura era un buon indicatore della resistenza del soggetto.

A occhio e croce, Bennabi gli avrebbe detto tutto ciò che sapeva riguardo l'arma entro quattro ore.

La stanza in cui si trovavano era un cubicolo scuro in cemento armato che misurava sei metri per lato. Bennabi era seduto su una sedia in metallo, con le mani legate dietro la schiena. I piedi erano nudi, per aumentare la sensazione di vulnerabilità. La giacca e i suoi effetti personali erano spariti (perché infondevano un senso di calma e familiarità al soggetto). Andrew trascinò la sua sedia vicino all'uomo e si mise comodo.

Andrew non era fisicamente imponente, ma la cosa era ininfluente. La persona più minuta del mondo non ha neanche bisogno di alzare la voce, se ha il potere. E Andrew, in quel momento, aveva potere di vita e di morte su quell'uomo.

«Ora» disse in inglese, lingua che, sapeva, Bennabi parlava fluentemente, «come puoi immaginare, Jacques, sei molto lontano da casa. Nessuno sa che sei qui, né la tua famiglia né i tuoi colleghi. Le autorità algerine, a questo punto, avranno appreso della tua sparizione – stiamo monitorando – ma sai quanto gliene importa?»

Nessuna risposta. Bennabi fissò a sua volta il soldato, senza tradire alcuna emozione.

«Niente. Assolutamente niente. Stiamo seguendo i notiziari. Un altro professore universitario scomparso. E chi se ne frega! Potresti essere stato derubato e ucciso. Qualche militante della *jihad* potrebbe aver pareggiato i conti con te per qualcosa che hai detto in classe lo scorso anno. Uno dei tuoi articoli potrebbe aver fatto infuriare un giornalista danese... che ha deciso dunque di rapirti e ucciderti.»

Andrew sorrise, compiacendosi di se stesso. Bennabi non reagì.

«Quindi. Nessuno sta venendo a salvarti. Chiaro? Nessun raid notturno. Niente cavalleria al galoppo.»

Silenzio.

Andrew continuò, imperterrito. «Bene, voglio sapere tutto su quest'arma di cui hai discusso con i tuoi amici tunisini.» Stava guardando con grande attenzione gli occhi dell'uomo. E aveva avvertito un tremito di consapevolezza, ne era certo. Una vera e propria dichiarazione. Ottimo.

«Abbiamo bisogno di sapere chi l'ha costruita, che cos'è e contro chi verrà usata. Se me lo dici, sarai a casa tua nel giro di ventiquattro ore.» Lasciò che quell'idea si facesse strada in Bennabi. «Se non lo farai... le cose non andranno bene.»

L'interrogato continuò a rimanere immobile sulla sedia. In silenzio.

Andrew non aveva alcuna fretta; non si aspettava che la confessione fosse immediata. In realtà non voleva che lo fosse. I soggetti che crollavano subito fornivano spesso informazioni inaffidabili.

«Jacques, conosco i nomi di tutti i tuoi colleghi all'università e al giornale dove lavori» disse infine.

Ecco il talento di Andrew: aveva studiato per anni l'arte dell'interrogatorio e sapeva che le persone potevano resistere più alle minacce avanzate contro loro stessi che contro i loro amici e familiari. Andrew aveva passato gli ultimi due giorni studiando ogni dettaglio riguardante le persone vicine a Bennabi. E aveva compilato una lista con le paure e i punti deboli di ciascuna di esse. Era stato un lavoro molto impegnativo.

Nelle ore successive, Andrew non minacciò mai direttamente Bennabi, ma si mostrò spietato nei confronti dei suoi colleghi. Minacciò di rovinare carriere, rivelare tradimenti, boicottare l'adozione di un bambino, arrivò a insinuare che alcuni dei suoi amici avrebbero potuto farsi molto male.

Una dozzina, poi due, di intimidazioni precise e dirette con tanto di nomi e cognomi, indirizzi, luoghi di lavoro, targhe automobilistiche e ristoranti preferiti.

Ma Jacques Bennabi non disse una parola.

«Hai visto com'è stato semplice rapirti» mormorò Andrew. «Ti abbiamo fatto sparire come un pollo dalla gabbia di un venditore ambulante. Cosa ti fa credere che i tuoi amici siano al sicuro? Gli uomini che ti hanno portato qui sono tornati ad Algeri, lo sai? Sono pronti a fare qualsiasi cosa io gli ordini.»

Il soggetto si limitò a fissarlo in silenzio.

Per un momento, Andrew perse la calma. Si schiarì la gola secca e uscì dalla stanzetta, bevve un bicchier d'acqua e si sforzò di far sbollire la rabbia.

L'interrogatorio andò avanti ancora per tre ore. Sembrava che Bennabi prestasse attenzione a qualsiasi cosa dicesse Andrew, ma continuava a non dire nulla.

Maledizione, è uno tosto, pensò Andrew, contenendo a fatica la frustrazione. Guardò l'orologio: erano passate quasi nove ore. E non era riuscito a scoprire niente sull'arma.

Molto bene, era giunto il momento di fare sul serio.

Avvicinò ancora di più la sedia.

«Jacques, non ti stai rivelando di grande aiuto. E adesso, per colpa della tua mancanza di collaborazione, hai messo in pericolo tutti i tuoi amici. Non pensi di essere egoista?» sbottò.

Ancora silenzio.

Andrew si fece sempre più vicino. «Capisci che mi sono trattenuto, non è vero? Speravo saresti stato più disponibile. Ma a quanto pare non mi stai prendendo sul serio. E invece dovresti.»

Infilò una mano in tasca e ne tirò fuori la stampa di una fotografia che era stata scattata il giorno precedente: la moglie e i figli di Bennabi nel giardino di fronte alla loro casa, fuori da Algeri.

Giovedì

Il colonnello Peterson si trovava nella sua camera d'albergo, nel centro di Roma. Alle quattro del mattino venne svegliato dal cellulare che suonava.

«Sì?»

«Colonnello.» Era Andrew. Dalla voce sembrava esausto.

«Quindi, che cosa ti ha detto?»

«Niente.»

«Devi semplicemente riferirmi cosa ti ha detto, *sarò io* a decidere se è rilevante o meno. Quello è compito *mio*» borbottò il colonnello. Accese la luce e cercò una penna.

«No, signore, voglio dire che non ha spiccicato una sola parola.»

«Che cosa?»

«Non una parola in più di sedici ore. Silenzio assoluto. Per tutto il tempo. Neanche una maledetta parola. In tutti questi anni non mi era mai successa una cosa simile.»

«Almeno è stato sul punto di crollare?»

«Io... Non credo. Ho persino minacciato la sua famiglia. I bambini. Non ha reagito. Avrei bisogno di un'altra settimana. E di dare seguito ad alcune delle minacce.»

Peterson sapeva che si trovavano già su un terreno scivoloso perché avevano rapito un civile, non un terrorista riconosciuto. Non avrebbe rischiato di mettere davvero in pericolo i colleghi del professore né tantomeno la sua famiglia.

«No» disse allora, lentamente. «Per adesso è tutto. Puoi tornare alla tua unità. Passiamo alla fase due.»

La donna indossava una camicia a maniche lunghe e un paio di pantaloni marroni. Non portava gioielli. I capelli, di un biondo scuro, erano raccolti sulla nuca.

Dal momento che Bennabi non era un conservatore, né dal punto di vista culturale né da quello religioso, ma aveva lavorato con diverse colleghe all'università e aveva scritto più di un pezzo in favore dei diritti delle donne, Peterson decise di avvalersi di Claire per la seconda fase dell'interrogatorio. Bennabi dunque l'avrebbe vista come un nemico, certo, ma non come inferiore a lui. Inoltre, il fatto che l'uomo fosse sposato e avesse molti figli lasciava intendere che apprezzasse molto le donne.

E Peterson doveva riconoscere che Claire era particolarmente attraente.

Era anche un capitano dell'esercito, responsabile di una missione incentrata sui prigionieri di guerra in Medio Oriente, al momento pure lei in congedo per migliorare le sue abilità d'interrogatore, che erano molto diverse da quelle di Andrew ma altrettanto efficaci al momento giusto.

Peterson aveva appena terminato di darle istruzioni. «Buona fortuna» le disse.

E le ricordò che l'arma sarebbe stata usata tra solo due giorni.

Claire, in perfetto arabo, disse: «Le devo delle scuse, signor Bennabi... *Jacques*. Posso chiamarla così?». La donna entrò nella stanzetta con sguardo inorridito.

Dal momento che l'uomo non rispose, passò all'inglese. «Con il suo nome? Non le dispiace, non è vero? Io sono Claire. E mi scuso profondamente per questo terribile fraintendimento.»

Si posizionò dietro la sedia e liberò l'uomo dalle manette. Stava correndo un piccolo rischio, certo. Ma era un'esperta in aikido e taekwondo e sarebbe riuscita a difendersi con facilità contro quell'uomo, indebolito ed esausto.

Bennabi, gli occhi cerchiati per la mancanza di sonno, il volto tirato, si sfregò semplicemente i polsi senza dare segno di voler reagire in maniera minacciosa.

Claire schiacciò il pulsante dell'interfono. «Portate dentro il vassoio, grazie.»

Una guardia entrò portando un carrello: acqua, una caffettiera e una teiera, un piatto di pasticcini e dolci, per cui sapeva, dal dossier personale dell'uomo, che Bennabi aveva un debole. La donna assaggiò tutto per dimostrargli che nulla era stato contaminato con veleno o siero della verità. L'uomo bevve dell'acqua, ma quando Claire gli chiese: «Caffé, qualcosa da mangiare?» lui non rispose.

La donna si mise seduta con espressione turbata. «Mi dispiace moltissimo per quanto le è successo. Non riesco neanche a esprimere quanto la cosa ci inorridisca... Lasci che le spieghi. Qualcuno, non sappiamo ancora chi, ci ha riferito che lei ha avuto un incontro con alcune persone, nemici della nostra nazione.» Sollevò le mani. «Non avevamo idea di chi fosse. Sapevamo soltanto che lei simpatizzava con queste persone e che queste stanno pianificando un'azione distruttiva di proporzioni immani. Sta per accadere qualcosa di terribile. Immagini la nostra reazione quando abbiamo appreso che lei era un celebre professore... e un grande fautore dei diritti umani!

«No, qualcuno ci ha dato delle informazioni sbagliate sul suo conto. Forse in maniera casuale. Forse» aggiunse timidamente «perché cova del risentimento nei suoi confronti. Non lo sappiamo. Quello che posso dirle è che abbiamo reagito frettolosamente. E la prima cosa di cui voglio rassicurarla è che, qualsiasi minaccia le abbia fatto Andrew, non è successo nulla, e nulla succederà, ai suoi colleghi e ai suoi familiari... Quello che le ha detto è inaccettabile. È stato punito e sollevato dall'incarico.»

Ancora nessuna risposta.

La stanza era immersa nel silenzio, la donna riusciva a sentire il battito del suo cuore mentre cercava di mantenere la calma al pensiero dell'arma e al conto alla rovescia delle ore che mancavano al suo utilizzo.

«Questa situazione è senza dubbio molto problematica. Diversi funzionari sono profondamente imbarazzati per quanto le è successo e sono disposti a offrirle quello che potremmo chiamare una sorta di risarcimento per l'inconveniente.»

L'uomo persisteva nel suo silenzio, ma Claire era certa che stesse ascoltando con attenzione.

Avvicinò dunque la sedia e si piegò in avanti. «Signor Bennabi... Jacques, sono stata autorizzata a trasferire centomila euro – esenti da tasse – su un conto a sua scelta se accetterà di non denunciarci per il terribile errore che abbiamo commesso.»

Claire sapeva che l'uomo guadagnava quindicimila euro l'anno come insegnante e ventimila come giornalista.

«Posso fare in modo che la cosa avvenga immediatamente. Il suo avvocato potrà controllare l'intera transazione. Deve solo firmare una liberatoria in cui attesta che non ci citerà in giudizio.»

Ancora silenzio.

Allora la donna continuò: «Ancora una piccola cosa... Per quanto mi riguarda non ho dubbi che lei sia stato ingiustamente preso di mira... ma le persone che devono autorizzare il versamento vorrebbero avere qualche piccola informazione in più sulla gente con cui ha avuto un incontro a Tunisi. Vogliono essere rassicurati sul fatto che non ci sia nulla di cui preoccuparsi. Sono certa che l'incontro non avesse secondi fini. E se dipendesse da me, le intesterei subito l'assegno. Ma sono loro che controllano le risorse finanziarie. Non è forse così che va il mondo?» concluse, sorridendo.

Bennabi non disse nulla. Smise di sfregarsi i polsi e si appoggiò allo schienale.

«Non hanno bisogno di ricevere informazioni confidenziali. Qualche nome, tutto qui. Solo per renderli felici.»

Avrebbe accettato? Non avrebbe accettato? Bennabi era diverso da tutti quelli che aveva interrogato in passato. Giunti a quel punto, di solito, i soggetti stavano già pensando a come spendere quei soldi, dandole tutte le informazioni possibili e immaginabili.

Quando, ancora una volta, l'uomo non disse nulla, Claire giunse alla conclusione che stava negoziando. Ovviamente.

Fece un cenno d'assenso con il capo e continuò: «Lei è un uomo intelligente... E non la biasimo, perché sta facendo un po' di resistenza. Ci dia soltanto qualche informazione per verificare la sua storia e farò in modo che gli euro diventino centocinquantamila».

Nessuna risposta.

«Va bene, facciamo così. Mi dica lei una cifra. E dimentichiamo questa storia.» Claire sorrise di nuovo, timidamente. «Siamo dalla sua parte, Jacques. Davvero.»

Venerdì

Alle nove del mattino, il colonnello Jim Peterson si trovava nell'ufficio del centro di riabilitazione, seduto di fronte a un uomo enorme e dalla pelle scura, appena giunto dal Darfur.

«Che cos'è successo con Claire?» chiese Akhem.

Peterson scosse la testa. «Bennabi non ha accettato i soldi. Lei ha rilanciato fino a cinquecentomila euro.» Il colonnello sospirò. «Non li ha presi. A dire la verità non ha neanche detto di no. Non ha detto una parola. Proprio come con Andrew.»

Akhem ascoltò con interesse l'informazione, ma senza dare alcun segno di emozione, quasi fosse stato un chirurgo chiamato a gestire un'operazione d'emergenza che lui reputava pura routine ma nessun altro era in grado di sostenere. «Ha dormito?»

«Non dorme da ieri.»

«Bene.»

Niente come la privazione del sonno rendeva le persone malleabili.

Akhem aveva origini mediorientali, anche se era nato in America e ne era cittadino. Come Peterson, si era ritirato dalla carriera militare. E adesso era un consulente per la sicurezza: un eufemismo per intendere che era un soldato mercenario. Era arrivato insieme a due aiutanti, entrambi provenivano dall'Africa. Uno era bianco, l'altro nero.

Peterson si era avvalso di Akhem una mezza dozzina di volte, così come altri governi. Era stato lui, l'anno prima, a interrogare un separatista ceceno per scoprire dove i suoi complici avevano nascosto uno scuolabus pieno di studenti russi.

Gli erano bastate due ore per sapere il luogo esatto in cui si trovava il bus, quanti soldati lo sorvegliavano, il numero di armi in loro possesso e i codici per avere accesso all'area.

Nessuno sapeva come ci fosse riuscito. Nessuno voleva saperlo.

Peterson non era contento di essersi dovuto rivolgere alle tecniche di Akhem, rinomate per essere estreme. Si rendeva conto che la situazione in cui si trovavano in quel momento con Bennabi sollevava un dubbio morale da manuale: si è a conoscenza del fatto che sta per verificarsi un evento terribile e si ha in custodia un prigioniero che potrebbe evitarlo. Tortura: sì o no?

Alcuni dicevano che non bisognava farlo. Che essere moralmente superiori e soffrire le conseguenze di una tragedia era la scelta più giusta. Che piegarsi al ricatto del nemico equivaleva a perdere la guerra, anche se si prevaleva militarmente.

Altri dicevano che erano stati gli stessi nemici ad aver cambiato le regole: se torturavano e uccidevano innocenti in nome delle loro cause si aveva tutto il diritto di combattere con le loro stesse armi.

Peterson aveva appena deciso di seguire la seconda via. Pregando che fosse quella giusta.

Akhem stava guardando la registrazione di Bennabi in cella, accasciato sulla sedia e con la testa inclinata. «Tre ore al massimo» sentenziò. Si alzò e lasciò l'ufficio, facendo segno ai suoi di seguirlo.

Ma le tre ore trascorsero.

Jacques Bennabi non disse nulla, nonostante fosse stato sottoposto a uno dei più brutali metodi d'estorsione di informazioni.

Nel waterboarding, il soggetto è disteso a testa in giù sulla schiena mentre gli viene versata acqua nel naso e nella bocca, simulando l'annegamento. Una tecnica orribile... ma anche una delle più diffuse forme di tortura, perché non lascia segni sul corpo dell'interrogato. Purché, ovviamente, la vittima non anneghi sul serio, cosa che talvolta capitava.

«Dimmelo!» gridò con rabbia Akhem mentre i suoi soci rimettevano in piedi Bennabi, tirandogli fuori la testa dalla vasca. L'uomo, incappucciato, sputò l'acqua.

«*Dov'è* l'arma? *Chi* c'è dietro? Dimmelo.»

L'uomo continuò a non parlare, tossendo acqua.

«Di nuovo» disse allora Akhem ai suoi.

Il prigioniero venne issato ancora una volta sulla tavola, con i piedi per aria. L'acqua ricominciò a scorrere.

Passarono quattro ore, poi sei, poi otto.

Fradicio a sua volta e mentalmente esausto, Akhem guardò l'orologio. Era ormai sera. Mancavano soltanto cinque ore a sabato, quando l'arma sarebbe stata dispiegata.

E non era riuscito a scoprire nulla a riguardo. Faceva fatica a dissimulare il proprio stupore. Non si era mai imbattuto in qualcuno capace di resistere così a lungo. Era una cosa incredibile. Ancora di più se si considerava il fatto che Bennabi non aveva pronunciato una sola parola per tutto il tempo. Aveva grugnito, rantolato, tossito, ma non una sola parola – inglese, araba o berbera – era uscita dalla sua bocca.

Pur di fermare almeno per un momento l'interrogatorio, i soggetti si ritrovavano *sempre* a implorare, maledire, mentire e dichiarare mezze verità.

Ma non Bennabi.

«Di nuovo» disse Akhem.

Alle undici di sera, Akhem si ritrovò seduto nella cella a guardare Bennabi che ciondolava, annaspando, sulla tavola. «Adesso basta» disse l'uomo ai suoi aiutanti.

Si asciugò e osservò il soggetto. Uscì nel corridoio fuori dalla cella e aprì la sua valigetta. Ne estrasse un grosso bisturi e rientrò nella stanza, chiudendosi la porta alle spalle.

Akhem si fece avanti mentre lo sguardo appannato di Bennabi riconosceva l'arma tra le sue mani. Il soggetto cercò di scostarsi.

Akhem fece un cenno con il capo. I suoi aiutanti afferrarono Bennabi per le spalle, e uno di questi gli strinse con forza il braccio, immobilizzandolo.

Akhem sollevò un dito del soggetto e si avvicinò con la lama.

«Dov'è l'arma?» ringhiò. «Non hai idea del dolore che ti aspetta se non me lo dici! Dov'è? Chi c'è dietro? Dimmelo!»

Bennabi lo guardò dritto negli occhi. E non disse nulla.

Akhem fece scintillare la lama, sempre più vicina.

Fu in quel momento che la porta si spalancò.

«Stia fermo!» ordinò il colonnello Peterson. «Venite fuori in corridoio.»

Akhem si fermò e fece un passo indietro. Si asciugò il sudore dalla fronte. Tutti e tre gli uomini impegnati nell'interrogatorio raggiunsero il colonnello fuori dalla cella.

«Ho appena sentito Washington. Hanno scoperto con chi si è incontrato Bennabi a Tunisi. Tra poco mi manderanno tutte le informazioni. Voglio che fermiate tutto finché non ne sapremo di più.»

Akhem esitò. Mise via il bisturi con riluttanza. Poi guardò lo schermo, dove si stagliava l'immagine di Bennabi accasciato sulla sedia, che respirava affannosamente, fissando a sua volta la videocamera di sorveglianza.

Akhem scosse la testa. «Neanche una parola. Non ha detto neanche una parola.»

Sabato

Alle due del mattino del giorno in cui l'arma sarebbe stata impiegata, il colonnello Jim Peterson era da solo nel suo ufficio al centro di riabilitazione, in attesa dell'e-mail con tutti i dettagli sull'incontro avvenuto a Tunisi. Grazie a questo avrebbero avuto molte più possibilità che Bennabi rivelasse loro il resto.

Avanti, pensò, fissando il computer come per mettergli fretta.

Un attimo dopo, il computer lo accontentò.

Il colonnello aprì l'e-mail crittografata che gli era stata inviata dal funzionario governativo che aveva incontrato lunedì nel suo ufficio di Reston, in Virginia.

Colonnello, abbiamo identificato le persone con cui Bennabi si è incontrato a Tunisi. Non fanno parte di una cellula terrorista, bensì di un'associazione a difesa dei diritti umani. Humanity Now. *Abbiamo verificato e i nostri informatori sul posto sono sicuri che sia questo il gruppo che si nasconde dietro la nuova arma. Ma seguiamo i movimenti di quest'associazione da anni e non abbiamo mai intercettato alcun segnale – e ripeto mai – che possa collegarli al terrorsimo. Sospendete l'interrogatorio finché non avremo maggiori informazioni.*

Peterson aggrottò la fronte. Conosceva Humanity Now. Era ritenuta da tutti un'organizzazione legittima.

Mio Dio, pensò il colonnello, era stato solo un equivoco? Bennabi aveva incontrato il gruppo per una ragione del tutto innocua?

Che cosa abbiamo fatto?

Stava per chiamare Washington e chiedere maggiori informazioni quando, con la coda dell'occhio, si accorse che aveva appena ricevuto un'altra e-mail, questa volta da un importante quotidiano statunitense. L'oggetto recitava: RICHIESTA DI COMMENTO PRE-PUBBLICAZIONE.

Il colonnello aprì il messaggio.

Colonnello Peterson, sono un giornalista del «New York Daily Herald». Tra poche ore invierò al mio giornale l'articolo che le mando in allegato. Uscirà lì e, tramite agenzie di stampa, su circa duecento testate in tutto il mondo. Le sto dando la possibilità di includere un suo commento, se vuole. Ho mandato alcune copie alla Casa Bianca, alla CIA e al Pentagono, chiedendo anche a loro una dichiarazione.

Santo cielo. Che cosa significava quella roba?

Con le dita che tremavano, il colonnello aprì l'allegato e con sommo orrore lesse:

Roma, 22 maggio – Esiste una società privata americana, collegata al governo degli Stati Uniti, che gestisce un'attività illegale a sud della città e ha come obiettivo il rapimento di cittadini di altre nazioni al fine d'interrogarli e occasionalmente torturarli per ottenere informazioni.

La struttura, nota nell'ambiente militare con il nome di «sito nero», fa capo a un'azienda di Reston, in Virginia: l'Intelligence Analysis Systems, che annovera tra le sue competenze principali quella di consulente per la sicurezza governativa.

Le documentazioni ufficiali sostengono che la struttura romana sia un centro di riabilitazione fisica, ma non sono mai state richieste o rilasciate autorizzazioni governative e sanitarie che lo certifichino. Inoltre, l'azienda non ha al suo servizio impiegati qualificati nella riabilitazione e risulta di proprietà di una società caraibica sussidiaria della IAS. L'intero personale è statunitense o di altre nazionalità

non italiane, e nessun impiegato ha esperienza nel settore medico-scientifico bensì in quello militare o nei servizi di sicurezza.
L'intera struttura è stata messa in piedi all'insaputa del governo locale e l'ambasciatore italiano negli Stati Uniti ha dichiarato di volere una spiegazione esauriente del motivo per cui quest'illegalità è stata perpetrata in territorio italiano. I funzionari della Polizia di Stato e del ministero della Giustizia hanno fatto sapere a loro volta che sono in procinto di aprire un'indagine molto approfondita.
Non c'è alcun collegamento diretto tra il governo degli Stati Uniti e la struttura fuori dalla città di Roma. Tuttavia, durante la scorsa settimana, ho messo sotto sorveglianza il centro di riabilitazione e ho notato la presenza di un uomo che ho identificato come l'ex colonnello James Peterson, presidente della IAS. Molto spesso avvistato a Washington in compagnia di alti rappresentanti del Pentagono, della CIA e della Casa Bianca.

Il telefono satellitare di Peterson cominciò a squillare.
Il colonnello immaginò che fosse l'uomo smilzo di Washington.
O forse il suo capo.
O forse la Casa Bianca.
Nei telefoni criptati l'identità di chi chiamava rimaneva anonima.
Peterson, con la mascella contratta, ignorò la chiamata e continuò a leggere l'articolo.

La scoperta della struttura della IAS a Roma è avvenuta la scorsa settimana grazie a Humanity Now, un'organizzazione per la difesa dei diritti umani di stanza in Nord Africa che si batte da lungo tempo contro la tortura e i siti neri. L'associazione ha riferito che un giornalista algerino è stato rapito proprio ad Algeri per essere trasportato in un sito nero in Europa.
Allo stesso tempo, l'organizzazione mi ha fornito una lista di nomi di persone sospettate di lavorare in questi luoghi come interrogatori. Esaminando registri pubblici e svariati documenti di viaggio, è stato possibile stabilire che alcuni di questi professionisti – due ufficiali dell'esercito statunitense e un soldato mercenario con base

in Africa – si sono recati a Roma poco dopo il rapimento del giornalista ad Algeri.
I nostri giornalisti hanno seguito queste tre persone fino al centro di riabilitazione, scoprendo che si trattava di una struttura appartenente alla IAS.

Peterson si abbandonò sulla sedia, continuando a ignorare il telefono. Si lasciò scappare una risata amara, chiudendo gli occhi.

Tutto, la storia sui terroristi, sull'arma, su Bennabi... era stato una montatura. Sì, c'era davvero un «nemico», ma era semplicemente un'organizzazione per i diritti umani che insieme al professore aveva studiato un piano per smascherare le operazioni che si svolgevano nei siti neri e rivelarle alla stampa... e al mondo.

Peterson mise tutto a fuoco: Humanity Now doveva aver pedinato i principali interrogatori di cui si avvaleva la IAS – Andrew, Claire, Akhem e gli altri – per mesi, forse per anni. L'associazione insieme a Bennabi, attivista per i diritti umani, aveva ideato la storia riguardante l'arma per innescare il rapimento del professore e aveva in seguito allertato quel giornalista di New York che non si era fatto sfuggire l'inchiesta della vita.

Bennabi non era che un'esca, e io ho abboccato, si disse il colonnello. Era ovvio che l'uomo fosse rimasto in silenzio per tutto il tempo. Era quello il suo compito. Attirare più interrogatori possibili alla struttura e dare la possibilità al giornalista di rintracciarli e seguirli per scoprire dove si trovasse il sito nero e chi lo gestisse.

Era una brutta storia... una situazione terribile. Uno scandalo capace di far cadere interi governi. Che avrebbe messo fine alla sua carriera. E a quella di molti altri. E con ogni probabilità avrebbe messo fine anche alle attività dei siti neri, o almeno le avrebbe ostacolate per moltissimo tempo.

Pensò di radunare tutti e ordinare loro di distruggere ogni documento incriminante per poi fuggire.

Ma perché preoccuparsi? pensò. Ormai era troppo tardi.

Peterson decise che non poteva fare altro che accettare il suo destino. Ciononostante chiamò le guardie e disse loro di organizzare il ritorno a casa di Jacques Bennabi. Il nemico aveva vinto. E, in qualche strana maniera, Peterson rispettava quella vittoria.

«E assicuratevi che arrivi incolume.»

«Sissignore.»

Peterson si abbandonò sullo schienale della sua poltrona, con le parole dell'uomo di Washington che gli risuonavano nelle orecchie.

L'arma... può arrecare un danno «significativo»...

Solo che non esisteva alcuna arma. Era tutto falso.

Eppure, con un'altra risata amara, Peterson dovette constatare che non era del tutto vero.

Esisteva un'arma maledettamente potente. Non era nucleare, chimica o esplosiva ma, a conti fatti, era molto più efficace di queste e poteva davvero arrecare un danno significativo.

Ripensando al prigioniero che si era rifiutato di parlare per tutto quel tempo, ripensando anche al feroce articolo del giornalista, il colonnello si ritrovò ad ammettere che l'arma era il silenzio. L'arma erano le parole.

L'arma era la verità.

X

RICONCILIAZIONE

Sin da piccolo, Ransom Fells era convinto di detestare suo padre, se non di odiarlo.

Si era arrabbiato moltissimo quando, una decina di anni prima, l'uomo era morto inaspettatamente, senza dargli la possibilità di capire con certezza chi fosse e affrontarlo. Forse per tagliare ogni legame, forse per riconciliarsi con lui.

Ma, a proposito di seconde occasioni, all'età di trentanove anni Ransom Fells si trovò per caso in circostanze che lo portarono a saperne un po' di più sul conto dell'uomo.

E, al momento, stava riflettendo su questi fatti e pensava, Attento a ciò che desideri. Sta' molto attento.

Sotto un cielo grigio, sedeva da solo nella Camry a noleggio in un parco dell'Indiana. Guardava con aria assente al di là del parabrezza un sensazionale esercito di alberi settembrini che circondavano un improvvisato campo di softball, superficiale opera di qualche squadra locale. Parcheggio e parco erano deserti.

Ripensò a quanto aveva appena appreso riguardo a suo padre, cose che non avrebbe mai immaginato.

E rifletté anche sul principale interrogativo che sollevavano: può una morte, una morte violenta, condurre in conclusione, e ironicamente, a qualcosa di positivo, una riconciliazione di sorta?

Ransom si toccò distrattamente il mento e sentì la barba ispida; spostò lo specchietto retrovisore dalla sua parte e si guardò la faccia sottile, i piccoli occhi grigi, il naso aquilino, i folti capelli neri dall'ordinato taglio da uomo d'affari. Sì, aveva dimenticato di radersi. Non era da lui. Spostò di nuovo lo specchietto, si stiracchiò e si portò alle labbra la tazza di caffè, rendendosi d'un tratto conto che l'aveva ordinata quattro o cinque ore prima. Ghiacciata. Tuttavia, deglutì il sorso e ne bevve un altro.

Suo padre.

Impossibile.

Eppure...

Il giorno prima, per lavoro, Ransom Fells era arrivato in quella zona, Indiana settentrionale, al confine con la Cintura Industriale del Paese, ormai malata terminale. Chesterton era a una quindicina di chilometri da dove era cresciuto e circa trenta da Gary. Era un'area degli Stati Uniti in cui Ransom non si era mai recato da quando l'aveva lasciata all'età di quattordici anni, con sua madre e suo fratello, per stare vicino ai parenti materni in Virginia, dopo il divorzio dei genitori.

Gli si era presentata l'occasione di andarci per affari, ma aveva rifiutato. In genere era un altro uomo della GKS Technologies a gestire quella zona del Paese.

E un viaggio di piacere da quelle parti? Neanche per sogno. Restavano ancora un paio di membri della famiglia nei paraggi, ma erano pianeti indistinti e lontani nel sistema solare delle relazioni.

Ma non sarebbe andato a trovarli neanche conoscendoli meglio. No, lui a Stanford Fells era un estraneo, e tutto per colpa di suo padre.

Tornarci avrebbe ricordato troppo a Ransom quei grigi pomeriggi delle domeniche d'autunno, quando i suoi compagni di classe andavano alle partite locali di football con i loro padri o – inimmaginabile per lui – a Soldier Field a vedere i Bears, con l'*abbonamento*! Stan lo aveva portato a una partita di baseball, dei White Sox, ed erano andati via al settimo inning perché suo padre riteneva che avessero visto abbastanza. «Sette è come nove. Se aspetti fino alla fine, ci metti una vita a uscire dal parcheggio.»

Tornarci avrebbe ricordato a Ransom che Stan non si era mai disturbato a parlare al figlio del suo lavoro di manutentore di sistemi di alimentazione industriale, che sembrava davvero fantastico al ragazzino, il quale avrebbe adorato visitare alcune delle fabbriche in cui Stan lavorava. Non aveva mai conosciuto i colleghi di lavoro di Stan, non era mai andato a un barbecue con le loro famiglie, come raccontavano gli altri ragazzini.

Tornarci gli avrebbe ricordato Stan che sopportava in silenzio i pranzi di famiglia nei giorni di festa, una quarantina di minuti, per poi alzarsi da tavola prima del dolce e andare in centro all'Ironworks Tavern... già, perfino a Natale. Stan che preferiva l'Ironworks a una partita con il nuovo pallone che suo figlio aveva ricevuto in dono o ad assemblare il trenino oppure a giocare con il videogioco, anche se era dotato di due controller.

Tornarci gli avrebbe ricordato di Ransom e il fratellino – mamma sonnecchiava – che lanciavano occhiate alle tendine della loro casa quando sentivano il rumore di un'auto che si avvicinava, le luci che illuminavano lo squallido tessuto. Era Stan? Di solito no.

Ma il giorno prima era intervenuto il destino, Dio o quello che vi pare (Ransom credeva solo nell'ultimo di quella trinità), sotto forma di una telefonata del suo capo. «Joey sta male. Male sul serio, cazzo.»

«Mi dispiace.» Ransom aveva avuto un brutto presentimento. Sapeva cosa stava per arrivare.

«Già. Puoi sostituirlo?»

«Dove, Chicago?»

«Indiana, nord.»

Non mi dire, aveva pensato rabbioso.

«Sei di quelle parti, giusto? Conosci la zona?»

Aveva tergiversato, ma alla fine aveva deciso di smetterla di essere un codardo. Era difficile dire di no al suo capo e anche se la GKS stava resistendo alla crisi economica, non potevi sapere cosa avesse in serbo il futuro. Inoltre, il compenso sarebbe stato notevole e a chi non facevano comodo un po' di verdoni extra? Quindi aveva accettato a malincuore, aveva scaricato il file di Joey e se l'era studiato. Poi aveva noleggiato un'auto vicino a casa, in centro a Baltimora, gettato nel portabagagli i campionari da rappresentante e si era messo in viaggio. Diventando sempre più nervoso man mano che macinava chilometri sulla I-70.

Nei pressi di Gary era uscito dall'interstatale, procedendo lungo le statali fino a un incrocio che non vedeva da anni ma ricordava alla perfezione: Poindexter Road e Route 224. Un cartello puntava a sinistra verso Chesterton, a dieci chilometri, l'altro verso la sua città natale di Marshall, sei chilometri e mezzo. Si era fermato sotto la cupola gialla e cremisi di un acero, con la testa che gli girava.

La pausa, tuttavia, era servita solo a dare la precedenza a un Peterbilt sulla perpendicolare. Una volta passato, aveva girato con decisione a sinistra e accelerato. Non c'erano stati dubbi sulla direzione da prendere.

Chesterton, Indiana, era sede di alcune società di alto livello, come quella con il cui CEO aveva fissato l'incontro l'indomani, la Hardwick Investments. Ci era passato davanti, una struttura di metallo e vetro a due piani, in un elegante complesso di uffici ai margini della cittadina. Ma la Hardwick costituiva l'eccezione. Presto era entrato nella *vera* Chesterton, dove aveva superato fatiscenti ditte di spedizione a un solo piano e fabbriche di prodotti dallo scopo misterioso («Comprimi facile», «Calibro Multimisura plus», «Asphalux»). Anche un sacco di edifici abbandonati. Quaranta, cinquanta anni prima, quando la US Steel e altre società manifatturiere erano all'apice del successo, non c'era un edificio commerciale vuoto nel giro di chilometri né un operaio disoccupato che non avesse scelto di essere tale.

Adesso era del tutto diverso, quasi una città fantasma.

Dannazione, odio questo posto...

Lo Shady Grove Motel si trovava in quello che adesso era un boschetto di ceppi, a causa della grafiosi, a quanto pareva, ma per il resto era un posto discreto.

Ransom aveva fatto il check-in e raggiunto la sua camera sul retro, lontano dalla strada trafficata. Dopo un breve sonnellino, aveva riguardato il fascicolo di Joey. Aveva passato in rivista i sacchetti di campioni, organizzando le scatoline contenenti gli strumenti per pulire e riparare i computer. Tutti tendevano a pensare ai computer in termini di software, dimenticando che sono anche di scatole fisiche con parti mobili. I modelli fissi assorbivano un sacco di porcherie e i portatili non solo facevano altrettanto ma venivano sballottati in giro senza pietà. Senza un'adeguata pulizia, un computer poteva guastarsi in qualsiasi momento.

La cosa ironica, tuttavia, era che il mondo informatico stesso stava mettendo a rischio la GKS Tech. La gente ormai ordinava sempre più prodotti online.

Grazie davvero, TigerDirect.

I giorni del commesso viaggiatore presto sarebbero finiti.

Ma Ransom sapeva che avrebbe trovato qualcos'altro. Era sempre caduto in piedi. L'aveva imparato presto. Suo padre aveva abbandonato gli studi e non teneva all'istruzione di nessuno in famiglia. E così, per reazione, Ransom aveva deciso che, per quanto riguardava la scuola, niente lo avrebbe fermato. Moderatamente in gamba, aveva concluso le superiori grazie all'estrema tenacia. Di fronte ai pochi soldi e allo scarso supporto dopo il diploma, l'adolescente si era arruolato nell'esercito per due anni, cosa che gli aveva aperto le porte del college, George Washington, D.C., dove aveva fatto molto bene. Aveva annaspato un po' dopo il congedo (Stan non gli aveva offerto la minima guida, ovviamente) ma poi aveva avuto notizie di uno dei compagni di esercito e l'uomo lo aveva messo in contatto con della gente di Baltimora. Aveva accettato un lavoro temporaneo che era diventato permanente. Non si era mai immaginato in quel settore lavorativo, ma si era rivelato un talento naturale.

La ex di Ransom Fells poteva anche essere eccentrica, con gli scaffali stracolmi di manuali di auto aiuto che incombevano come ghiacciai nel soggiorno del loro vecchio appartamento di Baltimora, ma era parecchio intelligente. Ransom non aveva mai esitato ad ammetterlo, neanche con lei. Dopo aver considerato il suo rapporto con il padre, la diagnosi di Beth era stata che Stan aveva mancato di essere un «maestro di vita» per il figlio. Ransom quindi aveva dovuto ricorrere alla «realizzazione del sé», alla «presa di coscienza di sé come individuo unico», alla «costruzione di un nucleo interno». Malgrado il linguaggio, che poteva diventare ancora più strambo, erano concetti logici. Ransom li avrebbe espressi in modo più semplice: Stan non gli aveva insegnato un cazzo e lui aveva dovuto imparare a cavarsela da solo.

Cosa che aveva fatto.

Per quanto riguardava sua madre, lei c'era stata di tanto in tanto. Certo, ci aveva provato. Ma perlopiù latitava; chi non l'avrebbe fatto con un marito come Stan? E poi, data la sua educazione, Ransom pensava che un bambino ha bisogno della madre solo fino a quando smette di ciucciare e mangiare omogeneizzati. Quando il bambino impara a camminare, è tempo che l'altra metà entri in scena. Il tuo turno, papà. Freud era assolutamente fuori di testa: tu non vuoi *uccidere* tuo padre; vuoi andare a caccia con lui, vuoi che ti porti alla partita. Per. Tutti. I. Nove. Fottuti. Inning.

E con quel pensiero si era reso conto di essere seduto sull'economica sedia del motel, curvo sui suoi campionari, i muscoli delle spalle tesi come pneumatici.

Non dovevo venire qui.

Il compenso è buono. Devo tenermi buono il capo.

Non importa.

Non dovevo venire.

Poco dopo le sei aveva fatto esercizio nella palestra del motel. Per quaranta minuti aveva corso sul tapis roulant e fatto pesi con bilancieri da quindici chili, accumulando un bel po' di sudore malgrado la gelida aria autunnale che si insinuava nella sala semideserta. Queste strutture nei motel e negli alberghi non erano mai riscaldate. Era convinto che fosse per risparmiare sul riscaldamento e scoraggiare la gente a usarle per via della responsabilità assicurativa. Un collo rotto, malgrado la liberatoria, poteva essere molto, molto costoso, immaginava.

Ransom aveva fatto una doccia bollente e alle otto, in calzoni marrone chiaro e camicia scura, si era infilato il giaccone blu navy ed era uscito. Alla reception, un tipo sulla cinquantina che sembrava facesse quel lavoro da una vita lo aveva indirizzato al Flame and Fountain, una steakhouse. Cinque minuti dopo era lì. Quasi non aveva avuto bisogno dell'insegna del ristorante per trovarlo. Sul davanti, una vivace installazione acquatica illuminata di blu circondava un impressionante pennacchio di fuoco. Pacchiano, ma l'aroma delle bistecche alla griglia era invitante.

Aveva sorriso alla direttrice di sala e l'aveva superata. Quando viaggiava per lavoro, non sedeva mai al tavolo ma solo al bar, cosa che fece anche in quell'occasione.

Diversi sgabelli più in là c'era una donna più o meno della sua età, prossima alla quarantina. Davanti a lei un drink spumeggiante in un bicchiere da Martini con lo stelo, simile a una grossa lacrima o una tetta smilza. Era quel genere di bar.

Pacchiano...

Gonna marrone chiaro e giacca in tinta, era attraente, con qualche chilo in più di quanti a lei sarebbero piaciuti, ma era un peso sensuale che a Ransom piaceva decisamente. Voluttuoso. I capelli, probabilmente tinti di biondo contro un bianco precoce, erano opachi e legati in una stretta coda di cavallo. Quando si era seduto, lei non aveva guardato nella sua direzione. Ma, se per questo, non stava guardando altro a parte il «New Yorker» che stringeva nelle dita dalle unghie rosse.

Ransom aveva ipotizzato che avesse rotto con il fidanzato o divorziato da cinque o sei mesi e finalmente deciso di abbandonare il conforto di Häagen-Dazs e Doritos a favore del mondo reale. Ed eccola lì, andare incontro a quella sfida a testa bassa, senza rete di sicurezza, una donna sola in un bar. Dovevi essere vigile, sicura e valutare costantemente quello che ti si presentava.

Ransom pensava di non possedere l'energia per farcela.

Aveva ordinato uno chardonnay, che si era rivelato invecchiato al punto giusto e intenso. Aprendo «USA Today», aveva rivolto al barista qualche domanda da uomo d'affari riguardo alla zona, più per fare conversazione che per soddisfare reali curiosità. Aveva notato, con la coda dell'occhio, che la donna aveva guardato due volte verso di lui per poi tornare alla sua rivista. Il barista si era allontanato e, stavolta, quando lei lo aveva guardato, Ransom aveva notato – non direttamente, ma tramite lo specchio fumoso dietro al bancone – i suoi occhi sfiorargli l'anulare vuoto della mano sinistra.

Ransom aveva lasciato passare qualche minuto e poi le aveva chiesto educatamente se aveva già mangiato lì e, in tal caso, cosa gli consigliava.

Il cibo è sempre un ottimo preambolo (lei aveva preso un discreto pollo, gli aveva detto con voce roca e spiritosa; ma le erano passate davanti due bistecche che le erano sembrate migliori). Dopo aver rotto così il ghiaccio, era seguito il classico scambio: prima la carriera, poi fugaci riferimenti a ex e figli (il primo sì, i secondi no, per entrambi), poi sortite riguardo a programmi televisivi, film e giornali e incursioni molto caute a proposito di politica e religione.

Tuttavia un osservatore imparziale, tipo una mosca sulla parete, avrebbe osservato che avevano superato il rituale in modo ammirevole, che la conversazione era scorrevole e pervasa da umorismo, e che Ransom e Annie avevano più di qualcosa in comune. Il «New Yorker», *NCIS*, *Ballando con le stelle* e il colpevole piacere di *Due uomini e mezzo*, adesso che Sheen non c'era più. Non reggevano il pinot. Facevano la spesa da Whole Foods nelle occasioni speciali, IGA o Safeway normalmente. Ciascuno aveva i suoi vizi segreti: pistacchi sgusciati per lei, barrette di Mounds per lui, cosa che Ransom era riuscito a svelare senza la minima intonazione lasciva.

Ransom aveva cenato: una bistecca all'altezza sia dell'opinione di lei sia dell'aromatica promessa che si diffondeva nel parcheggio. Finita la carne, l'aveva convinta a dividere il dessert, davanti a due bicchieri di vino dolce.

E poi, verso le dieci, la serata si era conclusa. Incontestabile come una sveglia, sapevano entrambi che era il momento di andare.

Ma la domanda restava: andare dove?

L'interrogativo aveva avuto risposta non appena si erano messi i giacconi ed erano usciti nel freddo frizzante della sera, sotto una cupola di stelle intermittenti. Lei gli aveva detto con quella sua voce bassa: «Mi accompagni a casa? Solo due isolati?».

«Puoi scommetterci.»

E con quello la questione era risolta. L'amore, o una delle sue molteplici approssimazioni, si determina sempre in un sottotesto sottile.

Avevano percorso una strada sotto una calotta di foglie fruscianti, a cui la mancanza di illuminazione aveva sottratto il vivido colore autunnale.

Nel bel mezzo di una conversazione su Miami, dove Ransom era stato da poco per affari, lei gli aveva preso con decisione il braccio. Il suo seno aveva incontrato il bicipite di lui con insistente pressione.

E alcune volte, aveva riflettuto Ransom, le comunicazioni sono meno sottili di altre.

Poco dopo sentirono esclamare: «Ehi, perché stai con quel vecchio? Lo vuoi un cazzo vero?». Le parole si inceppavano e scivolavano come in preda alle vertigini.

Stava uscendo da un vicolo. Il ragazzo era bianco, costellato dall'acne e grosso. Diciotto anni o forse meno. Annie si era irrigidita all'istante e Ransom le aveva stretto con più forza il braccio mentre la conduceva oltre il ragazzo.

«Sto parlando con... te.» Si era sforzato di assumere un'espressione bellicosa, senza riuscire nel suo intento dal momento che aveva gli occhi annebbiati.

Ransom aveva sentito odore di birra e previsto che l'abbondante ventre avrebbe raddoppiato le già notevoli dimensioni nel giro di cinque anni.

«Cosa facciamo?» aveva sussurrato Annie.

«Continuiamo a camminare.»

«Fottuta troia. Sei una fottuta troia. Lo vuoi un cazzo?»

«Vattene a casa» aveva detto con calma Ransom. «Va' a dormire.»

«Ti levo di mezzo, cazzo. Lo faccio. Cazzo se lo faccio.»

Stringendo il braccio di Annie, Ransom si era spostato a sinistra e poi a destra, virando adagio come una nave attorno a un iceberg. Gli occhi del giovane sembravano nuotare mentre cercava di seguirli. Ransom era giunto alla conclusione che entro i successivi sessanta secondi il ragazzo si sarebbe liberato dell'alcol che non gli scorreva nel sangue e voleva assicurarsi di non stargli vicino quando questo fosse accaduto.

Il ragazzo aveva stretto la mano a pugno ed era venuto avanti.

Ransom si era fermato e aveva alzato una mano, con il palmo davanti. «Pensaci.»

«Testa di cazzo...»

«Colpiscimi e ti rovinerai la vita. Ti farai un anno di prigione. Vuoi spiegarlo ai tuoi genitori? Ai tuoi futuri datori di lavoro?»

L'esitazione era stata sufficiente a guadagnare una certa distanza lungo il marciapiede.

«Siete due fottute troie» aveva urlato il ragazzo.

Non li aveva seguiti.

Dopo mezzo isolato, Annie aveva mormorato: «Oh, è stato terribile». Tremava. «Pensavo che ci avrebbe aggrediti.»

«Non poteva fare grossi danni in quelle condizioni.»

Ransom si era guardato alle spalle. Barcollante, il giovane aveva girato l'angolo e i rumori di quanto aveva previsto poco prima si erano propagati spiacevolmente nell'aria.

Il grugnito, il gemito, il tonfo.

D'un tratto gli era venuta in mente sua madre.

Poi, naturalmente, suo padre, al cui fantasma sembrava non riuscire a sfuggire durante quel viaggio. Tipo solitario a scuola, Ransom veniva preso parecchio di mira. Aveva chiesto a suo padre di insegnargli a fare a botte, ma l'uomo l'aveva schernito. «Fare a botte è per gli sciocchi. Non azzuffarti mai. Se lo fai, ti prendo a cinghiate.»

«Perché no?» aveva domandato il giovane Ransom, un po' confuso dalla palese contraddizione e dalla veemenza dell'uomo (che non sculacciava mai i figli).

Ma suo padre gli aveva rivolto un'occhiata gelida, a indicare che la conversazione era finita, e aveva fatto un'altra telefonata, accendendosi una sigaretta. All'epoca, Ransom non aveva capito ma, in seguito, era giunto alla conclusione che il motivo per cui non poteva insegnargli l'autodifesa era perché era tutto un bluff. Suo padre era un codardo.

E proprio come per la scuola, Ransom aveva fatto in modo di non seguire la strada di suo padre anche in quel caso. L'addestramento militare era servito a quello.

«Tutto a posto?» aveva domandato Annie.

«Benone.» Lei doveva aver pensato che fosse teso per il confronto reale con il teppista, non sapendo di quello mentale con Stan.

Aveva riso. «Pensavo che l'avresti steso.» Gli aveva stretto il braccio. «Con questi muscoli.»

«Lasciamo che sia qualcun altro a dargli una lezione... Perdonami per non aver difeso il tuo onore.»

«Ha chiamato troia anche te» gli aveva ricordato Annie.

Ransom aveva finto di accigliarsi. «Ehi, è vero. E tu non hai difeso il *mio*. Direi che siamo pari.»

Un'altra risata roca.

Erano arrivati al suo appartamento.

Annie aveva aperto il cancello d'ingresso. Ransom si era girato verso di lei.

«Allora, buonanotte?» aveva chiesto Annie. Sicura, preparata al rifiuto, preparata al contrario.

Ransom aveva letto i segnali. «No, niente buonanotte» aveva replicato con decisione.

Aveva imparato nel corso degli anni (e, ovviamente, non da suo padre) che l'indecisione era solitamente una cattiva consigliera.

Alle due del mattino, Ransom Fells era disteso nel letto di Annie a fissare il soffitto.

Poi fissò il corpo di lei raggomitolato, i capelli rigidi attorno al suo viso angelico e grazioso, macchiato solo dal rossetto che lui le aveva sbavato. Il suo respiro era sommesso e, anche mentre dormiva, sensuale.

Da parte sua, tuttavia, Ransom era tutto fuorché sereno. Aveva la mascella contratta. Era di nuovo travolto da *quella* sensazione: il buio, il male, il senso di colpa.

Non rimorso per essere andato a letto con lei, certo. La serata era stata piacevole per entrambi. Aveva apprezzato la compagnia di Annie e lei la sua, se n'era accorto. Anche il sesso era stato parecchio gratificante. No, Ransom aveva il cuore pesante perché sapeva molto bene che sarebbe finita, e sapeva anche in quale modo: grazie a lui. Proprio come con Karen sei mesi prima e Julia qualche mese prima ancora.

Ransom portava ancora i tristi residui di come quelle volte, e un sacco di altre, erano finite; proprio come avrebbe portato il fardello del suo previsto comportamento con Annie.

Perché non riusciva semplicemente a godere del fatto di averla conosciuta?

Non ne sapeva l'esatto motivo ma, dato il suo stato d'animo, dato quel perverso viaggio sentimentale, Ransom sceglieva di dare la colpa a suo padre.

La distanza dell'uomo, il fallimento come guida nei confronti del figlio, come esempio... questo portava al paradosso: disperazione per la mancata sintonia con queste donne, senso di colpa quando finiva.

A volte non si può vincere.

Un sorriso riluttante gli era passato sul volto. Torni nel posto in cui, per i primi quattordici anni della tua vita, eri consapevole solo dell'assenza di tuo padre, malgrado vivessi in casa sua. Adesso lui è bello che morto ma continua a essere ovunque.

I pensieri agitati avevano finalmente ceduto il passo al sonno, anche se, naturalmente, accompagnato da un'antologia di sogni angosciosi.

Al mattino, Ransom era uscito dal bagno di Annie, vestito, e l'aveva trovata seduta sul letto, le lenzuola raccolte attorno al corpo.

Il suo aspetto era piacevole e spontaneo. E gli aveva chiesto, senza apparenti secondi fini, se voleva il caffè e qualcosa da mangiare o se doveva andare via. Non c'era traccia del nervosismo o del comportamento bizzarro di alcune donne a quel punto di una relazione (come quella che gli aveva fatto ascoltare l'intera playlist dei Deer Tick o la donna che si era alzata alle cinque del mattino per preparare i biscotti, dopo che lui, per caso a cena, aveva accennato a quelli fatti in casa da sua nonna).

Aveva detto a Annie di avere una riunione, ma che non aveva la necessità di tagliare la corda subito dopo. Perché non vedersi più tardi?

Lei aveva assunto un'aria diffidente.

Ransom aveva sbagliato qualcosa?

«Hai davvero detto "tagliare la corda"?» gli aveva chiesto lei.

Anche Ransom aveva aggrottato la fronte. «Può essere il nostro segreto?»

«Ci sto.»

Annie era venuta avanti, avvolta nelle lenzuola, e lo aveva baciato. Lui le aveva dato il suo numero ed era tornato allo Shady Grove.

Tuttavia, c'era stato un cambiamento di programma. John Hardwick gli aveva mandato un messaggio per informarlo che sarebbe tornato in città solo nel pomeriggio.

Irritato da quel ritardo, Ransom Fells aveva riflettuto su quell'inatteso tempo libero. E, d'un tratto, aveva deciso d'impulso di fare qualcosa di inconcepibile.

Sarebbe andato a vedere la casa della sua infanzia.

Popolazione: 14.000 abitanti.

Il colore del timido cartello che accoglieva gli automobilisti a Marshall era verde, non bianco come quando i Fells vivevano lì, ma Ransom credeva che il numero fosse lo stesso. Era possibile che la cittadina non si fosse rimpicciolita né fosse cresciuta in vent'anni? Oppure le autorità non si erano preoccupate di aggiornare i dati dopo il censimento.

Marshall era un posto che suggeriva questa domanda: perché prendersi il disturbo?

Mentre Chesterton viveva all'ombra della US Steel, Marshall non aveva neanche lo sciatto splendore dell'industria come fiore all'occhiello. Niente torri di raffreddamento svettanti, niente imponenti fortini di cemento di raffinerie, fonderie o catene di montaggio, né ampie vedute su scali di smistamento arrugginiti, né cartelli del secolo scorso sbiaditi e scarabocchiati che ne proclamavano l'importante posizione nell'economia della nazione.

Chesterton fa, il Paese prende.

Malgrado le parole fossero rubate a Trenton, New Jersey, per lo meno Chesterton poteva fare quell'affermazione in tutta onestà. Non si poteva dire lo stesso per Marshall. Qui c'erano discariche, cumuli fumanti di pneumatici, stazioni di servizio ignorate dalle catene nazionali, centri commerciali circondati da parcheggi dall'asfalto sgretolato e legati a piccoli supermercati, niente Target né Walmart. Banchi di pegni in quantità. Il centro ospitava negozi a conduzione familiare; strati di vinile arancione proteggevano dal sole le vetrine che mostravano forniture per ufficio, antiquati televisori e biancheria intima. Il cinema, nel quale Ransom aveva trascorso parecchia della sua gioventù, di solito solo, era chiuso. Era quasi impossibile distinguere ciò che restava della locandina all'ingresso, ma Ransom pensava raffigurasse un giovane Warren Beatty.

Il terreno era perlopiù piatto, sia come geometria sia come colore, e cartelloni e segnali stradali erano sbiaditi e crepati come vasellame cinese. Le uniche tonalità vivaci le offriva la morte: le foglie che cadevano dagli aceri e dalle querce.

I palmi di Ransom avevano cominciato a sudare quando aveva lasciato Center Street, avvicinandosi al suo vecchio quartiere. Il cuore aveva preso a battere forte. Aveva pensato ai giorni in Iraq. Aveva pensato ai fucili, alle pistole, agli esplosivi con cui era a suo agio. Sono un fottuto veterano di guerra, aveva pensato con rabbia, e mi tremano le mani come a un ragazzino.

Poi aveva inaspettatamente superato la casa coloniale verde pallido a due piani ed era stato costretto a frenare in tutta fretta.

Gli alberi, e ce n'erano un sacco, erano cresciuti parecchio durante i venti anni della sua assenza (niente olmi qui) e non aveva riconosciuto il posto. Ma pensava che, in realtà, avesse solo sepolto così tanti ricordi d'infanzia da non riuscire a ricordare che aspetto avesse.

A marcia indietro, aveva accostato al marciapiede e parcheggiato. La casa era a una decina di metri dalla strada, al di là di un prato ricoperto di foglie. Le abitazioni in quell'isolato risalivano agli anni Trenta e, malgrado il quartiere si potesse definire un'area di sviluppo urbano, gli edifici non erano fatti con lo stampino. Ciascuno era ben diverso dall'altro. La casa dei Fells aveva una serie di elementi distintivi, compreso uno che Ransom ricordava molto bene: una piccola finestra tonda, attraversata da strisce perpendicolari di legno, come un mirino telescopico.

Si era affacciato un ricordo sgradito: suo padre che andava a caccia. Da solo. Stan aveva detto a suo figlio: «Parecchio pericolosi, i fucili. Quando sarai più grande».

Anche se Jimmy e Todd, e perfino Ellen, andavano sempre a caccia con i loro padri.

Oh, e a proposito, «più grande» non ce l'aveva fatta a rientrare nei piani.

E poi, quanto poteva essere pericolosa una battuta di caccia? Stan non tornava mai con un cervo o un fagiano; non poteva aver esploso più di una dozzina di cartucce.

Ransom aveva continuato a esaminare la casa, più piccola di quanto ricordasse, anche se sapeva che era una cosa normale quando vedi qualcosa – o qualcuno – del passato a cui pensavi da qualche tempo.

Aveva notato la finestrella della cucina. Ricordava Stan seduto al tavolo di formica storto prima di andare al lavoro, vestito sempre allo stesso modo: scarponi, jeans e camicia di denim blu sulla canottiera da uomo manesco (solo a parole: moglie e figli non avevano ricevuto mai niente di più di un'occhiataccia o una parola dura da Stan). Beveva il caffè e leggeva, senza mai fare conversazione. Di tanto in tanto, entrava nello studio e chiudeva la porta per fare o ricevere una telefonata. Ransom e suo fratello uscivano per andare a scuola con Stan ancora seduto a tavola, con il suo libro o un giornale e il caffè.

Il telefono l'aveva fatto trasalire. Era Annie. Aveva fatto partire la segreteria e poi si era concentrato sul cortile laterale in cui giocava con suo fratello.

Sul portico anteriore, dove sua madre sedeva con un bicchiere di vino camuffato da succo di frutta in un bicchiere di plastica rossa. Un grosso bicchiere.

Sul prato che falciava ogni sabato per la paghetta che non gli veniva mai data ma che doveva guadagnarsi.

Aspettando, aspettando, aspettando di provare qualcosa.

Ma no.

Insensibilità.

Poi una tenda si era mossa, gialla e marrone.

Erano le dieci del mattino, più o meno, e il proprietario – la moglie, probabilmente, o una donna delle pulizie – forse si stava chiedendo cosa ci facesse una berlina parcheggiata davanti alla casa, il conducente con gli occhiali da sole in una giornata nuvolosa. Mossa poco intelligente. Ransom aveva messo in moto la Toyota e proseguito lungo la strada, svoltando all'angolo. Si era fermato a un incrocio e aveva tirato fuori il cellulare. Aveva fatto qualche ricerca e un paio di telefonate. Cinque minuti dopo, aveva proseguito verso il centro di Marshall.

La Ironworks Tavern esisteva ancora, a circa un chilometro e mezzo dalla casa. Era ai confini del centro cittadino, accanto a un fiume del colore della senape in polvere e vicino a quella che era stata una stazione ferroviaria non recintata, dove i pendolari salivano su uno degli sporadici treni per Gary o cambiavano per Chicago.

Il padre di Ransom non prendeva mai il treno, ma veniva di frequente alla Ironworks; dopo il lavoro, divorava la cena, spesso nella cucina illuminata dal neon, si cambiava la camicia e usciva di casa.

Ransom aveva parcheggiato nella traversa di fronte al bar, venti spazi vuoti attorno a tre occupati. All'interno, la grande sala era simile a quella che ricordava dalle due o tre volte in cui c'era stato con sua madre, cercando Stan quando, «per caso», facevano la spesa nei dintorni (anche se c'era un IGA più vicino a casa). Il posto era stato ritinteggiato, naturalmente, e i poster sportivi erano perlopiù di squadre esistenti. Si vendeva Jägermeister, così come la Red Bull, secondo l'insegna promozionale. E, il cielo ci aiuti, l'Hefeweizen era alla spina. Stan, bevitore di birra, non avrebbe approvato.

Il fatto che servissero la colazione aveva divertito Ransom: una cosa che sarebbe stata inaudita venti o trent'anni prima. Quattro persone flaccide, a tre tavoli diversi, mandavano giù uova, salsicce e bacon. Pacchetti di sigarette sporgevano da diversi taschini di camicia. Ransom era convinto che almeno uno o due di loro si stessero chiedendo quali sarebbero state le conseguenze se ne avessero accesa una dopo aver finito.

Ransom aveva scelto uno sgabello tremolante al bancone e ordinato un caffè all'anziano barista. L'uomo curvo l'aveva squadrato bene. «Normale» aveva precisato Ransom, adocchiando una caraffa di vetro fumante. Dietro al bancone c'era una macchina per il caffè espresso, ma sembrava non essere mai stata usata. A ogni modo, non gli erano mai piaciute le bevande stravaganti.

«Sissignore.»

«Lei è Bud Upshaw?» gli aveva chiesto Ransom quando l'uomo aveva portato una tazza e due lattiere Mini-moo. Una vecchia zuccheriera era stata sospinta in avanti, cauta quanto lo sguardo del barista.

«Sissignore» aveva ripetuto. Poteva avere settantacinque anni, il viso aggredito dalle rughe. La carnagione aveva una tonalità strana: non era abbronzato, non era scuro, ma di un bruno insolito. Ransom aveva ripensato allo sfortunato fiume là fuori. Era vigoroso e, dove prima c'erano stati i capelli, ora si radunava una dozzina di macchie dell'età.

Per evitare di perdere tempo scoprendo che la Ironworks era chiusa o che nessuno del vecchio staff di venti anni prima ci lavorava ancora, Ransom aveva telefonato allo Shady Grove. L'addetto alla reception gli aveva comunicato che la Ironworks era ancora un «monumento di Marshall» e Upshaw, proprietario da tre decenni, era ancora «capo cuoco e lavabottiglie», guarda caso una delle espressioni preferite di Stan.

L'uomo era decisamente a disagio e dapprima Ransom aveva pensato che lo fosse perché indossava completo e cravatta e aveva l'aria di un avvocato. Ragione sufficiente per essere guardinghi a Marshall, dove i problemi di credito sottraevano tanta pace mentale quanto il cancro ai polmoni falciava vite. Ma no, era la faccia di Ransom ad attirare gran parte dell'attenzione di Upshaw.

«Mi conosce?»

Era possibile che Ransom avesse visto una versione molto più giovane dell'uomo, ma non riusciva a ricordarsene. Disse: «No. Forse mio padre. La mia famiglia viveva qui anni fa. Sono in zona per affari e ho pensato di passare».

«Padre...» aveva mormorato Upshaw. E qualche pensiero tormentato doveva essersi aggirato nella sua mente. Poi: «Quand'era? Che vivevate qui?».

«Oh, sono andato via vent'anni fa. Ero un ragazzino.» Alla fine non era riuscito più a trattenersi. «Qualcosa non va?»

«Nossignore. Come mai conosce il mio nome? Per curiosità.»

«Il tizio allo Shady Grove. L'impiegato.»

«Certo, certo, certo.» Ma questo non aveva fatto sentire meglio Upshaw. Aveva osservato a disagio gli avventori della colazione, poi aveva fatto il conto a un tavolo ed era andato a portarglielo in tutta fretta.

Poi, tornando al suo posto dietro al bancone, Upshaw era rimasto pietrificato. Il vecchio aveva mormorato: «Stan Fells».

«Proprio così. Sono Ransom, suo figlio.»

«Uh uh, sicuro. Uh uh.» I suoi occhi avevano scrutato la sala e a Ransom era parso che cercassero aiuto.

«Ci sono problemi?»

«Io… no.»

Ma c'erano. Si capiva. E questo incuriosiva parecchio Ransom.

Upshaw aveva bagnato uno strofinaccio e l'aveva strizzato diverse volte. L'aveva bagnato di nuovo. Aveva continuato: «Allora. Suo padre è in zona? Sta andando a trovarlo, per caso?».

«Mio padre? Oh, è morto nove anni fa.»

«È morto, cos'è successo?» aveva chiesto l'uomo. Una domanda affatto inconsueta, date le circostanze, ma la velocità con cui aveva pronunciato quelle parole era bizzarra.

«Incidente d'auto. Mi spiace averle dato la notizia.»

Solo che Upshaw non era sembrato turbato. Anzi, aveva un'aria decisamente sollevata.

Aveva annuito pensieroso e ignorato un altro uomo che chiedeva il conto. «Morto, dunque. Era l'ultimo.»

«L'ultimo?»

«Della Tavola Rotonda.» Aveva indicato un angolo in penombra, dove adesso c'era un separé quadrato. «Stan, Murphy, Shep, Mr Kale. I soliti.» Era rimasto in silenzio quando il cliente si era avvicinato con una certa irritazione. L'uomo aveva pagato, lasciando solo monetine di mancia. Upshaw non gli aveva rivolto alcuna attenzione.

«Incidente d'auto. Da queste parti?»

Stan era andato fuori strada finendo in un fiume nel Michigan, di ritorno da un viaggio da Detroit. Ransom l'aveva detto a Upshaw.

«Detroit» aveva mormorato l'uomo, come se anche questo fosse significativo.

La curiosità aveva raggiunto picchi incredibilmente elevati nell'animo di Ransom.

Lo strofinaccio aveva subito l'ennesimo tuffo con strizzata e Upshaw aveva pulito una parte del bancone scrostato, che aveva bisogno di una mano di smalto, non di acqua saponata. La faccia dell'uomo tradiva una strana mescolanza di emozioni: era diffidente nei confronti di Ransom, era incuriosito, era sollevato. Non aveva alcun senso. E il mistero era continuato quando

Upshaw aveva chiesto: «Suo padre ha mai fatto il mio nome o quello di questo posto?».

«Cosa?» aveva domandato Ransom divertito. «È morto quasi dieci anni fa.»

«Era così, per chiedere.»

«Ed erano già anni che non ci parlavamo.»

«Oh. Dev'essere stata dura.»

Non proprio. Ransom era rimasto in silenzio.

Upshaw aveva alzato lo sguardo, intercettato gli occhi grigi ed era tornato all'acqua saponata, più o meno della stessa tonalità. «Vuol dire che le è capitato di rado di incrociare gli altri ragazzi con cui lavorava?»

Che cosa ridicola. «No, non conoscevo nessuno della ditta.»

«Ditta?»

«Bud, che storia è questa?»

«Oh, niente, signore. Solo curiosità. Stava parlando dei vecchi tempi e io pensavo alla stessa cosa. Una passeggiata sul viale dei ricordi» aveva detto con un sorriso fasullo sul volto. «Così.»

Ma Ransom non aveva intenzione di accettare stronzate. Stava sopportando quel difficile pellegrinaggio per saperne di più sul conto di suo padre ed era chiaro che quell'uomo nascondeva qualcosa. Aveva scoccato un'occhiata a Upshaw e gli aveva toccato il braccio, cortese ma insistente. «Mi dica cosa succede.»

Anche se Ransom pensava di essersi fatto già un'idea, perfettamente logica.

Una donna.

Stan aveva avuto una relazione e Upshaw ne era a conoscenza. Papà doveva aver portato lì la troia decine di volte. Forse il proprietario del bar temeva di infangare i ricordi che Ransom aveva di suo padre. Ma, a giudicare dall'aria diffidente, aveva immaginato che, molto più probabilmente, Stan l'avesse minacciato perché tenesse il becco chiuso.

Ransom aveva capito qualcos'altro: forse anche sua madre sapeva. Doveva esserci una ragione se era passata dalla birra, al vino, alla vodka.

«Sul serio, la prego, signore.» La voce si incrinò.

«Se non me lo dice, cercherò nella vecchia agenda telefonica di mio padre e comincerò a chiamare la gente. Mi daranno qualche risposta.» Non c'era alcuna agenda telefonica (Ransom aveva ereditato solo qualche migliaio di dollari da una polizza assicurativa), ma per lavoro aveva imparato a bluffare. Era bravo. Ma non l'aveva detto come minaccia, le sue parole volevano solo esortare l'uomo a vuotare il sacco.

Perciò non aveva compreso la sua reazione allarmata. «No, no, non vorrà fare una cosa del genere!» La carnagione ibrida di Upshaw era impallidita. Il colore risultante era inquietante. «Ascolti, lasciamo perdere. La prego.» Stava implorando. «Vuole fare colazione? Offre la casa, in nome dei vecchi tempi.»

Ransom aveva aumentato la stretta sul braccio di Upshaw per poi poggiare i palmi sul bancone, come per piazzarsi lì, intenzionato a non andarsene finché non avesse avuto delle risposte.

Upshaw aveva deglutito ed era andato a prendersi un caffè di cui sembrava non avere voglia. Era tornato armeggiando con la zuccheriera e aveva riempito la tazza quasi a metà. Non l'aveva mescolata. «Lei non... non rappresenta la legge, vero?»

«Legge?»

«Polizia o cose del genere?»

Confuso, Ransom aveva bofonchiato: «Faccio il rappresentante, prodotti informatici».

Upshaw aveva socchiuso gli occhi sospettoso, come se fosse un rilevatore di verità.

L'istinto aveva detto a Ransom di cedere. «Ascolti, Bud, mio padre era un mistero per me. Questo era il suo locale preferito quando tornava a casa dal lavoro. Pensavo che lei potesse dirmi qualcosa su chi fosse, di cosa parlava, cosa faceva. Tutto qui.»

Riprendendo il tono di voce sommesso, Upshaw si era guardato intorno. «D'accordo, signore. Be', prima di tutto, questo non era un posto in cui si fermava dopo il lavoro. Questo *era* il suo ufficio. E, riguardo a chi era, mi dispiace. Suo padre era un sicario.»

«Un cosa?»
«Uccideva la gente per mestiere.»

Bud Upshaw si era tirato indietro, stringendo la tazza di caffè come se volesse lanciarla in faccia a Ransom e fuggire, in caso di aggressione.

Ma Ransom Fells si era limitato a ridere. «Lei è pazzo. Lei non ci sta con la fottuta testa.» Forse il vecchio era rimbambito.

«No, no. Vorrei esserlo. È la verità, signore.»

Ransom aveva smesso di sorridere. «Stronzate.» Tuttavia, ricordava l'espressione di sollievo sulla faccia di Upshaw alla notizia che suo padre era morto. Forse, per qualche ragione, Upshaw aveva vissuto nella paura di suo padre. Il vecchio aveva detto in totale sincerità: «No, non lo sono».

«Si spieghi.»

«Il Mr Kale che ho nominato?»

Del tavolo fantasma.

«Era Stephan Kale.»

A Ransom non diceva niente.

«Kale era luogotenente di Doyle negli anni Settanta e Ottanta.»

«Un momento. *Bobby* Doyle?»

«Ha sentito parlare di lui?»

«Qualcosa su A&E o Discovery Channel.» Capo di una banda a maggioranza irlandese nel South Side di Chicago e a Cicero. Anche lì, nell'Indiana settentrionale. Doyle era morto o in prigione, ma il gruppo era ancora in giro, credeva Ransom.

«Stephan Kale gestiva da qui la loro attività a Gary.» Upshaw aveva agitato le braccia, indicando il bar. «Questo era una specie di ufficio non ufficiale. Suo padre fu uno dei primi a essere reclutati da Mr Kale. Fu, direi, quaranta anni fa, forse più. Mr Kale gli aveva fatto rapire la moglie di Vince Giacomo, a River Forest.»

«Il mafioso?»

«Già, che si era trasferito a Chicago Heights, territorio di Doyle. Giacomo aveva fatto un passo indietro e pagato mezzo milione per riavere la moglie. Fu il primo lavoro di suo padre e andò così liscio che entrò subito nel gruppo. Lui e il resto della banda venivano durante il giorno, si trattenevano, ricevevano gli incarichi. Pizzo qui, bomba a un ristorante concorrente lì, altri rapimenti, droga e riciclaggio. Roba alla *Soprano.* Tornavano la sera e depositavano il denaro o facevano rapporto su quanto era successo sul lavoro.»

«Questo non è uccidere la gente» aveva mormorato con decisione Ransom.

In tono ancora più sommesso: «Ma faceva anche quello. Oh, diamine, sì che lo so».

«Impossibile.»

Lo straccio gocciolante era sparito e Upshaw stava sorseggiando il caffè, curvo e proteso verso Ransom. «Lo giuro su Dio. Certo, non ne parlavano mai apertamente. Non erano stupidi, nessuno di quelli della Tavola Rotonda lo era. Ma un giorno l'ho scoperto. Vede, c'era questo tubo che aveva cominciato a perdere nella lavanderia. Ero andato a ripararlo e stavo dietro alla caldaia a lavorare. E suo padre e Mr Kale entrano e devono aver pensato che la stanza fosse vuota perché lui fa a suo padre: "Ottimo lavoro con Krazinski. Il procuratore distrettuale ha dei sospetti ma i miei contatti dicono che non possono mettere su un caso. Il coroner dirà che è stato accidentale. Doyle ne è molto felice, altroché". E suo padre non disse niente. Certo, era sempre parecchio taciturno.»

Quindi non ero solo io, aveva pensato Ransom. Malgrado la natura raccapricciante della conversazione, Ransom era stranamente compiaciuto.

Upshaw aveva continuato, lanciandosi caute occhiate intorno. «Due giorni prima, questo testimone chiave in un caso di appropriazione indebita, Leo Krazinski, era morto in un incidente di barca sul lago Michigan.»

«Gesù.»

«E poi Mr Kale fa: "C'è questo allibratore a Gary che sta facendo la cresta. Ha detto a Ig di andare a farsi fottere. Deve sparire". E a quel punto si fanno zitti e devono avermi sentito respirare, anche se stavo cercando di non farlo, perché all'improvviso alzo lo sguardo ed eccoli che mi fissano. Mi sono messo a piangere, lo ammetto. Singhiozzavo come un bambino. E suo padre si piega e mi aiuta a tirarmi su. Infila la mano in tasca e tira fuori qualche Kleenex. Me ne dà uno.»

«Sì, ne portava sempre un pacchetto.» A Ransom era venuto in mente che forse non servivano a soffiarsi il naso ma per cancellare le impronte.

«E poi guarda Mr Kale e lui annuisce con la testa e io sono sicuro che sono spacciato. Sa, era così che funzionava. Poi Stan si piega a raccogliere la chiave inglese che stavo usando. E, che cazzo, svita il giunto a L su cui stavo lavorando. La guarda e dice: "L'acqua è troppo dura". E mi guarda in questo modo, non so descriverlo, mi guarda e mi restituisce il tubo. È tutto ciò che dice. Ho recepito il messaggio. Solo quello sguardo e ho ricevuto il messaggio.»

«E l'allibratore?»

«Finì in un brutto incidente d'auto due giorni dopo. Sia lui sia sua moglie morirono bruciati.»

«Anche sua moglie?» aveva domandato Ransom.

«Già, immagino per farlo sembrare più reale. Così gli sbirri non avrebbero pensato che si trattasse di un omicidio.»

Ransom Fells aveva chiuso gli occhi ed emesso un lungo sospiro.

«Ecco perché mi sono spaventato tanto, signore, quando l'ho vista. All'inizio non sapevo perché, è stato come se qualcuno avesse calpestato la mia tomba. Perché lei gli assomiglia, sa.»

Questo aveva sempre irritato Ransom.

«Diamine, quando mi ha detto chi era, ho pensato che forse suo padre era ricercato e che voi eravate in giro a eliminare testimoni. Oppure che l'avevano arrestato e lei era qui per pareggiare i conti.»

Malgrado il turbinio di pensieri nella mente, Ransom aveva sorriso a quelle parole. Aveva provato il bizzarro bisogno di rassicurare il povero vecchio. «No, volevo solo saperne di più sul suo conto.»

«E io, accidenti, le ho detto molto più di quanto avrebbe voluto sentire. Mi dispiace.»

Ransom si era domandato se l'incidente d'auto in Pennsylvania fosse stato davvero tale. Dalle poche volte che era andato in macchina con lui, sapeva che suo padre era un bravo guidatore. Forse, all'epoca, gli incidenti automobilistici erano un modo diffuso che i sicari usavano per coprire i loro crimini.

Upshaw aveva aggiunto: «Forse si era ritirato dall'ambiente, non lo so. Probabilmente sì. Era una persona a posto.»

«A posto?»

«Be', intendo che non ha mai causato problemi qui. Buone mance. Mai visto ubriaco.» Upshaw aveva fatto spallucce. «Vorrei poterle dire di più, signore.»

Ransom aveva scostato lo sgabello e chiesto un caffè da portare via. Quando il vecchio glielo aveva dato, Ransom lo aveva corretto con una dose di panna e aveva lasciato sul bancone un paio di dollari. Upshaw però glieli aveva restituiti. «No, no, lasci stare.»

Avviandosi all'uscita, il dubbio aveva assillato Ransom. Sì, no? Fallo, non farlo.

Si era girato. «Ehi, Bud, ha mai parlato di me?»

Upshaw aveva strizzato gli occhi, come per cercare di strizzare ricordi dalla mente, allo stesso modo dello straccio zuppo d'acqua. «Cose di famiglia, di casa, non andava bene parlarne qui. Questo posto era per gli affari. Farlo sarebbe stata una mancanza di rispetto per mogli e figli.»

«Certo.»

Ma quando era arrivato alla porta, la mano sulla maniglia, aveva sentito l'uomo chiamarlo. «Ehi, aspetti, signore. Un momento. Sa, una volta, ricordo che Stan disse qualcosa. Lei è andato alla Thoreau High?»

«Sì.» Ransom l'aveva guardato.

«Be', ho sentito che parlava di questa grande giocata negli ultimi minuti di una partita tra la Thoreau e la Woodrow Wilson, un touchdown da sessanta yard. Sorrideva. Disse che il suo ragazzo aveva fatto un lavoro fantastico. La migliore azione che avesse mai visto.»

«Ha detto questo?»

«Sì.»

Ransom aveva annuito ed era uscito. Si era lasciato cadere sul sedile anteriore dell'auto e aveva messo in moto.

Riflettendo sul fatto che Stan doveva aver detto «*il* ragazzo», non il «*suo* ragazzo».

Ransom non aveva mai giocato a football.

Adesso, quattro ore dopo, Ransom Fells era ancora seduto nella Toyota a noleggio, sulla brulla collina che dava sul campo di softball sbilenco. Strinse il caffè freddo e ripensò ancora e ancora alle parole di Upshaw.

Suo padre un killer... e forse si era assassinato da solo.

Impossibile.

Eppure...

Il racconto del vecchio era parso troppo specifico per essere inventato e la sua faccia tormentata aveva espresso la paura autentica che Ransom fosse venuto a ucciderlo. Ransom confrontò le parole di Upshaw con i fatti che ricordava della sua infanzia.

Il padre che non parlava mai del suo lavoro né aveva presentato i colleghi alla famiglia. Ransom e suo fratello non erano mai stati invitati presso la sua ditta. Stan non voleva che Ransom si azzuffasse, cosa che poteva attirare la polizia. Di rado portava fuori la famiglia: per paura di metterla in pericolo? Regolarmente andava a caccia da solo, senza mai tornare con un trofeo (e quale selvaggina era stata davvero la sua preda?). I suoi modi taciturni e riservati erano simili, diciamo, a quelli di un cecchino che Ransom aveva conosciuto in Iraq, che non si vantava mai delle sue vittime e che considerava il mestiere di uccidere un lavoro come un altro.

Restava tuttavia un grosso interrogativo: qual era la reazione di Ransom alla notizia? Non riusciva a dirlo. Era troppo confuso.

Fu allora che ricordò la telefonata di Annie. Ascoltò il messaggio, nel quale gli proponeva, senza impegno, di vedersi quella sera, a lei avrebbe fatto piacere.

La richiamò.

«Ehi» rispose Annie riconoscendo il numero.

«Ehi anche a te.»

«Com'è andata la giornata?»

Se solo sapessi...

«Bene. Proficua.»

«Mi annoio» sospirò Annie.

«Be', vieni a cena con me. Ti curo io.»

«Ho dimestichezza con le sue terapie, dottore. Può vedermi alle sette?»

Aveva davvero una delle voci più sexy che Ransom avesse mai sentito.

«Appuntamento registrato» disse lui in tono scherzoso.

Chiuse la chiamata e, mentre riprendeva a fissare il campo, una scarica elettrica lo percorse. Ransom Fells sorrise.

Di tutte le strane ironie, apprendere la scioccante verità su suo padre aveva d'un tratto messo nella giusta prospettiva le sue preoccupazioni. Il nervosismo, la tensione, il senso di colpa che provava quando entrava in contatto con qualcuno come Annie svanirono all'istante.

Il viaggio attraverso i suoi sentimenti, che aveva evitato per così tanti anni, lo aveva ripagato in un modo che mai si sarebbe aspettato. Più di quanto si sarebbe mai aspettato.

Ransom mise in moto l'auto e tornò a Chesterton. Concluse l'incontro con John Hardwick e si precipitò da Annie.

Lungo la strada, coniò un'espressione degna della sua ex.

Riconciliazione in assenza.

Gli piacque. L'espressione aveva un duplice significato riferita a suo padre: si era riconciliato con qualcuno che era emotivamente assente, anche quando vivevano nella stessa casa, e che adesso lo era pure fisicamente.

Un'euforica sensazione di libertà lo pervase.

Parcheggiò e andò all'ingresso della casa di Annie, suonò il campanello e sentì il tonfo dei passi di lei che arrivava. Notò che non faceva giochetti, come rallentare o farlo aspettare.

Poi la porta si aprì e lei lo attirò dentro alla svelta, sorridendo e baciandolo con decisione sulla bocca.

Ransom chiuse la porta con il piede e la tenne stretta a sé. Le prese il collo in una mano, accarezzandole i capelli.

Annie sussurrò: «Non vuole visitarmi prima di cena, dottore?».

Ransom sorrise. Senza dire niente, fece scivolare la Smith & Wesson dalla tasca e ne accostò la bocca smussata alla tempia di lei. Si infilò l'indice nell'orecchio, i proiettili calibro 38 special erano dannatamente rumorosi.

«Cosa...?» fece per chiedere Annie.

Lui premette il grilletto.

Tuttavia lo sparo lo assordò. Spinse da un lato la testa di Annie così velocemente, che lui si chiese se l'impatto le avesse spezzato il collo.

Lei cadde a terra come un sacco di ghiaccio sciolto.

La casa distava almeno cinquanta metri da quella più vicina, ma gli spari sono piuttosto riconoscibili e lui sapeva di non avere molto tempo. Indossando guanti di lattice, si inginocchiò e le sfregò le labbra con un fazzolettino, per cancellare eventuali tracce di DNA lasciate dal bacio. Poi, con un altro fazzolettino, ripulì la pistola dalle impronte e gliela infilò nella mano ancora tremante, che poi sporcò con il residuo di polvere da sparo di quelle particolari cartucce. Piazzò in casa una mezza dozzina di oggetti sottratti a casa di John Hardwick, dopo che, mezz'ora prima, aveva ucciso l'uomo e sua moglie: calzini sporchi e biancheria intima, uno spazzolino da denti, preservativi e una tazza. (Sul corpo di Hardwick aveva lasciato dei capelli presi dalla spazzola di Annie quella mattina nel suo bagno, e altri preservativi, della stessa marca.)

L'anonimo cellulare prepagato, di cui aveva dato il numero a Annie, era stato ripulito dalle sue impronte, sostituite da quelle di Hardwick. Adesso era nella tasca dell'uomo morto. La polizia vi avrebbe trovato un solo messaggio, da parte di Annie, la telefonata alla quale non aveva risposto prima. Diceva: «John, ehi, sono io, Annie. Se vuoi possiamo vederci stasera, mi piacerebbe molto. Solo se ne hai voglia».

Ransom le aveva detto di chiamarsi John.

Si alzò ed esaminò la casa, decidendo che era tutto a posto.

Era facile uccidere qualcuno, certo. La cosa difficile era allestire uno scenario credibile in modo che la polizia smettesse di cercare sospetti.

Nei trentacinque omicidi di cui Ransom era responsabile, di solito aveva trovato una persona che si prendesse la colpa. La polizia, eternamente oberata, era in genere ben lieta di accettare l'ovvia spiegazione, anche se c'era qualche falla riguardo all'autenticità dell'accaduto.

Omicidio/suicidio andava sempre bene.

La polizia avrebbe concluso che John Hardwick aveva una relazione con Annie Colbert e le aveva detto che era finita. Lei era andata a casa sua quella sera, quando l'uomo era tornato dal lavoro, aveva sparato a lui e alla moglie, poi era tornata a casa propria, togliendosi la vita con la stessa pistola usata per uccidere la coppia.

Erano poche le persone che avevano visto Annie e Ransom insieme. Il ragazzo ubriaco non avrebbe ricordato niente. Forse il barista, ma il giovane era indaffarato e Ransom si era presentato anche a lui come John.

Inoltre Ransom Fells aveva una solida copertura: rappresentante di commercio per la GKS Tech, con base nel New Jersey. Era una facciata, certo, ma anche accuratamente documentata. E, in ogni caso, Ransom sarebbe stato lontano da quella zona nel giro di venti minuti.

Uscì dalla casa e, camminando rasente i cespugli dei giardini sul retro delle abitazioni, raggiunse l'auto, parcheggiata diversi isolati più in là.

Il capo di Ransom sarebbe stato contento. Anche il cliente, un'operazione di riciclaggio sulla East Coast che cercava di espandersi nel Midwest e incontrava resistenza da parte di John Hardwick, il quale aveva il proprio impero finanziario lì.

Anche Ransom era soddisfatto. E non solo per il buon esito del lavoro.

Apprendere quelle cose sul conto di suo padre aveva cancellato una delle più grosse remore legate al suo lavoro, con cui faceva i conti da quando era entrato in quel ramo: provava sentimenti contrastanti, per il fatto di guadagnarsi da vivere uccidendo, per così dire, e si sentiva in colpa perché assassinava innocenti per i propri scopi.

Può una morte – una morte violenta – portare finalmente, e ironicamente, a qualcosa di positivo, una riconciliazione di sorta?

A quanto pare la risposta era sì. Non la morte di suo padre, ma l'omicidio che era la professione dell'uomo.

Sapere ciò che aveva appreso dal proprietario del bar aveva operato un miracolo. Adesso era chiaro. Era nato così, figlio di suo padre, e non poteva fare niente per cambiare.

E poi un altro pensiero lo colpì come l'onda d'urto di un ordigno esplosivo.

Il mio nome!

Il primo incarico di Stan era stato il rapimento della moglie del mafioso nei sobborghi occidentali di Chicago, sul quale aveva costruito la propria carriera... e che aveva fruttato a Bobby Doyle mezzo milione di dollari di *riscatto. Ransom*, riscatto.

Il padre aveva chiamato il primogenito in onore di quel grande esordio.

Ransom sorrise come non gli capitava da anni.

Era nel bel mezzo dell'Ohio quando ricevette una e-mail codificata e accostò. Non voleva leggerla mentre guidava e rischiare così una multa. Le altre armi erano ben nascoste sotto gli strumenti informatici, ma perché sfidare la sorte?

Il messaggio era da parte del suo capo alla GKS Tech, che lo ringraziava per il lavoro nell'Indiana e gli chiedeva se poteva assumere un altro incarico nel suo territorio nell'area di New York. Un informatore avrebbe testimoniato contro un cliente, un contractor del governo che aveva consegnato attrezzature militari scadenti gonfiandone il prezzo. L'impiegato non era andato dalle autorità ma l'avrebbe fatto il lunedì successivo. Il cliente lo voleva morto subito.

Ransom rispose che avrebbe gestito lui la questione.

Poco dopo ricevette un altro messaggio. Diceva che Ransom doveva sapere che il bersaglio era attualmente a casa con moglie e due figli adolescenti e sarebbe rimasto lì per tutto il weekend, finché non fosse andato all'ufficio del procuratore distrettuale. Probabilmente ci sarebbero stati danni collaterali.

Ransom digitò: *Non è un problema.*

E copiò nel GPS l'indirizzo delle sue vittime.

XI

IL NECROLOGIO

CIRCOLARE

Da: Robert McNulty, Capo del Dipartimento,
Dipartimento di Polizia
Città di New York

A: Ispettore Frederick Fielding
Viceispettore William Boylston
Capitano Alonzo Carrega
Capitano Ruth Gillespie
Capitano Sam Morris
Sergente Leo Williams
Tenente Diego Sanchez
Tenente Carl Sibiewski
Tenente Lon Sellitto
Detective Antwan Brown
Detective Eddie Yu
Detective Peter Antonini
Detective Amelia Sachs
Detective Mel Cooper
Agente Ronald Pulaski

C.C. Sergente Amy Mandel

Oggetto: Comunicato notizia Lincoln Rhyme

Alla luce dei recenti tragici eventi, il nostro dipartimento di Informazione Pubblica ha preparato il seguente comunicato per le testate giornalistiche di tutto il Paese. Poiché in passato avete lavo-

rato con Rhyme, vi mandiamo in visione una bozza di questo documento. Se desiderate apportare modifiche o aggiunte, siete pregati di inviarle entro le ore 10,30 di venerdì al sergente Amy Mandel, ufficio del vicecommissario della Pubblica Informazione, One Police Plaza, Stanza 1320.
Vi preghiamo di prendere nota di ora e luogo della commemorazione funebre.

* * * DIFFUSIONE IMMEDIATA * * *

New York – Il capitano Lincoln Henry Rhyme (in congedo), scienziato forense di fama mondiale, è morto ieri per ferite da arma da fuoco a seguito dell'aggressione da parte di un sospetto di omicidio sulle cui tracce era da più di un anno.
L'aggressore, di identità sconosciuta ma noto con il soprannome di Orologiaio, è riuscito a entrare nella residenza del capitano Rhyme a West Central Park, gli ha sparato due volte ed è fuggito. Si ritiene sia stato ferito dalla detective del NYPD Amelia Sachs, che era presente al momento dell'irruzione. Le condizioni dell'aggressore sono sconosciute. Una capillare caccia all'uomo è in atto nell'area metropolitana.
Il capitano Rhyme è stato dichiarato morto sulla scena.
«È una terribile perdita» ha dichiarato il commissario di polizia Harold T. Stanton, «una perdita che sarà avvertita in tutto il dipartimento e senza dubbio nell'intera zona. Il capitano Rhyme era stato fondamentale nel consegnare alla giustizia tanti criminali che, se non fosse stato per la sua genialità, non sarebbero stati catturati. La sicurezza della nostra città è adesso in pericolo a causa di questo odioso crimine.»
Per anni il capitano Rhyme era stato comandante in capo dell'unità che sovrintendeva alla Scientifica del NYPD.
È stato proprio mentre analizzava una scena in una galleria della metropolitana, sottoposta a lavori di ristrutturazione, che il crollo di una trave gli aveva spezzato la colonna vertebrale. Era rimasto tetraplegico C-4 e paralizzato dal collo in giù, in grado di muovere

solo un dito della mano sinistra, spalle e testa. Anche se inizialmente attaccato a un respiratore, le sue condizioni si erano stabilizzate e aveva potuto respirare senza aiuto.
Si era congedato per disabilità ma aveva continuato a svolgere consulenze come «criminologo» privato, o scienziato forense, lavorando soprattutto per il NYPD, ma anche per l'FBI, il dipartimento della Sicurezza Nazionale, l'ATF e la CIA, tra gli altri, oltre che per svariate forze dell'ordine internazionali.
Lincoln Rhyme era nato nei sobborghi di Chicago. Suo padre era uno scienziato ricercatore che ricopriva diversi incarichi presso società manifatturiere e l'Argonne National Laboratory. Sua madre era una casalinga e insegnante occasionale. La famiglia ha vissuto in varie cittadine dell'area settentrionale dell'Illinois. Durante le scuole superiori, il capitano Rhyme ha fatto parte della squadra di atletica ed è stato presidente del Club di Scienze e del Club dei Classici. Ha tenuto il discorso di commiato alla consegna dei diplomi.
Il capitano Rhyme si è laureato all'Università dell'Illinois a Urbana-Champaign, con la duplice specializzazione in chimica e storia. Ha proseguito con lo studio della geologia, dell'ingegneria meccanica e delle scienze forensi a livello universitario. Il capitano Rhyme ha rifiutato offerte di lavoro redditizie nel settore privato o nei college e scelto invece di specializzarsi nel settore delle scienze forensi.
Ha detto in un'intervista che la scienza teorica non rivestiva alcun interesse per lui. Voleva mettere in pratica le sue competenze. «Non sarei mai stato un maestro di karate che passa tutto il tempo nel monastero o in palestra. Fremevo dalla voglia di uscire in strada.»
Alcuni amici ritenevano che un evento passato, forse un crimine di qualche tipo, lo avesse indirizzato alla polizia, ma nessuno era in grado di fare ipotesi.
Il capitano Rhyme ha frequentato l'Accademia di Polizia del NYPD a Manhattan ed è entrato a far parte delle forze dell'ordine come agente dell'unità scientifica. Ha fatto carriera rapidamente fino alla nomina a comandante della divisione responsabile dell'unità quando era ancora capitano, un ruolo solitamente ricoperto da un ufficiale con il rango più alto di viceispettore.

Il capitano Rhyme ha portato le scienze forensi a un nuovo livello nella città di New York. Ha lottato per ottenere finanziamenti che permettessero di comprare attrezzature all'avanguardia, equipaggiamento per la raccolta prove e computer. Ha creato personalmente un database di «campioni», come lubrificanti per motori, carburante, terra, insetti, deiezioni animali e materiali da costruzione, che i suoi agenti potevano usare per confrontare tracce prelevate da scene del crimine e così identificare il sospettato con una velocità senza precedenti. Batteva le strade della città a tutte le ore per raccogliere tali materiali.

Ha sviluppato nuovi approcci all'analisi della scena di un crimine (per la quale ha coniato l'espressione ormai comune «percorrere la griglia»). Ha istituito la pratica di usare un solo agente per esaminare le scene, ritenendo che un singolo cercatore potesse ottenere una migliore comprensione della scena e del sospettato rispetto a quando a essere coinvolto è un gruppo di agenti.

L'agente speciale dell'FBI Frederick Dellray, che ha lavorato spesso con il capitano Rhyme, ha detto: «In fatto di prove fisiche, non c'era nessuno migliore di lui in tutto il Paese. No, anzi, nel mondo. Voglio dire, è stato lui a creare e rendere operativa la Physical Evidence Response Team, la Squadra per la Raccolta di Prove Fisiche. Non uno di Washington o Quantico, macché. Noi abbiamo scelto *lui*. Voglio dire, quest'uomo ha risolto un caso perché ha trovato un granello di letame bovino del diciannovesimo secolo. Non sapeva dirvi chi è Britney Spears o chi ha vinto *American Idol* ma, in fatto di prove, quell'uomo sapeva ogni c*** di cosa».

Malgrado molti agenti della Scientifica siano lieti di lasciare le ricerche e il lavoro di laboratorio ai sottoposti, il capitano Rhyme non faceva niente di tutto ciò. Anche da capitano, analizzava le scene, prelevava campioni e svolgeva da sé gran parte delle analisi.

«Quando lavoravamo in coppia» ha detto il tenente Lon Sellitto, «molto spesso lui era il primo agente sulla scena e insisteva nel perlustrarla lui stesso, anche se era calda.»

Una scena del crimine «calda» è tale quando un criminale armato e pericoloso potrebbe essere ancora nei paraggi.

«Ricordo una volta» ha detto il tenente Sellitto, «stava analizzando una scena e il malvivente torna con la pistola e inizia a sparare. Linc si tuffa al riparo e risponde al fuoco, ma era furioso: ogni volta che faceva fuoco, diceva, contaminava la scena. Più tardi gli ho detto "Gesù, Linc, se spari al tizio non dovrai preoccuparti della scena". Non ha riso.»

Interpellato una volta sul suo meticoloso approccio al lavoro forense, il capitano Rhyme ha citato il Principio di Locard, che prende il nome dal criminologo francese Edmond Locard, il quale affermava che in ogni crimine si verifica uno scambio tra il criminale e la vittima, o tra il criminale e la scena, anche se la traccia può essere estremamente difficile da trovare.

«Spesso l'unica cosa che ferma un feroce assassino è un microscopico granello di polvere, un capello, una fibra, una cellula epiteliale, una macchia di caffè. Se sei pigro o stupido e ti fai sfuggire quella cellula o quella fibra, be', come farai a spiegarlo alla famiglia della prossima vittima?»

Insisteva sulla totale dedizione dei suoi sottoposti al lavoro e una volta ha licenziato un agente per aver usato il bagno accanto alla camera da letto in cui c'era stato un omicidio.

Riconosceva, tuttavia, il duro lavoro e la lealtà. Un ex protetto ha riferito che in più di un'occasione il capitano Rhyme aveva fatto la voce grossa con le alte sfere della polizia per assicurare aumenti o promozioni ai suoi o per difendere con accanimento le loro valutazioni nella gestione dei casi.

In diversi casi, il capitano Rhyme stesso ha ordinato l'arresto di alti ufficiali di polizia, giornalisti e perfino di un vicesindaco quando la loro presenza minacciava di contaminare o interferire con la scena di un crimine.

Oltre a raccogliere e analizzare prove, il capitano Rhyme amava testimoniare in tribunale contro coloro che aveva contribuito a far arrestare.

Bernard Rothstein, noto avvocato difensore che ha rappresentato svariati esponenti del crimine organizzato, ha ricordato diversi casi in cui il capitano Rhyme ha testimoniato. «Se vedevo che Rhyme si era occupato del lavoro forense in un caso contro uno dei miei clienti, pensavo: ragazzi, non aspetto di certo con ansia *quell'*esame incrociato. Si possono sgonfiare le testimonianze di un sacco di poliziotti della Scientifica quando salgono sul banco. Ma Lincoln Rhyme? Era lui a sgonfiare *te.*»

Dopo l'incidente sulla scena del crimine nella metropolitana, ha trasformato un salotto della sua casa di Central Park West in un laboratorio forense, attrezzato al pari di quello di una piccola città.

Il detective Melvin Cooper, agente della Scientifica che spesso ha lavorato con il capitano Rhyme e che svolgeva per lui molte delle analisi di laboratorio, ha ricordato uno dei primi casi gestiti da casa sua. «Si trattava di un grosso omicidio e avevamo un sacco di reperti. Ci abbiamo dato dentro con il gascromatografo, il microscopio a scansione elettronica e lo spettrometro di massa. Anche altri strumenti. Poi ho acceso una lampada da tavolo e quella è stata l'ultima goccia. Ha fatto saltare la corrente. Non parlo solo di casa sua. Intendo l'intero isolato e anche parte di Central Park. Ci abbiamo messo quasi un'ora per ripristinare la linea.»

Malgrado le sue condizioni, il capitano Rhyme non era un attivista delle organizzazioni per i diritti dei disabili. Una volta ha detto a un giornalista: «Lei come mi descriverebbe? Uno e ottantatré, bianco, ottantadue chilogrammi, capelli neri, invalido. Sono tutte condizioni che, più o meno, hanno influito sulla mia carriera di criminologo. Ma non mi concentro su nessuna di esse. Il mio scopo nella vita è trovare la verità dietro ai crimini. Tutto il resto è secondario. In altre parole, sono un criminologo che, si dà il caso, è invalido».

Ironia della sorte, perlopiù a causa del suo atteggiamento, tanti attivisti hanno visto nel capitano Rhyme l'esempio di un nuovo approccio al tema della disabilità, nel quale gli individui non sono dediti all'autocommiserazione né allo sfruttamento della propria condizione o all'ossessione per essa.

«Lincoln Rhyme incarnava l'affermazione secondo cui i disabili sono innanzitutto esseri umani con gli stessi talenti e le stesse passioni – e i medesimi difetti – di chiunque altro» ha dichiarato

Sonja Wente, direttore del Centro di Consapevolezza per i Danni al Midollo Spinale. «Evitava sia il piedistallo sia il pulpito.»
Lo stesso capitano Rhyme ha osservato in una recente intervista: «Il confine tra disabili e non disabili si sta facendo più labile. Computer, videocamere, monitor ad alta definizione, dispositivi biometrici e software per il riconoscimento vocale hanno avvicinato la mia vita a quella di chiunque sia privo di disabilità, mentre la medesima tecnologia sta incoraggiando una vita più sedentaria e casalinga in coloro che non hanno alcuna disabilità. Da quello che ho letto, conduco una vita più attiva rispetto a un sacco di persone al giorno d'oggi».
Ciononostante, il capitano Rhyme non solo accettava la propria disabilità ma lottava per conservare la capacità di condurre una vita il più normale possibile e anche per migliorare le sue condizioni.
«Lincoln seguiva un regime quotidiano di esercizi con vari macchinari, compresi una cyclette e un tapis roulant» ha detto Thom Reston, suo assistente personale da diversi anni. «Gli dicevo sempre: rallenta, prenditela comoda, attento alla pressione sanguigna.» L'assistente ha aggiunto ridendo: «Mi ignorava».
In effetti, negli ultimi anni, ha detto Reston, l'esercizio aveva dato risultati e il capitano Rhyme aveva riacquistato un uso parziale delle estremità e un po' di sensibilità, impresa che gli specialisti del midollo spinale hanno descritto come una rara conquista.
Il capitano Rhyme non era solo un criminologo praticante; per tutto il suo mandato presso il NYPD è stato richiesto come insegnante e conferenziere. Dopo l'incidente, quando viaggiare era diventato più difficoltoso, ha continuato a tenere conferenze occasionali al John Jay College of Criminal Justice e alla Fordham University di New York. Ha scritto di questioni forensi e i suoi articoli sono apparsi, tra gli altri, su «Forensic Science Review», «The New Scotland Yard Forensic Investigation Annual», «American College of Forensic Examiners Journal», «Report of the American Society of Crime Lab Directors» e «The Journal of the International Institute of Forensic Science».
È stato autore di due libri: un testo di scienze forensi, ancora in uso presso migliaia di dipartimenti di polizia e forze dell'ordine di tutto

il mondo, e un popolare libro di non-fiction, *Le scene del crimine*, sui luoghi di New York in cui si sono verificati crimini irrisolti. Il libro è tuttora in circolazione.

Il capitano Rhyme è stato in prima persona protagonista di una serie di popolari best seller, che raccontavano alcuni dei suoi casi più noti, compresi *Il collezionista di ossa*, su un rapitore seriale; *La scimmia di pietra*, riguardante la caccia a un trafficante cinese di esseri umani; e *La dodicesima carta*, nel quale Rhyme e la detective Amelia Sachs, che ha spesso lavorato con lui, hanno indagato su un delitto avvenuto poco dopo la Guerra Civile. Di recente, *Il filo che brucia* ha raccontato in dettaglio i suoi sforzi per fermare un killer che stava usando la rete elettrica di New York come arma del delitto.

Pubblicamente critico nei confronti dei romanzi, dichiarava nelle interviste che riteneva quei libri frivole forme di intrattenimento, buoni per far passare qualche ora in aereo o in spiaggia, e poco più. In privato, tuttavia, lo entusiasmava essere il protagonista della serie e ne teneva in libreria una raccolta autografata. I visitatori riferivano che spesso li faceva restare seduti in silenzio ad ascoltare i passaggi su CD che gli piacevano particolarmente.

«Lincoln e il suo ego non si separavano mai» ha scherzato il signor Reston.

Il capitano Rhyme aveva divorziato dalla moglie, Blaine Chapman Rhyme, dodici anni fa. Non avevano figli. Lascia la compagna, detective Sachs; la zia Jeanette Hanson e quattro cugini, Arthur Rhyme, Marie Rhyme-Sloane, Richard Hanson e Margaret Hanson.

Una commemorazione funebre per il capitano Rhyme si terrà alle ore 19 di lunedì, presso la New York Society for Ethical Culture, al numero 2 della sessantaquattresima Strada Ovest, Central Park West, New York. La detective del NYPD Sachs ha chiesto, invece dei fiori, donazioni a un ente benefico a scelta che si occupi di bambini con traumi o malattie del midollo spinale.

Il primo piano della casa di Central Park West era silenzioso, buio. Le luci erano spente e il crepuscolo filtrava appena dalle tende della stanza che dava a est.

Quello che un tempo era stato un caratteristico salotto vittoriano era adesso pieno di attrezzature di laboratorio, scaffali, poltroncine da ufficio, dispositivi elettronici. Su tavoli da esame c'erano sacchetti di plastica e di carta, provette e scatole contenenti reperti. Senza alcun ordine particolare.

L'atmosfera era quella di un luogo di lavoro la cui vitalità era stata stroncata all'improvviso.

Amelia Sachs, alta, capelli rossi, stava nell'angolo accanto a un trasandato Lon Sellitto. Vestivano entrambi di nero.

Gli occhi di lei erano posati sul necrologio di Lincoln Rhyme.

Anche Sellitto vi lanciò un'occhiata. «Strano, mmh?»

Lei proruppe in una fiacca risata infelice e poi scosse la testa. «Mi fa la stessa impressione. Già è difficile pensare anche solo all'*idea*, sai, senza vederla nero su bianco.»

«Già, immagino che sia questo.»

Sellitto guardò l'orologio. «Be', è quasi ora.»

Erano quasi le sette di sera di lunedì, quando secondo il necrologio il servizio funebre avrebbe avuto inizio.

«Pronta?»

«Più che mai.»

I due si scambiarono un'occhiata e uscirono di casa. Sachs chiuse a chiave la porta. Alzò lo sguardo sulla finestra buia della camera da letto di Lincoln Rhyme, sul cui davanzale i falchi avevano fatto il nido. Lei e Sellitto si incamminarono verso la Society for Ethical Culture, a poca distanza da lì.

Amelia Sachs tornò a casa di Rhyme accompagnata da un gruppo di agenti.

Un osservatore casuale poteva pensare che i poliziotti fossero tornati dopo la commemorazione per un rinfresco a casa del defunto.

Ma si sarebbe sbagliato.

Erano appena le sette e venti, troppo presto per un servizio funebre, anche per qualcuno così poco spirituale come Lincoln Rhyme. E un esame più attento dei poliziotti rivelava che avevano le armi pronte e bisbigliavano a microfoni tenuti in mano o che spuntavano dalle cuffie.

La dozzina di agenti si divise in due gruppi e, a un ordine di Lon Sellitto da un posto di comando lì vicino, il primo fece irruzione dalla porta d'ingresso e l'altro corse sul retro.

Amelia Sachs, prevedibilmente, fu la prima a entrare.

Le luci si accesero e lei si accovacciò sulla soglia, ignorando la dolorosa morsa delle giunture artritiche, mentre puntava la Glock su un uomo attonito in completo e camicia blu scuro, chino su un tavolo per le prove. Era stato sorpreso nell'atto di raccogliere un sacchetto di plastica con le dita guantate.

«Fermo» abbaiò Sachs e lui lo fece, notando la fermezza della mano che reggeva la pistola e lo sguardo di chi era più che pronto a fare fuoco.

«Io...»

«Mani sulla testa.»

Il massiccio uomo di mezza età sospirò disgustato, mollò la bustina e obbedì. «Ascolti, posso spiegare.»

Sachs si chiese quante volte l'aveva sentito nei suoi anni da poliziotto, in momenti come quello.

«Ammanettalo e perquisiscilo» ordinò al giovane Ron Pulaski dai capelli a spazzola e agli altri agenti della squadra tattica. «È un poliziotto. Tenete a mente che potrebbe avere due armi.»

Sottrassero all'uomo la Glock di servizio e, come volevasi dimostrare, una di riserva in una fondina alla caviglia. Poi lo ammanettarono.

«Voi non capite.»

Sachs aveva sentito anche quello un bel po' di volte.

«Detective Peter Antonini, lei è in arresto per omicidio.» Gli recitò i suoi diritti e poi gli chiese: «Desidera rinunciare al diritto di rimanere in silenzio?».

«No, diavolo, certo che no.»

«Non c'è bisogno che dica molto, a ogni modo» intervenne una nuova voce nella stanza. Lincoln Rhyme fece avanzare la carrozzella Merits Vision Select, grigia con i paraurti rossi, fuori dal piccolo ascensore che collegava il laboratorio alla camera da letto al piano di sopra. Indicò con un cenno del capo il tavolo da esame. «A quanto pare le prove dicono già tutto.»

«Tu?» rantolò Antonini. «Tu... tu eri morto.»

«Pensavo che volessi rimanere in silenzio» gli ricordò Rhyme, godendosi l'espressione di assoluto sbigottimento sul volto dell'uomo colpevole.

Il criminologo si avvicinò al tavolo delle prove e osservò quello che gli agenti avevano tirato fuori dalle tasche di Antonini: bustine di capelli, terra e altre tracce, che intendeva sostituire a quelle sul tavolo, prove che l'agente credeva lo avrebbero incriminato per omicidio.

«Figlio di puttana.»

«Continua a parlare» disse Rhyme divertito. «Che senso ha avvalersi del diritto al silenzio?»

A quel punto il detective di seconda classe Peter Antonini, assegnato alla Major Cases, si chiuse nel suo silenzio mentre Sachs chiamava Sellitto e gli riferiva il buon esito dell'operazione. Sellitto, a sua volta, avrebbe trasmesso la notizia ai pezzi grossi di One Police Plaza.

Eri morto...

La fasulla morte di Rhyme e il necrologio erano stati un ultimo disperato tentativo per risolvere una serie di delitti che colpivano al cuore il NYPD, crimini che tuttavia sarebbero passati inosservati se non fosse stato per un'osservazione buttata lì da Ron Pulaski una settimana prima.

Il giovane agente era nel laboratorio di Lower Manhattan per aiutare Sellitto e Rhyme in un'indagine per omicidio quando un supervisore gli aveva dato la notizia che il sospetto si era sparato. Per Rhyme quella morte era un problema: voleva chiudere i suoi casi, ma una conclusione per suicidio non era elegante. Non lasciava spazio a spiegazioni esaurienti e Lincoln Rhyme detestava gli interrogativi senza risposta. Era stato allora che Pulaski aveva osservato perplesso: «Un altro?».

«Che vuoi dire?» aveva abbaiato Sellitto.

«Uno dei nostri sospetti che muore prima di venire arrestato. È già successo. Quegli altri due, ricorda, signore?»

«No.»

«Rinfrescaci la memoria, Pulaski» lo aveva incoraggiato Rhyme.

«Circa due mesi fa, quella Hidalgo, uccisa durante una rapina.»

Rhyme se lo ricordava. Una donna indagata per tentato omicidio, aveva picchiato quasi a morte il figlio piccolo, era stata trovata morta, uccisa durante una rapina. Inizialmente le prove avevano suggerito che Maria Hidalgo fosse colpevole di aver picchiato il bambino, ma dopo la sua morte si era scoperto che era innocente. L'ex marito, in preda a una specie di attacco psicotico, aveva aggredito il piccolo. Purtroppo la donna era morta prima di poter essere scagionata.

L'altro caso, gli aveva ricordato Pulaski, vedeva implicato un arabo-americano che si era scontrato con alcuni non musulmani e ne aveva ucciso uno. Rhyme e Sellitto stavano indagando sul caso, con significative implicazioni politiche, quando il sospetto era caduto nella sua vasca da bagno ed era annegato. In seguito Rhyme aveva stabilito che un musulmano *aveva* ucciso la vittima, ma in circostanze che facevano pensare a un omicidio colposo e non volontario.

Anche lui era morto prima che i fatti fossero appurati.

«Piuttosto strano» aveva detto Sellitto, rivolgendosi poi a Pulaski. «Ottima intuizione, ragazzo.»

«Già, troppo strano» aveva convenuto Rhyme. «Pulaski, fammi un favore: controlla se ci sono altri casi del genere, in cui sospetti sotto indagine sono stati eliminati o si sono suicidati.»

Qualche giorno dopo, Pulaski era tornato con i risultati: c'erano sette casi in cui gli indiziati erano morti mentre erano fuori su cauzione o prima di venire arrestati. Le cause di morte erano suicidio, incidente o rapina.

Sellitto e Rhyme si erano chiesti se un poliziotto disonesto si stesse facendo giustizia da solo, procurandosi dettagli sull'andamento dei casi, decidendo che i sospetti erano colpevoli e giustiziandoli da sé, per evitare che potessero cavarsela al processo.

Il tenente e Rhyme comprendevano le terribili implicazioni di una simile eventualità: un omicida in mezzo a loro che usava le risorse del NYPD per agevolare i propri crimini. Avevano parlato con il capo del dipartimento McNulty, che aveva dato loro carta bianca per arrivare alla verità.

Amelia Sachs, Pulaski e Sellitto avevano interrogato amici e familiari dei sospettati e testimoni nei paraggi al momento della loro morte. Da questi racconti era emerso che un uomo bianco di mezza età era stato visto con molti dei sospettati poco prima che morissero. Diversi testimoni pensavano che l'uomo mostrasse un distintivo dorato; era pertanto un detective. L'assassino doveva conoscere Rhyme, dal momento che tre delle vittime erano state assassinate mentre il criminologo lavorava ai loro casi. Insieme a Sachs aveva stilato un elenco di detective bianchi, dai trentacinque ai cinquantacinque anni, con i quali aveva lavorato negli ultimi sei mesi.

Avevano controllato con discrezione la posizione dei detective all'ora degli omicidi, restringendo infine la lista a dodici nomi.

Rhyme aveva aperto un'indagine ufficiale sul caso più recente, il falso suicidio di cui aveva parlato Pulaski. La scena era parecchio fredda e conservata male, trattandosi solo di un suicidio, ma Amelia Sachs aveva trovato alcuni indizi che davano qualche speranza di individuare il killer. Alcune fibre di tessuto che non corrispondevano a niente nell'appartamento della vittima, segni di attrezzi che potevano spiegarsi con la forzatura di una finestra e tracce di uno strano olio da cucina. Non erano serviti a scoprire l'identità dell'assassino, ma qualcosa suggeriva dove potesse trovarsi il suo domicilio: c'erano rimasugli di un terreno argilloso che si era rivelato caratteristico degli argini del fiume Hudson, alcuni dei quali contenevano «gas bianco», ovvero il cherosene utilizzato sulle imbarcazioni.

Dunque era possibile che il poliziotto sbandato vivesse nei pressi del fiume a Manhattan, nel Bronx, a Westchester o nel New Jersey.

Questo restringeva il campo a quattro detective: dal Bronx, Diego Sanchez; dal New Jersey, Carl Sibiewski; da Westchester, Peter Antonini e Eddie Yu.

Ma a quel punto il caso si era arenato. Le prove non erano così determinanti da ottenere un mandato di perquisizione per le loro abitazioni, in cui cercare fibre di tessuto, attrezzi, olio da cucina e armi.

Dovevano farlo uscire allo scoperto. E Rhyme aveva avuto un'idea su come fare.

L'assassino sapeva che Rhyme stava indagando sull'omicidio – era un caso ufficiale – e sapeva che il criminologo probabilmente era in possesso di qualche prova. Avevano deciso di offrirgli la possibilità perfetta di rubarla o sostituirla con qualcosa che implicasse qualcun altro.

Così Rhyme aveva inscenato la propria morte e fatto inviare dal capo del dipartimento il relativo comunicato a una serie di agenti, compresi i quattro sospetti (gli altri erano stati informati del piano e avevano acconsentito a reggere il gioco). Il comunicato avrebbe accennato al servizio funebre, lasciando quindi intendere che a quell'ora il laboratorio sarebbe stato vuoto.

Sellitto aveva disposto una squadra di ricerca e sorveglianza all'esterno della casa e, mentre Rhyme restava nella sua camera da letto, Sachs e il detective, a lutto, sarebbero andati via, lasciando al criminale la possibilità di introdursi in casa e mostrarsi.

Cosa che lui, guarda un po', aveva fatto usando un cacciavite che sembrava essere lo stesso che aveva lasciato i segni sulle finestre delle abitazioni delle precedenti vittime.

Rhyme ordinò: «Procurati un mandato. Voglio tutti i vestiti da casa sua, l'olio che si usa cucina, campioni di terreno e anche altri attrezzi. E tutte le pistole. Mandale alla balistica».

Mentre veniva condotto alla porta, Peter Antonini si liberò con uno strattone da uno degli agenti che lo bloccava e si girò verso Rhyme e Sachs. «Voi pensate che il sistema funzioni. Pensate che la giustizia serva.» Aveva lo sguardo allucinato. «Ma non è così. Sono stato un poliziotto abbastanza a lungo da sapere che è un gran casino. Sapete quanti colpevoli la passano liscia ogni giorno? Assassini, pedofili, uomini che picchiano le mogli... Ho la nausea di tutto questo!»

Rispose Amelia Sachs. «E cosa mi dice degli *innocenti* che ha ucciso? Il *nostro* sistema avrebbe funzionato per loro. Il suo non l'ha fatto.»

«Perdite accettabili» ribatté l'uomo con freddezza. «I sacrifici sono necessari.»

Rhyme sospirò. Trovava tediosi gli sproloqui. «È tempo di andare, detective Antonini. Portatelo alla Centrale.»

Gli agenti lo condussero fuori dalla porta.

«Thom, se non ti dispiace, è l'ora del cocktail. Anzi, è passata.»

Qualche momento dopo, mentre l'assistente assicurava una tazza di single malt alla carrozzella di Rhyme, Lon Sellitto entrò nella stanza. Squadrò Rhyme con diffidenza. «Neanche sembri *malato.* Figuriamoci morto.»

«Divertente. Bevi qualcosa.»

Il tarchiato detective serrò le labbra e disse: «Sai quante calorie ha il whisky?».

«Meno di una ciambella, scommetto.»

Sellitto gli concesse il punto e accettò il bicchiere che gli porgeva Thom. Sachs rifiutò, così come Pulaski.

Lo sgualcito detective sorseggiò lo scotch. «Il capo del dipartimento sta arrivando. Vuole ringraziarti. Anche l'addetto stampa.»

«Oh, grandioso» borbottò Rhyme. «Proprio quello di cui ho bisogno. Un branco di *riconoscenti* ospiti dagli occhi dolci. Diamine. Preferivo essere morto.»

«Linc, una domanda. Perché hai scelto proprio l'Orologiaio?»

«Perché è l'unico criminale credibile che mi è venuto in mente.» Rhyme aveva di recente sventato un elaborato piano di omicidio ideato dal killer professionista, il quale lo aveva minacciato di morte prima di scomparire. «Tutti nelle forze dell'ordine sanno che vuole uccidermi.» Il criminologo bevve un lungo sorso del torbido liquore. «E probabilmente è uno dei pochi uomini al mondo in grado di farlo.»

Un silenzio imbarazzato seguì a quella preoccupante osservazione e Pulaski parve sentire il bisogno di riempirlo. «Ehi, capitano Rhyme, è tutto esatto?» disse, riferendosi al comunicato che conteneva il suo necrologio.

«Certo che sì» rispose Rhyme come se la domanda fosse assurda. «Doveva esserlo, nel caso il killer sapesse qualcosa di me. Altrimenti avrebbe potuto intuire che c'era sotto qualcosa.»

«Oh, sicuro. Immagino.»

«E, a proposito, richiami sempre l'attenzione dei tuoi superiori con "ehi"?»

«Mi dispiace. Io...»

«Rilassati, pivello. Sono un civile, non un tuo superiore. Ma è uno spunto di riflessione.»

«Lo terrò a mente, signore.»

Sachs si sedette accanto a Rhyme e posò una mano sulla sua, la destra, quella che conservava un po' di mobilità e sensibilità. Gli strinse forte le dita. «Mi ha dato da pensare.» Abbassò lo sguardo sul foglio. «Lon e io ne stavamo parlando.»

Aveva fatto riflettere anche Rhyme. Sentiva il soffio delle ali della morte quasi ogni giorno, più vicino della maggior parte delle persone. Aveva imparato a ignorarne la presenza. Ma vederlo nero su bianco era un po' allarmante.

«Cos'hai intenzione di farne?» domandò Sellitto, con un'occhiata al foglio.

«Conservarlo, naturalmente. Una prosa così bella, uno stile giornalistico così stringato... E poi, tornerà utile un giorno.»

Sellitto scoppiò a ridere. «Diamine, Linc, tu vivrai per sempre. Sai come si dice, solo i buoni muoiono giovani.»

XII

INSIEME PER SEMPRE

La matematica non è come guidare con attenzione lungo un'autostrada sgombra, ma come partire per una spedizione in un mondo strano e selvaggio, in cui spesso gli esploratori si perdono.

W.S. Anglin, *Mathematics and History*

∞

Alla loro età, pensò l'uomo, si comportano come ragazzini. Non si rendevano conto di quanto fossero ridicoli.

Il giardiniere sbirciava la coppia sopra la siepe di bosso che stava potando. Sy e Donald Benson erano nell'ampio portico sul retro di casa loro, seduti sul dondolo a bere champagne. E dovevano averne bevuto parecchio. Di sicuro.

Ridacchiavano, sghignazzavano, rumorosamente.

Come ragazzini, pensò l'uomo con disprezzo.

E anche con un pizzico di invidia. Non per i soldi, di quelli non gli importava. Guadagnava bene facendo il giardiniere per i vicini dei Benson, che erano altrettanto ricchi. No, l'invidia era dovuta al semplice fatto che anche a quell'età i due sembravano innamoratissimi e felici.

Il giardiniere cercò di ricordare l'ultima volta che aveva riso così con sua moglie. Dovevano essere passati almeno dieci anni. E da quando non si tenevano per mano? Come minimo avevano smesso dopo il primo anno che stavano insieme.

La potatrice elettrica lo richiamava al dovere, ma lui si accese una sigaretta e continuò a osservare la coppia. I Benson versarono nei bicchieri ciò che restava dello champagne e li svuotarono. Poi Donald si protese in avanti bisbigliando qualcosa all'orecchio della moglie, che rise di nuovo, gli rispose e gli diede un bacio sulla guancia.

Che roba. Guarda un po' questi vegliardi. Dovevano avere quasi settant'anni. Era come vedere i suoi genitori che si sbaciucchiavano. Cristo...

I due si alzarono, andarono a un tavolo metallico in fondo al portico e sparecchiarono, raccogliendo i piatti su un vassoio. Non smettevano di parlare e di ridere. Il signor Benson, malfermo sulle gambe, prese il vassoio. Il giardiniere si aspettava che lo facesse cadere. Invece no, la coppia rientrò in cucina senza danni. La porta si chiuse.

Il giardiniere gettò il mozzicone nell'erba e tornò a esaminare la siepe. Sentì un uccellino che cinguettava piacevolmente: si intendeva parecchio di piante, ma non di animali, non sapeva bene di che specie fosse.

Però sulla natura del rumore che riecheggiò nell'aria pochi secondi più tardi non ebbe alcun dubbio. Rimase paralizzato tra un'azalea cremisi e una violetta. Lo sparo, proveniente dalla casa dei Benson, era inconfondibile. Un attimo dopo ne udì un secondo.

Restò immobile il tempo di tre battiti del cuore. Poi, mentre l'uccellino riprendeva a cinguettare, lasciò cadere sul prato la potatrice e si precipitò al furgone, su cui aveva lasciato il cellulare.

∞

Westbrook County, nello Stato di New York, è un grande trapezoide di quartieri ricchi e poveri, parchi, centri direzionali e piccole fabbriche, un'area in cui i residenti tirano a campare, per la maggior parte, facendo i pendolari in direzione di Manhattan, che si trova qualche chilometro più a sud.

Lo scorso anno questa comunità apparentemente tranquilla di 900.000 anime tonde tonde era stata teatro di 31 omicidi, 107 stupri, 1.423 rapine, 1.575 rapine aggravate, 4.360 violazioni di domicilio, 16.955 furti e 4.130 furti d'auto, con un tasso criminale di 3223,3 per 100.000 abitanti (pari dunque al 3,22 per cento) calcolato sulla base dei cosiddetti «crimini-indice», una lista standard dei reati utilizzata nelle statistiche nazionali per confrontare tra loro le varie località e ognuna di esse con il proprio passato. Quest'anno stava andando peggio del precedente: il tasso criminale a Westbrook County era già al 4,5 per cento quando ancora i mesi estivi, che solitamente infiammano gli animi, erano di là da venire. Questi dati, e migliaia di altri riguardanti l'andamento della comunità, erano sempre a disposizione di chiunque li volesse consultare. Il merito spettava soprattutto a un giovanotto bruno e magro, con gli occhi scuri e i capelli corti e ben pettinati, che al momento era seduto in un piccolo ufficio al terzo piano del dipartimento dello Sceriffo di Westbrook County, sede della Divisione Detective. Sulla sua porta si leggeva:

DET. TALBOT SIMMS
REATI FINANZIARI/SERVIZI STATISTICI

La Divisione Detective era un ampio open space circondato da una U di uffici. Tal e i servizi ausiliari si trovavano in un braccio della U, soprannominato «Reparto Reati Ineffettivi» da tutti quelli dell'altro braccio (detto infatti «Reparto Reati Effettivi», anche se il nome ufficiale era Major Crimes and Tactical Services).

Quella mattina di aprile, Tal Simms era seduto nel suo ufficio ordinatissimo, intento a studiare l'unico foglio che occupava la scrivania, la prova di una frode finanziaria perpetrata a Manhattan. Le indagini erano condotte in realtà da un'équipe congiunta del dipartimento di Giustizia e della Security and Exchange Commission, ma c'era qualche dettaglio a livello locale che richiedeva l'attenzione di un esperto di Westbrook County. Tal si aggiustò distrattamente la cravatta a righe nere e rosso borgogna, poi, con la sua grafia precisa e minuta, tornò a prendere nota delle cifre che non concordavano tra loro. Mmh, stava pensando, un virgola 588 che avrebbe dovuto essere un virgola 743. Una differenza minima, che tuttavia poteva portare a un'incriminazione. Avrebbe dovuto...

La mano destra di Tal sussultò sul foglio quando da fuori una voce roboante tuonò: «Era un maledetto suicidio. Tempo perso».

Tal cancellò il segno lasciato dalla matita a margine dello stampato e alzò gli occhi sulla sagoma tozza del capo della Omicidi, il detective Greg LaTour, che si faceva largo nella Divisione Detective, puntando dritto verso l'ufficio di fronte a quello di Tal. Con un sonoro *clunk* il detective lasciò cadere lo zaino sulla propria scrivania.

«Cosa?» disse qualcuno. «I Benson?»

«Sì, proprio loro» replicò LaTour. «Sulla Meadowridge, a Greeley.»

«Ce l'hanno dato come omicidio.»

«Be', col cazzo.»

Tecnicamente lo era, come tutte le morti non accidentali, suicidi inclusi, rifletté Tal, la cui esistenza era votata alla precisione. Ma per correggere Greg LaTour, con quel caratteraccio, occorreva essere suoi amici oppure avere ottime ragioni. E Tal non rientrava in nessuna delle due categorie.

«Il giardiniere che lavorava nella casa accanto ha sentito un paio di spari e ha chiamato il Greeley PD» borbottò LaTour. «Gli ha risposto un novellino orbo.»

«Orbo?»

«Per forza. Ha guardato la scena e ha pensato che fossero stati assassinati. Ma perché i ragazzi della polizia locale non si limitano al traffico?»

Come tutti al dipartimento, Tal era curioso di sapere delle morti gemelle. Sapeva che Greeley era un'enclave esclusiva di Westbrook e che (aveva controllato) non era mai stata teatro di un duplice omicidio. Si domandava se, trattandosi di un duplice *suicidio*, l'evento potesse rientrare nei termini delle statistiche.

Lisciò la stampata, raddrizzò il taccuino, rimise la matita nel portapenne e attraversò l'open space. Varcò la soglia dell'ufficio di LaTour. «Allora, suicidio?» domandò.

Il corpulento detective della Omicidi – una stazza doppia rispetto a quella di Tal e il pizzetto sul mento – rispose: «Già. A me sembrava così ovvio, cazzo... Ma per essere sicuri abbiamo chiamato i ragazzi della Crime Scene. Hanno trovato TPS...».

«GPS?» fece Tal.

«TPS. Tracce di polvere da sparo. Sulle mani di tutti e due. Prima lei, poi lui.»

«Come fai a saperlo?»

«Lui le è caduto sopra.»

«Oh, certo.»

«C'era anche un biglietto» proseguì LaTour. «E il giardiniere ha detto che si comportavano come due teenager, sbronzi marci e barcollanti.»

«Barcollanti?»

«Due vecchietti. Tipi eccentrici, ha detto. Che si comportavano come ragazzini.»

Tal annuì. «Ecco, mi stavo chiedendo... Non è che hai compilato il questionario?»

«Questionario?» gli fece eco l'altro. «Oh, il tuo questionario. Giusto. Be', Tal, è solo un suicidio.»

«Vorrei lo stesso quei dati.»

«Dati, *maschile.*» LaTour agitò l'indice ed esibì un sorriso tanto largo quanto fasullo. Una volta Tal aveva fatto circolare un memorandum che conteneva la frase: «I dati si sono rivelati preziosi». Quando un altro poliziotto lo aveva corretto, lui aveva precisato: «Oh, *dati* è maschile, *date* è femminile». Le battute che ne erano scaturite gli avevano insegnato che è sempre meglio evitare di correggere la grammatica di un collega.

«Esatto» disse Tal, rassegnato. «Maschile. Sarebbe...»

Il telefono squillò e LaTour afferrò il ricevitore. «Pronto?... Non lo so. Tra un paio di giorni sapremo dove sta... No, ci vado io con la SWAT. È una questione personale...»

Tal si guardò intorno. I soli elementi decorativi dell'ufficio di LaTour erano un poster della Harley, un altro di un grizzly ritto sulle zampe posteriori (il soprannome di LaTour era «Orso») e un paio di certificati di corsi di aggiornamento, pieni di macchie. La scrivania, l'armadietto e le sedie erano occupati da un fastidioso ammasso di carte, bicchierini del caffè usati, riviste, scatole di munizioni, bersagli sforacchiati, deposizioni, rapporti della Scientifica. C'era persino un vecchio manganello consunto.

LaTour era ancora al telefono. «Quando?... Sì, ti faccio sapere.» Sbatté giù il ricevitore e tornò a guardare Tal. «Dicevo, ho pensato che non ti interessava, visto che è un suicidio. Il questionario, cioè. Non è come un delitto.»

«Be', sarebbe lo stesso molto utile.»

Il corpulento detective indossava, come di consueto, una giacca di pelle nera di taglio sportivo sopra un paio di jeans. Si batté le mani sulle numerose tasche. «Merda, Tal, mi sa che l'ho perso. Il questionario, cioè. Mi spiace. Non è che ne hai un altro?» Prese il telefono e fece una chiamata.

«Te ne procuro uno» disse Tal. Tornò nel suo ufficio, afferrò un questionario da un cumulo ordinato nell'armadietto e si ripresentò da LaTour: questi era ancora al telefono e stava parlando sottovoce, in tono burbero. Alzò gli occhi e gli fece cenno di lasciare il foglio sulla scrivania, rispondendogli con un «grazie» silenzioso.

Tal attese un minuto, poi volle sapere: «Chi altri c'era?».

«Come?» LaTour si accigliò. Non gli andava di essere interrotto. Coprì bruscamente il ricevitore con una mano.

«Chi altri c'era sulla scena?» insisté Tal.

«Dove i Benson si sono fatti saltare le cervella? Che cazzo ne so? I vigili del fuoco. Il novellino del Greeley PD.» Finse di concentrarsi; Tal non gli credette. «Qualcun altro. Non ricordo.» E tornò alla telefonata.

Tal fece ritorno nel proprio ufficio: era sicuro che il questionario sarebbe finito molto presto nel cestino.

Chiamò il dipartimento dei vigili del fuoco ma non riuscì a rintracciare nessuno che avesse risposto alla chiamata d'emergenza. Per il momento lasciò perdere e tornò a occuparsi della frode finanziaria.

Mezz'ora più tardi fece una pausa. Si stiracchiò, gli cadde lo sguardo sui questionari: a ognuno era unita con una graffetta una nota in fotocopia in cui si richiedeva agli agenti di compilare il modulo in tutte le sue parti e si illustrava l'importanza di quella semplice operazione. Per Tal scrivere quell'appunto era stata una sofferenza: non aveva difficoltà con i numeri, ma le parole erano sempre un sacrificio. Sapeva tuttavia che i colleghi non avevano preso sul serio il questionario. Ci scherzavano sopra. Del resto, scherzavano anche su di lui: dietro le spalle lo chiamavano «Einstein» o «Mister Mago».

1-Pregasi specificare la natura dell'incidente...

Il nervosismo cedette il passo alla rabbia. Tal si mise a battere la matita a pulsante sullo stampato come la bacchetta di un tamburo. Ogni modulo non perfettamente compilato rappresentava un tormento per Talbot Simms. Era fatto così. Ma un questionario lasciato completamente in bianco era ancora più irritante. Le informazioni raccolte nei moduli erano importanti. L'arte e la scienza delle statistiche consistono non solo nell'assemblare tutti gli elementi a disposizione, ma anche nel fornire la base per decisioni vitali e previsioni delle tendenze future. In questo caso un questionario poteva rivelare certi aspetti, certi dati utili alla contea per comprendere il fenomeno dei suicidi nella terza età e salvare vite umane.

4-Pregasi indicare il sesso, l'età approssimativa, l'apparente nazionalità e/o razza di ciascuna vittima...

Le linee in bianco della risposta erano fastidiose come un prurito, aggravato dall'atteggiamento borioso e condiscendente di LaTour.

«Salve, capo.» Shellee entrò nell'ufficio. «*Finalmente* è arrivato il dossier Templeton. Devono averlo spedito da Albany a dorso di mulo.» La prorompente segretaria aveva una cascata di riccioli biondi e la combattività di una cameriera in un locale per camionisti, il tutto compresso in quarantacinque chili di peso su un metro e sessantacinque di altezza. A prima vista, da Shellee ci si sarebbe aspettato un marcato accento dell'Alabama. E invece parlava con un'impeccabile cadenza da università di Harvard.

«Grazie.» Tal prese la dozzina di cartellette che la segretaria gli porgeva, esaminò i numeri su ognuna di esse e le dispose in ordine crescente sull'armadietto dietro la scrivania.

«Ho richiamato la Security and Exchange Commission. Mi hanno promesso, promesso e promesso che ci faranno avere... Ehi, te ne vai così presto?» Shellee guardò l'orologio, inarcando un sopracciglio.

Tal si era alzato in piedi, si era aggiustato la cravatta e stava indossando il suo leggero impermeabile blu marina. «Ho una cosa da fare.»

La curiosità si manifestò sul viso tondo di Shellee. A vederla sembrava una ragazzina, ma Tal sapeva che aveva una figlia di ventun anni e un marito da poco in pensione dalla compagnia telefonica. «Davvero? Non ho visto niente sulla tua agenda.»

La sorpresa era comprensibile. Tal aveva riunioni fuori ufficio solo una o due volte al mese. Per il resto praticamente non si muoveva dalla scrivania se non all'intervallo del pranzo, tutti i giorni alle dodici e trenta in punto, per raggiungere un paio di amici dell'università locale al Corner Tap Room, poco lontano da lì. «È una faccenda dell'ultimo minuto.»

«Poi torni?» si informò Shellee.

Lui esitò. «A dire il vero, non lo so.»

E si diresse all'ascensore.

∞

La villa dalle colonne bianche sulla Meadowridge doveva valere sei o sette milioni di dollari. Tal parcheggiò la sua Honda Accord dietro un'automobile nera che sperava appartenesse a un agente del Greeley PD, qualcuno in grado di fornirgli l'informazione che gli occorreva. Prese dalla valigetta un questionario e due biro a pulsante, si assicurò che le punte fossero ritratte e le infilò nel taschino della camicia. Si incamminò sul vialetto lastricato che portava alla casa. La porta era aperta.

Entrò e mostrò il tesserino a un uomo in jeans e camicia a scacchi, con una cartelletta sottobraccio. La macchina in strada era sua. Era lì per incontrare l'avvocato dei Benson riguardo alla liquidazione del loro patrimonio e non sapeva niente dei due né della loro morte, a parte la notizia del suicidio.

Il tizio uscì e Tal rimase solo.

Attraversò il vestibolo ed entrò in salotto. Provò immediatamente un senso di disagio. Non era solo per il fatto che qualcuno vi si fosse appena suicidato. Piuttosto era perché quell'ambiente gli sembrava improbabile come scenario di morte. Osservò la tappezzeria a disegni floreali gialli e rosa, i quadri astratti dai colori accesi, le porcellane bordate d'oro, i bicchieri prismatici in attesa di ospiti, la collezione di animaletti di cristallo, le terrecotte marocchine, gli scaffali colmi di libri letti e riletti, le foto incorniciate alle pareti e sul caminetto.

Due paia di pantofole usurate, uno da uomo e uno da donna, erano tristemente abbandonate vicino alla porta della cucina. Tal si immaginava marito e moglie fare a turno ad alzarsi la mattina per preparare il caffè e sfidare freddo e umidità andando a raccogliere sulla porta il «New York Times» o il «Ledger» di Westbrook. Le parole che gli venivano in mente erano «casa, dolce casa». L'idea che chi ci abitava si fosse sparato non era solo sconcertante, era decisamente irreale.

Notò un foglio di carta sotto un vaso di cristallo. Lo lesse, perplesso:

> Ai nostri amici:
> prendiamo questa decisone con grande gioia nei nostri cuori, conspevoli che saremo insieme per sempre.

L'avevano firmato entrambi, Sy e Don Benson. Tal studiò il biglietto per qualche secondo, poi entrò nello studio delimitato dal nastro giallo della scena del crimine. Si immobilizzò, sentendosi mancare il fiato.

Sangue.

Sul divano, sul tappeto, sul muro.

Le chiazze indicavano chiaramente dove si trovavano i due quando si erano sparati. Sangue scuro, opaco, marrone. Tal respirava a fatica, come se le macchie esalassero vapori tossici.

Tornò in salotto e decise di compilare quanto poteva del questionario. Si sedette su un divano, premette il pulsante di una penna e prese un libro dal tavolino per appoggiarvi sopra il modulo. Ne lesse il titolo: *L'ultimo viaggio. Guida completa al suicidio e all'eutanasia.*

Okay, meglio di no. Rimise a posto il libro e come superficie d'appoggio scelse un giornale dal portariviste.

Rispose ad alcune voci, poi si interruppe, sentendo la porta di ingresso che si apriva e alcuni passi che risuonavano nel vestibolo. Poco dopo un uomo robusto con indosso un vestito costoso entrò in salotto e lo guardò con sospetto.

«Dipartimento dello Sceriffo» disse Tal mostrando il tesserino, che il tizio esaminò con attenzione.

«Sono l'avvocato dei Benson, George Metzer» si presentò il nuovo arrivato. Parlava adagio ed era visibilmente scosso. «È una cosa terribile, davvero terribile. Mi hanno chiamato dal suo dipartimento. O meglio, hanno chiamato la mia segretaria. Vuole vedere i miei documenti?»

Tal si rese conto che quella sarebbe stata la prima cosa che avrebbe chiesto un collega dei Reati Effettivi. «Sì, per favore.»

Controllò la patente che l'avvocato gli porgeva con una mano grassoccia e fece un cenno di assenso. Il suo sguardo corse di nuovo verso lo studio. Le macchie di sangue gli ricordarono la laminatura marrone sui mobili di truciolato a poco prezzo.

«Hanno lasciato un biglietto?» chiese Metzer, rimettendo in tasca il portafogli.

Tal glielo indicò.

Insieme per sempre...

L'avvocato lesse il messaggio, scuotendo il capo. Poi guardò verso lo studio, vide il sangue e socchiuse gli occhi, prima di voltarsi.

Tal gli mostrò il questionario. «Le spiace se le faccio qualche domanda? È del tutto anonimo, per il nostro reparto statistiche.»

«D'accordo.»

Tal cominciò a porgli domande sulla coppia. Fu sorpreso di scoprire che erano entrambi sui sessantacinque anni. Aveva dato per scontato che LaTour fosse in errore e che i Benson fossero in realtà più vecchi. «Avevano figli?»

«No. Nessun parente prossimo. A parte qualche cugino che non vedono mai... o meglio, non *vedevano* mai. Ma avevano parecchi amici. Saranno tutti devastati.»

Tal raccolse qualche altra informazione, finché ritenne di averne saputo a sufficienza. Gli restava ancora una domanda da fare.

9-Motivi apparenti dell'incidente...

«Riesce a immaginare perché lo abbiano fatto?»

«Lo so con precisione» fu la risposta di Metzer. «Don era malato.»

Tal riguardò il biglietto e notò che la grafia era incerta e c'erano errori di ortografia nelle parole «decisione» e «consapevoli». LaTour aveva detto che si erano ubriacati, lui però ricordava di aver notato un cestino di vimini pieno di flaconi di medicine sul bancone della cucina. Lo disse all'avvocato, poi chiese: «Paralisi? Malattia nervosa?».

«Cardiopatia» rispose Metzer. «Piuttosto grave.»

Al punto numero nove, Tal scrisse: *Malattia.* «E la moglie?» volle sapere.

«No. Sy era in ottima salute. Ma erano molto legati l'uno all'altra. Innamorati persi. Si vede che lei ha deciso di non voler continuare a vivere senza di lui.»

«Era una malattia terminale?»

«Da quello che Don mi ha detto, no. Però rischiava di passare il resto della sua vita in un letto. Non credo che lo avrebbe sopportato. Era un uomo molto attivo, sa...»

Tal firmò il questionario, lo ripiegò e se lo infilò in tasca.

L'avvocato sospirò. «Avrei dovuto immaginare che qualcosa non andava. Un paio di settimane fa sono venuti nel mio studio e hanno ritoccato il testamento. Mi hanno persino dato istruzioni per il loro funerale. Ho pensato che fosse perché Don doveva essere operato: che stessero pensando a cosa sarebbe successo se... Avrei dovuto leggere tra le righe. Scommetto che in quel momento avevano già deciso tutto.» Fece una risata amara. «Lo sa cos'hanno chiesto per il funerale? Non erano religiosi e volevano essere cremati. I loro amici dovranno fare una festa e spargere le ceneri sul campo da golf, alla diciottesima buca.» Si rattristò di nuovo. «Non ho pensato che potessero avere in mente qualcosa. Sembravano così felici... La vita a volte è assurda, no? In ogni caso, devo parlare con quel tale là fuori. Questo è il mio biglietto da visita. Mi chiami se ha altre domande, detective.»

Tal fece un altro giro della casa. Guardò il calendario appeso al frigorifero, con due magneti a forma di aragosta. Sulle code di un rosso brillante si leggeva, in bianco, NEWPORT, RHODE ISLAND. Nella casella del giorno precedente era segnato il cambio dell'olio della macchina. Due giorni prima Sy aveva appuntamento dal parrucchiere. La casella di quel giorno era vuota. E non c'era nient'altro per tutto il mese di aprile. Tal guardò i mesi successivi: nessuna annotazione.

Perlustrò tutto il piano terra, senza trovare niente fuori dal comune. Qualcuno avrebbe potuto sospettare la presenza degli spiriti di due persone che solo quella mattina erano ancora in vita. Ma Tal Simms, matematico, scienziato empirico e statistico, non poteva credere a certe cose. D'altra parte non ce n'era bisogno: le macchie di sangue coagulato che violavano l'intimità della casa facevano venire i brividi più di qualsiasi fantasma.

∞

Quando studiava matematica alla Cornell, dieci anni prima, Talbot Simms sognava di diventare un John Nash, un Pierre de

Fermat, un Euler, un Bernoulli. Una volta finita l'università, guardandosi intorno e vedendo gli altri studenti con le sue stesse aspirazioni, si era reso conto di due cose: una, che la matematica continuava a sembrargli bellissima ma, due, che detestava il mondo accademico.

A che serve? si chiedeva. A scrivere articoli che saranno letti da tre o quattro persone? A diventare un professore? Per lui, con i suoi voti pressoché perfetti, sarebbe stato un gioco da ragazzi. Però a Tal una vita del genere sembrava un nastro di Möbius, quella superficie che si può percorrere con continuità all'infinito: insegnare ad altri professori a insegnare...

No, lui voleva applicare il suo talento a un uso pratico. Perciò aveva abbandonato l'ambiente universitario. In quel periodo c'era grande richiesta di statistici e analisti a Wall Street e Tal aveva scelto quella strada. In teoria, sembrava un mestiere su misura per lui: numeri, numeri e ancora numeri, con evidenti applicazioni pratiche. Ben presto però aveva scoperto che la matematica di Wall Street era piuttosto ambigua: Tal subiva pressioni perché alterasse le analisi statistiche di certe compagnie, in modo da permettere alla banca di vendere prodotti finanziari alla clientela. Per lui 3 era solo 3, ma talvolta i datori di lavoro volevano che sembrasse 2,9999 oppure 3,12111. Non c'era niente di illegale in questo: tutti i dati erano a disposizione dei clienti. Ma Tal vedeva le statistiche come un mezzo per comprendere la vita, non come cortine fumogene che consentissero ai predatori di sopraffare gli ignari. I numeri erano puri. E il grandioso stipendio che riceveva non era sufficiente a fargli dimenticare l'onta della prostituzione.

Lo stesso giorno in cui aveva preso la decisione di andarsene, l'FBI era arrivata nel suo ufficio. Non per qualcosa che lui o la sua banca avessero fatto, bensì per esaminare con apposito mandato i conti di un cliente coinvolto in una frode. Guarda caso, l'agente incaricato dell'indagine era un matematico, oltre che un esperto contabile. Lui e Tal si erano lanciati in appassionanti discussioni mentre l'agente esaminava i registri, equipaggiato di un paio di manette, una pistola automatica e una calcolatrice Texas Instruments.

Finalmente Tal aveva trovato un logico sbocco alla sua passione per i numeri. Il lavoro della polizia lo aveva sempre interessato. Da ragazzino propenso alla solitudine, non solo aveva letto testi di matematica, trigonometria e teorie einsteiniane, ma anche gialli di Arthur Conan Doyle e Agatha Christie. E la sua mente analitica gli permetteva spesso di scoprire l'assassino molto prima della fine della storia. Dopo l'incontro con l'agente federale aveva contattato l'ufficio personale del Bureau, ma con grande delusione aveva appreso che le assunzioni presso l'FBI erano temporaneamente sospese. Non si era perso d'animo e aveva chiamato il NYPD e altri dipartimenti di polizia nell'area di New York, incluso quello di Westbrook County, dove aveva vissuto per diversi anni con la famiglia prima che il padre, vedovo, trovasse lavoro come insegnante di matematica in California, presso la UCLA.

A Westbrook occorreva un esperto che si occupasse dei reati finanziari ma, aveva precisato il direttore del personale, l'incarico comprendeva anche la raccolta di dati e la compilazione di statistiche. Per Tal Simms i numeri erano sempre numeri, e anche i compiti più noiosi non lo spaventavano.

Un mese più tardi aveva detto addio a Wall Street e aveva traslocato in una bella casetta in stile Tudor a Bedford Plains, nelle campagne di Westbrook County. Purtroppo c'era un altro spiacevole dettaglio di cui il direttore del personale non aveva fatto menzione, probabilmente perché lo aveva ritenuto ovvio: per assumere l'incarico presso il dipartimento dello Sceriffo, Talbot Simms doveva diventare poliziotto.

I quattro mesi di addestramento erano stati duri. Oh, la parte accademica riguardante il codice penale e le procedure non era stata un problema. La sfida semmai era l'addestramento pratico, che ricordava un po' quello dell'esercito. Tal, che dai tempi del liceo era alto un metro e settanta e pesava ottanta chili, si era sempre tenuto alla larga da qualsiasi sport, tranne la pallavolo, il tennis e il tiro con la carabina. Nessuno di questi lo qualificava per il corso di cattura dei sospetti. Ciononostante se l'era cavata, qualificandosi nell'1,4 per cento dei migliori della sua classe. Alla cerimonia del giuramento erano presenti una dozzina di amici, provenienti da college locali e da Wall Street, e suo padre, attualmente professore di analisi matematica all'Università di Chicago. Il severo genitore non riusciva a capire perché il figlio avesse scelto quel percorso, ma aveva rinunciato ormai da anni a spingerlo in una direzione piuttosto che in un'altra.

Appena si era messo al lavoro, Tal aveva scoperto che i reati finanziari a Westbrook erano rari e che, quando capitavano, erano soggetti a inchieste federali. Il suo ruolo di investigatore era dunque marginale. Per contro, erano molto richieste le sue prestazioni come statistico.

La ricerca e l'analisi dei dati sono molto più vitali di quanto la gente sia portata a credere. Certe statistiche possono determinare strategie di budget e di assunzione di personale. Soprattutto permettono di diagnosticare i mali di una comunità. Se la media nazionale mensile di teenager uccisi da coetanei, in aree in cui il reddito lordo è 26.000 dollari, ammonta a 0,03, perché a Kendall Heights, nella parte sud di Westbrook County, la media sale a 1,1? E che cosa si può fare per risolvere il problema?

Da qui la necessità del maledetto questionario.

Alle sei e trenta del pomeriggio, con in tasca il modulo appena compilato, Tal rientrò in ufficio. Inserì le informazioni acquisite nel database e depose il questionario nel cestino delle pratiche da archiviare. Osservò lo schermo per qualche secondo, poi si apprestò a spegnere il computer. Ma cambiò idea e si collegò a Internet per esaminare alcune banche dati. Infine lesse il breve rapporto ufficiale sul suicidio dei Benson.

Sobbalzò sulla sedia quando qualcuno entrò nel suo ufficio.

«Ehi, capo.» Shellee gli strizzò l'occhio. «Pensavo che te ne fossi andato.»

«Volevo solo finire un paio di cose.»

«Ho qui quello che aspettavi.»

Tal diede un'occhiata al fascicolo, con l'intestazione:

«Grazie» disse distrattamente.

«Prego.» Shellee lo guardò. «Ti serve altro?»

«No, vai pure a casa. Buona serata.» Mentre lei girava sui tacchi, gli cadde l'occhio sul monitor e aggiunse: «Aspetta, Shell. Hai mai lavorato per la Crime Scene?».

«Mai. Bill guarda quei telefilm. Fanno impressione.»

«Non sai che cosa si deve fare per mandare la Crime Scene a controllare quella casa?»

«Quale casa?»

«Casa Benson, a Greeley.»

«Quella dei...»

«Suicidi. Voglio un sopralluogo della Crime Scene Unit. Tutto quello che hanno fatto è stato rilevare le tracce di polvere da sparo e scattare qualche foto. A me serve una ricerca completa. Ma non so come si fa a richiederla.»

«C'è sotto qualcosa?»

«Ho appena fatto una ricerca» spiegò Tal. «Il profilo dell'incidente è fuori dalla norma. Ho il sospetto che sia successo qualcosa di strano.»

«Do un colpo di telefono a Ingrid. Dovrebbe essere ancora in servizio.»

Il basso sole di aprile proiettava barre di luce rossastra nell'ufficio, componendo figure geometriche sulla parete bianca e spoglia. L'immagine richiamò alla mente di Tal le macchie di sangue sui muri e sulla moquette di casa Benson. Si ricordò della grafia tremolante del biglietto.

Insieme per sempre...

Shellee ricomparve sulla soglia. «Spiacente, capo. Dicono che è troppo tardi per un 21-24.»

«Per un...?»

«Così hanno detto. Per chiamare la Crime Scene bisogna dichiarare un 21-24, e adesso non si può più fare.»

«Come mai?»

«Perché adesso la scena è troppo contaminata. Bisogna dirlo subito, oppure avere una richiesta speciale dallo sceriffo in persona. Questo è quello che mi hanno detto, capo.»

Anche se Shellee lavorava per altri tre detective, Tal era l'unico a essere insignito di quel titolo: un vero complimento, venendo da lei. Con gli altri poliziotti era molto più formale, o addirittura gelida, a seconda del numero di volte che le avevano chiesto di servire il caffè o cercato di sbirciarle nella scollatura.

Fuori dall'ufficio, nel reparto Reati Effettivi, qualcuno disse ad alta voce: «Ehi, Orso, l'hai compilato il questionario?». Seguì una risatina.

E Greg LaTour, di rimando: «No, me lo porto a casa. Avevo i biglietti di prima fila per la partita dei Knicks, però ho pensato, che cazzo, è molto più divertente se passo tutta la notte a compilare scartoffie».

Un'eco di risate.

Il viso di Shellee si indurì in una maschera furiosa. Fece per voltarsi, ma Tal le fece cenno di non intervenire.

«Ehi, ragazzi! Abbassate la voce.» Era il capitano Dempsey. «Se no vi sente.»

«Noo» fece LaTour. «Einstein se n'è già andato. Sarà a casa a scoparsi la calcolatrice. Chi viene da Sal's?»

«Io ci sto, Orso.»

«Andiamo...»

Risate e passi che si allontanavano.

«Non ho parole, quando li sento dire quelle cose» mormorò Shellee. «Sono come ragazzini nel cortile della scuola.»

Era vero, pensava Tal. I genietti della matematica finiscono sempre per doversela vedere con i bulli della scuola. «Non importa» disse.

«No, capo. Importa eccome.»

«Vivono in un altro mondo» obiettò lui. «Mi rendo conto.»

«Ti rendi conto di quanto può essere crudele gente del genere? Be', io proprio no.»

«Lo sai che il 34 per cento dei detective della Omicidi soffre di depressione? Il 64 per cento divorzia. Il 28 per cento abusa di sostanze stupefacenti.»

«Usi i numeri per scusarli, capo. Non lo fare. Non lasciargliela passare liscia.» Shellee si mise la borsetta a tracolla. Mentre si allontanava gli disse dal corridoio: «Buon weekend, capo. Ci vediamo lunedì».

«E il 6,3 per cento» aggiunse Tal «si suicida prima di arrivare alla pensione.» Dubitava che lei lo avesse sentito.

∞

Gli abitanti di Hamilton, New York, erano garbati, simpatici, riservati e attivi nella politica e nelle arti. E anche negli affari: avevano scelto di vivere lì perché, tra tutte le zone più esclusive di Westbrook County, era quella più vicina a Manhattan. I banchieri e gli avvocati più industriosi potevano arrivare facilmente alle loro scrivanie entro le otto del mattino.

Nel *cul-de-sac* di Montgomery Way, una delle strade più belle di Hamilton, abitavano infatti due banchieri e un avvocato, oltre a una coppia di pensionati, residente al numero 205. I Whitley ci vivevano da ventiquattro anni. La loro era una casa in stile Tudor di cinquecento metri quadrati, costruita in pietra, con vetri piombati alle finestre e un tetto di scisto, circondata da cinque acri di giardino ben curato.

Samuel Ellicott Whitley aveva studiato legge mentre sua moglie lavorava nel reparto pubblicità dei grandi magazzini Gimbel's, tra Broadway, la Sesta Avenue e la Trentaquattresima. Sam aveva finito gli studi nel 1957 ed era entrato nello studio Brown, Lathrop & Soames, sulla Broad Street. La settimana successiva alla sua nomina a socio, Elizabeth aveva dato alla luce una figlia, Sandra, e dopo un breve intervallo aveva ripreso a frequentare un corso post-laurea di economia alla Columbia University, per poi andare a lavorare in una delle maggiori compagnie di cosmetici del Paese. Dopo qualche tempo ne era divenuta vicepresidente. Ma le vite da avvocato e donna d'affari erano ormai alle spalle dei Whitley: i due si erano calati nel ruolo di pensionati con la stessa naturalezza con cui indossavano rispettivamente smoking Triplet e abiti Dior.

In quella bella domenica sera di aprile, Elizabeth riappese il ricevitore dopo una telefonata alla figlia e raccolse i piatti della cena nel lavandino. Si riempì un altro bicchiere di vodka tonic e uscì nel portico sul retro della casa, lo sguardo rivolto verso la luce azzurrina del crepuscolo sopra le cime dei pini e degli abeti. Si stiracchiò e sorseggiò il suo drink; si sentiva un po' brilla e in pace con il mondo. Si domandò che cosa stesse combinando Sam. Subito dopo cena, le aveva detto che doveva andare a prendere qualcosa. Liz era preoccupata a causa della sua malattia: normalmente sarebbe andata con lui, nel timore non solo che il cuore inaffidabile del marito potesse cedere, ma anche che i medicinali gli provocassero sonnolenza e lo facessero addormentare al volante. Questa volta però era rimasta a casa. Dopotutto Sam non doveva fare molta strada.

Bevve una lunga sorsata di vodka tonic e tese le orecchie, sentendo un motore di automobile e lo stridore di pneumatici sull'asfalto. Guardò verso il vialetto. Non vide nulla. Che fosse Sam? La macchina, però, era passata dall'entrata di servizio che dava sul cortile laterale, fuori vista. Sbirciò tra il fogliame alla luce del crepuscolo, senza riuscire a capire di chi si trattasse. La logica le diceva che avrebbe dovuto inquietarsi. Ma Elizabeth se ne stava comodamente seduta con il bicchiere in mano sotto il cielo blu scuro della sera, felice, con la sensazione calda e morbida del cachemire sulla pelle... No, la vita era perfetta. Di che cosa mai avrebbe dovuto preoccuparsi?

∞

Tal usciva tre sere alla settimana (o, come preferiva pensare, il 42,8751 per cento delle sue serate). Con una donna per andare a cena, o al bar con gli amici, o per l'abituale partita a poker: gli altri membri del quintetto apprezzavano la sua compagnia, anche se era rischioso giocare contro un uomo capace di ricordare fotograficamente le carte e calcolare come un computer le probabilità di pescare quella favorevole. Il rimanente 57,1249 per cento delle serate, Tal restava a casa, per perdersi nel mondo della matematica.

Quella domenica, verso le sette, si trovava nella sua piccola biblioteca, traboccante di libri ma non meno ordinata del suo ufficio. Aveva passato il weekend sbrigando varie faccende: pulizie di casa, lavaggio della macchina e l'obbligatoria e come sempre imbarazzante telefonata al padre a Chicago. Aveva cenato con una coppia di vicini che avevano messo in atto la loro minaccia di presentargli una cugina (con entusiastico scambio di indirizzi e-mail dopo la mousse). Ora, messo da parte il mondo esterno, con un sottofondo di musica classica alla radio, Tal era al lavoro su una dimostrazione.

Era il sogno di ogni matematico: si poteva avere un intuito brillante per quanto riguardava i numeri, ma senza una dimostrazione, cioè senza provare la veridicità del postulato, il teorema restava una semplice speculazione. Quello che lo ossessionava da mesi riguardava i numeri perfetti, vale a dire i numeri positivi i cui divisori (escluso il numero stesso) lo danno come somma. Per esempio, il numero 6 è perfetto, in quanto (a parte se stesso) è divisibile solo per 1, 2 e 3, che come somma danno appunto 6. Le domande cui Tal cercava di dare risposta erano: quanti numeri perfetti ci sono? E, quesito ancora più affascinante, esistono numeri perfetti *dispari*? In tutta la storia della matematica, nessuno era mai riuscito a dimostrare l'esistenza (o l'inesistenza) di un numero perfetto dispari.

I numeri perfetti avevano sempre appassionato i matematici... e persino i teologi: Sant'Agostino riteneva che Dio avesse scelto intenzionalmente un numero perfetto di giorni, sei, per creare il mondo. I rabbini attribuivano un grande significato mistico al numero 28, quello dei giorni del ciclo lunare. Tal non considerava i numeri perfetti in termini spirituali o filosofici, per lui erano semplicemente una curiosa entità matematica. Ma questo ai suoi occhi non ne minimizzava l'importanza. Dimostrare postulati riguardanti i numeri perfetti (o qualsiasi altro enigma matematico) poteva condurre a una visione approfondita del calcolo e della scienza... e forse della vita in generale. Chino sulle pagine fitte di calcoli, si domandava se il numero perfetto dispari fosse una chimera, oppure esistesse davvero e aspettasse solo di essere scoperto, nascosto nelle oscurità delle cifre prossime all'infinito.

Qualcosa di quel pensiero lo disturbò.

Si appoggiò allo schienale. Gli occorse qualche secondo per identificare che cosa lo tormentasse. Pensare all'infinito gli ricordava il biglietto di addio di Don e Sy Benson.

Insieme per sempre...

Rivide davanti a sé la stanza in cui erano morti, il sangue, la macabra guida al suicidio che si erano comprati, *L'ultimo viaggio.*

Si alzò in piedi e passeggiò nello studio. C'era qualcosa che non gli tornava. Per la prima volta da anni decise di rientrare in ufficio la domenica sera. Voleva esaminare alcune statistiche su quel tipo di suicidi.

Mezz'ora più tardi passava davanti al sergente di turno, che ci mise un po' a riconoscerlo.

«Detective...»

«Simms» rispose lui.

«Certo. Sissignore.»

Dieci minuti dopo era in ufficio, davanti al computer, in cerca di informazioni riguardanti i suicidi a Westbrook County. Sulle prime si sentì irritato perché il curioso episodio lo aveva distolto dalla sua serata matematica. Ma ben presto si perse in un mondo di numeri molto diverso: quelli che definivano i casi di morte autoinflitta nei confini della contea.

∞

Sam Whitley, tornato a casa da un quarto d'ora, emerse dalla cucina con una bottiglia di vecchio armagnac e raggiunse la moglie nello studio. Non le aveva ancora spiegato perché fosse passato dal vialetto sul retro.

Elizabeth annodò sulle spalle il maglione di cachemire e accese una candela all'aroma di vaniglia sul tavolo di fronte a sé. Vide la bottiglia in mano al marito e rise.

«Cosa c'è?» chiese Sam.

«Ho letto le prescrizioni che ti ha dato il medico.»

Lui assentì.

«Dice che un po' di vino ti fa bene.»

«L'ho letto anch'io.» Sam spolverò la bottiglia ed esaminò l'etichetta.

«E che dovresti berne uno o due bicchieri al giorno. Ma il cognac non era sulla lista. Non so quanto possa farti bene.»

Sam rise a sua volta. «Mi va di vivere pericolosamente.»

Aprì la bottiglia con gesti esperti, nonostante il tappo stesse quasi per disintegrarsi.

«Sei sempre stato bravo in queste cose» disse la moglie.

«Non ho mai avuto molti talenti. Solo quelli davvero importanti.» Lui le porse un bicchiere del liquore color miele, quindi riempì il proprio. Quando li ebbero svuotati, Sam li riempì di nuovo.

«Allora, che cos'hai lì?» chiese Elizabeth, sentendosi ancora più al caldo, più allegra e più stordita dall'alcol. Indicò il gonfiore nella tasca laterale della giacca di cammello del marito, quella che metteva sempre la domenica.

«Una sorpresa.»

«Davvero? Cosa?»

Sam toccò il bicchiere di lei con il suo. «Chiudi gli occhi» disse.

Lei obbedì. «Mi stai facendo incuriosire, Samuel.» Lo sentì sedersi accanto a lei e udì un tintinnio metallico.

«Lo sai che ti amo.» La sua voce era carica di emozione. Elizabeth sapeva che a volte Sam diventava sdolcinato, ma nella lista dei difetti maschili il sentimentalismo era il meno dannoso.

«Anch'io ti amo, caro» rispose lei.

«Pronta?»

«Sì, sono pronta.»
«Okay. Ecco...»
Un altro tintinnio metallico.

Poi Elizabeth sentì qualcosa nella mano. Aprì gli occhi e rise di nuovo. «Cosa... Oh, mio Dio! Ma queste sono...?» Guardò il portachiavi che Sam le aveva messo in mano: aveva il caratteristico stemma della fabbrica britannica di automobili MG. «Tu... sei riuscito a trovarne una?» balbettò. «Dove?»

«Dall'importatore in fondo alla strada, che tu ci creda o no. A tre chilometri da qui! È del 1954. Mi ha chiamato un mese fa, ma c'è voluto un po' di lavoro per rimetterla in sesto.»

«Allora era questa la ragione di quelle misteriose telefonate. Cominciavo a pensare che avessi un'altra donna» scherzò lei.

«Non è dello stesso colore. È più sul rosso borgogna.»

«Come se importasse qualcosa, tesoro.»

La prima automobile che avevano acquistato da sposati era stata una MG rossa, che avevano tenuto per dieci anni, finché la povera macchina non ce l'aveva fatta più. Mentre le amiche di Liz compravano Lexus e Mercedes, lei rifiutava di adeguarsi e continuava a guidare la vecchia Cadillac, nella speranza di trovare un giorno una MG come quella che avevano avuto in passato. Appoggiò un braccio sulle spalle del marito e si protese in avanti per dargli un bacio.

I fari di un'automobile illuminarono la finestra, sorprendendoli.

«Colti sul fatto» sussurrò Elizabeth. «Come quella volta che mio padre è tornato a casa la sera del nostro primo appuntamento. Te lo ricordi?» Rise maliziosa, rivedendosi come una giovane e spensierata ribelle con indosso una gonna pieghettata e una camicetta con il colletto alla Peter Pan: quello che indossava quando aveva conosciuto l'uomo con cui aveva passato tutta la vita.

∞

Tal Simms stava prendendo appunti chino sulla scrivania quando una voce metallica uscì dall'altoparlante collegato alla radio della polizia. «A tutte le unità in zona Hamilton. Segnalazione di un possibile suicidio in corso.»

Tal si raggelò. Spinse indietro la sedia e scattò in piedi, fissando gli altoparlanti.

La voce continuava: «Un vicino segnala un motore acceso in un garage chiuso al due-zero-cinque di Montgomery Way. A tutte le unità in zona, rispondete».

Tal esitò solo un istante. Poi corse fuori dall'edificio.

Era a metà del parcheggio, a bordo della sua Honda, quando si accorse di non avere allacciato la cintura di sicurezza. Cercò di farlo in quel momento, sbandò a cento all'ora e lasciò perdere. Puntò verso la zona di Hamilton, a otto chilometri dall'ufficio, sulle rive del fiume Hudson.

Non si poteva dire esattamente che ci fossero foreste a Westbrook County, ma Hamilton e dintorni erano circondati da parchi secolari e da proprietà di uomini e donne molto ricchi che amavano la privacy. I terreni erano per la maggior parte tra i cinque e i dieci acri; alcune proprietà erano anche più grandi. Tal attraversò un tratto disabitato di boschi, viti, rovi e rocce. Non era molto lontano da lì, rifletté, che Washington Irving aveva concepito il macabro racconto del Cavaliere senza Testa.

Normalmente Tal era un guidatore prudente, ma in quel momento passava a tutta velocità da una corsia all'altra, suonando spesso il clacson. Non pensava a quanto fossero illogiche le sue azioni. Vedeva solo le macchie di sangue color cioccolato nello studio dei Benson, la grafia incerta del loro biglietto di addio.

Saremo insieme per sempre.

Attraversò Hamilton a una velocità tre volte il limite consentito, neanche avesse il Cavaliere senza Testa alle calcagna.

∞

La Honda Accord grigia sterzò sul viale d'accesso di casa Whitley, uscì di strada e invase un'aiuola di azalee bianche. Tal fece una smorfia, pensando al danno che aveva appena fatto. Frenò slittando sull'asfalto e si fermò davanti all'ingresso.

Balzò fuori dalla macchina e notò la presenza di un'autopattuglia di Hamilton Village e di una tozza ambulanza della contea. Due poliziotti e due medici lo raggiunsero di corsa e tutti insieme si precipitarono alla porta del garage. Tal sentì l'odore dei gas di scarico e udì il rumore del motore acceso all'interno.

Mentre un agente in uniforme bussava alla porta, vide il biglietto che vi era appeso con lo scotch:

ATTENZIONE: IL GARAGE È PIENO DI GAS PERICLOSI. ABBIAMO LASCIATO IL TELECOMANDO PER TERRA, DAVANTI ALLA FIORIERA. USATELO APRIRE LA PORTA E CAMBIATE L'ARIA PRIMA DI ENTRARE.

«No!» Tal lasciò cadere il biglietto e si mise inutilmente a tirare la porta, chiusa dall'interno. Non riuscivano a trovare il telecomando, al buio, per cui dovette intervenire un pompiere che aprì la porta laterale con un solo colpo d'ascia.

∞

Erano arrivati troppo tardi.

Per salvare l'uno e l'altra.

Un altro duplice suicidio. Di nuovo marito e moglie. Samuel ed Elizabeth Whitley erano in garage, seduti a bordo di una vecchia MG decappottabile.

Uno dei poliziotti spense il motore mentre i vigili del fuoco azionavano un aspiratore e il personale medico estraeva le vittime dall'auto per distenderle a terra: qualsiasi tentativo di rianimazione si rivelò inutile. La coppia aveva messo in atto il piano con estrema efficienza: avevano sigillato con nastro adesivo porte, finestre e prese d'aria del garage, e chiuso le persiane perché nessuno potesse vedere dentro e intervenire. Solo il rumore del motore aveva messo in allarme un vicino che portava a spasso il cane.

Talbot Simms guardò i due corpi, sbalordito. Non c'era sangue, questa volta, ma le morti non erano meno orribili, per la meticolosità con cui il suicidio era stato attuato e per il tono cordiale dell'avviso fuori dalla porta. E c'era un altro elemento che disturbava Tal: l'errore di ortografia, «periclosi», e la mancanza di una preposizione: «usatelo aprire».

Gli agenti fecero un giro della casa per assicurarsi che nessun altro potesse essere rimasto intossicato dal monossido di carbonio. Tal entrò a sua volta ma si fermò subito, avvertendo un forte odore di bruciato. Poi si rese conto che non si trattava dello scappamento dell'auto, bensì di fumo dal caminetto. Su un tavolino davanti a un divano c'erano due bicchieri da brandy e una bottiglia polverosa di armagnac. Avevano fatto un ultimo brindisi romantico davanti al fuoco... e poi erano morti.

«C'è qualcun altro in casa?» chiese ai poliziotti di ritorno dall'ispezione.

«No, tutto a posto. È la casa meglio tenuta che abbia mai visto. Sembra che abbiano appena pulito dappertutto. Strano, pulire la casa prima di suicidarsi.»

In cucina trovarono un secondo biglietto, scritto dalla stessa mano incerta di quello sulla porta del garage:

AI NOSTRI AMICI E ALLA NOSTRA FAMIGLIA:

FACCIAMO TUTTO QUESTO CON GRAN GIOIA NEI CUORI E CON AFFETTO PER TUTTI IN FAMIGLIA E PER TUTTI QUELLI CHE CONOSCIAMO. NON DISPIACETEVI. NON SIAMO MAI STATI COSÌ FELICI.

La lettera si chiudeva con nome, indirizzo e numero di telefono del loro avvocato. Tal prese di tasca il cellulare e lo chiamò.

«Pronto?»

«L'avvocato Wells, per favore. Sono il detective Simms del dipartimento della contea.»

Un momento di esitazione. «Sì?» disse la voce.

Ora era Tal che tardava a rispondere. «Parlo con l'avvocato Wells?»

«Sono io.»
«Lei è l'avvocato dei signori Whitley?»
«Esatto. Che cosa succede?»
Tal inspirò a fondo. «Sono spiacente di dirle che... sono deceduti. È stato un suicidio. Abbiamo trovato il suo nome sul loro biglietto di addio.»
«Mio Dio, no! Cos'è successo?»
«Vuole dire "come"? Nel loro garage. Lo scappamento della macchina.»
«Quando?»
«Stasera. Poco fa.»
«No! Tutti e due? Non tutti e due?»
«Temo di sì» rispose Tal.
Seguì una lunga pausa. Poi l'avvocato, chiaramente scosso, mormorò: «Avrei dovuto capirlo».
«In che senso? Ne avevano parlato?»
«No, no. Ma Sam era malato.»
«Malato?»
«Di cuore. Era una cosa seria.»
Proprio come Don Benson. Un altro comune denominatore. «E la moglie? Era malata anche lei?»
«Oh, Elizabeth? No, lei era in ottima salute... La figlia lo sa?»
«Hanno una figlia?» Quella notizia rendeva improvvisamente ancora più tragica la situazione.
«Vive da queste parti. La chiamo io.» L'avvocato sospirò. «È per questo che mi pagano. Be', grazie, detective... come ha detto che si chiama?»
«Simms.»
«Grazie.»
Tal ripose il cellulare e si mise a passeggiare lentamente per la stanza. Gli ricordava la casa dei Benson, opulenta ma di buon gusto. E ancora più lussuosa. I Whitley, suppose, erano molto più ricchi.
Le fotografie appese alle pareti mostravano una ragazzina graziosa che era diventata una bella giovane donna. Tal fu grato a Wells per avergli risparmiato la telefonata alla figlia dei Whitley.

Entrò in cucina. Qui non c'era nessun calendario. Tornò a guardare il biglietto.

Gioia... Mai stati così felici...

Scorse un documento: lo esaminò e aggrottò la fronte. Curioso. Era la ricevuta per l'acquisto di una MG restaurata. Whitley aveva pagato un anticipo al concessionario tempo prima, ma aveva saldato il conto quel giorno stesso.

Tal tornò al garage e si fermò esitante sulla soglia. Si fece coraggio ed entrò. Rivolse uno sguardo ai teloni che coprivano i corpi. Controllò il numero di targa del veicolo: era lo stesso indicato sulla ricevuta. Whitley aveva acquistato una costosa macchina d'epoca, l'aveva portata a casa e ci si era suicidato con la moglie.

Perché?

C'era movimento sul vialetto. Tal vide fermarsi davanti alla casa un lungo furgone grigio scuro con la scritta ONORANZE FUNEBRI LEIGHEY sulla fiancata. Di già? Era stata la polizia a chiamarlo, oppure l'avvocato? Due uomini scesero dal carro funebre e si rivolsero a uno dei poliziotti, quello più anziano. Sembravano conoscersi.

Rientrato in casa, Tal si fermò nello studio. Aveva notato qualcosa di familiare. Raccolse da un tavolo un volume intitolato *L'ultimo viaggio.*

Lo stesso libro che avevano i Benson.

Troppi denominatori comuni. Il manuale di suicidio, le malattie cardiache, le mogli che morivano assieme ai mariti...

In salotto trovò il poliziotto più anziano che stava compilando un modulo (non il *suo* questionario, notò). Si rivolse a uno dei due delle pompe funebri. «Che cosa intendete fare dei corpi?»

«Procedere al più presto con la cremazione.»

«Non si può rimandare?»

«Rimandare?» fece l'uomo, occhieggiando il poliziotto di Hamilton. «In che senso, detective?»

«Per fare un'autopsia» replicò Tal.

«Perché?»

«Mi chiedevo solo se sarebbe possibile.»

«È lei che viene dalla contea» intervenne l'agente. «È lei che comanda. Solo che... ecco, non può fare le cose a metà. Prima deve dichiarare un 21-24.»

Oh, quello! Tal si chiedeva che cosa fosse, esattamente.

Lanciò uno sguardo in direzione della macchina sportiva. «Okay, lo faccio. Dichiaro un 24-21.»

«Vuole dire... un 21-24. Ne è sicuro?» Il poliziotto guardò incerto l'uomo delle pompe funebri, che aveva aggrottato la fronte. A quanto pareva, ne sapevano più loro di lui riguardo al misterioso 21-24.

Tal guardò fuori. L'altro uomo stava tirando giù una barella dal retro del carro funebre.

«Sì» disse lo statistico, con decisione. «Ne sono sicuro.» E bussò alla finestra, per attirare l'attenzione dell'uomo e fargli cenno di fermarsi.

∞

Lunedì mattina, Tal vide il capo della Crime Scene Unit che entrava nell'open space e si dirigeva verso l'ufficio di LaTour con una mezza dozzina di cartellette sottobraccio.

Doveva trattarsi del materiale sul duplice suicidio della sera prima. Uscì rapidamente dall'ufficio per intercettarlo. «Salve, come va? Sono i rapporti sul caso Whitley?»

«Sì. Solo quelli preliminari. Mi hanno detto che erano urgenti. C'è Greg? LaTour?»

«Credo siano per me.»

«Tu sei...?»

«Simms.»

«Ah, sì» disse il capo della CSU, guardando il nome sulla richiesta allegata. «Non ci avevo fatto caso. Pensavo venisse da LaTour, visto che è lui il capo della Omicidi.» Consegnò i dossier a Simms.

Il 21-24, aveva scoperto, era una dichiarazione di morte sospetta. Come quando si preme il pulsante di allarme antincendio, faceva scattare attività di ogni genere: una perquisizione da parte della CSU, la raccolta di indizi, il rilevamento e la classificazione di impronte digitali, la documentazione video-fotografica della scena del crimine, l'autopsia e la comunicazione all'ufficio del pubblico ministero che era stata aperta un'inchiesta per omicidio. Nei suoi cinque anni di servizio, Tal non aveva mai ricevuto così tante telefonate prima delle dieci come quella mattina.

Guardò verso l'ufficio del capitano e verso quello di LaTour. Nessuno sembrava essersi accorto che uno statistico che non aveva mai fatto neppure una multa per divieto di sosta stava mettendo le mani sui dossier della Scientifica.

Con l'eccezione di Shellee, che si fece il segno della croce.

«Rapporti preliminari, hai detto?» chiese Tal al capo della CSU. «Che cos'altro deve arrivare ancora?»

«Registri delle telefonate, perizie calligrafiche sui biglietti, risultati dell'autopsia. Ehi, sono curioso. Perché ti sei insospettito? Coincide con il profilo classico di tutti i casi di suicidio su cui ho lavorato.»

«Certe cose.»

«*Cose*» gli fece eco l'altro, un detective veterano, con un cenno di assenso. «*Cose.* Ce l'hai un indiziato?»

«Non ancora.»

«Ah. Buona fortuna, allora. Ne avrai bisogno.»

Rientrato in ufficio, Tal ripose con cura lo stampato su cui stava lavorando e aprì i dossier della CSU, distribuendone il contenuto sulla scrivania.

Si comincia con un'ispirazione, un'intuizione, un'idea non confermata: esiste un numero perfetto dispari; a un certo punto pi greco si ripete; l'universo è infinito. Poi un matematico cerca di elaborare una dimostrazione che prova o smentisce inconfutabilmente la sua tesi.

Tal Simms sapeva come procedere, quando aveva a che fare con i numeri. Ma come dimostrare il teorema secondo cui le morti dei Benson e dei Whitley erano sospette? Non ne aveva idea. Studiò i geroglifici della Scientifica, sempre più scoraggiato.

Aveva un addestramento accademico di base, naturalmente. A parte questo, però, era privo di qualsiasi competenza o esperienza in fatto di indagini.

Poi si rese conto che ciò non era del tutto esatto. In fondo disponeva di un talento che poteva essergli utile: la pietra angolare di ogni matematico. La logica.

Rivolse la sua mente analitica al materiale sulla scrivania ed esaminò ogni elemento con attenzione. Innanzitutto guardò le foto dei cadaveri, a colori ed estremamente dettagliate. Lo disturbavano profondamente, comunque si impose di studiarle con cura: di fatto nulla lasciava pensare che i Whitley fossero stati costretti a salire in macchina o avessero lottato contro un aggressore.

Mise da parte le fotografie e iniziò a leggere i rapporti veri e propri. Non vi erano tracce di scasso, tuttavia la porta principale e quella di servizio non erano chiuse e chiunque avrebbe potuto introdursi nella casa. Ma, in assenza di segni di violenza, era improbabile l'intervento di un estraneo. Del resto gioielli, contanti e oggetti di valore erano intatti.

Un dettaglio, però, suggeriva che le cose non stessero come sembravano. La squadra che aveva rilevato le impronte latenti aveva trovato sui biglietti, oltre a quelle di Sam Whitley, di Tal e dei poliziotti, alcune sbavature che probabilmente erano dovute a guanti o a dita protette da un fazzoletto. C'erano inoltre tracce di guanti nella stanza in cui la coppia aveva consumato l'ultimo armagnac, nella sala in cui era stato lasciato il biglietto e nel garage.

Guanti? pensò Tal. *Curioso.*

La squadra aveva anche rilevato tracce fresche di pneumatici sul vialetto, non corrispondenti alla MG, né alle altre macchine dei Whitley, né ai veicoli della polizia, o all'ambulanza, o al carro funebre. Stando al rapporto, l'auto non identificata era passata dai Whitley circa tre ore prima della loro morte. I segni lasciati dagli pneumatici erano indistinti, quindi non era possibile identificarne la marca; suggerivano solo che si trattava di un'auto non molto grande.

L'esame degli indizi aveva rivelato la presenza di parecchie fibre di cotone biancastro, una sul corpo di Elizabeth Whitley e una sul divano, che non sembravano corrispondere ad alcuno dei vestiti indossati dalla coppia o conservati negli armadi. Un inventario dei farmaci negli armadietti in bagno e in cucina non aveva portato alla luce alcun antidepressivo, possibile indizio, per quanto tenue, che di recente qualcuno a casa Whitley avesse coltivato pensieri suicidi.

Tal si alzò in piedi, andò alla porta e chiamò Shellee.

«Salve, capo. Mattinata emozionante, eh?»

Lui alzò gli occhi al cielo. «Ho bisogno di un favore.»

«Ti senti... Cioè, mi sembri stanco.»

«Sì, sì, sto bene. È un problema che riguarda il caso.»

«Quale caso?»

«I suicidi.»

«Oh.»

«Ho bisogno di sapere se qualcuno ha comprato un libro chiamato *L'ultimo viaggio...* poi c'è un sottotitolo che parla di suicidio ed eutanasia.»

«Un libro. Certo.»

«Non ricordo bene, ma il titolo, mi pare, è *L'ultimo viaggio.*»

«Okay. E che cosa dovrei controllare?»

«Se lo ha comprato qualcuno.»

«Sì, ma... dappertutto? Ci saranno un sacco di...»

«Per ora solo a Westbrook County. Nelle ultime due settimane. In libreria. E su quel sito Internet, Booksource punto com.»

«Senti, quando chiamo posso farmi passare per una poliziotta?»

Tal esitò. Poi disse: «Oh, che diavolo, certo. Se vuoi, puoi fare la detective».

«Yu-huu!» esclamò lei. «Detective Shellee Bingham!»

«E se non ne hanno ancora venduto nessuno, dagli il mio nome e digli di chiamarmi quando capita.»

«Ci serve un mandato o qualcosa del genere?» chiese la detective Shellee, facendosi pensosa.

Ci serve? si domandò lui. «Mmh, non lo so. Proviamo senza e vediamo cosa dicono.»

Cinque minuti dopo, Tal avvertì un'ombra su di sé. Alzò lo sguardo sulla figura alta un metro e novanta del capitano Ronald Dempsey, che si stagliava sulla soglia del suo ufficio con indosso l'irrinunciabile camicia a righine con le maniche arrotolate. Il capitano sorrideva, ma il primo pensiero di Tal fu: Sono fregato.

«Capitano.»

«Ciao, Tal.» Dempsey si appoggiò allo stipite e guardò la scrivania. «Hai un minuto?»

«Certamente.»

Tal immaginava che prima o poi il capo avrebbe saputo del 21-24, e aveva intenzione di parlargliene quanto prima. Ma sperava di potersi presentare con qualcosa di solido a sostegno della sua tesi.

«Ho sentito del 21-24 a casa dei Whitley.»

«Infatti.»

«Che storia è?»

Tal gli illustrò i comuni denominatori dei due casi di suicidio.

Dempsey annuì. «Una specie di coincidenza, certo. Però sai, Tal, non abbiamo risorse sufficienti per svolgere indagini su vasta scala. Per esempio, abbiamo una sola squadra della Scientifica.»

«Non lo sapevo.»

«E la scorsa notte c'è stata una sparatoria ai Rolling Hills Estates. Due feriti gravi e un morto. La squadra è arrivata in ritardo perché tu li hai fatti andare a Hamilton.»

«Sono spiacente, capitano.»

«E poi muovere la CSU costa parecchio.»

«Costa? Non ci avevo pensato.»

«Migliaia di dollari, intendo. Tutti i conti della CSU li paghiamo noi. Per ogni uscita. Poi ci sono i test di laboratorio, le autopsie e tutto quanto. Persino il medico legale. Lo sai quanto costa un'autopsia?»

«La fanno pagare a *noi*?»

«Il fatto è che meno soldi della contea si spendono, migliore è la figura che facciamo. Sai com'è.»

«Giusto. Immagino sia costoso.»

«Ci puoi scommettere.» Il capitano aveva smesso di sorridere. Si sistemò le maniche. «L'altra cosa è il modo in cui sono venuto a saperlo: me lo ha detto la figlia, Sandra Whitley. Stava organizzando il funerale ed è stata informata dell'autopsia. È incazzata nera... Ha minacciato un'azione legale. Dovrò risponderne io. Pertanto, dimmi: per quale ragione precisa hai dichiarato il 21-24 sulla scena del crimine?»

A disagio, Tal sfogliò le carte sulla scrivania, chiedendosi da dove cominciare. «Be', un paio di cose. Avevano appena comprato...»

«Resta lì un minuto» disse il capitano, sollevando un dito. «LaTour! Ehi, LaTour!»

«Che c'è?» replicò una burbera voce da baritono.

«Vieni qui. Sono da Simms.»

Tal sentì il grosso detective che si faceva largo fino al lato destinato ai Reati Ineffettivi. La faccia rubizza con la barbetta apparve nell'ufficio. LaTour ignorò Tal e ascoltò il capitano che lo aggiornava sul suicidio dei Whitley.

«Un altro, eh?»

«Tal ha dichiarato un 21-24.»

LaTour fece un cenno di assenso, senza prendere posizione. «Ah ah. E perché?»

La domanda era rivolta a Dempsey, ma questi si girò verso Tal.

«Stavo considerando le morti dei Benson e ho verificato il profilo statistico dei suicidi a Westbrook County. Ora, quando si esaminano tutti gli attributi...»

«Attributi?» LaTour fece un'espressione accigliata, quasi gli fosse andato qualcosa di traverso.

«Esatto. Gli attributi della morte dei Benson... e adesso anche dei Whitley, non sono nella norma. Sono fuori curva.»

«Fuori curva? Che cazzo vuol dire?»

Tal spiegò che nelle statistiche un elemento era fuori curva quando differiva in modo significativo da un gruppo di eventi analoghi. Fece un esempio concreto. «Diciamo che state analizzando cinque assassini. Tre di loro hanno ucciso una vittima ciascuno, uno ne ha uccise due e il quinto è un serial killer che ha ammazzato venti persone. Per trarre conclusioni significative da tutto questo occorre considerare il quinto assassino come fuori curva e analizzarlo separatamente. Altrimenti l'analisi sarà matematicamente corretta ma fuorviante. Stando alle cifre, la quantità media di vittime per assassino è cinque. Questo però esagera la natura omicida dei primi quattro e minimizza quella dell'ultimo. Capite cosa intendo?»

L'espressione sul volto di LaTour lasciava intendere di no. Tuttavia disse: «Insomma, secondo te questi due casi sono diversi dai soliti suicidi di Westbrook».

«In modo *significativo.* Meno del 6 per cento della popolazione arriva a suicidarsi quando si trova di fronte a una possibile malattia terminale. Il numero scende a 2,6 quando la vittima ha un'assicurazione medica e a 0,9 se la vittima ha un patrimonio superiore a un milione di dollari netti. Ed è ancora più basso nel caso che sia sposata e rientri nella fascia d'età relativamente bassa tra i sessantacinque e i settantacinque anni, come queste persone. Inoltre i patti suicidi sono solo il 2 per cento come media nazionale e di questi il 91 per cento riguarda individui di età inferiore ai ventun anni. Allora, quante probabilità ci sono che due cardiopatici si tolgano la vita con le loro mogli nell'arco di due giorni?»

«Non saprei, Tal» disse LaTour, visibilmente annoiato. «Che altro hai? Di sospetto, cioè?»

«Okay. Proprio quel giorno i Whitley hanno comprato una macchina d'epoca, un raro esemplare di MG. A quale scopo, se intendevano suicidarsi?»

«Gli serviva l'arma del delitto» propose LaTour. «Non gli andava di usare una pistola. Probabilmente la MG significava qualcosa per loro, gli ricordava di quando erano giovani. Volevano andarsene così.»

«Ha senso» commentò Dempsey, tirando su una manica.

«C'è dell'altro» riprese Tal. E raccontò dei guanti, delle fibre e dei segni sui biglietti. Oltre alle recenti tracce di pneumatici. «Qualcuno è stato da loro intorno all'ora in cui si sono uccisi. O poco dopo.»

«Fammi dare un'occhiata» disse LaTour.

Tal spinse verso di lui i rapporti.

Il corpulento poliziotto li esaminò attentamente, poi scosse la testa. «Non capisco» brontolò, rivolto al capitano. «Nessuna traccia di scasso... E i messaggi?» Alzò le spalle. «Sembrano autentici. Cioè... la perizia lo dirà con sicurezza, ma guardate...» Confrontò il libretto degli assegni di Whitley con il biglietto di addio. La grafia era pressoché identica. «Sbavature di guanti sulla carta? Le troviamo di continuo. Accidenti, anche *qui dentro* i fogli hanno sopra sbavature che sembrano SF...»

«SF?»

«Scanalature di frizione» spiegò LaTour. «Impronte *digitali*. Lasciate dai fabbricanti, dai venditori, dai clienti che li sfogliano. E le fibre?» Si protese in avanti e recuperò un sottile filo bianco dalla giacca di Tal. «Questo è dello stesso tipo trovato dalla CSU. Cotone. Ce n'è dappertutto. Le fibre a casa Whitley potevano venire da qualsiasi parte. Anche da te.» Sfogliò svogliatamente i rapporti con le sue grosse zampe. «Okay, i guanti? Sono Playtex da cucina, riconosco le tracce. Nessun assassino li usa mai, i segni di consunzione sono troppo riconoscibili.» Riesaminò il libretto degli assegni. «E guarda l'ultimo assegno fatto dalla moglie: a Esmeralda Costanzo, "per le pulizie". La governante era stata lì il giorno prima, ha pulito la casa con indosso i guanti e magari ha pure sistemato il mucchio di fogli usati per scrivere i biglietti, lasciandoci sopra le impronte. Quanto agli pneumatici, le dimensioni e la distanza corrispondono a un'utilitaria di importazione, il tipo di macchina che può guidare una donna delle pulizie. Verranno da lì. Ci scommetto quello che vuoi.»

Per quanto non gli piacessero le implicazioni di quanto aveva sentito, Tal non poté non restare impressionato dai ragionamenti di LaTour. Era giunto a quelle deduzioni, tutte conclusioni estremamente *logiche*, esaminando i rapporti per soli tre minuti.

«Devo occuparmi di un caso» bofonchiò il grosso detective, gettando i rapporti sulla scrivania di Tal, e si avviò verso il proprio ufficio.

Fu Dempsey a rompere il silenzio che seguì. «Ehi, lo so che ti capita raramente di lavorare sulla scena di un delitto. Dev'essere frustrante starsene in ufficio tutto il giorno, senza fare... sai...»

Un vero lavoro di polizia? Tal si chiese se fosse questo che intendeva il capitano.

«... qualcosa di più attivo» fu l'eufemismo scelto dal suo capo. «Immagino che certe volte ti sentirai un estraneo.»

Sarà a casa a scoparsi la calcolatrice...

«Ci sentiamo tutti così, certe volte. Sul serio. Ma indagare su un delitto non è come raccontano. Non è come in TV, sai? E tu sei il migliore nel tuo campo, Tal. Statistiche. Accidenti, è un lavoro duro. Un lavoro *importante.* Diciamola tutta...» Abbassò la voce. «Quelli come Greg non vedrebbero un numero neanche se saltasse fuori e gli mordesse il culo. Tu hai un talento raro.»

Tal accolse il tono condiscendente del capitano con un abbozzo di sorriso, per nascondere la rabbia che traspariva dal viso arrossato. Era chiaramente il discorso standard destinato al personale, preso pari pari dai manuali di addestramento. Dempsey aveva solo inserito la parola «statistiche» al posto di «dirigere il traffico» o «reception».

«Okay, adesso non hai dei numeri di cui occuparti? Tra poco ci sarà la riunione per la valutazione semestrale e nessuno è in grado di preparare un rapporto come te, amico mio.»

∞

Quando tornò a casa Whitley, lunedì sera, ci impiegò decisamente di più rispetto alla corsa del Cavaliere senza Testa di ventiquattr'ore prima. Stavolta guidava come al solito: entro i limiti di velocità, perfettamente al centro della sua corsia e con la cintura di sicurezza allacciata.

Notò con rammarico l'aiuola che aveva distrutto il giorno prima. Parcheggiò davanti all'ingresso dell'abitazione e passò sotto il nastro che delimitava la scena del crimine. Appena entrato percepì l'odore dolce e pungente che proveniva dal caminetto, acceso al momento dell'ultimo brindisi della coppia.

Tal indossò un paio di guanti di lattice che aveva acquistato in un drugstore lungo la strada (solo dopo, arrivato al casello, aveva pensato: Dannazione, al dipartimento ne avranno a centinaia), poi si mise a esplorare l'interno, alla ricerca di eventuali dettagli sfuggiti alla Crime Scene Unit che potessero gettare un po' di luce sul mistero della morte dei Whitley.

In altre parole, né la severità di LaTour né le blandizie di Dempsey avevano avuto alcun effetto su di lui. Ogni matematico intellettualmente onesto è pronto ad accettare la confutazione dei propri teoremi. Ma quanto più LaTour si ostinava a smontare gli indizi a favore del 21-24, tanto più aumentava la determinazione di Tal ad arrivare in fondo a quella storia. C'era *davvero* un numero perfetto dispari, da qualche parte, così come c'era *davvero* qualcosa di insolito nelle morti dei Benson e dei Whitley. Tal era deciso a dimostrarlo.

Rubriche, agende, ricevute, lettere, cumuli di carta, pile di biglietti da visita di avvocati, tecnici, ristoranti, consulenti finanziari, commercialisti. Provò un brivido quando ne trovò uno di un'organizzazione dall'aria *new age*, la Lotus Research Foundation for Alternative Treatment, in mezzo a quelli più pratici e quotidiani: la prova della disperazione di persone razionali spaventate dalla morte incombente.

Lo scricchiolio del parquet, un lieve schiocco. Un suono metallico. Tal sobbalzò. D'un tratto si sentiva a disagio, vulnerabile. Aveva parcheggiato proprio davanti alla casa: chiunque fosse arrivato, sapeva della sua presenza. Il nastro giallo e gli avvisi sulla porta erano espliciti nel vietare l'accesso. Ma Tal dubitava che il visitatore fosse un poliziotto. Sentendo un campanello d'allarme nella testa, si rese conto che il suo teorema aveva un corollario: se i Whitley erano stati assassinati, allora, naturalmente, doveva esserci un assassino.

Portò la mano al fianco e si accorse, con un tuffo al cuore, di avere lasciato la pistola nel cassetto della scrivania, in ufficio. Gli unici sospettati che Tal aveva incontrato faccia a faccia erano tranquilli contabili o banchieri e di solito i confronti avvenivano in aula.

Non circolava mai armato, unico articolo del regolamento cui disobbediva. Con le mani sudate si guardò intorno, sperando di trovare qualcosa con cui difendersi. Era in camera da letto, circondato da libri, vestiti, mobili. Niente che potesse essere usato come arma.

Guardò la finestra.

Un salto di tre metri sul patio lastricato.

Era troppo orgoglioso per nascondersi sotto il letto?

I passi erano sempre più vicini. L'intruso stava salendo le scale. Poi la moquette attutì lo scricchiolio del vecchio parquet.

No, decise Tal, non era troppo orgoglioso. Ma nascondersi sotto il letto non era la scelta più saggia. Molto meglio scappare.

Dalla finestra.

Tal l'aprì, spingendo verso l'esterno i vetri piombati. Niente erba sotto, solo il pavimento del patio disseminato di trappole: i mobili da giardino.

Sentì lo scatto metallico di una pistola. I passi erano sempre più vicini e si dirigevano proprio verso la camera da letto.

Okay, salta. Guardò giù. Decise di lanciarsi sul divanetto imbottito. Ti storcerai una caviglia, ma è sempre meglio che farsi sparare addosso. Appoggiò una mano sul davanzale, pronto a scavalcarlo, quando una voce risuonò nella camera da letto. Una voce femminile.

«E lei chi diavolo è?»

Tal si voltò di scatto e vide una bionda magra sui trentacinque-quarant'anni, gli occhi come due fessure sottili. Fumava una sigaretta e stava riponendo in borsetta un accendino: il rumore che aveva interpretato come quello di una pistola. C'era qualcosa di familiare in quel viso, qualcosa che lo metteva a disagio. Poi Tal comprese che, sì, l'aveva già vista, nelle fotografie appese alle pareti. «Lei è la figlia.»

«E lei chi è?» ripeté Sandra Whitley, la voce aspra.

«Non dovrebbe stare qui. È la scena di un delitto.»

«Lei è un poliziotto? Mi faccia vedere il distintivo.» La donna guardò la mano guantata di lattice appoggiata sul davanzale. Di certo si chiedeva cosa lui si accingesse a fare.

Tal le mostrò il distintivo e il tesserino.

Lei li guardò con attenzione. «Allora è stato lei.»

«Prego?»

«È stato lei a farli finire all'obitorio? A farli *macellare*?»

«Ho parecchi dubbi sulla loro morte. Ho seguito le procedure.»

Pressappoco.

«Allora è stato proprio lei, detective Talbot Simms.» Le era bastata quella rapida occhiata al suo tesserino per memorizzare come si chiamava. «Terrò ben presente il suo nome quando vi farò causa. La citerò personalmente.»

«Lei non dovrebbe stare qui» insisté Tal. «La scena del crimine è ancora calda.» Era una battuta che ricordava da un telefilm.

«Me ne sbatto della sua scena del crimine.» Una risposta molto diversa da quella del telefilm.

«Mi faccia vedere i documenti.» Tal fece un passo avanti, guardandola in viso. Si sentiva più sicuro di sé. Ora erano ad armi pari. «Sarò lieto di chiamare gli agenti e farla scortare alla Centrale.» Anche questa battuta veniva da un telefilm, un altro, sebbene non fosse del tutto calzante: il dipartimento dello Sceriffo di Westbrook County non era propriamente una centrale di polizia. Era la porta accanto agli alimentari Stop'N'Shop.

Con riluttanza, la donna gli mostrò la patente: Sandra Kaye Whitley, età trentasei anni, domiciliata in una delle zone residenziali più esclusive della contea.

«Che cazzo di mistero c'è nella loro morte? Si sono suicidati.»

Tal notò un aspetto interessante: la donna era furente, questo sì. Ma non era rattristata.

«Non possiamo parlare di un caso aperto.»

«A quale caso si riferisce?» sbottò Sandra. «Che cosa sta dicendo?»

«Be', si tratta di omicidio, sa?»

La mano con la sigaretta si fermò a mezz'aria. Poi arrivò alle labbra. «Omicidio?»

Tal disse: «È stato suo padre ad accendere il motore. Tecnicamente, ha ucciso sua madre».

«Stronzate.»

Forse. Comunque Tal preferì sorvolare. «Avevano precedenti di stati depressivi?»

Lei rifletté per un istante, prima di rispondere: «Mio padre era gravemente ammalato. E mia madre non voleva vivere senza di lui».

«Ma non era una malattia terminale. O sì?»

«Non esattamente. Però stava per morire. E ha voluto farlo con dignità.»

Tal aveva la sensazione di perdere la partita. Sandra Whitley continuava a costringerlo in difesa. Che cosa avrebbe detto Greg LaTour al suo posto? Domandò: «Lei che cosa ci fa qui?».

«Questa è la casa della mia famiglia» ribatté la donna. «Casa mia. Ci sono cresciuta. Volevo vederla. Sa, erano i miei genitori.»

Lui fece un cenno di assenso. «Certo. Le porgo le mie condoglianze. Volevo solo assicurarmi che tutto fosse come sembra. Faccio semplicemente il mio lavoro.»

Lei alzò le spalle e schiacciò il mozzicone in un pesante posacenere di cristallo sopra una cassettiera. Accanto c'era una sua foto assieme ai genitori. Sandra la guardò a lungo, poi distolse lo sguardo e gli diede le spalle, cercando di nascondere le lacrime. Si asciugò gli occhi e infine si voltò. «Sono un'avvocato, sa? Uno dei miei soci esaminerà la situazione al microscopio, detective.»

«Come vuole, signorina Whitley» disse Tal. «Posso chiederle che cosa ha messo in borsa, poco fa?»

Lei batté le palpebre. «In borsa?»

«Quando era di sotto.»

Un momento di esitazione. «Niente di importante.»

«Questa è la scena di un crimine. Non può portare via niente. È un reato. Sono sicuro che ne è al corrente, visto che ha detto di essere un avvocato.»

Sarà davvero un reato? si domandò.

Se non altro, Sandra non sembrava sapere se lo fosse.

«Se me lo consegna adesso, ci passerò sopra. Oppure possiamo sempre andare alla Centrale.»

La donna sostenne il suo sguardo per un istante, come se volesse farlo a fettine, mentre considerava l'offerta. Quindi aprì la borsetta e gli consegnò alcune buste. «Erano nella cassetta della posta in uscita, ma con il nastro giallo il postino non è passato a ritirarle. Volevo soltanto spedirle.»

«Le prendo io.»

Lei gli consegnò le buste con la mano che tremava leggermente. Tal si accorse di avere ancora indosso i guanti. In realtà non aveva idea se lei avesse messo qualcosa nella borsetta oppure no. Era stata solo un'intuizione improvvisa. Si sentiva emozionato: gli statistici non bluffano mai.

Sandra si guardò intorno, con un'espressione cupa. Più di rabbia che di dolore, decise lui.

«Avrà notizie dal mio socio, detective Simms» disse gelida la donna. «Spenga le luci quando se ne va, altrimenti la contea dovrà pagare la bolletta.»

∞

«Faccio il caffè, capo. Ne vuoi un po'?» disse Shellee.

«Sì, grazie» rispose Tal.

Era il mattino dopo e lui stava ancora esaminando il materiale che aveva raccolto. Nel frattempo erano arrivate nuove informazioni: i tabulati della compagnia telefonica relativi all'ultimo mese, i risultati dell'autopsia e le perizie calligrafiche sui biglietti.

Nelle telefonate dei Whitley non trovò niente che gli potesse essere di aiuto, almeno per il momento. Si chiese dove sistemare i tabulati, visto che sulla scrivania non c'era più un buco libero. Si rassegnò a deporli in cima a un altro mucchio di carte. Il disordine lo innervosiva, ma non c'era altro da fare, a meno di portare nel suo ufficio un altro tavolo o un'altra scrivania. Già s'immaginava quante storie gli avrebbero fatto.

Dato maschile... a scoparsi la calcolatrice...

Esaminò le perizie calligrafiche. L'esperta dichiarava di essere sicura al 98 per cento che era stato Samuel Whitley a scrivere i biglietti, benché la mano fosse incerta e vi fossero errori di ortografia, cosa piuttosto insolita per un uomo con la sua preparazione.

Il garage è pieno di gas periclosi...

Poteva trattarsi di una menomazione, forse anche grave.

Tal passò ai risultati dell'autopsia. La morte, come previsto, era dovuta ad avvelenamento da monossido di carbonio. Non c'erano contusioni, danni ai tessuti o segni di corde: niente lasciava pensare che i Whitley fossero stati costretti a salire in macchina. C'era alcol nel sangue, lo 0,010 per cento in quello di Sam e lo 0,019 in quello di Elizabeth. Non particolarmente elevato, in entrambi i casi. In tutti e due c'erano tracce di medicinali.

> In entrambe le vittime si sono riscontrate grosse quantità di 9-fluoro, 7-cloro-1, 3-deidro-1-metil-5-fenil-2H-1,4-benzodiazepina, 5-idrossitriptamina e N-(1-fenetil-4-piperidil) propionalinide citrato.

Si trattava, continuava il rapporto del medico legale, di un farmaco analgesico-ansiolitico in commercio sotto il nome di Luminux. La quantità presente nel sangue indicava che le vittime ne avevano assunto di recente una dose pari a tre volte quella normalmente prescritta, anche se ciò non le aveva rese più suscettibili al monossido di carbonio né in alcun modo aveva contribuito direttamente alla loro morte.

Tal cercò sulla scrivania (Troppe maledette carte!) fino a trovare un altro documento. Rilesse attentamente l'inventario compilato dalla CSU. I Whitley avevano una vera farmacia in casa, per la cardiopatia di Sam, per l'artrite di Elizabeth e per altre malattie. Niente Luminux.

Shellee arrivò con il caffè e guardò la scrivania ingombra di carte.

«Grazie» mormorò lui.

«Hai sempre l'aria stanca, capo.»

«Non ho dormito bene.» D'istinto si aggiustò la cravatta a righe e si tastò il nodo, per assicurarsi che fosse dritto.

«È a posto, capo» sussurrò lei. Come a dire: *Stai calmo.*

Lui le strizzò l'occhio.

E tornò a pensare ai comuni denominatori.

Anche nel biglietto di addio dei Benson c'erano degli errori. Tal frugò tra le carte, ripescò il biglietto da visita del loro avvocato e lo chiamò in studio.

«Avvocato Metzer» disse, quando glielo passarono.

«Sono il detective Simms. Ci siamo incontrati a casa dei Benson qualche giorno fa.»

«Sì, ricordo.»

«È una cosa piuttosto insolita, ma vorrei l'autorizzazione a prelevare un campione di sangue.»

«Da me?» fece Metzer, allarmato.

«No, no. Dai Benson.»

«Perché?»

Tal esitò, poi decise di mentire. «Vorrei aggiornare il nostro database riguardo ai medicinali assunti in recenti casi di suicidio. Sarà completamente anonimo.»

«Oh, be', mi dispiace, ma i Benson sono stati cremati stamattina.»

«Cremati? Così in fretta?»

«Non so se sia stato in fretta. Volevano essere cremati quanto prima e che il contenuto dell'abitazione fosse venduto...»

«Aspetti, mi sta dicendo...»

«... il contenuto dell'abitazione fosse venduto immediatamente.»

«E questo quando accadrà?»

«Probabilmente è già stato fatto. Tutti i beni sono stati messi in vendita domenica mattina. Non credo sia rimasto molto.»

Tal ricordava l'uomo a casa dei Benson, l'incaricato della liquidazione della proprietà. Se solo avesse saputo del 21-24 in quel momento...

Comuni denominatori.

«Ha ancora il loro biglietto di addio?»

«Io non l'ho preso. L'avranno buttato via quando è stata pulita la casa.»

Tutto troppo sbrigativo, pensò Tal. Riguardò le carte sulla scrivania. «Sa per caso se uno di loro prendesse un medicinale chiamato Luminux?»

«Non ne ho proprio idea.»

«Mi sa dire il nome del cardiologo del signor Benson?»

Dopo una breve pausa, l'avvocato rispose: «Penso di poterglielo dire, sì. Il dottor Peter Brody, a Glenstead».

Tal stava per riagganciare, quando gli venne in mente una cosa. «Avvocato, quando ci siamo visti venerdì mi ha detto che i Benson non erano religiosi, giusto?»

«Infatti. Erano atei. Perché me lo chiede, detective?»

«Sto solo raccogliendo dati per le statistiche. Tutto qui. Grazie per la collaborazione.»

Cercò il numero del dottor Brody e lo chiamò in studio. Ma il medico era in vacanza e l'infermiera era riluttante a parlare dei pazienti, inclusi quelli deceduti. Tuttavia gli comunicò che il dottor Brody non aveva prescritto il Luminux ai Benson.

Dopodiché Tal chiamò il capo della CSU e apprese che la pistola con cui i Benson si erano suicidati era ancora custodita come prova. «Può fare un esame rapido delle impronte digitali?»

«Come no? Siete voi a pagare» disse l'altro, allegro. «Ci vorranno in tutto dieci o quindici minuti.»

«Grazie.»

Mentre attendeva i risultati, Tal aprì la sua valigetta. C'erano ancora le tre buste che Sandra Whitley si era messa in borsetta a casa dei genitori. Indossò i guanti e le aprì.

Nella prima c'era il conto di un avvocato per quattro ore di lavoro nel corso di quel mese. La prestazione era definita «consulenza sulle proprietà». Significava forse che i Whitley avevano cambiato il testamento? Poteva essere un nuovo comune denominatore: l'avvocato Metzer aveva detto che i Benson avevano appena rifatto il loro.

La seconda era un modulo della compagnia di assicurazioni destinato al centro di supporto cardiologico del Westbrook Hospital, di cui Sam era stato paziente. Non c'era niente di insolito.

Tal aprì la terza busta.

Si appoggiò allo schienale, alzò gli occhi al soffitto, poi li abbassò di nuovo sulla lettera.

Era combattuto.

Alla fine stabilì di non avere alternative. Quando si lavora a una dimostrazione matematica, bisogna seguire i numeri, da qualsiasi parte vadano. Si alzò in piedi e attraversò l'open space. Bussò sullo stipite dell'ufficio di LaTour, che stava leggendo un documento appoggiato allo schienale della sedia, gli stivali sulla scrivania.

«Fottuto bugiardo» disse Orso tra sé, e tirò una riga sul paragrafo. Poi alzò gli occhi e sollevò un sopracciglio.

A scoparsi la calcolatrice...

Tal cercò di essere gentile. «Greg, hai un minuto?»

«Uno solo.»

«Vorrei parlarti del caso.»

«Caso?» LaTour aggrottò la fronte. «Quale caso?»

«I Whitley.»

«Chi?»

«I suicidi.»

«Quelli di domenica? Sì, okay. Non ci pensavo. Non considero "casi" i suicidi.» LaTour prese un altro foglio e lo guardò.

«Hai detto che probabilmente la donna delle pulizie era andata a casa dei Whitley e che era stata lei a lasciare le impronte dei guanti e le tracce di pneumatici.»

LaTour parve non ricordare. Poi annuì. «E allora?»

«Guarda.» Tal gli mostrò la terza lettera: era indirizzata a Esmeralda Costanzo, la donna delle pulizie dei Whitley, che la ringraziavano per tutti gli anni di collaborazione e le annunciavano che non avrebbero avuto più bisogno di lei. Nella busta c'era l'assegno che Elizabeth aveva staccato dal libretto, come aveva osservato LaTour.

«Le volevano spedire l'assegno per posta» sottolineò Tal. «Questo vuol dire che non è stata a casa loro il giorno in cui sono morti. Era qualcun altro a portare i guanti. E mi sono anche chiesto perché una donna delle pulizie dovrebbe usare i guanti da cucina per pulire il resto della casa... Non ha senso.»

LaTour si strinse nelle spalle. Sbirciò il documento che stava esaminando, poi riguardò la lettera che Tal gli mostrava.

«Questo significa anche che la macchina non era sua» aggiunse lo statistico. «Quella che ha lasciato le tracce di pneumatici. C'era qualcun altro lì intorno, quando sono morti.»

«Ecco, Tal...» cominciò LaTour.

«E c'è un altro paio di cose» lo interruppe Tal. «I Whitley, tutti e due, avevano nel sangue elevate quantità di un farmaco chiamato Luminux. Ma in casa non ce n'era neppure un flacone. Inoltre di recente il loro avvocato ha svolto un lavoro che riguardava le loro proprietà. Forse hanno cambiato il testamento.»

«Be', se stai per ammazzarti, rifai il testamento. Non ci vedo niente di sospetto.»

«Ho incontrato la figlia.»

«La figlia?»

«È entrata nella casa, nonostante i sigilli. Cercava qualcosa. Si è messa in borsetta la posta, ma forse voleva qualcos'altro. Potrebbe essersi spaventata quando ha saputo che non crediamo alla tesi del suicidio...»

«Sei *tu* che non ci credi, non *noi.*»

Tal continuò: «Forse voleva far sparire ogni indizio sul Luminux. Non l'ho perquisita, al momento non ci ho pensato».

«Che cosa c'entrano i farmaci? Non sono morti di overdose.»

«Forse glieli ha somministrati la figlia, gli ha fatto cambiare il testamento, e li ha convinti a suicidarsi.»

«Sì, certo» fece LaTour. «Sembra proprio un brutto film.»

Tal alzò le spalle. «Quando ho parlato di omicidio è andata in tilt.»

«Omicidio? Le hai parlato di omicidio?» LaTour si grattò il ventre prominente. In quel momento corrispondeva esattamente al suo soprannome.

«Intendevo omicidio-suicidio. È stato il marito ad accendere il motore.»

LaTour emise una specie di grugnito. Tal non immaginava che si potesse grugnire in tono condiscendente. «Per non parlare del suo atteggiamento.»

«Be', Tal, sei stato tu a spedirle i genitori all'obitorio. Lo sai che cosa fanno laggiù, vero? Coltelli e seghe. La ragazza si sarà incazzata un po'.»

«Certo che era incazzata. Soprattutto perché mi ha trovato lì a controllare quello che era successo. E lo sai qual è l'unica cosa di cui non le importava?»

«Quale?»

«I suoi genitori. Che fossero morti. Sembrava che piangesse. Ma forse faceva solo finta.»

«Sarà stato lo shock. È così che fanno le donne.»

«Poi ho controllato la prima coppia» insisté Tal. «I Benson. Nel giro di un paio di giorni sono stati cremati e le loro proprietà sono state liquidate.»

«Liquidate? Era una scena del crimine, non erano autorizzati a farlo.»

Tal disse: «Be', tutti continuavano a dire che si trattava di suicidio... e hanno tolto i sigilli».

LaTour sollevò di nuovo il sopracciglio e finalmente fece un commento che non aveva niente di sarcastico né di accomodante. «E li hanno cremati così in fretta? In effetti sembra strano, te lo devo concedere.»

«E l'avvocato dei Benson mi ha detto un'altra cosa. Erano atei. Eppure nel biglietto di addio hanno scritto che sarebbero stati insieme per sempre, o qualcosa del genere. Non è una frase da atei. Ho il sospetto che anche loro siano stati drogati. Con quel Luminux.»

«E il loro dottore che cosa...?»

«Non l'ha prescritto lui. Ma potrebbe averglielo somministrato qualcuno. E il loro biglietto era pieno di errori, come quello dei Whitley.»

«Il dottore dei Whitley cosa dice?»

«Non ci sono ancora arrivato.»

«Chissà, chissà, chissà...» LaTour strinse gli occhi. «Ma il giardiniere con cui abbiamo parlato, quello dei vicini dei Benson, ha detto che si stavano sbronzando. Hai visto gli esami del sangue degli altri due. Avevano bevuto anche loro?»

«Non moltissimo. Oh, un'altra cosa: ho chiamato la compagnia telefonica dei loro cellulari e ho controllato le chiamate... quelle dei Whitley. Quaranta minuti prima di morire hanno ricevuto una telefonata da un telefono pubblico. Una chiamata durata due minuti. Chi è che chiama più dai telefoni pubblici? Ormai ce l'hanno tutti il cellulare, no?»

Riluttante, LaTour dovette dargli ragione.

«Pensaci, Greg. Due coppie, ricche, che vivono a otto chilometri l'una dall'altra. Tutta gente da country club. Entrambi i mariti sono cardiopatici. Due casi di omicidio-suicidio in pochi giorni. Che cosa ti sembra?»

In tono rassegnato, LaTour rispose: «Fuori curva. Giusto?».

«Esatto.»

«Pensi che quella stronza...»

«Chi?» chiese Tal.

«La figlia.»

«Non ho detto questo.»

«Non lo vado a raccontare alla stampa, Tal.»

«Okay» ammise Tal, «è una stronza.»

«Pensi che ci siano di mezzo dei soldi e che lei abbia fatto qualche giochetto con il testamento o con l'assicurazione?»

«È un teorema.»

«Un cosa?» LaTour storse la bocca.

«Una sensazione, voglio dire.»

«Sensazione. Okay. Ma hai parlato anche dei Benson. La figlia dei Whitley non avrà ammazzato anche loro, no? Perché l'avrebbe fatto?»

Tal alzò le spalle. «Non ne ho la minima idea. Forse è la figlioccia dei Benson ed è nominata anche nel loro testamento. Oppure suo padre era in affari con i Benson e per disporre delle proprietà era necessario ammazzare anche loro.»

«Chissà, chissà, chissà» ripeté LaTour.

Shellee apparve sulla soglia e, ignorando il corpulento poliziotto, disse: «Hanno chiamato dalla CSU. Le uniche impronte sulla pistola erano quelle dei Benson, con qualche traccia di panno o di carta».

«Che cazzo di pistola?» chiese LaTour.

«Gradirei che non usasse questo linguaggio quando parla con me» lo rimbeccò Shellee.

«Stavo parlando con lui» replicò LaTour, e rivolse a Tal un'occhiata interrogativa.

«La pistola con cui si sono uccisi i Benson» rispose lo statistico. «Tracce come quelle sul biglietto dei Whitley.»

Shellee guardò prima il poster appeso dietro la scrivania, quindi LaTour. Tal non riuscì a capire se l'espressione di disgusto fosse diretta al poliziotto oppure alla bionda in bikini a stelle e strisce distesa in posa provocante sul sedile e il serbatoio della Harley. L'assistente girò sui tacchi e uscì rapidamente dall'ufficio, come se per tutto il tempo vi fosse rimasta in apnea.

«Okay, diciamo che qualche dettaglio del cazzo è quasi interessante.» LaTour occhieggiò il pesante orologio d'oro che portava al polso. «Devo andare. Ho prenotato al poligono. Vieni con me: spariamo qualche colpo e poi parliamo del caso.»

«Credo che resterò qui.»

LaTour aggrottò la fronte, apparentemente impossibilitato a capire la sua mancanza di entusiasmo al pensiero di sforacchiare una sagoma con un'arma da fuoco. «Non spari?»

«Preferisco lavorare al caso.»

Poi il viso di LaTour si illuminò. Doveva essersi ricordato che l'ufficio di Tal era sul lato Reati Ineffettivi. Per questo non gli interessavano i giocattoli da veri poliziotti.

Sei il migliore nel tuo campo, Tal. Statistiche. Accidenti, è un lavoro duro...

«Okay» disse LaTour. «Vorrà dire che controllerò i testamenti e le polizze assicurative. Com'è che si chiamano i maccabei?»

«I... cosa?»

«I morti, i cadaveri... quei falliti che si sono ammazzati, Tal. E i loro avvocati.»

Tal gli scrisse le informazioni in bella calligrafia su un foglio di carta, che LaTour ficcò nel taschino della camicia a quadri prima di spalancare un cassetto della scrivania ed estrarne una grossa pistola cromata.

«Che cosa devo fare?» chiese Tal.

«Convoca una squadra IPI e...»

«Una squadra cosa?»

«Ma siamo andati alla stessa accademia, Tal? Una squadra di Interrogatorio Post-Incidente» spiegò LaTour, come se parlasse a un bambino di tre anni. «Fai il mio nome e Doherty te ne metterà insieme una. Mandali a parlare con i vicini dei Benson e dei Whitley e scopri se hanno notato qualcuno intorno all'ODM. Voglio dire...»

«Ora della morte.»

LaTour alzò il pollice in segno di approvazione. «Ne riparliamo nel pomeriggio. Ci vediamo qui... alle quattro?»

«Bene. Forse dovremmo scoprire che macchina ha la figlia dei Whitley. Nel caso corrisponda alle tracce di pneumatici.»

«Ottima idea, Tal» osservò LaTour, che per una volta sembrava sincero. Quindi afferrò qualche scatola di proiettili da 9mm e uscì dalla Divisione Detective con il passo pesante.

Tal tornò alla sua scrivania e fece richiesta di una squadra IPI. Quindi chiamò la Motorizzazione e chiese notizie dell'automobile di Sandra Whitley. Guardò l'ora: le tredici. Si accorse di avere fame. Aveva perso il consueto appuntamento a pranzo con gli amici dell'università. Scese al primo piano, alla mensa, e prese un sandwich al formaggio e una bibita *diet* da consumare in ufficio. Mentre mangiava continuò a sfogliare i rapporti, i documenti e i propri appunti su quanto aveva osservato a casa Whitley.

Shellee passò davanti alla porta, si fermò di colpo e non si mosse. Lo guardò e scoppiò a ridere.

«Che c'è?» chiese Tal.

«Non ci posso credere. Mangi alla scrivania.»

Non gli era mai capitato? Lo domandò a Shellee.

«No. Nemmeno una volta. Mai... E adesso ecco che vai a fare i rilievi sulla scena del crimine, tieni la scrivania in disordine... Senti capo, quando torni a casa...»

«Sì?»

«Occhio agli asini che volano. Oggi ne sarà pieno il cielo.»

∞

«Salve» disse Tal alla receptionist, con un ampio sorriso. Perché no? La ragazza aveva occhioni da cerbiatta, un viso a forma di cuore, i capelli rossi e la figura atletica di una danzatrice irlandese.

Margaret Ludlum (stando al nome sulla targhetta) alzò lo sguardo su di lui e inarcò un sopracciglio rosso chiaro. «Sì?»

«Sei Maggie, giusto?»

«Posso esserle utile?» chiese la ragazza, in tono cortese ma distaccato.

Tal le rivolse una seconda ondata di sorrisi mentre mostrava distintivo e tesserino, strappando un'espressione inquieta a quel viso lentigginoso.

«Sono qui per vedere il dottor Sheldon.» Era il nome del cardiologo di cui Tal aveva trovato il biglietto da visita tra le carte dei Whitley.

«Lei è...» La rossa cercava di mettere a fuoco il tesserino.

«Detective Simms.»

«Certo. Un attimo solo... Ha un...»

«No. Un appuntamento? No. Ma ho bisogno di parlargli. È importante. Riguarda un paziente. Un ex paziente: Sam Whitley.»

Lei ebbe un lieve sussulto e fece un cenno di assenso. La voce del suicidio, giudicò Tal, doveva essersi diffusa. «Un attimo solo» ripeté la ragazza. Chiamò l'interno del medico e pochi minuti dopo un uomo stempiato sulla cinquantina arrivò nella sala d'attesa.

Il dottor Anthony Sheldon accompagnò Tal in un grande studio ben arredato, dalle pareti piene di diplomi e citazioni come ci si può aspettare da un cardiologo che probabilmente guadagnava qualche migliaio di dollari l'ora. Sheldon indicò una sedia e si insediò sulla sua poltrona dall'alto schienale.

«Stiamo indagando sulla morte dei signori Whitley» esordì Tal. «Vorrei farle qualche domanda.»

«Certo. Tutto quello che posso fare. È stato... voglio dire, abbiamo sentito che era un suicidio, giusto?»

«Apparentemente. Solo che ci sono alcune questioni senza risposta. Per quanto tempo li ha avuti in cura?»

«Per cominciare, non li ho avuti in cura tutti e due. Solamente Sam Whitley. Che mi è stato mandato dal suo medico generico.»

«Vale a dire il dottor Ronald Weinstein» disse Tal. Un altro dei tanti dettagli che lo avevano tenuto sveglio fino alle tre del mattino. «Gli ho appena parlato.» Dal dottor Weinstein non era emerso niente di particolarmente utile, tranne che non aveva prescritto il Luminux a nessuno dei due e che non aveva mai incontrato i Benson. «Quanto era seria la cardiopatia di Sam?»

«Molto seria. Aspetti un attimo, posso essere più preciso.» Sheldon premette un pulsante sul telefono.

«Sì, dottore?»

«Margaret, mi puoi portare la cartella Whitley?»

Margaret, dunque, non Maggie.

«Subito.»

Poco dopo la ragazza entrò di buon passo nello studio, ignorando la presenza di Tal. Il quale decise che gli piaceva quella sua aria di danzatrice celtica e che «Margaret» era meglio di «Maggie». Peccato per quel suo fare gelido, severo e intimidatorio.

«Grazie.» Sheldon aprì la cartella. «Il suo cuore era efficiente solo al cinquanta per cento. Avrebbe avuto bisogno di un trapianto, ma non era un ottimo candidato. Avremmo dovuto sostituire le valvole e alcune arterie principali.»

«Sarebbe sopravvissuto all'operazione?»

«All'operazione o al rischio di rigetto?»

«L'una e l'altro.»

«Le probabilità non erano incoraggianti. L'operazione era la fase più rischiosa. Sam non era giovane e i suoi vasi sanguigni erano molto deteriorati. Se fosse sopravvissuto, per sei mesi avrebbe avuto una probabilità del cinquanta per cento. Passato quel periodo, la situazione sarebbe migliorata.»

«Quindi non era del tutto privo di speranze.»

«Non necessariamente. Però, come gli avevo detto, c'era purtroppo un'elevata probabilità che per il resto della sua vita restasse confinato in un letto.»

«Pertanto non si è sorpreso quando ha saputo del suicidio.»

«Vede, io sono un medico. Per noi il suicidio non ha senso. Ma Sam aveva di fronte un'operazione molto pericolosa e una convalescenza difficile e rischiosa, dal destino incerto. Quando ho saputo della sua morte, è chiaro che mi sono sentito male... e persino in colpa, pensando che forse non gli avevo messo abbastanza in chiaro le cose. Però non posso dire di esserne stato completamente sorpreso.»

«Conosceva sua moglie?»

«Lo accompagnava quasi sempre alle visite qui in studio.»

«Le risulta che fosse in buona salute?»

«Non lo so. Così sembrava.»

«Erano molto legati?»

«Oh, sì, moltissimo.»

Tal alzò lo sguardo su Sheldon. «Dottore, cos'è il Luminux?»

«Luminux? Una combinazione di antidepressivo, analgesico e ansiolitico. Ma è un farmaco con cui non ho molta familiarità.»

«Allora non è stato lei a prescriverlo a Sam, o a sua moglie?»

«No. E non prescriverei mai niente alla moglie di un paziente, a meno che non sia lei stessa mia paziente. Perché me lo domanda?»

«Perché entrambi avevano nel sangue elevate quantità di Luminux al momento della morte.»

«Entrambi?»

«Esatto.»

Il dottor Sheldon scosse il capo. «Strano. È stata quella la causa della morte?»

«No. Monossido di carbonio.»

«Oh. La loro macchina?»

«In garage.»

Il medico scosse di nuovo il capo. «Forse è un modo migliore di altri, immagino. Per quanto...»

Tal diede un'occhiata ai suoi appunti. «A casa loro c'era un modulo assicurativo destinato al centro di supporto cardiologico dell'ospedale. Di che si tratta?»

«Ho suggerito a Liz di parlare con qualcuno in ospedale. Lì lavorano su pazienti terminali o ad alto rischio, candidati ai trapianti. Forniscono soprattutto consulenza e terapia.»

«Possono averlo prescritto loro il farmaco?»

«Può darsi.»

«Con chi potrei parlarne?»

«Il direttore è il dottor Peter Dehoeven. Stanno all'edificio J. Torni nell'atrio principale, salga in ascensore al terzo piano, giri a sinistra e vada dritto.»

Tal ringraziò il dottor Sheldon e tornò nell'atrio. Le chiamate dal cellulare non erano consentite in ospedale, per cui chiese a Margaret se poteva usare il telefono della sua scrivania. Lei glielo indicò distrattamente e si voltò verso il computer. Erano le tre e quarantacinque.

Mancava un quarto d'ora all'appuntamento con Greg LaTour.

A rispondere fu una delle segretarie della Omicidi. Tal le chiese di avvisare LaTour che sarebbe arrivato in lieve ritardo.

«Oh, ma oggi non torna.»

«Non torna? Avevamo un appuntamento.»

«Non mi ha detto niente.»

Tal riappese il ricevitore con un diavolo per capello. Che LaTour lo avesse solo preso in giro, fingendosi disposto a dargli una mano con l'unico scopo di levarselo di torno?

Fece un'altra telefonata, al centro di supporto cardiologico. Il dottor Dehoeven non c'era, comunque Tal prese appuntamento per le otto e mezzo del mattino seguente. Riagganciò e chiese a Margaret le indicazioni per il centro di supporto. Ricordava perfettamente quanto gli aveva detto il dottor Sheldon, solo voleva avere un pretesto per scambiare due chiacchiere con la bella irlandese.

Anche se sapeva di non avere possibilità: era poco probabile che lui e la rossa avrebbero passato una serata a ballare danze celtiche per poi trascorrere il resto della notte a discutere le finezze dei numeri perfetti sotto le lenzuola.

∞

«Tutte le valvole?» chiese al cardiologo il settantaduenne Robert Covey, seduto dall'altro lato della scrivania. Il nome sulla targhetta era DOTT. LANSDOWNE. Ma di fronte alla crocchia bionda stile Gwyneth Paltrow e al rossetto scarlatto, il paziente non riusciva a pensare a lei se non come alla *dottoressa Jenny.*

«Esattamente» rispose la donna, protendendosi in avanti. «E non solo.» Nei dieci minuti che seguirono, la dottoressa gli elencò tutte le assurde procedure mediche cui lui avrebbe dovuto sottoporsi per avere qualche possibilità di vedere il suo settantatreesimo compleanno.

Non è giusto, pensò Covey. Non era giusto metterlo in trappola così. Era da quando era adulto che pesava circa ottanta chili, in rapporto a un'altezza di un metro e ottantacinque. Aveva smesso di fumare da quarant'anni. Finché non aveva perduto Veronica, aveva fatto lunghe e salubri camminate in montagna una volta ogni due o tre mesi. Poi si era iscritto a un gruppo di appassionati per continuare a fare esercizio anche dopo la morte della moglie, sebbene ciò comportasse seminare le vedove che cercavano disperatamente di tenere il suo passo per poter flirtare con lui.

La dottoressa Jenny domandò: «Lei è sposato?»

«Vedovo.»

«Ha figli?»

«Un figlio.»

«Che vive da queste parti?»

«No, ma ci vediamo spesso.»

«Altri parenti nell'area?»

«No, proprio no.»

La dottoressa lo fissò. «Mi rendo conto che è difficile sentirsi dire quello che le ho detto oggi. E sarà ancora più difficile con il passare del tempo. Vorrei che parlasse con qualcuno al Westbrook Hospital. Hanno un servizio di assistenza sociale specializzato in pazienti cardiopatici: il centro di supporto cardiologico.»

«Psichiatri?»

«Consulenti di infermeria, così li chiamano.»

«Portano le minigonne?» chiese Covey.

«Gli uomini no» disse lei, seria.

«*Touché.* Be', grazie, ma non credo che faccia per me.»

«Prenda il numero, in ogni caso. Se non altro, avrà qualcuno con cui parlare.» La dottoressa gli mise davanti un biglietto da visita. Covey notò lo smalto delle sue unghie, di un rosa opalescente. Erano piuttosto corte, come si confaceva a una donna che di tanto in tanto squarciava il petto ai pazienti. Sulle prime gli era sembrata piuttosto riluttante a quantificare le sue probabilità di sopravvivenza, alla fine però si mostrò disposta a comunicargli le cifre: «Sessantaquattro per cento a sfavore».

«Valutazione ottimistica o pessimistica?»

«Né l'una né l'altra. Realistica.»

Per lui andava bene.

Covey doveva ancora fare altri esami, spiegò la dottoressa, prima di fissare la data dell'operazione. «Può prendere appuntamento con Janice.»

«Prima è, meglio è?»

La dottoressa rispose senza sorridere: «Presto è più saggio».

Covey si alzò in piedi ma non si allontanò dalla scrivania. «Vuole dire che devo smettere di praticare sesso estremo?»

La dottoressa Jenny batté le palpebre. Poi risero entrambi.

«Non è bello essere vecchi?» fece lui. «Si può dire tutto quello che passa per la testa.»

«Prenda quell'appuntamento, signor Covey.»

Lui andò alla porta, e la dottoressa lo seguì. Covey pensò che stesse soltanto accompagnandolo fuori, ma lei gli tese la mano e gli porse il biglietto che aveva lasciato sulla scrivania.

«Posso dare la colpa alla mia memoria?»

«No. Lei è più sveglio di me.» La dottoressa gli rivolse un'occhiata complice e tornò dentro.

Covey prese l'appuntamento con l'infermiera alla reception e uscì dall'edificio. Aveva ancora in mano il biglietto del centro di supporto cardiologico. Vide un cestino dei rifiuti lungo il marciapiede e si apprestò a lanciare il rettangolo di carta come se fosse un frisbee, per mandarlo a raggiungere le lattine vuote e i giornali spiegazzati. Ma si trattenne.

Lungo la strada c'era un telefono pubblico. Robert Covey, il cui patrimonio ammontava a oltre cinquanta milioni di dollari, considerava il telefono cellulare un lusso inutile. Appoggiò il biglietto da visita sulla mensola e si frugò nelle tasche in cerca di monetine.

∞

Il dottor Peter Dehoeven era un uomo alto e biondo, che parlava con un accento difficilmente identificabile. Europeo, pensò Tal, scandinavo forse, o tedesco. A tratti era così marcato che, assieme allo studio spoglio, lasciava pensare che il medico fosse arrivato da poco negli Stati Uniti. Non solo l'arredamento era molto più spartano di quello dell'ufficio del dottor Sheldon, ma alle pareti non c'era nemmeno un attestato dei suoi studi e del suo apprendistato.

Tal gli si era presentato il mattino seguente, sul presto. Il medico stava illustrandogli la missione del centro di supporto cardiologico: i consulenti del CSC, diceva Dehoeven, aiutavano i pazienti gravemente cardiopatici a cambiare dieta, a programmare esercizi, a comprendere la natura delle loro malattie, ad affrontare l'ansia e la depressione. Inoltre, il centro trovava persone che si occupavano dei pazienti e dei loro parenti. E li aiutavano a fare i conti con la morte in termini di assicurazione, testamento, piani per il funerale.

«Oggi viviamo più a lungo» spiegava il dottore, con l'accento che andava e veniva. «Quindi abbiamo maggiore esperienza del decadimento dei nostri corpi. Questo significa, sì, che dobbiamo confrontarci per più tempo con la nostra mortalità. Non è una cosa facile. Dunque noi dobbiamo aiutare i nostri pazienti a prepararsi alla fine della loro vita.»

Quando ebbe finito di cantare le lodi del CSC, Tal gli disse che era venuto per sapere dei Whitley. «Si è sorpreso del loro suicidio?» Si accorse che aveva portato la mano alla cravatta e si stava aggiustando inconsciamente il nodo: quello di Dehoeven pendeva in modo irritante cinque centimetri sotto il colletto abbottonato della camicia.

«Sorpreso?» Dehoeven esitò. Forse la domanda lo confondeva. «Non ho pensato se mi sono sorpreso o no. Non conoscevo Sam di persona, sì? Non posso dire...»

«Non lo ha mai incontrato?» si stupì Tal.

«Oh, noi siamo una grossa organizzazione. Ci sono molte persone che lavorano con i pazienti. Io?» Fece una risata malinconica. «La mia vita è tutta budget e pianificazione. E poi c'è la costruzione della nuova struttura. Ci stiamo espandendo molto, sì? Ma posso sapere chi è stato assegnato a Sam e a sua moglie.» Chiamò la segretaria.

La consulente dei Whitley risultò essere una certa Claire McCaffrey, la quale, disse Dehoeven, aveva sia la qualifica di infermiera sia quella di assistente sociale. Lavorava al CSC da poco più di un anno. «È molto brava. Una consulente della nuova generazione, specializzata nel trattare con i pazienti anziani.»

«Le vorrei parlare.»

Un'altra esitazione. «Penso non ci siano problemi. Posso chiedere perché?»

Tal estrasse un questionario dalla valigetta e lo mostrò al dottore. «Sono lo statistico del dipartimento. Prendo in esame tutte le morti della contea e ne traccio un profilo. È solo routine.»

«Ah, routine, sì? Per questo mi ha fatto visita di persona?» Il medico inarcò un sopracciglio, curioso.

«I dettagli sono importanti.»

«Sì, certo.» Ma Dehoeven non sembrava convinto.

Chiamarono l'infermiera: stava per andare a conoscere un nuovo paziente, comunque poteva concedere a Tal quindici o venti minuti. Dehoeven gli spiegò come raggiungere l'ufficio di Claire McCaffrey.

«Ancora solo un paio di domande» fece Tal.

«Mi dica.»

«Prescrivete il Luminux, qui al centro?»

«Sì, spesso.»

«Lo avete prescritto anche a Sam? Non gli abbiamo trovato nessun flacone in casa.»

Il dottore controllò sul suo computer. «Sì. I nostri specialisti glielo hanno prescritto un mese fa.»

Tal gli disse allora della quantità riscontrata nel sangue dei Whitley. «Che cosa ne pensa?»

«Il triplo della dose normale?» Dehoeven scosse il capo. «Non so che dirle.»

«Avevano anche bevuto un po'. Mi è stato detto che il farmaco non ha contribuito direttamente alla loro morte. Lei è d'accordo?»

«Sì, sì» si affrettò a rispondere il medico. «Non è pericoloso. Gli unici effetti collaterali sono sonnolenza e vertigini.»

«Sonnolenza e vertigini insieme? Non è insolito?» chiese Tal. Le uniche medicine che aveva preso di recente erano state l'aspirina e un farmaco contro il mal di mare che non aveva funzionato, cosa che aveva trasformato in un'esperienza disastrosa una gita pomeridiana in barca a vela sul Long Island Sound, in compagnia di una ragazza.

«No, non è insolito. Il Luminux è l'ansiolitico che prescriviamo sempre qui al centro. È stato appena approvato dalla Food and Drug Administration. Ne siamo stati contenti, sì: i pazienti cardiopatici possono assumerlo senza aggravare le loro condizioni.»

«Chi lo produce?»

Il medico prese dallo scaffale un grosso volume e lo sfogliò. «La Montrose Pharmaceuticals di Paramus, New Jersey.»

Tal prese un appunto. «Dottore, avete un paziente qui... di nome Don Benson?»

«Il nome non mi dice niente, ma so ben poco dei pazienti, come le ho spiegato, sì?» Dehoeven accennò alla finestra, da cui arrivavano i rumori del cantiere: Tal suppose che la costruzione della nuova struttura occupasse tutto il suo tempo. Il dottore digitò il nome sulla tastiera del computer. «No, non abbiamo nessun paziente di nome Benson.»

«E in passato?»

«Qui ci sono i pazienti dell'ultimo anno. Perché me lo chiede?»

Tal batté la mano sul questionario. «Statistiche.» Mise via il foglio, si alzò e strinse la mano al dottore, poi si diresse verso l'ufficio dell'infermiera, quattro porte più in là lungo il corridoio.

Claire McCaffrey aveva più o meno la sua età, e capelli scuri e ondulati raccolti in una coda di cavallo. Aveva un bel viso lentigginoso, tipo «ragazza della porta accanto» ma sembrava profondamente turbata. «È lei che doveva vedermi? Detective...»

«Simms. Chiamami Tal.»

«Tutti mi chiamano Mac» disse lei. Tese la mano in una stretta salda, e un braccialetto le tintinnò al polso. Lui notò un anellino d'oro a forma di moneta antica. Sulla mano sinistra, invece, non c'era niente. Mac, rifletté Tal: dopo Margaret, la cupa danzatrice irlandese che lavorava per il dottor Sheldon, il tema celtico sembrava ricorrente.

L'infermiera lo invitò a sedersi. L'ufficio era spazioso: oltre alla scrivania c'era una zona salotto con un tavolino, un divano e due poltrone. L'ambiente aveva un'aria più vissuta e rilassante rispetto all'ufficio del dottor Dehoeven: era decorato con cristalli, globi di vetro, riproduzioni di artefatti indiani, piante, fiori freschi e poster raffiguranti spiagge, deserti e foreste.

«Sei venuto per Sam Whitley, vero?» chiese lei, triste.

«Sì, lui e sua moglie.»

La ragazza fece un cenno di assenso. «Non sono riuscita a chiudere occhio tutta la notte. Una tragedia. Non riesco a capacitarmene.» La voce le venne meno.

«Devo solo farti qualche domanda. Spero non ti dispiaccia.»

«No, di' pure.»

«Li hai visti il giorno della loro morte?»

«Sì» rispose lei. «Il solito appuntamento.»

«Che cosa facevi per loro, con esattezza?» volle sapere Tal.

«Quello che faccio per quasi tutti i pazienti: mi assicuro che seguano la dieta, li aiuto con i moduli dell'assicurazione, controllo che le medicine facciano effetto, cerco qualcuno che li aiuti nei lavori domestici... C'è qualche problema? Voglio dire... qualche problema ufficiale?»

Tal la guardò negli occhi; pareva preoccupata. Decise di non usare la scusa del questionario. «La loro morte è un fatto insolito. Non corrisponde al profilo standard della maggior parte dei suicidi. Si sono lasciati sfuggire qualcosa che potesse far pensare all'intenzione di uccidersi?»

«No, certo che no» rispose lei in fretta. «Sarei intervenuta. Naturalmente.»

«Ma...?» Tal intuiva che c'era qualcos'altro.

L'infermiera abbassò gli occhi, riordinò alcuni fogli, chiuse una cartelletta. «È solo che... Ecco, vedi, ho passato gli ultimi due giorni a ripensare alle nostre conversazioni, in cerca di indizi. E mi ricordo che hanno detto che era stato bello lavorare con me.»

«Cosa c'è di strano?»

«Il modo in cui lo hanno detto. Parlandone al passato. Non "*è* bello lavorare con te" ma "è *stato* bello". In quel momento non ci ho fatto caso. Però adesso che sappiamo...» Sospirò. «Avrei dovuto farci più attenzione.»

Recriminazione. Come gli avvocati e i dottori delle due coppie. L'infermiera McCaffrey sarebbe stata ossessionata dalla morte dei Whitley per parecchio tempo.

Forse *per sempre...*

«Sapevi» chiese Tal «che avevano appena comprato un libro sul suicidio, *L'ultimo viaggio*?»

Lei si accigliò. «No, non lo sapevo.»

Dietro la sua scrivania l'infermiera McCaffrey... Mac... aveva una fotografia di un uomo e una donna anziani, abbracciati, due istantanee di grossi labrador neri, una di lei con i cani. Nessuna foto di fidanzati o mariti. O fidanzate. A Westbrook County le coppie sposate o conviventi corrispondevano al 74 per cento della popolazione adulta, con un 7 per cento di vedove, un 2 per cento di vedovi e un 17 per cento di single, divorziati o non conviventi. Di quest'ultimo gruppo solo il 4 per cento era nella fascia di età tra i ventotto e i trentacinque anni. Lui e Mac avevano almeno una cosa in comune: facevano parte del Club Quattro Per Cento.

L'infermiera guardò l'orologio.

Tal partì subito alla carica: «Prendevano il Luminux, giusto?».

Lei annuì. «È un ottimo ansiolitico. Ci assicuriamo che i pazienti lo abbiano sotto mano e lo prendano in caso di attacchi di panico o depressione.»

«Sam e sua moglie ne avevano quantità insolitamente elevate nel sangue, al momento della morte.»

«Davvero?»

«Stiamo cercando di capire che fine abbia fatto il flacone. Non lo abbiamo trovato, in casa.»

«L'altro giorno lo avevano, l'ho visto.»

«Ne sei sicura?»

«Sicurissima. Non so quanto gliene fosse rimasto. Forse l'hanno finito e hanno buttato via il flacone.»

Tal si domandò che cosa fare di quelle informazioni.

Stava facendo le domande giuste? Greg LaTour lo avrebbe saputo. Ma il suo collega della Omicidi non era lì e lui doveva cavarsela da solo. «I Whitley ti hanno mai parlato di Don e Sy Benson?»

«Benson?»

«Di Greeley.»

«Be', no. Non li ho mai sentiti nominare.»

«Qualcun altro è andato dai Whitley, quel giorno?»

«Non lo so. Non mentre c'ero io.»

«Li hai per caso chiamati da una cabina telefonica, quel pomeriggio?»

«No.»

«Ti hanno detto che aspettavano qualcuno?»

Mac fece cenno di no con la testa.
«A che ora te ne sei andata?»
«Alle quattro. O poco prima.»
«Sei sicura dell'ora?»
«Sì. Lo so perché stavo ascoltando il mio programma preferito sulla radio della macchina. *The Opera Hour*, sulla National Public Radio.» Fece una risata amara. «Davano brani dalla *Madama Butterfly*.»
«Quella sulla giapponese che...» Tal si zittì.
«Si suicida.» Mac fissò lo sguardo su un poster dei Grand Tetons, poi su uno di surfisti alle Hawaii. «Ho dedicato tutta la mia vita a proteggere la gente. La notizia di Sam e Liz è stata un brutto colpo.» Sembrò sul punto di mettersi a piangere, ma riuscì a controllarsi. «Ne ho parlato con il dottor Dehoeven. Lui viene dall'Olanda: dalle sue parti vedono la morte in modo diverso. L'eutanasia e il suicidio sono molto più accettabili. Quando ha saputo della loro morte... ha alzato le spalle, come se non fosse importante. Io però non riesco a smettere di pensarci.» Un momento di silenzio. Poi batté le palpebre e guardò nuovamente l'orologio. «Adesso devo vedere un nuovo paziente. Se hai bisogno ancora di qualcosa, fammelo sapere.» Si alzò in piedi, ma non si spostò. «Tu sei... che cosa, esattamente? Un detective della Omicidi?»
Tal rise. «In realtà sono un matematico.»
«Un...?»
Prima che potesse spiegare il suo curioso pedigree, il cercapersone si mise a suonare. Non ci era abituato. Colto di sorpresa, fece cadere la valigetta. E mentre si chinava per raccoglierla abbatté alcuni raccoglitori dalla scrivania dell'infermiera. Ottimo lavoro, Simms, disse a se stesso. Proprio quello che ci vuole per fare buona impressione su un'appartenente al Club Quattro Per Cento.

∞

«È nel tuo ufficio e non sono riuscita a farlo uscire. È dura, capo.»

In un momento di panico, Tal pensò che Shellee, il quale ora gli indicava la porta dell'ufficio con un'espressione furibonda, si riferisse allo sceriffo, sceso personalmente dall'ultimo piano per licenziarlo a causa del 21-24. Invece no: la segretaria stava parlando di qualcun altro. Varcò la soglia e guardò con aria interrogativa Greg LaTour: «Non avevamo appuntamento ieri po...» «Allora, dov'eri?» fece l'altro. «A casa a dormire?» Stava finendo il sandwich di Tal del giorno prima, sbriciolando ovunque.

Con gli stivali sulla scrivania.

Era stato LaTour a contattarlo sul cercapersone, mentre lui era dall'infermiera McCaffrey. Il messaggio diceva:

UFFICIO 20 MINUTI. LATOUR

Tal notò con disappunto i segni lasciati dalle suole sulla scrivania.

LaTour se ne accorse, ma non vi fece caso. «Stammi a sentire. Ho saputo del testamento. E la risposta è sì: l'hanno cambiato tutt'e due le coppie.»

«Okay, è sospetto...»

«Fammi finire. Non è affatto sospetto. Il beneficiario non è una governante pazza o una setta di fanatici che gli ha fatto il lavaggio del cervello. I Benson non avevano figli e si sono limitati ad aggiungere alle ultime volontà qualche associazione di beneficenza e a creare un fondo per mandare i nipoti al college. Centomila dollari ciascuno. Roba da poco, per loro. La figlia dei Whitley non ci guadagna un beneamato cazzo. E a proposito di Sandra Whitley, stronza o no, nella prima versione del testamento dei genitori si beccava un terzo del patrimonio. Adesso non è cambiato niente, a parte l'aggiunta di una cifra da gestire per aprire una biblioteca Whitley.» LaTour alzò lo sguardo. «Quello sì che sarà un posto tostissimo per divertirsi la domenica. Poi anche loro hanno messo in lista qualche associazione di beneficenza al posto di altre. Oh... e se proprio me lo vuoi chiedere, non sono le stesse del testamento dei Benson.»

«Non te l'ho chiesto.»

«Avresti dovuto. Bisogna sempre cercare collegamenti, Tal: sono la chiave, nei casi di omicidio. Collegamenti tra un fatto e l'altro.»

«Proprio come...»

«Non parlarmi di statistiche del cazzo.»

«... in matematica. Comuni denominatori.»

«Sarà» fece LaTour. «Comunque, le ultime volontà non sono un movente. Lo stesso vale per...»

«Le polizze di assicurazione?»

«Esatto. Pochi soldi. Quella dei Benson va a beneficio di vecchi dipendenti in pensione delle società di lui... tipo venti o trentamila dollari. Niente di sospetto. E tu cos'hai scoperto?»

Tal gli raccontò del dottor Sheldon e di Dehoeven al CSC.

«Cazzo. Adesso... Be', cos'hai?»

«Ti spiace togliere gli stivali dalla mia scrivania?» Irritato, LaTour rimise i piedi a terra. «Stavo dicendo che adesso ci serve un collegamento. Qualcosa...»

«Io forse ce l'ho» lo interruppe Tal. «Medicine.»

«Stai ancora seguendo quella storia del Lumicul?»

«Luminux. Provoca sonnolenza e vertigini. Può confondere le idee. E rendere suscettibili al condizionamento.»

«Così uno si fa saltare le cervella? Non mi sembra tanto facile.»

«Forse sì, se uno prende tre volte la dose normale.»

«Pensi che qualcuno gliel'abbia propinata?»

«Può darsi» rispose Tal. «La consulente del CSC se n'è andata alle quattro. I Whitley sono morti intorno alle otto. C'era tutto il tempo perché qualcuno andasse da loro e gli mettesse il farmaco nei bicchieri. Probabilmente quello che li ha chiamati dalla cabina telefonica.»

«Okay, i Whitley prendevano la medicina. E i Benson?»

«Sono stati cremati il giorno dopo la loro morte, ricordi? Non lo sapremo mai.»

LaTour inghiottì l'ultimo boccone di sandwich. «Scusa. L'ho trovato qui.»

Tal guardò torvo la scrivania. «Hai sbriciolato dappertutto.»

L'altro si chinò a soffiare via le briciole. Poi bevve un sorso di caffè da una tazza che aveva lasciato un cerchio marrone su un rapporto della Scientifica. «Okay, il tuo... come cazzo lo chiami? Teoria?»

«Teorema.»

«È che qualcuno gli ha propinato quella merda. Ma chi? E perché?»

«Questo ancora non lo so.»

«*Questi*» lo corresse LaTour. «*Chi e perché. Questi*, plurale.»

Tal sospirò.

«Pensi sia così facile drogare qualcuno e dirgli di ammazzarsi, e quello poi lo fa?»

«Andiamo a scoprirlo» propose Tal.

«Eh?»

Lo statistico consultò i propri appunti. «La compagnia che produce il Luminux ha sede a Paramus, vicino alla Parkway. Andiamo a sentire.»

«Merda. Fino nel Jersey.»

«Hai un'idea migliore?»

«Non mi servono idee. Il caso è tuo, ricordi?»

«Io sono quello che ha dichiarato il 21-24. Ma adesso il caso è di tutti. Andiamo.»

∞

Non starebbe male in minigonna, pensava Robert Covey. Purtroppo porta i pantaloni.

«Signor Covey, sono del centro di supporto cardiologico.»

«Dammi del tu e chiamami Bob. Se no mi fai sentire vecchio.» La trovava un po' bassa per i suoi gusti. Ma dovette ricordarsi che la ragazza era lì per aiutarlo a farsi mettere dei pezzi di ricambio nel petto e ad aggiustare vene e arterie che perdevano. O, nel caso fosse andata male, a morire senza troppe storie. E poi Covey diceva sempre di essersi imposto una regola: non uscire mai con una donna che avesse un terzo dei suoi anni (in realtà scherzava e qualche volta flirtava, però era ben felice di non uscire mai con nessuno, dopo Veronica).

Spalancò la porta e invitò la ragazza a entrare, accennando un inchino. Ebbe la sensazione che lei abbassasse un po' le difese. Probabilmente, con il suo lavoro, aveva a che fare con un sacco di cretini e al primo incontro ci andava cauta. Covey comunque se la prendeva solo con gli idraulici, gli elettricisti o le cameriere che, solo perché era vecchio, lo trattavano come un deficiente. Il fatto di sentire la morte incombente non doveva certo limitare le sue buone maniere. La accompagnò al divano nello studio, la sua stanza preferita. «Benvenuta, signorina McCaffrey.»

«Preferisco essere chiamata Mac. Era così che mi chiamava mia madre quando facevo la brava.»

«E quando facevi la cattiva?»

«Sempre Mac. Ma cambiava il tono. Allora, dimmi.»

Lui alzò un sopracciglio. «Che cosa?»

«Quello che stavi per dirmi: che non hai bisogno di me, che non ti occorre aiuto, che hai accettato di vedermi solo per fare contento il tuo cardiologo, che non vuoi sentire favole o prediche, che non intendi cambiare dieta, smettere di fumare e di bere...» guardò le bottiglie sul mobile bar «... il porto. Allora ecco le regole: niente favole e niente prediche da parte mia. Da parte tua, dovrai smettere di fumare...»

«Ho smesso prima che tu nascessi, grazie tante.»

«Bene. Dovrai fare esercizio e seguire una dieta opportuna. Quanto al porto...»

«Un momento...»

«Penso dovrai limitarti a un massimo di tre a sera.»

«Quattro» mercanteggiò subito Covey.

«Tre. Ma sospetto che la maggior parte delle volte ti dovrai accontentare di due.»

«Tre è accettabile» borbottò lui. In realtà molto spesso non ne beveva più di due, e qualche volta si concedeva un po' di bourbon.

Accidenti, quella ragazza gli piaceva. Le donne di carattere erano sempre state di suo gusto. Come Veronica.

Poi Mac passò ad altri argomenti. Questioni pratiche, come i servizi forniti dal centro di supporto cardiologico, le visite a domicilio, le collaboratrici domestiche, l'assicurazione. «Mi risulta che sei vedovo. Per quanto tempo sei stato sposato?»

«Quarantanove anni.»

«Dev'essere stato meraviglioso.»

«Ver e io stavamo molto bene insieme. Mi è dispiaciuto non poter celebrare i cinquant'anni. Avevo in mente di dare una festa, con una suonatrice di arpa e liquori a fiumi.» Inarcò un sopracciglio. «Porto d'annata compreso.»

«E hai un figlio.»

«Esatto. Randall. Vive in California. Gestisce una ditta di computer, una di quelle che fanno i soldi. Pensa un po'! Ha i capelli troppo lunghi e convive... Avrebbe dovuto sposarsi. Ma è un bravo ragazzo.»

«Lo vedi spesso?»

«Di continuo.»

«Quando lo hai sentito l'ultima volta?»

«L'altro ieri.»

«È al corrente delle tue condizioni?»

«Ci puoi scommettere.»

«Bene. Verrà qui?»

«Tra circa una settimana. È in viaggio, sta mettendo a punto un grosso affare.»

Mac prese qualcosa dalla borsetta. «Il nostro medico ti prescrive questo.» Gli porse un flacone. «Luminux. È un ottimo ansiolitico.»

«Non ho l'ansia di prendere ansiolitici.»

«È un medicinale di nuova generazione. Dovrai affrontare momenti difficili e questo ti farà sentire meglio. Non ha praticamente effetti collaterali...»

«Allora non mi sentirò come quando facevo il beatnik al Greenwich Village?»

Lei rise.

«No, grazie» fece lui.

«Ti farà bene» insisté Mac. Lo aprì e fece cadere due pillole in un bicchierino, che gli consegnò. Poi andò al mobile bar e riempì un bicchiere d'acqua.

Vedendola muoversi nella stanza come se fosse a casa sua, Covey ridacchiò. «Non ti arrendi mai?»

«Non quando so di avere ragione.»

«Sei una dura.» Covey guardò le due pillole. «Se prendo queste, poi posso bere il mio porto, giusto?»

«Certo. La chiave di tutto è la moderazione.»

«Non mi dai affatto l'impressione di una donna moderata.»

«Certo che no. Non pratico ciò che predico.» E gli diede il bicchiere d'acqua.

∞

Tardo pomeriggio, sulla strada verso il New Jersey.

Tal trafficava con la radio, in cerca del programma di lirica di cui gli aveva parlato Mac.

LaTour guardò il cruscotto. Sembrava quasi sorpreso che ci fosse un'autoradio sulla sua macchina.

Tal passò da un canale all'altro della National Public Radio, ma non gli riusciva di trovare il programma. A che ora aveva detto che lo trasmettevano? E perché gli importava tanto che cosa ascoltava Mac? Oltretutto l'opera non gli piaceva più di tanto. Si arrese e si fermò su un notiziario. LaTour lo sopportò per cinque minuti, poi si sintonizzò sulla partita.

I casi erano due: o il detective della Omicidi era preoccupato, oppure era un pessimo guidatore. Sbandava, accelerava ben oltre il limite, inchiodava... Di quando in quando mostrava il dito medio agli altri automobilisti, quasi fosse una manifestazione di affetto.

Probabilmente si sente più a suo agio in moto, rifletté Tal.

Per un po' ascoltarono la partita, senza scambiare una parola.

Tal cercò di fare conversazione. «Tu dove abiti?»

«Vicino al dipartimento.»

Nient'altro.

«È tanto che sei nella polizia?»

«Un po'.»

New York sette, Boston tre...

«Sei sposato?» Tal aveva notato che non portava la fede.

Silenzio.

Tal abbassò il volume e ripeté la domanda.

Dopo un po' LaTour bofonchiò: «Quello è qualcos'altro».

«Oh» fece Tal. Non capiva che cosa intendesse. Forse c'era dietro una storia: un divorzio, figli rimasti con la moglie.

E il 6,3 per cento di questi si suicida prima di arrivare alla pensione...

Qualunque fosse la triste storia di Orso, era riservata ai suoi amici dei Reati Effettivi.

Non a Einstein, quello che si scopava la calcolatrice.

Rimasero zitti, con il rumore di fondo della radiocronaca. Dieci minuti dopo LaTour uscì bruscamente dalla Parkway e imboccò una serpeggiante strada laterale. La Montrose Pharmaceuticals era una serie di edifici in vetro e metallo cromato in uno scenario industriale. Più piccola della Pfizer e di altre grandi società del settore, doveva in ogni caso andare piuttosto bene, a giudicare dal numero di Mercedes, Jaguar e Porsche nel parcheggio riservato ai dipendenti.

Nell'elegante atrio, i distintivi del dipartimento dello Sceriffo di Westbrook County destarono un certo scalpore. Ma, ritenne Tal, furono la stazza e lo sguardo ostile di LaTour a garantire loro l'accesso all'ufficio del presidente della compagnia.

In cinque minuti si trovarono davanti a Daniel Montrose, un uomo serio, stempiato, sulla cinquantina, occhi vivaci e vestiti spiegazzati. Doveva essere anche lui uno scienziato, valutò Tal, non un uomo di marketing. Il presidente si dimenava avanti e indietro sulla sedia, guardandoli da dietro le lenti dei suoi occhiali eleganti. Distrattamente, ma con un certo disagio.

Per qualche secondo nessuno, in quel lussuoso ufficio, disse una sola parola. La tensione divenne palpabile. Tal occhieggiò LaTour, seduto sulla sedia in pelle e cromo, che si guardava intorno. Forse era la tecnica che usavano i poliziotti «effettivi» per convincere la gente a sbottonarsi.

«Ci stiamo preparando alla convention della forza vendita» annunciò d'un tratto Montrose. «Sarà in grande stile.»

«Davvero?» fece Tal.

«Proprio così. La più grande. Quest'anno è a Las Vegas.» Poi il presidente si richiuse in se stesso.

Tal avrebbe voluto fargli eco: *Vegas?* Ma non aprì bocca.

LaTour prese la parola: «Ci parli del Luminux».

«Il Luminux. Certo, il Luminux. Vorrei proprio sapere... cioè, se non è contro le regole o qualcosa del genere, per che cosa siete venuti qui. Non l'avete ancora detto.»

«Stiamo indagando su casi di suicidio.»

«Suicidio?» Montrose si mostrò inquieto. «E il Luminux c'entra qualcosa?»

«Oh, sì che c'entra» replicò LaTour con tutta l'allegria che la frase sembrava implicare.

«Ma... è basato su un blando derivato del diazepam... È difficilissimo raggiungere un'overdose fatale.»

«No, sono morti per altre cause, però abbiamo scoperto...»

La porta si spalancò e una donna di sconvolgente bellezza entrò nell'ufficio. Vide i due visitatori, batté le ciglia e disse: «Sono spiacente, non pensavo fosse in riunione». Non sembrava affatto spiacente. Depose un fascio di cartellette sulla scrivania di Montrose.

«I signori sono due poliziotti di Westbrook County» le spiegò il presidente.

Lei li guardò con maggiore attenzione. «Polizia? C'è qualche problema?»

Doveva avere una quarantina d'anni. Un viso lungo, vagamente «da rettile», con occhi gelidi e la bellezza di una fotomodella europea. Gambe lunghe con polpacci da sportiva. Tal decise che, come l'assistente gaelica del dottor Sheldon, fosse un esemplare di una particolare specie di predatori, molto diversa da Mac McCaffrey.

Né Tal né LaTour risposero alla sua domanda.

Montrose la presentò: Karen Billings, con una qualifica interminabile che includeva *product support* e relazioni con i pazienti. «Si stava parlando del Luminux. Dicono che ci sono stati dei problemi.»

«Problemi?»

«Dicevano che...» Montrose spinse gli occhiali in cima al naso. «Be', che cosa, esattamente?»

Tal riprese: «Due persone si sono suicidate. Nel sangue avevano una dose di Luminux tripla rispetto a quella normale».

«Ma una dose del genere non è affatto letale. È impossibile. Non vedo perché...» La voce della Billings sfumò nel silenzio mentre rivolgeva uno sguardo a Montrose, che ricambiò l'occhiata. Sembravano due giocatori di poker. Poi lei si rivolse, glaciale, a LaTour. «Cosa vorreste sapere, con precisione?»

«Innanzitutto, com'è potuta arrivare quella dose nel loro sangue?» LaTour si appoggiò allo schienale della sua sedia, che scricchiolò in modo preoccupante. Tal si domandò se intendesse appoggiare gli stivali sulla scrivania di Montrose.

«Intende dire... come può essere somministrata?»

«Ecco.»

«Solo per via orale. Non è ancora disponibile per endovena.»

«Potrebbe essere mescolata al cibo o alle bevande?»

«Pensa che qualcuno abbia fatto una cosa del genere?» chiese Montrose.

La Billings, zitta, guardava cautamente l'uno e l'altro poliziotto.

«Sarebbe possibile?» domandò Tal.

«Be', certo» rispose il presidente. «Sicuro. È solubile in acqua. Il veicolo è amaro...»

«Il cosa?»

«La base inerte con cui lo mescoliamo. Il farmaco è di per sé insapore, noi però aggiungiamo un composto sgradevole, così i bambini lo sputano se lo inghiottiscono per errore. Ma il sapore può essere mascherato con zucchero, oppure...»

«Alcol?»

«Gli alcolici sono sconsigliati durante la cura» intervenne la Billings.

LaTour bofonchiò: «Non me ne frega un cazzo delle paroline scritte in piccolo sulla confezione. Voglio sapere se è possibile nascondere il sapore se si scioglie una compressa in un drink».

La donna esitò. Poi si decise a rispondere: «Si potrebbe». Giocherellò con le unghie, come in preda all'impazienza o alla rabbia.

«A che cosa serve?»

Rispose Montrose: «Essenzialmente è un ansiolitico-antidepressivo. Non un sonnifero. Ha un effetto rilassante. Ci si sente più felici».

«Incasina la testa?»

«Ci sono diminuzioni cognitive.»

«Traduzione?» protestò LaTour.

«Ci si sente un po' disorientati... ma di buonumore.» Tal rammentò gli errori nei biglietti. «Può avere influenza sulla grafia e sull'ortografia?»

Periclosi...

«Sì, è possibile.»

«E il giudizio del soggetto ne potrebbe risultare influenzato?»

«Il giudizio?» intervenne dura la Billings. «È soggettivo.»

«In che senso?» chiese LaTour.

«Non si può quantificare la capacità di un individuo di giudicare qualcosa.»

«No? E se un *individuo* si punta la pistola alla testa e preme il grilletto? Dov'è la capacità di giudizio? Siete o non siete d'accordo?»

«Dove cazzo vuole arrivare?» ribatté la Billings.

«Karen» fece Montrose, togliendosi dal naso gli occhiali firmati per massaggiarsi le palpebre.

Lei non gli diede retta. «Voi pensate che abbiano preso il nostro farmaco e per questo abbiano deciso di uccidersi. E credete sia colpa nostra? E di questo farmaco...»

«... di cui due persone, forse *quattro*, si sono strafatte prima di ammazzarsi. Com'è dal punto di vista statistico?» LaTour si rivolse a Tal.

«Rientra nel campo delle probabilità sufficienti a stabilire una relazione di causa-effetto tra i due eventi.»

«Sentito? Ha parlato la scienza.»

Tal si chiese se stessero facendo il numero del poliziotto buono e del poliziotto cattivo che si vede nei film. Tornò all'attacco: «Un'overdose di Luminux potrebbe avere messo in crisi la loro capacità di giudizio?».

«Non abbastanza da decidere di uccidersi» disse la Billings con fermezza.

Montrose tacque.

LaTour gli chiese: «Lo pensa anche lei?».

«Sì. Lo penso anch'io» confermò il presidente.

Tal insisté. «Una dose del genere poteva renderli più influenzabili?»

La Billings si intromise: «Non capisco cosa intenda. È pura follia».

Tal finse di non avere sentito e si rivolse direttamente a Montrose. «Qualcuno potrebbe persuadere una persona a uccidersi, dopo averle fatto assumere un'overdose di Luminux?»

Il silenzio calò sull'ufficio.

«Ho forti dubbi» replicò la Billings.

«Ma non state dicendo di no» rilevò LaTour.

Uno scambio di occhiate tra Montrose e la Billings. Poi il presidente si rimise sul naso gli occhiali, distolse lo sguardo e disse: «Non stiamo dicendo di no».

∞

Il mattino seguente, Tal e LaTour arrivarono al dipartimento dello Sceriffo alla stessa ora. La strana coppia attraversò la Divisione Detective e si infilò nell'ufficio di Tal. Fino a quel punto, per quanto avessero esaminato il caso, non erano riusciti a scovare una prova solida.

«Ancora niente *chi*» fece notare LaTour. «Ancora niente *perché*.»

«Ma abbiamo un *come*» ribatté Tal, pensando al Luminux.

«'Fanculo il *come*, io voglio il *chi*.»

E proprio in quel momento ricevettero una possibile risposta.

Shellee entrò nell'ufficio e, ignorando deliberatamente Orso, comunicò: «Sei tornato. Bene. Ho avuto una chiamata dalla squadra IPI a Greeley: un vicino ha visto una donna su un'auto piccola e scura arrivare a casa dei Benson circa un'ora prima della loro morte. Portava occhiali da sole e un berretto da baseball rossiccio o beige. Il vicino non ha saputo identificarla».

«La macchina?»

Non è cosa da poco ignorare un individuo di oltre centodieci chili con il pizzetto che la gente chiama Orso; se c'era qualcuno che poteva riuscirci, era proprio Shellee. Continuando a parlare con Tal, disse: «Non si sa esattamente l'ora, ma la donna è arrivata prima di pranzo, si è trattenuta per quaranta minuti e poi se n'è andata. Vuol dire almeno un'ora prima che si suicidassero». Una pausa. «L'auto era una piccola berlina. Il testimone non ricorda il colore...»

«Hai chiesto la targa?» domandò LaTour.

«... e non ha visto la targa» riprese Shellee, rivolta a Tal. «E non è tutto: si è fatta viva la Motorizzazione: risulta che Sandra Whitley guida una BMW 325.»

«Potrebbe corrispondere alle tracce di pneumatici» osservò Tal.

«C'è dell'altro, capo: indovina chi lascia la città prima del funerale dei genitori.»

«Sandra?»

«Come diavolo lo hai scoperto?» domandò LaTour.

Finalmente lei si voltò verso di lui, come un blocco di ghiaccio. «Il detective Simms mi ha chiesto di riordinare tutti gli indizi provenienti dalla scena del crimine del caso Whitley: dice che avere indizi in disordine è come non averli. Ho trovato un appunto riguardo al numero di un aereo: si tratta di un volo da Newark a San Francisco che prosegue per le Hawaii. Ho chiamato la compagnia e ho saputo che la prenotazione è a nome di Sandra Whitley e il ritorno è aperto.»

«Quindi la stronza se ne va e forse non torna neanche indietro» commentò LaTour. «Va in vacanza senza nemmeno dire addio ai suoi. Bella roba.»

«Ottimo lavoro» disse Tal a Shellee.

La segretaria abbassò lo sguardo, con un sorrisetto.

LaTour si lasciò cadere su una delle sedie dell'ufficio, emise un lieve rutto e dichiarò: «Sei tostissima, Sherry. Vedi cosa puoi scoprire su questa merda». Le porse gli appunti sul Luminux.

«Mi chiamo *Shellee*» ribatté lei, lanciando un'occhiata a Tal prima di andarsene. Lui mosse silenziosamente le labbra per dire: *Per favore...*

LaTour guardò le note scritte a mano della segretaria. «E cosa sappiamo del perché? Il movente» ringhiò.

Tal dispose il materiale sulla sua scrivania: i rapporti della Crime Scene, le foto, i suoi appunti. Quali erano i comuni denominatori? La morte di due coppie. Molto ricche. I mariti erano malati, d'accordo, ma non senza speranza. Il farmaco li rendeva suggestionabili. Un pranzo a base di champagne... un drink davanti al caminetto... e poi il suicidio.

Tutto molto romantico.

«Mmh» fece Tal, ripensando a casa Whitley.

«Mmh cosa?»

«Ripensiamo un momento alle ultime volontà.»

«Ci abbiamo già pensato» rammentò LaTour.

«E se i Whitley le avessero volute cambiare *un'altra volta*?»

«Come sarebbe a dire?»

«Mettiamo che i Whitley e la figlia abbiano litigato la scorsa settimana e che i genitori volessero cambiare di nuovo il testamento... stavolta tagliandola fuori del tutto.»

«L'avvocato lo saprebbe.»

«Non se lei li ha uccisi prima che loro gli parlassero. Ricordo di avere sentito odore di bruciato dal caminetto quando sono entrato in casa. Ho pensato che avessero acceso un fuocherello romantico prima di uccidersi. Ma potrebbe non essere andata così. Forse Sandra ha dato alle fiamme qualche prova, appunti per cambiare il testamento, un biglietto destinato all'avvocato, qualcosa riguardante le proprietà. Non dimenticare che ha cercato di far sparire la posta: c'era una lettera indirizzata allo studio legale. Forse è per questo che è tornata dai suoi: per far sparire le prove. Vorrei averle guardato nella borsetta, accidenti. Non mi è proprio venuto in mente.»

«Sì, ma... ammazzare i genitori?» disse scettico LaTour.

«Il 17,2 per cento degli assassini è imparentato con le proprie vittime» gli fece presente Tal. «Lo so grazie ai miei questionari, per la cronaca.»

LaTour sbuffò. «E i Benson?»

«Forse si sono conosciuti in qualche gruppo di terapia per cardiopatici. O forse frequentavano lo stesso country club.»

«Ci sono un sacco di *forse*, Cristo!»

«Te l'ho detto che è un teorema. Va dimostrato o smentito. Vediamo se Sandra ha un alibi. E chiediamo alla Scientifica di esaminare il caminetto.»

«Se la cenere è intatta, sono capaci di vedere cosa c'era scritto sui fogli. Quelli sono dei fottuti geni.»

Tal richiamò la Crime Scene per chiedere un nuovo esame di casa Whitley. Poi disse: «Okay, andiamo a fare visita alla nostra indiziata».

∞

«Un momento.»

Quando LaTour si avventava su qualcuno in quel modo, chiunque avrebbe aspettato un momento.

Persino quella stronza di Sandra Whitley, che stava per salire sulla BMW parcheggiata davanti alla sua lussuosa casa, carica di bagagli.

«Si allontani dalla macchina» ordinò LaTour, mostrando il distintivo.

Tal disse: «Vorremmo farle qualche domanda». «Ancora lei! Di che diavolo state parlando?» Il tono era aggressivo, comunque Sandra Whitley obbedì agli ordini.

«Sta per lasciare la città?» LaTour le tolse la borsetta che portava a tracolla. «Tenga le mani sui fianchi.»

«Ho un impegno inderogabile.»

«Alle Hawaii?»

Sandra riprese l'iniziativa. «Come le ho già detto, sono un avvocato. Scoprirò come ha avuto questa informazione e spero per lei che abbia un mandato.»

Servirà davvero un mandato? si chiese Tal.

«Un impegno alle Hawaii?» chiese LaTour. «Con un biglietto aperto?»

«Che cosa vuole insinuare?»

«Non le sembra un po' strano partire per i mari del Sud poco dopo la morte dei suoi genitori? Senza andare al funerale?»

«I funerali sono per chi sopravvive. Ho già accettato la morte dei miei genitori. Loro non vorrebbero che perdessi una riunione importante. Mio padre era un uomo d'affari, oltre che un genitore. E io sono una donna d'affari, oltre che una figlia.»

Gli occhi di Sandra si fissarono su Tal, buttandogli addosso un'espressione sarcastica. «Okay, mi ha colto sul fatto, Simms.» L'enfasi sul cognome doveva servire da promemoria: non lo avrebbe dimenticato, al momento di fargli causa. La donna indicò la borsetta. «Lì dentro trova tutto quanto. La prova che sto lasciando il Paese dopo... che cosa? Avere rubato i soldi dei miei? Che cosa vi siete messi in testa che abbia fatto?»

«Non la stiamo accusando di niente. Vogliamo solo...»

«... farle qualche domanda.»

«E allora fatela, maledizione!»

LaTour si era messo a leggere un lungo documento che aveva trovato nella borsetta. Aggrottò la fronte e lo passò a Tal, prima di chiederle: «Può dirmi dove si trovava la sera in cui sono morti i suoi genitori?».

«Perché?»

«Senta, signora, lei può collaborare, oppure può chiudere il becco e noi...»

«... mi portate alla Centrale. Certo, certo, l'ho già sentita questa storia.»

LaTour si voltò verso Tal e formulò silenziosamente con le labbra: *che Centrale?*

Tal alzò le spalle e tornò a esaminare il documento. Era il *business plan* di una compagnia che stava allestendo una joint venture nel campo dell'energia alle Hawaii. Un appunto segnalava che i colloqui si sarebbero potuti protrarre per settimane e invitava i partecipanti a prendere biglietti con ritorno aperto.

Oh.

«Dal momento che devo andare subito all'aeroporto» protestò Sandra «e che non ho tempo per le cazzate, okay, vi dico dov'ero al momento del cosiddetto delitto. In aereo. Su un volo da San Francisco atterrato circa alle undici di sera. Probabilmente lì dentro c'è ancora la mia carta d'imbarco.» Guardò con disprezzo LaTour, che teneva in mano la borsa. «E se non c'è, mi troverete in ogni caso sulla lista dei passeggeri. Con i controlli di sicurezza che ci sono oggigiorno, probabilmente è un alibi molto solido, non vi pare?»

Così sembrava. Tal fece un cenno di assenso.

La solidità dell'alibi aumentò quando LaTour trovò in borsetta la carta d'imbarco e la ricevuta del biglietto.

Poi il cellulare di Tal si mise a suonare e lui fu lieto di potersi sottrarre all'ira di Sandra Whitley.

Sentì la voce di Shellee. «Salve capo, sono io.»

«Cosa c'è?»

«Ha chiamato la Crime Scene. Hanno esaminato la cenere a casa dei Whitley: cercavano una lettera o qualcosa che riguardasse il cambio di testamento. Non hanno trovato niente del genere. Qualcosa è stato bruciato, ma erano informazioni su alcune compagnie: computer e biotecnologia. Dicono che probabilmente hanno usato posta inutile per accendere il fuoco.»

Di nuovo: Oh.

E poi: Accidenti.

«Grazie.» Tal fece un cenno a LaTour e gli riferì le ultime notizie.

«Merda» sussurrò il poliziotto. «Abbiamo fatto il passo più lungo della gamba... Ci toccherà leccare qualche culo, amico.»

Il tempo per le recriminazioni scarseggiava: Sandra non voleva perdere l'aereo. Partì sgommando a tutta velocità, lasciandosi dietro una nuvoletta azzurra.

«Vedrai, se ne dimenticherà» fu il commento di LaTour.

«Tu dici?»

Una pausa. «No. Ce lo metterà nel culo. Comunque dobbiamo ancora trovare la misteriosa pupa con gli occhiali da sole e il berretto.»

Salirono in macchina e si immisero nel traffico.

Tal si chiedeva se Mac McCaffrey potesse aver notato qualcuno del genere intorno a casa Whitley. E poi era un'ottima scusa per rivederla. «Ci penso io» disse.

«Tu?» LaTour rise.

«Sì, io. Cosa c'è da ridere?»

«Non hai mai fatto un'indagine in vita tua.»

«E allora? Non pensi che possa interrogare un testimone per conto mio? Credi che dovrei tornarmene a casa a scoparmi la calcolatrice?»

Silenzio. Tal si pentì immediatamente di averlo detto.

«L'hai sentito?» indagò LaTour dopo un po'. Aveva smesso di ridere.

«L'ho sentito.»

«Ehi, non dicevo sul serio...»

«Non dicevi sul serio?» Tal strizzò gli occhi. «Nel senso che non lo dicevi pensando che ti sentissi? O nel senso che non ritieni sul serio che io abbia rapporti sessuali con le calcolatrici?»

«Mi dispiace, okay? A volte sono un rompicoglioni. Sono fatto così, mi succede con tutti. E, cazzo, tutti fanno lo stesso con me. A me mi chiamano Orso perché ho la pancia. A te ti chiamano Einstein perché sei sveglio.»

«Non in mia presenza.»

LaTour esitò. «Hai ragione. Non in tua presenza. Lo sai perché? Sei troppo educato, Tal. Potresti fare più lo stronzo con me. Non mi offendo. Tu sei troppo rigido. Lasciati andare un po'.»

«Allora è colpa mia se m'incazzo quando fai lo stronzo con me?»

«Era solo che...» rispose LaTour, quasi timidamente, ma si interruppe. «Okay, mi spiace, sono... Ehi, non è che chiedo scusa tutti i giorni, sai? Non mi viene molto bene.»

«Mi stai chiedendo scusa?»

«Faccio del mio meglio. Che altro vuoi?»

Silenzio.

«Va bene» disse allora Tal.

LaTour svoltò un angolo accelerando e si tuffò pericolosamente nel traffico. «È tutto okay, sai?»

«Che cosa è okay?»

«Se ti piace, è okay.»

«Se mi piace cosa?»

«Sai, tu e la tua calcolatrice... È molto più sicuro di un sacco di cose che si praticano di questi tempi.»

«LaTour... puoi...»

«Eri sulla difensiva, sai? Ho pensato che forse ci avevo azzeccato.»

«... andare a fare in culo.»

Il grosso poliziotto scoppiò a ridere. «Cazzo, non ti sembra che finalmente abbiamo rotto il ghiaccio? Io credo di sì. Adesso ti lascio alla tua macchina, Einstein, e puoi andare a fare la tua missione segreta da solo.»

∞

Il suo piano era di chiederle se avesse visto la misteriosa donna con il berretto da baseball e gli occhiali da sole al volante di un'utilitaria vicino a casa Whitley.

Non regge.

Anche perché era troppo evidente che voleva rivederla. Glielo avrebbe potuto chiedere per telefono. Era sicuro che le sue vere intenzioni si vedessero lontano un miglio: saggiare il terreno prima di domandarle se voleva uscire con lui a cena. Non poteva invitarla sui due piedi, dopotutto lei era una specie di testimone. No, Tal voleva solo vedere che aria tirava.

Parcheggiò su Elm Street e scese dall'auto, gustando i profumi dell'aria di aprile, la tiepida brezza, la nevicata di petali di forsizia sul prato.

Va bene così, si disse. Bene così

Usciva in media con 2,66 donne ogni mese. L'età media, negli ultimi dodici mesi, era stata di circa 31 anni (c'era tuttavia un «fuori curva» imbarazzante, ancorché memorabile, rappresentato da una studentessa dell'ultimo anno alla Columbia University). Il quoziente medio di intelligenza delle donne in questione andava dal 140 in su: una curva a campana con poche deviazioni. Talbot Simms puntava all'intelletto più che a ogni altra cosa. Era tuttavia quest'ultimo criterio che lo portava alla tiepida considerazione: Va bene così.

Sì, aveva trascorso molte serate interessanti con le due ragazze e due terzi con cui usciva ogni mese. Aveva discusso con loro i dubbi iperbolici cartesiani. Aveva dibattuto sulla validità dell'analizzare gli oggetti in base alle loro qualità primarie («Niente da fare! Sono sospettoso anche sulle qualità secondarie... Cioè... che ne dici... abbiamo un sacco di cose in comune!»). Tracciavano formule matematiche a pennarello sulle tovagliette di carta della Crab House. Potevano discutere dell'ultimo teorema di Fermat fino alle due o alle tre del mattino. Non si trattava esclusivamente di incontri accademici: guarda caso Tal Simms aveva una bella lavagna anche in camera da letto. Si sentiva intellettualmente stimolato dalla maggior parte di quelle donne. A volte imparava anche qualcosa da loro.

Ma non si divertiva certo da morire.

Mac McCaffrey, ne era convinto, sarebbe stata molto divertente.

Gli era parsa sorpresa quando l'aveva chiamata. Un po' cauta, da principio. Ma dopo un minuto o due si era rilassata ed era sembrata quasi felice all'idea di vederlo.

La scorse nel parco, vicino alla Knickerbocker Home, che a quanto pareva era una specie di infermeria. Era lì che Mac gli aveva dato appuntamento.

«Ehi» disse lui.

«Salve. Spero non ti spiaccia se ci vediamo all'aperto. Detesto sentirmi rinchiusa.»

A lui tornarono in mente i poster nel suo ufficio. «No, è bello qui.»

I penetranti occhi verdi di Mac guardarono il parco. Tal si sedette su una panchina e chiacchierarono del più e del meno per cinque minuti o giù di lì. Poi lei domandò: «A che cosa hai accennato l'altra volta? Che sei un matematico?».

«Esatto.»

Lei sorrise. C'era qualcosa di curioso nella sua bocca, una deliziosa asimmetria. «Bello. Potrebbe essere una serie di telefilm. Come CSI o *Law and Order...* Si potrebbe intitolare *Math Cop.*»

Risero entrambi. Lui fece caso alle sue scarpe, un paio di vecchie Reebok nere e consumate. E sui suoi jeans c'era una chiazza bianca, dove erano stati ricuciti.

A Tal tornò in mente l'ufficio spazioso del cardiologo Anthony Sheldon, con il suo guardaroba di alta sartoria, e pensò che Mac, pur essendo nello stesso ramo, lavorava in un mondo completamente diverso.

«Mi stavo chiedendo» disse lei «la ragione di questo interesse per la morte dei Whitley.»

«Te l'ho detto: è stata fuori dal comune.»

«Voglio dire: perché interessa a *te*? Hai perso qualcuno? Per un suicidio, intendo.»

«Oh, no. Mio padre è vivo. Mia madre è morta da un po'. Un attacco di cuore.»

«Mi spiace. Doveva essere giovane.»

«Infatti.»

Lei scacciò un'ape. «Tuo padre vive da queste parti?»
«No. Insegna a Chicago.»
«Matematica?»
«Naturalmente. È una cosa di famiglia.» Le raccontò di Wall Street, dei reati finanziari, delle statistiche.
«Tutte quelle addizioni e sottrazioni... Ma poi non diventa noioso?»
«Oh, no, al contrario. I numeri vanno avanti all'infinito. Ci sono sempre domande, sfide. E tieni presente che la matematica non si limita ai calcoli. Quello che mi emoziona è che i numeri ci permettono di comprendere il mondo. E quando comprendi una cosa, riesci ad averla sotto controllo.»
«Controllo?» disse lei, facendosi improvvisamente seria. «I numeri non ti impediscono di farti male. O di morire.»
«Invece sì. Sono i numeri che fanno funzionare i freni delle auto, tengono in volo gli aeroplani e ti permettono di chiamare i pompieri. La medicina, la scienza...»
«Forse hai ragione. Non ci ho mai pensato.» Un altro sorriso sbilenco.
«Pascal?»
«L'ho sentito nominare.»
«Era un filosofo. Un prodigio in matematica, ma l'abbandonò completamente. Diceva che si provava un piacere tale che doveva avere a che fare con il sesso. Era peccaminosa.»
Lei si mise a ridere. «Un momento: vuoi farmi vedere qualche film porno-matematico?»
Tal stabilì che la base per chiederle di uscire con lui ormai fosse gettata. E, a questo proposito: aveva parlato anche troppo di sé. «Come sei entrata nel tuo campo?»
«Mi è sempre piaciuto prendermi cura della gente... o degli animali. Se il cane o il gatto di qualcuno si faceva male, ero la prima a cercare di aiutarlo. Detesto vedere la sofferenza. Pensavo di studiare medicina, ma con mia madre che stava male e mio padre che non c'era ho dovuto lasciar stare... Be', per qualche anno.»

Nessuna spiegazione riguardo al padre che non c'era. A Tal parve di intuire che, come lui stesso, Mac preferisse non toccare l'argomento. Un altro denominatore comune, oltre all'essere membri del Club Quattro Per Cento.

Mac continuò, guardando in direzione dell'infermeria: «Perché faccio proprio questo in particolare? Dev'essere per mia madre, immagino. Quando se n'è andata è stato molto doloroso per lei. Nessuno le ha dato una mano a parte me, che all'epoca non sapevo granché. L'ospedale non le ha offerto un grande aiuto. Così, dopo la sua scomparsa, ho deciso che dovevo fare qualcosa. Per esempio prendermi cura dei pazienti in modo da rendere meno pesanti gli ultimi giorni».

«E questo lavoro non ti deprime?»

«Certi casi sono più difficili di altri. Comunque io sono fortunata. Non sono molto religiosa, eppure penso sempre che ci sia qualcosa dopo la morte.»

Tal assentì, ma non replicò. Anche lui avrebbe voluto credere in qualcosa del genere, ma a casa Simms la religione non poteva entrare. Solo il culto dei numeri. E Tal riteneva che, se non si entrava da piccoli in qualche forma di spiritualità, era difficile cominciare da grandi. Certo, la gente poteva cambiare: bastava pensare ai Benson, atei, che all'ultimo momento avevano mutato direzione.

Insieme per sempre...

Mac proseguiva, parlando del suo lavoro al CSC: «Mi piace lavorare con i pazienti. E sono piuttosto brava, se posso dirlo. Cerco di non fare la sentimentale a tutti i costi, bevo vino e scotch con loro, guardiamo film, mangiamo patatine dietetiche e popcorn, gli racconto barzellette sulla morte...»

«No...» fece Tal, turbato. «Barzellette?»

«Certo. Tipo questa: "Quando muoio voglio andarmene in pace come mio nonno... mica gridando come quelli che erano in macchina con lui!".»

Tal batté le palpebre, poi scoppiò a ridere. Intuì che lei ne era contenta. «Ne so una sulle statistiche. La vuoi sentire?»

«Come no?»

«Le statistiche dicono che ogni quattro minuti una persona viene rapinata. E che diamine, ne ha le palle piene.»

Lei sorrise. «È terribile.»

«Non sappiamo fare di meglio» disse Tal. Poi aggiunse: «Il dottor Dehoeven ha detto che il vostro centro non si occupa solo della morte. Fate un sacco di lavoro prima e dopo le operazioni».

«Oh, certo. Non dico di no. Esercizio fisico, cure, coinvolgimento della famiglia, psicoterapia...»

Seguì un momento di silenzio, durante il quale Tal si domandò: Ma io che ci faccio qui? Poi: «Ho una domanda sui suicidi. Qualche testimone ha visto una donna con occhiali da sole e un berretto da baseball beige al volante di una piccola automobile davanti alla casa dei Benson, prima che si uccidessero. Mi chiedevo se l'avessi vista anche tu».

Una pausa. «Io? Non andavo dai Benson, ricordi?»

«Volevo dire dai Whitley.»

«Oh!» Mac rifletté per un istante. «La loro figlia è passata un paio di volte.»

«Non era lei.»

«Avevano una donna delle pulizie. Ma guidava un furgone. E non l'ho mai vista con un berretto.» La voce di Mac era scesa di volume e il suo umore era cambiato all'improvviso. Forse perché lui aveva parlato dei Whitley, richiamandole alla mente ciò che lei avrebbe potuto fare per impedirne il suicidio.

Il silenzio calò intorno a loro, denso come l'aria umida di aprile, profumata di lillà. Tal pensò che non doveva essere una buona idea mescolare faccende personali con questioni di lavoro, specialmente se riguardavano pazienti appena morti. Quando la conversazione riprese, l'atmosfera non era più la stessa: rimaneva superficiale. Come se si fossero messi d'accordo, entrambi guardarono l'ora, si salutarono e se ne andarono in direzioni opposte.

∞

Shellee apparve sulla porta dell'ufficio di Tal, dove si trovava anche LaTour.

«Che roba è?» chiese questi, guardando i documenti che la segretaria passava al proprio capo.

«Ma sta sempre qui?» sussurrò lei all'orecchio di Tal. Lui le sorrise. «Grazie, *detective.*»

Shellee alzò gli occhi al cielo.

«Dove hai preso questa roba?» LaTour indicò i fogli ma continuò a guardarle il seno.

«Internet» replicò lei. «Dove se no?»

«Tutto da Internet?» fece Orso, sfogliando i documenti.

Ora che... be', che il ghiaccio era rotto, Tal fu tentato di dirgli: Non ci crederai, ma su Internet non ci sono solo i siti tipo «zoccole perverse punto com» su cui passi le notti. Poi però ricordò il silenzio di LaTour quando gli aveva chiesto se fosse sposato.

Qualcos'altro...

Per cui decise che fare commenti sulle sue notti solitarie fosse fuori luogo e tenne la battuta per sé.

LaTour gli passò i fogli. «Non ce la faccio a leggere tutta questa roba piena di numeri. Dammi il senso generale.»

Tal passò in esame le informazioni. Erano effettivamente piene di numeri, ma questo non significava che per lui fossero intelligibili: si trattava prevalentemente di linguaggio medico e formule chimiche. In fondo trovò un sommario. Lesse, aggrottò la fronte e rilesse. «Gesù.»

«Cosa?»

«Forse abbiamo i colpevoli.»

«Mi prendi per il culo?»

I documenti trovati da Shellee provenivano da un sito di medicina dedicato alla tutela dei consumatori. La notizia era che la Food and Drug Administration aveva dubbi sul Luminux perché i test avevano rivelato certe proprietà allucinogene: diverse persone avevano manifestato episodi psicotici o bruschi cambi di umore attribuibili al farmaco. I soggetti con problemi gravi erano una ridotta minoranza, meno dello 0,1 per cento.

Ma più che sufficienti affinché la FDA nutrisse seri dubbi sull'approvazione del farmaco.

Tuttavia, Shellee aveva avuto conferma che l'agenzia aveva approvato il Luminux un anno prima, a dispetto dei rischi.

«Okay, ricevuto» disse LaTour. «Facciamo un'ipotesi, Einstein? Montrose ha allungato dei soldi per far approvare la medicina e poi ha tenuto d'occhio i pazienti che la prendevano, per vedere se qualcuno reagiva male.»

Era possibile che Montrose avesse fatto uccidere i pazienti simulando un suicidio, per evitare che i problemi legati al Luminux venissero a galla. LaTour si domandò se questo potesse bastare come movente. Tal trovò un foglio da cui risultava che il Luminux era l'unico successo di vendite della compagnia, con incassi di 78 milioni di dollari l'anno.

Il nuovo postulato fu che la donna con berretto e occhiali da sole vista dai Benson e la persona che aveva lasciato le tracce di pneumatici e le impronte di guanti dai Whitley fosse Karen Billings, nella sua veste di direttrice delle relazioni con i pazienti. Poteva avere passato un po' di tempo con loro, convincendoli ad acquistare il manuale sul suicidio, per poi somministrare l'overdose e aiutarli... come diceva Mac? Ad *andarsene.*

«Che cazzo di relazioni con i pazienti» commentò LaTour. «Tostissimo.» Il suo aggettivo preferito. «Andiamo a fare due chiacchiere con loro.»

Ignorando, a fatica, il disordine sulla sua scrivania, Tal aprì il cassetto in alto e prese la pistola. Cercò di infilarla nella fondina alla cintura, ma gli scivolò di mano e cadde sul pavimento. Fece una smorfia. Si chinò, raccolse l'arma e al secondo tentativo riuscì a infilarla nella fondina con successo.

Quando si voltò, vide che LaTour lo stava fissando con un sorrisetto. «Fammi un favore. Probabilmente non ci arriveremo, ma se dovesse capitare... lascia che sia io a sparare, okay?»

∞

L'infermiera McCaffrey sarebbe arrivata presto.

No, lei preferiva essere chiamata Mac, rammentò Robert Covey. In piedi davanti al mobile bar, optò per un ottimo porto d'annata, 1977: sarebbe andato d'accordo con il formaggio Saga e i gamberetti che aveva preparato per Mac, e anche con i cracker dietetici con salsa senza grassi che spettavano a lui. Era andato in macchina allo Stop'N'Shop quella mattina a comprare tutto quanto.

Mise cibo, bottiglia e bicchieri su un vassoio d'argento. Oh, i tovaglioli. Ho scordato i tovaglioli. Li trovò nel bancone in salotto e li dispose sul vassoio, che portò nello studio. Poi prese i vecchi album di fotografie che aveva disseppellito in cantina: voleva mostrarglieli. C'erano istantanee di suo fratello, morto da tempo, e dei figli di questi. Di sua moglie Veronica, naturalmente. E di suo figlio Randall.

Oh, Randall...

Sì, Mac gli piaceva. Faceva venire i brividi il modo in cui in pochi minuti aveva capito tutto di lui. Era irritante. Ma era giusto così. Tuttavia non si era accorta della bugia che lui le aveva raccontato.

«Lo vedi spesso?»

«Di continuo.»

«Quando lo hai sentito l'ultima volta?»

«L'altro ieri.»

«È al corrente delle tue condizioni?»

«Ci puoi scommettere.»

Covey chiamava il figlio regolarmente, gli lasciava messaggi in segreteria a casa e al lavoro. Randy non lo richiamava mai. Di tanto in tanto rispondeva, ma solo quando il padre chiamava da un telefono diverso e lui non riconosceva il numero: Covey si domandava con orrore se suo figlio avesse installato l'apparecchio per identificare i numeri proprio per evitare le sue chiamate.

Nelle ultime due settimane aveva lasciato due messaggi a casa di Randall. Non l'aveva mai vista, ma se l'immaginava come un bell'appartamento in un grattacielo da qualche parte a Los Angeles. A dire il vero erano anni che Covey non andava in California e non era sicuro che ci fossero dei veri grattacieli: un palazzo alto nella Città degli Angeli, con tutti quei terremoti, avrebbe fatto la stessa fine di una roulotte in un camping del Midwest durante un tornado.

In ogni caso, grattacielo o no, Randall non lo aveva richiamato. Neppure una volta.

Perché? si chiedeva il padre, disperato. Perché?

Ripensò a quando Randy era piccolo. Certo, lui era spesso in ufficio o in viaggio, ma aveva dedicato al figlio ore e ore, portandolo al cinema e a vedere giocare gli Yankees, assistendo alle recite scolastiche e alle sue partite di baseball. Ma era accaduto qualcosa, e intorno ai vent'anni il ragazzo si era allontanato. Covey aveva pensato che fosse diventato gay, dal momento che non si era sposato, ma al funerale di Ver si era presentato accompagnato da una bella ragazza. Randy si era mostrato cortese eppure distante. Pochi giorni dopo era ripartito per la California e non si erano più sentiti per mesi.

Perché?

Covey si sedette sul divano, si versò un bicchiere di porto, molto lentamente, per lasciare i sedimenti sul fondo della bottiglia, e lo sorseggiò. Si mise a sfogliare un album.

Si sentiva malinconico. Triste. Ansioso.

Si alzò e andò in cucina per prendere due compresse di Luminux. Quando il farmaco cominciò a fare effetto, si sentì meglio, con un lieve senso di vertigine. Fu quasi come se i suoi problemi fossero spariti.

Richiuse l'album e rifletté sulla grande domanda: doveva dire a Randy della sua malattia e dell'imminente operazione? L'infermiera Mac voleva che lo facesse, ma Covey non era della stessa idea. Desiderava che suo figlio tornasse da lui per proprio conto. O che non tornasse affatto. Non intendeva impietosirlo per fare leva su di lui e portarlo a una riconciliazione.

Guardò l'orologio sulla parete: Mac sarebbe arrivata di lì a un quarto d'ora. Decise di impiegare quel tempo in modo produttivo e fare qualche telefonata. Confermò l'appuntamento con la dottoressa Jenny e lasciò un messaggio a Charley Hanlon, un vedovo che abitava poco lontano da lì: sarebbero andati al cinema insieme nel weekend. Infine prese un appuntamento per la terapia alternativa che l'ospedale gli aveva consigliato di seguire. «Basta che non riguardi il colon» disse Covey al gentile direttore del programma, che rise e gli garantì il contrario.

Riagganciò. Nonostante la calma indotta dal farmaco, per un attimo fu colto dal panico. Non era niente che riguardasse il cuore, l'operazione, la mortalità, il figlio lontano o l'appuntamento che aveva appena fissato.

No, gli era venuto il dubbio che a Mac non piacesse il formaggio.

Tornò in cucina, aprì il frigorifero e cercò qualcos'altro da offrirle.

∞

«Non potete entrare.»

Tal e LaTour entrarono lo stesso, ignorando la receptionist e facendo irruzione nell'ufficio di Daniel Montrose. Lo trovarono seduto al tavolo circolare di cristallo, accanto all'altra indiziata, Karen Billings.

Il presidente della compagnia, che come l'altra volta indossava abiti spiegazzati, si protese in avanti, gli occhi sbarrati. La donna, invece, si appoggiò allo schienale della sedia. Aveva un vestito rosso acceso.

«Non muovetevi» intimò LaTour.

Sul viso di lei si leggeva chiaramente: Nessuno si rivolge a me in questo modo!

«Perché non ci avete parlato dei problemi del Luminux?»

Il presidente scambiò un'occhiata con la Billings, poi si schiarì la voce. «Problemi?»

Tal mise sul tavolo gli stampati sulla controversia con la Food and Drug Administration. Montrose li sfogliò.

LaTour aveva consigliato al collega di guardare l'uomo negli occhi: avrebbero rivelato se stava mentendo. Tal fece come gli era stato detto. Ma non ricavò alcun indizio dallo sguardo dietro i costosi occhiali del presidente.

«Mi sa dire dove si trovava le sere del sette e del nove aprile?» LaTour si era rivolto alla Billings.

«Di che cazzo sta parlando?»

«Una semplice domanda, signora. Dov'era?»

«Non rispondo senza il mio avvocato.» La donna incrociò le braccia e sostenne lo sguardo del poliziotto.

Tal indicò i fogli. «Perché non ci avete detto di questo?»

Montrose si voltò in direzione della Billings. «La dimetilamina.»

«L'hanno saputo?» chiese lei.

«Sì, l'abbiamo saputo» disse LaTour. «Bella sorpresa, eh?»

Il presidente guardò Tal. «Che cosa avete trovato esattamente nel sangue delle vittime?»

Lui non era preparato per quella domanda. «Be', il Luminux» rispose perplesso.

«Avete il referto del coroner?»

Tal appoggiò la valigetta sul tavolo. «Eccolo.»

Montrose aggrottò esageratamente la fronte. «Qui a dire il vero non c'è scritto Luminux.»

«Che cazzo dice?» intervenne LaTour. «È...»

Il presidente lo interruppe: «Qui si legge testualmente: 9-fluoro, 7-cloro-1, 3-deidro-1-metil-5-fenil-2H-1, 4-benzodiazepina, 5 -idrossitriptamina e N-(1-fenetil-4-piperidil) propionalinide citrato».

LaTour alzò gli occhi al cielo. «Be', quello è il Luminux. Lo ha detto il medico legale.»

«Infatti» disse Karen Billings, non meno aggressiva. «Quella è la versione approvata del farmaco.»

«Approvata?» chiese Tal, incerto.

«Guardi la formula nella sua prima versione» disse Montrose.

«La prima?»

«Quella respinta dalla FDA. C'è nei suoi fogli.»

Tal intuì dove il presidente intendeva andare a parare. E non gli piaceva affatto. Trovò il foglio con la formula e la confrontò con quella sul referto. Erano identiche, tranne in un dettaglio: nella prima versione era presente un'altra sostanza, dimetilamino-etil-fosfato-estere.

«Che cosa...?»

«Un lieve agente antipsicotico conosciuto come DEP. Era quello a causare i problemi della prima versione. In combinazione con gli altri componenti aveva un leggero effetto psichedelico. È bastato toglierlo e la FDA ha dato immediatamente la sua approvazione. È accaduto un anno fa. Non avete trovato tracce di DEP nei corpi. Le vittime hanno fatto uso della versione approvata del farmaco. Il Luminux contenente DEP non è mai stato messo in commercio.»

«E non ci risulta alcun caso di suicidio tra i sei milioni di pazienti che fanno uso del farmaco in tutto il mondo» aggiunse la Billings. «Molti dei quali probabilmente sono ancora vivi perché, proprio assumendo il Luminux, *non si sono* suicidati.»

Montrose andò a prendere un grosso raccoglitore e lo mise sul tavolo. «Lo studio completo sul Luminux e l'approvazione della FDA. Nessun effetto collaterale dannoso. Nemmeno con un uso moderato di alcolici.»

«Anche se non lo raccomandiamo» si accodò la Billings, glaciale come sempre.

«Perché non ce l'avete detto prima?» bofonchiò LaTour.

«Non ce l'avete chiesto. Tutti i farmaci sono sottoposti a un periodo di test, per sicurezza.» Montrose scrisse un numero su un taccuino. «Se non ci credete, questo è il telefono della FDA. Chiamatela.»

«Visto che avete trovato l'entrata, potete anche trovare l'uscita» fu il congedo della Billings.

∞

Tal si abbandonò sulla sedia nel suo ufficio. LaTour occupò quella davanti a lui, mettendo i piedi sulla scrivania.

«Una domanda» disse Tal. «Porti mai gli speroni?»
«Speroni? Oh, tipo quelli per i cavalli? Perché dovrei portare gli speroni? Cos'è, una di quelle battute di voi genietti della matematica, perché metto i piedi sulla tua scrivania del cazzo?»
«Vedi tu.»
LaTour abbassò i piedi.
«E adesso come siamo messi? Niente figlia avida di soldi, niente industriale malvagio. E siamo stati umiliati da due donne *tostissime.* Siamo zero a due.» Lo statistico sospirò. «Forse le vittime si sono davvero suicidate. Accidenti, certe volte la vita è proprio difficile.»
«Non lo pensi davvero.»
«Non lo *sento*, ma lo *penso.* E faccio meglio a pensare. È quando comincio a *sentire* che iniziano i guai.»
«E il mondo gira e gira» fece LaTour. «È già ora di farsi una birra?»
La birra era l'ultima cosa che Tal aveva in mente. Guardò il panorama sulla sua scrivania – stampati, tabulati, liste, fotografie – sperando di scovare un fatto, un *dato* che potesse aiutarlo.
Squillò il telefono. «Pronto?»
«Detective Simms?» domandò gentilmente una voce.
«Sì.»
«Sono Bill Fendler della Oak Creek Books di Barlow Heights. Qualcuno ha chiamato dal suo ufficio e mi ha chiesto di informarvi se vendevamo delle copie de *L'ultimo viaggio. Guida completa al suicidio e all'eutanasia.*»
Tal si drizzò sulla sedia. «Infatti. Ne avete vendute?»
«Dall'inventario ne risulta una venduta negli ultimi due giorni.»
LaTour guardava incuriosito il collega. Tal gli fece cenno di aspettare un momento.
«Mi può dire chi l'ha comprata?»
«Era quello che mi stavo chiedendo... Non sono sicuro che sia etico. Forse sarebbe meglio se lei avesse una richiesta scritta di un giudice.»

«Abbiamo ragione di credere che qualcuno usi quel libro per coprire una serie di omicidi. È per questo che ci occorre saperlo. Potrà non essere etico, ma le chiedo di darmi il nome della persona che l'ha comprato.»

Una pausa. Poi il libraio disse: «Okay. Prenda da scrivere».

Tal trovò una matita. «Mi dica.»

Il matematico cominciò a scrivere il nome. Sbalordito, dopo un istante chiese: «Ne è sicuro?».

«Assolutamente, detective. Ho davanti a me la ricevuta.»

Poco dopo, Tal depose lentamente il ricevitore. Finì di scrivere il nome e mostrò il foglio a LaTour.

«E adesso cosa facciamo?»

Il poliziotto inarcò un sopracciglio. «Ci procuriamo un mandato di perquisizione. Ecco cosa facciamo.»

∞

Fu facile ottenere il mandato, grazie ai buoni rapporti di LaTour con ogni magistrato di Westbrook County. Non molto più tardi si trovavano in un modesto bungalow dell'ancora più modesta zona di Harrison Village. Tal e LaTour erano in camera da letto, tre poliziotti in uniforme erano al piano di sotto.

Cassetti, armadi, sotto il letto...

Tal non sapeva esattamente che cosa cercare. Seguiva le istruzioni di LaTour, che sembrava avere una considerevole esperienza nello scovare nascondigli. Eppure fu Tal a trovare la giacca che perdeva fibre di cotone bianco, identiche a quelle trovate a casa Whitley.

Era un indizio, per quanto poco consistente.

«Ho trovato qualcosa fuori!» annunciò un poliziotto in fondo alle scale.

Lo raggiunsero in garage. L'agente aveva scoperto una valigia nascosta sotto un cumulo di scatoloni. Dentro c'erano due grossi flaconi di Luminux, contenenti solo poche compresse. Non c'erano prescrizioni sulle etichette: erano confezioni destinate alla vendita diretta agli ospedali. I due flaconi erano stati acquistati dal centro di supporto cardiologico. Nella valigia c'erano ritagli di giornali e riviste, uno dei quali risaliva a parecchi anni prima: riguardava un'infermiera che aveva ucciso mediante overdose alcuni ospiti di una casa di riposo nell'Ohio. La donna aveva dichiarato: «Ho fatto solo del bene ad aiutarli a morire con dignità. Non ci ho guadagnato un centesimo. Volevo solo che fossero in pace. Il mio unico crimine è di essere un Angelo della Misericordia». C'era una mezza dozzina di articoli sull'eutanasia, alcuni dei quali fornivano consigli pratici su come praticare la «transizione».

Tal fece un passo indietro, le braccia conserte; fissava confuso quanto avevano appena scoperto.

Si avvicinò un altro poliziotto. «Ho trovato queste nascoste dietro la scrivania, al pianterreno.»

Tal prese le carte con i guanti di lattice. Erano le cartelle dei Benson, provenienti dal centro di supporto cardiologico. Le aprì e lesse le prime pagine.

LaTour disse qualcosa.

Tal neppure lo sentì.

Fino a quel momento aveva sperato di sbagliarsi, che si trattasse solo di un clamoroso equivoco. Ma un vero matematico accetta sempre la verità, anche se smentisce il teorema che più gli sta a cuore.

Non c'erano dubbi: l'assassina era Mac McCaffrey.

Era lei che aveva acquistato il libro. E in casa sua avevano trovato la giacca, i flaconi di Luminux e gli articoli sull'eutanasia. Quanto alle cartelle dei Benson, il suo nome era chiaramente indicato come quello della consulente a loro assegnata.

Aveva mentito quando aveva detto di non avere lavorato con loro.

Il detective della Omicidi stava ancora parlando.

«Come dici?» mormorò Tal.

«Dove sarà l'infermiera?»

«All'ospedale, immagino. Al centro di supporto cardiologico.»

«Allora, sei pronto?» chiese LaTour.

«Per cosa?»

«Per il tuo primo arresto.»

∞

Il formaggio, in effetti, non aveva avuto successo.

Ma l'infermiera Mac (era così che Covey la chiamava mentalmente) sembrava avere gradito tutto il resto.

«Nessuno mi aveva mai offerto da mangiare» disse lei, colpita.

«Non ci sono più gentiluomini come me in circolazione.»

E, una volta tanto, ecco una donna che non si preoccupava della dieta. Mac spalmò una bella dose di paté su un cracker e lo mangiò con gusto. Poi passò ai gamberetti.

Covey era comodamente seduto sul divano, leggermente perplesso. Ricordava la fermezza di Mac al loro primo incontro e si aspettava, quasi pregustava, una battaglia sull'alimentazione e sull'esercizio fisico. Invece lei aveva accennato solo di sfuggita a quest'ultimo argomento, appena arrivata.

«Bel giardino.»

«Grazie. Era Ver che se ne occupava.»

«Bella anche la piscina. Nuoti spesso?»

Lui aveva risposto che gli piaceva molto, ma che dopo la diagnosi non nuotava mai solo, nel timore di annegare in caso di svenimento o di attacco di cuore.

L'infermiera Mac aveva annuito. Ma aveva qualche altro pensiero per la testa.

«Ti chiederai che cosa c'è all'ordine del giorno, per questo incontro» disse, dopo aver fatto onore agli snack.

«Infatti.»

«Bene, te lo dico subito. Sono qui per convincerti a fare qualcosa che credo non ti andrà a genio.»

«Non ti arrendi mai, eh? C'entra qualcosa il quarto bicchiere di porto?»

L'infermiera sorrise. «No, è una cosa più importante. Comunque, visto che ne hai parlato...» Si alzò e andò al mobile bar. «Non ti spiace, vero?» Prese una bottiglia di Taylor Fladgate invecchiato e la esaminò con attenzione.

«Mi dispiacerebbe se lo rovesciassi nel lavandino. Non certo se ne beviamo un po'.»

«Allora tu fai rifornimento di cibo. Io faccio la barista.» Quando Covey tornò dalla cucina, l'infermiera Mac gli aveva preparato una dose generosa di porto. Poi ne versò un po' per sé e sollevò il bicchiere in un brindisi. Il cristallo tintinnò.

Bevvero entrambi un sorso.

«Allora, perché fai la misteriosa? Di che cosa mi vuoi parlare?»

«Di che cosa? Di eliminare il dolore e trovare la pace. A volte non è possibile farlo da soli. Ci vuole qualcuno che ci aiuti.»

«Sono d'accordo. Che cos'hai in mente? Di preciso, intendo.»

Lei si protese in avanti e toccò nuovamente il bicchiere di Covey con il proprio. «Bevi.»

E bevvero un'altra sorsata del liquido color rubino.

∞

«Vai, vai, vai!»

«Vuoi guidare tu?» gridò LaTour, sopra il rombo del motore. L'auto slittò sull'asfalto, salì sul marciapiede e passò su un'aiuola, evitando per un soffio una roccia.

«Almeno io so guidare» protestò Tal. «Accelera!»

«Chiudi il becco e lasciami concentrare.»

La ruota raschiò un altro marciapiede. Tal decise che chiudere il becco era un'idea saggia e si zittì.

Un'auto di pattuglia seguiva la loro macchina priva di contrassegni.

«Ecco la svolta» disse Tal.

LaTour controllò la derapata e riuscì miracolosamente a mantenere il veicolo nella corsia. Dopo trecento metri sulla strada serpeggiante, su indicazione di Tal imboccò il lungo viale d'accesso. In fondo c'era una piccola berlina scura, la stessa che i testimoni avevano notato fuori dalla casa dei Benson. La stessa che aveva lasciato le tracce di pneumatici fuori dalla casa dei Whitley il giorno in cui erano morti.

LaTour spense la sirena e si fermò davanti alla macchina. L'autopattuglia parcheggiò dietro di loro, bloccando ogni via di fuga alla berlina. I quattro agenti balzarono fuori e corsero verso la casa. Tal si fermò per un istante a guardare sul sedile posteriore dell'auto di Mac: c'era il berretto da baseball che l'infermiera portava quando era andata dai Benson, il giorno in cui aveva pianificato la loro morte.

Con movimenti sorprendentemente agili per la sua mole, LaTour aprì la porta e si precipitò dentro, senza fermarsi. Sfoderò la pistola. Il gruppo attraversò il salotto e fece irruzione nello studio.

Si fermarono davanti a due persone allibite, sul divano.

Una era Robert Covey, ancora illeso.

L'altra era la donna che stava per ucciderlo. Stava offrendo all'anziano signore un bicchiere, di sicuro pieno di Luminux, per ridurlo in uno stato semicosciente in cui le fosse possibile convincerlo a suicidarsi. Tal notò la porta aperta e, in giardino, una piscina. Dunque stavolta non si sarebbe servita di una pistola o del monossido di carbonio: era in programma una morte per annegamento.

«Tal!» singhiozzò Mac, spalancando gli occhi.

Ma lui non disse una parola. Lasciò che fosse LaTour ad ammanettarla. Il detective della Omicidi era molto più versato di lui nelle questioni di protocollo.

∞

LaTour trovò il libro sul suicidio nella borsetta della donna.

Robert Covey era a bordo dell'ambulanza parcheggiata fuori dalla casa. Sembrava in buone condizioni, ma era meglio accertarsene.

Dopo avere trovato le prove a casa di Mac, Tal e LaTour si erano precipitati all'ospedale. L'infermiera non c'era, ma il dottor Dehoeven aveva guardato sulla lista dei pazienti e sull'agenda della ragazza, che in quel momento risultava essere a casa di Covey. Avevano provato a telefonargli, lui però non aveva risposto. Perciò si erano precipitati là.

LaTour avrebbe preferito interrogarla in ufficio, ma Tal non poteva aspettare. «Tu conoscevi Sy e Don Benson. Don era un tuo paziente. Mi hai mentito!»

Mac cercò di dire qualcosa, non ci riuscì; abbassò gli occhi pieni di lacrime.

«A casa tua abbiamo trovato le cartelle dei Benson. Dai computer del CSC risulta che hai cancellato i loro dati dai file. Sei stata da loro il giorno in cui sono morti: sei tu la donna con il berretto e gli occhiali da sole che i testimoni hanno visto fuori dalla casa. E i Whitley? Hai ucciso anche loro.»

«Io non ho ucciso nessuno.»

«Certo... Li hai *aiutati* a uccidersi. Li hai drogati e li hai indotti a farlo. E poi hai cancellato le tracce.» Tal si girò verso un agente in uniforme. «Portatela via.»

Mentre la caricavano in macchina, lei gridò: «Non ho fatto niente di male!».

«Stronzate» borbottò LaTour.

Guardando l'auto che si allontanava, Tal rifletté: in un certo senso, seppure in modo astratto, era davvero convinta di non avere fatto niente di male sul piano etico. Ma di fronte a un tribunale dello Stato di New York, le prove sarebbero state schiaccianti. L'infermiera Claire «Mac» McCaffrey aveva assassinato quattro persone e di sicuro intendeva ucciderne molte altre. Venerdì aveva drogato i Benson e li aveva aiutati a suicidarsi. Domenica aveva chiamato i Whitley da una cabina telefonica per accertarsi che fossero in casa, li aveva raggiunti e aveva indotto a uccidersi anche loro. Quindi aveva nascosto le prove, facendo sparire il Luminux e andandosene solo *dopo* la loro morte. Tal aveva verificato che il programma di lirica andava in onda dopo le sette, non alle quattro come gli aveva detto lei. Era per questo che non era riuscito a trovarlo quando lo aveva cercato sulla radio dell'auto di LaTour.

L'infermiera aveva deciso di alleviare le sofferenze delle sue vittime perché la morte di sua madre era stata molto dolorosa. Solo che per lei «alleviare le sofferenze» significava ammazzarli come cani.

Robert Covey rientrò in casa. Era piuttosto scosso, ma fisicamente stava bene. La dose di Luminux che aveva in corpo non era troppo elevata. «Sembrava così gentile, così normale» sussurrò l'anziano signore.

Oh, senz'altro, pensò Tal. Una perfetta rappresentante del Club Quattro Per Cento.

Compilò i rapporti assieme a LaTour. Era così sconvolto che si dimenticò del suo questionario. Poi risalirono in macchina. Tal si lasciò cadere sul sedile del passeggero, guardando dritto davanti a sé. Il detective della Omicidi non accese il motore. «Certe volte chiudere un caso è più difficile che lasciarlo aperto» gli disse. «Questo non te lo insegnano all'accademia. Hai fatto quello che dovevi fare. E grazie a questo, la vita di molte persone è salva.»

«Può darsi» replicò Tal, sottovoce. Stava ripensando all'ufficio di Mac. Al suo sorriso sbilenco quando erano al parco. Alla sua risata.

«Finiamo di sistemare le scartoffie, poi andiamo a farci una birra. Tu la bevi la birra, no?»

«Sì. La bevo la birra.»

«Riusciremo a fare di te un vero poliziotto, Einstein.» Tal allacciò la cintura di sicurezza. Diventare un vero poliziotto era l'ultima cosa che voleva al mondo.

∞

Un *beep* dall'intercom. «C'è qui il signor Covey.»

«Arrivo subito.» Il dottor William Farley si alzò dalla scrivania, un mobile vittoriano coperto da una lastra di vetro che il suo socio gli aveva comprato nel New England durante una delle scorribande a caccia di antiquariato. Farley si sarebbe accontentato di una scrivania di metallo o di un tavolino qualunque.

Ma nel *business* della medicina, non nella sua *pratica*, le apparenze contano. Gli uffici della Lotus Research Foundation, non lontano da negozi di lusso come Neiman Marcus e Saks Fifth Avenue, traboccavano di pezzi antichi.

Quando si erano trasferiti in quella sede, Farley aveva fatto qualche commento ironico sull'abbondanza di mobili d'epoca, quadri e sculture. Ora non ci faceva nemmeno più caso. Preferiva di gran lunga le attrezzature mediche della fondazione. Come medico e come ricercatore, quello era l'unico luogo in cui si sentisse veramente a casa propria.

Aveva quarantotto anni ed era molto magro, forse troppo. Aveva lavorato sodo per liberarsi dell'immagine di studioso da laboratorio. Indossò la giacca da mille dollari e si passò un pettine tra i capelli disobbedienti. Si fermò davanti alla porta, inspirò a fondo, espirò e uscì nel corridoio che portava all'atrio. Non c'era nessuno, a parte la receptionist e un uomo anziano, sprofondato nel morbido divano.

«Signor Covey?» chiese il medico, tendendogli la destra.

Il paziente depose sul tavolo il bicchierino di caffè. «Dottor Farley?»

Si strinsero la mano.

«Venga nel mio ufficio.»

Discussero del tempo, mentre Farley accompagnava Covey lungo il corridoio. A volte i pazienti parlavano di sport, della famiglia, dei quadri alle pareti. A volte erano così nervosi che non aprivano bocca.

In ufficio, Farley indicò una sedia e si accomodò dietro la massiccia scrivania. Covey la guardò e non parve impressionato. Farley lo esaminò: non sembrava particolarmente ricco, indossava un vestito piuttosto comune con le righe della cravatta che andavano in una direzione e quelle della camicia in un'altra. Ma il direttore della Lotus Research Foundation aveva imparato molte cose sul conto dei ricchi, e sapeva che quelli più abbienti guidavano Toyota a basso consumo e portavano i loro impermeabili finché non erano completamente sdruciti.

Il dottore offrì a Covey un'altra tazza di caffè. «Come le ho detto ieri al telefono, ho esaminato il suo caso. Il suo cardiologo è la dottoressa Jennifer Lansdowne, giusto?»

«Giusto.»

«E lei sta vedendo un consulente del centro di supporto cardiologico.»

«*Stavo* vedendo.»

«Non più?»

«C'è stato un problema con l'infermiera che mi avevano assegnato. Non ho ancora deciso se ci torno. Comunque questa è tutta un'altra storia.»

«Be', credo che lei sia un ottimo candidato per i nostri servizi, signor Covey. Abbiamo un programma speciale per i pazienti in certe situazioni.»

«Quali situazioni?»

«Situazioni serie.»

«Lotus Research Foundation» recitò Covey. «Terapie *alternative.* Mi corregga se sbaglio, ma non credo che il ginseng e l'agopuntura possano servire per le situazioni serie.»

«Non è di questo che stiamo parlando.» Farley lo fissò. «Lei è un uomo d'affari?»

«Lo sono stato. Per mezzo secolo.»

«In che settore?»

«Manifatture. Poi capitale d'investimento.»

«Quindi immagino le piaccia andare al sodo.»

«Infatti.»

«Allora le faccio una domanda, signor Covey. Che ne direbbe di vivere per sempre?»

∞

«E come?»

Allo stesso modo in cui aveva imparato a lucidarsi le scarpe e a usare parole di meno di quattro sillabe, così Farley era diventato esperto nel giostrarsi i pazienti. Sapeva come gettare l'esca. «Vorrei parlarle della fondazione. Prima le spiacerebbe firmare questo?» Aprì il cassetto della scrivania e porse a Covey un documento.

Lui lo lesse. «Tutto quello che mi direte è confidenziale.»

«È un accordo standard.»

«Lo so. Ne ho scritti anch'io. Per quale motivo vuole che lo firmi?»

«Perché ciò che sto per dirle non può essere reso pubblico.» Il dottore era sicuro di averlo incuriosito, anche se Covey cercava di dissimulare. «Se non vuole firmare, la posso capire. Ma in tal caso la nostra conversazione dovrà concludersi qui.»

Covey rilesse il documento. «Ha una penna?»

Farley gli porse una Mont Blanc.

Covey prese la pesante stilografica con una risatina, segno che non gli piaceva l'ostentazione. Firmò e restituì al medico penna e documento.

«Dunque... la dottoressa Lansdowne è una brava persona ed è pronta a fare tutto ciò che è umanamente possibile per la sua guarigione e per concederle qualche anno in più di vita. Ma la scienza medica ha limiti invalicabili. Dopotutto, signor Covey, tutti noi moriamo. Lei, io, i bambini che nascono in questo momento. I santi e i peccatori... Si muore tutti.»

«Ha un approccio interessante, dottore. È sempre così che tiene allegri i suoi pazienti?»

Farley sorrise. «Oggigiorno si parla molto dell'invecchiamento.»

«In TV non parlano d'altro.»

«E di persone che cercano di restare giovani per sempre.»

«È la seconda volta che dice "per sempre". Continui.»

«Signor Covey, ha mai sentito parlare della regola di Hayflick?»

«No. Mai.»

«Ha preso il nome dallo studioso che scoprì come le cellule umane possano riprodursi un numero limitato di volte. Inizialmente realizzano copie perfette di loro stesse. Ma dopo un po' non riescono più, per così dire, a mantenere lo stesso livello di qualità. Diventano sempre più inefficienti.»

«Per quale motivo?» Covey sembrava un individuo sveglio. La maggior parte delle persone se ne stavano sedute di fronte a lui ad annuire con un sorriso stupido sul viso.

«Perché un importante filamento di DNA si accorcia ogni volta che le cellule si riproducono. Quando diventa troppo corto, le cellule non si duplicano più correttamente. E a volte smettono del tutto.»

«La seguo sul piano generale, ma non entri troppo nei dettagli: la biologia non è mai stata il mio forte.»

«Come vuole, signor Covey. Esiste il modo di aggirare il limite di Hayflick. In futuro forse sarà possibile estendere la durata della vita in modo significativo, di decine, persino centinaia di anni.»

«Non è "per sempre".»

«No, non lo è.»

«Veniamo al sodo.»

«Non saremo mai capaci di costruire un corpo umano in grado di durare più di qualche centinaio di anni. Le leggi della fisica e della natura non lo consentono. E, anche se ci riuscissimo, resterebbero comunque le malattie e gli incidenti.»

«Sempre più allegro.»

«Ora, la dottoressa Lansdowne farà tutto il possibile sul piano medico. E il centro di supporto cardiologico darà il proprio contributo.»

«Dipende dall'infermiera» commentò Covey. «Prosegua.»

«Lei potrebbe vivere ancora cinque, dieci, quindici anni... Oppure prendere in considerazione il nostro programma.» Farley tese al paziente un biglietto da visita e batté la punta dell'indice sul logo della Lotus Research Foundation, un fiore dorato. «Sa che cosa significa il loto nella mitologia?»

«Non ne ho idea.»

«Immortalità.»

«Ah, sì?»

«I popoli primitivi vedevano i fiori di loto spuntare dai letti di fiumi in secca da anni. Ritenevano che queste piante fossero immortali.»

«Ha detto che non potete impedire che la gente muoia.»

«Non possiamo. Lei morirà. Quello che noi offriamo potrebbe essere definito una sorta di reincarnazione.»

Covey fece un'espressione beffarda. «Sono trent'anni che non vado in chiesa.»

«Be', signor Covey, io non ci sono mai andato. Non sto parlando di una reincarnazione spirituale. Sto parlando di una reincarnazione scientifica, dimostrabile.»

«A questo punto i suoi pazienti non riescono più a seguirla, vero?» borbottò Covey.

Farley fece una sonora risata. «Infatti. Più o meno a questa frase.»

«Be', io la sto ancora seguendo. Continui.»

«È piuttosto complesso, ma glielo spiegherò in sintesi. In termini di biologia elementare.»

Il paziente bevve un sorso di caffè e gli fece cenno di continuare.

«La fondazione ha il brevetto di un processo conosciuto come "replica rigenerativa delle cellule nervose". Lo so che è difficile da capire. Noi qui lo chiamiamo semplicemente "clonazione della coscienza".»

«Mi spieghi.»

«Che cos'è la coscienza?» chiese Farley. «Lei si guarda intorno in questa stanza, vede le cose, ne sente gli odori, ha delle reazioni. Dei pensieri. Io, nella stessa stanza, posso focalizzarmi sulle stesse cose o su cose diverse e avere altre reazioni. Perché? Perché ciascuno dei nostri cervelli è unico.»

Un cenno di assenso. Il pesce stava per abboccare all'amo.

«La fondazione ha sviluppato una tecnica per mappare geneticamente il cervello e programmare le cellule embrionali in modo da duplicarlo perfettamente. Dopo la sua morte, una coscienza identica alla sua viene replicata in un feto. Lei...» un accenno di sorriso «... rinasce. In senso laico, biologico. La sensazione che avrà sarà che il suo cervello sia stato trapiantato in un nuovo corpo.» Farley versò dell'altro caffè.

Il paziente scosse il capo. «Come diavolo fate?»

«Il processo si svolge in tre fasi.» Il dottore era sempre lieto di parlare del proprio lavoro. «Primo: tracciamo con precisione la mappa del suo cervello così com'è adesso. Le parti in cui risiede la coscienza. Ci serviamo di supercomputer e di microapparecchiature RM.»

«RM? Quegli strani raggi X?»

«Risonanza magnetica. Otteniamo uno schema dettagliato della sua coscienza. Poi viene la fase due: lei sa che cosa sono i geni, vero? Sono i progetti del nostro corpo, contenuti in ogni cellula. Ebbene, i geni non solo decidono il colore dei capelli o l'altezza o la suscettibilità a determinate malattie, ma anche lo sviluppo del cervello. Dopo una certa età, il gene dello sviluppo cerebrale si disattiva. La struttura è determinata e immutabile. Per questo i tessuti cerebrali non si rigenerano quando sono distrutti. La seconda fase consiste nell'estrarre e impiantare nuovamente in un feto il gene dello sviluppo.»

«Mi clonate?»

«No, non il suo corpo. Usiamo donatori di sperma e ovuli, e una madre-ospite. La fondazione dispone di una clinica per la fecondazione in vitro. Lei viene "collocato", come diciamo noi, in una buona famiglia della stessa classe socio-economica in cui vive adesso.»

Covey si fingeva scettico, ma in realtà lo seguiva attentamente.

«La fase finale consiste nell'intervenire con mezzi chimici ed elettromagnetici, per assicurarsi che il nuovo cervello si sviluppi in modo corrispondente alla mappa di quello originale. Stimolare la crescita di alcune cellule, inibirne altre. Quando lei rinasce, le sue percezioni saranno esattamente quelle che oggi formano il suo punto di vista. Stessa sensibilità, stessi interessi e desideri.»

Il paziente batté le palpebre.

«Non avrà lo stesso aspetto esteriore. Il suo corpo sarà diverso. Però sarà di sesso maschile: su questo siamo categorici. Non è nostro compito lavorare sull'identità sessuale dei pazienti.»

«Non è un problema» disse Covey, ancora dubbioso. «Potete eliminare i problemi di salute? Ho avuto un cancro alla pelle. E la cardiopatia, naturalmente.»

«Non lo facciamo. Non creiamo superuomini o superdonne. Ci limitiamo a trasporre la sua coscienza in un'altra generazione, esattamente com'è ora.»

Il paziente rifletté per un momento. «Ricorderò di averla conosciuta? Conserverò le immagini relative a questa vita?»

«Ah, i ricordi... In principio non sapevamo come sarebbe andata. Ma sembra che sì, lei ricorderà, almeno in parte. Perché i ricordi sono saldamente collegati a certe porzioni del nostro cervello. Non possiamo sapere con certezza in quale misura, dal momento che i nostri primi clienti attualmente hanno tre o quattro anni... della loro seconda vita, s'intende. Non abbiamo ancora avuto modo di intervistarli.»

«Lo avete fatto *sul serio*?» mormorò Covey.

Farley assentì. «Oh, sì. Siamo in piena attività.»

«E se non dovesse funzionare? Come quella pecora che è morta. È stato un fiasco, ho sentito dire.»

«Questo non può accadere, perché noi controlliamo lo sviluppo, come le ho spiegato. Ogni passaggio della procedura.»

«Gesù. Non è uno scherzo?»

«Nient'affatto.»

«Lei ha detto "per sempre". Come sarebbe a dire: che fra una settantina d'anni lo rifacciamo di nuovo?»

«Lei avrà, letteralmente, una garanzia a vita. Anche se dovesse campare diecimila anni. La Lotus Foundation resterà in contatto con lei nel corso del tempo. Potrà ripetere l'operazione per quante generazioni vorrà.»

«E come faccio a sapere che nel frattempo non avrete chiuso?»

Il dottore ridacchiò. «Perché vendiamo un prodotto di cui c'è una richiesta infinita. Le compagnie che lo forniscono non chiuderanno mai.»

Covey occhieggiò il medico e disse, ironico: «E qui si arriva al vostro onorario».

«Come può immaginare...»

«... la vita eterna costa. Mi dica una cifra.»

«Metà del suo patrimonio, per un minimo di dieci milioni di dollari.»

«Metà? Vuol dire circa ventotto milioni. Ma non sono liquidi. Proprietà, azioni, obbligazioni. Non posso farvi un assegno.»

«Né noi lo vogliamo. Per ora tutto deve avvenire a livello confidenziale. In futuro contiamo di offrire i nostri servigi a un pubblico più ampio, ma per ora i nostri costi sono così elevati che possiamo lavorare solo con pazienti in grado di coprire le spese. E, per essere realistici, nel nostro programma preferiamo avere gente come lei.»

«Come me?»

«Con un patrimonio genetico superiore ad altri.»

Covey borbottò: «E come vorreste essere pagati?»

«Nel suo testamento lascerà la somma a una delle nostre organizzazioni di beneficenza.»

«Beneficenza?»

«La fondazione ne controlla a dozzine. Il denaro arriva sempre a noi.»

«Quindi non pago finché non sono morto.»

«Esatto. Alcuni clienti aspettano che la morte arrivi a causa della loro malattia. La maggior parte, tuttavia, procede personalmente alla parte burocratica e alla transizione.»

«Transizione?»

«Pongono fine alla propria esistenza. In modo da evitare il dolore. E, ovviamente, prima se ne vanno, prima possono tornare.»

«Quante persone lo hanno già fatto?»

«Otto.»

Covey guardò per un momento fuori della finestra, verso gli alberi di Central Park che oscillavano pigramente alla brezza. «È una follia. È tutta una follia.»

Farley rise. «*Lei* sarebbe folle, se volesse rinunciare. Venga, le mostro la nostra struttura.»

Covey depose il caffè sulla scrivania e seguì il dottore in corridoio, fino alla grande porta di sicurezza oltre la quale si trovava il laboratorio. Farley gli mostrò gli immani supercomputer utilizzati per la mappatura cerebrale, poi, da dietro una vetrata, la sala dei genetisti e le attrezzature criogeniche. Un gruppo di tecnici in camice bianco si affaccendava intorno a provette e microscopi.

Covey ne sembrava affascinato, ma non ancora del tutto convinto.

«Torniamo in ufficio.»

Quando furono nuovamente seduti, Covey disse, finalmente: «Ci penserò su».

«Certo» lo incoraggiò Farley, sorridente. «Una decisione come questa... Non è da tutti riuscire a prenderla. Si conceda un po' di tempo.» Gli porse una cartelletta. «Questo è il nostro dossier sull'argomento, con i dati genetici dei clienti in transizione e dei loro nuovi corpi. Le loro dichiarazioni... sono tutte anonime, beninteso, ma sono illuminanti per quanto riguarda la procedura.»

Lasciò che Covey sfogliasse il materiale. Il paziente sembrava leggerlo con attenzione.

«La cosa più bella è che non c'è bisogno di dire addio ai propri cari. Poniamo che lei abbia un figlio o una figlia... Fra qualche tempo possiamo entrare in contatto con loro e proporgli i nostri servigi. Le sarebbe possibile ritrovarli tra cento anni.»

Alle parole «un figlio o una figlia» il paziente alzò lo sguardo. «Non saprei...»

«Signor Covey, mi permetta di aggiungere solo una cosa. Comprendo il suo scetticismo. Ma lei mi ha detto di essere un uomo d'affari. E io intendo trattarla come tale. Certo, ha qualche dubbio. Chi non ne avrebbe? Eppure, anche se non è sicuro al cento per cento, anche se pensa che sto cercando di venderle un mucchio di illusioni, che cos'ha da perdere? In ogni caso, lei sta per morire. Perché non tira il dado e non tenta la sorte?» Il dottore lasciò che le sue parole facessero breccia. Come spesso accadeva, stavano funzionando. Era il momento di fare un passo indietro. «Adesso devo fare qualche telefonata, se non le spiace. C'è una sala d'attesa là, dietro quella porta. Si prenda tutto il tempo che desidera ed esamini il nostro materiale.»

Covey prese il dossier e si ritirò nella saletta indicatagli. La porta si chiuse.

Farley lo aveva classificato un osso duro. Di conseguenza gli concesse quarantacinque minuti buoni per esaminare il contenuto del fascicolo. Trascorso quel tempo, andò alla porta. Appena entrò nella sala d'attesa, Covey alzò gli occhi dal divano e disse: «Ci sto. Lo voglio fare».

«Sono molto contento per lei» disse Farley, sincero.

«Che cosa succede adesso?»

«Per cominciare, procederemo a una scansione RM e al prelievo di un campione di sangue.»

«Non vi serve un pezzo del mio cervello?»

«No. È questa la cosa stupefacente della genetica. Tutti i dati sono contenuti nel nostro sangue.»

Covey annuì.

«Poi lei cambierà il suo testamento e, da quel momento in avanti, saremo noi a gestire tutto.» Farley prese da una cartelletta una lista delle organizzazioni di beneficenza che la fondazione aveva creato di recente. «Veda se ne trova qualcuna che le interessa. Ne scelga tre o quattro, in linea con le cause che più l'hanno coinvolta.»

«Ecco.» Covey ne indicò tre. «Lascerò quasi tutto alla Metropolitan Arts Assistance Association.» Alzò la testa. «Veronica, mia moglie, era un'artista. Può andare bene?»

«Perfetto.» Farley trascrisse i nomi delle associazioni e annotò qualche altro dettaglio. Poi porse a Covey un biglietto da visita. «Porti questo al suo avvocato.»

«Il suo studio è poco lontano da qui. Posso vederlo oggi stesso.»

«E poi ci consegni una copia del suo testamento.» Farley non aggiunse una cosa che Covey, come uomo d'affari, sapeva benissimo: se non avesse cambiato il testamento o se lo avesse nuovamente modificato in un secondo tempo, la fondazione non avrebbe eseguito la procedura.

«Che cosa mi dice della transizione?»

«La scelta spetta a lei» disse Farley. «Interamente a lei. Domani o l'anno prossimo. Quando si sentirà a suo agio.»

Sulla porta, il paziente si voltò per stringere la mano al dottore. Rise sommessamente. «Chi l'avrebbe mai detto? Per sempre.»

∞

Secondo la mitologia greca, Eos, dea dell'alba, desiderava avere amanti umani. Perse la testa per un mortale, Tithonos, figlio del re di Troia, e convinse Zeus a donargli l'immortalità.

Il dio degli dèi accettò, ma omise un piccolo dettaglio: l'eterna giovinezza, assieme all'immortalità. Perciò, mentre Eos restava perennemente identica a se stessa, Tithonos diventava sempre più vecchio e decrepito, fino a quando non fu più in grado di muoversi o parlare. Di fronte a quell'orrore, Eos trasformò l'amato in un insetto e passò a corteggiatori più adeguati.

Dietro la sua scrivania, il dottor William Farley ripensava a quel mito. Gli uomini hanno sempre inseguito l'immortalità a tutti i costi, rifletté, ma non abbiamo mai imparato dalla storia di Tithonos e dalla logica della scienza. Continuiamo a illuderci di poter ingannare la morte.

Guardò la fotografia davanti a sé. Mostrava una coppia, in due epoche diverse: più giovani e più vecchi. Erano i suoi genitori, morti in un incidente d'auto quando Farley andava all'università. Come figlio unico, molto legato a loro, era rimasto sotto shock per mesi. Quando aveva ripreso gli studi, aveva deciso di dedicarsi agli interventi di emergenza, in sostanza a salvare vite umane.

Ma era un medico giovane e brillante, troppo intelligente per accettare la meccanica ripetitiva del lavoro al pronto soccorso. Passava le notti sveglio a meditare sulla morte dei genitori, pensando che in fondo, sotto forma biochimica, erano ancora vivi dentro di lui. Aveva sviluppato un interesse per la genetica e aveva cominciato a dedicarvisi.

Dopo mesi, poi anni, trascorsi lavorando freneticamente dodici ore al giorno, le sue ricerche avevano portato a numerose scoperte.

E anche ad alcune idee decisamente poco convenzionali, addirittura bizzarre. Come per esempio la clonazione della coscienza.

Non c'era da sorprendersi che venisse ignorato o ridicolizzato dai colleghi. Le sue proposte di pubblicazione erano sistematicamente rifiutate dalle riviste professionali. Le sue richieste di finanziamento respinte. Tuttavia i rifiuti non lo scoraggiavano, anche se era sempre alla disperata ricerca dei milioni di dollari necessari per proseguire i propri studi. Un giorno di circa sette anni prima, quando era ormai quasi senza un soldo e abitava in un appartamentino vicino alla ferrovia di Westbrook, aveva ricevuto una telefonata da una vecchia conoscenza, un collega che aveva sentito delle sue richieste e aveva avuto un'idea.

«Ti andrebbe di raccogliere fondi per le tue ricerche?» gli aveva proposto. «Facile: trova persone davvero malate e molto, molto ricche, e vendi loro l'immortalità.»

«Che cosa vuoi dire?» aveva replicato il medico squattrinato.

«Stammi a sentire. Trovati dei pazienti che hanno un piede nella fossa. Saranno disperati. Se gliela vendi bene, loro la compreranno.»

«Ma non gli posso vendere ancora niente» aveva ribattuto Farley. «Io *sono convinto* di poterci riuscire. Solo potrebbero volerci anni.»

«Be', a volte uno deve fare dei sacrifici. Il fatto è che potresti fare dieci o venti milioni da un giorno all'altro. Abbastanza per mettere in piedi una gran bella struttura.»

Farley aveva considerato in silenzio quel suggerimento. Poi aveva risposto: «Quello che potrei fare è conservare campioni di tessuto. Per il giorno in cui sarò in grado di procedere alla clonazione».

«Vedi?» aveva detto il collega. Qualcosa nel suo tono lasciava pensare che dubitasse della riuscita del progetto. Ma a Farley non importava, fintantoché poteva procurargli le somme necessarie a proseguire le ricerche.

«D'accordo» aveva risposto Farley al collega, il dottor Anthony Sheldon del reparto di cardiologia del Westbrook Hospital, un uomo il cui talento di imprenditore era pari all'abilità come cardiochirurgo. Grazie alla posizione del suo ufficio, vicino al centro di supporto cardiologico, Sheldon poteva tenere d'occhio i pazienti e segnalare quelli più ricchi e più malati, facendo in modo che fossero contattati dalla Lotus Research Foundation e venisse loro offerto il programma.

Farley dubitava che qualcuno avrebbe abboccato all'amo, ma Sheldon aveva pensato a tutto. Trovava un appiglio per qualsiasi cliente e forniva al socio ogni informazione utile. Nel caso dei Benson, la possibilità di restare insieme per sempre, come i due si erano premurati di ribadire nel loro biglietto d'addio. Nel caso di Robert Covey, saputo che aveva un figlio lontano, Farley aveva alluso tatticamente alla possibilità di riprendere contatto con lui.

E poi Sheldon aveva apportato un contributo essenziale al processo di vendita: si assicurava che i pazienti assumessero dosi elevate di Luminux (anche il caffè che Farley aveva offerto a Covey ne era saturo). Nessuno dei due dottori era sicuro che una persona avrebbe accettato il programma senza essere sotto l'effetto di una potente droga. Ma era, naturalmente, il desiderio disperato di sopravvivere a spingere i pazienti a credere a tutto ciò che Farley raccontava loro. Era quello l'argomento vincente.

Davvero vincente. Negli ultimi sei anni la Lotus Research Foundation aveva raccolto novantatré milioni di dollari. Tutto era andato a gonfie vele... fino a poco tempo prima, quando la loro avidità aveva avuto il sopravvento. O meglio, l'avidità di Sheldon. In base agli accordi, il cardiologo non avrebbe mai dovuto passare i propri pazienti alla fondazione. E in ogni caso, avrebbe dovuto attendere da sei mesi a un anno tra un cliente e l'altro. Ma Tony Sheldon, a quanto pareva, aveva un'amante molto esigente, e negli ultimi tempi aveva perso parecchio denaro in Borsa. Poco dopo che i Benson avevano firmato per il programma, si erano presentati i Whitley. Troppo ricchi per perdere l'occasione. Così Farley, riluttante, aveva ceduto alle pressioni del socio.

Benché ansioso di procedere, Sam Whitley aveva però voluto assicurarsi che non si trattasse di una bufala e aveva raccolto informazioni tecniche sui computer impiegati dalla fondazione e sulla genetica in generale. Dopo la morte dei pazienti, Farley e Sheldon avevano dovuto trovare quel materiale a casa Whitley, bruciarlo e controllare che non ci fossero altri indizi che potessero permettere di risalire a loro.

Quell'intrusione, tuttavia, doveva avere messo in allarme la polizia, inducendola a sospettare qualcosa dietro la morte delle due coppie. Sheldon era stato addirittura interrogato, cosa che aveva precipitato Farley nel panico. Poi era apparso un perfetto capro espiatorio: Mac McCaffrey, una giovane infermiera che lavorava come consulente presso il centro di supporto cardiologico e non solo si stava occupando del loro ultimo potenziale cliente, Robert Covey, ma aveva anche lavorato con i Benson e i Whitley. Bastava questo a fare di lei un'indiziata. Per non parlare della sua riluttanza ad ammettere di essersi occupata dei Benson: dopo la loro morte, aveva negato di averli avuti nella sua lista di pazienti e aveva persino fatto sparire le loro cartelle al CSC.

Era la persona perfetta da incastrare.

Sheldon aveva usato la sua influenza per convincere un farmacista del centro ad alterare i registri dei medicinali e a fornirgli due flaconi quasi vuoti di Luminux, in modo da far sembrare che l'infermiera avesse drogato i suoi pazienti. Farley aveva fotocopiato diversi ritagli sull'eutanasia e sul suicidio – ne possedeva una vasta collezione, ossessionato com'era dall'argomento della morte – che assieme ai flaconi erano stati nascosti nell'abitazione della donna, nel caso servisse qualcuno cui attribuire la colpa.

E così era stato. Ora la McCaffrey era in prigione.

Tutta un'altra storia, come aveva detto Covey.

L'arresto dell'infermiera aveva turbato Farley: il dottore aveva perfino preso in considerazione la possibilità di dire alla polizia che era innocente. Ma Sheldon gli aveva rammentato freddamente che cosa sarebbe stato della fondazione se lui avesse fatto una cosa del genere. Farley aveva desistito.

«Guarda» aveva detto Sheldon. «Ne facciamo ancora uno, questo Covey. E poi ci prendiamo una pausa. Un anno. Due.»

«No, aspettiamo.»

«Ho controllato: vale più di cinquanta milioni di dollari.»

«Secondo me è troppo rischioso.»

«Ci ho pensato.» Con la polizia che stava ancora indagando sulla morte dei Benson e dei Whitley, sarebbe stato più saggio far sembrare che la morte del vecchio fosse dovuta a un tentativo di rapina o a un incidente stradale, piuttosto che a un suicidio.

«Ma...» aveva mormorato Farley. «Stai parlando di un delitto.»

«Un suicidio desterebbe troppi sospetti.»

«Non possiamo.»

«Per la moralità è troppo tardi, dottore» aveva ribattuto Sheldon. «Hai fatto il tuo patto con il diavolo. Ormai non puoi cambiare le regole.» E aveva chiuso la comunicazione.

Farley era rimasto a ribollire per un po', poi si era reso conto che Sheldon aveva ragione. Non si poteva più tornare indietro. E poi, quante cose avrebbe potuto fare con oltre venticinque milioni di dollari...

La segretaria lo chiamò attraverso l'intercom. «Il signor Covey è tornato, dottore.»

«Lo porti da me.»

Covey rientrò nell'ufficio. Gli strinse di nuovo la mano e si sedette. Allegro e stordito come qualsiasi paziente sotto una dose di Luminux da settantacinque milligrammi, accettò un'altra tazza di caffè e sfoderò dalla tasca una copia del suo nuovo testamento. «Ecco qui.»

Farley non era un avvocato, ma sapeva dove guardare. Il documento era a posto.

Si strinsero la mano formalmente.

Covey finì il caffè – anche questo corretto al Luminux – e Farley lo accompagnò al laboratorio, dove il paziente si sarebbe sottoposto alla risonanza magnetica e al prelievo del sangue. Parlava in tono nervoso, come tutti in quella fase.

Il genetista gli garantì che aveva preso la decisione giusta. Covey lo ringraziò calorosamente, con un sorriso carico di speranza. Anche questo, Farley lo sapeva, era effetto del farmaco.

Il dottore tornò in ufficio e chiamò Anthony Sheldon. «Covey ha cambiato il testamento. Se ne andrà di qui tra un quarto d'ora.»

«Adesso me ne occupo io» disse l'altro, e riagganciò.

Farley sospirò e depose il ricevitore. Si tolse la giacca e indossò il camice bianco. Uscì dall'ufficio e andò in laboratorio, dove sapeva che avrebbe trovato consolazione nella scienza, al sicuro dalla colpa e dai peccati, come se potesse lasciarli fuori dalla porta a tenuta stagna.

∞

Robert Covey camminava lungo la strada, la testa che gli girava, in preda a strani pensieri.

Ricordava la sua vita e come l'aveva vissuta, le persone che aveva conosciuto. Il portiere che aveva lavorato per la sua compagnia per quarant'anni. Gli amici con cui giocava a golf. Veronica. Suo fratello...

Suo figlio, naturalmente.

Randy non lo aveva ancora chiamato. E per la prima volta a Covey venne in mentre che poteva esserci una ragione per cui il ragazzo... be', il giovanotto, lo ignorava. Aveva sempre pensato di essere stato un buon padre. Forse però non era vero.

Niente può farti riflettere sulla tua vita come un uomo che ti offre l'immortalità.

Mentre entrava nel parcheggio, notò che non c'era quasi nessuno. Solo un gruppetto di ragazzi sugli skateboard, una rossa carina all'altro lato della strada, due uomini che salivano su un furgone bianco parcheggiato vicino a un vicolo. Fece caso a questi ultimi perché erano robusti, con indosso vestiti dappoco. E perché, dopo essersi scambiati un'occhiata, si incamminarono verso di lui.

Ma dopo un attimo, Covey si era scordato di loro. Pensava a suo figlio, cercava di decidere se dirgli o no della malattia. Forse era sempre stato quello il suo errore: lo aveva tenuto all'oscuro, facendolo sentire escluso dalla propria vita.

Rise tra sé. Forse avrebbe dovuto lasciargli un messaggio, raccontargli la sua conversazione con il dottor Farley. Sarebbe stata una bella sorpresa per Randy, santo cielo! Avrebbe potuto...

Covey rallentò il passo, preoccupato.

Che cosa stava succedendo?

I due uomini del furgone stavano correndo verso di lui, proprio verso di lui. Covey esitò, indietreggiò lentamente. D'un tratto i due si divisero. Uno si fermò e gli voltò le spalle, controllando il marciapiede, mentre l'altro proseguiva la sua corsa.

Simultaneamente, sfoderarono delle pistole da sotto i vestiti.

No!

Covey fece per mettersi a correre, pensando che uno sprint lo avrebbe ucciso più in fretta dei proiettili. Ma non ebbe importanza: l'uomo che veniva verso di lui lo raggiunse e lui non poté fare che qualche altro passo, prima di essere rudemente trascinato nel vicolo.

∞

«No! Ma che fa? Chi è...?»

«Zitto!» Lo sconosciuto spinse Covey contro il muro.

L'altro li raggiunse, continuando a guardare verso la strada mentre parlava a un walkie-talkie. «L'abbiamo preso. Nessun segno di ostilità. A tutte le unità, convergete. Convergete.»

Dalla strada giunse il rumore di motori e sirene.

«Spiacente, signor Covey, c'è stato un piccolo cambio di programma.» A parlare era quello dei due che lo aveva trascinato nel vicolo. L'uno e l'altro esibirono distintivi del dipartimento dello Sceriffo di Westbrook County. «Lavoriamo con Greg LaTour.»

Oh, LaTour. Era il grosso detective che, assieme al collega Talbot Simms, quello più magro, gli aveva fatto nuovamente visita quella mattina per raccontargli una storia bizzarra: secondo loro, la Lotus Research Foundation stava organizzando una serie di truffe a danno di persone malate. Tuttavia non sapevano come funzionasse la cosa. Gli avevano chiesto se fosse stato contattato da qualcuno di loro e, quando Covey aveva risposto di sì e che aveva appuntamento con il direttore, il dottor Farley, quello stesso pomeriggio, gli avevano chiesto se fosse disposto a farsi nascondere un microfono addosso. Così avrebbero potuto scoprire i retroscena.

Be', ora lo sapevano: tutto riguardava la vendita dell'immortalità.

Una gran bella truffa.

Il piano prevedeva che, dopo essere tornato da Farley per consegnargli una copia del testamento (Covey ne aveva fatto subito dopo un'ulteriore versione, che annullava quella per il dottore), raggiungesse Simms e LaTour a un vicino Starbucks.

Ma i poliziotti avevano altri programmi.

«Voi chi siete?» domandò Covey. «Dove sono Stanlio e Ollio?» Si riferiva a Simms e LaTour.

Il giovane agente che lo aveva portato al riparo lo guardò perplesso, senza capire l'allusione. «Il fatto è che abbiamo messo sotto controllo il telefono nell'ufficio di Farley, che ha chiamato Sheldon per dirgli di lei. Risulta che non vogliono convincerla a suicidarsi e che Sheldon ha intenzione di ucciderla subito, inscenando una rapina o un incidente.»

«Potevate anche dirmelo prima» protestò Covey, sommessamente.

La radio di uno dei due emise una scarica elettrostatica.

Covey non riuscì a sentire la comunicazione, ma gli sembrò di capire che il dottor Sheldon fosse stato arrestato fuori dal suo studio.

Quando uscirono dal vicolo, cinque o sei poliziotti stavano scortando il dottor Farley e tre uomini in camice fuori dalla fondazione, tutti ammanettati.

Covey osservò la processione con freddezza. Provava disprezzo per quegli individui che avevano cercato di ingannarlo biecamente con la loro truffa dell'immortalità. Ma sentiva anche una certa ammirazione, seppure venata di rancore: come uomo d'affari, Robert Covey non poteva fare a meno di restare impressionato da chi aveva saputo identificare un mercato inesauribile. Anche se per un prodotto del tutto inesistente.

∞

C'era ancora un dettaglio che lo tormentava.

L'ufficio di Tal era in disordine quanto quello di LaTour, sebbene Shellee sembrasse considerarlo un passo avanti nella catena evolutiva. Dopotutto, ciò lo rendeva simile a tutti gli altri.

Il capitano Dempsey era seduto davanti a Tal, intento a giocherellare con le maniche rimboccate della camicia. C'era anche Greg LaTour, che per una volta non aveva i piedi sulla scrivania. Ma solo perché, con tutte quelle carte, non c'era più posto per appoggiarli.

«Come avete scoperto la truffa della Lotus Research Foundation?» chiese il capitano.

Tal rispose: «Non tornavano i conti».

«Ah ah» sghignazzò LaTour.

Gli altri due lo guardarono.

LaTour smise di ridere. «Lui è un matematico. Dice che non gli tornano i conti. Pensavo fosse una battuta.» Borbottò. «Vai avanti.»

Tal spiegò che, tornato in ufficio dopo l'arresto di Mac, non era riuscito a togliersela dalla testa.

«Capita, con le donne» commentò LaTour.

«No, voglio dire che c'era qualcosa di strano in tutta la vicenda. Elementi che non concordavano. Allora ho fatto un controllo con la Crime Scene. Non c'erano tracce di Luminux nel porto che aveva bevuto Covey. Sono andato a parlarle in cella. Mac ha ammesso di avere mentito a proposito dei Benson e di avere fatto sparire le loro cartelle dal centro di supporto cardiologico. Era proprio lei la donna che i testimoni avevano visto a casa loro il giorno in cui sono morti. Ma aveva mentito solo perché temeva di perdere il lavoro: due dei suoi pazienti che si suicidavano uno dopo l'altro! Nonostante a lei sembrasse che stessero benissimo.

Ne è rimasta molto scossa e per questo ha deciso di comprare quel libro, *dopo* che io le ho detto come si intitolava. Voleva sapere che cosa cercare, per evitare che morisse qualcun altro.»

«E tu ci hai creduto?»

«Sì, ci ho creduto. Ho chiesto a Covey se lei gli avesse mai parlato di suicidio, se avesse mai avuto la sensazione che Mac volesse indurlo a togliersi la vita. E lui ha risposto di no. L'infermiera parlava solo di quanto fosse difficile affrontare da soli una malattia. Aveva anche intuito che lui non aveva chiamato suo figlio, Randall, e glielo aveva fatto capire. Gli aveva dato da bere il porto per rilassarlo e convincerlo a telefonargli.»

«Non avevi detto qualcosa su un programma di opera?» Dempsey controllò le maniche: erano entrambe arrotolate alla stessa altezza, più o meno. Dal canto suo, Tal si era ripromesso di smettere di aggiustarsi compulsivamente il nodo della cravatta. Il capitano riprese: «Hai detto che aveva mentito sull'orario della trasmissione».

«Oh, certo. Un mio errore.»

«Ah, sì?»

«I Whitley sono morti di domenica. La trasmissione è alle sette nei giorni feriali, ma alle quattro di domenica. Ho controllato la guida dei programmi della radio nazionale.»

«E gli articoli sull'eutanasia?» volle sapere il capitano. «Quelli trovati a casa sua?»

«Messi a bella posta. Non c'erano sopra le sue impronte. Abbiamo individuato solo tracce di guanti. Lo stesso vale per i flaconi di Luminux: niente impronte. Secondo i registri del centro, del resto, quei flaconi sono spariti mentre Mac non era neppure in città. No, lei non c'entra niente. È tutta colpa di Farley e Sheldon.»

«Era un bel piano» intervenne LaTour. «Drogavano i pazienti, li convincevano a cambiare il testamento, poi li facevano suicidare e ripulivano tutto.»

«E facevano tutto da soli? Farley e Sheldon?»

LaTour scosse la testa. «Devono avere pagato qualche complice o usato qualcuno della fondazione per il lavoro sporco. Ne abbiamo in custodia quattro. Ma tengono il becco chiuso. Nessuno dice una parola.» Sospirò. «E hanno i migliori avvocati della città. Per forza: con tutti quei soldi!»

Tal disse: «In ogni caso, sapevo che Mac era stata incastrata. Però ancora non riuscivamo a capire che cosa ci fosse dietro. Quando si risolve un problema algebrico, bisogna cercare i comuni denominatori...».

«Ancora quella cazzo di matematica» ringhiò LaTour.

«Be', quali erano i denominatori? Avevamo due coppie che si erano suicidate, lasciando grosse somme di denaro a enti di beneficenza, più di metà dei loro patrimoni. Ho esaminato le statistiche. Quando una famiglia ha figli, solo il 2 per cento dà somme simili in beneficenza. Ma anche quando non ne ha, solo il 12 per cento lascia somme significative, oltre dieci milioni di dollari, a istituti benefici. Allora ho chiamato un collega della SEC con cui ho collaborato, che a sua volta mi ha messo in contatto con l'ufficio che registra gli enti di beneficenza di New York, New Jersey, Massachusetts e Delaware. Ho seguito la pista della beneficenza e ho scoperto che tutte quelle organizzazioni fanno capo alla Lotus Research Foundation, controllata da Farley e Sheldon. Ho fatto dei controlli su di loro. Sheldon è un ricco cardiologo che ha avuto un paio di cause per errori sul lavoro ed è stato sottoposto a indagine per illeciti di sicurezza e *insider trading*. Ma era Farley il soggetto più interessante. Un pazzo che cercava finanziamenti per le sue assurde ricerche sulla clonazione. Avevo visto il suo nome su un biglietto da visita a casa dei Whitley: aveva a che fare con terapie alternative non meglio specificate.»

LaTour spiegò che avevano chiesto a Mac e ad alcuni pazienti del CSC se avessero sentito parlare della fondazione. E questo li aveva portati dritti da Covey.

«Immortalità» disse Dempsey, lentamente. «E la gente ci cascava.»

Insieme per sempre...

«Be', erano sotto l'effetto del Luminux, non dimentichiamolo» puntualizzò Tal.

Ma fu LaTour a proporre il commento più arguto: «La gente crede a tutte le cazzate a cui vuole credere».

«La McCaffrey è stata rimessa in libertà?» chiese Dempsey, a disagio. Arrestare la persona sbagliata non era meno imbarazzante che dichiarare un 21-24 fuori luogo... e altrettanto costoso: l'avvocato di Sandra Whitley, gelido come lei, aveva già contattato il dipartimento minacciando di fare causa.

«Oh, sì. Tutte le accuse sono cadute» disse Tal. Guardò la sua scrivania. «Devo finire di compilare le carte e consegnarle al pubblico ministero. Poi devo tornare alle mie statistiche.»

Notò uno strano scambio di sguardi tra LaTour e il capitano. Si domandò che cosa significasse.

∞

Ingenuità.

Il tacito scambio di occhiate tra i due poliziotti nell'ufficio di Tal era un commento sull'ingenuità dello statistico. Non avrebbe finito tanto presto di compilare le carte: nei giorni seguenti si sarebbero accumulate a dismisura. Come le sue ore di lavoro: da una media di 8,3 a 12 al giorno.

LaTour fu lieto di puntualizzare: «Dichiari un 21-24, sei tu il detective del caso. Te lo tieni finché non è finito. Non è fantastico?».

E non se ne vedeva la fine. Grazie all'esame degli indizi, centinaia di scatoloni riempiti alla Lotus Research Foundation e nell'ufficio di Sheldon, Tal scoprì che i Benson non erano stati i primi. Farley e il suo socio avevano organizzato altri suicidi negli ultimi anni, appropriandosi di decine di milioni di dollari. Le vittime erano tutte persone come i Benson e i Whitley, ricche e malate, anche se non necessariamente terminali. Rimase sconvolto quando scoprì di conoscere una delle vittime precedenti: Mary Stemple, docente di fisica al Princeton Institute for Advanced Study, la stessa università in cui aveva lavorato Einstein. La Stemple era una grande matematica che si era dedicata alla fisica e all'astronomia, facendo importanti scoperte sulle dimensioni e la natura dell'universo. Era una vera tragedia che fosse stata indotta al suicidio con l'inganno: avrebbe potuto vivere per altri anni, continuando a fare importanti scoperte.

Sapere delle altre vittime fu uno shock non meno forte dello scoprire che la fondazione aveva di fatto supervisionato la fecondazione in vitro di sei ovuli, impiantati in altrettante madri, tre delle quali avevano già dato alla luce i loro figli, affidati a coppie che non potevano averne.

Secondo la polizia e il pubblico ministero, ciò era stato fatto allo scopo di dimostrare ai potenziali clienti di Farley che la clonazione era possibile. E, nel contempo, per vendere a caro prezzo i neonati a coppie senza figli.

La prima preoccupazione fu la salute dei bambini. La contea convocò pediatri e medici esperti di genetica – attendibili, questa volta – perché visitassero sia i tre già nati sia le tre madri ancora in attesa. Tutti risultarono stare bene. Nascite e adozioni, peraltro, erano state gestite in modo assolutamente legale.

Uno dei genetisti consultati da Tal e LaTour disse: «Sicché c'era dietro Bill Farley? Sono anni che sentiamo le sue assurde idee. È fuori di testa».

«Esiste la possibilità» domandò Tal «che un giorno qualcuno possa davvero realizzare il suo programma?»

«Clonare la coscienza?» Il dottore scoppiò a ridere. «Ha detto che è uno statistico, giusto?»

«Infatti.»

«Lo sa quant'è grande la probabilità di duplicare alla perfezione la struttura di qualsiasi cervello umano?»

«Piccola come il culo di un germe?» suggerì LaTour.

Il dottore ci pensò su. «Direi che è una buona definizione.»

∞

Era una giornata troppo bella per restare in casa. Mac McCaffrey e Robert Covey se ne andarono al parco. Tal li scorse su una panchina che guardava sullo stagno con le papere. Fece loro un cenno di saluto.

L'infermiera se ne stava sotto il sole, con i capelli mossi dalla brezza. Tal rammentò quanto a quel particolare membro del Club Quattro Per Cento piacesse stare all'aria aperta.

Con Covey, gli aveva confidato Mac, tutto andava per il meglio. I valori della sua pressione erano scesi e lui era di buonumore, nonostante si avvicinasse la data dell'operazione. In base alle norme sulla privacy, lei non avrebbe dovuto parlarne con nessuno, ma dopotutto lui era un detective che indagava su un caso riguardante il suo paziente. Sebbene la vera ragione fosse che, a Tal, Covey era simpatico e voleva sapere come stava.

Aveva anche saputo che, finalmente, Covey aveva telefonato al figlio, lasciandogli un messaggio per informarlo delle sue condizioni e dell'operazione imminente. Non era arrivata risposta, anche se l'anziano signore aveva trovato un messaggio sulla casella vocale: l'identificatore di chiamata indicava un numero «fuori area». Mac l'aveva interpretato ottimisticamente come una telefonata del figlio, che forse voleva parlare con il padre di persona.

Tal aveva ricevuto il nuovo, entusiastico aggiornamento sulla salute del paziente un'ora prima, in ufficio. L'aveva ascoltato con attenzione, soprattutto perché voleva approfittarne per buttare lì un invito a cena. Non ne aveva avuto l'occasione, ma quando aveva saputo che Mac stava per andare al parco con Covey, aveva immediatamente deciso di fare un nuovo tentativo, di persona.

Tal li raggiunse e Mac lo accolse con quel suo delizioso sorriso sbilenco che lui trovava irresistibile e paurosamente sexy.

«Salve.»

«Detective» fece Covey. Si strinsero calorosamente la mano.

Tal esitò un istante prima di salutare Mac, poi pensò: Che diamine? E le diede un bacio su una guancia. Non era particolarmente professionale, né da parte di lui né da parte di lei, ma per quanto lo riguardava, Tal non se ne preoccupò.

Dopodiché spiegò a Covey che, dal momento che era l'unica

vittima sopravvissuta della Lotus Research Foundation, la polizia aveva bisogno di una sua dichiarazione firmata a futura memoria.

«Così, nel caso dovessi schiattare sotto i ferri, potete ancora mettere in gabbia quei bastardi.»

Era proprio così. Tal si strinse nelle spalle. «Ecco...»

«Non si preoccupi» disse Covey. «Lo faccio con piacere.»

Tal gli porse il documento. «Lo legga con calma, nel caso voglia apportare dei cambiamenti. Poi io stamperò la versione finale e la farò autenticare.»

«Va bene.» Covey mise in tasca il documento. Alzò lo sguardo. «Che ne dite di un drink? C'è un bar...»

«Caffè, tè o una bibita» intimò Mac. «Non è neanche mezzogiorno.»

«Non si arrende mai» sussurrò Covey all'indirizzo di Tal. «Fa solo finta.» Indicò il chiosco del parco, in cima alla collinetta. «Il caffè non è male, lassù.»

«Vado io a prenderlo» si offrì lo statistico.

«Uno doppio, con la panna.»

«No, uno medio, con latte scremato» corresse Mac. «Per me un tè, per favore. Zuccherato.» E lanciò a Tal un sorriso sbilenco.

∞

A un centinaio di metri dalla panchina su cui il vecchio chiacchierava con la sua amica, una giovane donna passeggiava sul vialetto. Era una rossa bassa e attraente, dal seno abbondante, con un *tennis bracelet* al polso e un anello di diamanti e smeraldi al dito, che mandava riflessi lucenti sotto il sole.

Camminava a testa bassa, perché nessuno potesse vederla piangere.

Erano giorni che Margaret Ludlum, di tanto in tanto, cedeva alle lacrime. Da quando il suo capo e amante, il dottor Anthony Sheldon, era stato arrestato.

Quando aveva avuto notizia della sua cattura, e di quella del suo socio, per lei era stato un momento orribile. Anche perché sapeva che sarebbe stata lei la prossima sulla lista. Dopotutto, era lei che Sheldon e Farley avevano mandato come rappresentante della Lotus Research Foundation a casa delle vittime. Era stata lei a somministrare loro grandi quantità di Luminux e a raccomandare l'acquisto del manuale sul suicidio. Era lei che li induceva a togliersi la vita e cancellava poi tutte le tracce che potevano far risalire alla fondazione e ai suoi due proprietari.

Tuttavia i poliziotti avevano raccolto la sua dichiarazione – lei aveva negato tutto, naturalmente – e l'avevano lasciata andare. Era chiaro che sospettavano che Sheldon e Farley avessero un complice, ma sembravano pensare che si trattasse di uno degli assistenti di Farley. Forse credevano che solo un uomo fosse in grado di uccidere persone indifese.

Sbagliato.

Margaret non aveva avuto alcun problema morale a fare da assistente ai suicidi. Non solo. Qualche giorno prima era stata a un passo dall'uccidere Robert Covey, quando questi era uscito dalla sede della Lotus Research Foundation. Ma proprio mentre stava per entrare in azione, all'improvviso erano comparsi due uomini che avevano condotto la sua vittima al riparo. Poi erano arrivati altri poliziotti, che avevano perquisito il palazzo. Lei aveva svoltato l'angolo e aveva telefonato a Sheldon per metterlo in guardia. Troppo tardi: lo avevano preso fuori dall'ospedale, mentre lui cercava di fuggire.

Oh, sì. Non avrebbe esitato a uccidere Covey, quella volta.

E non avrebbe esitato a farlo adesso.

Riconobbe il detective che giorni prima si era presentato a parlare con Anthony Sheldon. Lo vide allontanarsi dalla panchina e dirigersi verso il chiosco. Non le importava che se ne andasse. Non era lui il suo bersaglio.

Soltanto Covey. Una volta morto il vecchio, sarebbe stato molto più difficile sostenere le accuse in tribunale. Glielo aveva spiegato Sheldon. Lui e il suo socio avrebbero persino potuto cavarsela con qualche anno di prigione, come capitava normalmente nei casi di suicidio assistito. Il cardiologo le aveva promesso che poi avrebbe ottenuto il divorzio e che si sarebbero trasferiti in Europa. Avevano fatto insieme qualche viaggio nel sud della Francia: erano state settimane meravigliose. Oh, quanto le mancava.

E anche i soldi, certo. Quella era un'altra buona ragione per far uscire Tony di prigione. Il cardiologo aveva in mente di aprire un conto corrente tutto per lei, ma non aveva fatto in tempo. Margaret non aveva insistito a sufficienza.

Nella grossa borsa che le batteva sul fianco sentiva il peso della pistola, quella che aveva con sé il giorno in cui avrebbe dovuto uccidere Covey. Margaret aveva familiarità con le armi da fuoco: in diverse occasioni aveva aiutato i clienti a spararsi al momento della «transizione». Non aveva mai premuto il grilletto per assassinare qualcuno, ma sapeva come farlo.

Aveva smesso di piangere. Stava pensando come mettere in atto il suo piano, studiava il vecchio e la donna. Anche l'amica sarebbe dovuta morire, naturalmente, in quanto testimone della morte di Covey. E poi il duplice omicidio sarebbe stato più realistico, avrebbe reso più convincente lo scenario della tentata rapina. Margaret si sarebbe fatta consegnare il portafogli dell'uomo e la borsetta della donna, poi avrebbe sparato a entrambi alla testa.

Si fermò accanto a un albero e si guardò intorno nel parco. C'era qualche passante, ma nessuno vicino alla panchina. Il detective – si chiamava Simms, ricordò – stava ancora salendo verso il chiosco, in cima alla collinetta. Si trovava a duecento metri dai bersagli. Se anche si fosse messo a correre, Margaret sarebbe stata già in fuga a tutta velocità sulla sua macchina prima che lui arrivasse alla panchina.

Attese che Simms scomparisse dietro un filare di alberi, infilò la mano nella borsa e tirò indietro il cane della pistola. Poi riprese il cammino lungo il vialetto, di buon passo.

Si guardò intorno.

Non c'era nessuno.

Più vicina, sempre più vicina. Camminava sull'asfalto bagnato dalla pioggia del mattino e dall'umidità dell'aria.

Era a otto metri... sei...

Arrivò loro alle spalle. I due la guardarono. L'amica del vecchio le rivolse un sorriso, che si spense quando notò gli occhi freddi di Margaret.

«Lei chi è?» chiese la ragazza, in allarme.

Margaret Ludlum non rispose. Estrasse la pistola dalla borsetta.

∞

«Portafogli.» Puntava la pistola al viso del vecchio.

«Cosa?»

«Dammi il portafogli.» Poi si rivolse alla donna. «E la borsetta. Subito!»

«Vuole...»

Erano confusi. Non dovevano essere mai stati rapinati da una donna in abiti firmati Neiman Marcus. «Subito!» strillò Margaret.

La donna si alzò in piedi e le tese la borsetta. «Senta, si calmi.»

Il vecchio cercò freneticamente di sfilare il portafogli dalla tasca. Quando ci riuscì, glielo porse con la mano tremante.

Margaret prese borsetta e portafogli e li infilò nella borsa a tracolla. Poi guardò l'uomo negli occhi. Non provava alcuna simpatia per lui. Solo la stessa fredda calma di quando somministrava il farmaco a qualcuno, o gli mostrava come impugnare una pistola o sigillare il garage per rendere più efficace il monossido di carbonio.

«La prego» stava dicendo la donna. «Non faccia sciocchezze. Prenda tutto e se ne vada.»

Poi Robert Covey strinse gli occhi. Guardava Margaret e cominciava a capire. «La lasci stare. Per me, okay. Ma lei la lasci andare.»

Margaret puntò la pistola e, mentre l'amica del vecchio si gettava a terra urlando, si apprestò a premere il grilletto, sussurrando la frase che ripeteva sempre quando aiutava qualcuno a compiere la transizione, quasi una preghiera per un viaggio sicuro: «Dio sia con...».

Un lampo di luce sporca le annebbiò la vista. Per una minima frazione di secondo, Margaret ebbe la sensazione che un pugno la colpisse al petto.

«Cosa...»

Poi nulla, solo un cupo silenzio.

∞

Sembrava un chilometro.

Un migliaio di chilometri.

Talbot Simms guardò in direzione della panchina. Vedeva le sagome di Robert Covey e di Mac, in piedi, che indietreggiavano guardando il corpo della donna cui lui aveva appena sparato. Mac prese il cellulare, le sfuggì di mano. Lo raccolse e si guardò intorno, in preda al panico.

Tal abbassò la pistola e continuò a fissare la scena.

Un attimo prima aveva pagato le consumazioni alla cassa del chiosco e stava tornando indietro con il vassoio. Con sorpresa aveva scorto una donna in piedi dietro alla panchina, che puntava qualcosa contro Mac e Covey. L'infermiera le aveva consegnato la borsetta e stava facendo un passo indietro. Anche il vecchio aveva dato qualcosa alla donna, probabilmente il portafogli.

Era stato allora che Tal si era reso conto che la donna aveva una pistola.

Aveva intuito che doveva avere a che fare con Sheldon o con Farley. I capelli rossi... Sì! La segretaria di Sheldon, Margaret la celtica, che non sorrideva mai. Tal aveva capito che la donna era venuta a uccidere l'unico testimone. E probabilmente avrebbe dovuto eliminare anche Mac.

Aveva lasciato cadere a terra il vassoio con le bevande ed estratto il revolver. La sua intenzione era correre alla panchina e intimarle di fermarsi. Ma quando aveva visto Mac buttarsi a terra e coprirsi il volto, e Margaret puntare la pistola, aveva capito che stava per fare fuoco.

Aveva tirato indietro il cane del suo revolver, in azione singola, e aveva assunto la posizione di tiro – mano sinistra ripiegata sotto e intorno alla destra, peso distribuito su entrambi i piedi – mirando alto e leggermente a sinistra, per compensare la gravità e una lieve brezza.

Aveva sparato, avvertendo il rinculo e la secca detonazione, seguita dalle urla delle persone intorno a lui che cercavano riparo.

Era rimasto immobile, aveva tirato nuovamente indietro il cane e si era preparato a un secondo colpo, nel caso il primo non fosse andato a buon fine.

Ma aveva visto subito che non sarebbe stato necessario sparare di nuovo.

Abbassò cautamente il percussore della sua arma, la ripose nella fondina e si mise a correre giù per la collinetta.

∞

«Scusa, dove hai detto che eri?»

Tal ignorò la domanda di Greg LaTour e chiese di nuovo: «State bene? Siete sicuri?».

Il poliziotto con il pizzetto insisté: «Eri su quella collina? Proprio *lassù*?».

Mac rispose che stava bene. D'istinto, lui la circondò con un braccio. Anche Covey disse che stava bene, per quanto, date le sue condizioni, avrebbe fatto volentieri a meno di spaventi del genere.

La pistola di Margaret Ludlum aveva esploso un colpo, ma si era trattato di un riflesso. Il proiettile di Tal l'aveva colpita in pieno petto, e quello di lei si era conficcato nel terreno senza fare danni.

Tal guardò il corpo della donna, coperto dal telone verde dell'ufficio del medico legale. Si aspettava di provare uno shock, un senso di colpa, e invece si sentiva solo stordito. L'uno e l'altro, probabilmente, sarebbero arrivati più tardi.

Per ora c'era solo il sollievo: Mac e Covey erano illesi, e l'ultimo dettaglio di quel caso che lo tormentava si era chiarito. L'anello mancante era la ragazza irlandese, Margaret.

Devono avere pagato qualche complice o usato qualcuno della fondazione per il lavoro sporco.

Mentre i tecnici della Crime Scene raccoglievano tracce intorno al corpo e guardavano nella borsa della donna, LaTour insisteva ancora: «Quella collina là? Cazzo, è impossibile!».

Tal si voltò. «Sì. Su, vicino al chiosco. Perché?»

Il detective della Omicidi si rivolse a Mac. «Sta scherzando. Mi sta pigliando per il culo, vero?»

«No. Era proprio lassù.»

«Cazzo, un tiro a quella distanza... Aspetta: quanto è lunga la tua canna?»

«Cosa?» fece Tal.

«Della tua pistola di ordinanza.»

«Tre pollici.»

«Hai fatto quel tiro con una canna da tre pollici?»

«Mi sembra evidente, Greg. Possiamo passare ad altro?» Tal si voltò verso Mac e le sorrise. Era così contento che stesse bene.

LaTour non mollava. «Mi hai detto che non sparavi.»

«Non l'ho mai detto. Sei tu che lo hai pensato. Era solo che non avevo voglia di andare al poligono l'altro giorno. Ma è tutta la vita che sparo. Ero capitano della quadra di tiro, nella mia scuola.»

LaTour guardò in direzione del chiosco, strizzando gli occhi. Scosse il capo. «Impossibile.»

«No, *è* facile. Basta calcolare, considerandola una costante, la correlazione tra la gravità e la velocità media stimata del vento nel tempo necessario al proiettile per andare dal punto A al punto B, ovvero dalla bocca da fuoco al bersaglio. Capisci? Poi moltiplichi la distanza per la costante, dividi per la massa del proiettile e moltiplichi per la velocità al quadrato.»

«Tu...» LaTour strizzò di nuovo gli occhi. «Aspetta, tu...»

«Sto scherzando, Greg.»

«Figlio di puttana, mi hai fregato.»

«Ma in fondo non è difficile.»

Non visto da Mac, LaTour formulò in silenzio alcune parole che Tal non ebbe difficoltà a decifrare. Poi guardò di nuovo la collinetta e sbuffò una specie di risata. «Raccogliamo le dichiarazioni.» Fece un cenno a Robert Covey e lo accompagnò alla macchina. Si voltò verso Tal. «Tu prendi quella di lei. Okay per te, Einstein?»

«Certo.»

Tal condusse Mac a un'altra panchina, lontano dal corpo di Margaret, e annotò con grafia minuta e precisa la dichiarazione dell'infermiera in merito a quanto era appena avvenuto.

Un agente accompagnò Covey a casa.

E Tal si ritrovò solo con Mac. Dopo un istante di silenzio, le chiese: «Senti... potresti aiutarmi a riempire un questionario?».

«Ne sarò felice.»

Lui prese un modulo dalla valigetta, lo guardò, poi aggiunse: «Che ne dici di andare a cena insieme, stasera?».

«Questa è una delle domande?»

«Una delle *mie* domande. Niente a che fare con la polizia.»

«Be', il fatto è che stasera ho un appuntamento. Mi spiace.»

Lui fece un cenno di assenso. «Oh, certo.» Non gli venne in mente nient'altro da dire. Prese una penna dal taschino e lisciò il questionario, pensando: Certo che ha un appuntamento. Le donne come lei, al vertice della graduatoria del Club del Quattro Per Cento, hanno sempre un appuntamento. Si chiese se fosse stato il suo commento su Pascal e il sesso a fargli perdere punti nella competizione. Nota per il futuro: non tirarlo fuori troppo presto.

«Sai, stasera ho promesso al signor Covey che lo aiuterò a cercare una palestra con una piscina. Gli piace nuotare, ma non può farlo da solo. Ci vuole una piscina con bagnino.»

«Davvero? Bene.» Tal alzò lo sguardo dalla prima domanda.

«Sabato però sono libera» disse Mac.

«Sabato? Be', anch'io sono libero.»

Silenzio.

«Allora... sabato?»

«Perfetto. Ora, tornando al questionario...»

∞

Una settimana dopo, il caso della Lotus Research Foundation era praticamente chiuso. E l'ufficio di Tal era di nuovo in ordine, con suo grande sollievo. Ora doveva cominciare a occuparsi di altri compiti: tornare all'indagine della Security and Exchange Commission, effettuare l'analisi statistica per gli incarichi al personale dell'anno successivo e, naturalmente, rammentare con insistenza ai colleghi che dovevano compilare puntualmente i questionari.

Il pubblico ministero, tuttavia, richiedeva ancora alcune dichiarazioni per i processi Farley e Sheldon e aveva chiesto a Tal di parlare con i genitori che avevano adottato i tre bambini nati dalla fecondazione in vitro.

Due delle tre coppie abitavano nelle vicinanze, e Tal raccolse le loro testimonianze in un pomeriggio. La terza coppia viveva a Warwick, una cittadina vicino a Albany, a un'ora di macchina. Tal vi andò una domenica, percorrendo una pittoresca strada panoramica lungo il fiume Hudson, in un fiorire di azalee e forsizie. L'auto si riempì del profumo di paglia, terra assolata e asfalto umido.

Non fu difficile trovare Warwick e il bungalow della coppia. Marito e moglie, tra i venticinque e i trent'anni, erano entrambi rosei e paffutelli. E anche piuttosto a disagio, finché Tal non chiarì che la sua visita non implicava alcun problema riguardo all'adozione, ma era solo una formalità relativa a un'indagine.

Come gli altri genitori, i due furono prodighi di informazioni che sarebbero risultate utili al processo. Per mezz'ora Tal prese dettagliatamente appunti, poi li ringraziò per avergli dedicato il loro tempo. Mentre se ne andava, passò davanti a un'allegra cameretta decorata a motivi circensi.

Sulla soglia c'era una bambina sui quattro anni, la figlia adottiva. Era adorabile: bionda, con gli occhi grigi e il viso a forma di cuore.

«Lei è Amy» disse la madre.

«Ciao, Amy» la salutò Tal.

La bambina annuì, timida. Stringeva in mano un foglio di carta e alcune matite colorate.

«Li hai disegnati tu?»

«Ah ah. Mi piace disegnare.»

«Lo vedo. Hai fatto un sacco di disegni.» Tal accennò alle pareti della camera.

«Tieni» gli disse la bambina. «Lo vuoi? L'ho appena fatto.»

«Per me?» domandò Tal. Guardò la madre, che fece un cenno di approvazione. Lui studiò il disegno. «Grazie, Amy. Lo appendo alla parete, dove lavoro.»

La piccola gli regalò un ampio sorriso.

Tal salutò i genitori e dieci minuti dopo era sulla parkway, diretto a sud. Ma quando giunse alla svolta che lo avrebbe riportato a casa e alla sua clausura domenicale nel mondo dei numeri, tirò dritto e proseguì verso il suo ufficio al County Building.

Mezz'ora più tardi era di nuovo in macchina, diretto verso un indirizzo di Chesterton, a pochi chilometri di distanza.

Si fermò davanti a una casa bassa, circondata da un praticello tenuto meticolosamente. Nel vialetto c'erano due tricicli e un assortimento di giocattoli.

Non è il posto giusto, concluse irritato. Accidenti. Forse aveva sbagliato a trascrivere l'indirizzo. La casa che cercava doveva essere nelle vicinanze. Tal decise di chiedere informazioni alle persone che abitavano lì. Andò alla porta, suonò il campanello e attese.

Una graziosa bionda sui trent'anni venne ad aprire e lo salutò con un allegro: «Salve. Posso aiutarla?».

«Sto cercando la casa di Greg LaTour.»

«Be', l'ha trovata. Sono sua moglie Joan.»

«Abita *qui*?» chiese Tal, vedendo alle sue spalle una perfetta casa suburbana che sembrava uscita da una sit-com di Hollywood. E pensando nel contempo: Ed è sposato?

Lei rise. «Aspetti, glielo chiamo.»

Un attimo dopo Greg LaTour arrivò alla porta. Indossava un paio di short, sandali ai piedi e una camicia di Izod. Batté le palpebre, sorpreso, e si guardò indietro, verso l'interno della casa. Poi uscì e si chiuse la porta alle spalle. «Che ci fai qui?»

«Devo parlarti del caso...» Ma non proseguì la frase. Lo sguardo gli era caduto su due belle bambine bionde, gemelle, sugli otto anni, che erano spuntate da dietro l'angolo della casa e stavano osservandolo con curiosità.

Una delle due disse: «Papà, la palla è finita nei cespugli. Non riusciamo a prenderla».

«Tesorini, adesso devo parlare con il mio amico» rispose LaTour, con una cantilena paterna. «Arrivo tra un minuto.»

«Okay.» Le bambine scomparvero.

«Hai due figlie?»

«*Quattro* figli.»

«Da quanto sei sposato?»

«Diciotto anni.»

«Pensavo fossi single. Non hai mai parlato di una famiglia. Non porti nemmeno la fede. Il tuo ufficio, il poster con la ragazza sulla moto, il bar con gli amici...»

«È quello che devo essere sul lavoro» disse LaTour, la voce bassa. «Quella vita» indicò più o meno nella direzione del dipartimento dello Sceriffo, «e questa, le tengo separate. Completamente.»

Qualcos'altro...

Ora Tal capiva il senso di quella frase. Non aveva a che fare con qualche tragedia personale, un divorzio, un figlio sottratto alla custodia. E non c'era niente che LaTour tenesse nascosto a Tal. La sua vita in famiglia era una cosa che non riguardava nessuno al dipartimento.

«Allora ce l'hai con me perché sono venuto qui.»

LaTour alzò le spalle. «Avrei preferito solo che mi chiamassi, prima.»

«Scusa.»

«Sei andato in chiesa oggi?»

«Io non vado in chiesa. Perché?»

«Allora perché metti la cravatta di domenica?»

«Non lo so. La metto. È così strano?» fece Tal.

«No, non è strano. Dunque, cosa sei venuto a fare?»

«Solo un minuto.» Tal andò alla macchina a prendere la valigetta e tornò sotto il portico della casa. «Sono passato in ufficio a controllare uno dei suicidi precedenti.»

«Uno di qualche anno fa, vuoi dire?»

«Sì. Ebbene, una delle vittime era una professoressa di nome Mary Stemple. Ne avevo sentito parlare. Insegnava a Princeton. Ho letto alcuni dei suoi scritti, tempo fa. Era brillante. Ha passato gli ultimi tre anni della sua vita analizzando la luminosità delle stelle e misurando le radiazioni dei corpi neri...»

«Ho degli hamburger da mettere sulla griglia» borbottò LaTour.

«Okay, ho capito. Be', questo è stato pubblicato poco prima che si suicidasse.» Tal diede a LaTour un articolo che aveva scaricato dal sito Internet del «Journal of Advanced Astrophysics». Il titolo era:

L'INFINITO VIAGGIO DELLE STELLE
UN NUOVO APPROCCIO ALLA MISURAZIONE
DELLE RADIAZIONI STELLARI DISTANTI

PROF. MARY STEMPLE, PH.D.

Il poliziotto lo sfogliò fino all'ultima pagina. Era pieno di formule complicate, con numeri, lettere greche e latine e simboli matematici. Il più frequente era quello dell'infinito: ∞.

LaTour alzò lo sguardo. «Vuol dire qualcosa, tutto questo?»

«Oh, ci puoi scommettere.» E gli raccontò della visita alla coppia di genitori adottivi a Warwick.

Poi gli mostrò il disegno che gli aveva regalato la bambina, Amy. Raffigurava la Terra, la Luna e lo spazio. Tutt'intorno c'erano simboli dell'infinito, sempre più piccoli man mano che scomparivano nello spazio.

Per sempre...

Tal aggiunse: «E questo non è il solo. Le pareti della sua cameretta sono piene di disegni in cui ricorre il simbolo dell'infinito. Quando li ho visti, ho ripensato agli studi di Mary Stemple. Sono tornato in ufficio e ho guardato il fascicolo».

«Che cosa stai dicendo?» chiese LaTour, aggrottando la fronte.

«Mary Stemple si è uccisa cinque anni fa. La bambina che ha fatto questo disegno è stata concepita alla fondazione un mese dopo la sua morte.»

«Gesù...» Il corpulento poliziotto guardò il disegno. «Non penserai... Diavolo, non può essere vera, quella storia della clonazione. Il dottore con cui abbiamo parlato ha detto che era impossibile.»

Tal non replicò. Aveva gli occhi fissi sul disegno.

LaTour scosse la testa. «No, no. Lo sai che cos'avranno fatto, Sheldon o quella ragazza? Hanno fatto vedere questo simbolo alla bambina. Così potevano dimostrare agli altri clienti che la clonazione funzionava. Tutto qui.»

«Certo» ammise Tal. «Dev'essere andata così. Probabilmente.»

Rimasero in silenzio per un lungo momento, il matematico e lo sbirro, a guardare affascinati un disegno approssimativo fatto con le matite colorate da una graziosa bambina di quattro anni.

«Non è possibile» ribadì LaTour. «Come il culo di un germe, ricordi?»

«Sì, è impossibile» convenne Tal, fissando il simbolo. Poi ripeté: «Probabilmente».

«Papà!» fece una voce dal cortile.

«Un minuto e arrivo, tesoro!» rispose LaTour. Poi guardò Tal. «Be', già che sei qui, vieni a mangiare con noi. Cucino degli ottimi hamburger.»

Tal considerò l'invito. I suoi occhi erano incollati al disegno: le stelle, la Luna, i simboli dell'infinito. «Grazie, ma passo. Torno in ufficio per un po'. Sai, gli indizi raccolti alla fondazione... voglio controllare ancora qualche dato.»

«Come vuoi, Einstein» disse il detective della Omicidi. Fece per tornare in casa ma si voltò. «Dato, maschile» disse, puntandogli contro l'indice.

«Dato, maschile» concordò Tal.

LaTour sparì dietro la porta, che si chiuse con un botto.

INDICE